U0902918

F. Català-Roca. The man of the bag. Barcelona, c. 1954.

CARLOS RUIZ ZAFÓN

灵魂迷宫

EL LABERINTO DE LOS ESPÍRITUS

〔西〕卡洛斯·鲁依兹·萨丰 著

范湲 译

上海文艺出版社

果麦文化 出品

达涅尔札记

EL LIBRO DE DANIEL

1

那一夜，我在梦里重返遗忘书之墓。我变回十岁的自己，在儿时的旧卧室醒来，重温已弃我而去的母亲在记忆中印下的容颜。梦里的我知道，错都在我，一切都怪我，因为我没有资格忆起她的种种，因为我从未认真缅怀过她。

不久，父亲走进了房里，被我凄厉的哭喊惊醒。梦里的父亲依旧年轻，仍然紧守着所有秘密，他拥我入怀，不断安慰我。接着，晨雾中的巴塞罗那曙光渐露，于是我们出门。但不知何故，父亲陪我走到家门口便止步。他松开了手，我意识到，这趟旅程，我必须单独完成。

我迈步向前，回想当时，身上的衣物、鞋子甚至身躯，竟重如铁块，一步比一步更费力。到了兰布拉大道，我突然惊觉，整座城市凝固了。行人一动不动，像是老照片里的影像。一只白鸽振翅飞翔，姿态模糊难辨，只留下一个轮廓。细碎的花粉静止在浮尘中，宛如渗透在尘埃里的微光。卡纳雷塔斯喷泉涌出的泉水晶莹剔透，宛如琉璃泪滴项链。

我慢慢走着，仿佛正努力涉水前进，总算进入了岁月静止的巴塞罗那，来到遗忘书之墓入口。驻足大门口时，我已疲惫不堪。我始终不解，这一身几乎让我举步维艰的无形重担，究竟何物？我抓着大门环，叩了门，却无人应。我握紧拳头，一次又一次用力捶打门板，然而管理员一再漠视我的请求。精疲力竭的我，终于跪倒在地。那一刻，我凝望着一路如影随形的魅惑，突然认清了可怕的事实：这座城市和我的命运将永远冻结在这个魔咒之中，而我再也记不起母亲的容颜。

就在这时，已经万念俱灰的我，发现在用蓝线绣着我名字缩写的制服外套口袋里，藏着一块小小的金属片。那是一把钥匙。我在浑然不觉中带着这把钥匙多久了？钥匙已生了锈，几乎和我的良知一样沉重。我费了九牛二虎之力才把它插到钥匙孔里扭动。正当我以为自己永远办不到时，门锁却开了，接着，大门缓缓往内滑动。

一条蜿蜒长廊深入历史悠久的宽敞宅邸，沿途尽是点点烛光。我遁入黑暗中，背后传来大门关上的声响。我看出那是一条两侧挂着壁画的走廊，画中的天使和神话人物在幽暗中窥视着我，并且似乎正随着我的脚步移动。我沿着走廊来到一扇拱门前，过了门便是雄伟的拱顶。我驻足门口，海市蜃楼般的迷宫矗立在眼前，一座由螺旋梯、通道、天桥、拱门，以及全世界的书籍构建的永恒之城，向上通往玻璃圆顶。

我母亲就在那里，在书城底端等着我。她躺在一具石棺里，双手交叠胸前，苍白的肌肤一如身上那件纯白洋装。她闭着眼睛，双唇紧抿，一动不动地躺在那儿，出窍的性灵已经远去。

我伸手轻抚她的脸庞。肌肤冰冷如大理石。突然她睁开了双眼，满载回忆的迷茫眼神紧盯着我。当她轻启发黑的双唇说话时，发出的嗓音却震耳欲聋，仿佛一列货运列车迎面撞上，把我抛到半空中，然后重重跌入她那足以融化世界的话语回音里。

你必须陈述事实，达涅尔。

我在幽暗的卧室里惊醒，裹着一身冷汗寻找身旁的贝亚。她紧搂着我，轻抚我的脸。

“又做噩梦？”她轻声问。

我点点头，用力吸了口气。

“你刚刚说梦话了。”

“我说了什么？”

“听不懂。”贝亚没说真话。

我盯着她，她的笑容近乎怜悯，或许她只是展现耐心罢了。

“再睡一会儿吧。离闹钟响还有一个半小时呢，今天是礼拜二。”

礼拜二，今天轮到我送胡利安上学。我闭上双眼，佯装入睡。几分钟后，当我睁开双眼，贝亚正盯着我看。

“怎么了？”我问。

她趴到我身上，在我唇间印上温柔的香吻。

“我也睡不着……”她语带暗示。

接着，我缓缓褪去她的衣服，又掀起被子，正要往床下扔，却听见卧室房门外传来轻盈的脚步声。贝亚随即阻挡了我正在她大腿间游移的左手，撑着胳膊支起身子。

“怎么了，小宝贝？”

胡利安在房门口看着我们，满脸尽是腼腆和不安。

“有人在我的房间……”他语带颓丧。

贝亚叹口气，随即张开双臂。胡利安急忙躲进母亲怀里，我立即放弃了所有邪恶的想法。

“是猩红王子吗？”贝亚问道。

胡利安点点头，一脸忧愁。

“爸爸马上就去你房间，我会狠狠揍他一顿，他以后就不敢再来了。”

儿子对我抛出急切的眼神。当爸爸不就是为了达成这种英雄任务吗？我露出笑容，对他使了个眼色。

“狠狠揍他一顿……”我重申意图，极力挤出愤怒的表情。

胡利安总算有了点笑意。我从床上起身，穿过走道，来到孩子的卧房。这房间让我忆起儿时的卧房，大约也是胡利安这个年纪，当时的楼层比较低。我发觉自己竟毫无睡意，于是在床沿坐下，随手开了小夜灯。胡利安被满满的玩具围绕，其中只有少数是承接自我的旧玩具，不过他倒是接手了我大半的书籍。我随即找到藏匿在床垫下的“嫌疑犯”，拿起那本黑色封面的小书，翻到第一页。

灵魂迷宫 VII
阿里亚娜与红衣王子

文／图：维克多·马泰克斯

我已经不知道该把那些书藏在哪里才好。我儿子找东西的本事日益精进，他的嗅觉能让所有隐藏物无所遁形。我随手翻着书页，旧日回忆再次浮现脑海。

我又一次把书藏进厨房最上层的储物柜，但有自知之明，这里迟早也会被儿子找到。我回到卧室，发现胡利安蜷缩在母亲怀里。母子俩都睡着了。我站在幽暗的房门口，静静看着他们。听着深沉的呼吸声，究竟我这个世界上最幸运的男人为什么能如此受到命运的眷顾？我凝视着相拥沉睡的母子俩，沉醉梦乡，远离尘世，忍不住忆起当年初次见到如此紧拥的他们，竟是满怀恐惧。

2

我从未跟任何人提起这件事，儿子胡利安出生那一夜，我第一次见他安详地躺在母亲怀里，尚未知悉世间险恶，看着他，我竟有拔腿逃跑的冲动，想要逃到天涯尽头。当时我自己几乎也还是个小孩，未来的人生是个未知数。我想起当时摆脱不去的懦弱，内心仍涌上丝丝酸楚，甚至很多年后，我依旧没有勇气对珍爱的人坦承这件事。

埋葬在沉默里的回忆始终追赶着我。我忆起那个天花板无边无际的房间，一盏电灯从高处洒散赭红色光芒，映出躺在床上的那个十七岁的少女，怀里抱着初生婴儿。后来，贝亚逐渐清醒，她睁开眼睛，对我微微一笑，我顿时热泪盈眶，屈膝跪倒在床边，头靠着她的大腿。我感受到她拉着我的手，以仅存的虚弱力道紧握着。

“不要怕。”她喃喃说道。

但我满怀恐惧。霎时，一股羞耻感油然而生，就这样尾随至今，我情愿飘荡到天涯海角，就是不想待在那个房间里，也不想要这一身皮肉。费尔明在房门口看见这一幕，一如往常，想必一眼就看穿了我的心思。他没等我开口回应，抓着我的手就往外走，把贝亚和婴儿托付给他的未婚妻贝尔纳达。他拉着我来到走廊，走道清晰的轮廓逐渐消失在昏暗中。

“还撑得住吧，达涅尔？”他问我。

我微微点头，试图平息一路疾行后错乱的呼吸。我作势要回病房时，被费尔明挡下了。

“我说……您再回到那个房间的时候，一定要有顶天立地的气魄！还好，贝亚小姐尚未完全恢复，大概也不太清楚状况。现在呢，容我向您提出一个建议，我认为我们刚好借机出去透透气，压压惊，顺便好好想个壮胆的方法。”

费尔明不等我回应，一把抓住我的手臂，拉着我沿着走廊来到楼梯口，往下通往一处阳台，镶嵌在巴塞罗那和晴空之间。一阵凉爽清风拂面，让人忍不住想大口吞下。

“闭上眼睛，深呼吸三次。不能急，慢慢来，就像肺部下沉到鞋子里。”费尔明在一旁指导，“这是一个四海为家的东方僧人教我的方法，我在港口妓院当柜台兼会计的时候认识的。想当年，我的字典里没有‘羞耻’二字……”

我按照指示深呼吸三次，然后再来了三次，试着去感受费尔明和僧人宣称新鲜空气将带来的种种好处。但我却一阵头晕，还好费尔明把我扶住了。

“别这样紧张兮兮的。振作起来，保持冷静，不要惊慌失措。”

我睁开双眼，映入眼帘的是杳无人迹的街道，以及仍在我脚下沉睡的城市。此时大约凌晨三点，圣保罗医院仍深陷漆黑夜色中，圆顶、高塔和拱门在卡梅洛山顶的薄雾中构筑成一幅繁复图像。我默默望着幽静的巴塞罗那，这是唯有在医院才看得到的景致，远离了恐惧，抛开了期望，我任由室外的冷风钻入体内，直到心智清明。

“您一定觉得我是个窝囊废……”我说道。

费尔明紧盯着我的双眼，双手掐紧我的肩膀。

“不要小题大做，我想，要是换了我，承受了这样的压力和悲伤，大概也会做出同样的事情，但我会自我解嘲，不会逃避责任。还好，我已经想到解决办法了。”

他解开风衣纽扣，这件风衣是个不可思议的百宝箱，具备移动药箱的功能，偶尔充当奇物博物馆，里面尽是他从各个跳蚤市场便宜收购的破铜烂铁。

“费尔明，怎么老是把一堆破五金挂在身上？”

“这是高深的物理学，考量到本人威猛但清瘦的身材，这些玩意儿刚好可以增加点重量，碰到刮大风的时候，我才能站得稳啊！但千万别以为我因此就变得笨手笨脚，就算谈情说爱，我还是很吃得开的。”

做完这番宣示，费尔明从一个万用口袋掏出了扁平如烟盒的东西，打开上方的盖子。他闻了又闻，仿佛里面装的是天上仅有的极品美味，并露出满意的笑容。接着，他将瓶子递给我，眼神严肃地看着我，一边频频点头。

“快喝吧！不喝的话，会后悔一辈子。”

我勉强接过瓶子。“这是什么东西？闻起来好像火药……”

“胡说八道！这是能起死回生、让因为命运的重担而失去信心的年轻人重拾希望的鸡尾酒。这是我用猴标茴香酒加上几种烈酒、独眼吉卜赛人卖的阿尔特亚鲁西亚白兰地、几滴樱桃酒，再淋上蒙塞拉特修道院的香精，闻起来就是如假包换的加泰罗尼亚美酒啦！”

“我的天啊。”

“哎呀！这下就能看出谁是真正的勇者，谁是胆小鬼。大口吞下吧，就当它是入侵婚宴的罗马兵团，要迎头痛击……”

我乖乖照办，喝下那可怕的液体，尝起来仿佛加了糖的辣味汽油，像烈火燃烧着五脏六腑，我的思考尚未恢复正常，费尔明就示意要我再喝一口。我抛开体内的强烈抗议和天翻地覆，很干脆地喝了第二口，对于那瓶难喝的饮料附送的倦意和余勇，我也心存感激。

“怎么样？”费尔明问，“好多了，是吧？这可是胜利者专属的点心。”

我点头承认，频频喘气，双手则忙着解开领口的纽扣。费尔明趁此空当儿喝了一口自制调酒，然后把瓶子放回风衣口袋里。

“再伤感的人，也抵不过化学的威力。但是，您可别常常用这个办法解决问题，酒精这玩意儿呢，就跟捕鼠器或慷慨之心一样：使用越频繁，效果就越差。”

“放心，我不会的。”

费尔明展示了他从另一个风衣口袋掏出来的古巴雪茄，却对我边眨眼边摇头。

“这两支雪茄，是我特别从未来岳父巴塞罗先生的加湿器里偷来的，但我看我们还是改天再抽吧！今天的状况不适合，放着刚出生的孩子不管，在这里吞云吐雾恐怕不太好。”

费尔明在我背上轻柔地拍了几下，在一旁静候，好让他那瓶调酒在我的血液中扩散，诡谲的酒精镇静功能完全掩饰了我内心无法言语的惊恐。费尔明见我反应迟钝，眼神涣散，便趁机开始发表他无疑准备了一晚上的演讲。

“达涅尔老弟！我们的上帝，或是他的代理人似乎认为，为人父母，把一个新生命带到这世界应该比考取驾照更容易。在这种不幸的情况下，一些白痴、窝囊废和大老粗认为自己有资格做父母，不停地生养，使他们可怜的孩子蒙羞。因此，只要我的身体没问题，必要的结婚证明一到手，我也准备尽快把我心爱的贝尔纳达的肚子搞大。所以，我很可能跟随您踏上为人父的旅程。我敢保证，而且现在就能保证，您，达涅尔·森贝雷，一个乳臭未干的小伙子，此时此刻虽然自信薄弱，对自己成为一家之主的能力没啥把握，但您一定会成为模范父亲，虽然，说实话有时候您就像个搞不清状况的傻子、幼稚鬼……”

他说到一半，我的脑袋已经一片空白，或许是烈酒带来的后遗症，或是我这位挚友太擅长在言语上煽风点火。

“费尔明，我好像不太明白您说的道理……”

他叹了一口气。

“我只是想说，我知道面临这样的时刻，您会手足无措。达涅尔，这的确超出了您的能力，但是，就像您亲爱的夫人说的，不需要感到恐惧。孩子们，至少您的孩子是带着喜悦和计划来到这个世界的。任何一个有责任、有尊严、有点脑袋的人，总会找到不自毁前程的道路，成为不必感到耻辱的父母。”

我瞅着身旁这个瘦小的男子，一个愿意为我舍身卖命的人，在我面对生命难题的困顿时刻，他总会有千言万语为我解惑。

“费尔明，希望事情能像您说的那么简单。”

“值得投入的事，没有一样是简单的。我年轻的时候老是想，在世间闯荡，只要学好三件事：第一，系鞋带；第二，负责任地给女人宽衣解带；第三，每天读几页好书，品味文字的奥妙。我一直以为，堂堂正正的男子汉必定要懂得抚慰他人，而学会聆听美好的字句，能让人活得更久，最重要的是，活得更好。但是这些年来的历练告诉我，这样仍旧不够，有时生命会给我们机会去做吃喝拉撒睡之外的事。今天，在您不知不觉当中，命运给了这样一个机会。”

我半信半疑地点头。“如果我还不到这个层次呢？”

“达涅尔，如果说我们俩有什么共同之处，那就是都遇见了自己配不上的好女人。所以听清楚了，在人生的旅途中，一切都是她们说了算，咱们只要乖乖听话、守规矩就行了。怎么样？”

“我非常佩服您的看法，但是这对我来说太难了。”

费尔明频频摇头，要我别把事情看得太严重。

“不要害怕！刚刚那一番人生大道理，我精辟的解析，可能会让您这种脑袋不灵光的人感到很困惑。但是人生中的这些事，您差我还有十万八千里，而我通常都和圣人一样正确。”

“这一点我无法反驳。”

“您不会反驳的，否则第一回合就得输！相不相信？”

“当然，费尔明，您知道的，就算世界末日，我也会跟着您的。”

“既然这样，要把我的话听进去啊！而且，您也要相信自己，就像我这样。”

我直视他的双眼，缓缓点着头。

“脑袋恢复清醒了吧？”他问。

“我想应该是吧。”

“那就好好把颓丧的身躯振作起来！拿出男人的气魄，回病房给贝亚小姐一个紧紧的拥抱，也抱抱你们爱的结晶。要记住：多年前，我在皇家广场拱门下有幸认识的那个男孩，那个一次次让我担惊受怕的男孩，必须坚持踏上这次冒险。达涅尔，在前方迎接我们的，已经不是孩提时代那些幼稚的事了。明白我的意思吗？谁知道呢，说不定世界末日就在不远处等着我们。”

我二话不说，转身紧紧拥抱他。“费尔明，如果没有您，我会怎么样？”

“常常犯错啰！现在应该知道了吧，刚刚灌下我那特调饮料的副作用，就是能暂时卸下心防，抛开情感上的束缚。所以，如果现在去病房探视贝亚小姐，您望着她的眼神，一定能让她感受到您是真心爱她的。”

“这个她本来就知道。”

费尔明摇头轻叹。“就照我的话去做吧。如果害臊，那就别说什么甜言蜜语了，没办法，男人就是这副德行，睾酮素对我们的口才毫无帮助。可是您的爱意，她能感受到的。因为这种事与其用说的，不如直接表现出来，而且不能三天打鱼两天晒网，要天天做才行。”

“我会尝试的。”

“不能尝试，要用力。”

就这样，在费尔明的劝说和帮助下，失去了少年永久、脆弱的庇护的我迈步走回病房，命运正在那里等待。

多年后，那一夜的情景可望重演。那个清晨，我躲进圣安娜街老书店后面的工作间，面对眼前的白纸，屡次尝试，却不知如何对自己诚实写下真实的家族往事，这个念头已在脑子里经年累月盘旋，我却始终写不出只字片语。

一口气吞下半公斤油炸猪皮的费尔明，因为消化不良而失眠，决定不能浪费这宝贵的时间半夜上门拜访。我面对一张白纸苦思不已，手上的蘸水笔像漏油的老爷车，他见我这副狼狈样，便在我身旁坐下，打量着我脚边那一地揉皱的纸团。

“达涅尔，说了您别生气，但是……您究竟知不知道自己在做什么？”

“不知道。”我坦承，“或许，我可以试着靠一部打字机改变所有现状。广告上说，安德伍德打字机是专业的选择。”

费尔明颇能认同广告词的说法，却使劲猛摇头。

“打字和写作不是一回事，差光年那么远。”

“还真是谢谢鼓励。那您呢？大半夜的，在这儿做什么？”

费尔明拍拍肚子。“吞了一整只猪崽，胃胀得难受。”

“要吃点胃肠药吗？”

“还是不要的好，吃了那玩意，我下面就更硬了，真的，到时整晚都别想睡了。”

我放下钢笔，暂停了屡试不成的句子，找寻着老友的目光。

“还好吧，达涅尔？我是说，除了尝试写作大业的挫败之外……”

我只能耸耸肩。一如往常，费尔明随即摆出一副万事通的姿态。

“有一件事……已经在我脑袋里转了好一阵子，但不知该怎么开口才好。”

他捂着嘴，打了个嗝，短暂却响亮。

“如果是床上的技术问题，尽管放马过来吧！我可要提醒您，在这方面，我跟医生一样厉害。”

“不是，不是床上的事。”

“太可惜了，因为我刚学会几个新招数……”

“费尔明……”我打断他，“您觉得……我过的是我该过的生活吗？我没有让别人失望吗？”

我的老友一时无言以对。只见他眉眼低垂，叹了口气。

“难道这就是您陷入的巴尔扎克困境、精神的拷问吗？”

“一个人开始写作，不就是为了更了解自己和世界吗？”

“不是。除非他知道自己在做什么，您这种……”

“您这位心灵导师真差劲，费尔明，好歹也帮帮我吧……”

“我一直以为，您正打算成为小说家，而不是要当圣人。”

“老实告诉我，毕竟您也是看着我长大的。我是不是让您失望了？我是不是达到了母亲的期望？请告诉我事实。”

费尔明没好气地翻了个白眼。

“所谓的事实，都是那些自以为是的家伙编造的蠢话。在我看来，事实就是美艳女神的胸罩尺寸，还有我们以前在神殿戏院看过的坚挺胸部。”

“金·诺瓦克。”我在一旁附议。

“愿上帝和重力保佑那性感尤物！没有，您没让我失望，达涅尔，我对您从来没失望过。您是个好男人，也是个好朋友。若要问我的看法，我相信，您那去世多年的母亲伊莎贝拉一定会以您为傲，是的，她肯定会认为您是个好孩子。”

“却不是出色的小说家。”我苦笑以对。

“我说，达涅尔，让您去当小说家，就像要我去多明我会当教士一样。这一点，您有自知之明。就算有全世界最棒的钢笔或安德伍德打字机，也改变不了这个事实。”

我无奈地叹了口气，陷入漫长的静默。费尔明若有所思地看着我。

“达涅尔，知道吗，其实我一直在想，我们经历了这么多事情，但我依旧是那个落难街头的可怜虫，有人大发慈悲，才把我带回家收留，而您一直都是那个无依无靠的孩子，游走在迷惘的世界，被种种谜团缠绕，心中一直企盼着，说不定，有一天奇迹出现，您能够解开所有谜团，重现母亲的容貌，找回您被尘世剥夺的所有真实回忆。”

我暗自斟酌着他的措辞，简直是针针见血。

“如果您说的是真的，是不是很糟糕？”

“有可能更糟呢！您当然可以当个小说家，就像您的朋友胡利安·卡拉斯。”

“或许我应该找到他，说服他把这个故事写下来。”我说，“我们的故事。”

“您儿子胡利安也常常这样说。”

我难以置信地看着费尔明。“胡利安说什么？胡利安怎么会知道卡拉斯？您跟我儿子聊过他？”

“我？”费尔明端出待宰羔羊的可怜模样。

“您跟他说了些什么？”

费尔明发出哼的一声，故作轻松状。

“零碎细节，至多一些无关紧要的片段。问题是，那孩子好奇心特别强，又机敏，当然很快就被他发现了，然后就非要问个清楚。这不是我的错啊，那孩子实在太伶俐了。您显然就不像他那么机灵。”

“天啊……贝亚知道您已经跟孩子聊过卡拉斯这个人吗？”

“拜托，我可不想介入您的婚姻生活。不过，我猜贝亚小姐大概不会不知道，她至少也感受到了。”

“费尔明，我严令禁止您再跟我儿子提起卡拉斯这个人。”

他一手按着胸口，一脸严肃地点头允诺。

“我把嘴巴封起来。立下了封口承诺，若再有心智软弱的时刻，那将是我最晦暗的耻辱。”

“还有，不准在他面前提起金·诺瓦克，我太了解您。”

“去除世间原罪这件事，我跟小绵羊一样无辜，因为这种事情孩子自己会提起，小孩都聪明得很。”

“您这个人真是不可理喻！”

“我可以牺牲自我，勉强接受您无理的嘲弄，因为我知道，您这种反应源自本身才智不足而产生的挫败感。除了卡拉斯之外，您不准我提起的黑名单还有谁？巴枯宁？性感美女梅·韦斯特？”

“费尔明，您就让我清静一下吧。”

“独留您在这里面对险境，那怎么行？至少要有个睿智的成年人随侍一旁才可以。”

费尔明仔细看了看钢笔，检视了书桌上堆放的一沓白纸，还煞有介事地估算了书桌大小，仿佛那是一整套外科手术器材。

“您已经知道该如何开始这项新事业了？”

“才不呢。我正在思考这件事的时候，您就来了，然后就开始蠢话一堆。”

“胡说八道！没有我，您连一张购物清单都写不出来。”

最后，他总算服气了，决心投入眼前这项艰巨的任务。他在我身旁的椅子坐了下来，紧盯着我不放，目光之强烈，不言而喻。

“说到清单……是这样的，我对写小说这一行的理解，比不上我在苦行衣的制作和使用那方面深入，不过我突然想到，开始之前，应该先写张清单，列出所有想描述的事项，就像存货清单那样。”

“就像一张地图？”我提出新想法。

“地图是给不知道该去哪里的人看的，能让自己安心，也能引导其他笨蛋往别的地方去。”

“这点子不错。自我欺骗也正是完成不可能任务的秘诀所在。”

“看到没？咱们组成了一支无敌团队。您记录，我思考。”

“那就大点声思考。”

“地狱来回走一遭，内容可精彩呢，墨水够用吗？”

“够我们上路了。”

“现在就差决定从哪里着手列出清单了。”

“就从您怎么认识她开始，如何？”我问道。

“谁？”

“还会有谁？费尔明，当然是我们那位梦游巴塞罗那仙境的爱丽丝。”

他脸色一沉。“我从没给任何人说过那件事。达涅尔，就算是您，我也没说过。”

“那您说吧……前往迷宫，还有什么比这更好的入门吗？”

“人嘛……总要带着某个秘密进棺材。”费尔明坚持己见。

“藏着太多秘密会让人提早进棺材的。”

费尔明挑起眉梢，一脸惊讶。“这话谁说的？苏格拉底，还是我？”

“都不是。而是达涅尔·森贝雷，一个很特别的男人，就在几秒钟前才说的名言。”

费尔明露出愉悦笑容，随手打开一颗柠檬口味瑞士糖，径自往嘴里塞。

“就算过了这么多年才上道，但您也算是可塑之材。小鬼，要不要来一颗？”

我接下瑞士糖，因为我知道，这是我的老朋友费尔明最珍视的随身物品，能够与他分享这件宝贝，着实是我的荣幸。

“达涅尔，有没有听过一句最老生常谈的话：在爱情和战争中，凡事皆理所当然？”

“嗯……听过，说的人多半是指战争，而不是爱情。”

“没错，因为到头来，这根本就是又臭又烂的大谎言。”

“那么……我们这个故事讲的是爱情，还是战争？”

费尔明只是耸耸肩。“有什么差别？”

就这样，在午夜的幽暗中，在几颗瑞士糖和随时可能消失在时光里的记忆的帮助下，费尔明开始构思情节，编织结局与开头，细述那个属于我们的故事……

节录自《灵魂迷宫》，“遗忘书之墓”第四部
胡利安·卡拉斯 著
卢米埃尔出版社，巴黎，一九九二年
艾弥儿·德·罗西尔·卡斯特兰 主编

末日经
巴塞罗那
一九三八年三月

DIES IRAE

Barcelona Marzo de 1938

1

翻滚的潮浪惊醒了他。张开双眼的一刹那，映入眼帘的是一片漆黑。摇晃的船身，空气中弥漫的硝烟味，海水拍打船身的声音，这一切提醒了他，此刻并不在陆地上。他推开充当床垫的布袋，慢慢起身，小心避开船舱内的柱条和货物架。

眼前的景象恍若幻影，像一座沉陷的教堂，充斥着从上百座博物馆和皇宫掠夺的战利品。盖着布的一列豪华轿车的轮廓隐约可见，整齐的车阵中放置了一排雕塑品和画作。一台巨大的钟琴旁摆着鸟笼，笼里有只五彩缤纷的鹦鹉，凌厉的目光盯着他不放，毫不客气地质疑他身为偷渡者的处境。

他瞥见前方不远处有一件米开朗基罗的“大卫像”复制品，有人随手在大卫头上摆了顶国民警卫队的三角帽。雕像后方紧跟着一群死气沉沉的人形模特，套着复古洋装，仿佛定格在一曲不朽的维也纳华尔兹里。还有一辆豪华灵车，大片的玻璃车窗，车内还摆着一具石棺，灵车旁放着一沓老旧海报。其中一张是战前斗牛场上的斗牛表演广告。

“费尔明·罗梅罗·德·托雷斯”这个名字夹杂在一大串斗牛士名单之中。他的视线停驻在这个名字上，接着，这位本名很快就要埋葬在战争灰烬中的秘密乘客，暗自默念着：

费尔明·罗梅罗·德·托雷斯

他告诉自己这是个好名字。悦耳响亮，适用于乱世中的幸存，亦有助于摆脱纠缠此生的偷渡者恶名。这名瘦小干瘪却有个大鼻子的男子，不久后改用了费尔明·罗梅罗·德·托雷斯这个姓名。过去两天，他一直躲在这艘两天前从瓦伦西亚启程的商船货舱中。他奇迹般的偷渡成功上了船，藏在装满旧步枪的大箱子后面。为了防潮，有些步枪用布袋包裹密封，但大多是光溜溜地堆放在一起。他总觉得，比起击中敌人，这些枪更有可能炸烂某个可怜的民兵的脸——或者是他的脸，如果他不小心靠在了不该靠的地方。

为了舒展双腿，缓和因寒冷和船舱湿气引发的麻木，费尔明每隔半小时便起来在货架间闲逛，也借机找东西果腹，就算一无所获，起码能打发时间。来回几趟，他和一只老鼠竟熟悉了起来，起初互有猜忌，渐渐地，害羞的小老鼠越来越不怕生，终于跳上他的大腿，一起分食从干粮箱子里找到的乳酪。虽说是乳酪，却硬邦邦油滋滋，尝起来像肥皂块，根据费尔明的食物鉴赏力，这乳酪根本不含一丁点儿牛奶或任何反刍动物的一丝成分。但识时务者为俊杰，品味这种事无须执着，就算有必要，在那几天的悲惨处境之下，必须冷静地换个方式去体会，至少这对挨饿多月的哥们确实快活地享受着这顿美食。

“鼠老弟，战争带来的好处，就是残羹剩饭也成了人间美食，拿根棍子沾点粪便，巧妙伪装成长棍面包也没问题。污水熬面包屑加木屑这种半军事的伙食，不但能磨炼我们的意志，还能促进舌尖味觉，一旦到了炉火殆尽的地步，实在没什么可吃的，就算是软木塞，也能尝出火腿的滋味。”

分食费尔明偷来的食物时，小老鼠总是耐心听他高谈阔论。有时老鼠饱食撑肚，索性就在他脚边睡着了。费尔明静静看着它，顿时领悟，他俩合得来，其实是因为本质相似。

“我们是物以类聚，同样被直立猿人搞出来的一堆哲学思想折磨着，天天披荆斩棘，就为了杀出一条活路。让我们向上帝祈祷，不久的将来所有的灵长类动物都被一举歼灭，和恐龙、长毛象还有渡渡鸟一起长眠地下。好让您这种辛勤劳动、性格温和，满足于吃饱睡足、繁衍后代的小动物统治地球，或至少是和蟑螂或甲虫共享大地……”

老鼠即使对他的论调无法苟同，也不会有任何反应。他们之间是一种融洽的共存关系，没有主从之分，双方都是彬彬有礼的君子，平日就只能聆听船员在底舱活动时的脚步声和闲聊。船员极少现身货舱，通常是趁机下来偷东西，这时，费尔明会赶紧躲回装满步枪的大箱子后面，那原本就是他的藏身处，就这样，随着海浪漂流的节奏，嗅着灰尘的气味，他逐渐打起瞌睡。偷渡上船的隔日，费尔明在这艘海上大魔怪的肚子里探宝。自诩现代约拿的他，闲暇喜欢研究《圣经》版本，竟在此发现一摞装订精美的《圣经》。他觉得这些《圣经》浮夸造作，但别无选择，只好随手借了一本，顺便从囤货堆里拿了一支蜡烛，为自己也为逃难同伴鼠老弟大声朗读。他挑选的是《旧约》篇章，因为他一向认为《旧约》比《新约》更富趣味，也更加恐怖。

“听清楚喽……鼠老弟，接下来这个象征可不得了，里面的乱伦和肢体残缺桥段能把格林兄弟吓得尿裤子……”

在这海上避难所，这对难兄难弟就这样消磨了日日夜夜，直到一九三八年三月十七日凌晨，费尔明睁开双眼，发现鼠老弟已经走了。或许是前一晚朗读的《圣约翰启示录》把它吓坏了，或许它有预感这段历险已到终点，最好找个地方藏身。夜夜被寒风冻得手脚麻痹的费尔明，颤抖着来到一扇舷窗前，望着拂晓的绯红天色。圆形小窗离海平面仅有咫尺，因此费尔明可以看见日出。接着，他越过弹药箱和以绳索固定在一起的生锈自行车，来到货舱另一头，往外看了一眼。港口灯塔的朦胧灯光映着货轮船身，穿透一扇扇舷窗，在货舱划出一道又一道光束。远方隐约可见晨雾缭绕的瞭望台、圆顶和尖塔，巴塞罗那这座城市由此扩展。他自顾自地微笑，暂时忘却了彻骨寒冷，以及在上一个港口和人打架后留下的满身伤痕。

“露西娅……”他低语，脑中浮现的面容与回忆，曾是在困境中支撑他活下去的力量。

他从外套暗袋掏出随身携带已久的信封，叹了口气。白日梦几乎在转瞬间消失。货轮离港口的距离比他想象中要近。任何有点概念的偷渡客都知道，最难的不是溜上船，而是全身而退，并且行迹不露。若要安然登陆且毫发无伤，最好现在开始筹备逃亡大计。他听见甲板传来全体船员的脚步声，力道比平日多了一倍，接着感受到船身转向，引擎减速，准备进入港口海域。他收好信封，清除自己可能留下的踪迹。点过的蜡烛、充当坐垫的布袋、借来洗涤灵魂的《圣经》、替代乳酪的面包屑、吃剩的过期饼干全得藏起来。他一一盖好觅食时打开的木箱，用破旧不堪的靴子鞋跟使劲敲紧。望着那双几乎已不能穿的鞋，费尔明告诉自己，若有幸踏上土地，完成许下的承诺，下一个目标就是买双新鞋，要跟这双向死人借来的旧鞋不同款式。他在货舱奔忙的同时，偶尔也透过舷窗观察货轮驶进港口的情形。他鼻尖贴在玻璃窗上，瞥见矗立山头的蒙锥克堡兼军事监狱，仿佛一只扑向城市的猛禽，他不禁打个寒颤。

"如果不小心点儿，下场就是死在那里……"他自言自语。

远处清晰可见哥伦布纪念碑的尖端，那只手指一如既往地指着错误的方向，错把巴利阿里群岛当成了美洲大陆。糊涂的探险家后方则是兰布拉大道入口，往上延伸至旧城区中心，露西娅就在那儿等着。他突然想象她裹着被单、全身散发香气的模样。不过，这念头立刻因愧疚和羞耻心而消失。他已经违背了自己的承诺。

"真可悲！"他这样斥责自己。

自从上次见到她，已经过了十三个月又七天，仿佛有十三年那样漫长。重返藏身处之前，他最后看见的景象是仁慈圣母，这座城市的守护神，她的雕像高高伫立在港口对面圣母堂的圆顶上，仿佛随时要纵身飞过巴塞罗那上空。他诚心祈求圣母庇佑，虽然他九岁时把故乡教堂误当成图书馆，从此未再踏进去一步，但费尔明诚恳立下誓约，请求圣母聆听他的祈祷——或是神明界的其他权威代表也行——若能助他安渡这个难关，他愿意将生活的重心导向精神层面，定期上教堂望弥撒。许下承诺后，他画了两次十字，随即躲回装满长枪的木箱，仿佛躺在一具武器打造的棺材里。他正要关上木盖时，瞥见鼠辈好友站在高高叠放到几乎触顶的箱堆上方，望着他。

“祝你好运，朋友！”他低语。下一秒他躺进了充满火药味的黑暗中，冰冷的枪口抵着他的肌肤，生死一线，已无退路。

2

过了半晌，费尔明发觉引擎声消失了，船在风平浪静的港口原地停浮。他推测，此刻距离靠岸时间还太早。这一趟航程下来，历经过两三次靠岸，他已经能够辨认船只靠岸时发出的各种声响，从抛出缆索、下锚，到船只被拖行靠岸时底板的摩擦声，他都一清二楚。现在除了甲板上不寻常的脚步和谈话声，他对一切毫无头绪。不知何故，船长决定在入港前提前停泊。在过去近两年的战乱期间，费尔明学会了一个教训：突发事件通常不是什么好事。他咬着牙，开始画起十字。

“圣母，我在此放弃谨守多年的无神论调，请原谅我过去做过的种种坏事……”他喃喃自语，在装满三手旧步枪的货舱里为自己的命运祈祷。

祈求不久便有了回应。费尔明依稀听见另一艘较小的船只靠近，轻轻撞上货船船身。片刻之后，全体船员踩着海军仪仗队的整齐步伐在甲板集合。费尔明用力咽下口水。有人上船了。

3

阿莱斯船长想：三十年航海生涯，最糟的事总在登陆后发生。他站在指挥层，看着一群人从左舷爬上船，挥舞着枪把船员推挤到一旁，替他们的长官开道。阿莱斯皮肤和头发在长年烈日暴晒和海水洗礼之下显得焦黄，他那漾着光泽的眼神，仿佛总是蒙着泪水。年轻时他深信航海是为了寻求历险，但经过这么多年，他学会一件事：真正的冒险总在港口等着，而且是不请自来。在汪洋上他什么都不怕。上了陆地，尤其是这种时局，他反而恶心难受。

“贝尔梅霍，你用无线电通知港口，就说我们临时中断航程，抵达时间会有点延误。”

他的大副贝尔梅霍已吓得面色惨白，全身不停颤抖，几个月来每逢空袭和交战时他就这个样子。可怜的贝尔梅霍，他从前是瓜达尔基维尔河的观光游艇水手长，根本没胆量应付这份工作。

“船长，我应该跟对方说是谁中断了我们的航程？”

阿莱斯目光锁定那个刚踏上甲板的身影。他一袭黑色风衣，搭配手套和绅士帽，看上去是这群人当中唯一没带武器的人。阿莱斯看着他在甲板上缓缓踱步，神情严谨，同时有种恰如其分的意兴阑珊。躲在墨镜后的双眼，正扫视着全体船员，脸上面无表情。最后，他驻足甲板正中央，抬起头望着指挥舱，摘下帽子点头示意，脸上挂着蛇蝎般的奸笑。

“傅梅洛。”船长低声说道。

这个人上了船之后，贝尔梅霍似乎萎缩了十厘米，他盯着船长，面如土色。

“他……是谁？”他好不容易才吐出这几个字。

“秘密警察。下去交代所有人别轻举妄动。用无线电通知港务人员，就照我刚刚说的。”

贝尔梅霍频频点头，却迟迟不见他采取行动。船长定定注视着他。

“贝尔梅霍，快下去！还有，看在老天爷的分上，千万别吓得尿裤子。”

“遵命，船长！”

阿莱斯独自在指挥楼停留了片刻。这天碧空如洗，浮云高挂，仿佛水彩画家挥洒的绝妙杰作。他一度考虑取出锁在船舱橱柜里的手枪，但这个无知的念头终究化成嘴角浮现的苦笑。他用力吸了口气，一边整理身上那件破旧外套的纽扣，接着走出桥楼，下了楼梯，那位旧识指间抖弄着一支香烟，早已静候他的到来。

4

“阿莱斯船长，欢迎莅临巴塞罗那。”

“谢谢您，警官。”

傅梅洛面露微笑，“现在是大队长了。”

阿莱斯做出肯定的神情，目光紧盯着傅梅洛脸上漆黑的墨镜，但镜片后方凌厉的双眼究竟聚焦何处，却是难以臆测。

“恭喜您升职。”

傅梅洛朝他递出一支烟。

“不用了，谢谢您的好意。”

“这可是高级品，”傅梅洛劝他，“拉丁美洲来的上等货。”

阿莱斯接下香烟，随手放进口袋。“请问大队长，您要检查我们的文件和许可证吗？该有的我们一样都不缺，全都经过政府许可和盖章……”

傅梅洛耸耸肩，一副无所谓的模样，大口吐着烟，面带笑容。

“我相信您的文件都符合要求。我倒想问……这船上载运的都是些什么东西？”

“军需品。药品、武器和军火弹药。还有几批充公拍卖的私人物品。所有货物都经由瓦伦西亚政府代表盖章核准。”

“我相信，船长。不过这都是您跟港务局和海关之间的事，我只是个为民服务的公仆。”

阿莱斯神色自若地点点头，同时提醒自己，无论何时，视线绝不能偏离漆黑镜片后方那双眼睛。“敢问大队长，能不能告诉我，您要找的东西是……”

傅梅洛招手要船长陪同，接着，两人漫步甲板上，从这一头踱到另一端，所有船员在一旁好奇地观察。几分钟后，傅梅洛停下脚步，用力吸了最后一口烟，随手在船舷上捻熄烟蒂。他倚着栏杆，凝视前方的巴塞罗那，仿佛从未见过这座城市。

“船长，您闻出他的味道了吗？”

阿莱斯静默了半晌才搭腔：“请问您指的是什么味道，大队长？”

傅梅洛轻轻拍了拍他的手臂。“深呼吸！别急，您等等就会闻到了。”

阿莱斯与贝尔梅霍面面相觑。船员你看我，我看你，全都一头雾水。傅梅洛转过身，作势要大伙儿一起深呼吸。

“没有吗？没有人闻出来吗？”

船长努力想挤出一丝笑容，但终究笑出不来。

“我肯定闻到了。”傅梅洛说，“别告诉我您没闻见。”

阿莱斯轻轻点头。

“那是一定的。”傅梅洛乘胜追击，“您当然闻出那个味道了，就跟我和在场所有人一样。那是一股鼠辈的臭味。有只令人作呕的老鼠藏在这艘船上。”

阿莱斯紧蹙眉头，面露疑惑。“我向您保证……”

傅梅洛举起手制止他往下说。“只要有一只老鼠钻进来，就再也没办法摆脱。你放了毒饵，它不吃。你装捕鼠器，它就在上头拉屎。老鼠是世上最难消灭的生物。因为它胆小。因为它很会躲。因为它自认比你聪明。”

傅梅洛刻意暂停了数秒钟，一副自鸣得意的模样。

“知道消除老鼠唯一的办法是什么吗，船长？要怎么样才能永绝后患？”

阿莱斯摇头。“不知道，大队长。”

傅梅洛露齿而笑。“哎，您当然不知道了。因为您是船员，没必要知道这些。这是我的工作。我在革命中的地位越来越重要，不是没有原因。好好看着，船长，好好观察，学着点。”

阿莱斯还没来得及回答，傅梅洛已径自往船头走去，手下尾随在后。这时，阿莱斯才知道自己大错特错。傅梅洛全副武装、有备而来。只见他挥弄着一把闪亮的左轮手枪，那可是收藏级别的珍品。接着，他横越甲板，蛮横地推开挡住去路的船员，对船舱入口视而不见。他很清楚自己的去处，轻轻扬起一个手势，那批手下立刻群聚在货舱入口，静候长官的下一个指令。傅梅洛倾身靠近那片金属门板，以指关节轻叩几下，仿佛敲的是多年老友的家门。

“大惊喜！”他大喊一声。

货舱门基本上是被他那群手下强力拆除的，于是，深藏不露的大船内部就这样摊在阳光下。战火蔓延的这两年，阿莱斯见过和学会的都够多了，他赶紧躲回指挥楼，最后映入眼帘的便是傅梅洛像猫似的舔着双唇，手上紧握着左轮手枪，旋即潜入大船货舱。

5

费尔明连日困在船底货舱呼吸着同样的腐蚀气味，当一缕清风从藏身的军需品木箱缝隙钻进来，他仿佛嗅到香芬。他侧歪着头，从箱缘缝隙看见货舱里的扇形朦胧亮光。是手电筒。

惨白柔和的光线扫过所有货物，覆盖着汽车和艺术品的麻布，顿成薄纱般剔透。底舱传来的脚步声和金属碰撞声渐渐靠近。费尔明咬着牙，默默回想自己躲回藏身处之前走过的路径。布袋、蜡烛、剩食，甚至在货物间走道可能留下的足迹。他自认应该没有任何疏漏。他们不会发现他的，他这样告诉自己。不可能。

就在此时，他听见那尖锐又熟悉的嗓音叫唤着他的名字，仿佛在吟唱小曲。顿时，他的膝盖像果冻一样瘫软。

傅梅洛。他的声音，他的脚步，听起来已近在咫尺。费尔明紧闭双眼，仿佛在漆黑密室里因诡异声响而饱受惊吓的孩子。他闭上眼不是因为这么做可以保护自己，而是没有勇气见到那个身影伫立在一旁，然后倾身扑向他。此刻，他感受到脚步声缓缓前进，离他仅仅数厘米。戴着手套的指尖抚着木箱盖子，仿佛蛇蝎在盖上蠕行。傅梅洛正吹着口哨。费尔明屏息以待，双眼紧闭。额头的冷汗直往下滴，他必须紧紧握拳才不致一直发抖。他连一丝肌肉都不敢动，就怕碰触到装满步枪的袋子，可能会发出声响。

或许是他误解了。或许他们会发现他。或许世上根本就没有一个他能藏身并安度余生的角落。或许，那个一如往常的晴空丽日，他将告别世间。因此他决定豁出去了，打算用躺卧的那堆步枪做最后一搏。两秒内弹孔遍布全身而死，总好过落入傅梅洛手里，接下来的两周被吊在蒙锥克监狱地牢的天花板上，惨遭各种手段凌虐至死。

他摸了摸身旁的长枪，找到了扳机，用力抓紧，但直到此时才想起，枪支极可能没装子弹。管他的，他心想。以他瞄准的水平，一枪打穿自己脚的可能和射中哥伦布雕像眼睛的概率一样高。想到这里，他不禁面露微笑，双手随即抓起长枪抵在胸前，忙不迭地找寻撞针。他从未操作过枪支射击，但他告诉自己，幸运之神总是站在新手这一边，尽管信心不足，总可以靠努力来弥补。他上紧撞针，打算把傅梅洛的脑袋轰个粉碎，管他要上天堂还是下地狱。

过了半晌，脚步声却逐渐远离，带走了创造荣耀的机会。

他顿时想起，伟大的情圣，无论是已付诸行动或以此为职志，生来就不是在最后关头称英雄的角色。他大大松了一口气，抚着胸口，湿透的衣服紧贴身躯，仿佛第二层肌肤。傅梅洛和他的爪牙即将离去。费尔明想象他逐渐消失在阴暗的货舱，脸上漾起轻松的笑容。或许根本没有人告密。或许那只是例行检查。

此时脚步声突然停止了，阴沉的静默骤然浮现。有好一会儿，费尔明只听得见自己的心跳。接着，就在他几乎不动声色地微微吐息时，木箱盖上来回移动的一条细小轻盈的东西触碰着他，和他的脸庞相距不过几厘米。他闻出那股介于酸甜之间的气味。那是他逃亡大历险的鼠老弟，它正在木箱盖子裂缝间嗅个不停，努力想闻出好友的味道。费尔明正打算轻轻发出嘘声驱离它，货舱却突然响起震耳欲聋的巨响。

大口径枪管射出的子弹，不偏不倚地击中距离他脸庞不到五厘米的木盖上的那只小老鼠。血滴渗入裂缝，落在他的双唇。费尔明突然觉得右腿发痒，视线往下一探，这才发现刚刚子弹射穿木箱时，擦烂了他的裤子，差点打中他的腿。一道朦胧亮光掠过藏身处，映出子弹穿越的路径。费尔明听着脚步声重返他的藏身地。傅梅洛在木箱旁跪了下来。费尔明从木箱缝隙瞥见他锐利的目光。

“你还是一如既往跟鼠辈交朋友。你真该听听阿曼西奥的惨叫声，是他告诉我们你藏在哪儿。只是一点皮肉上的挑战，你们这些英雄叫得和金翅雀一样欢快。”

费尔明直视眼前那凌厉的目光，回想起过去种种，觉得自己若不是躲在这个装满枪支的木箱里冷汗直流，恐怕已经吓得屁滚尿流了。

“你闻起来比那个老鼠朋友还要臭！”傅梅洛低声说，“我想你需要好好洗个澡。”

接着，费尔明听见来回走动的脚步声，一群人吵吵嚷嚷忙着挪动箱子，搬动货舱的物品。与此同时，傅梅洛寸步未离原地，双眼探究着大箱子阴暗的内部，目光宛若探出窝口的一条蛇，耐心静候。片刻之后，费尔明感受到箱子遭受榔头重重一击。起初，他以为他们要把箱子拆了。但一见到盖缘出现几支铁钉，他恍然明白，原来他们打算把箱盖钉起来。刹那间，木盖和箱缘仅存的缝隙消失了。他的藏身处顿成葬身之地。

费尔明感觉到箱子被人用力往前推移，傅梅洛一声令下，他的手下立刻下了船舱执行任务。接下来的状况他已有心理准备。他可以感受到一群人用杠杆抬起箱子，接着听见帆布条缠绕木架的声响，还听到链条在转动，霎时，他感受到起重机突然急升。

6

阿莱斯船长和全体船员凝视着悬吊于甲板上六米高的大箱子迎风摇晃。傅梅洛从船底货舱上来之后，推了推墨镜，一脸愉悦的笑容。他抬头望着驾驶桥楼，故意行了个俏皮的军礼。

“报告船长，即将执行灭鼠行动，若要歼灭船上的鼠辈，这是唯一真正有效的方法。”

傅梅洛指示起重机操作员将货柜下降数米，直到刚好悬在他面前。

“最后有没有什么遗愿或是忏悔？”

全体船员紧盯着那个大箱子，全场鸦雀无声。箱内唯一传出的声响是一阵微弱的呻吟，让人联想起一只饱受惊吓的小动物。

“别哭啊，事情没那么严重。”傅梅洛说，“再说，我也不会让你落单的。很快就会看见好多老朋友等不及要见你……”

大箱子再度往上升到半空，起重机开始转向船沿。箱子渐渐来到海面上大约十米高处，傅梅洛再次转身面向驾驶桥楼。阿莱斯怒目盯着他，嘴里低声咕哝着。

“混蛋！”他终究忍不住咬牙咒骂。

接着，傅梅洛点头示意，于是装有两百公斤步枪的木箱，加上五十公斤出头的费尔明·罗梅罗·德·托雷斯，就这样被扔进了巴塞罗那港口冰冷阴暗的海水里。

7

坠落的瞬间费尔明几乎没有时间抓住木箱。落水之后，几支步枪受到冲击力撞到箱子顶端。木箱在海面上漂浮了几秒钟，像浮标似的摇晃。费尔明奋力想挣脱压在身上的步枪，浓烈的硝烟和汽油味扑鼻而来。他听见海水又急又猛地从傅梅洛开枪射出的弹孔窜入，片刻之后他感受到海水到来的冰冷。他惊恐情急之下想缩进木箱另一头的角落，但是挪动步枪使得木箱失衡倾斜，让他整个人扑倒在枪支上。一片漆黑中，他摸到一把把步枪，赶紧推开身旁的武器，一心想找寻进水的弹孔。只是，好不容易才摆脱的一堆步枪立刻又压到身上，将他推往依旧倾斜的木箱底部。海水盖过双脚，在他的脚趾间蹿流。水淹及膝时，他总算找到了弹孔，使尽全力用双手压住。这时他听见甲板上传出枪响，以及木板中弹的声音。他后方多了三个弹孔，随即三道浅绿的微光照了进来。费尔明看清海水开始急涌，刹那间水深及腰。他惊慌失措地尖叫，试着伸手压住另一个弹孔，但突如其来的剧烈震动将他猛然往后一推。海水倾注货柜的狂流巨响，仿佛一头正要吞噬他的猛兽，这一幕把他吓坏了。积水爬到胸口，寒冷渐渐让他透不过气。货柜再度陷入漆黑，费尔明这才惊觉，整个大箱子正急遽下沉。他的右手已挡不住水流压迫。冰冷海水冲洗了他在黑暗中流下的泪水。费尔明试图吸入最后一口空气。

暗流紧紧夹裹着木箱，毫不留情地将它拉往海底。箱内仅剩一点新鲜空气，费尔明为了再吸一口气，铆足劲往上挣扎。过了半晌，木箱已沉入港口的海底，因为倾斜下沉，最后陷在一摊淤泥中。费尔明朝着木盖拳打脚踢，但木板仍被牢牢钉住，毫无松动。他仅剩的空气正悄悄从木板缝隙间溜走。眼前一片冰冷漆黑，渐渐让他灰心丧志，肺部像是着了火，他在缺氧状态下觉得头要爆炸了。盲目的惊恐让他深信自己恐将在数秒后断气，索性抓起一把步枪，以枪托猛力撞击木盖边缘。撞击第四次时，枪支意外从手中滑落。他在黑暗中摸索，摸到布袋包住的一把来复枪，因为袋内仅存的空气而漂浮在水中。费尔明两手抓住枪支，开始以仅剩的体力继续撞击，内心祈求着从未眷顾过他的奇迹。

袋内一记闷响，子弹射出后掀起无声的震动。这个近距离射击在木板上射出拳头大的圆孔，一道光芒照亮了木箱内部。他的双手抢在脑袋之前做出反应，把枪支瞄准圆孔，一次又一次扣下扳机。海水已填满布袋，子弹终究不再击发。费尔明拿起另一支来复枪，隔着布袋按下扳机。前两次射击无声无息，第三发子弹却让他感受到双臂震动，并亲眼见到木板上的洞口正在扩大。他继续射击，用尽子弹，直到洞口大到足以让他瘦削的身躯钻出去。尖锐的木板裂口无情地咬蚀他的肌肤。然而，抱着重见天日的一线希望，望着海面上明亮的天光，就算要挨上千刀万剐，他也会勇往直前。

港口温热的海水让费尔明双眼灼热，但他仍竭力张开眼睛。光影交错的海底丛林在浅绿的幽影中摆动，他脚下是一大堆废弃渔网、沉船残骸和累积了好几世纪的淤泥。他抬头望着从上方洒下的朦胧光束。货轮船身在海面形成一大片阴影。他估测这片港口区域至少有十五米甚或更深。如果可以游到船身另一侧，或许就不会被人发现，逃过一劫。他双脚抵着木箱，奋力一蹬往前游。当他缓缓朝着海面往上游，映入眼帘的尽是深藏海底的骇人景象。他顿时了然，先前以为的海藻和废弃渔网，其实是在暗处漂浮的尸体。数十具死尸戴着手铐，腿上的链条另一端拴着大石块或水泥砖，把这里变成了海底坟墓。穿梭在死尸间的鳗鱼鱼群，早已啃光了死尸脸上的残肉，头上的发丝如潮浪飘浮。他认出死尸中有男有女，还有幼童。往下一看，淤泥半埋着旅行箱和行李。有些尸体已腐烂，只剩一具具骨骸套着残破衣物。数不清的死尸，排列出通往阴暗的无尽通道。费尔明紧闭双眼，转瞬间，他浮出水面与人间接轨，并深切体会到仅仅一个简单的呼吸，竟是他此生经历过的最美好的事。

8

费尔明像个帽贝似的紧贴船身好一会儿，让呼吸逐渐平缓。约二十米外的海面上漂着一座浮标，外观正好像座小灯塔，圆筒顶端支撑着一盏灯，下方的圆柱空间里是个小亭子。白色浮标上漆着红色条纹，随浪摇摆，仿佛漂流中的金属小岛。费尔明告诉自己，只要能抵达那座浮标，他就能躲在里面，等待时机成熟，神不知鬼不觉地登陆上岸。似乎没有任何人发现他的踪影，但他不想大意冒进。他让受创的肺部尽可能吸入一大口空气，然后再度潜入海水，朝着浮标慌乱地挥臂前进。他专注地往前游，一路避免往下看，宁可相信自己刚才只是神志不清，那一幕阴森可怕的海底景象，不过是缠绕着一堆废弃物的渔网。他在距离浮标数米处浮出水面，赶紧绕到后方躲起来。他观察货轮甲板上的动静，暗自揣想此刻总算安全了，包括傅梅洛在内，船上的人都以为他死了。他爬上平台后，发现货轮指挥舱有个身影静静望着他。他直视对方的目光。费尔明无法辨识此人的身份，但从服装看来，他猜测对方应该是船长。他赶紧躲进浮标的圆筒中，随即倒了下来，冷得直打哆嗦。心想，大概几秒钟后就会听见有人来找他。早知如此，还不如死在木箱里。这下傅梅洛一定会把他关进地牢，好好折磨他。

那一刻，他等了许久，就在他以为逃亡历险即将抵达终点时，却听见货轮引擎熄了火，发出震耳欲聋的喇叭声。他小心地从窗口探头往外望，发现货轮已朝着码头驶去。他精疲力竭地躺着，尽情享受从窗口洒进的暖阳。或许，历经这一切之后，无神论者的圣母总算对他慈悲怜悯。

9

费尔明紧守着他那块地方，直到暮色晕染天际，港口街灯在海平面点亮了闪烁的网络。他仔细张望着码头，心里打定主意，最好的解决办法莫过于游泳到鱼市前船只群聚处，借由绳索和船头挂着的滑轮爬上去。

就在此时，他瞥见浓雾中的码头边有阴影轮廓浮现。一艘小艇正朝着他前进，上面坐着两名男子，一人划桨，另一人在暗夜中高提着灯，夜雾染成一片琥珀色。费尔明猛吞口水。他大可纵身跳入海水，或许能在夜色掩护下再次脱身。然而，他觉得自己运气用尽，丝毫不剩一丝抵抗力。他走出藏身之处，高举双手，小艇正迎面而来。

“把手放下吧！”高举提灯的男子这样说道。

费尔明紧盯着前方。坐在船尾的男子，是几个钟头前在指挥舱观望他的人。费尔明直视对方的双眼，点头示意。他握住对方伸出的手，登上小艇。划桨男子随即递上一条毛毯，饱受磨难的可怜虫立刻紧紧裹上。

“我是船长阿莱斯，这位是我的大副贝尔梅霍。”

费尔明结结巴巴地想挤出话来，但阿莱斯制止了他。

“您不需要报上姓名，这不干我们的事。”

船长拿出保温瓶，为他斟了一杯热腾腾的酒。费尔明双手紧握着黄铜杯，一口气喝了个精光。阿莱斯再为他添满一杯，总共添了三次，费尔明的身体总算又温热起来。

“觉得舒服一点了吗？”船长问他。

费尔明猛点头。

“我不打算问您为什么上了我的船，也不想知道您跟傅梅洛那号阴险人物有什么过节，但我想您还是小心一点的好。”

“我已经尽量小心了，请相信我。一切都是命，是命逃不掉啊！”

阿莱斯递给他一个袋子。费尔明往袋内瞅了一眼，里面有一摞干净的衣服，不过尺寸至少比他大上六个尺码，此外还有一些现金。

“您为何要这么做呢？船长，我只是一个偷渡的流浪汉，给您惹了这么多麻烦……”

“因为老子高兴。”阿莱斯船长豪气回应，贝尔梅霍也在一旁点头附和。

“我不知道该怎么报答……”

“只要别再偷偷上我的船就行了。好啦，您快把衣服换了吧。”

阿莱斯与贝尔梅霍看着他脱下一身湿透的破烂衣裤，接着帮他换上新行头，那是一套老旧的海军制服。丢弃原来那件破旧外套之前，费尔明先在每个口袋里找了又找，终于掏出他小心保存数周的那封信。海水早已洗尽油墨，信封成了浸湿的纸团，在指间散成碎片。费尔明双眼一闭，竟号啕大哭起来。阿莱斯船长与贝尔梅霍面面相觑，不知所措。阿莱斯船长轻抚着费尔明的肩膀。

“您别这样，最糟的情况已经过去了。”

费尔明猛摇头。“不……不是因为那个！”

他缓缓穿上衣服，将那封不成形的信放进新外套的口袋。见到两位恩人诧异地盯着他看，他赶紧擦干泪水，挤出笑容。

“不好意思，让两位见笑了。”

“您瘦得只剩皮包骨了。”贝尔梅霍在一旁说道。

“还不是因为打仗，没办法。”费尔明连忙抱歉，并极力展现出积极乐观，“不过，现在起我要走运了，我有预感接下来要过轻松愉快的好日子，一边吟诗，一边享用美食。光是靠猪血肠和肉桂饼干，我几天内就会肿得跟海上的浮标一样。别看我现在这个样子，您以后若有机会再见到我就知道了，我增肥的速度可是比男高音还快。”

“您说是就是吧……对了，您有落脚的地方吗？”阿莱斯船长关切他的去处。

穿着一身海军制服新行头的费尔明，一肚子温热的红酒，兴奋地连忙点头。

“心爱的女人在等您？”船长继续追问。

费尔明一脸苦笑。“她是在等人，但等的不是我。”

“这样啊！那封信是给她的吗？”

费尔明点了点头。

“这就是您赌上性命也非得回到巴塞罗那的原因吗？就为了把信交给她？”

费尔明耸耸肩。“她值得我冒这个险。再说，这是我答应朋友的事。”

“他死了？”

费尔明眉眼低垂。

“有时候，有些事情还是放在心里就好。”阿莱斯船长抒发己见。

“一言九鼎，答应了就要做到。”

“您上次见到她是多久以前？”

“大概一年多前吧。”

阿莱斯船长面色凝重地看着他。“现在这个世道，一年可不算短。人们很快就会遗忘。遗忘虽然像病毒，但是能帮助人们活下来。”

“那就看看我会不会染上这个病毒。若是如此，对我来说就再好不过了。”费尔明说。

10

他在阿塔拉萨纳码头阶梯口下船时，夜色已深。费尔明融入了港口夜雾，成为熙来攘往的码头工人和船员之一，跟着大家走向拉巴尔区街道，也就是当时的唐人街。他混在人群中与路人攀谈后，心里大致有了底。城里前一天才经历过轰炸，空袭已经持续了一年，今晚预计会有新一轮轰炸。他从人们的交谈和眼神中感受到强烈的恐惧，但那天在厄运中侥幸捡回一命，他相信自己今晚不会有更悲惨的遭遇了。迎面来了个脸上有胎痣的小贩，看来已经收摊，正推着糖果点心车，就在即将错身而过时，费尔明先把他拦了下来，并仔细打量着车上的货色。

“我这里有焦糖杏仁果，口味跟战前一样好。”小贩热心兜售，“先生要不要买一点？”

“我的世界里只有瑞士糖。”费尔明说。

“那正好，这里还有一包草莓口味的！”

费尔明双眼睁得跟铜板一样大，光是听到草莓口味就忍不住猛咽口水。因为有阿莱斯慷慨赞助的那笔钱，他干脆买下一整包糖，一到手就像个饿鬼似的急忙拆开。

兰布拉大道朦胧的街灯，一如瑞士糖刚入口的滋味，总让他有感而发：正是这些事物，值得他再多活一天。然而，那一晚走在兰布拉大道，费尔明却发现有群巡夜人手持梯子，检视一盏又一盏街灯，并将仍然明亮的街灯一一熄灭。费尔明走近其中一人，静静观望他执行勤务。当巡夜人开始踩着梯子往下走，突然瞥见一旁有人，于是停了下来，斜眼睨着他。

“晚安，长官。”费尔明客气问候，“请问，为何要让整座城市变得一片漆黑？”

巡夜人将食指往天际一指，收起梯子，继续往下一盏街灯走去。费尔明伫立原地，注视着阴影中诡谲的兰布拉大道。周遭的咖啡馆和商家开始紧锁大门，微弱的月光照亮街面。有一大群人抱着衣物、手持提灯，正朝着地铁站蜂拥而入。有些人拿着点燃的蜡烛和油灯，有些人干脆摸黑前进。走到地铁站楼梯口，费尔明眼前出现一个年约五岁的小男孩。他紧牵母亲的手，或许也可能是祖母，因为在微光中，所有灵魂都苍老了。费尔明本想对男孩眨眨眼，但孩子的目光却瞄准夜空，愣愣望着天际的灰黑浮云，仿佛知道云层里藏了什么。费尔明顺着他的视线往上看，脸上顿感一丝清冷，寒风拂过整座城市，传来阵阵弹药和焦木的气味。男孩的母亲拉着他下楼进入漆黑地铁站时，孩子朝费尔明看了一眼，那眼神把他吓呆了。五岁孩子的双眼里，出现了暮年老人才有的深沉恐惧和绝望。费尔明别过脸，快步走开，却不小心撞上地铁站口的市区巡逻员，这人指着他说：

“您现在不进去，待会儿再来就没有空位了。难民很快就把这里挤满了。”

费尔明点头，但仍加快脚步前行。就这样，他走进鬼魅般的巴塞罗那，城市的轮廓在暮色中几乎难以辨认，只有阳台和大门闪烁着油灯和蜡烛的光亮。他总算来到兰布拉大道圣莫尼卡街，远方隐约可见一座简约狭窄的拱形城门。他沉重地叹了口气，继续朝露西娅的住处前进。

11

他缓缓踩着狭窄的楼梯往上，总觉得每一层阶梯都在削弱他的意志力。面对露西娅的勇气越来越薄弱，他该如何告诉她，她深爱的那个男人，她女儿的父亲，她一年多以来期盼再见的脸庞，已经葬身塞维利亚监狱的地牢里？终于到了三楼，费尔明驻足门前却不敢敲门。他坐在楼梯口，双手抱头，想起十三个月前的那段话，就在这里，当时露西娅握着他的手，定定注视着他说：“如果你爱我，就别让他有任何三长两短，帮我把他带回来。”他从口袋掏出那封破损的信，在幽暗中呆望着那团碎纸。接着他站起身，正要走下楼梯逃离此地，却听见背后的公寓大门打开了。于是，他停下脚步。

有个年约七八岁的小女孩站在门口凝望着他。她手上拿着一本书，一根手指插入书页标记阅读进度。费尔明面带笑容，举起手对她打招呼。

“嗨！阿莉西亚。”他开口，“你还记得我吗？”

小女孩看着他，神情稍显疑虑，似乎不太确定。

“你在看什么书？”

“《爱丽丝梦游仙境》。”

“啊！真的吗？我看看……”

她向他展示手上的书，却不许他碰。“这可是我最喜欢的书。”她说，疑虑丝毫未减。

“这也是我最喜欢的书。”费尔明回应，“任何描写掉进洞里、遇见疯子和做算术有关的事，都像是我的自传。”

眼前这位奇怪访客的话，让小女孩紧咬着嘴唇忍住笑意。

“嗯，可是这本书是为我写的。”女孩一脸淘气地驳斥他。

“当然。对了，你妈妈在家吗？”

她没答话，却把房门又往内推开一些。费尔明往前一步。小女孩转身，不发一语便往屋内走。费尔明驻足门槛。公寓内一片阴暗，仅有的闪烁微光似乎是逼仄走道尽头的一盏油灯。

“露西娅？”费尔明的叫唤声隐匿在幽暗中。他以指节叩了门，静候回应。

“露西娅，是我啊……”他往屋内又喊了一次。

他等了半晌，没得到回应，便直接走了进去。他沿着走道前行，两侧房门都关着。走道尽头是起居室兼餐厅。桌上摆着一盏油灯，发出柔和、泛黄的亮光。窗前有个身影，是个坐在椅子上的老妇人，背对着他。费尔明停下脚步，这时才总算认出她来。

“莱昂诺尔女士……”

这位看上去年迈的老妇人应该还不到四十五岁。她那张衰老的面容写满沧桑，空茫的眼神已厌倦了仇恨，也无力再暗自哭泣。莱昂诺尔看着他，默不作声。费尔明随手拉了张椅子，在她身旁坐下来。她拉着他的手，挤出一抹浅笑。

“她当初应该嫁给你的。”她低声说，“你这个人没有脸蛋，但起码还有脑袋。”

“露西娅呢？她去哪里了，莱昂诺尔女士？”

女子别过头。“她被抓走了，大概两个月前的事。”

“抓到哪里去了？”

莱昂诺尔没有回应。

“抓走她的是谁？”

“那个男的……”

“傅梅洛？”

“他们没提起胡安·安东尼奥。他们直接找上她。”

费尔明紧紧拥住她，但莱昂诺尔一脸木然。

“我一定会找到她的，莱昂诺尔女士。我会找到她，然后把她带回家。”

女子频频摇头。“她已经死了，对不对，孩子？”

费尔明沉默以对。“我也不知道，莱昂诺尔女士。”

她怒目瞪视他，掴了他一个耳光。“你滚开！”

“莱昂诺尔女士……”

“你走吧！”她幽幽悲叹。

费尔明只好起身，往后退了几步。阿莉西亚在走道上凝望着他。他面露微笑，小女孩缓步走向他，牵起他的手，使劲握得紧紧的。费尔明在她面前屈膝跪了下来，正打算告诉她，他是她母亲的友人，或随便编个故事，只盼能抹去她眼神中那股强烈的无助感，然而，就在这一刹那，正当莱昂诺尔女士捂着脸痛哭失声，费尔明听见远方天际传来的轰隆声。他抬头往窗外一探，这才惊觉玻璃已开始颤动。

12

费尔明走近窗边，连忙撩起窗帘。他抬头望着窄巷两侧屋檐挤出的一线夜空。轰隆声响渐趋频繁，听起来也逐渐逼近。他脑海浮现的第一个念头是从近海登陆的暴风雨，接着，他想象乌云笼罩码头，一路拉扯着风帆和桅杆。不过，他这辈子还没见识过这样的暴风雨，一阵阵金属撞击外加火光四射，海雾在夜空裂成飘零的破布条，雾一撕开便蹿出一道亮光。漆黑暗夜里，仿佛蹿起了一只只庞大的钢铁巨虫在夜空飞行。他咽下口水，回首望着惊惶颤抖的莱昂诺尔和阿莉西亚，小女孩手里还拿着书。

“我们最好赶快离开这里。”费尔明轻声说。

莱昂诺尔摇头拒绝。“它们会飞走的。”她小声说，“昨晚就是这样。”

费尔明又望向天空，这次清楚看见六七架飞机掠过天际。他打开窗探头出去，听见震耳的引擎巨响正朝着兰布拉大道前进。一阵尖锐的警笛声传来，仿佛在天空钻孔开路。阿莉西亚用力捂住耳朵，赶紧躲到桌下，莱昂诺尔张开双臂正打算去抱她，却突然受阻。炮弹击中建筑物前的数秒钟，警笛音量之大，仿佛是从公寓四壁直接发送。费尔明害怕这噪声会把耳膜震破。

霎时，一片静默。他感受到一股突如其来的撞击，房子仿佛一列火车般晃动，随后恐将坍塌陷落如云烟，所有屋宇和楼层就像一张张卷烟纸，轻易就能穿透。莱昂诺尔开口说了些什么，但他根本听不见。一瞬之间，震耳欲聋的巨响冻结了时光，费尔明惊恐地看着莱昂诺尔背后那片墙在一阵烟灰中倾圮，熊熊烈火围住她端坐的椅子，无情地吞噬了她。炮击将一半的家具抛到半空，落地后陷入一片火海。凌空飞来一团火球击中了他，仿佛点燃的汽油炽烈燃烧，火舌猛力冲撞窗子，穿透玻璃，触及阳台的金属栏杆。阿莱斯赠送的外套冒着烟，正灼烧着他的皮肤。他想起身脱外套，却感觉脚下的地板正在萎缩。不到数秒钟的光景，建筑物主体在他眼前坍塌成瓦砾和灰烬。

费尔明赶紧起身，立刻脱下冒烟的外套，探头到客厅张望。一大片呛鼻的黑烟正放肆地窜入墙角，炸弹粉碎了建筑的中间部分，只剩下外墙，还有冒出火舌的楼梯间四周的第一个房间。他刚刚走过的那条走道，现在什么也不剩了。

“混账东西！”他忍不住咒骂，却已听不见自己的声音，因为火势蔓延的嘶嘶声在耳边鼓噪，但他的皮肤感受到不远处新一轮的爆炸。一股恶臭飘来，浓浓的硫黄味混杂街上电线和尸体烧焦的气味，接着，他看见巴塞罗那上空被火焰照亮。

13

一股难忍的疼痛侵蚀着他的肌肉。他摇摇晃晃走进客厅。方才的轰炸把阿莉西亚抛出去撞上墙。她的身体卡在倒下的摇椅和墙角之间，身上沾满了粉尘和灰烬。费尔明在她面前跪下，伸手从她两侧腋下紧紧揽住。阿莉西亚感受到他的手劲，随即睁开眼。她的双眼布满血丝，瞳孔已经放大。费尔明知道，这双眼睛受了伤。

“外祖母在哪里？”阿莉西亚低声问。

“外祖母有事情出去了。你跟我一起走。你和我，我们两个一起离开这里。”

阿莉西亚点点头。费尔明把她抱在怀里，在她衣服上摸了又摸，检查是否有伤口或骨折。

“你身上有哪里痛吗？”

小女孩伸手摸着头。

“很快就不痛了。”费尔明安抚她，“我们走吧？”

“我的书……”

费尔明在瓦砾堆寻寻觅觅，书有些地方烧焦了，但基本上还是完整的。他把书交给阿莉西亚，小女孩紧紧抓着书，仿佛那是护身符。

“别弄丢了，知道吗？你还要跟我说故事的结局……”

费尔明抱着小女孩站了起来。或许是阿莉西亚比他预期的重了些，又或许以他的体力根本逃不出这个地方。“抓紧！”

他转过身，沿着空袭炸出的大洞，走向原本铺着花砖的走道。走道如今只剩屋檐的宽度，他中途转往楼梯口，确认空袭已经把一楼、二楼和地下室都炸成一片火海。他从楼梯口往下一看，发现火舌已沿着阶梯蹿升。他紧抱着阿莉西亚，踩着阶梯往上，心想，要是能爬到顶楼，就能从那儿跳到邻栋的屋顶平台，或许，还能够活着叙述这段经历。

14

顶楼出口是一扇厚实的栎木门板，不过历经轰炸，铰链已经断裂，因此费尔明一脚就把门踢开。一到屋顶平台，他立刻将阿莉西亚放在地上，靠在外墙边喘息，用力深呼吸。空气中弥漫烧焦的磷酸味。两人沉默了好一会儿，简直无法相信眼前这片景象是真的。

巴塞罗那仿佛是一个巨大的壁炉，火柱和浓烟是舞动的触角。几条街外的兰布拉大道是火焰与浓烟交错的巨河，一路流向市中心。费尔明紧抓女孩的小手，拉着她往前走。

“乖！我们不能停下来。”

才往前几步，上空再度传来轰隆巨响，震得脚下的建筑摇摇晃晃。费尔明回头望，发现加泰罗尼亚广场附近正缓缓升起巨大的火柱。一道红色闪光掠过整座城市的屋顶，火花四射的风暴之后，灰烬如雨的空中，又见成群战机呼啸而过。机群低空掠过，螺旋状浓烟在城市上空扩散，火海将战机的机身映得闪闪发亮。费尔明的视线紧随着战机飞行路线，随即看见一连串炸弹落在拉巴尔区的住宅。距离他们所在的屋顶平台大约五十米，一排房屋在他眼前连续爆炸，仿佛一串点燃火药线的小鞭炮，将无数窗户炸得粉碎，空中降下阵阵玻璃雨，一整排屋顶化为瓦砾。隔壁楼房外墙墙角有座鸽棚，鸽群本想飞到街道对面，却凌空坠入一摊积水中，砰的一声摔在路面上。接着，费尔明听见街上传来凄厉的哀号。

费尔明和阿莉西亚瘫在原地，根本无法再往前走，就这样驻足原地半晌，目光锁定持续轰炸市区的战机。费尔明远远望见港口码头内逾半船只已遭击沉。海面上一大片起火燃烧的汽油逐渐扩展，无情地吞噬了跳海求生的绝望人群。码头内的棚屋和仓库火势正猛。一排油槽连续爆炸，炸翻了一整列大型起重机。这些金属巨兽，一台接着一台，从停靠码头的货船和渔船上落水，就此埋入海中。远方，混杂了火药和汽油味的云层中，隐约可见战机在海面上方掉头回转，打算进行下一轮轰炸。费尔明紧闭双眼，任由污秽、炽热的晚风吹拂身上的汗水。

“来吧，我就在这等着！狗娘养的，有本事一次给个痛快！”

15

当费尔明以为自己听见返回的轰炸机的时候，突然意识到那是身旁小女孩发出的声音。他睁开眼看着阿莉西亚。她使劲往自己的身上靠，同时发出惊恐的尖叫。费尔明转身，他们所在的建筑正在火海中逐渐解体，仿佛海中沙堡。两人跑到屋顶平台边缘，成功跃过了与隔壁建筑间隔的那堵墙。费尔明擦撞着地，左腿顿时一阵刺痛。阿莉西亚依旧拉着他的手，随即扶他起身。他摸了摸大腿，发现指间沾满温热的鲜血。烈火光芒照亮了他们跳上的高墙，眼前清楚可见嵌在墙面的玻璃碎片沾了血。一阵恶心感让他头昏眼花，但也仍用力深呼吸，并未停下脚步。阿莉西亚继续拉着他走。费尔明拖着受伤的脚，一路在地砖上留下深红、鲜亮的血迹，他跟着小女孩来到距彩虹剧院一墙之隔的地方。他咬牙搬来几个木箱靠墙堆叠，探头打量隔壁的屋顶。那幢建筑外观散发不祥的氛围，古老的大宅，紧闭的大窗，宏伟的外墙，似乎已在这片楼宇沼泽中矗立多年。宏伟的玻璃圆顶像一盏灯笼，避雷针弯曲的侧影像一条龙。

腿上的伤口阵阵作痛，他必须扶着墙才不致昏倒在地。他感受到鞋内温热的鲜血，接着又是一阵恶心。他很清楚，这样下去自己迟早会失去意识。阿莉西亚一脸恐惧地望着他。费尔明努力挤出一丝微笑。

“这没什么……”他说，“只是一点小擦伤而已。”

远方天际，战机群已从海面上空折返，掠过港口码头，再度飞往市区。费尔明向阿莉西亚伸出手。“快抓住我！”

小女孩缓缓摇头。

“我们在这里不安全！一定要到隔壁屋顶的另一边，想办法下楼到街上，从那里就可以去地铁站了。”他嘴上这样说，但自认没什么说服力。

“不要。”小女孩轻声说。

“快抓住我的手，阿莉西亚！”

小女孩踌躇片刻，终究还是伸出手。费尔明使劲将她抱到木箱堆上方，再抱上檐口。

“快跳！”他在一旁督促。

阿莉西亚把书紧抱在胸口，频频摇头。费尔明听见后方炮击屋瓦的爆裂声，急忙推了她一把。阿莉西亚跳到高墙的另一侧，随即转过身来伸手要拉费尔明，但她的朋友却不在那里。他依旧紧抓着高墙这一侧的檐口。只见他面色惨白，眼皮低垂，仿佛已近意识不清的状态。

“快跑！”他用尽最后一丝气力催促她，“快跑！”

费尔明双膝着地，往后一倒。战机从正上方呼啸而过，他闭上双眼之前，看见一连串炸弹从天而降。

16

阿莉西亚拼了命往前跑，越过屋顶平台，目标朝向那座雄伟的玻璃圆顶。她不知道炮弹击中了建筑物，还是在半空中就爆炸了。她能确切感受到的是身后的气流仿佛一堵墙，一股震耳欲聋的强风把她卷到空中又猛力往前推了一把。一片片炽热的金属碎片与她擦身而过。就在此时，她感觉有个拳头大的东西强力插入她的臀部。猛烈的撞击把她抛向空中，推着她撞上玻璃圆顶。阿莉西亚破窗而入，跌入空荡的圆顶内。那本书不小心从手中滑落了。

小女孩高速俯冲而下，穿越了恍若永恒的幽暗，最后落在一块帆布上，失控的历险总算暂停。那块帆布承受她的重量而下压弯折，最后，她仰卧在一片类似木制平台的板子上。上方大约十五米处，清楚可见她破窗而入时在圆顶留下的大洞。她试图侧躺，却发现右腿毫无知觉，腰部以下几乎无法活动。她继续张望，这才发觉从手中脱落的书正躺在平台边缘。

她以双臂支撑，慢慢爬过去，伸手摸了摸书脊。新一轮轰炸撼动了整幢建筑，一阵摇晃之中，书被抛向半空。阿莉西亚赶紧探头往平台外看了看，发现书页凌空振动，就这样坠入深不见底的黑洞。屋外瞬间燃起的火光照了进来，阿莉西亚睁大双眼，简直不敢相信自己的眼睛，她正坐在一个高大螺旋的顶端，螺旋延展成由走道、通道、拱门和长廊建构的无尽迷宫，简直就像一座大教堂。但与她印象中的教堂不同，这里并非由石头砌成。

而是书籍。

借着从玻璃圆顶射入的光线，她看到螺旋体结构上伸出许多交错的楼梯和桥梁，每一端都连接着数以千计的书籍。下方的黑洞深处，隐约可见缓缓移动的昏黄灯光。忽然，灯光停驻原地，仔细一看，阿莉西亚看见一个满头白发的男子，手持提灯，正不断往上张望。臀部的疼痛有如刀割，她的视线顿时模糊起来。她闭上双眼，随即陷入昏迷。

醒来时，她发现有人轻柔地将她抱在怀里。她眯着眼，瞥见一条无限延伸的长廊，两侧是往各个方向延展的数十条走道，所有通道皆由一面又一面书墙勾勒组成。她在迷宫底层见过的白头发男人，长相宛如猛禽，此刻正抱着她。到了建筑底层，那名管理员抱着她穿越恢宏的拱顶大厅，将她安置在角落的一张单人床上。

“你叫什么名字？”他问道。

“阿莉西亚。”小女孩小声嘟囔。

“我是伊萨克。”

白发男子一脸严肃地检查女孩臀部的伤口。他帮孩子盖上毛毯，扶着她的头，将一杯热水送到她嘴边。阿莉西亚一口喝得精光。管理员双手扶着她的头，慢慢放在枕头上，并微笑望着她，但眼神透露出沮丧。在他背后，一座在她看来就跟世上所有图书馆一样的殿堂，正是她先前从屋顶看见的那座迷宫。伊萨克在她身旁的椅子坐了下来，握着她的手。

“现在好好休息吧！”

他熄了提灯，夜空火花四射，穿透玻璃圆顶窜入屋内，两人就这样深陷泛蓝的阴暗中。书籍迷宫不可思议的格局无限延伸，阿莉西亚想起她刚才的梦境，空袭轰炸了外祖母的客厅，她和朋友始终未走出陷入火海的公寓。

伊萨克面带忧容地看着她。轰炸的巨响，警笛的噪声，死神张狂掠过火海中的巴塞罗那，一切都透过墙壁穿透到屋内。附近一声爆炸巨响，墙壁颤抖，脚下的地板扬起一片烟尘。阿莉西亚在床上缩着身子。管理员点燃一支蜡烛，摆在阿莉西亚床头的小桌上。烛光映出了拱顶下方正中央升起的惊人格局。伊萨克看出小女孩失去意识前疑惑的眼神。他叹了口气。

“阿莉西亚……”最后，他这样说道，“欢迎光临遗忘书之墓。”

17

费尔明睁开双眼，眼前一片无边无际的纯白。有个身穿制服的天使正在帮他包扎大腿，一字排开的担架看不到尽头。

“这里是炼狱吗？”他问道。

护士抬起头瞅了他一眼。她顶多才十八岁，费尔明见到她的第一个念头是，作为给上帝打工的人，她比第一次领圣餐和洗礼时，教堂发的画册上的天使漂亮多了。他还能这样想入非非，意味着两种可能性：他的生理状况已见好转，或马上就要陷入万劫不复的深渊。

“唉！我这辈子都是个不长进的无神论者，这会儿居然想起了《新约圣经》和《旧约圣经》的教诲，觉得天使的悲悯和恩惠才是最值得珍惜的。”

眼看病患恢复意识且喃喃自语，护士随即招了手，接着，有个看似已经一星期没睡觉的医生走近病床边。医生用手指撑开他的眼睑，仔细查看他的双眼。

“我死了吗？”费尔明问。

“您太夸张了，伤势确实不轻，但基本上没有生命危险。”

“所以……这里不是炼狱吗？”

“您在说什么？我们这里是医院，但也算是地狱吧。”

医生忙着帮他检查伤口时，费尔明努力回想事发经过，试图忆起自己是怎么来到这里的。

“现在觉得怎么样？”医生问他。

“老实说，挺忧心的。我梦见耶稣拜访我，和我进行了深刻的谈话。”

“关于哪一方面的话题？”

“主要是聊足球。”

“那是因为我们让您服用了镇静剂的关系。”

费尔明频频点头，总算松了一口气。

“我想也是，上帝居然自称是皇家马德里的球迷。”

医生面露微笑，低声向护士交代事项。

“我躺了多久？”

“大约八个钟头了。”

“那个孩子呢？”

“您是说圣婴吗？”

“不，我是说跟我在一起的小女孩。”

护士和医生互看了一眼。“很抱歉，您被送进来的时候并没有小女孩跟着。据我所知，您很幸运地在拉巴尔区的一个屋顶平台被人发现，当时躺在血泊里……”

“没有小女孩跟我一起被送进来吗？”

医生一脸颓丧。“活着的，没有。”

费尔明作势要起身。医生和护士合力将他压制在病床上。

“医生，我必须离开这里。有个孤苦无依的小女孩需要我的帮助……”

医生向护士点头示意，于是她迅速从身旁的医护用品推车上拿出一个小药瓶，着手准备注射。费尔明拼命摇头拒绝，但医生用力压住了他。

“我不能让您就这样出院。请耐心点儿，我不希望出任何差错。”

“放心，我比九命怪猫还要顽强……”

“而且比政客更无耻！趁这个机会，我在此郑重要求，不要再趁护士帮您换绷带的时候偷捏人家的屁股了，可以吗？”

费尔明感受到右肩头挨了一针，一股凉意在血管中蔓延。

“能不能再去帮我问问，医生？她叫阿莉西亚。”

医生终于松开了病患，让他安静地躺在病床上。费尔明的肌肉像果冻一样瘫软，瞳孔逐渐放大，眼前的世界渐渐漾成泡了水的水彩画。医生说话的声音已经远去，消失在下楼脚步声的回音里。他觉得自己跌入了棉花云堆，白色长廊碎裂成一片光亮的粉末，散发液态香膏的气味，化学天堂莫过于此。

18

那天下午，他出院了，因为过多的病患让医院无力应付，只要不是奄奄一息的，都算是康复。费尔明拄着木制拐杖，还带了一套跟死者借来的内衣裤，总算一拐一拐地来到医院门口的电车车站，搭车返回拉巴尔区。在拉巴尔区的街头巷弄，他寻遍咖啡馆、小旅馆以及仍然营业中的商家，扯着嗓门问人是否见过一个名叫阿莉西亚的小女孩。人们看着这瘦削憔悴的男子，只能默默摇头。大家心知肚明，这个可怜的伤心人，再怎么找也是徒然，就跟众多相同遭遇的人一样，一九三八年三月十八日那天，巴塞罗那街头共有九百具死尸被收走，其中大约有一百名儿童，他那死去的女儿想必就在其中。

傍晚，费尔明走到了兰布拉大道尽头。因空袭而脱轨的电车还冒着烟，车上躺着被炸死的乘客。几个钟头前还人声鼎沸的咖啡馆，现在成了死尸横躺的鬼屋。人行道上遍地血迹。救助伤者的人，覆盖尸体的人，东躲西藏和无处可逃的人，没人见过他形容的小女孩。

即使如此，当费尔明发现黎塞欧歌剧院前停放的一排尸体时，仍不放弃一线希望。所有死者看起来都不超过八九岁。费尔明跪了下来。他身旁有个妇人正轻柔地抚着小男孩的双脚，男孩胸口有个拳头大小的窟窿。

“他已经死了。”妇人自言自语，“全部都死了。”

那一夜，城市清理瓦砾，多座建筑物的残垣仍在燃烧，费尔明在拉巴尔区挨家挨户打听阿莉西亚的下落。

破晓时分，他知道自己再也走不动了，终于跌坐在伯利恒教堂前的台阶上。过了半晌，一个满脸黑炭、制服沾满血迹的哨兵在他身旁坐下。当他开口关切费尔明为何哭泣，费尔明忍不住紧抱着他，并口口声声说自己真想一死百了，因为命运将一个小女孩的生命交到他手中，他却辜负了她，不知道该如何保护她。如果上帝或者魔鬼还有一点良知，这个世界明天就该彻底完蛋，因为它根本就不值得继续存在。

即使这位哨兵已经连续几小时不间断地从瓦砾堆挖出罹难尸体，包括自己的妻子和六岁稚子，他仍平静地听费尔明细诉。

“我的朋友，”他终于开了口，“不要放弃任何一线希望。我在这个烂透的世界学会了一件事：命运充满了转机。命运是一个小偷、一个妓女和卖彩票的小贩，这是它最常见的三种化身。如果您下定决心去找它——记住，命运不会主动登门拜访——看着好了，它会给您第二次机会的。”

化装舞会
马德里

BAILE DE MÁSCARAS

Madrid

1959

毛里西奥·巴利斯·埃切瓦里亚 先生阁下

及 **埃莱娜·萨缅托·德·冯塔尔瓦** 夫人

诚挚敬邀各位莅临

化装舞会

地点：索莫萨瓜斯

梅希迪斯别墅

时间：一九五九年十一月二十四日

傍晚七时起入场

祈请受邀者于十一月一日前向教育部礼宾处回复

1

这个房间沉溺在永无止境的阴暗里。窗帘已经多年未曾拉开，为了遮蔽光线被缝在了一起。幽暗中仅有的微光来自墙上的铜制壁灯。死气沉沉的赭红色灯光映出床幔和透明的纱帐。帘幕内，依稀可见妻子的身体。看起来真像一部灵车，巴利斯暗想。

毛里西奥·巴利斯静静看着妻子埃莱娜的身影。过去十年，全身瘫痪的她，最后连轮椅也坐不了，只好一直倒卧在这张牢狱般的病床上。这些年来，病魔摧残了她的骨骼，埃莱娜的身形逐渐扭曲，萎缩成难以辨认的肉团，挤压着痛苦不堪的器官。床头上方的墙面有个桃花心木十字架守护着她，但老天始终残忍待她，一直不放行死神接她走。“都是我的错……”巴利斯想，“老天爷这样做是为了惩罚我。”

巴利斯聆听她痛苦的呼吸声，伴随花园传来交响乐队演奏的旋律，以及逾千宾客的谈笑。夜班护士从病床边的椅子上起身，安静地走向巴利斯。他一直不记得她的名字。照顾妻子的护士们任职从来不超过两三个月，给再高的薪水也没用。他不怪她们。

“她睡了吗？”巴利斯问道。

护士摇摇头。“还没呢，部长先生。不过医生已经帮她打了安眠针。她今天下午情绪一直很不稳定，现在好多了。”

“让我们独处一下。”

护士恭敬从命，走出房间并随手带上门。巴利斯来到病床边，掀起薄纱床幔，在床边坐下。他合上双眼，静静听着她撕扯的鼻息，默默承受她的躯体散发的苦楚。他听见她的指甲刮过床单的嘶声。巴利斯转过头去，嘴上挂着微笑，面带平静关爱的神情，却发现妻子狠狠盯着他，目光燃烧着炽烈的怒火。这个病，欧洲最贵的医生也找不出治疗方式，甚至连病名都不知道，她的双手早已因疾病而扭曲变形，粗糙的皮肤上长满肉瘤，简直像爬虫动物的尖爪。

巴利斯执起妻子的右手，直视她那充满痛苦的眼神，或许她眼中是仇恨。巴利斯如此揣想。这个生命对他或对这个世界仍存有一丁点儿感情的想法似乎太过残酷了。

“晚安，亲爱的……”

从两年多前开始，埃莱娜的声带基本上已完全丧失功能，光是说出一个字就得耗尽力气。尽管如此，为了回应他的问候，她还是竭力发出喉音，仿佛是从床单覆盖下那个扭曲的躯体最深处掏出来的声音。

“我听说了，你今天不太舒服……”他继续说道，“药效很快就上来了，然后你就能好好休息。”

巴利斯的笑容未曾稍减，也没有松开那只让他心生悔恨和恐惧的手。这样的场景天天上演。他会轻声细语对她说上好几分钟的话，全程握着她的手，而她则一直怒视着他，直到吗啡缓解了她的疼痛和愤怒，巴利斯才会离开这个四楼走道尽头的房间，直到隔天晚上之前，他不会再出现。

“大家都来了。梅希迪斯穿上了她的晚礼服，听说还跟英国大使的儿子一起跳了舞。所有人都问起你，还要我传达他们的问候。”

他娓娓叙述这些日常琐事，视线一直锁定在床边金属小桌上的那个托盘，盘子上铺着红色天鹅绒，上面摆着各种医疗用品和针筒。装吗啡的细颈玻璃瓶闪耀着宝石光芒。他说话的声音停顿了，话语坠入空中迷茫的黑洞。埃莱娜的目光原本一直依随着他的视线，但此时，她直视着他，眼神中尽是哀求，满面都是泪水。巴利斯看着妻子，叹了口气，倾身在她额头上轻轻吻了一下。

“我爱你。”他低声说道。

听了这句话，埃莱娜别过头去，合上双眼。巴利斯轻抚她的脸颊，然后起身。他拉上纱帘，边向外走边系外套的扣子。他拿出手帕擦了擦嘴，在走出房门之前，随手将手帕丢在地上。

2

前些日子，毛里西奥·巴利斯把女儿梅希迪斯叫到塔顶的办公室，问她想要什么样的生日礼物。梅希迪斯已经过了渴望漂亮搪瓷娃娃和故事书的年龄，除了笑声以及对父亲的爱不曾改变，她已经不是小孩子了，因此，她告诉父亲，她唯一的心愿，就是在自家花园举办以她为名的化装舞会。

“我还要问问你母亲的意见。”巴利斯随口敷衍她。

梅希迪斯上前抱住他，并吻了他一下，确定自己的战术已经成功。与父亲谈论这件事之前，梅希迪斯早已选中了她要穿的行头，一件闪亮耀眼的酒红晚礼服，巴黎高级订制服工坊为她母亲裁制的杰作，埃莱娜女士一次都未穿过。这件礼服，和她母亲从未穿戴过的其他数百件华服和珠宝，十五年来一直放在三楼她个人独用的豪华更衣室，隔壁是以前的主卧室套房，但已闲置多时。这些年来，当大家都以为梅希迪斯夜里应该在房间睡觉时，她却经常溜进母亲卧房，悄悄拿走房门旁五斗柜第四层抽屉里的钥匙。唯一敢告发她的夜班护士火速被开除，因为梅希迪斯诬陷她偷了女主人梳妆台上的手镯。其实是梅希迪斯自己偷偷把东西埋在花园里，就在天使喷泉正后方。其他夜班护士什么也不敢说，假装从未在深夜看到过她出现在房里。

半夜，她拿着钥匙溜进更衣室。这间宽敞的房间在主屋西侧，与世隔绝，房里满是灰尘、樟脑丸和无人问津的气息。她举着蜡烛，流连在收藏着无数鞋子、珠宝、华服和假发的玻璃橱柜间。那些埋葬了衣物和回忆的角落，蜘蛛网交织错落。小梅希迪斯像高贵公主一样富有和孤独，想象那个拥有这些珍宝的人像破碎的洋娃娃一样被困在四楼尽头的牢笼里，再也没机会展示这些东西了。

偶尔，趁着夜深人静，梅希迪斯把蜡烛放在地上，挑一件晚礼服换上，随着老旧留声机流泻的《天方夜谭》梦幻旋律，尽兴地独舞。她享受这极致的喜悦，想象父亲揽着她的腰，在众人钦羡的目光下，两人在偌大的舞池曼舞。当曙光从窗帘缝隙钻进屋里，梅希迪斯将钥匙放回五斗柜，赶紧上床假装熟睡，直到七点钟女仆叫她起床。

化装舞会那一晚，她身上的礼服如此合身，任谁都想不到那原是为别人裁制的。随着乐队的旋律与不同的人在舞池中央共舞时，她可以感受到数百宾客正目不转睛地盯着自己。她知道自己的名字成了众人议论的主题，今夜的话题人物非她莫属，对此，她忍不住自顾自地嫣然一笑。

晚上九点钟左右，梅希迪斯不得不离开她期盼多时的舞池，走向通往主屋的阶梯。她原本满怀期望，至少能和父亲共舞一曲也好，但他却始终未现身舞会，没人见到他的踪影。毛里西奥先生答应让女儿参加舞会的条件是九点她必须回房间，梅希迪斯无意违背这个承诺。“也许明年吧！”

返回房间的途中，她听见父亲在中央政府工作的两位上了年纪的高官同事正交头接耳，这一晚，他们始终以猜忌的眼神瞪着她。两人低声议论毛里西奥先生如何利用妻子娘家的财富买来这一生的富贵，包括在马德里深秋夜晚举办了这场有如置身春日的舞会，就为了让他那不知廉耻的女儿在马德里上流社会人士前极尽招摇。在香槟酒的微醺和华尔兹眩晕的作用下，梅希迪斯想转身驳斥他们，但是一个身影却从旁阻挡了她，轻轻拉住她的手臂。

伊莲娜是她这十年来的家庭教师，如影随形，时时呵护着她。此时，她对女孩粲然一笑，在她脸颊上吻了一下。

“别理他们！”伊莲娜说着挽起她的手。

梅希迪斯脸上浮着倩笑，耸了耸肩膀。

“你真是漂亮！来，让我好好看看。”

女孩眉眼低垂。

“这件礼服非常美，穿在你身上再合适不过了。”

“这是我母亲的衣服。”

“过了今晚，这件衣服就永远属于你了，其他任何人都穿不了它。”

梅希迪斯羞红了脸点头接受赞美，却免不了涌上一丝微苦的愧疚。

“伊莲娜女士，您看见我父亲了吗？”

家庭教师摇摇头。

“因为所有的人都问起他……”

“大家就只能耐心等啰……”

“我答应了他，在舞会最晚待到九点，比灰姑娘还要早三个钟头。”

“既然这样，趁我还没变成南瓜以前，我们最好加快脚步……”家庭教师勉强自嘲。

两人沿着贯穿花园的小径疾步往前。在一盏盏花饰灯座映照下，一张张陌生的微笑面孔与她们错身而过，仿佛对她早已熟悉。人们手拿闪耀的香槟高脚杯，仿佛一支支蘸了剧毒的匕首。

“我父亲会下楼参加舞会吗，伊莲娜女士？”梅希迪斯问道。

家庭教师刻意拖延半晌，直到远离闲杂人等打探的目光，她才做了回应。

“我也不知道，今天一整天都没看见他……”

梅希迪斯正打算接话，却听见背后传来一阵小小骚动。两人回头张望，发现乐队已停止演奏，两位男士擦身而过，其中一位神情奸巧，一路咕哝着坐上贵宾席，然后大大方方地面对来宾。没等梅希迪斯开口问，家庭教师已经在她耳边低语：

“这是何塞·马里亚·阿尔特亚先生，我们的总理……”

一名部属向总理送上麦克风，现场宾客的窃窃私语顿时消音。乐队的乐师们个个神色肃然望着总理，这位政客微笑注视着恭敬等候的群众。阿尔特亚扫视了数百张静静看着他的面孔，自己点点头。终于，他开始致辞，动作缓慢而刻意，像传教士面对顺从的追随者一样冷静威严。

3

“亲爱的朋友们，我非常高兴也非常荣幸，有机会向各位嘉宾说几句话。今天大家聚集在此，让我们一起向浴火重生后的西班牙一位了不起的大人物致上最诚挚的敬意。能够站在这里致辞，我也备感欣慰，全国解放之后，历时二十年的荣景，我国已跻身全球顶尖国家。西班牙在大元帅的领导下有如神助，建设它的勇士们就包括今天在家慷慨招待我们的这位，我们对他由衷感激。他是促成这个伟大国家进步发展的关键人物，今日的国家，不仅让我们引以为傲，也以不朽的文化艺术成为西方国家的典范。我很荣幸，也很感激，能够在此向各位介绍我的好友：毛里西奥·巴利斯先生。”

花园里成群的宾客间，一阵热烈掌声排山倒海而来。尽兴拍手的还包括仆从、保镖和交响乐团的团员。阿尔特亚笑容可掬地呼应着台下群众的掌声和亢奋，面带慈爱神情频频点头，像红衣主教一样挥手安抚群众的激情。

“还有什么样的赞美不曾用来形容过毛里西奥·巴利斯？他无与伦比的英雄事迹与我们的事业一同开始，一起被写进了历史。但容我这么说吧，是文学和艺术方面的伟大建树让我们敬爱的毛里西奥如此出类拔萃，并将我国文化水平带往全新境界！毛里西奥的贡献没有止步于保卫西班牙的和平、正义和人民的福祉。他知道，人不能只追求衣食无虞，因此，他成为文坛最闪亮的巨星，创作了多本不朽著作，是我国难得的杰出作家，还创办了洛佩·德·维加学院，于全球推广我国文学和语言，一年内就在二十二国首都开办分院。他还是孜孜不倦的优秀编辑，伟大文学的发现者与捍卫者，当代崇高文化的拥护者，他是以全新方式理解并实现艺术及思想的旗手。不仅如此，我们的东道主对当今和未来西班牙的改革和教育所做的贡献，绝非三言两语能道尽。作为教育部部长，他强化了我们学习和创作的根基。可以肯定地说，若没有毛里西奥·巴利斯，西班牙的文化绝无今日成就。他的努力和远见，将世世代代伴随我们，他的不朽著作，将是西班牙诗坛空前绝后的巅峰。”

慷慨陈词暂停片刻，现场又是一阵热烈掌声，这一次，许多人的目光急切地找寻缺席的主角。那个声望如日中天的才子部长，至今尚未在这场宴会现身。

“我不想耽误大家太久，因为，我知道许多人想亲自向毛里西奥本人表达谢意和敬意，包括我在内。但我想再借用一点时间，分享一则感人的私人讯息，就在几分钟前，我们的元首佛朗哥将军由于国事缠身，特别要我代为转达他对我的挚友及同事毛里西奥先生的感佩之意……”

失望的叹息声此起彼落，来宾面面相觑，接着，现场一片肃静，阿尔特亚从口袋掏出一张纸条。

“亲爱的老友毛里西奥，闻名全球的西班牙公民，为我们的国家和文化贡献良多，内人卡门和我在此送上最诚挚的拥抱，并代表全体国民感谢您二十年来奠立的模范……”

阿尔特亚抬起头，扯着嗓子高喊：“佛朗哥万岁！西班牙万岁！”在场群众热情附和，许多人甚至激动地高举手臂，泪水盈眶。花园里响起震耳欲聋的掌声，阿尔特亚也跟着鼓掌。下台前，总理向乐团指挥点头示意，华尔兹在掌声变成窃窃私语前轻快地响起，似乎要将这愉快的气氛保持到舞会结束。确定大元帅不会出席舞会之后，许多人便丢掉面具，打道回府。

4

巴利斯听着阿尔特亚演说结束后的热烈掌声逐渐隐匿在交响乐的节奏里。那位“了不起的好友及受人敬重的同事”阿尔特亚，多年来一直试图在背后捅他一刀。这次大元帅的消息对他来说肯定是天籁之音。

巴利斯低声咒骂阿尔特亚和他的爪牙，这帮仗势欺人又心狠手辣的家伙，早已有了“毒花党”的别号，他们在独裁政府的阴影下茁壮，逐渐占据政坛要职。此刻，这帮人正在他的花园悠闲地踱步，啜着他的香槟，嚼着他的精致点心。他们正在嗅寻他的血。巴利斯把夹在指间的香烟往嘴里送，却发现几乎只剩烟蒂。他的贴身保镖主管比森特在走道尽头看到这一幕，立刻过来递上自己的香烟。

“谢谢，比森特。”

“恭喜您，毛里西奥先生！”这位忠臣低声向主人道贺。

巴利斯点点头，轻声苦笑。忠心耿耿的比森特，马上又退回走道尽头，仿佛遁入了厚墙内，并在彩色壁纸上匿迹了，若不仔细看，轻易就会忽略他的身影。巴利斯吸入第一口烟，凝望着宽敞的走道在蓝色帘幕般的晴空映照下向前延展。梅希迪斯曾戏称这是“肖像走廊”。这条走道环绕整个四楼，挂满了画作和雕刻作品，与大博物馆相比，只是缺乏参观者而已。普拉多博物馆的馆长莱尔马经常提醒他不要在这里抽烟，阳光也会使油画受损。巴利斯又吸了一口香烟灌入体内。他突然意识到莱尔马想说却不敢说的是不管他的家有多么豪华，他本人多么有地位，这些作品本来就不该限制在私人住宅。艺术品的最佳归宿是美术馆，供那些在庆典上热烈鼓掌，或在丧礼时排队吊唁的无关紧要的人欣赏。

巴利斯最喜欢的是时不时坐在一张气派的扶手椅上，欣赏自己的宝藏。其中大部分是借来的，或是直接从政治斗争失势的私人收藏家那里抢来的。另外有一些则是他以教育部名义从美术馆或皇宫无限期借用。他总喜欢回忆那些年的夏日午后，不到十岁的梅希迪斯坐在他的大腿上，聆听着每一幅珍贵艺术品背后的故事。那些回忆是巴利斯的心灵花园，尤其是当年他讲述索罗拉、苏巴朗、戈雅和委拉斯开兹这些画家的时候，女儿那张小脸上陶醉的眼神……

他一次又一次以为，只要一直这样坐着，在阳光的洗礼之下，在油画的幻梦中，他与梅希迪斯共度的时光，那充满荣耀和成就的岁月，就永远不会从手中溜走。女儿已经许久未曾在午后聆听他那些西班牙黄金世纪名画故事，不过，纯粹在这条走道上找到自己的避风港，依然让他备感慰藉，也让他暂时忘却在众人钦羡、妒忌和恶意的目光下，穿着晚礼服在舞会上翩翩起舞的梅希迪斯已经是个女人了。很快，他就不能再保护她免受世界阴暗的影响，也无法再阻挡屋墙外虎视眈眈的目光。

他默默拧熄香烟，然后起身。半掩的窗帘间隙，滑进了花园里的交响音乐和嘈杂人声。他走向通往塔顶书房的阶梯。比森特也走出阴暗，尾随同行，无声地在他背后前进。

5

钥匙插入锁孔的那一瞬间，他惊觉书房门是开着的。巴利斯停下手里的动作，转过头。站在楼梯口等候的比森特看出他眼神有异，随即小心翼翼上了楼梯，同时从外套暗袋掏出一把手枪。巴利斯往旁挪了几步，比森特示意要他贴墙站着，并远离房门口。确认了巴利斯的防护措施后，比森特将子弹上膛，缓缓转动门把。雕花栎木门板轻轻移开，在门板本身的重量推动之下，渐渐挪往房内的阴暗中。

比森特依旧高举手枪，在漆黑的房里仔细张望了好一会儿。从窗户透出微微发蓝的光线，隐约描摹出巴利斯书房的样貌。在他眼前是一张气派的宽敞书桌、真皮扶手椅、椭圆形书墙，波斯地毯上摆着一套真皮沙发。暗夜中没有一点儿动静。比森特摸墙找到开关，马上开了灯。房里不见人影。比森特放下高举的手枪，放回外套口袋，再往里面走了几步。巴利斯站在门口，正默默观望着动静。比森特转过身来，摇摇头。

“或许是我今天下午出去的时候忘了锁门？”巴利斯语带迟疑。

比森特驻足书房正中央仔细环顾四周。接着，巴利斯进了书房，缓缓走向书桌。比森特正忙着检查窗户开关时，部长发现了什么。保镖听见巴利斯的脚步声突然停止，不禁回过头来。

部长的目光紧盯着书桌。书桌正中央的皮垫上，摆着一个信纸一样大的乳白色信封。巴利斯感觉到双手寒毛直竖，体内则是一股凛冽寒风蹿流着。

“毛里西奥先生，您还好吧？”比森特询问。

“让我一个人静一静。”

保镖犹豫了一下。巴利斯的视线始终锁定在那个信封上。

“我在外面等着，有事请叫我。”

巴利斯点头回应。比森特不情愿地退往房门口。他关上房门时，部长依然静立在书桌前，双眼直瞪着那个信封，像盯着一条随时会攻击他的蛇。

接着，他绕过书桌，坐在扶手椅上，双手叠握撑着下巴。踌躇了大约一分钟，他才把手放在信封上，摸了摸里头装的东西，顿时心跳几乎暂停。他从邮戳下方撕开信，封口仍是湿的，轻易就拆开了。他抓起信封两侧，高高举起，内容物随即滑落在书桌上。巴利斯闭上双眼，沉重地叹了口气。

黑色真皮书封，封面上不见任何书名，只有一个图案，那是个从天窗往下望的视角，一个向下延伸的螺旋阶梯。

他的手攥紧拳头不停地颤抖。书页中还夹着一张纸条，巴利斯把它抽了出来。那是一张泛黄的小纸条，直接从记账本撕下来的，上面印有工整的红色条纹，纵分为两栏，各自列着一排数字。纸张底部出现了红色墨水书写的一小段文字：

你的时间已经用完

你还有最后一次机会

迷宫入口见

巴利斯几乎透不过气来。在不自觉之下，他的双手伸进书桌大抽屉，拿出了隐藏备用的左轮手枪。他把枪管塞进嘴巴，将子弹上膛。手枪散发浓浓的机油和硝烟味。他突然一阵眩晕，但双手依旧握着手枪，双眼紧闭，极力不让泪水滑落脸庞。这时候，他听见上楼的脚步声，接着是她说话的声音。梅希迪斯在书房门口和比森特交谈。他把手枪放回抽屉，并赶紧用西装袖子擦干眼泪。比森特轻轻叩了门。巴利斯用力深呼吸，并静候半晌。保镖再度敲门。

“毛里西奥先生，是您女儿。”

“让她进来吧！”他哑着嗓子答道。

房门一开，走进来的是身穿酒红礼服的梅希迪斯，一脸愉快甜美的笑容，却在看见她父亲的一刹那消失了。比森特在门口观望，心里七上八下。巴利斯示意他离开。

“爸爸，你还好吧？”

巴利斯立刻挤出灿烂的笑容，起身拥抱女儿。

“我好得很，看到你就更好啦！”

梅希迪斯享受着父亲紧紧的拥抱，她把脸埋进父亲的头发里，用力嗅着发丝的味道，就像小时候那样，仿佛那气味可以保护她不受世上任何苦难威胁。直到父亲终于松了手，梅希迪斯注视着他的双眼，察觉到他眼眶泛红。

“发生什么事了，爸爸？”

“没事。”

“你知道，你是骗不了我的。骗得过别人也别想骗我……”

巴利斯微笑以对。书桌上的时钟显示九点零五分。

“你看，答应你的事情，我说话算话……”她边说边揣测他的心思。

“在这方面，我一向都很相信你。”

梅希迪斯踮起脚尖，朝书桌望了一眼。

“你在看什么书？”

“没什么，无聊内容，不值得看。”

“可以让我看看吗？”

“这不是给小女孩看的书。”

“我已经不是小女孩了。”梅希迪斯笑着反驳父亲，依然是小女孩撒娇的语气，接着原地转圈，刻意展示了她的礼服和姿态。

“我知道，你已经是个女人了。”

梅希迪斯伸手抚摸父亲的脸，“你是因为这个而伤感吗?”

“当然不是。”巴利斯亲吻女儿的手，摇头否认。

“连一点点难过都没有吗？”

“嗯……好啦，是有一点。”

梅希迪斯喜滋滋地笑了。巴利斯也跟着笑，却伴着难言的苦涩。

“舞会上，所有人都问起你了……”

“今天晚上碰到一点麻烦事。你也知道，就是会这样。”

梅希迪斯狡猾地点点头。“是啊！是啊，我知道的……”

她在父亲的书房里踱步，一个满是书籍和上锁橱柜的秘密世界，她边走边随兴地以指腹滑过书架上一排排的藏书，突然察觉父亲望着她的眼神充满了惶惑，于是她停下脚步。

“真的不告诉我究竟发生什么事了吗？”

“梅希迪斯，你知道我爱你远胜于世上任何事物，你是我的骄傲，懂吗？”

她听在耳里，心里却不怎么笃定。父亲的声音细如悬丝，没有了一贯的冷静和傲慢。

“我当然知道。爸爸……我也很爱你。”

“无论发生什么事，唯有这件事才是最重要的。”

父亲面露笑容，但梅希迪斯却眼看着他哭了。她从未见过他哭泣，因此备感恐惧，仿佛外面的世界恐将崩垮。她父亲抹去泪水，转身背对着她。

“你去叫比森特进来吧！”

梅希迪斯走到房门前，在伸手开门时停下脚步。父亲依旧背对着她，默默凝望窗外的花园。

“爸爸，是不是有什么事情要发生了？”

“没事，宝贝，不会有事的。”

她打开房门，比森特已在外头等待，那深不可测、恶狠狠的表情总是让她感到害怕。

“晚安，爸爸……”她轻声说道。

“晚安，梅希迪斯。”

比森特恭敬地向她点头示意，随即进入书房。梅希迪斯转身想再探个究竟，保镖却当着她的面轻轻把门关上。于是，女孩把耳朵贴在门板上仔细聆听。

“有人进来过。”她听见父亲这样说道。

“不可能。”比森特说，“所有入口都受到严密监控。只有家里的工作人员才能上楼。每个楼梯口都有我手下的人在站岗。”

“我就跟你说了，有人进来过。而且他们手上有名单。我不知道是怎么拿到的，但他们手上有名单……我的天哪。”

梅希迪斯猛咽口水。

“一定是哪里搞错了，部长。”

“你自己看看……”

接着是漫长的静默。梅希迪斯屏息以待。

“这些数字看起来都没错，部长。我不明白……”

“时候到了，比森特。我已经藏不住，只能豁出去了。你可以跟我一起去吗？”

“您尽管吩咐，部长。什么时候？”

“破晓时分。”

接下来又是一片死寂。过了半晌，梅希迪斯听见趋近房门的脚步声，于是快步冲下楼，直到自己房门前才止步。进了房间，她背靠着门板，无力地跌坐在地上。她有预感，诅咒已经来叩门，他们活在这个扭曲的童话里已经太久了。

6

她始终记得那个暗灰凛冽的黎明，仿佛冬季铁了心，一股脑儿将梅希迪斯别墅丢进雾池里，从森林入口开始，一片浓雾漫漫。晨光熹微，她就醒来了，窗外一抹铁灰色的微光。她穿着晚礼服倒在床上睡着了。打开窗，清晨湿冷的空气放肆地贴上脸庞。一帘浓雾笼罩花园上空，缓缓拖曳着，仿佛在前一晚夜宴后的杯盘狼藉中匍匐前进。乌云密布，云块缓慢挪动，云层里似乎潜伏着暴风雨。

梅希迪斯光脚来到走道上，家里寂静无声。她摸黑在走道上前行，在西边的房子来回转悠，直到来到父亲的卧室。房门口既不见比森特也不见其手下站岗，一如惯例，这些年来，她父亲总是躲躲藏藏过日子，身边必定有武装的心腹保镖，仿佛害怕随时会有危险物穿墙而出，或冷不防遭人从背后捅上一刀。她始终没有胆量问他为何这么做。偶尔发现他神情呆滞，眼神苦涩，就够让她害怕了。

她没敲门就直接打开了父亲卧室的房门。女仆每晚固定为毛里西奥先生准备的洋甘菊茶，依旧满满一杯摆在床头小桌上。有时她想，父亲是否还能入睡？还是每晚都待在塔顶的书房彻夜未眠？她突然一惊，原来是屋外一群飞鸟振翅掠过花园。她走到窗边，瞥见两个身影朝着车库移动。梅希迪斯把脸贴在玻璃窗上看个仔细。其中一人停下脚步，回头朝着她这边张望，仿佛感受到她的视线正锁定在他身上。梅希迪斯面露微笑，父亲却面无表情望着她，他那张面容如此惨白、如此苍老，是她有记忆以来从未见过的脸庞。

毛里西奥低下头，在比森特陪同下进了车库。她忽然惊恐万分。这一幕，梅希迪斯已在梦里看过千百遍，却始终不明所以。她急忙跑下楼，在清晨的铁灰色幽暗中，一路不是撞击家具，就是被地毯绊倒。终于到了花园，冰冷刺骨的微风迎面而来。她走下大理石阶梯，跑向车库，晨雾弥漫中，满地散落的面具、翻倒的椅子，以及仍在微微闪亮的花饰提灯。她听见汽车引擎发动，接着是轮胎滑过砾石小径的声响。当她抵达庄园主车道时，车子已高速驶离。她在后面追着跑，任由道路上的尖石刺伤双脚。就在车子被浓雾吞噬前的一刻，他父亲最后一次回过头来，透过车窗，绝望地凝视她。她继续跑着，直到引擎声隐遁在远方，庄园的长矛大门则挺立在前方。

一个钟头后，负责她起居的女仆劳莎，在泳池边找到她。她的双脚泡在染血的池水中，池里还漂浮着昨夜舞会的面具，仿佛一艘艘纸船。

“梅希迪斯小姐，啊！我的天哪……”

猛打哆嗦的女孩，裹上劳莎拿来的毛毯，然后被扶进屋里。两人刚踏上屋前阶梯，天空就下起了雨夹雪。一阵骇人的强风席卷树梢，吹倒了院子里的花饰灯座和桌椅。这一幕，梅希迪斯曾在梦里见过，此时她心里明白，这个家已经开始走向灭亡。

垂怜经
马德里
一九五九年十二月

KYRIE

Madrid Diciembre de 1959

1

早上十点过后，一辆黑色帕卡德轿车顶着滂沱大雨行驶在格兰大道，最后在老西班牙酒店前停下。酒店的玻璃窗盖上了一层雨帘，但阿莉西亚还是看见了两位不请自来的密使，一身灰黑加上一脸冰冷，一如当日的天气。身穿风衣、头戴绅士帽的两人已经下了车。阿莉西亚看了看手表。莱安德罗这家伙连十五分钟都等不及就差遣走狗过来了。三十秒后，电话铃响了，才响第一声，阿莉西亚就连忙拿起话筒。她非常清楚电话另一头是谁。

“格里斯小姐，早安！事情是这样的……”柜台的毛拉扯着沙哑的嗓音说，“有两个秘密警察一样的家伙，十分无礼地打听您的情况，现在搭电梯上楼了。我让他们上了十四楼，万一您想临时消失。”

“谢谢您这样细心替我着想，华金。您今天在看什么书？有趣吗？”

马德里沦陷后不久，华金·毛拉就进了卡拉巴切尔监狱。出狱时已是十六年后，他是一无所有的孤寡老人，当年怀着孕的妻子成功地向教会申请废除和他的婚约，改嫁了一名陆军中校，还替他生了三个孩子，一家人住在郊区的小别墅。第一次的短暂婚姻留下一个女儿拉克尔，成长过程中，她一直以为父亲在她出生前就过世了。某天，毛拉到女儿上班的戈雅街布庄，偷偷躲在店门口看她，她却当他是乞丐，还给了他零钱。从那时候起，毛拉万念俱灰，蜗居在酒店地下室暖气机旁的陋室，夜班和所有能上的班他都愿意上，一遍又一遍读着廉价侦探小说，塞尔塔香烟不离手，日复一日期待着死亡将一切归位，把他带回到一九三九年，那是他应该永远停驻的时光。

“我正在读一本完全说不通的浪漫小说，书名是《绯红长衫》，一个叫马丁的作家写的，是系列小说《诅咒之城》中的一本。426号房的胖子图德拉借我的，他老是在跳蚤市场买些奇怪的玩意儿。书上写的是您的家乡巴塞罗那，说不定您也可以看看。”毛拉说。

“我不会拒绝的。”

“就这么说定了。您要小心那两个家伙，我知道您能保护自己，但他们看上去不太好惹。”

阿莉西亚挂了电话，冷静地坐下，顶多两三分钟，莱安德罗的爪牙就会出现。她敞开房门，点了烟，打算就这样坐在面对房门的扶手椅上等人。眼前的房门外是一条漫长漆黑的走道，尽头便是电梯。走道弥漫着尘土气味，还混杂了老旧木头和残破地毯的腐臭。

西班牙酒店是座始终处于衰败状态的绝妙废墟。兴建于二十世纪二〇年代初期，在马德里的繁华年代也有过风光的巅峰，但在内战后二十年的时间里变成了一座坟墓，无家可归、被人遗忘的灵魂在破旧的酒店房间等死，一次付一周的房费。旅社数百间客房，空房逾半，多年来一直如此。好几层楼已经关闭，投宿的房客有些出身背景骇人，阴森可怕的漫长走道因此常有离奇怪事流传，有时无人按下按钮的电梯，却自动停在面前，数秒钟后，电梯门打开，泛黄的幽暗灯光下，那逼仄的小空间活脱就像沉入海底的邮轮内舱。毛拉告诉她，柜台经常在凌晨接到内战以来就不曾有过房客的空房拨出的电话。接听之后，话筒彼端通常无人应答，唯有一次例外，他隐约听见女子的啜泣声，于是好意问她是否需要帮忙，此时竟换了个低沉沙哑的嗓音回答他："跟我们一起走吧！"

"所以……从那时候起，我绝对不接午夜十二点以后的电话。"有一回，毛拉向她坦承，"有时，我总觉得这地方就像一种影射，您知道吗，我的意思是，这里影射了整个国家。这国家处处沾满了血，我们的双手也是，但大家却忙着用自己的手指责别人。"

"毛拉，您简直就是位诗人，就连犯罪小说也无法抹灭您的诗歌天赋。西班牙就需要像您这样的思想家，才能复兴我国伟大的谈话艺术。"

"您尽管嘲笑我吧，您是拿国家薪水的人，这不算什么。我相信以您的身份地位，一定租得起比这个地牢好的地方。像您这样一位优雅高贵的小姐，不该住在这种地方。人在这里，不是生活，而是等死。"

“我就说，您彻头彻尾就是位诗人。”

“滚！”

毛拉的哲学高论并不是危言耸听，西班牙酒店是著名的“自杀中心”。几十年后，停业多年的酒店终于要被拆除了，听放置炸药的工人说，他们在一些房间的床上或浴缸里发现了死了很久的干尸，其中就有当年的酒店经理。

2

他们渐渐出现在阴暗的楼道，她看得没错，他们是两个吓人的傀儡，对他们来说生活就是活着。她以前见过他们，却压根儿没想过要去记他们的名字。秘密警察的傀儡都是一个德行。他们驻足房门前，一脸不屑地朝房里仔细张望，接着视线迎上阿莉西亚的目光，脸上随即出现豺狼似的奸笑，八成是莱安德罗教给他们的。

“我不知道您在这种地方是怎么生活的？”

阿莉西亚耸耸肩，随手拧熄香烟，朝窗外使了个眼色。

“我喜欢这里的风景。”

莱安德罗两名手下听了，一个勉强挤出一丝讪笑，另一个摇头叹息。两人走进房门，朝浴室看了一眼，仔细检视整个房间，仿佛期待会有什么意外收获。年轻一个显然缺乏经验，只能用态度弥补，他假装浏览几乎占据房间半数墙面的藏书，伸出食指划过一排排书脊，满脸轻蔑。

“嗯……我得跟您借本爱情小说来看看。”

“我不知道您居然识字。”

菜鸟警官转过身，不怀好意地趋前一步，但他的同事（看来是他的长官）把他拉住了，随即叹了口气，一副不耐烦的模样。

“我说……去打扮一下！十点钟有人要见您。”

阿莉西亚仍无意从椅子上起身。“我强制性休病假，这是莱安德罗亲口下的命令。”

菜鸟觉得自己的男性气概受到侮辱，端出九十多公斤肌肉和胆量，凑到阿莉西亚面前，挤出一脸在监狱和半夜突袭时练出来的微笑。

“少啰唆！小姐，今天我可没心情跟你玩。别逼我把你从椅子里揪出来！”

阿莉西亚狠狠瞪着他。“这不是有没有心情的问题，而是你有没有那个本事。”

菜鸟手下怒目直视她，片刻后，长官抓着他的手臂，硬是把他拉开。菜鸟随即换上客气的笑容，举起双手表示休兵。没完没了的一套，阿莉西亚这样暗想着。

长官瞄了一下手表，频频摇头。

“格里斯小姐，这不是我们的错，您也知道这整件事是什么情况。”

“我知道。”阿莉西亚心想，“我比谁都清楚。”

阿莉西亚双手撑着椅子的扶手，缓缓起身。莱安德罗的走狗二人组眼看着那张椅子颤颤巍巍，她吃力的模样，仿佛一组由细线和皮绳操控的护具。

“需要我帮您吗？”菜鸟走狗问道，一副居心不良的样子。

阿莉西亚根本不理会他们。她拿起简单的随身装备，径自走进浴室，房门半掩。年长的刻意移开目光，但菜鸟却从某个角度盯着阿莉西亚在镜子里的倒影。他看着她褪下裙子，抓起护具紧裹在臀部和右腿，仿佛在穿一套情趣紧身衣。调整收口之后，护具紧贴着她的身体，宛如第二层肌肤，让她看起来就像个机器娃娃。此时阿莉西亚抬头，镜中四目相对：她一脸冷漠，毫无表情。他愉快地微笑着，过了一阵子才转身回到客厅，离开时看到了阿莉西亚侧身那块黑色印记。那是个螺旋状的伤疤，深深嵌入皮肉，仿佛一支鲜红的钻头曾经替她重塑臀部。菜鸟警官发觉长官眼神凌厉地盯着他。

“你这个蠢货！”长官低声提醒他。

过了半晌，阿莉西亚从浴室出来了。

“您没有别的洋装了吗？”长官问道。

“这件有什么不对吗？”

“我也说不上来。换一件比较保守低调的吧。”

“为什么？这场聚会还有谁会来吗？”

长官并未回应她的问题，倒是把靠在墙边的手杖递给她，然后朝房门一指。

“我还没化妆。”

“您已经够完美了，需要的话，上车再化妆吧！我们已经迟到了。”

阿莉西亚拒绝了手杖，径自朝走廊前进，步伐微微带瘸。

数分钟后，黑色帕卡德在雨中的马德里奔驰，三人一路沉默无语。阿莉西亚坐在后座，凝望着格兰大道旁屋宇檐口上方挺立的尖塔、圆顶和塑像。色泽暗沉的石雕天使和哨兵驷马居高守卫着世人。铅灰色天空下，蜿蜒错落的街道旁，举目尽是雄伟庄严的建筑，在她眼中像极了一个个石砌的生物，栉比鳞次，仿佛就要吞没整座城市。建筑下方，一张张遮雨棚向外延伸，为大型剧院和精致咖啡馆及商店挡下从天而降的雨幕。熙来攘往的行人顶着吹吐白气的模糊面容，在一片伞海中簇拥前进。她不禁想，这样的日子里，她更愿意相信老毛拉的话，笼罩西班牙酒店的阴影，早已蔓延整个国家，连一丝晴空都不留。

3

“跟我聊聊您推荐的这位专员。她叫格里斯，是吧？”

“阿莉西亚·格里斯。”

“阿莉西亚？是个女的？”

“这……会有问题吗？”

“我不知道。会有问题吗？我不止一次听到别人谈起格里斯，但不知道是个女人。选了这样一个人，可能会有人提出质疑。”

“您的长官吗？”

“是我们的长官，莱安德罗。洛马纳那种错误，我们不能再犯了。上面对这样的事很紧张。”

“恕我冒昧，那件事唯一的错误，是从一开始就没人告诉我为什么需要我的人。我要是知道，大概会推荐其他人选。那案子不适合交给洛马纳。”

“规则不是我定的，信息也不是我保密的。所有命令来自上级。”

“我理解。”

“跟我聊聊格里斯这个人吧！”

“格里斯小姐今年二十九岁，在我手下工作了十二年。她是战争孤儿，八岁失去双亲，在里瓦斯教养院长大，那是巴塞罗那的一家孤儿院，直到十五岁因为纪律原因被扫地出门。接下来几年她流落街头，替一个名叫巴尔塔萨·鲁阿诺的干活，他是个黑市贩子、罪犯，手底下有个全是小孩的盗窃团伙，后来遭宪兵队逮捕，和其他罪犯在波达园监狱被处决。”

“我听说她……”

“那不是问题。您可以单独行动，而且我向您保证她可以保护自己。她身上的伤是巴塞罗那大轰炸的时候留下的。对于她在工作上的表现，这个旧伤从来就不是障碍。我过去二十年招募的组员当中，阿莉西亚·格里斯是最优秀的。”

“既然这样，已经到了约定时间，她为什么还没出现？”

“我可以理解您的不安，我向您道歉。阿莉西亚有时候是很叛逆，但在我们这一行，几乎所有杰出的特务都是这样。一个月前，我们对当时的案子意见不合，于是我暂时将她停职停薪。她今天迟到，就是要告诉我，她还在跟我闹脾气。”

“容我这样说吧……两位的关系超过职业范围，过于私人了。”

“在我的工作领域里，两者是分不开的。”

“这种藐视纪律的表现，我很担心。这件案子不能再出错了。”

"不会的。"

"最好是这样。这是性命攸关的事，您跟我都是。"

"这件事就交给我吧。"

"再跟我聊聊格里斯的事情。她为什么那么特别？"

"阿莉西亚·格里斯能够察觉别人没看出来的细节。她的思考方式和别人不一样。所有人看来紧闭的一扇门，她看到的是一把钥匙。当其他人都毫无头绪，她就是找得到线索。我只能说，这是天赋。而最高明的是，任何人都看不出她有那份能耐。"

"她就是以这样的方式侦破巴塞罗那洋娃娃命案？"

"石蜡新娘。这是阿莉西亚在我手下接下的第一件任务。"

"我一直很纳闷的是，省长先生那件事，难道是真的……"

"那都是陈年往事了。"

"但是我们还有时间，对吧？反正还要等那位小姑娘。"

"当然了。那是一九四七年的案子。当时我刚到巴塞罗那不久。我们被告知过去三年内警察在城里的不同地点发现至少七具年轻女人的尸体，在公园长椅上、电车车站，或在巴拉列罗大街咖啡馆内……有一具尸体甚至跪在松林教堂的告解室。这些女尸全都上了完美的妆容，穿着白色洋装，身上不见一丝血迹，并散发着樟脑味，看起来就像上了一层蜡，名字就是这么来的。"

"死者都是些什么人？"

"都不是列案的失踪人口，因此警方推测可能都是妓女，之后证实的确如此。后来几个月不再有新的尸体出现，巴塞罗那警方不再调查此案。"

“这时候又发现了一具尸体……”

“没错。死者是玛格丽塔·马洛斐。她被人发现时坐在东方旅馆更衣间的扶手椅上。”

“这位玛格丽塔小姐是……”

“伊莉莎白街一家高级妓院的小姐。那里的特色是……这么说吧，根据客人的特殊要求提供收费昂贵的服务。听说当时的省长经常光顾，死者就是他最喜欢的小姐。”

“为什么？”

“看来，玛格丽塔·马洛斐不但能够满足省长的特殊癖好，而且保持清醒的时间最久。”

“省长不简单！”

“正因为这样的关联，案子重启侦查，由于事件敏感，所以案子转到我手上。阿莉西亚当时刚加入我的团队，我就把这案子交给她。”

“对一个年轻小姑娘来说，这种案件不太合适吧？”

“阿莉西亚很不寻常，不会随随便便就被吓倒。”

“案子后来怎么了？”

“很快就破案了。阿莉西亚连续好几晚守在拉巴尔区几个主要的妓院出入口。她发现，每次警方临时检查，嫖客都是从某个隐秘出口溜走，有些在妓院工作的年轻男女也会从那里偷偷跑出去。阿莉西亚决定尾随他们。他们四处躲警察，藏在门廊、咖啡馆甚至下水道。大部分人还是被逮捕了，然后被抓进监狱关上一夜，还有更糟的，但这不是重点。也有人躲过了追捕，而且每次都是躲在同一个地点：华金柯斯塔街和十字街交汇处。”

“那是什么地方？”

“乍看之下毫无特别之处。那里有好几个粮仓、一家杂货店、一个停车场。还有一家布厂，老板名叫鲁法，和警方有点过节，因为他惩罚女员工的时候下手过重，有人瞎了眼。还有，鲁法是玛格丽塔那家妓院的常客。”

“她查案动作挺快的。”

“没错，首先，她排除了鲁法涉案的可能性，这家伙虽然生性粗暴，但他不过就是喜欢到纺织厂几条街外的妓院嫖妓，如此而已。”

“所以，案子又得从头查起了？”

“阿莉西亚常说，办事不能按照外在逻辑，而是要看内在逻辑。”

“按照她的看法，像这样一件案子，应该用哪一套逻辑？”

“阿莉西亚称之为模拟逻辑。”

“我彻底不知道你在说什么了，莱安德罗。”

“简短地说，阿莉西亚认为，在社会和公共生活中发生的事情是一场表演，那都是我们试图当作现实世界的模拟。”

“听起来像是马克思主义。”

“别担心，我认识的所有人当中，阿莉西亚算得上是最偏激的怀疑论者。在她看来，所有的思想和教义毫无差别，都是在煽动人心罢了。简单来说，是模拟。”

“这听起来更糟糕。我不知道您为什么还笑得出来，莱安德罗。让她加入这个案子，我怎么样都笑不出来。这位小姐我越来越不喜欢了。但起码应该长得很标致吧！”

“我又不是培训女招待。”

“别生气，莱安德罗，我只是开个玩笑。后来怎么样了？”

“排除了鲁法的涉案可能性之后，阿莉西亚开始她所谓的剥洋葱办案法。”

“这又是她的另一套理论吗？”

“阿莉西亚说，每一件案子都像是一颗洋葱：必须剥掉很多层，才能看出里面藏了什么，而剥洋葱的过程中，流几滴眼泪是难免的。”

“莱安德罗，您网罗的珍奇动物常让我非常惊讶。”

“找到最适合解决每一项任务的利器，就是我的职责所在。还要让利器保持锋利才行。”

“小心哪天被自家的利器割伤。岔题了，请继续说说剥洋葱办案法，挺有意思的。”

“仔细排查完妓女最后出没的每一个路口，后来，阿莉西亚发现，那座停车场是‘慈善之家’名下的资产。”

“这下办案之路又被堵死了。”

“这一次，‘死’是关键。”

“这下我又糊涂了。”

“在那座停车场里，停放了几辆市立殡仪馆的灵车，也作为存放棺材和葬礼雕塑的仓库。那个年代，市立殡仪馆的业务全部由一个名为‘慈善之家’的机构掌控，大部分员工来自社会底层。掘墓的年轻人，多半是被上帝遗弃的一群人：孤儿、罪犯、乞丐等等。总之，那地方是一群不幸灵魂的大汇集。阿莉西亚混进了该机构的管理部门当打字员。不久后，她发现晚上总有逃离附近妓院的女孩躲进殡仪馆的停车场。在那里，只要有利益交换，说服那些天涯沦落人提供某辆灵车作为藏身处，容易得很。等到风头过了，这些‘救命恩人’的生理欲望也获得满足，女孩们重见天日，重返正常生活。”

“但是……”

“但是，不是所有人都回去了。阿莉西亚发现那群员工当中，有个与众不同的人。一个战争孤儿，就跟她一样。大家都叫他基梅特，因为他生得一张娃娃脸，又乖又讨人喜欢，许多寡妇都想领养他，把他带回家当儿子。事实上，基梅特伶俐手巧，入殓手艺非常不错。特别引起她注意的是，基梅特是个收藏家，办公桌上总是放着一本搪瓷娃娃相册。他常说自己很想结婚成家，因此他总在寻觅一个精神和肉体都纯洁的女人。”

“这是模拟吗？”

“其实是他设下的圈套。阿莉西亚开始每晚跟踪他，不久就证实了她的推测。每当误入歧途的妓女跑来找基梅特求助，只要女孩的身材和容貌符合他的标准，他不但不要求她们以肉体报恩，甚至还带着她们一起祈祷，并向她们保证，在他和圣母的帮助之下，绝对没有人找得到她们。他还宣称，最好的藏身之处就是棺材。任何人甚至警方，都不敢打开棺材检查里面有什么。基梅特孩童般的脸庞和善行让女孩们深深着迷，她们微笑着躺进石棺，最后在棺材里窒息而死。接着，他褪下女孩身上所有衣物，剔除阴毛，将她们从头到尾清洗干净，然后放血，并从心脏注射防腐剂，由此蔓延全身。尸体上完蜡之后，他帮她们化妆，穿上一身纯白的洋装。阿莉西亚后来也证实，女尸身上穿的衣服，全都是在圣彼得环城路同一家婚纱店买的，距离那座停车场才两百米。其中一位店员还记得，曾经接待过基梅特好几次。”

“真是个人物！”

“基梅特会跟尸体共度好几个夜晚，这么说吧……就是模仿婚姻生活，直到尸体发出腐臭为止。接下来，通常是趁着天亮之前，大街上不见人影，他用灵车载运她们进入新的永生，然后布置她们被发现的场景。”

“我的老天爷啊……这种光怪陆离的奇闻，只有巴塞罗那才有。”

“阿莉西亚查明真相，甚至及时抢救了已经躺在基梅特石棺里的一个女孩，否则她就成了第八个受害者。”

“犯罪动机是什么？”

“阿莉西亚发现，基梅特小时候曾经守着母亲的尸体，整整一周被关在卡德纳街的公寓，直到左邻右舍闻到尸臭味。据说，他母亲在得知丈夫离开她之后吞下毒药自杀身亡。这些事情都无法求证，因为基梅特被关进波达园监狱的第一晚就自杀了，只在牢房的墙面写下最后遗愿。他要求狱方将他的遗体剃毛、洗净、防腐，并穿上一身纯白衣裤，然后将他和其中一位新娘一起摆在世纪百货的玻璃橱窗前，并且无限期展示。听说他母亲曾在那里当过店员。说着我们的英雄就到了……您要不要来杯白兰地，去去晦气？”

“我最后还要提一件事，莱安德罗。我会派一名手下和你的组员共事。我不想再看到洛马纳那种无故失踪的事情。”

“我想那是个误会。我们总是有自己的办案方式。”

“不能讨价还价了。再说，阿尔特亚也同意我的做法。”

“恕我冒昧……”

“莱安德罗，阿尔特亚老早就想把安达亚安插进来。”

“又一个错误。”

“我同意您的看法。因此，我努力说服了他，目前就用我的方案，但是有个条件，就是由我的手下监督您的组员。就这样，不然就让安达亚加入。”

“我了解。您打算指派哪一位手下？”

“巴尔加斯。”

“我以为他已经退休了。”

“程序上是。”

“这次的任务是惩罚吗？”

“对您的组员而言吗？”

“对巴尔加斯来说。”

“说是第二次机会更贴切吧！”

4

帕卡德轿车绕过海神广场，深陷一片灰蒙蒙的车海，沿着圣赫罗尼莫街驶向皇宫大饭店那幢白色法式建筑。车子停在饭店大门口，门房急忙上前打开后座车门，一手撑着大雨伞，两名特务转头望着她，眼神半是威胁半是哀求。

“让您在这里下车就行了吧？还是要我们押着您进去，免得又爽约了？”

“别担心，我不会为难两位的。”

“说话算话？”

阿莉西亚点头应允。这种阴雨绵绵的日子，上下轿车从来就不是容易的事，但她不想让那两个家伙看见她一副狼狈相。起身时，她努力挤出笑容，掩饰臀部的强烈刺痛。门房撑着伞替她遮雨，陪她走到饭店入口。一群服务员和接待员似乎正等着她，准备护送她走过大厅去赴约。一见到入口通往餐厅的两排阶梯，她忍不住在心里嘀咕，早知道就拄拐了。她从口袋掏出药盒，吞下一颗药丸，用力深呼吸，开始踩着踏步上楼。

历时数分钟，踩了数十级，她总算能在餐厅入口停下来喘口气。一路陪她的接待员直盯着她额头上的汗水。阿莉西亚只能勉强微笑以对。

“到这里就好，接下来我可以自己走。”

“当然，悉听尊便。”

接待员恭敬地告退，但仍频频回头探究她的动静，目光始终没离开，直到她走进餐厅为止。她拿出手帕擦汗，仔细观察着眼前的景象。

人声气息隐约可闻，小汤匙搅动白瓷咖啡杯叮叮当当。皇宫大饭店餐厅的拱顶上，落雨低流，一如舞姿般魅惑，让她联想到巨型的琉璃垂柳，腾空悬挂，仿若美好年代华丽炫目的圆花窗顶。莱安德罗的品味绝对无可挑剔。

彩色玻璃的圆顶下，只有一张餐桌有人，其他都空着。这张餐桌旁，两个身影正接受着五六位服务生的高度关注。服务生总是和客人保持适当距离，虽然听不见客人交谈，但必须能一眼就看清他们的神色。总之，和她暂时投宿的西班牙酒店相比，一流的皇宫大饭店当然是天差地别。莱安德罗生活习性奢靡，他一直把这里当作住宿和工作的地点。多年来，他固定住在814号豪华套房，并且偏爱在这个餐厅谈公事。阿莉西亚常怀疑，他大概自以为住在普鲁斯特时代的巴黎，而不是佛朗哥统治下的西班牙。

她将目光停驻在两位客人身上。莱安德罗·蒙塔尔沃，一如往常端坐在面向入口的位子。中等身材，温和圆脸，给人可靠、亲切的印象。戴着过大的黑框眼镜，正好柔和了犀利的目光。在轻松惬意的氛围下，他看起来就像个拥护王室的地方公证人，或是下班后来此附庸风雅的银行职员。“老好先生”莱安德罗。

他身旁那位先生穿着高级英式西服，和高原牧农般的面容完全不搭调，头发、胡须都抹了蜡，手上端着一杯白兰地。她觉得这张脸很面熟。经常上报的公众人物，有国旗出现的照片大多有他的身影。好像叫席尔什么的。

莱安德罗抬头一看，在远处朝她一笑，示意要她过去，那表情像是在召唤小孩或小狗。阿莉西亚强忍剧痛，藏起跛脚的步伐，缓步越过宽敞的餐厅。与此同时，餐厅最里面的幽暗角落，两位高官正在检视她。虎视眈眈，静止不动，仿佛两只等待猎物的爬行类动物。

“阿莉西亚，很高兴你在百忙中跟我们喝咖啡。怎么样，吃过早餐了吗？”

她还没来得及搭腔，莱安德罗眉梢一提，两名杵在墙边的服务生便走过来听候指示。服务生正在为她添一杯鲜榨橙汁，阿莉西亚感受到高官紧盯她的目光。她不难猜出他们在想什么。大部分男人，包括因工作需要而必须精于观察的人，经常误将看见的当作观察，几乎总是停留在表面无关紧要的细节上。莱安德罗常说，消失在对手的目光中是一种境界，可能要花一辈子才学得来。

她有一张看不出年纪的脸，轮廓突出但可塑性强，没有过多皱纹和颜色。阿莉西亚每天都会根据莱安德罗交付的任务，扮演不同角色。躲在暗处或者暴露在太阳底下，当背景或主演，剧本怎么写就怎么演。休息的时候，她自我封闭，进入莱安德罗形容的透明阴影中。她头发乌黑，脸色苍白，与冬日阳光和室内沙发再和谐不过。浅绿色双瞳微微闪着光，分散旁观者的注意力，因为她的身体虽然孱弱却难以忽略，但必要时，她会套上宽松衣物，避免在大街上引人侧目。然而，莱安德罗认为近看她总是流露着阴郁，对此，做师父的再三叮咛，尽可能把这种情绪藏起来。“你天生是夜行动物，阿莉西亚，但现在我们不得不躲在白昼之中。”

“阿莉西亚，让我向你介绍，这位是备受崇敬的曼努埃尔·席尔·巴德拉先生，内政部部长。”

“非常荣幸认识您，部长。”阿莉西亚礼貌性地伸出手，但部长没有回应，仿佛怕她会咬人。

巴德拉默默看着她，似乎还无法确定，究竟是她不良女学生的特质让他不安，还是她根本就是个无法归类的样本。

“承蒙部长抬爱，我们有幸协助一项非常敏感的任务，必须保持高度谨慎，全力以赴。”

“当然！”阿莉西亚附和的语气实在太温柔可爱，逼得莱安德罗不得不在桌下轻轻踢她一脚。“我们随时尽全力提供协助。”

巴德拉继续打量她，目光融合了猜忌和欲念，这种年纪的男人见了她，还不确定该从哪里赞美她的时候，多半会露出这样的眼神。莱安德罗常说，他上司的面部表情所传达的意思，是一把双刃剑，他还没有学会如何精确地运用。

这一次，当她挨近时，从巴德拉明显的尴尬神情看来，阿莉西亚相信利刃恐怕是朝她自己划了一刀。“他要开始反击了。”她暗想。

“格里斯小姐，您会打猎吗？”他问。

她迟疑了一会儿，试图从师父的眼神里解惑。

“阿莉西亚基本上成长在城市里。”莱安德罗急着插话。

“人在打猎的时候，可以学会很多事情。”部长开始发表高见，“我很荣幸有机会和佛朗哥大元帅一起狩猎，正是他本人不厌其烦地教导我，一个猎人应该遵守哪些基本原则。”

阿莉西亚频频点头，仿佛听到了什么惊奇的新鲜事。与此同时，莱安德罗在吐司上抹了果酱，然后往嘴里送。阿莉西亚没有异议，只是漫不经心地听着。部长继续高谈阔论。

“一个猎人必须了解的是，狩猎碰到危急状况时，猎物和猎人的角色会相互混淆。打猎，我指的是真正的打猎，是双方平等的决斗。不到流血倒地那一刻，谁都不知道自己是猎人，还是被捕的猎物。”

引人深思的一番高论之后，他停顿下来，慎重地沉默半晌，阿莉西亚刻意露出崇敬的神情。

“这也是大元帅的最高行事准则吗？”

阿莉西亚的脚在桌下被踢了一下，那是莱安德罗提出的警告。

“老实告诉您吧，小姑娘：我一点都不喜欢您这个人。我听到的所有关于您的事情，根本就不得我心，我不喜欢您的语气，也不喜欢您的自以为是，居然让我在这里等了大半天，好像是他妈的什么大人物一样。我不喜欢您的眼神，尤其讨厌您高傲的冷嘲热讽。我这辈子最厌恶的就是不知分寸的人。更厌恶的是我还得亲自提醒这些人。”

阿莉西亚眉眼一垂，谦卑承受训斥。餐厅里的气温仿佛瞬间急降了十度。

“恳求部长先生接受我的道歉，假如……”

“别插嘴。我是看在您长官的面子上，才会在这里和您交谈，我也说不上来为什么，但我相信，您是我能交付这项任务的最适当人选。还有，千万别搞错了：从现在开始，您必须直接向我报告。而我这个人呢，可没有蒙塔尔沃先生那份耐心和宽容。”

巴德拉坚定的目光紧盯着她。他有一双黑眼睛，角膜上细如毛发的血丝仿佛随时会迸裂。阿莉西亚暗自想象他头戴羽毛军帽，脚踏军靴，在他所谓的狩猎活动中，抱着大元帅的大腿猛拍马屁，国家元首们开抢打死士兵们放在射程范围内的猎物之后，在自己的生殖器上抹上火药和鸡血，借此感受征服者的男子气概，以此荣耀上帝与祖国。

“老兄，我非常肯定阿莉西亚一定不是刻意冒犯您。”一旁看好戏的莱安德罗连忙求情。

阿莉西亚也点头附和长官，严肃的神情难掩歉疚。

“不用我多说，我接下来要跟两位谈的事都非常机密，理论上，这次的谈话根本没发生过。还有任何疑问吗，格里斯小姐？”

“完全没有，部长先生。”

“很好。那就劳驾您赶快把这片吐司吃了，我们好进入正题。”

5

“您对毛里西奥·巴利斯了解多少？”

“巴利斯部长吗？”阿莉西亚问。

年轻女孩不得不稍停片刻，脑海中一时涌现出毛里西奥·巴利斯备受公众关注的职业生涯，她得好好梳理一下才行。他衣着讲究出众，在照片中，总是在最醒目的位置受到一群名人簇拥，或接受珍贵奖项和殊荣，或在群众热烈的掌声和仰慕中展现令人臣服的学识。他被封为圣人，在一些自封的知识分子的帮助下，凭借自己的努力登上神坛，毛里西奥·巴利斯乃西班牙文人的代表。他获得过数不尽的奖项和荣耀，称他为本国文化与政治界的精英一点也不为过。关于他的报道远多于其他部会首长，他在马德里的盛大演讲总能聚集各方显要，于报章发表的精辟文章总能有条理地针砭时事，新闻记者总是带着谄媚的神情巴结他。他偶尔举办诗作发表会，或是舞台剧本朗读会，这些由他主演的剧作在全国各地场场售完。他的文学作品备受肯定，他的名字早已是文坛巨擘的同义词。毛里西奥·巴利斯，伊比利亚半岛的明灯和智慧，照亮了全世界。

“我们知道的都是从报章上看来的。”莱安德罗插话，“说真的，比起之前，现在的信息越来越少。”

“是根本没有了！”巴德拉证实，“这位小姐，我相信您肯定注意到了，毛里西奥·巴利斯，我国的教育部部长——他本人喜欢自称文化部部长——自一九五六年十一月起到现在超过三年的时间，基本上已经在公众面前消失了。”

“您这样一说好像还真是……”阿莉西亚表示赞同。

莱安德罗转过头看了看她，然后和巴德拉互以眼神示意，随即向她说明事实真相。

“事实上……阿莉西亚，巴利斯先生过人的智慧和完美的风采在公开场合销声匿迹，并非偶然，也不是出于自愿。”

“我看您一定在他手下做过事吧，莱安德罗！”巴德拉突然插话。

“很久以前，我还在巴塞罗那的时期，确实有过这个荣幸，虽然时间很短。他是个了不起的人，是我国知识分子价值观深度的最好代表。”

“我相信巴利斯先生一定非常认同您的看法。”

莱安德罗客气地微笑回应，随即又将目光聚焦在阿莉西亚身上，继续往下说。

“可惜，我们今天接到这项任务，和敬爱的巴利斯部长崇高的地位或强健的体魄都无关。巴德拉部长，请允许我稍作解释：巴利斯过去几年长期消失在公众面前，疑似和多年来一宗针对他的暗杀阴谋有关。”

阿莉西亚挑起眉梢，看了莱安德罗一眼。

“为了支持警察总部的侦查，应政府高层多位友人的要求，我们派去一个人协助调查，但没有正式介入，事实上，案件的细节我们也不知道。” 莱安德罗解释道。

阿莉西亚咬着嘴唇。长官的眼神显然表达现在还不是问问题的时候。

“这个人在数周以前失去联系，下落不明，原因还没有查清。”莱安德罗继续说明，“因此长官寻求我们的合作。”

莱安德罗看着资深警界高官，示意该是他发话的时候了。巴德拉清清喉咙，神情严肃。

“我接下来的谈话是高度机密，仅止于我们三人，绝对不能对外泄漏半个字。”

阿莉西亚与莱安德罗同时点头回应。

“正如您的长官刚才提到的，一九五六年十一月二日，马德里文艺协会举办了一场向巴利斯部长致敬的活动，活动中发生了针对部长的暗杀未遂事件，这样的事情似乎已不是第一次发生。经由内阁慎重考量，加上部长本人不希望惊动家人及同僚，这个讯息并未对外公开。当时成立了一支调查小组持续追踪，但尽管警察总部已尽了全力，国民警卫队也给予特别支援，我们还是不能确切知道这次或之前暗杀的任何内情。可想而知，经过那次突袭意外，部长加强了安保力度，并无限期取消所有公开活动。”

“这段时间以来的调查行动有任何收获吗？”阿莉西亚急着探问。

“案情调查主要锁定在毛里西奥先生长久以来收到的一连串匿名信件上，但他始终不以为意。暗杀事件发生后，部长才向警方透露自己多年来一直收到这样的威胁信。初步调查显示，信件很有可能出自一个名叫塞巴斯蒂安·萨尔加多的人，当年因偷窃和谋杀罪在巴塞罗那蒙锥克监狱关了两年。两位都知道，巴利斯部长从政之初曾在这座监狱担任典狱长，确切时间是一九三九年至一九四四年。”

“为什么部长之前没有告诉警方他收到了匿名恐吓信一事？”阿莉西亚追问。

“就像我说的，起初他不以为意，不过他也承认，或许一开始就该报警。当时他告诉我们，信件内容模糊费解，他根本不知道对方要表达什么。”

“信中所提的是什么样的威胁？”

“大多是含糊其辞。信中提到：‘事实’不容掩饰，属于‘死者的遗孤’的‘正义时刻’已近，而‘他’——根据我们的了解，就是可疑的寄信人——会在‘迷宫入口’等待部长。”

“迷宫？”

“我刚刚说了，信中的讯息模糊难懂，所指的很有可能是仅有巴利斯和写信者之间知道的事，只是，部长始终坚称他也完全无法理解信中内容。或许是哪个神经病的恶作剧吧！不能完全排除这种可能性。”

“巴利斯担任典狱长期间，萨尔加多是监狱里的囚犯吗？”

“对。我们已查证过萨尔加多的个人资料。他一九三九年入狱时，巴利斯才刚受命担任典狱长不久。部长提过，他大概还记得这是个喜欢惹是生非的家伙，因此，他也赞同警方的推论，认为恐吓信很有可能就是此人所寄。”

“他是什么时候出狱的？”

“大约两年多前。在时间点上，显然和文艺协会的暗杀攻击不符合。要么是萨尔加多在监狱外有同伙，要么他只是个混淆视听的烟雾弹。根据调查结果推断，第二种推测的可能性比较大。我给两位的档案夹里附有那些信件，所有信都寄自巴塞罗那塞科港邮局，而蒙锥克监狱内犯人所写的信件也是从该邮局寄出。”

“那怎么辨认哪些是监狱犯人的信，哪些不是？”

“监狱寄出的信件都必须经由监狱办公室确认，在信封上盖章，才能装进邮袋。”

“狱方都不检查囚犯信件的内容吗？”阿莉西亚好奇。

“理论上需要检查，但实际上是根据各个典狱长的要求，只会检查特定囚犯的信件。总之，当时并未发现有任何对部长人身安全造成威胁的信件。还有一个可能……因为信件内容抽象晦涩，检查者并未发现任何可疑之处。”

“如果萨尔加多在监狱外面有共犯，甚至可能不止一人，有没有可能是共犯把信交给他，再由他从狱中寄出去？”

“有可能。萨尔加多拥有每月会客一次的权利。但不管怎么说，这种做法毫无意义。以正常的方式把信寄出去，轻而易举，何必冒这个风险？万一狱方审查没过，信件还会被拦下。”巴德拉说。

“除非……他们刻意要营造信件是从狱中寄出去的假象。”阿莉西亚马上接话。

巴德拉点头附和。

“有件事我不太懂……”阿莉西亚继续说，“萨尔加多在蒙锥克监狱关了这么多年，直到几年前才出狱，我猜想……他应该是被判了三十年的最高刑期，他怎么会被放出来？”

“别说您不懂，我也不明白！事实上，萨尔加多应该还要再吃十年牢饭，没想到，我们的元首意外颁布特赦令，他就这样出狱了。还有……那个特赦令，是由巴利斯部长提出要求，强力主导促成。”

阿莉西亚一脸惊愕地发出讪笑。巴德拉盯着她，面有厉色。

“巴利斯为何要做这样的事？”莱安德罗赶紧提问以化解尴尬。

“部长完全不采纳我们的建议，并宣称因为我们的调查毫无具体结果，因此，他认为让萨尔加多出狱，说不定可以使寄发恐吓信和企图杀害他的隐形人现出原形。”

“您说这些事件只是‘企图’……”阿莉西亚欲言又止。

“这案件始终疑点重重。”巴德拉打断她，“但这并不表示您或我们就可以质疑部长的言论。”

“当然。回到萨尔加多被释放这件事，部长预料中的情况发生了吗？”阿莉西亚问。

“没有。从他出狱开始，我们二十四小时监视他的行动。首先，他在唐人街的廉价旅社租了个房间，还预付了下个月的房租。接下来，他天天到北方车站，一待就是好几个小时，全程紧盯着大厅旁行李寄存处的动静，此外，他偶尔也去光顾圣安娜街的一家老书店。”

“森贝雷父子书店。”阿莉西亚低声补上一句。

“没错。您知道这家书店？”

阿莉西亚点点头。

“我们这位老朋友萨尔加多不太像是个爱书人吧？”莱安

德罗提出疑问，“有没有查到他在行李寄存处究竟在找什么？”

“我们怀疑他在那里藏了东西，可能是一九三九年被捕之前得手的赃物。”

“这个假设后来获得证实了吗？”

“出狱后第二周，萨尔加多再度造访森贝雷父子书店，也是最后一次，接着，他一如往常前往北方车站。不过，他那天不像往常坐在大厅观望行李寄存处，而是走到其中一个寄存柜前，插进一把钥匙。他从柜子里拿出一只行李箱，马上打开……”

“里面有什么？”阿莉西亚问。

“空气。”巴德拉回答，“什么都没有。他的赃物，或者是他以前藏在里面的东西，全都不见了。萨尔加多离开车站时，巴塞罗那警方正打算上前逮捕他，不料他突然瘫倒在雨中。警方注意到，他离开书店后，书店两名雇员尾随他来到车站。他倒地不起后，其中一人曾短暂跪在他身旁，接着迅速离开现场。警方赶上来时，萨尔加多已断了气。这可能是一件黑吃黑的复仇案件，不过，法医解剖后发现，他的背部和衣服上有个针孔，血液里有毒药‘士的宁’残留。”

“有可能是两个书店员工干的吗？他们是共谋，现在萨尔加多对他们来说已经没用了，或者他们发现被警察盯上了，所以想办法摆脱他？”

“那也是假设之一，不过他们的涉案可能性已经排除了。总之，当时在车站的每个人都有可能趁他不注意的时候行凶。警方曾密切监视书店那两个员工，在萨尔加多倒地身亡之前，双方并没有直接的接触。”

“有没有可能在萨尔加多前往车站之前，他们已经先在书店对他下了毒？”莱安德罗问。

这一次，阿莉西亚倒是先开口回答。

“不可能。士的宁毒性发作非常快，尤其是他这个年纪的人，又在地牢关了二十年，生理状况比较虚弱。从扎针下毒到死亡，大概不会超过一两分钟。”

巴德拉注视着她，刻意隐忍着肯定的眼神。

“没错。”他接着说，“最有可能的状况是，那天在车站大厅里还有别人，并没有引起警方注意，当下决定那一刻就是除掉萨尔加多的最佳时机。”

“书店那两个员工是什么背景？”

“其中一个叫达涅尔·森贝雷，老板的儿子。另外一个叫费尔明·罗梅罗·德·托雷斯，这人的户籍资料不太对劲，文件似乎有篡改迹象。可能是伪造身份证之类的。”

“他们和这件案子有什么关系？他们在车站干什么？”

“无从查证。”

“警方没找他们问话吗？”

巴德拉摇头否认。“这又是巴利斯部长亲自下的指令，完全违背了我们的办案原则。”

“萨尔加多的共犯查得怎么样了？”

“没有进展。”

“或许部长现在的想法改变了，他可能会同意……”

巴德拉露出老警察的豺狼式微笑。

“这就是我要谈的主题。就在九天前，巴利斯先生在他位于索莫萨瓜斯的豪宅举办了一场嘉年华舞会，隔天清晨，他在私人保镖比森特·卡蒙纳陪同之下离家出走。”

“离家出走？”阿莉西亚追问。

“在那之后就没有人见过他，也没有他的音讯。就这样从地球上消失得无影无踪。”

漫长的静默笼罩整间餐厅。阿莉西亚找寻着莱安德罗的目光。

“我的手下不眠不休地搜寻，但目前毫无进展。巴利斯仿佛上了车之后就人间蒸发……”

“部长离家前，是否留下字条，或有任何征兆显示他可能会去哪里？”

“完全没有。但是推测，虽然我们不知道原因，部长可能已经查出寄发恐吓信给他的人是谁，决定在亲信保镖的协助下亲自去见那个人。”

“因此而掉入陷阱……”莱安德罗径自接话，“那个‘迷宫入口’。”

巴德拉频频点头。

“我们怎么确定，部长真的从一开始就不知道是谁、因为什么原因给他寄信？”阿莉西亚再度提出异议。

莱安德罗和巴德拉不约而同对她抛出指责的眼神。

“部长是受害者，不是嫌疑犯。”巴德拉语气严厉，“您不要搞错了！”

“我的朋友，我们要怎么帮你？”莱安德罗问道。

巴德拉用力深呼吸，过了好一会儿才开口回应。

“我的部门能用的办法很有限。这案子我们起初也蒙在鼓里，后来就错过了破案时机。我承认，我们可能犯了一些错误，但是大家都竭尽所能在办案，希望在事件曝光前能把问题解决。我的几位长官认为，由于本案的特殊性，您的加入可以提供额外筹码，协助尽速破案。”

“您的看法也是这样吗？”

“如果要我老实说的话，莱安德罗，我已经不知道该相信谁的看法了。但毫无疑问的是，我们若无法在短期内找到毫发无损的巴利斯部长，阿尔特亚一定会闹个天翻地覆，然后让他的老朋友安达亚介入此案。这是您和我都不想看见的。”

阿莉西亚满是疑惑地望着莱安德罗，但他微微摇头。巴德拉低声苦笑。他的双眼布满血丝，胃里可能灌满了黑咖啡，从脸上的神情看来，他本周每晚的睡眠都不超过一两个钟头。

“我把我知道的都告诉两位了，但我也不知道上头告诉我的是否都是事实。已经没有更进一步的信息了。九天来，我们就像瞎子摸象，毫无头绪，现在耽误的每分每秒都是在浪费时间。”

“您认为部长还活着吗？”阿莉西亚突然这样问道。

巴德拉低下头来，久久不语。

“我的义务是相信他还活着，而且，赶在消息走漏之前，甚至在上级把案子转到别人手上之前，我们势必要找到毫发无伤的部长。”

“我们会和您站在同一阵线。”莱安德罗附和，“绝对可以放心，我们必定全力协助办案。”

巴德拉点点头，一边观望着阿莉西亚，面露难色。

“您接下来就跟巴尔加斯共事，他是我手底下的人。”

阿莉西亚心中顿生疑虑。她的目光急寻支持，没想到长官却低头望着眼前的咖啡。

“无意冒犯您，先生，但我向来是单独行动。”

“您就跟巴尔加斯一起办案。这一点，没有讨价还价的空间。”

“当然。”莱安德罗径自帮腔，丝毫不理会阿莉西亚愤怒的眼神，“我们应该什么时候开始？”

“昨天。”

部长做了个手势，一位警察下属立刻走到桌边，递上一个饱满的信封。巴德拉把信封放在桌上，随即起身，毫不掩饰急着想离开餐厅的不耐烦情绪。

“所有资料都在这个信封里的档案夹里。随时向我报告最新进展。”

他向莱安德罗伸手一握，对阿莉西亚却连正眼都不看一下，立刻踩着坚定的步伐离开。

他们俩看着他大步通过宽敞的餐厅，后面跟着几名手下，接着一同驱车离去。两人静默无语，就这样端坐了好几分钟。阿莉西亚眼神空茫，莱安德罗则小心翼翼切开羊角面包，仔细涂抹奶油和草莓果酱，然后闭上眼慢慢嚼着。

“谢谢您的大力支持。”阿莉西亚先开了口。

“别这样。据我所知，巴尔加斯这人非常出色，你会喜欢的，说不定还能跟他学点什么。”

“那我真是走运了。他到底是什么来头？”

“警局资深警官。过去都是侦办重大刑事案件，后来被调离了一阵子，好像是跟上级意见不合。听说，出了点事情。”

“一个失意落魄的小角色？我就这么不值得？不能派个有

点本事的家伙给我吗？”

“本事他是有的，这个你大可放心。只是，他的忠诚度以及他对佛朗哥政权的信任度，倒是一再被质疑。”

“可别期望我能改造他。”

“我唯一的期望是，我们绝对不能惊动任何人，别让上级对我们有任何微词。”

“妙极了。”

“事情有可能更糟糕。”莱安德罗说道。

“更糟糕……意味着‘老朋友’的加入吗？就是那位叫安达亚的？”

“这也是原因之一。”

“安达亚是谁？”

莱安德罗转移目光。“你还是别知道的好。”

两人陷入漫长的沉默。莱安德罗又添了一杯咖啡。他有个烦人的习惯，喝咖啡时，总要将杯碟端到下巴的高度，然后小口小口地啜。这种时候，他所有的毛病在阿莉西亚看来都很烦人。他留意到她的眼神，却以长辈常有的仁慈笑容回应她。

“要是眼神能杀人，我现在已经死了。”他说。

“为什么没告诉那个部长，我早在两个礼拜前就辞职不干了？”

莱安德罗把咖啡杯摆在桌上，用餐巾擦拭双唇。

“我不想让你难堪，阿莉西亚，但是我再说一遍，我们不是国际象棋俱乐部，想来就来，不想干了，递个辞呈就可以拍拍屁股走人。这件事我们谈过很多次了，老实说，你的态度让我伤透了心。因为我比你自己更加了解你，因为我对你向来赏识有加，特准你休长假，顺便思考自己的将来。你很累，我知道。我也很累。有时我们接的案子你不喜欢，我了解。其实我也不喜欢。但那是工作，也是我们的职责所在。这些都是你刚入行就知道的。”

“我入行的时候才十七岁，而且，也不是因为兴趣。”

莱安德罗面露得意的笑容，仿佛骄傲的师父看着自己最杰出的得意门生。

“你的身体里住着一个苍老的灵魂，阿莉西亚。你不曾有过十七岁。”

“回到正题……当时就已经达成协议了。休假两周不可能改变事实。”

莱安德罗脸上的笑容顿时冷却，一如桌上的咖啡。

“就当是卖我最后一个人情吧！以后你爱怎么样都可以。”

“不行。”

“我这个案子需要你，阿莉西亚。别逼我求你，或是强迫你。”

“把这个案子给洛马纳。我敢说，有这种表现的机会，他一定会高兴死了。”

“我正在想你什么时候才会提起这回事。我一直不懂，你跟他之间究竟是哪里不对？”

“个性不合。”阿莉西亚随口应道。

“其实几周前我把洛马纳借调给警方，他们一直没把人还给我。现在，警方跟我说他已经不见人影了。”

“那就没辙了。他到底去哪儿了？”

“他避不见面的部分原因是配合办案，那就代表案情细节不得外漏。”

“洛马纳不是随便消失的人。他销声匿迹一定另有隐情。八成是发现什么了。”

“我也这么想，不过，因为他毫无音讯，我们只能做各种臆测。他们掏钱可不是为了这样的结果。”

“他们付钱要我们干什么？”

“解决问题，而且是个非常严肃的问题。”

“我不能失踪吗？”

莱安德罗摇头拒绝。他凝望她许久，脸上渐渐端出痛苦的神情。

“你为什么怨恨我，阿莉西亚？我待你不是一直都像个父亲？我向来也都是你的好朋友。”

阿莉西亚紧盯着师父，突然胃里一紧，一时无言以对。过去两周，她试着不让他出现在自己的思绪里，如今再度面对他，她清楚得很，在皇宫大饭店雄伟的拱顶之下，坐在这里的她，又变回当初那个很可能活不过二十岁的苦命少女，直到莱安德罗将她从那个痛苦的深渊拉了出来。

“我不恨你。”

“或许，你怨恨的是你自己，你怨恨自己所做的一切，你的上司，以及你周围乱七八糟的事，天天都在腐蚀着我们的内心。我了解你的感受，因为我也经历过。”

莱安德罗的脸庞再现笑容，那张温暖亲切的笑脸展现了十足的诚意，足以让任何人宽恕他。他伸手轻放在阿莉西亚的手背上，然后紧握着她的手。

“协助我解决最后这件案子，我保证，结束之后，你就可以走了。从此永远消失。”

“就这么简单？”

“就这么简单。我说话算话。”

“另有意图吧？”

“没什么意图。”

“一向都有。”

“这次没有。既然你不想跟我共事了，也不能把你永远强留在我身边。我再怎么难过也得放手。”莱安德罗向她伸出手，“我们还是好朋友吧？”

阿莉西亚迟疑半晌，终究还是把手伸了出去。他把她的手挪到唇边，轻吻了一下。

“这个案子结束之后，我会很想念你。”莱安德罗说，“你也会想念我的，只是现在你不会这么认为。你和我组成了一支优秀的团队。”

“物以类聚。”

“你有没有想过以后要做什么？”

“什么时候？”

“当你成为自由身的时候。就像你说的，当你消失以后。”

阿莉西亚耸耸肩。“没想过。”

“我还以为，在我的调教之下，你的说谎功力进步多了呢，阿莉西亚……”

“我可能什么也干不了吧？”阿莉西亚答道。

“你一直都想写作……”莱安德罗突然提起，“说不定能成为新生代的卡门·拉弗雷特？”

阿莉西亚抛出了一个毫不在乎的眼神。莱安德罗微笑以对。

“你会写我们的故事吗？”

“不会，当然不会。”

莱安德罗面露肯定的神情。“把我们的事情写出来不是什么好主意，这个你知道的。我们是在暗处做事的人，不能见光。这是我们提供的服务项目之一。”

“我当然知道，您不需要再提醒我。”

“好可惜啊。有这么多精彩的故事可以说，是不是？”

“看世界。”阿莉西亚低声说。

“什么？”

“我想旅行，好好看一看这个世界。找个能够安身立命的地方。假如世上真有这样一个地方……”

“你自己一个人？”

“我需要有人陪吗？”

“我猜大概不需要吧。像我们这样的人，孤独就是最佳良伴。”

“我觉得一个人挺好的。”

“有一天你会谈恋爱。”

“听起来就像浪漫舞曲一样美妙。”

“你得准备工作了，如果我没弄错的话，巴尔加斯应该已经在外面等着了。”

“这是一个错误的安排。”

“我比你更讨厌这种职务上的干涉，阿莉西亚。这就摆明了他们根本不信任我俩。就算是为了我，你有点儿分寸，别吓到别人。”

“我一向都有分寸，而且也从来没吓过任何人。”

“你知道我的意思。还有，我们不是和警方竞赛，也没有这个意图。他们有他们的方法和程序。”

“那我去干什么？给大家发糖果吗？”

“我要你发挥所长，留意警方没注意到的细节。靠直觉去办案，而不是用方法。发现警察发现不了的，发现只有阿莉西亚·格里斯才能发现的事。”

“这是恭维吗？”

“是的，也是命令。”

阿莉西亚拿起桌上那个装着档案夹的信封，随即起身。她起身时，莱安德罗发现她一手扶着臀部，为了隐忍痛楚，只见她双唇紧抿。

“你现在服用的剂量是多少？”

“过去两个礼拜都没吃。偶尔吞个几颗药丸罢了。”

莱安德罗发出深沉的叹息。“我都跟你说过多少遍了，阿莉西亚，你知道这样不行。”

“我现在就这么做。”

做师父的频频摇头。“我会交代人今天下午给你送四百克到旅馆去。”

“我不要。”

“阿莉西亚……”

她转身离开，咬牙忍着疼痛和愤怒的眼泪，没瘸一下。

6

阿莉西亚步出皇宫大饭店时，滂沱大雨已经停止，路面浮着一缕蒸汽。大片光束宛如出鞘利剑，从云端直划而下，马德里市中心仿佛被圈围成了监狱中庭。一道阳光掠过王室广场，映照着一辆停泊在饭店大门数米外的福特汽车。斜靠在引擎盖上的是个满头银发的男子，裹着黑色大衣，一边吞云吐雾，一边仔细观望漫步的行人。她估计这男人五十多岁，身材倒是维持得很好，体格也结实。他看上去更像是行动派，没在书桌前待过。他猛地回过头看着阿莉西亚，仿佛已在空气中嗅出她的存在，他脸上堆起的笑容，像极了午后肥皂剧的大情圣男主角。

“我能帮什么忙吗，小姐？”

“我希望能。我是格里斯。”

“格里斯？您就是格里斯？”

“阿莉西亚·格里斯。莱安德罗·蒙塔尔沃的组员，格里斯。我想您大概就是巴尔加斯了。”

男子微微点着头。“他们没跟我说您是……”

“最后的惊喜。”她打断他的话，“您需不需要花个几分钟恢复一下情绪？”

这位刑警用力吸着最后一小截香烟，透过嘴里吐出来的一片烟雾，他定定望着她。

“没这个必要。”

“太好了，您打算从哪里开始？”

“可以的话，就从索莫萨瓜斯的别墅开始吧。大伙儿已经在那里等着了。”

阿莉西亚点头同意。巴尔加斯把烟蒂往街边一丢，钻进车里。她则坐进副驾座。他在方向盘前呆望前方，车钥匙在大腿上方晃荡。

“我已经听说了不少关于您的事，没想到您如此的……年轻。”

阿莉西亚冷冷地看了他一眼。

“这应该不成问题吧？”警察问道。

“问题？”

“您和我之间相处的问题。”巴尔加斯提出解释。

“看不出来会是问题。”

他看她的眼神里，有些猜疑，但多是好奇。阿莉西亚向他抛出妩媚甜腻的笑容，一个总把莱安德罗惹恼的表情。巴尔加斯发出啧的一声，然后发动车子，暗自频频摇头。

“这车挺漂亮的。”过了半晌，阿莉西亚评价。

“上级长官的好意，也表明他们十分重视这件案子。您开车吗？”

“在这个国家，没有丈夫或父亲的准许，我在银行开个账户恐怕都很难。”阿莉西亚应道。

“我了解。”

“我看未必。”

接下来几分钟，两人一路默不作声。巴尔加斯不时用眼角偷瞄阿莉西亚，她假装没发现。从两人刚碰面开始，这位警察利用每个等红灯和礼让行人的行车空当一点点在观察她。后来，他们在格兰大道碰到堵车时，巴尔加斯掏出一个精致的银色烟盒，打开后朝她递过去。上等香烟，进口货。她婉拒了。巴尔加斯叼起一支烟，用金色打火机点燃，阿莉西亚很确定那是“杜邦”牌打火机。巴尔加斯就是喜欢昂贵的奢侈品。他点烟时，阿莉西亚发觉这位警官紧盯着她叠放在大腿上的双手，或许是在她手上找寻婚戒。巴尔加斯手上倒是套了个很醒目的戒指。

“结婚了吗？”警官问道。

阿莉西亚摇头。“您呢？”

“我跟西班牙结婚了。”他答道。

“了不起的典范。那枚婚戒是？”

“遥远的往事了。”

“您怎么不问我……像我这样的人，为什么在莱安德罗手下做事？”

“这干我什么事吗？”

“的确不干您的事。”

“那就对了。”

接下来又是令人尴尬的沉默，渐渐熬过市中心堵车路段，城市公园“田园之家”就在前方不远处。巴尔加斯的视线依旧在她身上扫描着，眼神冷静、刚毅，炯亮的灰色双眸活脱是刚铸造完成的硬币。阿莉西亚想，她这位同伴在失意落魄之前，究竟是只会听命行事的小喽啰，还是个纯粹拿钱做事的佣兵？第一类人充斥于政府机关，在爱国的旗帜和口号推波助澜之下快速倍增，一如化脓的疣。第二类人则惯于保持沉默，只负责维持政府机器的运作。她好奇，在他的职业生涯中，到底杀了多少人？他是否满怀悔恨度日，或早已麻木不仁？或许，顶上的白发让他增添了良知，但是毁了他的野心。

“在想什么？”巴尔加斯问道。

“我在想……您是否热爱您的工作。”

巴尔加斯咧嘴一笑。

“怎么不问我……我喜不喜欢我的工作？”阿莉西亚继续搭话。

“这跟我有关系吗？”

“我想是没有。”

“那就对了。”

眼看对话已经没戏唱，阿莉西亚干脆拿出巴德拉交给她的信封，开始有一搭没一搭地翻看。大致浏览之后，毫无重大发现。警察写下的记录、部长私人秘书的供词笔录、巴利斯过去几次差点遭受攻击的数页相关记录、两位承办警官立案时的一般程序报告，以及巴利斯的保镖卡蒙纳的部分经历。如果不是巴德拉对他们的信任比莱安德罗期望的还要低，那就是警方的高手们过去一周什么也没干。

“您期望里头有更多信息吗？”巴尔加斯问道，一边还在琢磨她的心思。

阿莉西亚盯着“田园之家”蓊郁的树林。

“我没想到就这么点资料……”她嘀咕着，“我们现在去见什么人？”

“玛丽亚娜·塞多，巴利斯过去二十年的贴身私人秘书。就是她报警通知部长失踪了。”

“做秘书这一行，二十年算是很长的了。”阿莉西亚补充道。

“有些坏心眼的人在背后说他们不只是雇佣关系。”

“情妇吗？”

巴尔加斯摇头否认。“我认为玛丽亚娜女士的兴趣不在这方面。听说，她才是部长办公室真正的掌舵者，没有她的同意，任何事项都不能放行。”

“每个坏男人背后都有个更坏的女人。我常听人这样说。”

巴尔加斯微笑着。“这我倒是从没听说过。早就有人提醒过我，说您谁也不怕。”

“哦……他们还说了些什么？”

巴尔加斯转过头来，朝她挤眉弄眼。

“安达亚是谁？”阿莉西亚突然问道。

“什么？”

“安达亚？他是什么人？”

“罗德里戈·安达亚吗？”

“应该是吧。”

“您问这个做什么？”

“问一下又不碍事。”

“莱安德罗跟您提过安达亚与此案有关吗？”

“这名字确实在谈话中出现过。他到底是谁？”

巴尔加斯叹了口气，“安达亚是个杀人不眨眼的狠角色。对他的了解，越少越好。”

“您认识他吗？”

巴尔加斯没理会她的问题。此后，两人一路上未再交谈。

7

花园步道上处处可见身穿制服的园丁，开车近十五分钟后，前方迎来一条柏树夹道的宽阔大道，直通梅希迪斯别墅的前门。天空晕染了铅灰色，细小雨滴泼洒在汽车挡风玻璃上。有个年轻男子已在别墅大门口等着，马上替他们开了门。进了大门，一旁站了个荷枪实弹的国民警卫队员，随即向巴尔加斯点头打招呼。

“您来过这里吗？”阿莉西亚问。

“从上周一开始，我来过好几次了，有空我再聊聊这件事吧。”

车子滑进铺了碎石的小径，在林木和水塘间蜿蜒前进。阿莉西亚沿途观赏花园里的雕像、水塘、喷泉和玫瑰园。灌木丛和枯萎残花交错之间，隐约可见缩小尺寸的铁道。别墅边似乎有个迷你版的火车站。蒸汽火车头后方挂着两节车厢，正在雨中静静等候。

“这是他女儿的玩具。”巴尔加斯主动说明。

不久，眼前出现主建筑，一幢极为华丽的别墅，访客一见大概只能自觉渺小和惶恐。主楼两侧百米之外各有两栋房子。巴尔加斯把车停在通往主屋的阶梯前，有个身穿制服的仆人已站在那儿等候，他撑着雨伞，指示他们把车开到旁边楼。巴尔加斯朝车库方向驶去，阿莉西亚则趁机观察别墅四周的环境。

“这些费用都是谁付的？”她问。

巴尔加斯耸耸肩。“我想大概就是您跟我这些纳税人，或许是巴利斯的妻子吧。她从她老爸恩立格·萨明德那儿继承了一大笔遗产。”

“银行家萨明德？”

“嗯，支持佛朗哥政府的银行家十字军之一，报上说的。”巴尔加斯答道。

阿莉西亚这才想起，她曾听莱安德罗提过萨明德这样的银行家，他们在内战期间用战败者的钱资助胜利者国民军一方，让双方都受益。

“据我所知，部长夫人身体不太好。”阿莉西亚说。

“身体不好只是对外宣称的说法……”

车库管理员替他们开了大门，示意车子往里开。巴尔加斯摇下车窗，管理员立刻认出了他。

“您想停哪里都可以，长官，别拔车钥匙……”

巴尔加斯点头回应，随即驶入车库。这是个拱顶相连的锻铁建筑，偌大的空间在阴暗中无尽延伸。豪华轿车闪烁着耀眼的镀铬光泽，一字排列向远处。巴尔加斯在一辆希斯巴诺-苏莎和一辆凯迪拉克之间找到停车位。车库负责人跟了上来，并对他比了个“可以”的手势。

“长官，您今天开了一辆好车啊！”他们一下车他就发出赞美。

“因为今天有年轻小姐同行，长官同意我开福特车。”巴尔加斯打趣道。

矮小的车库管理员外形介于科学怪人和老鼠之间，蓝色工装服腰间缠着破布让他不至于被风吹得东倒西歪，那层油污也不怕风吹雨淋。他把阿莉西亚从头到脚打量了一番，恭敬地鞠躬行礼，并趁她不注意，偷偷对巴尔加斯抛出心领神会的眼神。

“路易斯，挺不错的家伙。”巴尔加斯说，“据我所知，他就住在这里，在这车库尽头角落的一个小棚屋。”

两人边走边欣赏巴利斯的汽车收藏，正朝着出口走去，在他们背后的路易斯兴冲冲拿出抹布，沾了点口水，用力把客人的福特车擦得晶亮，同时喜滋滋地看着阿莉西亚轻盈的步伐和脚踝的线条。

管家过来迎接他们，巴尔加斯撑着管家递来的伞给阿莉西亚遮雨。

“希望两位从马德里过来行车还顺畅。”管家措辞严谨，“玛丽亚娜女士正恭候大驾。”

管家的微笑略微带着高人一等的冷酷，自认为主人的地位也让他的血统变得高贵，有了看不起别人的特权。一同前往主屋途中，阿莉西亚发觉管家看她的眼神鬼鬼祟祟，似乎试图从她的姿态和衣着去搞清楚她是什么角色。

“这位小姐是您的秘书吗？”管家问道，目光始终锁定在阿莉西亚身上。

“这位小姐是我的长官。”巴尔加斯提出澄清。

管家的傲慢态度立即有了一百八十度转变，僵硬的神情令人发笑。接下来的路程，他紧闭着嘴唇，视线没离开过自己的鞋。进了大门，首先迎来宽敞的玄关，脚下的大理石地板延伸到楼梯、长廊和走道。他们尾随管家来到一间书房，房里已有人等着。他们一进门，背对房门、注视着窗外雨中庭院的中年女子闻声转过身来，立刻送上冰冷的笑容。管家退下时随手关上房门，这下可以好好琢磨内心的疑惑了。

“我是玛丽亚娜·塞多，毛里西奥先生的私人秘书。”

“在下巴尔加斯，警察总部警官，这位是我的伙伴，格里斯小姐。”

玛丽亚娜从容不迫地把她仔细扫描了一遍，从女客人的脸蛋开始检视，接着是口红的颜色、领口、鞋子，不耐烦和轻蔑的笑容迫于当前的情形立即变成严肃和哀伤。她请两位访客坐下。他们俩端坐在一张皮沙发上，玛丽亚娜则挑了一张椅子，紧邻的小茶几上摆放冒着热气的茶壶和三个茶杯，她在杯里添满了热茶。从玛丽亚娜脸上消退的虚伪笑容，这会儿却出现在阿莉西亚的脸庞，她觉得巴利斯的忠仆隐约流露着邪恶的光芒，那种态势像是仙女教母，又像是只贪婪的螳螂。

“有什么我帮得上忙的地方，两位尽管说吧！过去两天，我们跟您的同事们谈了很多，我已经不知道还有什么话可以说了。”

“很感谢您这么有耐心，玛丽亚娜女士。我们也知道，对于部长的家人和您来说，现在是很难熬的时刻。”阿莉西亚径自搭腔。

对方耐心点了点头，一副完美仆人的样子，但眼神却不经意泄漏了必须和低阶警察打交道的恼怒。她的目光大多集中在巴尔加斯身上，并尽可能掠过阿莉西亚，刻意传达了她对阿莉西亚的蔑视。阿莉西亚决定将发言权交给巴尔加斯，反正他也不会遗漏任何细节，她只要专心倾听就好。

“女士，根据警方调查和您的笔录，您是第一位察觉毛里西奥先生不知去向的人……”

女秘书随即做出确认的表情。

“舞会那天，毛里西奥先生特准几位老员工休假。趁此机会，我去马德里探望教女，和她一起待了一天。隔天，虽然毛里西奥先生没有交办任何业务，我依然一早就到办公室，那是八点钟左右，然后一如往常，我开始准备部长的信件和行程表。九点钟我到楼上的书房，发现部长不在。不久后女仆告诉我，部长的女儿梅希迪斯跟她说，她父亲一大早就跟贴身保镖开车离家了。我觉得不对劲，因为我看了行程表，部长还在上面亲笔加注了一个非正式会面，那天早上十点，就在梅希迪斯别墅，他打算接见阿里亚娜的业务经理巴布罗·卡斯科斯。”

“阿里亚娜是……”巴尔加斯追问。

“毛里西奥先生拥有的一家出版社的名称。”女秘书马上解释。

“在警方笔录里没提到这一点……”阿莉西亚说。

“您说什么？”

“部长亲自安排那天早上的会面，您没跟警方提起这件事。可以请问为什么吗？”

玛丽亚娜撇嘴一笑，难掩不悦，仿佛这问题在她看来无关紧要。

“反正这次会面根本就没发生，我觉得没必要说。我应该提起这件事吗？”

“您现在说出来就可以了。”巴尔加斯殷勤地打圆场，“一下子要记起全部细节，实在是不太可能。因此，还请您多多帮忙，务必要协助我们。请继续说吧，玛丽亚娜女士。”

巴利斯的女秘书接受了道歉，决定继续说，但她完全忽视阿莉西亚，目光只看着巴尔加斯。

“我刚才说了，部长在没有通知我的情况下离开这里，我觉得事有蹊跷，问了家里的仆人，他们说部长那一晚似乎没有回房就寝，整晚都待在书房。”

“您晚上都待在这里吗？在这栋主屋里？”阿莉西亚又插了话。

“当然不是。”玛丽亚娜显然被这句话冒犯，紧抿双唇，摇头否认。

“抱歉，您别介意，请继续说。”

女秘书不耐烦地哼了一声。

“不久后，大约是九点，家里的安保负责人雷弗塔先生跟我提起，比森特·卡蒙纳和部长那天早上并没有预先计划要去任何地方，因此，两人在没有其他保镖陪同之下，就这样一起离家，不管怎么说都极不寻常。在我的要求之下，雷弗塔先询问了教育部官员，还跟中央政府通了电话。没有人知道部长的下落，但他们通知我们说，一旦得知他的行踪，马上会来电告知。接下来的半个钟头毫无进展，部长的女儿梅希迪斯来找我，她一直哭个不停，我问她怎么回事，她竟然说父亲已经离家，再也不会回来了……”

“梅希迪斯小姐有没有说她为什么会这样想？”巴尔加斯问。

玛丽亚娜女士耸耸肩。

“您当时作何反应？”

“我打了电话到中央政府秘书处，先和赫苏斯·莫雷诺先生谈了一下，稍晚还跟内政部长巴德拉通了话。接下来的事情，各位都很清楚了。”

“您在电话中提到巴利斯部长收到好几封匿名信函一事。”

玛丽亚娜踌躇半晌。“没错，我向巴德拉部长提起此事，当时还有个部属，叫什么加西亚……”

“加西亚·诺瓦列斯。”

女秘书点点头。“当然了，警方早就知道这些信件的存在，而且好几个月前就已经有复印本。那天早上，找监察部长的日程时，在他的文件夹里发现了原件。”

“您以前知道他保存了这些信件吗？”

玛丽亚娜女士随即否认。

“我一直以为，文艺协会事件之后，应警方办案的需求，他把信件拿给警方看过，然后就销毁了。但看来我错了，部长一直在研究这些信件。我跟您的长官也提过这件事。”

“在您看来，关于那些恐吓信的存在，毛里西奥先生为何拖了这么久才告知警方或安保人员？”阿莉西亚再度提问。

玛丽亚娜的目光暂时从巴尔加斯面前移开，接着以猛禽般的锐利眼神紧盯着阿莉西亚。

“这位小姐，您要知道，像毛里西奥先生这样一位有地位的重要人物，每天要收到无数的信件。很多人和机构都会写信给部长，有的奇奇怪怪，有的是彻底神经病，这样的信我全都会直接扔掉。”

“但是，您却没把那些信件丢掉……”

“是的，没有。”

“警方认定寄发恐吓信的主嫌是塞巴斯蒂安·萨尔加多，您认识他吗？”

“当然不认识。”女秘书斩钉截铁地否认。

“但是，您知道有这个人？”阿莉西亚紧追不舍。

“是的。我记得这个人，第一次是部长处理了他的特赦问题，后来则是警方告知恐吓信的调查结果时，也提过这个人。”

“当然，但是在此之前呢？您记不记得部长曾提起萨尔加多这个名字？或许是很多年前？”

玛丽亚娜女士沉默良久。“有可能。我不确定。”

“他有没有可能提过他？”阿莉西亚继续施压。

“我不知道。或许有。我想他是提起过。”

“时间是？”

“一九四八年三月。”

阿莉西亚皱眉蹙额，纳闷全写在脸上。

“您把日期记得清清楚楚，却不确定他是不是提过萨尔加多这个名字？”

玛丽亚娜涨红了脸。“一九四八年三月，部长要求我安排一场非正式的聚会，约见了在他之后接任蒙锥克监狱典狱长的路易斯·博雷亚。”

“为什么？”

“根据我的了解，那是场非正式聚会，礼貌性邀约。”

“那场所谓的礼貌性聚会……您在场吗？”

“只有短暂的片刻。那是一场私人会谈。”

“但是您可能有机会听到某些谈话的片段。偶尔出入客厅……端来刚泡好的咖啡……或许，从您在部长书房入口处的办公桌就听得到一些……”

“小姐，您这种含沙射影的暗示让我很反感。”

“您对我们的叙述越详尽，越有助于尽快找到部长的下落，玛丽亚娜女士。”巴尔加斯在一旁助阵，“拜托您了。”

女秘书犹豫不决。

“部长向博雷亚先生问起了他当年担任典狱长任内的几名囚犯，想知道这些人是不是还关着，或是已经出狱，甚至移监到别的地方，或者已经过世。但是他没说为什么要问这些。”

“您还记得他提过的那些名字吗？”

“他提过很多名字，而且那是很多年前的事了。”

“其中是不是有萨尔加多这个名字？”

“嗯，我记得有。”

“还有其他名字吗？”

“我唯一还清楚记得的是马丁，戴维·马丁。”

阿莉西亚和巴尔加斯面面相觑，连忙在记事本上做记录。

“还有呢？”

“或许还有个听起来像法文或外国人的姓氏。我不记得了。该说的都跟您说了，这已经是多年前的往事，现在提起还有什么用吗？”

“现在还很难讲，玛丽亚娜女士。我们的责任是挖掘各种可能的线索。回到恐吓信……当您第一次把信交给部长时，他是什么反应？有没有说了什么让您印象特别深刻的话？”

女秘书摇摇头。“他没说什么特别奇怪的话，看起来也一副毫不在乎的样子。他随手把信放进抽屉，还交代我，如果再收到那样的信件，一定要交给他本人。”

“他没把信拆开来看？”

玛丽亚娜女士点头承认。

“毛里西奥先生是否要求过您不能和任何人提起那些恐吓信？”

“不需要特别要求，我是不会把部长的事情告诉不相干的人的。”

“那么，玛丽亚娜女士，毛里西奥先生通常会要求您保守秘密吗？”阿莉西亚问。

女秘书抿着双唇，避不回应。

“还有什么问题吗，长官？”她突然没好气地问道，一脸不耐烦地盯着巴尔加斯。

阿莉西亚不理会玛丽亚娜急于逃避的意图，她倾身向前，直视女秘书的双眼。

“您知道毛里西奥先生向大元帅请求特赦萨尔加多这件事吧？”阿莉西亚问。

女秘书将阿莉西亚从头到脚打量一遍，不再隐藏她的反感和敌意。玛丽亚娜转向巴尔加斯的目光找寻声援，没想到这位刑警却紧盯着自己的记事本。

“我当然知道。”

“您不觉得讶异吗？”

“我为什么要觉得讶异？”

“他跟您提过为什么要这样做吗？”

“基于人道考量。他听说萨尔加多已经病重，活不了多久。部长不希望他孤单死在监狱里，他希望犯人可以再见见亲友，死去时有家人陪伴。”

“根据警方资料，萨尔加多在服刑二十年后已经没有任何家属和亲友了。”阿莉西亚反驳道。

“毛里西奥先生一向热心促进国家社会的和谐，致力修补历史的伤痕。或许这对您来说难以理解，但是，这世上还是有人具备基督徒悲悯宽容的胸怀。”

“既然如此，那部长特赦过其他人吗？比如，他在任期间，进出监狱的无数的政治犯人？”

玛丽亚娜女士的笑容里毫无笑意，宛如抹了毒药的利刃。

“没有。”

阿莉西亚和巴尔加斯匆匆互看一眼。她心里明白得很，该是喊停的时候了，再这样下去也问不出个所以然。阿莉西亚再度挨上前，不情不愿地迎上玛丽亚娜的目光。

“差不多问完了，玛丽亚娜女士。非常感谢您的耐心合作。您先前提到部长的邀约，跟一位阿里亚娜出版社主管……”

“卡斯科斯先生。”

“对，卡斯科斯先生，谢谢提醒。您知道他们谈了什么？”

玛丽亚娜瞅着她，似乎很不屑回答这个在她看来极其荒谬的问题。

“出版社的业务，不用想也知道。”

“当然。部长先生经常私下约见他名下企业的员工吗？”

“我不懂您的意思。”

“记不记得他上一次私下约见员工是什么时候的事？”

“不记得了，真的。”

“他和卡斯科斯先生的聚会，是您安排的吗？”

玛丽亚娜女士摇头否认。

“如同我之前跟两位说的，这是他本人在行程表上亲笔加上去的。”

“毛里西奥先生经常在您不知情之下安排会面或聚会行程吗？像这样‘亲笔加注’？”

女秘书一脸漠然地看着她。“从来没有。”

“但是，您在警方的笔录里却只字未提这件事……”

“我已经说过了，在我看来，这件事一点都不重要。卡斯科斯是毛里西奥先生的员工，也是事业伙伴，两人不定期聚会，我不觉得这有什么不寻常。再说，这也不是第一次了。”

“哦，是这样吗？”

“他们以前也这样聚会过几次。”

“都在家里吗？”

“据我所知，都不是。”

“安排会面事宜的人是您，还是毛里西奥先生本人？”

“我不记得了，得再查一下记录才知道。这跟案子有什么关系吗？”

“很抱歉，我们问得比较仔细一点，但是，请问您……卡斯科斯那天早上前来赴会时，有没有提到过部长为什么找他来？”

玛丽亚娜女士思索半晌。“没有。那个时候，大家担心的是部长的下落，而且，我根本没想过这种中层员工的事务有优先处理的必要。”

“卡斯科斯先生只是中层员工？”阿莉西亚问道。

“是的。”

“为了让我们有个比较清楚的概念，请问您是哪个等级的员工呢，玛丽亚娜女士？”

巴尔加斯用脚轻碰阿莉西亚一下。女秘书一脸严肃地站了起来，摆明了谈话结束，准备送客。

“很抱歉，我想我已经没有帮得上忙的地方了。”她说，同时以客气但坚定的态度下达逐客令，“虽然部长不在，但还有很多事情需要我处理。”

巴尔加斯从沙发起身，点头应允，准备跟着玛丽亚娜往门口走去。两人正迈步往外走，却发现阿莉西亚仍端坐在沙发上，好整以暇地啜着谈话期间未曾动过的那杯茶。巴尔加斯和女秘书回头望着她。

“其实，最后还有一件事要麻烦您，玛丽亚娜女士。”

他们尾随玛丽亚娜穿越了一座通道迷宫，来到通往尖塔的楼梯口。巴利斯的女秘书径自带路，不回头也不开口，敌意像身后的影子一样可见。雨幕笼罩外墙，呈现出一股浓浓的哀愁，透过窗帘和大窗渗入屋内，让人不禁觉得梅希迪斯别墅正沉陷在一片水乡泽国里。途中偶遇巴利斯小王国的仆从和员工，他们一见到玛丽亚娜女士无不低头致敬，有好几回甚至停下脚步，刻意退到一旁鞠躬。

巴尔加斯和阿莉西亚看着这种阶级礼仪，几次交换了惊愕和困惑的眼神。

到了通往塔顶书房的螺旋梯口，女秘书拿起挂在墙上的油灯，随手调整了火力。在琥珀色的迷蒙灯光的指引下，三人缓步上楼，影子在墙上一路拖曳。来到书房门口，女秘书一转身，第一次略过巴尔加斯而直接将目光锁定阿莉西亚。阿莉西亚笑盈盈看着她，并伸出张开的手掌。玛丽亚娜紧抿双唇，递给她一把钥匙。

“两位什么都不能碰。务必保持这个房间的原样。结束之后，请在离开前将钥匙交还给管家。”

“非常谢谢您，女士。”巴尔加斯高声道谢。

玛丽亚娜一言不发，转过身去，提着油灯下楼，留下他们杵在阴暗的门口。

“采访本来应该更顺利的。”巴尔加斯说，“这下就看这位女士多久后会联络上内政部的加西亚·诺瓦列斯，把我们大卸八块，尤其是您。”

“大概十分钟不到吧！”阿莉西亚在一旁搭腔。

“我总觉得，跟您共事一定会乐趣无穷。”

“有火吗？”

巴尔加斯掏出打火机，将火光靠近门锁，好让阿莉西亚把钥匙插进去。钥匙一转，门锁发出金属咔嚓声。

“听起来好像捕鼠器。”巴尔加斯打趣道。

在打火机的微光下，阿莉西亚对他送上诡异的讪笑，巴尔加斯情愿没看到。

“入此门者，断绝希望[1]……”她说。

巴尔加斯把火吹熄，随即将门往里推。

1.《神曲》地狱篇中，地狱入口的铭文。

8

一片浅灰色光束飘浮在空中。铅灰色天空和泪珠般的雨滴封住了大窗。阿莉西亚和巴尔加斯走进屋里，恍若置身豪华游艇的内舱。这是一间椭圆形书房。气派的木制大书桌摆在正中央，大量藏书盘踞四周的大部分墙面，书墙盘旋而上，仿佛在支撑塔顶的玻璃吊灯上打了个结。仅有一面墙未被书籍填满，就在书桌正对面，墙上挂满了小相框，框里圈围着数十张照片。阿莉西亚和巴尔加斯凑近看个仔细。所有照片里都是同一张面孔，以照片叙述了童年到青少年的成长史。照片中肤色苍白的金发女孩，在众目关注下以数十个片刻留下生命轨迹。

“看来，部长深爱着某人更甚于爱他自己。”阿莉西亚说。

巴尔加斯继续看照片，阿莉西亚走到巴利斯的书桌旁，拉开扶手椅坐了下来。她双手摊放在真皮桌垫上，张望着眼前的书房。

“从那里望出去的世界怎么样？”巴尔加斯问。

“很小。”

阿莉西亚打开书桌上的台灯。一束悬浮着灰尘的灯光照亮了书房。她打开书桌第一层抽屉，找到一个木制方盒。巴尔加斯走过来，在桌角坐下。

“如果是雪茄加湿器的话，那我就顺便来根古巴的基督山雪茄。”刑警在一旁说。

阿莉西亚打开木盒，里面空无一物，盒内铺着蓝色天鹅绒，浮出的形状像是一把手枪。巴尔加斯凑过来轻抚木盒边缘。他闻了闻手指，然后频频点头。阿莉西亚又开了第二层抽屉。

同系列的盒子整齐排列着，仿佛展示品。

“看起来好像小棺材。”阿莉西亚说。

“让我们看看里面的尸体吧！”巴尔加斯顺势开了个玩笑。

她打开其中一个盒子。盒内装着一支黑色烤漆圆杆，有一端套了盖子，盖子顶端有个白色星形商标。阿莉西亚将它从盒子里拿出来，面带笑容地掂了掂重量。她拉开盖子，将这东西的另一头缓缓旋转出来。一个金银交错铸造的笔尖，看来应是一群顶尖智者与金银匠合力打造的极品，此时正在她手上闪耀着光芒。

“这是犯罪天才方托马斯[1]的魔力钢笔吗？”巴尔加斯问。

“几乎可以这么说。这是万宝龙公司制造的第一款钢笔。”阿莉西亚解释，“一九〇五年制造的，非常昂贵。”

“哦……您怎么会知道这些？”

“莱安德罗也有一支同款钢笔。”

“这是你们这样的人用的东西。”

阿莉西亚把钢笔放回盒内，盖上盒盖。

“我知道。莱安德罗已经答应我，等退休的时候，他会把他那支送给我。”

“那是什么时候？”

“快了。”

她伸手去开第三个也是最后一个抽屉，却发现上了锁。阿莉西亚盯着巴尔加斯，他露出拒绝的表情。

“如果需要钥匙，我可以下楼去找您的好朋友——玛丽亚娜

1. 法国犯罪小说中的虚构人物。

女士。”

“不必劳驾她了，她现在忙着处理‘毛里西奥先生的事情’呢……”

“所以呢？”

“我想警察总部都教过一些不寻常的小技巧之类。”

巴尔加斯叹了口气，“让开点儿地方。”

刑警在抽屉前跪下来，从西装口袋里掏出象牙刀柄，一拉开便是锯齿状的双面刃。

“别以为只有你懂收藏品。”巴尔加斯说，“请把拆信刀递给我。”

阿莉西亚把东西递上，他开始用尖刀撬开插销，并将拆信刀插入抽屉上层和书桌间的缝隙。

“我看您似乎不是第一次做这种事了吧。”阿莉西亚在一旁说道。

“有人爱踢足球，有人喜欢开锁。人嘛，总要有个嗜好……”

开锁任务耗时逾两分钟。脆亮的咔啦一响之后，锁开了，拆信刀直入抽屉内。巴尔加斯将刀子从钥匙孔抽出来。刀片上丝毫不留痕迹。

“回过火的钢？”阿莉西亚问道。

巴尔加斯径自将刀锋撑在地板上，单手娴熟地将刀片折叠收好，塞回大衣暗袋里。

“这把刀什么时候也给我玩玩。”阿莉西亚说。

“那要看你的表现。”巴尔加斯拉开了抽屉。

两人紧盯着抽屉，满怀期待。但里头空无一物。

“我费了那么大力气打开部长先生的抽屉，结果就白忙一场？”

她默不吭声。在巴尔加斯身旁屈膝跪下，伸手去摸抽屉内部，指关节还敲了敲组合抽屉的木板。

“坚硬的栎木。”巴尔加斯警官说，“这年头没人用这种上等木材做家具了……”

阿莉西亚皱着眉头，一脸疑惑。

“这里是找不出什么了。”巴尔加斯自顾自说着，同时站了起来，“我们还是回总部去好好研究萨尔加多的信件吧！”

他自说自话，而她充耳不闻，伸进抽屉内部的手继续摸索，包括上层抽屉的底部。底部的木板和两侧隔板之间约有两指宽的空隙。

“帮我把抽屉拉出来。”她提出要求。

“开锁还不过瘾，现在居然要我把整张书桌都拆了……”巴尔加斯咕哝着。

警官示意她退到一旁，接着，他把整个抽屉拉了出来。

“看到没？啥都没有。”

阿莉西亚紧抓着抽屉，然后整个翻过来。抽屉背面最底部粘了东西，两条胶带十字交叉粘着的似乎是一本书。她小心翼翼拆除胶带，拿起那本书。巴尔加斯摸了摸有黏性的那一面。

“最近才贴上去的。”

阿莉西亚把书搁在书桌上，再次坐回扶手椅，然后把书拿到灯下。巴尔加斯在她身旁跪着，一脸好奇地盯着她。

这本书厚度两百多页，黑色真皮装帧，封面和书脊都不见书名。唯一特殊之处是封面上那个螺旋状的烫金图案。这图案营造出一种视觉上的想象空间，当读者把书捧在手上，总觉得看见了一座往下延伸的螺旋梯，直入里面的书页。

翻开封面之后，首先是三张空白页，页面上用墨水画了三颗国际象棋棋子，隐约可以看出人的面部轮廓：主教、士兵和王后。王后有双墨黑的眼睛，搭配垂直的细线瞳孔，仿佛毒蛇的双眼。阿莉西亚继续翻着书页，终于找到印有书名那一页。

灵魂迷宫 VII

阿里亚娜与红衣王子

文 / 图：维克多 · 马泰克斯

书名下方是一幅黑色跨页墨水画，是一座诡谲幽幻的城市，建筑物都长了脸，屋顶冒出的黑烟像一条条黑蛇。团团烈火在街巷升起，一座巨大的火炬十字架在山顶俯瞰全城。阿莉西亚在画中看出了巴塞罗那城的样貌。但那是一个孩子眼中噩梦般的巴塞罗那。她继续翻阅书页，视线突然落在一幅画了教堂的插图上。图中的建筑仿佛化身为活物，这座未完工的教堂像一头巨龙般迤行，耶稣诞生主题的浮雕、四座波浪状高塔顶着硫黄色天空，漫天尽是喷火的人头。

“您以前看过这样的东西吗？”巴尔加斯问道。

阿莉西亚缓缓摇头。接下来几分钟，她完全陷入书中那个诡异的世界。流动的马戏团充斥着畏光的生物；无边无际的陵墓间，升天的亡灵穿梭在云间；海边搁浅的船上满载遇难者遗体，水面下，浮尸如潮浪般泅泳。在那个笼罩着虚幻氛围的巴塞罗那，有个身影立于教堂圆顶高处，俯视着脚下拥挤的街道，宽松长袍迎风飘逸，天使般的容颜，却有双豺狼般的眼眸：那就是红衣王子。

阿莉西亚合上书本，完全沉迷于图像传达的奇诡邪恶黑势力，却在此时才惊觉，她手中拿的竟是一本童话书。

9

两人走下高塔的楼梯，突然，巴尔加斯轻轻抓住她的手臂，拦住她。

“我们找到这么一本书，还把书带走了。这件事得告诉玛丽亚娜吧。”

阿莉西亚狠狠地瞪着巴尔加斯那只手，他才一脸歉意地松开了。

“我还以为您根本不想再跟她打交道。”

“呃……至少要把它归档吧。”

阿莉西亚望着他，眼神教人捉摸不透。巴尔加斯不禁暗想，那双绿眸在幽暗中闪耀着，仿佛沉溺在水塘里的钱币，隐约有一丝鬼魅气息。

“我的意思是，那算是证物。”警官提出解释。

“什么证物？”阿莉西亚的语气冷漠决绝。

“警方调查案件时找到的物证……”

“就技术层面而言，这样东西并不是警方找到的，而是我。您只是帮忙开了锁。”

“哎……”

阿莉西亚径自往楼下走，留下他杵在原地，欲言又止。巴尔加斯一回神，摸黑跟了上去。

“阿莉西亚……”

到了花园里，细雨沾在衣服上，就像铺了一层粉状水晶。有个女佣好意借了他们一把雨伞，只是，巴尔加斯还没来得及把伞撑开，阿莉西亚已经等不及朝着车库走去。巴尔加斯赶紧追上去，连忙把伞挪近替她遮雨。

“没必要。”她说道。

巴尔加斯发现阿莉西亚的脚步有点跛，并且紧抿着双唇。

“怎么了？”

“没事。陈年旧伤，湿气重一点，老毛病就犯了，没什么。”

“有需要的话，您可以在这里等着，我去把车开过来。”他主动提议。

看来，阿莉西亚还是对他置若罔闻。她迷茫的眼神已飘到远方，雨中的林木，在她眼中成了海市蜃楼里的丛林。

“怎么了？”巴尔加斯问。

她忽地疾步离去，抛下撑着雨伞的他。

“我的天啊！”他嘀咕一声，再度追上前去。

终于赶上了，这时候，阿莉西亚却指着花园深处的小屋，看来像是一间温室。

“里面有人。”她说，“那人在看我们。”

“会是谁呢？”

阿莉西亚暂停脚步，踌躇不决。“您先去车库，我一分钟后过来。”

“确定？”

她点点头。

“至少拿着雨伞吧……”

在巴尔加斯的注视之下，她略微跛着往前走，渐渐消失在迷雾中的庭院幽暗处。

10

她不知不觉走到一条石板路上，石缝间窜出青绿茂密的苔藓，分明像是一条通往陵墓的小路。小径在柳树林间延展。枝叶上悬着满满的雨滴，一路轻抚着她，仿佛意图挡住她去路的修长手臂。另一侧隐约可见一幢建筑，乍看似是温室，但走近细看，更像新古典主义风格的楼阁。院子里一条袖珍版铁道环绕屋子，还有个车站月台，恰好就建在大门正对面。阿莉西亚跨过铁道，踩着阶梯往上走到房门半掩的大门口。臀部不时抽痛着，偶尔伴随刺痛感，在她看来，这恐怕都是接合骨骼的钢钉发出的警告。她驻足半晌喘口气，接着将门板往里推。在微弱的嘎吱声伴奏之下，大门开了。

起初，她以为自己置身于废弃多年的舞厅。满地积尘的木质地板上，尚且留着伦巴舞步的足迹，两盏高悬的水晶灯宛若结了霜的冰花。

“有人在吗？”她高声问道。

回音在大厅里游荡了一圈，毫无响应。地上的脚印消失在幽暗中，暗处依稀可见一组深色木橱柜，隔成一个个小方格，好似墓穴占据了整面墙。阿莉西亚循着足迹往前挪了几步，却惊觉似乎有东西盯着她看，马上停步。一双玻璃眼眸在阴暗中浮现，象牙白的微笑脸庞露出邪恶又轻蔑的神情。玩具娃娃顶着一头红发，穿一身黑色丝绸洋装。

阿莉西亚再往前走了好几米，才发现玩具娃娃并不孤单。每个橱柜方格里都有个精心装扮的娃娃，眼前所见起码有百来个，个个笑脸迎人，目光呆滞，身高有如幼童，即使在阴影下，细致精美的做工仍清晰可见，无论是指甲的光泽，还是红唇间微露的贝齿，甚至连瞳孔虹膜都栩栩如生。

“您是谁？”

声音从客厅尽头传来。阿莉西亚瞥见角落有个端坐椅子上的身影。

“我叫阿莉西亚。阿莉西亚·格里斯。抱歉，希望没吓着你。”

那身影站了起来，出奇缓慢的步伐渐渐走近。阴影中慢慢浮现的身影，随即嵌入大门入口的微光中，阿莉西亚认出那女孩的面容，正是巴利斯书房里那些肖像照的影中人。

“你的娃娃收藏品很漂亮。”

“根本没有人喜欢。我父亲说看起来像吸血鬼，大部分人看了会害怕。”

“我就喜欢这一点。”阿莉西亚说。

梅希迪斯仔细打量眼前的不速之客。她突然觉得，这位访客和她的娃娃收藏品似有共同之处，仿佛其中有个娃娃不再凝滞于象牙般的童颜，却慢慢长成一个有血有肉、性格阴郁的女子。阿莉西亚面带微笑朝她伸出手。

“你一定是梅希迪斯吧？”

女孩点头回应，并握了她的手。阿莉西亚冰冷、敏锐的眼睛给了她平静和信心。眼前的女子大概还不到三十岁，但就跟那些娃娃一样，越是近距离注视她，越难臆测她的年纪。她身材清瘦，衣着品味是梅希迪斯私心偏爱的风格，但她不确定父亲和伊莲娜女士会不会允许她这样穿。女子全身散发着难以捉摸的气息，巴利斯的爱女一眼便看出来，所有男人都会被她迷住，在她面前，男人全变成小孩，或是舔着嘴唇的老头子。女孩方才看到有个警察陪她前来，然后一起进了屋子。警政高层某位有力人士可能认定这名女子是找出她父亲下落的理想人选，在她看来，这个选择难以理解，却又希望无穷。

“您是为了我父亲的事情而来，对不对？”

阿莉西亚点头。“不必用‘您’称呼我。我也没比你大几岁。”

梅希迪斯耸耸肩。“我所受的教育，就是要用‘您’尊称每个人。”

“我从小接受的教育是努力当个大家闺秀，你看看我现在是什么德行。”

梅希迪斯不好意思地笑了笑。阿莉西亚心想，她笑的方式就跟她观察世界的方式一样：躲在大人身体里的小女孩。或者说是被童话书、仆人和玻璃娃娃包围着的女人。

“您是警察吗？”

“可以这么说。”

“看起来一点都不像。”

“任何人看起来都不像自己。”

梅希迪斯琢磨着话中含意。“我想也是。”

“我们可以坐下来吗？”阿莉西亚问。

“当然……”

梅希迪斯连忙从角落搬来两张椅子，摆在入口光线洒进来的位置。阿莉西亚小心翼翼地坐下，女孩立刻察觉她脸上痛苦的神情，随即上前帮忙。阿莉西亚一副额头冷汗直冒的狼狈样，只能微微苦笑。梅希迪斯迟疑片刻，仍旧从口袋掏出手帕替她擦了汗。擦拭的时候，她可以感受到阿莉西亚的肌肤是如此细致、如此苍白，让她有一股冲动想用指尖轻抚那张脸庞。这念头沉落在思绪的深渊里，这时候，她惊觉自己羞红了脸，却不太清楚为何如此。

“好一点了吗？”她迫不及待想知道。

阿莉西亚做出肯定的表情。

“您怎么了？”

“多年旧伤。小时候的事了。有时候下了雨，湿气重，就开始痛。”

“意外造成的吗？”

“算是吧。”

“我很遗憾。”

“不是什么大不了的事。介不介意我问你几个问题？”

女孩的眼神里充满不安。“关于我父亲的事吗？”

阿莉西亚点点头。

“您会找到他吗？”

“尽力而为。”

梅希迪斯以急切的眼神望着她。

“警方找不到他。这件事，就拜托您了。”

“为什么这样说？”

巴利斯的女儿顿时眼神落寞。“因为……我总觉得他不希望警方找到他。”

“你为什么这么想？”

梅希迪斯还是低着头。“我也不知道……”

“玛丽亚娜说，你父亲离开那天早上，你曾经告诉她，你觉得父亲从此一去不回……”

“没错。”

“是不是父亲前一天晚上跟你说了些什么，才会让你有这样的想法？”

“我不知道。”

“舞会那天晚上，你跟他聊过吗？”

“我上楼去他的书房找他。舞会一整晚他都没下来过。当时他跟比森特在一起。”

“他的保镖比森特·卡蒙纳？”

“对。他看起来心情不好，也怪怪的。”

“他跟你说了为什么吗？”

“没有。我父亲一向只说他认为我想听的话。”

阿莉西亚扑哧一笑。“天下的父亲都做同样的事。”

“您的父亲也是这样吗？”

阿莉西亚只是抿嘴微笑，梅希迪斯也没再追问。

“我记得走进书房的时候，他正在看一本书。”

“你还记不记得，那本书的封面是不是黑色？”

梅希迪斯一脸诧异。“我记得就是黑色！我问他那是什么书，他告诉我，那不是年轻女孩该看的书。我当时觉得他是刻意不让我看到那本书。或许是一本禁书吧。”

“你父亲有禁书吗？”

梅希迪斯点点头，再度浮现戒慎拘谨的神情。

“他的部长办公室有个上锁的书柜。但是他并不知道我晓得这件事。”

“我听得有点迷糊了。可不可以告诉我，你父亲经常带你去部长办公室吗？”

梅希迪斯频频摇头。“我只去过两次。”

“市区呢？”

“您是说马德里吗？”

“对，马德里市区。”

“我在这里，想要的东西都有了。”她说话的语气稍嫌勉强。

“也许我们可以找时间一起去市中心走走。逛逛街，或是看场电影。你喜欢看电影吗？”

梅希迪斯咬着嘴唇。“我从来没去过。可是我很想去看看，我是说，跟您一起去。”

阿莉西亚轻轻拍了拍女孩的双手，同时送上亲切无比的笑容。

“我们一起去看加里·格兰特的电影。”

“我不知道他是谁。”

“一个完美无缺的男人。”

“为什么？”

“因为他不存在。”

梅希迪斯再次露出含蓄伤感的笑容。

“那天晚上你父亲还说了些什么，记得吗？”

“他没多说什么。他说他爱我，还说不管发生什么事，他会永远爱我。”

“还有呢？”

“他当时看起来很慌张。跟我道过晚安之后，他就一直和比森特交谈。”

“你听见他们在谈些什么吗？”阿莉西亚问。

“隔着一扇门……听不太清楚。”

“我一向认为，像这样躲在门外听到的谈话内容，反而更丰富。”阿莉西亚紧追不舍。

梅希迪斯忍不住会心一笑。

“我父亲认为，有人在舞会的时候进入了他的书房。”

“他说了是谁吗？”

“没有。”

“他还说了什么？有没有特别值得注意的事？”

“他们谈到什么清单之类的。他说某人手上有清单，但我不知道是谁。”

“知不知道他指的是哪一类的清单？”

“不清楚。跟数字有关吧。很抱歉，我也很想尽量帮您，但我听到的就是这些了……”

“你已经帮了很大的忙，梅希迪斯。”

“真的吗？”

阿莉西亚点头肯定，并轻抚她的脸颊。梅希迪斯的母亲缠绵病榻已十年，双手枯瘦如鱼钩，自此再也没有人像这样抚触她的双颊。

“你父亲提到‘不管发生什么事’，你觉得他指的是什么？”

“我也不知道……”

“以前听过他这样说吗？”

梅希迪斯缄默不语，并凝望着她。

“梅希迪斯？”

“我不想谈这个。”

“谈什么？”

“父亲曾经告诉我，不能跟任何人讲这件事。”

阿莉西亚挨近她，握着她的手。女孩全身颤抖着。

“我和其他人不同。你可以跟我说。”

“父亲如果知道我跟您讲这个……”

“他不会知道。”

“您发誓？”

“我发誓。我如果说谎就天打雷劈。”

“请不要这样说。”

“告诉我吧，梅希迪斯。你告诉我的事情，只有你和我知道，不会有别人晓得。我们一言为定。”

梅希迪斯泪眼婆娑地望着她。阿莉西亚紧握着女孩的手。

“我那时候大概才七八岁，当时在马德里的黑衣修女教会学校。下午放学，父亲的保镖会来接我。我们女孩子都在翠柏园等着，因为所有家长或仆人都从这里进来接孩子。放学时间是下午五点半。那个女人来过好多次，她总是站在校门外，始终盯着我看。有时她会朝着我微笑。我不知道她是谁，但她几乎天天下午都在那里。她招手要我过去，这让我更加害怕。有一天保镖来晚了，听说是在马德里出了点事，在市中心。我还记得，其他女生都被家里的轿车接走了，只剩我一个人还在等。我也不知道究竟是怎么发生的，总之，一辆轿车开出校门的同时，女人趁机钻了进来。她走过来，在我面前跪下来，接着上前抱住我，号啕大哭起来。她开始亲吻我。我吓坏了，于是大声尖叫。修女们急忙跑出来，保镖也到了。我记得有两人分别抓着她的手臂，硬是拖着她走，女人又哭又叫。父亲的一个保镖朝她的脸狠狠揍了一拳，她掏出藏在口袋里的东西，是一把手枪。保镖们冲了过去，她却朝着我跑过来。她满脸鲜血地抱着我，还告诉我她是多么爱我，而且永远不会忘记我。”

“然后呢？发生什么事了？”

梅希迪斯咽下口水。

“这时候，比森特走过来，朝着她头部开了一枪。女人在我脚边倒下，整个人躺在血泊里。我还记得，有个修女扶着我的手臂，帮我把鞋子脱了，因为鞋上沾满了她的血。她把我交给一位保镖，接着陪我一起去搭车，还有比森特也在。比森特发动引擎后，我们火速离开，但从轿车的后视镜里，我看见另外两名保镖拖着女人的尸体……”

梅希迪斯正找寻着阿莉西亚的目光时，她已被拥入怀中。

“那天晚上，父亲告诉我，那女人是个疯子，警方已经多次逮捕她，因为她曾经试图在马德里好几所学校绑架小孩。他告诉我，再也不会有任何人伤害我，要我不必担心。他还告诉我，这天发生的事情，千万不能跟任何人提起。从此我不再上学，伊莲娜女士成了我的专任导师，所有课程都是在家自学……”

阿莉西亚拥着女孩，让她尽情地哭，同时不停轻抚着她的头发。当女孩终于平静下来，阿莉西亚隐约听见巴尔加斯的车从远处传来喇叭声，于是她连忙起身。

“我必须走了，梅希迪斯，但是我会再回来的。而且，我们要找一天一起去马德里逛街看电影，答应我，到时候你一定要平平安安的。”

梅希迪斯紧握着她的手，频频点头。

“您会找到我父亲吗？”

“一定。”

阿莉西亚在女孩的额上轻轻一吻，随即一拐一拐地往门外走。梅希迪斯抱着膝盖坐在地上，深陷在幽暗的娃娃国里，一个从此永远破碎的世界。

11

返回马德里途中，一路充盈着细雨和沉默。阿莉西亚紧闭双眼，头倚着挂满雨丝的车窗，心思飘荡到千里之外。巴尔加斯的眼角余光一直观察着她的动静，不时费尽心思找话题，就为了打破离开梅希迪斯别墅以来尾随不去的寂静。

“您对巴利斯的秘书可真是态度强硬，”他试探了一下，“说好听点。”

“蛇蝎女人。”阿莉西亚冷冷地回了一句。

“如果不想聊这个，那我们来聊聊天气好了。”巴尔加斯提议。

“正在下雨！”阿莉西亚回答，“还想聊什么？”

“你可以说说，在花园小屋里，究竟发生了什么事。”

“什么事都没发生。”

“可是您在里头待了半个钟头。我希望您没有把谁又逼到墙角了。我们最好不要一开始就跟所有人对立，这是我的看法。”

阿莉西亚没搭腔。

“我说……我们必须充分合作，这案子才办得下去。”巴尔加斯正色说道，“我们必须分享信息。因为……我不是您的司机。”

“既然这样，案子大概是办不下去了。我可以搭出租车，如果您比较喜欢这样的话。我反正一直都习惯搭出租车。”

巴尔加斯长叹一声。

“别理我，好吗？”阿莉西亚回应，“我身体不太舒服。”

巴尔加斯仔细端详她。她依旧闭着眼，一手揪着臀部，满脸痛苦的神情。

“要不要去一趟药店？”

“去药店做什么？”

“不知道……我看您脸色不是太好。”

“谢了。”

“我可以帮忙买点止痛药什么的吗？”

阿莉西亚摇头拒绝了。她的呼吸变得不太顺畅。

“可以靠边停一下吗？”她终于开口要求。

巴尔加斯瞥见前方大约一百米处有间公路餐厅，旁边的休息站前停了十几辆大卡车。他驶出交流道，把车停在餐厅前面。他下了车，绕到另一边帮她打开车门，并向她伸出手。

“我可以自己来。”

勉力试了两次都不成之后，巴尔加斯抓着她两侧腋下，将她从车内架了出来。他拿起座位上的皮包，挂在她的手臂上。

“您还能走吗？”

阿莉西亚点头回应，随即缓步走向餐厅大门。巴尔加斯轻扶她的手臂，而她破天荒头一遭没抗拒。进了餐厅，身为刑警的巴尔加斯习惯性地扫视周遭，先弄清出入口位置和食客状况。有一桌围坐了一群卡车司机，桌上铺了纸桌巾，摆着餐厅招牌红酒和苏打水。有几个司机转头瞅了他们一下，但一碰到巴尔加斯凌厉的目光，随即别过头，继续安分地吃着盘中的菜肉杂烩。服务生一派皇家旅馆老板的恭敬态势，端着摆满咖啡的托盘上前招呼他们，并指着一张应该是雅座的餐桌，隔离了人群，一望出去还有高速公路景致。

“我马上过来为两位服务。”他说道。

巴尔加斯领着阿莉西亚走到餐桌旁，安顿她坐在背对其他客人的座位。他在她对面坐下，一脸好奇地盯着她。

“您可把我吓坏了。”他说。

“别想太多。”

服务生飞也似的赶过来，脸上堆满殷勤的笑容，热切招待这对不寻常的贵客。

“先生女士决定要吃点什么了吗？本店今天的杂烩锅美味极了，是我夫人亲手烹煮的，不过，不管两位想吃什么，我们都能为您准备，例如牛排啦……”

“请帮我送开水过来，谢谢。”阿莉西亚突然提出要求。

“马上来！”

服务生连忙取来一瓶矿泉水，回来时还多拿了两份手工轧制厚纸板菜单。他赶紧为客人斟上两杯水，并且察觉自己逗留的时间越短越好，于是识相地先行告退。

“菜单留在这里，两位请慢慢看。”

巴尔加斯轻声道了谢，并看着阿莉西亚大口灌下整杯水，仿佛刚从沙漠归来。

“饿了吗？”

她径自拿起皮包，站了起来。“我去一下洗手间。您帮我点餐吧。”

刑警看着她跛着脚往洗手间走去，消失在门后。服务生在吧台观察她，八成是在纳闷这对男女究竟是什么关系。

阿莉西亚关上门，随手拉上门闩。厕所充斥着消毒清洁剂的刺鼻味，墙面褪色的花砖上满是淫秽图案和晦暗的词句。狭窄的小窗上装了通风扇，沾满灰尘的扇叶缝隙间，挤进了一丝灰蒙蒙的微光。阿莉西亚走近洗手台，双手撑在上面。接着，她打开水龙头，散发双氧水味的自来水就这样流着。她打开皮包，取出一个金属盒子，抖着双手把东西拿出来。她拿起一支注射器、一个有塑料瓶盖的玻璃瓶，把针头插进瓶内，抽取液体直到针筒半满。她用指尖轻敲针筒，用力推进活塞芯杆，直到针头冒出一滴饱满晶亮的液体。她走近抽水马桶，放下马桶盖，背靠着墙坐了下来，左手将洋装裙边往上拉到臀部。她摸了摸大腿内侧，用力深呼吸，以两根手指捏着细针，在裤袜头上方扎入，并注入针筒内所有液体。不过数秒钟的光景，她已有所感受。注射器从手中脱落，心思仿佛悬浮在云雾中，一股冰凉在她的血管里蹿流。她靠着墙，什么也不想，就让那条冰冷的蛇在她体内爬行数分钟。她一度失去意识倒了下来，张开双眼时，映入眼帘的是个陌生景象，一个发臭的残破陋室。依稀传来声响，有人敲门的声音，让她一时警觉了起来。

“阿莉西亚，还好吗？”

巴尔加斯的声音。

“我很好……”她吃力地应道，“马上出来。”

刑警的脚步声踌躇半晌才慢慢离去。阿莉西亚把大腿流出的鲜血拭净，放下洋装裙边，捡起断裂的注射器放回金属盒。她在洗手台前洗了脸，并用墙壁铁钉上挂着的残余卫生纸把脸擦干。出去之前，她先照了照镜子。看起来就像梅希迪斯的娃娃。她涂上口红，整了整衣装，用力深呼吸之后，重返活人的世界。

回到餐桌旁，她在巴尔加斯对面坐下，送上格外甜美的笑容。他拿着一杯啤酒，看起来连一口都没喝过，一脸忧容望着她。

“我帮您点了牛排。”他终于开了口，“三分熟，蛋白质更丰富。”

阿莉西亚点头示意，这是再好不过的选择了。

“我不知道该帮您点什么菜，但是突然想到，您应该是肉食动物吧。”

“带血的肉是我唯一吞得下去的东西。”阿莉西亚附议，“最好还来自纯洁的动物。”

他的脸上并未因此露出笑容。阿莉西亚在巴尔加斯的眼神里读出了他的心思。

“想说就说吧！”

“说什么？”

“您心里想的事情。”

“我在想什么？”

“我看起来像吸血鬼的女朋友。”

巴尔加斯眉头深锁。

“莱安德罗常这样说我。”阿莉西亚语气平和，“我无所谓，习惯了。”

“我不是在想这个。”

“之前在车上的事情，抱歉了。”

“没什么好抱歉的。”

服务生端着两盘菜肴走过来，一脸殷勤。

“这是小姐的牛排、先生的杂烩锅。还需要什么吗？再来点面包，或者来点红酒配菜？”

巴尔加斯一一婉拒。阿莉西亚瞥了一眼盘中被成堆马铃薯包围的牛排，不禁叹了口气。

“有需要的话，牛排可以多煎一会儿……”服务生在一旁客气地说道。

“这样就可以了，谢谢。”

接着，两人默默开始用餐，偶尔互看一眼，交换勉强的笑容。阿莉西亚毫无胃口，但还是努力吃着，假装自己很享受这份牛排餐。

“嗯，非常美味。您的杂烩锅呢？是不是好吃到想把女厨师娶回家？”

巴尔加斯放下汤匙，往椅背上一靠。阿莉西亚心知肚明，他正在打量她那放大的瞳孔和倦怠的面容。

“注射了多少剂量？”

“不关您的事。”

“是什么样的旧伤？”

“有教养的女士是不会谈这个的。”

“我们如果要一起工作，我就有必要知道事情的严重性。”

“我们又不是订婚了。这工作一两天就结束了，你不需要带我回家见您的母亲。”

巴尔加斯压根儿笑不出来。

“是我小时候发生的事。战争期间的大轰炸。医生不眠不休，花了二十四小时全力为我动手术，总算才重建了我的臀部。我想，我的身体里大概还留着几片意大利战机的‘纪念品’。”

“在巴塞罗那吗？”

阿莉西亚点点头。

“我有个刑警同事也是巴塞罗那人，他和身体里的霰弹碎片共同生活了十二年，大约橄榄的大小，刚好贴着主动脉。”巴尔加斯说。

“他后来死了吗？”

“嗯……在阿托查车站前面，被派报车撞死的。”

“媒体就是这么不可靠。一有机会，他们就会置人于死地。您呢？战争期间在哪里？”

“待过几个地方，但大部分时间都在托莱多。”

“在城堡里面还是外面？”

“有什么差别？”

“战争的纪念呢？”

巴尔加斯动手解开衬衫纽扣，向她展示右胸上的圆形伤疤。

“我可以摸一下吗？”

巴尔加斯点点头。阿莉西亚挨了过去，以指尖摸了摸疤痕。吧台后方，服务生正在擦拭的玻璃杯忽地脱手落了地。

“像那么回事儿。”阿莉西亚说，“痛吗？”

巴尔加斯扣好衬衫纽扣。“只有笑的时候会痛，真的。”

“干这行，您大概没有机会笑到需要吃阿斯匹林止痛了。”

巴尔加斯总算露出笑容。阿莉西亚举起水杯。

“为我们的伤痕干杯吧！”

刑警举起杯子，两人干杯庆祝。他们默不作声继续吃，巴尔加斯清空了盘子，阿莉西亚在盘中把牛肉推来移去。等她终于把盘子推到一边，他开始吃起她几乎没动过的马铃薯。

“那么，今天下午有什么计划吗？”他问。

“我已经想好了，您可以回警察总部去弄一份萨尔加多信函的影印本，看看能不能从中找出一点线索。如果还有时间，可以去拜访一下阿里亚娜出版社的卡斯科斯先生。这部分不太对劲。”

“不跟我一起去找他吗？”

“我有别的计划。我打算去拜访一位老朋友，或许他可以助我们一臂之力。我单独去找他比较好。他这人很古怪。”

“要当您的朋友，古怪大概是必要条件。您是去问他关于那本书的事情？”

“没错。”

巴尔加斯朝着服务生比了个手势，要他过来结账。

“不点杯咖啡或饭后甜点吗？”

“等会儿到车上您再请我抽一根进口香烟。”阿莉西亚说。

“该不会耍什么花招摆脱我吧？”

阿莉西亚摇头否认。

“晚上七点，我们在希洪咖啡馆碰面，然后‘交换信息’。”

巴尔加斯神情严肃看着她。她庄重地举起了手。

“我保证。”

“好吧！您在哪里下车？”

“雷科莱托斯，您刚好顺路。”

12

阿莉西亚初到马德里那年，她的师父兼操纵大师莱安德罗·蒙塔尔沃教过她这么一课：想要在这个世界上保持理智，需要找一个能够彻底放开自己的地方。此地是一个人最后的庇护所，也是灵魂的归属，当世界纷扰而成一出荒唐闹剧，你可以躲到这里，不理外面的世界。莱安德罗最让人气愤的一点是他总是对的。这些年来，阿莉西亚终于臣服，暗自决定是时候替自己找个安全的地方，因为这荒谬世界让她觉得，过去偶尔上演的闹剧，如今已成了日常戏码。这一次，命运之神发了张好牌给她。正如所有美好的相遇，事情就在出乎意料中发生了。

多年前某一天，那是阿莉西亚在马德里度过的第一个秋天，她正在雷科莱托斯大道闲逛，突然一场滂沱大雨，她瞥见蓊郁树林间一幢古典风格的皇宫式建筑，以为是一座博物馆，当下决定，暴风雨结束之前，那就是她暂时的庇护所。她被大雨淋成落汤鸡，湿漉漉地走上阶梯，扶手边上竖立着一长排不知名的雕像。有个人站在门口凝望屋外的豪雨奇观，此时正面无表情，却眼神犀利地盯着她走进来。秃鹰似的目光锁定在她身上，仿佛她是个小猎物。

“您好，请问这里都展出什么样的艺术品？”阿莉西亚随口找话题。

男子睁大眼睛直盯着她，显然对她的问题感到索然无味。

“我们这里展出耐心，小姐，有时候还展示对无知大胆感到的惊奇。这里是国家图书馆。”

不知道是因为同情还是无聊，这位眼神有如猫头鹰的先生向她介绍，这是全球最大的图书馆之一，藏书超过两千五百万册，如果只是想借用洗手间，或是在阅览室大厅翻阅最新的流行杂志，那她现在就可以转身离开，然后在雨中等着得肺炎。

“恕我冒昧，请问阁下怎么称呼？”阿莉西亚谨慎探问。

“所谓的‘阁下’，我已经很多年没见过了，不过，如果您指的是眼前这个不值一提的人，那么我可以告诉您，我是这座图书馆的馆长，最喜欢的休闲活动就是赶走小红雀和入侵者。”

“可是，我希望能成为会员。”

“我还希望写《大卫·科波菲尔》呢！现实是我慢慢变老，没写出什么值得看的东西。你叫什么名字，小姑娘？”

“我是阿莉西亚·格里斯，愿意随时为您效劳，也为西班牙效劳。”

“写不出当代经典一点都不影响我对嘲讽或傲慢的欣赏。我没法替西班牙回答，已经有太多人假装代言西班牙。至于我，您除了提醒我时间的流逝之外，我也看不出您能为我效劳什么。但我不是恶魔，如果您真心想申请会员证，我也不想害您变成文盲。在下贝尔梅奥·普马雷斯。”

“很荣幸认识您。在您的调教之下，我会虚心学习以弥补自己的无知，允许我，在您的召唤下，进入这座诗意的殿堂。”

贝尔梅奥·普马雷斯眉头紧蹙，对眼前这个女孩，他不得不另眼看待。

“我开始有种感觉，您其实能干得很，根本就不需要帮助，您的无知显然远不及于您的胆识，格里斯小姐。我知道自己是个书呆子，说起话来总要引经据典，但即使是这样，也没必要嘲笑我这个年迈的老师！”

“不，我绝无此意。”

“嗯，人的谈吐能展现内涵。阿莉西亚，我很喜欢您，虽然从我的表现看不出来……您可以进去，到柜台跟普丽说，普马雷斯要她帮您办一张借书证。”

“我该如何对您表达谢意？”

“常常到这里来，多读好书，读您自己想读的书，别去管别的人、甚至我说的话，我这个人虽然喜欢说教，但是不会不变通。”

“放心，我一定会常来的。”

那天下午，阿莉西亚领到国家图书馆的借书证，从此开启了她在宽敞阅览大厅消磨的美好时光，许许多多的午后，她的思绪与累积千百年的珍贵人类智慧共舞。偶尔，她从埋首阅读的书页中抬起头，竟恰巧迎上普马雷斯鹰隼般的锐利目光，他向来喜欢在阅览大厅闲逛，除了看看助理都在读些什么，偶尔也气冲冲地把打瞌睡和低声聊天的人赶出去，他常说，沉睡的心灵和愚蠢的闲聊，在图书馆外的世界已经够泛滥了。

有一次，历时一年的观察之后，自认已摸清阿莉西亚阅读品味的普马雷斯，邀她一同前往阅览大厅后面的藏书室，让她得以亲炙一系列不对外开放的藏书。他说，那里保存的都是最珍贵的书，只有持特殊图书证的人才能进入，多半是做研究的学者。

“您从来没提过您做的是哪一种行业，不过，我的直觉是……应该与调查有关，但我指的并不是调查青霉素衍生药物，或是中古文学出土古书考究……”

“您的思考方向并没有错。”

“我这辈子还没有走岔过呢。我们亲爱的国家，最大的问题出在路线，而不是我们这些路人，他们说这是上帝的神秘不可预测。”

“以我个人来说，路线不是由上帝指引的，而是所谓国家安全机构的长官大人。”

普马雷斯缓缓点着头。“您总能让我感到惊讶，阿莉西亚。坦白说，我是不敢打开您这个充满惊喜的盒子。”

“睿智的决定。”

普马雷斯把自己的通行证递给她。“总之，我想确定离开之前能让您也有一张研究员通行证，有朝一日，您如果想进去的话就用得上。”

“离开之前？”

普马雷斯面色凝重。

“巴利斯部长已下令终止我的职务，我在图书馆的最后一个工作日是昨天，礼拜三。部长是根据好几个因素才做出这项决定，一方面是因为我本人对统治阶级的漠不关心，另一方面是某个政府高官的妻舅对于治理这个机构垂涎已久。显然某个蠢货以为图书馆馆长这个头衔在某些圈子里就跟受邀去皇家马德里体育场的总统包厢一样尊贵。”

“我很遗憾，普马雷斯先生，真的。”

“不用替我觉得遗憾。回顾这个国家的历史，有才能的人，或者至少不是彻底无能的人，几乎不可能领导一个文化机构。所有严密监控和无数专业人员的投入，就是为了阻挡适才适任的人才坐上高位。精英政治和地中海型气候在需求上是不相容的。我想，我们就是要付出这样的代价，才能拥有全世界最优质的橄榄油。一个勇于创新的图书馆员领导西班牙国家图书馆，虽然才短短十四个月，已经是出乎意料的意外插曲，而支配小老百姓命运的政府杰出高官，现在有了解决的办法，特别是觊觎这个职位的亲朋好友数都数不完。我只能说，我会想念您的，阿莉西亚。想念您这个人，想念您的神秘，还有您的嘲弄。”

“我也会想念您的。”

“我要回归美丽的故乡托莱多，看看那里有没有我的容身之处，盼望在山丘上租一栋安静的别墅，居高临下，鸟瞰整座城市，安度我逐渐凋零的余生，远眺塔霍河，重读《堂吉诃德》，他和他那群敌人，大部分都住在我的故乡附近，即使历经那样的辉煌年代和经典文学的熏陶，依旧无法导正这艘偏航的大船。”

“能否让我帮帮您呢？文学不是我的专长，但是我有些门路可以制造点麻烦，给您一个惊喜。”

普马雷斯若有所思地看着她。

“我不会惊讶的，但我会害怕，其实，我只敢招惹一些无知的笨蛋。而且您已经帮了我够多的忙，只是您不知道罢了。祝您好运，阿莉西亚。”

“也祝您好运，大师。”

贝尔梅奥·普马雷斯面露笑容，那是个开怀的灿笑。阿莉西亚第一次也是最后一次见到这个笑容。他紧紧握住她的手，压低音量说道：

“我有件事想问您，阿莉西亚。容我好奇一问，除了对诗歌的喜好，以及您的学识和教养，促使您来到这个地方的真正原因是什么？”

她随意耸了耸肩。“一个记忆。”

图书馆馆长皱起眉头，一脸好奇。

“童年的一个回忆。我曾经在一次濒临死亡的情况下梦见过类似的场景。好多年前的事了。那是一座群书堆砌而成的殿堂……”

“是在哪里发生的事？”

“巴塞罗那。战争时期的往事。”

馆长缓缓点头，同时自顾自笑着。“您说是梦中的地方？确定吗？”

“几乎可以确定。”

“确定是令人安慰的，但质疑才能成长。还有一件事。将来有一天，您不得不制造麻烦，搅乱浑水。我之所以知道，是因为您不是第一个，也不是最后一个带着这种阴郁眼神来到此地的人。当这一天来临时——这一天一定会来的——您会知道，这座图书馆隐藏的东西远胜于外观给人的印象，而像我这样的人，总会来来去去，但这里总会有人能帮上忙的。”

普马雷斯指了指宽敞的拱顶走廊尽头那扇黑色的门，走廊两侧是堆满藏书的一排排书架。

“越过那扇门，就是通往国家图书馆地下室的楼梯。那里有数不清的书架通道，无限延伸，存放了数百万册藏书，其中许多是古版书。光是战乱期间，为了避免遭战火烧毁，这里就增加了五十万册书籍。不过，地下室里并非只有书。我猜您大概从来没听过雷科莱托斯皇宫的吸血鬼传奇吧？”

“确实没听说过。”

“但是这个想法很吸引人，您说呢？至少具有戏剧性……”

“这一点我倒是不否认。不过，当真有这么一回事吗？”

普马雷斯对她眨了眨眼。

“我刚刚不就说了？虽然外表看起来不像，但我这个人其实很懂得欣赏嘲讽。这件事，我就留着让您自己慢慢去发现吧！希望您别停止造访这座图书馆，或是任何类似的地方。”

“为了祝福您身体健康，我会再来的。”

“就算是为了世界的健康吧，这个世界已经很久不长进了。好好保重，阿莉西亚。希望您能找到我曾经错过的人生之路。”

就这样，普马雷斯不再多言，默默走过研究员的通道，穿越阅览室大厅，跨出雷科莱托斯大道的国家图书馆大门，他始终不曾回眸，挺身迈向遗忘，在灰暗的西班牙天空下，无数迷茫灵魂有若恒河沙数，他就这样成了其中一粒沙尘。

时序推移，几个月后，好奇战胜谨慎的那一天终于来临，为了解密，阿莉西亚决定跨越那扇黑色房门，深入隐匿在国家图书馆地下室的黑暗空间。

13

传奇是为了解释某个宇宙真理而拟造的谎言。遍地是谎言和幻想的地方，特别适合诞生这样的传说。阿莉西亚一心一意要找寻所谓的吸血鬼传奇，第一次就在国家图书馆地下室阴暗的走道迷了路，眼前的地下楼层，收藏着数以万计默默苦等的书籍，只有蜘蛛网和回声相伴。

人生难得有几回能沉溺在自己的梦境里，轻抚已逝的回忆。阿莉西亚驻足在幽暗中，期望再次听见轰炸巨响与战机的机械咆哮。在地下室一层又一层闲荡了数小时，除了看见几只觅食的书蠹在一本席勒诗集的书脊攀爬，不见其他生灵。第二次造访，她随身携带在五金行买的手电筒，这次却连书蠹老朋友都没见到，不过，历时一个半小时的探索，她在出口发现一张用大头针钉上的手写纸条：

> 手电筒很精美。
> 您从来不换外套的吗？
> 在这个国家，这几乎已是荒诞行径。
> 献上诚挚的祝福
>
> 维吉尔

隔日，阿莉西亚又去了一趟五金行，买了支一模一样的手电筒，外加一盒电池。她穿着被点名的蓝色外套，直接来到最深一层地下室，并在勃朗特姐妹的小说旁坐下，那是她在里瓦斯教养院时期最钟爱的作品。接着，她拿出在希洪咖啡馆买的青椒腌肉三明治和啤酒，就这样吃起午餐。饱餐一顿后，干脆就地打了个小盹。

她在黑暗中逐渐趋近的脚步声中醒了过来，那步伐异常轻盈，仿佛轻轻抚过粉尘的羽毛。她睁开双眼，瞥见琥珀色亮光透过藏书缝隙从走道另一侧钻过来。气泡般的亮光缓缓移动，仿佛漂浮的水母。阿莉西亚站了起来，并将衣领上的面包屑拍干净。不过数秒钟的光景，那身影已绕过走道转角，继续朝着她前进，而且加快了速度。阿莉西亚首先看到的是一双蓝眼睛，在幽暗中骨碌碌地转着。苍白肤色仿佛新书上的白纸，一头直直的枯发全部往后梳拢。

“我给您带来一支手电筒。”阿莉西亚对他说，“还有电池。”

“真是周到。”他的嗓音沙哑，却又出奇尖细。

“我是阿莉西亚·格里斯。我猜您应该是维吉尔。”

“正是在下。”

“我必须先问个很简单的问题：您是不是吸血鬼？”

维吉尔一脸惊讶地笑了。阿莉西亚揣想，他笑起来似乎更像一条黑乎乎的鳗鱼。

“我如果是吸血鬼，大概早就被您身上那份三明治的大蒜味熏死了。”

“所以……您不喝人血？”

“我宁可喝橘子汽水。这些问题是您临时想出来的，还是提前准备好的？”

“我恐怕是被人狠狠捉弄了一番……”阿莉西亚说。

“谁没被捉弄过呢？人生的本质就是如此。请问，有什么可以为您效劳的？”

“是这样的，贝尔梅奥·普马雷斯先生曾跟我提起您……”

“我就知道。老学究的幽默感。”

“他告诉我，适当时机来临时，您或许可以帮助我。”

“那个时机到了吗？”

“我还不太确定。”

“那就是还没到。我可以看看那支手电筒吗？”

“当然，这是您的东西了。”

维吉尔收下礼物，仔细检视了一番。

“您在这里工作几年了？”阿莉西亚好奇问道。

“大概有三十五年了。一开始是跟我父亲共事。”

“您父亲也长年住在这么深的地底下？”

“我想您可能把我们误当成甲壳虫家族了。”

“吸血鬼图书馆员的传说就是这样开始的吗？”

维吉尔的笑声有如砂纸摩擦。

“这样的传说根本就不存在。”他郑重声明。

“难道这是普马雷斯先生为了捉弄我而编出来的故事？”

“这也不算是他编出来的。他是借用了胡利安·卡拉斯小说里的情节。”

“我从来没听说过这个作者。”

“几乎没什么人知道他。非常有意思的书，讲一个杀人魔隐居在巴黎国家图书馆地下室，以受害者的鲜血写了本恶魔之书，而这本书竟然能抵抗可恶的撒旦……引人入胜的好书啊！我如果找到的话，可以借您看看。请问您是做警察或类似这一行的吗？”

“差不多可以这么说。”

那一年，在莱安德罗交办的杂活和肮脏勾当之间的空当，阿莉西亚总是尽可能找机会去拜访幽居地下室的维吉尔。久而久之，这位图书馆员成了她在这座城市唯一的知心好友。维吉尔总会先准备好几本要借给她的书，每次都正合她意。

“我说，阿莉西亚，请不要误会，但是……哪天晚上有空，想不想跟我一起去看电影？”

“好啊，随时奉陪，只要不是宗教片或伟人传记片就好。”

“如果约您看人类精神史诗电影这种想法出现在我脑袋里，就让塞万提斯的不朽灵魂立刻把我消灭。”

“谢天谢地！”阿莉西亚说。

偶尔，阿莉西亚手边刚好没有任务，他们会一起到格兰大道的电影院看晚场电影。维吉尔钟爱早期彩色电影和圣经故事，以及罗马史诗片，因为可以看到久违的阳光，又能欣赏罗马斗士魁梧结实的体格。一晚，两人看完《暴君焚城录》，维吉尔陪她返回西班牙酒店途中，突然在格兰大道一家书店橱窗前停下脚步，定定望着她好一会儿。

“阿莉西亚，如果您是个男孩，我早就向您表明爱意了，挑战禁忌之恋。”

眼前这位女孩伸出手来，维吉尔随即送上了一个吻。

“哦，维吉尔，这是多么动听的赞美啊！”

图书馆员面露微笑，眼神仿佛装着整个世界的哀愁。

“这就是多读书的好处了，命运的篇章和转折早早就写好了。”

某个周六午后，阿莉西亚买了几瓶橘子汽水，去找图书馆员好友，打算听他叙述那些不为人知的落魄作者们写下的故事，这些受诅咒的作品始终深藏在最底层的地下室书库。

“阿莉西亚，我知道这不关我的事，不过，您的臀部旧伤……究竟是发生什么事了？”

“战争期间的往事。”

“说来听听。”

“我不喜欢谈这件事。”

“这我也知道。但正是这个原因您就告诉我吧，说出来会好过许多。”

阿莉西亚从未对任何人提过那段往事，墨索里尼联军结合国家军队，无情轰炸了巴塞罗那城，那一夜，一个陌生人救了她一命。她惊讶地听着自己的叙述，并发现她对细节未曾淡忘，当时空气中的硝烟和焦尸味，依然历历如昨。

“您一直都不知道那位陌生人是谁？”

“只知道他是我父母的好朋友，他们是生死之交。”

直到维吉尔递上手帕，她才惊觉自己泪流满面，最令她恼怒的是，泪水怎么也止不住。

“我从来没看过您流泪。”

“不只是您，任何人都没看到过。这样的事情不会再发生了。”

那天下午，造访过梅希迪斯别墅之后，阿莉西亚差遣巴尔加斯到总部去探听消息，接着再度来到国家图书馆。工作人员都和她熟识，无须出示证件即通行无阻。穿越了阅览室大厅，她走向研究人员专用区，举目所及尽是呆坐书桌前做白日梦的学术界研究者，阿莉西亚低调地从旁经过，走向走廊尽头那扇黑色房门。这些年来，她早已摸清维吉尔的作息，刚过午后这个时段，他可能还在忙着整理那天早上研究人员在楼上借阅过的古版书。她果然在那里找到了他，一手拿着她赠送的手电筒，一边跟着收音机的旋律吹口哨，苍白清瘦的身躯不时随着音乐轻轻摆动。眼前这一幕太不寻常，她觉得这就是传说的样子。

“维吉尔，您热带风情的节奏太迷人了。”

“响棒的节奏就是会让人不由自主入迷。您今天这么早就收工，还是我搞错日子了？”

“我今天算是半正式的拜访。”

“该不会是来逮捕我的吧？”

“当然不是，但是，为了服务全国同胞，您的智慧很快就会被绑架。”

“既然这样，请尽管吩咐。”

“我想麻烦您看一样东西。”

阿莉西亚拿出在巴利斯书桌抽屉间搜出的那本书，递给他。维吉尔接过书本，随即点亮手电筒。一见到书封上那个螺旋梯图案，他立刻抬头注视着阿莉西亚。

“可是……您当真不知道这是什么吗？”

“所以才来找您解答疑惑。”

维吉尔别过头去张望了一下，似乎就怕走廊上还有别人，接着，他点头示意。

“还是到我的办公室去吧！”

维吉尔狭小的办公室隐匿在底层一条走道尽头的角落，四面墙就像在层层叠叠的百万册藏书推挤下冒出来的一方天地。自成一格的空间摆放着书籍、文件夹和各种充满特色的小玩意，从装满画笔的杯子、缝衣服的细针，到眼镜、放大镜和各种胶水，不一而足。阿莉西亚想，维吉尔大概就是在这里解救和修复所有奄奄一息的书籍。房里最引人注目的就是那台小冰箱。维吉尔打开冰箱时，阿莉西亚瞥见里面放满了橘子汽水。他拿了几瓶汽水出来招待好友，随即戴上放大眼镜，接着把书放在一块红色绒布上，双手套上细致的丝质手套。

“我猜您大概只有碰到稀有珍品才会摆出这种阵仗。”

“嘘……”

接下来几分钟，阿莉西亚在一旁静静看着图书馆员好友着迷似的检视维克多·马泰克斯的小说，逐页仔细翻看，轻抚每一幅插图，品味每一张版画，仿佛那是魔鬼的粮食。

“维吉尔，您把我弄得都紧张兮兮了。好歹也说句话吧。”

图书馆员转过头，隔着那副钟表匠专用的放大眼镜，惊愕的碧眼睁得像圆盘一样大。

“我猜您大概不能告诉我这本书是从哪里来的。”他终于开了口。

“猜对了。”

“这是收藏家都在搜寻的珍品。若有需要，我可以告诉您哪些买家会出高价买下，不过请千万小心，因为这是一本禁书，颁布禁令的不只是政府，还有天主教会。”

“这样的禁书还不少。关于这本书，您还能提供什么信息给我？”

维吉尔摘下眼镜，然后一口气喝掉大半瓶橘子汽水。

“抱歉，我实在太激动了。”他坦承，“我至少有二十年没看过这样的稀有宝贝……”

维吉尔斜靠在他那张雕花镂空扶手椅内，他的双眼炯炯有神，阿莉西亚心里有数，普马雷斯预测的那一天已经来临。

14

“据我所知，”维吉尔娓娓道来，“一九三一年到一九三八年间，《灵魂迷宫》系列共八本小说在巴塞罗那出版。关于作者维克多·马泰克斯，我所知有限，只晓得他兼职为童书画插图，另外以笔名在三流出版社‘巴利多与艾斯科比亚’出版了几本小说。谣传他是巴塞罗那移民拉丁美洲经商致富的工业大亨的私生子，这位富豪拒绝承认两人的血缘关系，也抛弃了马泰克斯的生母，她是当年巴拉列罗剧院红极一时的女伶。马泰克斯还做过舞台设计师，以及制作玩具工厂的商品目录。一九三一年，他出版了《灵魂迷宫》系列第一本小说，书名是《阿里亚娜与沉没教堂》，地球出版社发行，如果我没记错的话。”

“在您看来，‘迷宫入口’指的是什么？”

维吉尔歪着头，“以这个情况来说，所谓的迷宫就是城市。”

“巴塞罗那……”

“另一个巴塞罗那……小说里的巴塞罗那。”

“地狱的一种。”

“算是吧！”

“‘入口’在哪里？”

维吉尔耸耸肩，陷入沉思。

“一座城市可以有很多入口。我也不清楚。可以让我再想一想吗？”

阿莉西亚点头应允。

“书名里的‘阿里亚娜’又是谁？”

“把那本书看一看吧，值得一读。”

“您先给我一个预告。”

“小女孩阿里亚娜是整套系列小说的主角。阿里亚娜是马泰克斯长女的名字，这系列小说可能就是为她而写的。主角其实就是他女儿的化身。马泰克斯有一部分灵感也来自《爱丽丝梦游仙境》，这是他女儿最喜欢的书。您不觉得这书很迷人吗？”

“您没看见我激动得发抖了吗？”

“真是受不了您这个样子。”

“您一定能忍受我的，维吉尔，就是因为这样，我才会这么爱您。请继续说吧。”

“我为什么要承受这样的负担！身为禁欲主义者，我还不如女吸血鬼卡蜜拉的艳遇多。”

“维吉尔，那本书……”

“是这样的，阿里亚娜其实就是他的爱丽丝，但书中没有仙境，取而代之的是马泰克斯建构的巴塞罗那，惊恐、邪恶，宛如一场梦魇。该系列每一本小说的主角都是阿里亚娜和其他几个古怪角色，所有怪奇历险，皆以前卫诡异的风格铺陈不幸的灾难。公认的系列最后一本小说出版时，内战正打得如火如荼，书名好像是《阿里亚娜与幽冥机器》，讲述了一座城被围攻、侵略，最后遭到屠城的故事，相比之下，君士坦丁堡的陷落简直像儿戏。”

“您刚刚说公认的最后一本小说……什么意思？”

“有人言之凿凿，据说马泰克斯在战后失踪时，正在写系列第九本，也是最后一本小说的结局。因此，很多年前，消息灵通的收藏家们互相放话，为了收购这份手稿，再高的价钱都出得起，不过据我所知，这份手稿至今仍未找到。”

“马泰克斯是怎么失踪的？”

维吉尔耸耸肩。“战后的巴塞罗那……还有哪儿比这里更容易让一个人消失的？”

“有没有可能找到更多这一系列的书？”

维吉尔把剩下的橘子汽水一口气喝完，缓缓摇头。

“依我看非常困难。大概十年或十二年前吧，我听说有人在塞维利亚市的塞万提斯书店地下室的一个箱子底，发现了三本《灵魂迷宫》系列小说，后来以极高的价钱卖出去了。但是现在，我可以告诉您，唯一可能找出一点蛛丝马迹的地方只有比克市的柯斯塔古书店，或在巴塞罗那市区。古斯塔沃·巴塞罗或许有可能，森贝雷也可以试试，但是，别抱太大期望。”

“您说的是森贝雷父子书店吗？”

维吉尔讶异地看着她。“怎么，您知道这家书店？”

“听说过。”

“如果是我的话，会先试试巴塞罗，他经手的都是极稀有的珍藏书籍，而且在收藏界人脉广，如果柯斯塔古书店有书的话，巴塞罗一定会知道。”

“这位巴塞罗先生愿意见我吗？”

“据我了解，他已经是半退休状态，不过，要是一位年轻美女，他说什么都会找时间见面聊一聊的。这样……您懂我的意思吧！”

“嗯，我会好好打扮一下。”

“唉，真可惜我不在那里，看不到您的模样。所以您是不打算告诉我这是怎么一回事？”

“我还不知道该不该说，维吉尔。”

“可以拜托您一件事吗？”

“当然。”

“您正在处理的这件事落幕的时候，如果您全身而退，手上还保有这本书的话，把它拿来给我。我想和这本书独处，几个钟头也好。”

“您觉得我为什么不能全身而退呢？”

“谁晓得？如果说马泰克斯的《灵魂迷宫》系列有什么共同点，那就是谁跟它扯上关系都没有好下场。”

“这是您自己编出来的另一个传说吗？”

“可惜不是。这是千真万确的事实。”

十九世纪末，一座以文学咖啡馆和谈话沙龙形式存在的孤岛与世隔绝，自此冻结在时间之河，无论历史潮流在马德里壮阔的大道上如何流转，人们总是能在这里看见它，静静伫立原地，“希洪咖啡馆”的旗帜迎风飘扬，相隔数步就是国家图书馆。它在那里静静等着，仿佛流动中的巨型沙漏，随时准备拯救怀着精神或口腹渴求的迷惘灵魂，以一杯咖啡的价格，望着回忆之镜，在那个当下，让人不禁自以为将永生不朽。

时近黄昏，阿莉西亚越过大道，正走向希洪咖啡馆大门。巴尔加斯挑了一张靠窗的桌子，正在享受进口香烟，以警察惯有的目光凝视路上行人。一见她进门，他的视线立刻上扬，并对她招手。阿莉西亚落座，马上拦住一旁经过的服务生，点了杯牛奶咖啡，希望能驱走图书馆地下室带来的寒意。

“等我很久了吗？”阿莉西亚问。

“等了一辈子。”巴尔加斯没好气地答道，“一个很充实的下午？”

“那就看您怎么想了。您呢？”

“也不赖，没啥好抱怨的了。您下车以后，我去了巴利斯的出版社，拜访了那个叫巴布罗·卡斯科斯·布恩迪亚的家伙。您说的没错，有些地方真的不太对劲。”

“怎么说？”

“卡斯科斯本身并不是什么傻乎乎的乡巴佬。其实，他挺会装模作样的。”

“越是没本事，越爱说大话。”阿莉西亚说。

“首先，这位老兄带我参观了他的豪华办公室，然后对毛里西奥先生个人和专业方面歌功颂德了一番，好像没有他就活不下去一样。”

“或许真是如此。像巴利斯这样的大人物，后面总会跟着一大群奴才和马屁精。”

“当然，这两种人确实走到哪儿都不缺。卡斯科斯这个人呢，我怎么看他都觉得……他老是心神不宁，好像在担心什么，而且不停地问东问西。”

“他有没有说巴利斯为什么找他到家里去？”

“一开始他口风紧得很，什么都不肯说，逼得我非得要点手段不可。”

“你还批评我的办事方法有问题。”

“对付怪胎和马屁精我很有天赋。”

“接下来呢？”

“事情有点复杂，容我先看一下笔记。”巴尔加斯说，“啊！找到了。请注意，这位卡斯科斯年轻的时候，曾跟一位贝亚特丽丝·阿吉拉尔小姐订婚，但贝亚特丽丝在他当兵时和他分手，然后嫁给别人，据说是奉子成婚，新郎是个叫达涅尔·森贝雷的年轻人，巴塞罗那老书店‘森贝雷父子书店’老板的儿子，这是萨尔加多最爱的书店，出狱后去了好几次，一定是为了重拾入狱二十年错过的文学出版物。您如果记得那份案情报告，上面提到这家书店的两名员工，其中一人就是达涅尔·森贝雷，他们曾经在萨尔加多遇害当天，从书店一直跟踪他到北方车站。”

阿莉西亚突然眼睛一亮。“请继续说，拜托！”

“回到卡斯科斯。事情是这样的……我们这位愤愤不平的主角，被戴了绿帽的陆军少尉，和他心爱的女友，也就是他认定最美丽的贝亚特丽丝，从此失去了联络。这女孩直到今日依然美若天仙，照理应该跟他共度余生的，却偏偏选上达涅尔·森贝雷那样的穷光蛋。”

“您不要自己加油添醋。”阿莉西亚说。

“我虽然不认识她本人，但是跟卡斯科斯相处了半个钟头之后，我很高兴贝亚特丽丝小姐做了这样的选择。这是陈年往事。现在让我们转移时间点，来到一九五七年，当时卡斯科斯给大部分的西班牙公司发过简历和家族成员的介绍信，他意外接到阿里亚娜出版社打来的电话，这是毛里西奥·巴利斯一九四七年创办的出版社，直到今日他仍是最大股东兼董事长。出版社约他见面，当场提供了一个经销部门的职务给他，请他担任亚拉冈、加泰罗尼亚以及巴利亚利群岛三个地区的业务代表，薪资优厚，升迁道路顺畅。卡斯科斯接下工作，随即开始上班。几个月过去了，某天毛里西奥·巴利斯出现在他的办公室，邀请他到霍彻餐厅共进午餐。

“卡斯科斯也纳闷，堂堂出版社董事长，又是西班牙文化界举足轻重的大人物，他们从来没见过面，为什么要请中层员工吃饭？而且是去法西斯政权的旗舰餐厅，说不定地下室还有摆放元首骨灰的地方。上了前菜之后，巴利斯特意赞赏了卡斯科斯的工作能力，还说大家都夸奖他在经销部门的表现。”

“卡斯科斯都当真了？”

“没有。他是个笨蛋，但是还没笨到那种程度。他觉得事有蹊跷，开始怀疑这份工作和想象中不太一样。巴利斯灌迷汤的戏码一直持续到饭后咖啡。到了这时候，两人的交情已经好到像哥们了，部长向他描述公司的光明前景，还说正在考虑拔擢他担任出版社总经理，接着，出乎意料的事情发生了。”

“请他帮个小忙。”

“没错！巴利斯畅谈自己一向热爱书店，他认为那是文学奇迹的殿堂，尤其是对森贝雷父子书店，他觉得特别亲切。”

“巴利斯有没有提到为什么特别亲切？”

“倒是没有明讲。可以确定的是，他关心的是森贝雷这家人，原因出自书店老板过世的妻子，也就是达涅尔的母亲伊莎贝拉，她多年前有位老友，尤其是他关切的重点。”

“巴利斯认识这位伊莎贝拉·森贝雷吗？”

“根据卡斯科斯的了解，他不只认识伊莎贝拉，还认识她的一位好朋友。叫什么名字来着？对了，戴维·马丁。”

“原来如此。”

“令人好奇啊，不是吗？这个神秘的名字最近才被提起，因为玛丽亚娜说过，部长多年前在蒙锥克监狱和职务接班人的对话当中，曾经提起这个人。”

“请往下说。”

“巴利斯对他有个请求。倘若卡斯科斯能够发挥魅力与才华，利用他对贝亚特丽丝的旧情，和她重新取得联系，这么说吧，重建已经崩垮的友谊之桥，部长说，他会永远心存感激的。”

“这是要他去引诱她吗？”

“可以这么说。”

“目的何在？”

“为了调查那个叫戴维·马丁的人是不是还活着，此人当年曾与森贝雷家有来往。”

“巴利斯为什么不直接去找森贝雷那家人问清楚？”

“这又是一个疑点，卡斯科斯自己也提出了这个问题。”

“那么，部长的答复是？”

“他说这件事有点敏感，再加上他的个性使然，还有，因为其他种种原因，他宁可先去打探一下情况，一定要弄清楚，那个马丁是不是还活着。”

“然后呢？”

“卡斯科斯毫不迟疑，也不敢怠慢，马上就写了一封文情并茂的情书寄给旧情人。”

“他收到回信了吗？”

“嗯，想入非非了吧？没想到您对风流韵事也……”

“巴尔加斯，讲重点！”

“抱歉。回到刚刚的话题。起初，他没收到回信。贝亚特丽丝当时新婚，又刚做了母亲，对这种风流公子哥儿的卑劣伎俩根本不屑一顾。但卡斯科斯锲而不舍，并开始有了个念头：这是他夺回失去一切的绝无仅有的机会。”

“因为这件事，达涅尔和贝亚特丽丝的婚姻乌云罩顶了？”

“谁知道？太早走入婚姻的年轻人，匆忙结婚，还没在教堂成婚就有了孩子……完美的弱点。总之几周过去，贝亚偏偏就是不回信。巴利斯坚持要他继续尝试，卡斯科斯开始急了。接着巴利斯下了最后通牒，于是卡斯科斯寄出最后一封信，约贝亚在丽兹酒店的豪华套房密会。”

“贝亚特丽丝去了吗？”

“没有。但是达涅尔去了。”

“她丈夫去了？”

“没错。”

“贝亚特丽丝把那些情书的事情告诉他了吗？”

“或许是他自己发现的……反正他知道就是了。那天达涅尔去了丽兹酒店，不知情的卡斯科斯特别穿上洒了香水的睡袍，脚踏软布拖鞋，手拿香槟，结果打开房门的一刹那，达涅尔对他狠狠地拳打脚踢，把他揍得面目全非。”

“这个达涅尔有种，我喜欢。”

“话别说得太早。至今脸还在痛的卡斯科斯说，达涅尔差点就把他打死了，还好有个便衣警察刚好经过，及时阻止了他，才没有造成悲剧。”

“什么？”

“便衣警察这部分，我也半信半疑。我感觉……那个所谓的警察，八成是达涅尔的同伙。”

“接下来呢？”

“接下来，卡斯科斯顶着一张肿得像鸡蛋面包的脸，回到了马德里，灰头土脸，身心受创，一直想着该怎么向巴利斯报告这件事。”

“巴利斯怎么说？”

“巴利斯默默听完事情的经过，向他保证绝不会把此事告诉任何人，也不会向人透露他对卡斯科斯提出的要求。”

“就这样？”

“似乎如此，直到部长失踪前几天，他又打了电话给卡斯科斯，特地约他到家里谈事情，要谈什么则没有明说，有可能还是跟森贝雷家族、伊莎贝拉和那个神秘的戴维·马丁有关。”

“这次约定，巴利斯却没有现身……”

“事情就是这样。”巴尔加斯做出结论。

“那个戴维·马丁呢？我们对他的了解有多少？您查到这个人的信息了吗？”

“能查到的非常少。但我可以就目前手边的资料告诉您：

他是个被人遗忘的失志作家，还有，请注意，一九三九年到一九四一年，他被囚禁在蒙锥克监狱。”

“刚好跟巴利斯和萨尔加多待在蒙锥克的时间重叠了。”阿莉西亚点出关键。

“可以说是‘同窗’。”

“出狱以后呢？一九四一年以后的戴维·马丁发生什么事了？”

“没有以后的事。警方记录显示，他先被宣告失踪，后来在逃亡过程中身亡。”

“也就是说……”

“可能未经审判就遭处死，然后尸体扔进哪个水沟或是埋进乱坟岗了。”

“巴利斯下的命令？”

“非常有可能。当时，他是唯一有权力决定这件事的人。”

阿莉西亚默默思索了半晌。

“为什么巴利斯要这样大费周章去找一个已经被他下令处死的人？”

“有时候死了的人不是完完全全死了，好比伟大的民族英雄熙德的精神。”

“所以，我们可以这样假设：巴利斯认为马丁还活着……”阿莉西亚说。

“很有可能。”

“不但活着，而且一心一意要复仇。或许他暗中操纵萨尔加多这条线索，静待时机出手。”

“嗯，一起蹲过苦牢的老朋友，不会这么容易就忘记。”

巴尔加斯附议。

“有一点还不明朗的是，马丁和森贝雷家族之间到底是什么关系？”

“八成有隐情，否则巴利斯不会刻意跳过警方这一关，宁可去找卡斯科斯帮他调查。”

“说不定，破案的关键就在这里。”阿莉西亚臆测。

“我们要不要联手好好表现一下？”

她盯着他双唇间露出猫似的谄笑。“还有其他调查呢？”

“您觉得这样还不够？”

“快说吧。”

巴尔加斯点了一支烟，使劲吸了第一口，一边打量着烟圈在指间回绕。

“后来，您还在拜访朋友的时候，我这边的事都做完了，就回总部去拿了当年还在坐牢的萨尔加多写的信件，趁空当去找好友席黑，他是总部的笔迹专家。别担心，我没告诉他这是什么，他也没问。我随便挑了四张信纸给他看了，他仔细检视过后，从重音符和至少十四个字母的连结足以排除惯用右手的可能性。大概是看笔墨写在纸上的角度和压力之类的。”

“那么……这是什么意思？”

“意思就是，写信恐吓巴利斯的人是左撇子。”

“那又如何？”

“是这样的……萨尔加多突然被释放之后，巴塞罗那警方针对他写了一份调查报告，有兴趣可以去看看，上面特别提及他在牢里失去了左手，后来装了陶瓷义肢。据我了解，好像是审问时一只手被搞断了。”

他觉得阿莉西亚似乎想说些什么，没想到她却一直噤声不语，眼神迷离。大约一分钟后，她脸色开始变得惨白，巴尔加斯发觉她的额头频频冒汗。

“总之，恐吓信不可能出自断臂怪客萨尔加多之手。阿莉西亚，有没有在听我说话？还好吗？”

她猛地起身，随即套上大衣。

“阿莉西亚？”

阿莉西亚拿起存放着萨尔加多信件的资料夹，然后匆匆瞥了巴尔加斯一眼。

“阿莉西亚？”

阿莉西亚朝着出口渐行渐远，巴尔加斯困惑的目光只能紧盯着她的背影。

15

一到街上，疼痛立刻加剧。她不愿意让巴尔加斯看到自己这副狼狈相，也不想让任何人看见。疼痛发作后可不好看。该死的马德里寒风。中午的剂量根本没让她舒服多久。她缓慢深呼吸，努力忍住臀部的阵阵刺痛，咬牙继续往前走，每一步都小心翼翼。才走了一小段路，甚至还未到达西贝莱斯广场，她就不得不停下，痉挛仿佛电流般钻蚀她的骨骼，她必须紧抓着街灯，静待症状缓解。她感受到来往路人的侧目。

“小姐，还好吧？”

她点头回应，并不知道对方是谁。后来总算能喘上一口气了，她赶紧拦下出租车，请司机载她到西班牙酒店。司机不安地盯着她，但什么也没说。天色刚刚开始变暗，格兰大道街灯通明，照亮了离开办公室回家的人和无处可归的人。阿莉西亚把脸贴在车窗上，双眼紧闭。

抵达时，她要求司机协助她下车，大方地给了他丰厚的小费，然后扶着墙慢慢走向玄关。一看到她进门，门房毛拉旋即起身，忧心忡忡地飞奔上前，揽着她的腰，搀扶她走到电梯口。

“又发作了？”他问道。

“很快就没事了。这种天气……”

“您的脸色很不好，打电话帮您找个医生来吧？”

“不用麻烦了。我楼上还有药。”

毛拉半信半疑，却只能点头回应。阿莉西亚拍了拍他的手臂。

“您真是个好朋友，毛拉。我会想念您的。”

“怎么，您要去别的地方了吗？”

阿莉西亚面露微笑，进电梯前向他道了晚安。

“对了，您楼上有访客……”毛拉赶在电梯门关上之前通知她。

她一路扶着墙，跛足走过阴暗中的漫长走道，两旁有数十间紧锁的客房。像这样的夜晚，阿莉西亚会怀疑自己是本楼层唯一的活人，只是，她也经常觉得有人在窥伺。偶尔她驻足阴暗中，几乎可以感受到那些“永久居留的房客”在她颈后吐气，或以指尖轻抚她的脸颊。总算到了走道尽头的房门前，她停下脚步，喘了好一会儿。

她打开房门，却不急着开灯。格兰大道的电影院和剧院霓虹灯看板闪着亮光，缤纷色彩在昏暗的房里肆意晕染。扶手椅上的人影背对房门，手上夹着点燃的烟，灰蓝色烟圈在空中勾勒出阿拉伯式的繁复图腾。

“我以为你今天傍晚会来找我。”莱安德罗说。

阿莉西亚踉跄地走到床边，瘫倒在床上，显然精疲力竭。她的师父回过头叹了口气，频频摇头。

“我帮你准备吧？”

“我什么都不需要。”

“这是你赎罪的方式，还是你很享受不必要的痛苦？”

莱安德罗站了起来，走近她身旁。“让我看看。”

他倾身，以媲美专业医疗人员的冷静摸了摸她的臀部。

“你上次打针是什么时候？”

“今天中午。十毫克。”

“这种剂量根本无济于事，你自己也知道的。”

“可能有二十毫克。”

莱安德罗数落了几句，走向浴室，直接来到橱柜前。他在柜子里找到一个金属盒子，拿到阿莉西亚身边。他在床边坐下，打开盒子，着手准备注射。

“我不喜欢你这个样子，你早知道的。”

“这是我的人生。”

“你这样惩罚自己，就等于在惩罚我。转过去！”

阿莉西亚闭上双眼，侧身躺着。莱安德罗将她的洋装裙边拉上腰际，解开她身上的安全护具，并脱了下来。阿莉西亚痛到不断呻吟，双眼紧闭，呼吸断断续续。

“你这个样子，我比你还要痛。”莱安德罗说道。

他紧抓住她的大腿，用力压制在床上。当他把针头插进臀部的伤疤，阿莉西亚全身颤抖不已。她硬吞下已到嘴边的惨叫，全身像缆索似的紧绷了好几秒。莱安德罗缓缓抽出针头，将针筒放在床上。他渐渐松开阿莉西亚的大腿，将她转过来仰卧平躺，放下她的洋装裙摆，接着轻轻地把她的头靠在枕头上。阿莉西亚额头满是汗水，他掏出手帕替她擦干。她双眼空茫地望着他。

“现在几点了？”她结结巴巴问道。

莱安德罗轻轻抚着她的脸颊。“还早，你休息一下吧。”

16

她在阴暗的房里醒来，随即发现莱安德罗坐在床边扶手椅上的剪影。他捧着维克多·马泰克斯的书，正埋头阅读。阿莉西亚暗想，趁她熟睡时，莱安德罗大概已经把她的外套口袋、皮包、全部家当和房里所有抽屉都搜查过了。

“好一点了吗？”他的视线依旧紧盯着书本。

“嗯。”阿莉西亚应了一声。

一觉醒来，伴随而来的总是一种怪异的清醒，以及血管中蹿流的冷凝感受。莱安德罗帮她盖了一条毛毯。她摸了摸身体，确定自己还穿着白天那套衣服。她坐直身子，靠坐在床头。原本的剧痛仅剩隐隐作痛，几乎都被冰凉感压抑了。莱安德罗递给她一个杯子。她喝了两口，尝起来不像开水。

“这是什么？”

“喝下去就对了。”

阿莉西亚啜了杯子里的液体。莱安德罗合上书本，随手把书搁在书桌上。

“我对你的文学品味实在不敢恭维，阿莉西亚。”

“这是我从巴利斯书房里的书桌抽屉找出来的。”

“你觉得这本书跟我们这件案子有关联吗？”

“目前我还看不出有任何可能性。”

莱安德罗颇有同感地点点头。“你讲话的语气越来越像巴德拉了。那个新搭档怎么样？”

“巴尔加斯？看起来还挺能干的。”

“可靠吗？”

阿莉西亚无所谓地耸耸肩。

“你是个连自己的影子都不信的人，这种不确定的态度表示你对政权有了新的信心吗？”

“随便您怎么想。”

“还在跟我闹别扭吗？”

阿莉西亚叹了口气，摇摇头。

“我不是来串门的，阿莉西亚。我有很多事要处理，已经有人在皇宫大饭店等我很久了。有什么最新发展要跟我报告的吗？”

于是，阿莉西亚简要报告了当天发生的各种事情，莱安德罗只是静静聆听，一如往常。接着他起身走到窗前。阿莉西亚望着他静止的身影笼罩在格兰大道的灯光下。他纤细的四肢和不成比例的身躯看似一只蜘蛛。阿莉西亚并未惊扰他的沉思。她早就学会了一件事，莱安德罗喜欢仔细谋划推敲，慢慢咀嚼每一点信息，盘算着如何造成最大的伤害。

“我猜你大概没跟巴利斯的秘书说你找到了这么一本书，还私自带走了？”他终于又开口。

“没有。只有巴尔加斯知道书在我手上。”

“这个部分最好到此为止。你觉得自己可以说服他不把这件事往上呈报吗？”

“可以。至少挡个几天没问题。”

莱安德罗叹了口气，有些烦躁。他从窗前走开，缓步回来坐进扶手椅，靠坐在椅子上跷着腿，像个法医似的把阿莉西亚仔细打量了一番。

“我希望你去让巴耶赫医生看一看。”

“这件事我们已经谈过了。”

“他是全国最顶尖的专家。”

“不。”

“我帮你约个时间，只是去拜访一下。”

“不。”

“你如果要一直用这个字回答我的话，至少换个说法。”

“好啊。”阿莉西亚答道。

莱安德罗又拿起桌上的书，随手翻阅，一边露出微笑。

“喜欢这本书吗？”

“不喜欢。我甚至觉得毛骨悚然。不过，我刚刚在想，这本书根本就是为你而写的。”

莱安德罗的视线在书页中游移，偶尔专注于这一页，偶尔又猜疑地看着那一页。最后，他把书还给她，默默地望着她。

他那眼神仿佛耶稣会教士，急着要嗅出尚未在思绪中形成的罪恶，只消一个眼神，就能助人忏悔。

“皇宫大饭店的晚餐大概都快凉了。”阿莉西亚意有所指。

莱安德罗礼貌地点了点头。

“你别起来，好好休息吧！我在浴室的药箱里留了十瓶一百毫克包装的药。”

阿莉西亚愤然紧抿着双唇，但并未出声。莱安德罗点个头，随即走向房门。离开前，他停下脚步，食指直指着她，提醒道：“不许乱来！”

阿莉西亚双手合掌做祈祷状，面带微笑。

17

莱安德罗一走，阿莉西亚锁上房门，躲进淋浴间的淋蓬头下，花了近四十分钟浸淫在蒸汽和热水中。她没开灯，昏暗浴室仅有窗外洒入的微光，就这样任由热水冲退一身疲惫。西班牙酒店的热水炉大概隐藏在地狱的角落，墙壁间的金属管道传出哔啵声响，简直就像催眠曲。直到她觉得肌肤似乎要破皮了，这才关掉热水，静静待在原地好几分钟，聆听着淋蓬头水滴落地的声音，以及格兰大道的车水马龙。

片刻后，她裹上浴巾，给自己斟了满满一杯红酒，悠然躺在床上，随手拿起那天早上巴德拉交给她的资料，档案夹里有几封可能是萨尔加多或是生死不明的戴维·马丁写给巴利斯部长的信件。

她从案件相关资料着手，比对自己这一天的调查结果和官方版本。一如多数警方调查报告，白纸黑字写下的内容往往乏善可陈，唯一有趣的却是报告里只字未提的部分。关于部长在文艺协会疑遭攻击的调查报告，是自相矛盾和肆意揣测的典范。除了巴利斯声明有人在公开场合企图危害其性命，不见任何质疑其说法的论述。唯一有标注了颜色的记录是一个所谓案情目击证人声称看到一个戴着面具或是遮住半边脸的人。

阿莉西亚忍不住发出无聊的叹息。“就差佐罗出现了。”她自言自语。

没多久，她厌倦了这份做做表面样子的报告，便将档案夹丢到一边，决定好好看看那沓信件。总计有十来封，信纸皆已泛黄，字迹奇怪，篇幅最长的也仅有简洁的两个段落。写信的笔头似乎不是很好，墨水不规则地恣意晕染，笔触深浅不一。很少有连在一起的单词，感觉是一个字母一个字母写的。内容重复提到“事实真相”和“死者遗孤”，以及“迷宫入口”。

巴利斯多年来持续收到这样的信函，最后有什么东西迫使他做出如此反应。“到底是什么呢？”阿莉西亚自顾自咕哝着。

答案几乎都藏在过往。那是莱安德罗最早教导她的课题之一。曾有一场巴塞罗那警界高层的葬礼，莱安德罗逼她陪同前往（他说这是训练的一部分），当时，她的师父说了这样的句子。根据莱安德罗的理论，人生从某个时刻开始，一个人的未来将会如实呈现自己的过去。

“这不是很明显的事吗？”阿莉西亚这样回应。

“你要是知道人们多么习惯在现在和未来寻找答案，一定会很惊讶的。”

莱安德罗偏爱警句。那一次，阿莉西亚以为他指的是死者，甚至是他自己，那一片像浪潮一样把他拉向权力之海的黑暗，就像许多已经爬上那阴暗的统治阶级的名人一样。那些中选的人多年来为此汲汲营营，浮渣一样漂浮在污浊的水面。这批时代的佼佼者披着腐朽的斗篷重生，潜行在荒凉的故土街道，像下水道溢出的血河……阿莉西亚突然意识到，那些场景出自她在巴利斯书房找到的那本书。排水沟孔汩汩流出的鲜血，渐渐淹没了街道。那座迷宫……

阿莉西亚把信件往地上一丢，合上双眼。血管里蹿流的冰凉源自那该死的药物，总是打开她黑暗的心智后门。这是她为了压制疼痛而付出的代价，莱安德罗是再清楚不过了。他知道，冰冷蹿流全身时，疼痛和意识俱无，此时的她，双眼能看透黑暗，还能听见并感受到别人无法想象的事物，查出他人以为深埋在过去的秘密。莱安德罗知道，每当阿莉西亚陷入那片漆黑的深海，身心受创的她总会满载而归。这令她恨他入骨。她痛恨他，只有一个人在面对自己的创造者时才能感受到那股愤怒。

她猛地起身走向浴室，打开镜子后的橱柜，发现排列整齐的一排药瓶，那是莱安德罗留给她的。她的奖品。她双手抓起药瓶，用力往洗手槽一摔。透明液体在玻璃碎片间慢慢消失。

“该死的混蛋！”

过了半晌，房里的电话响了。阿莉西亚看着镜子中的自己，任由铃声响了好一会儿。接着她回到卧房，拿起话筒，不发一语地听着。

“巴利斯的车找到了。”莱安德罗在电话另一头说道。

她还是默不作声。

“在巴塞罗那。”她终于开口回应。

“没错。”莱安德罗证实她的说法。

“而且不见巴利斯的踪影。”

“保镖也下落不明。”

阿莉西亚坐在床上，迷茫的眼神沉陷在窗口一片猩红的灯光里。

“阿莉西亚？你还在吗？”

“我会搭明天早上第一班火车走。我记得是七点钟从阿托查车站发车。”

她听见莱安德罗的叹息，想象他斜躺在皇宫大饭店豪华套房床上的样子。

“我不确定这是个好主意，阿莉西亚。”

“让警方完全接手这件案子，您觉得会比较好吗？”

“我是担心你一个人在巴塞罗那，你也知道。这样会对你不利。”

“不会有事的。”

“你住哪里？”

“我还能住哪里？”

“那个阿维尼奥街的公寓……”莱安德罗叹了口气，“为什么不找个好一点的旅馆？”

“因为那里是我的家。”

“你的家在这里。”

阿莉西亚环顾周遭，这房间是她过去几年来的牢狱。这堪称坟墓的地方竟能称之为家，亏莱安德罗想得出来。

“巴尔加斯知道这件事了吗？”

“消息是从总部传出来的。如果他现在还不知道，起码明天一大早也会晓得。”

“还有别的事情吗？”

她听见莱安德罗深沉的呼吸声。

“我要你每天无论如何都要打电话向我报告。”

“知道了。”

“每天都要打。”

“我刚刚说了我知道。晚安。”

她正打算挂断时，电话另一头却传来莱安德罗的声音。她再度将话筒放在耳畔。

“阿莉西亚？”

“是的……”

“小心自己的安危。”

18

她始终知道自己总有一天会回到巴塞罗那。讽刺的是，这刚好是莱安德罗交办的最后一项任务，不管怎样她是逃不出师父的魔掌。她想象他正在豪华套房里来回踱步，若有所思地盯着电话。他想拿起话筒，再一次打电话下令要她留在马德里。莱安德罗不喜欢他操纵的傀儡试图逃脱。做此尝试的人不止一个，最终都发现这一行不适合偏爱快乐结局的人。

但阿莉西亚始终与众不同。她是他的爱徒，是他一手打造的杰作。

她又添了一杯白葡萄酒，躺下来等电话。拔掉电话线的念头在脑中一闪而过。上回她这么做的时候，莱安德罗的两名手下出现在房门口，然后架着她到旅社大厅，莱安德罗在那里等着，那模样却是她从未见过的，惯有的冷静已不复见，焦虑倒是让他形容憔悴。当时，他凝视她的眼神里夹杂着怨恨和渴望，仿佛正踌躇到底是该上前去抱她，还是命令手下当面用枪托把她打死。“我不许你再做这样的事情。”他说。那一夜距今正好两年。

她静候莱安德罗来电，直到深夜仍无动静。想必他也急着想找到巴利斯，借此取悦政府高层，替自己的宦途开启一扇又一扇大门。她坚信，他们俩这一夜都不会闭眼了，阿莉西亚决定遁入世上唯一不受莱安德罗监控的地方：书中世界。她拿起桌上那本从巴利斯书房搜到的黑皮书，翻开书页，打算深入维克多·马泰克斯的心灵世界。

第一段尚未读完，她就几乎忘了手上这本书是办案所需的物证。她徜徉在文字里，沉溺在阿里亚娜的历险中，在那个充满魔力的巴塞罗那，深入地底的种种景象，时时扣人心弦。每个段落，每个句子，似乎都是押韵写成，文字铿锵有力，一场诗韵与色彩兼具的黑色戏码在读者内心上演。她一口气连看了两个钟头，仔细咀嚼每个句子，就怕读到结尾。最后一页是一张舞台落幕的插画，所有的文字仿佛消失在阴暗的尘埃之中。阿莉西亚在胸前合上书本，躺在黑暗中，眼神依旧迷失在阿里亚娜的迷宫历险中。

被小说剧情施了魔法之后，她闭上双眼，试着小睡片刻。她想象巴利斯在书房里，把这本书藏在抽屉底部，然后上了锁。他必须藏匿的东西这么多，在失踪前挑上的却是这本书。疲惫逐渐入侵她的身躯，她褪下浴巾，光着身子钻进被窝，身体侧躺着蜷缩成团，双手在大腿间紧握。她突然想起，这很有可能是她在这个多年来的斗室牢笼度过的最后一晚了。她静静躺着，等待着，聆听屋里各种声响和叹息，似已暗示了自己终将离去。

天未亮她就起床，刚好有点余裕将日常必需品装进行李箱，其他东西留在这里，就当是她送给旅馆隐形房客的告别礼物。她凝望沿着屋墙堆叠的一座小小书城，嘴角扬起哀愁的浅笑。毛拉一定知道如何处理这些东西。

破晓时分，她悄悄走过接待处，无意和西班牙酒店那些失落的灵魂上演离别依依的戏码。她往大门走去，却听见毛拉在她背后出了声。

“这么说是真的，”柜台门房说道，“您要走了……”

阿莉西亚停下脚步，转过身来。毛拉盯着她看，手上拿着几乎和他个头一样高的拖把。他用微笑压抑泪水，茫然的眼神掩不住无限愁绪。

“我要回家了，毛拉。”

柜台门房频频点头。“祝您一切顺利。”

“我把所有的书都留在楼上，全部都是您的了。”

“我会好好珍惜的。”

“还有衣服，您看着办吧。这里有人适合穿的话就送他们。”

“我会捐给慈善机构，这里住的都是一群笨蛋，别去打交道的好，我可不想没事找事做。”

阿莉西亚走到这个瘦小男子身边，拥抱了他。

“毛拉，谢谢您这些年来的照顾。”她在他耳边轻声说，“我会想念您的。”

毛拉将拖把往地上一扔，接着，颤抖的双臂紧紧拥住她。

“您一到家就忘了我们吧。”他哑着嗓子说道。

她本想在他脸颊上吻别，但这位悲伤的老派绅士却朝她伸出手。阿莉西亚紧握住他的手。

“可能会有个叫巴尔加斯的人打电话找我……”

“放心，我会帮忙打点的。好啦！您该走了。”

她拦了一辆在门口排班的出租车，请司机载她到阿托查车站。铅灰色的乌云密布，车窗蒙上了一层霜。司机看似在方向盘前消磨了一整晚，或甚至一整个礼拜，并勉强靠着嘴上叼的香烟和世界接轨，他从后视镜看着她。

“单程还是来回？”他问。

“不知道。”阿莉西亚答道。

到了车站，她发现莱安德罗已经早一步抵达。他坐在售票口旁的咖啡馆看报纸，把玩着咖啡杯旁的小汤匙。他的两名走狗各自守在数米外的柱子旁。一见她现身，莱安德罗立刻折起报纸，端出长辈式的慈祥笑容。

“起得早，天也不会亮得早。”阿莉西亚说道。

“引用谚语跟你一点都不搭，阿莉西亚。坐下来吧，吃过早餐了吗？”

她摇摇头，在桌边坐下。两人即将相隔六百公里之遥，此刻她最不想做的就是惹他生气。

“正常人有些共通点，例如吃早餐和交朋友，这两件事都对你有好处。”

“您交了很多朋友吗，莱安德罗？”

阿莉西亚随即领受了长官凌厉的目光，那是个警告，接着她低头垂眼，乖乖接受了服务生送来的莱安德罗点的意大利面和牛奶咖啡，在他的注视之下，她啜了几口咖啡。长官从大衣口袋里掏出一只信封递给她。

“我帮你订了单人的头等包厢，希望你会喜欢。里面还有一笔现金。我今天就会把剩下的款项汇入西班牙银行的账户。如果还有其他需要，尽管告诉我。”

“谢谢！”

阿莉西亚嚼着又干又硬的意大利面，难以吞咽。莱安德罗的目光未曾移开。她偷偷瞄了挂在高处的时钟。

“还有十分钟。”她的长官说道，“别紧张！”

成群旅客开始朝月台移动。阿莉西亚双手握着咖啡杯，纯粹只想让手有个地方摆放。两人之间冷凝的缄默叫人坐立难安。

“谢谢您来送我。”她终于打破沉默。

“我们在这里是为了道别吗？”

阿莉西亚摇摇头。两人又是不发一语地端坐了数分钟。最后，阿莉西亚觉得自己恐怕要把咖啡杯捏碎了，莱安德罗总算起身，扣上大衣纽扣，并慢慢把围巾圈上脖子。接着，他戴上皮手套，面露慈祥的笑容，倾身亲吻她的额头。他的双唇冷若冰霜，吐出的气息飘着一股薄荷味。阿莉西亚动也不动，几乎连气都不敢喘一下。

“我要你每天打电话给我，没有例外。今晚就开始，让我知道你到了那里是否一切顺利。”

她没搭腔。

“阿莉西亚？”

“每天打电话，没有例外。”她复述了长官的命令。

“不需要这样讽刺我吧。”

“对不起。”

“旧伤还会痛吗？”

“还好，好多了，好多了。”

莱安德罗从大衣口袋掏出一个玻璃瓶交给她。

“我知道你不喜欢吃药，但是你用了这个，一定会感谢我的。药性不像注射的药水那么强。就是药丸而已。不要空腹服用，尤其不能和酒精一起下肚。”

阿莉西亚接下药罐，随手塞进皮包。此时此刻，她不想跟人争论。

“谢谢。”

莱安德罗点了点头，随即由手下陪同朝着出口离去。

火车在车站拱顶下等候。一个不满二十岁的男孩在月台口查看她的车票，带她走向头等车厢，那是这班火车的第一节车厢，而且是空的。男孩不经意发现她略微跛行，于是协助她上了火车，陪她走到包厢，帮忙把行李抬到架上，并拉开窗帘。一群旅客在月台上移动，在清晨薄雾晕染下宛如镜中倒影。阿莉西亚赏了男孩小费，关上包厢门之前，他还恭敬地行了礼。

阿莉西亚瘫坐着，心不在焉地望着车站的灯火。不久后，火车开始缓缓拖行，她随着微微摇晃的车厢摆动，一边想象雾锁云深的马德里拂晓景致。就在此时，她看见了他。巴尔加斯在月台上奔跑，努力想登上火车，手指几乎触及车厢，却终究前功尽弃。他看见了眼神涣散的阿莉西亚，她在车窗前愣愣望着他，面无表情。巴尔加斯最后还是放弃了，双手撑在膝盖上，无奈地苦笑，几乎喘不过气。

城市消失在远方，火车驶入广袤无边的平原。阿莉西亚能感受到在暗夜高墙之外，巴塞罗那已在风中嗅出她的踪迹。想象着巴塞罗那像一朵黑玫瑰逐渐开展，霎时，她心感豁达，一如注定倒霉的人自我安慰，她告诉自己，那或许只是疲累吧！反正也无所谓了。她闭上眼睛，就这样沉沉睡去，火车在阴暗中奔驰，一路驶向灵魂迷宫。

明镜之城
巴塞罗那
一九五九年十二月

LA CIUDAD DE LOS ESPEJOS
Barcelona Diciembre de 1959

1

冰冷。一股冰寒啃噬肌肤，割刮肉身，锥心刺骨。那股湿冷毫不留情地撕裂肌肉，五脏却如烈火焚烧。恢复意识的当下，这是他脑中浮现的唯一念头。

周遭几乎一片漆黑。高处仅有一丝天光渗入。阴暗中的微光仿佛一缕耀眼的粉尘，显示出他被囚空间的边界线。他的瞳孔逐渐放大，眼前隐约可见房间的样子，墙壁皆由石砖砌成，墙上渗出的水渍在阴暗中闪闪发亮，仿佛正发出阴沉的悲泣。同样也是石砌的地板，积聚了一摊湿漉漉的东西，但不像是水。空气中弥漫着浓烈的恶臭。前方有一排生锈的粗大铁条，铁条外则是一小段阶梯，往上延伸到黑暗中。

他在一间地牢里。

巴利斯企图起身，软弱无力的双脚偏不听使唤。勉强往前挪了一步，双膝随即失控，让他侧身摔倒。脸部重重着地后，他忍不住咒骂了几句。然后，他试图平静下来，维持原状趴在地上好几分钟，脸部着地后黏上薄薄一层胶状物质，散发着夹杂甜腻的金属味。他口干舌燥，仿佛吞下了一把泥土，嘴唇也龟裂了。他举起右手要摸摸嘴唇，竟发现这只手已失去知觉，仿佛手腕以下都不存在。

他使劲撑着左手臂，总算缓缓坐起身子。他将右手举到面前，并在昏黄的微光中仔细打量。右手抖个不停，却毫无感受。他试图张手握拳，但肌肉并未回应。这时他惊觉自己缺了两根手指，食指和中指。裹着两个伤口的破布条上沾着深褐色污渍。巴利斯想高声呐喊，哑嗓却只能发出微弱的呻吟。他无力地往后一躺，双眼紧闭，为了避免嗅闻那浓烈的恶臭，开始以口呼吸，同时脑海中浮现童年的回忆。多年前的夏日，在父母位于塞哥维亚近郊的农庄，一条老狗躲在地窖里奄奄一息。巴利斯依然记得充斥家中的那股令人作呕的恶臭，像极了此刻烧灼喉咙的气味。只是，当下这股臭味甚至更糟，他的头脑几乎无法运作。片刻之后，或许是几分钟，也可能过了几个钟头，疲惫将他击溃了，于是，他陷入半梦半醒之间的昏睡状态。

他梦见自己搭火车旅行，列车上除了他没有其他乘客。火车头在黑色蒸汽中驶向迷宫般的城区，放眼尽是雄伟的教堂和尖塔，猩红天空下，一座座桥梁集聚如丛林，还有一大片凌乱错置的屋宇。火车进入仿佛没有尽头的隧道之前，巴利斯探头到车窗外，看见隧道入口两旁伫立着两座展翅的巨大天使雕像，双唇间露出尖锐的利牙，横楣上摇摇欲坠的看板写着：

巴塞罗那

火车遁入隧道，轰隆巨响仿佛凄厉嘶吼，接着，火车从另一头窜出来时，蒙锥克山矗立前方，山头的城堡披着胭脂色天光。巴利斯突觉腹部一阵翻搅。

身形佝偻的查票员像一截受摧残的树干，在走道上朝着他走来，然后在他的包厢前停下脚步。他的制服上挂着一张名牌，写着“萨尔加多”。

“您下一站该下车了，长官……”

火车在蜿蜒山路上攀爬，渐渐进入监狱范围内。列车在漆黑的通道上停驶，他下了车。接着，火车再度发动，消失在黑暗中。巴利斯转身一看，惊觉自己已被囚禁在监狱地牢。铁窗外有个漆黑身影望着他。巴利斯亟欲辩解这一切都是误会，而且他就是这所监狱的典狱长，却失声说不出口。

稍后，疼痛逐渐加剧，把他从昏沉的睡梦中惊醒，仿佛一股电流窜通全身。

腐臭、阴暗与寒冷依旧，但此刻的他几乎无感。唯一仍在脑子里打转的是痛苦。那是他从未有过的痛苦，是他始终无法想象的苦楚。右手犹如燃烧的烈焰，他觉得这只手仿佛伸入了火炉，怎么也挪不开。他用左手紧掐住右手臂。阴暗中仍隐约可见两个原本应该连接手指的深色伤口已经化脓，流出带有血色的浓稠液体。他在心中发出沉默的呐喊。

剧痛有助于回忆。

事件发生的经过开始在他的思绪中重组。他忆起远方那个暮光下的巴塞罗那，透过车窗望着城市缓缓升起，宛若庆典的巨型装饰，随即想起自己对这座城市何其痛恨。忠心不二的保镖比森特默默开着车，全神贯注于行车状况。就算感到恐惧，他也不会表现出来。车子驶过一条条大道和街巷，一路上只见裹着厚重冬衣的人们行色匆匆，在琉璃薄雾般的剔透雪帘中穿梭。他们沿着大道行驶，朝着城市高处前进，迅速进入九弯十八拐的蜿蜒道路，来到瓦维德雷拉区。巴利斯依然记得城堡正面仿佛从天而降。城市的低地一片黑暗，消失在海里。缆车沿着山坡攀爬，一路勾勒出蛇行的灯影，映出山坡上气派的摩登别墅。就在那一片山林中，浮现出一座老宅邸的影像。巴利斯咽下口水。比森特看着他，接着他点头回应。这一切很快就会有个了断。巴利斯将左轮手枪扣紧扳机。抵达别墅入口时，天色已暗，车子驶进种满灌木丛的花园，院子里干涸的喷泉池爬满常春藤。比森特在通往大门口的阶梯前停车，熄火后掏出左轮手枪。比森特向来不用其他手枪。他曾说，左轮手枪绝无失误。

“几点了？”巴利斯的声音轻若细丝。

比森特来不及答复。一切发生在转瞬间。当巴利斯发觉车窗旁的身影时，保镖正要拔起车钥匙，根本没看见有人靠近。比森特一语不发，立刻将长官推往一旁，朝车外开了一枪。车窗在巴利斯面前碎裂，他察觉些许玻璃碎片插入了脸部肌肉。高分贝枪响让他暂失听觉，耳内仅剩轰雷般的噪声，车内硝烟味仍未散去，驾驶座旁的车门突然打开了。比森特回过神，手握左轮手枪，却没有时间完成第二次射击，因为有一样东西已经抢先攻击他的脖子，两只手紧紧掐住他的颈部。暗红色鲜血从指间溢出。主仆两人一度四目交接，比森特迷惑的目光里尽是不可置信。霎时，保镖倒在方向盘上，喇叭因此响起。巴利斯试图扶住他，伤者却倒向另一侧，上半身就这样悬在车外。巴利斯双手紧握左轮手枪，瞄着驾驶座旁车门外的阴暗处。这时候，他隐约感受到背后的气息，转身想开枪时，迎上前来的却是一记重拳。他感受到锐利金属划过骨骼，紧接着一阵眩晕，眼前一片模糊。左轮手枪掉在大腿上，他惊见手臂上血流如注。那黑影逐步逼近，手上还拿着沾血尖刀，刀上的鲜血一滴滴往地上掉。巴利斯试图打开车门，但保镖开的第一枪击中车门，门锁因此卡住了。有双手掐着他的脖子，毫不留情地往外拉。巴利斯发现自己被强行拉出车窗破洞，在铺石路上拖行，接着是有棱有角的大理石阶梯。他听见轻盈的脚步声靠近。月光映出了它，神志错乱的他以为是天使，接着想象那恐怕是死神，但定睛一看，巴利斯才知道自己大错特错。

“笑什么笑，混账东西……”有个声音这样说。

巴利斯面露微笑。“你长得真像她……”他嗫嚅着。

巴利斯闭上双眼，等着对方一枪把他毙了，但子弹却迟迟不来。他感受到那个天使吐了他一脸口水。接着脚步声逐渐远离。上帝怜悯他，或是恶魔也罢，不久后，他失去了知觉。

他已经不记得事发时间究竟是几个钟头前，抑或几天、几周前。这座地牢里，时间停滞。此时此刻，只有寒冷、疼痛与阴暗。他突然有一股莫名的愤怒。他爬到铁栏前用力拍打冰冷的铁条，直到皮开肉绽。他紧抓着铁条不放，此刻通往地牢的楼梯高处出现了一道亮光。巴利斯依稀听闻脚步声，抬头企盼着，并伸手到铁栏外不断哀求。地牢看守人在暗处观望他，濡濡不动。那人脸上有东西覆盖，让他联想到格兰大道服装店橱窗里人型模特僵硬的表情。

“是您吗，马丁？”巴利斯问道。

但他未得到任何回应。地牢看守人只是一语不发地望着他。巴利斯终究还是妥协了，似乎想借此让对方了解，他很清楚这样的游戏规则。

“水！拜托让我喝水……”他苦苦哀求。

接下来良久，看守人始终无动于衷。巴利斯设想过所有状况，心想此人的出现不过是加深了极度伤痛而产生的幻觉，伤口感染最终会吞噬他的生命……就在这时，地牢看守人往前走了几步。巴利斯脸上堆着笑，姿态温驯。

“我要喝水！”他提出要求。

一股尿液喷在他脸上，满脸的伤口顿时疼痛如烈焰烧灼。巴利斯发出嚎叫，拖着身体往后挪，直到背部抵住石墙，接着把身子缩成一团。看守人走上楼梯后就此匿迹，关门声传来后，仅有的微光再度消失。

此时，他惊觉地牢里并非只有他一人。忠心的保镖比森特正靠墙坐在角落，不动如山。他的双腿隐约可见，还有他那双手。手掌和手指已经肿胀，并呈现青紫色。

“比森特？”

巴利斯爬上前去，但因恶臭扑鼻而却步。他躲到对面的角落里蜷缩成一团，紧抱着膝盖，把头埋进双腿间隔绝臭味。他试图在脑中勾勒女儿梅希迪斯的模样，想象她在花园玩耍，或流连在娃娃屋里，或乘坐她专属的小火车。他想起她儿时的样子，她注视他的眼神，让他心甘情愿接受她的一切，那眼神散发的光彩，照亮了生命中阴暗的角落。

过了半晌，寒冷、剧痛和疲劳已让他招架不住，并感受到自己再次慢慢失去知觉。或许是死神降临了，他在心中如此期盼着。

2

费尔明·罗梅罗·托雷斯莫名其妙醒了过来，心跳仿佛火力十足的冲锋枪，胸口好像坐着瓦格纳歌剧的女高音。他睁开双眼，眼前一片漆黑，他试图缓和急促的呼吸。闹钟的指针证实了他的臆测，此刻甚至还不到午夜。大约一个钟头前，他好不容易安然入睡，如今，失眠又像一列横冲直撞的电车猛力冲撞他。身旁的贝尔纳达规律地发出小牛般的鼾声，一脸幸福地微笑着沉浸在梦乡。

费尔明，我想你要当爸爸了！

怀了身孕的她比从前更迷人，凹凸有致，让人想扑上去咬一口。他很想送上一次“午夜快车服务”，但他不敢吵醒她，不能破坏她满脸的纯真祥和。他明白得很，真把她吵醒了，恐有以下两种可能：荷尔蒙从毛细孔渗出，让贝尔纳达变成凶狠的母老虎，或者更糟糕的是，任何娱乐活动都可能威胁到她肚子里的孩子……费尔明并不怪她。贝尔纳达已经失去了他们结婚前不久怀上的孩子。她悲痛万分，费尔明当时生怕从此永远失去她。后来，医生一再向他们保证，贝尔纳达才总算对生命重拾希望。但如今她又时时刻刻活在恐惧里，就怕再度流产，有时，似乎连呼吸都能让她心生恐惧。

—亲爱的，医生不是说了吗，不会有事的。

—那医生是个不要脸的东西，跟你一样。

所谓有智慧的男人，就是别往火山口跳，别搞革命，不要招惹孕妇。费尔明悄悄下床，踮着脚尖溜到饭厅，蜜月旅行归来后，他们就在这个华金柯斯塔街的简朴小公寓落了户。他打定主意要把遗憾、性欲和瑞士糖一起吞下肚，但开了储物柜，才发现家里一包糖果都不剩。费尔明觉得自己的灵魂顿时坠到脚边。这事态可严重了！这时他想起弗兰萨车站大厅有个卖糖果和香烟的摊贩总是营业到午夜，那小贩叫瞎子迪亚戈，摊子上总有琳琅满目的糖果，动不动就喜欢说些低级笑话。他光是想到柠檬口味的瑞士糖就猛吞口水，于是毫不迟疑地换掉睡衣，裹上足够的保暖衣物，仿佛接下来要夜行西伯利亚。装备齐全后，他走出家门，打算好好满足自己的基本需求，另外散步也能助眠。

拉巴尔区是失眠之乡，此地虽然夜夜未眠，但让人乐于遗忘。在这里，不管你有怎样的悲伤故事，只要往前走几步，遇见的人或看见的事物通常会让人省悟，在世间的生命牌局里，原来还有人比你拿到更糟的烂牌。命运交错的深夜里，尿液和瓦斯路灯形成瘴气，深棕色狭街暗巷，这景象，是魔力还是警告，全看个人如何解读。

费尔明穿行在喧闹的人群里，窄巷幽暗曲折。最后，他现身哥伦布雕像底座旁。海鸥的白色粪便将雕像抹得灰白，算是对地中海饮食的致敬。费尔明沿着大道走向弗兰萨车站，不敢回头张望，就怕窥见不祥的蒙锥克堡矗立山头。

一群放肆的美国海军大兵正在港口附近闲逛，一路寻觅着和亲切的本地女孩来场文化交流的机会，从她们那里学几个简单的词语或三四样沿海地区特有的小花招。他想起了萝西朵，她是他青春岁月骚乱黑夜里的慰藉，她那丰满的胸部、纯洁的灵魂，不止一次解救了深陷孤独的他。他想象她和富商未婚夫一起环游世界，这一次，命运总算对她展露了笑容。

他边走边想着萝西朵和拥有金子般心灵的人——这种珍贵物种总是受到绝种的威胁，不知不觉中便抵达车站。他一眼就看见正准备收摊的瞎子迪亚戈，赶紧跑上前去。

“嗨，费尔明，我以为这种时候你应该围着老婆转呢！”迪亚戈调侃他，“怎么，瑞士糖没了？”

“一颗都不剩啊！”

“我有柠檬口味的，还有凤梨和草莓口味的。”

“给我柠檬口味，要五盒。”

“再加一盒，就算是我送你的赠品。”

费尔明付了钱，还给了他小费。迪亚戈数都没数就直接把钱币丢进电车查票员的挎包里。费尔明始终想不通，迪亚戈怎么知道顾客有没有诓他？但他偏偏就清楚得很。他生下来就没有视力，厄运不断，独居在公主街没有窗户的小旅馆房间，最好的朋友是一台收音机，借此聆听足球赛事和让他开心大笑的趣闻。

“你是来看火车的，对不对？”

“嗯！老习惯了。”费尔明说道。

他看着瞎子迪亚戈朝小旅馆走去，没有人在房里等他，甚至连一只臭虫都没有，接着，他挂念起贝尔纳达，此时正在床上睡得安稳，身上散发玫瑰花露水的香味。他原本打算回家，却转念决定进入车站大厅，一九四一年一个久远的深夜，他返回巴塞罗那，首先抵达的就是这座蒸汽与钢铁构筑的殿堂。他一向深信命运除了喜欢在背后出手，肆无忌惮地攻击无辜良民，也喜欢在火车站驻足停歇。悲剧和喜剧，创伤和复原，背叛和缺席，都在这里开始和结束。常言道，人生就是一座火车站，人们几乎总在这里登上或被推上错误的车厢。

这种咖啡馆闲聊程度的思绪通常只在凌晨浮现于他的脑海，这时候的他身体疲惫，脑袋却还像陀螺转个不停。费尔明决定将廉价的肤浅哲学转换为木制长椅的简朴舒适，于是，他进入车站的扇形拱顶月台区，他认为，这种精明的建筑设计给刚刚到站的人传达了一个清晰的信息：巴塞罗那的未来十分不明朗。

他坐在长椅上，剥开瑞士糖包装纸，随手往嘴里一塞，全心进入甜食的涅槃，视线早已偏离黑夜中的火车轨道。片刻之后，他感觉脚下的地板微微震动，瞥见火车头灯光划开了午夜的黑暗。几分钟后，火车拖曳着一缕蒸汽缓缓进站。

海上涌入的夜雾掠过月台，长途旅行后下了车的旅客顿时陷入海市蜃楼。费尔明观察从面前经过的旅客，细究他们疲惫的神情和讲究的衣服，想象着他们为这座城市带来的变化和形势转折。他开始爱上这个快速检阅陌生人的全新嗜好。

她从白色蒸汽缭绕的车厢走出来，像费尔明最爱的女演员出现在二十世纪黑白银幕上的辉煌场景。这个女人——虽然她顶多不过三十岁，但不能称她为女孩或者小姐那些现在流行的称呼——她略微跛行，一副令人好奇的脆弱模样。

她有张历经风霜的瘦削面容。若要向好友达涅尔形容这名女子，他会说，她看起来就像他在蒙锥克监狱的老战友戴维·马丁的小说中偶在午夜现身的鬼魅天使，尤其像难以形容的珂洛伊——这位曾穿梭在《诅咒之城》系列小说里的女主人公，串联了诡谲的情节，曾让他一头栽进狂热的阅读中欲罢不能，他从书中学会了下毒杀人的繁琐细节，还有精神病患谋杀犯的惊狂激情，以及女性内衣的多变与魅力。他告诉自己，或许在精神和生殖腺都凋萎之前，是该找时间重读那套哥特小说了。

费尔明看着她逐步走近，并与她四目相接。在那一闪即逝的瞬间，他不由得赶紧低下头，任由她从面前走过。费尔明把头埋进大衣里，然后别过头。旅客陆续往出口离去，那个女人也在人群之中。他继续坐在原地，冷得近乎全身颤抖，直到火车站站长走近他。

“先生，今晚不会再有火车进站了，您不能留在这里睡觉啊。”

费尔明点头应允，随即拖着脚步离去。到了车站大厅，他四处张望，却已不见她的踪影，接着他赶紧跑到街上，冷风迎面而来，立即将他带回寒冬的现实。

“阿莉西亚？”他迎风问道，“是你吗？”

费尔明喟叹，接着迈步往阴暗巷弄走去，一路告诉自己，不可能的，刚刚那双眼眸，不可能是多年前烽火漫天的夜晚失散的小女孩的双眼。那个他无力营救的女孩阿莉西亚，应该在那一夜和其他人一样死在战火中了。不会的，就算是复仇女神，也不会有如此残忍的幽默感。

或许是回魂的鬼来提醒他：一个任由无辜幼儿死去的人，根本不值得有后代。上帝的暗示一向深不可测，神父早就说过了。

“这个应该经过科学验证才能成立。”他大声告诉自己，“就跟晨间勃起一样。”

费尔明对于这个以经验为根据的法则深信不疑，他一口气往嘴里塞了两颗瑞士糖，朝着回家的路前进，温暖的床上有贝尔纳达在等着他，他相信，不会有这么凑巧的事情，假以时日，他迟早会解开这个谜团，抑或谜团向他揭开深藏已久的真相。

3

阿莉西亚走向车站出口时，察觉到那个坐在月台入口长椅上的身影，那人在偷偷观望她。一个瘦小的男子，瘦削的脸庞却嵌了个大鼻子，仿佛从戈雅画里走出来的人。他套着尺寸过大的大衣，让人联想到受困在自己壳里的蜗牛。阿莉西亚敢打包票，他的大衣下面一定裹着报纸保暖，或者是为了什么别的用途，这是战后那几年常用的招数。

最简单的方法就是忘了他，并告诉自己，他不过是战后近二十年仍在大城市阴暗角落游荡的孤魂，仍旧企盼重振西班牙往日荣光。最简单的做法就是在她与命运正面交战之前，相信巴塞罗那会给予她几个钟头的平静时光。阿莉西亚挺身走向出口，许久未回头张望，并暗自祈求恶魔，希望他没认出她。那一夜之后，二十年过去了，她已不再是当年那个小女孩。

她在火车站前上了出租车，要求司机载她到阿维尼奥街十二号，说出地址时声音微微颤抖。车子沿着伊莉莎白二世大道驶向拉耶塔纳大道，一路回避频频排放烟雾、电缆火花四溅的电车。阿莉西亚隔着车窗观察阴郁的巴塞罗那街景，那些拱门和尖塔，旧城区的老巷弄、矗立高处的蒙锥克堡遥远的点点灯火。故乡啊！她告诉自己，这就是阴暗的故乡。

时值凌晨，街上车辆稀稀落落，不过五分钟就抵达了目的地。司机让她在阿维尼奥街十二号下车，并再三感谢比车资多了一倍的丰厚小费，随即往港口驶去。阿莉西亚刻意迎着冷风，空气中弥漫这一带特有的气味，巴塞罗那旧城区的味道，连雨水都冲刷不掉。她不禁面露微笑。有时候，不好的记忆也懂得区分场合。

她的旧居离费尔南多街转角仅数步之遥，正对面即是格兰咖啡馆。阿莉西亚伸手在大衣口袋掏钥匙，却听见大门打开的声响，抬头一看，只见门房太太赫苏莎那张笑嘻嘻的脸。

“哎呀，我的老天爷啊！”她激动地扯着大嗓门。

阿莉西亚还没来得及回话，赫苏莎像是套上羽毛围巾似的急忙把她揽进怀里，在她脸上印满亲吻，散发着一股茴香酒味。

“快让我好好看看！”门房太太说着松开了她。

阿莉西亚笑容可掬。“千万别说我太瘦了之类的。”

“这种话通常是男人说的，他们这辈子大概就只有这句话说对了。”

“赫苏莎，真不知道我有多想念您。”

“说得真不害臊。来，我再亲一个！你可不值得我的吻！离开这么久，没回来过，也没打过电话，连一封信也没有……”

赫苏莎·拉沃德塔是战争寡妇，有活九条命的精力和意志。她在这栋公寓当门房已经十五年，栖身于入门玄关尽头的两房小公寓，与她相伴的只有一台固定在罗曼史广播剧频道的收音机，以及她从街上捡回的垂死老狗。她替老狗取名“拿破仑”，但就连走到街角小便它都很难完成，大半时候才走到入口信箱就忍不住撒下一泡尿。为了贴补微薄的门房薪水，她平日也替左邻右舍缝补衣服。这年头多的是嘴巴缺德的人，他们常说赫苏莎这个人，见到茴香酒比看到穿紧身裤的船员还要亢奋，还说有时她一喝起闷酒就会关在小公寓里又哭又叫，把可怜的老狗吓得哀叫。

“快！快进来，外头简直冷死人了。”

阿莉西亚跟随入内。

“莱安德罗先生今早已经打过电话，他说您要回来啦！”

“莱安德罗先生总是那么周到。”

“真是个彬彬有礼的君子。”赫苏莎把他捧得高高在上，“他真会说话，措辞优美……”

这栋房子没有电梯，楼梯的设计似乎是要打消人上楼的念头。赫苏莎在前领路，阿莉西亚拖着行李箱，一级一级地用力踩，一路追着她的脚程。

“我已经开窗通风，还把家里布置了一下，那间屋子是需要好好打理了，费尔南迪托帮我一起整理的，希望您不会介意。他一听到您要回来，高兴得跟什么似的……”

费尔南迪托是赫苏莎的侄子，个性单纯如白纸，就算把他卖了还会帮你数钞票，受困于少年的迷恋之中。不仅如此，上苍作弄之下他一副傻蛋的模样。他和母亲同住在隔壁那栋房子，平日在海鲜食品店当送货员，但绝大部分心力全用来给阿莉西亚写情诗，在他眼里，她结合了茶花女和白雪公主邪恶继母皇后的特质，让人无法抗拒。三年前，阿莉西亚即将离开巴塞罗那之际，费尔南迪托向她告白，宣示了对她永志不渝的爱恋，以及共同生育至少五个孩子的决心，他以天父之名，承诺自己的身体、心灵和所有一切皆属于她，就为了在离别时索取一个吻。

“费尔南迪托，我们差了十岁。你老是胡思乱想这些，这样是不对的。”当时，阿莉西亚一边帮他擦干眼泪，一边开导他。

“阿莉西亚小姐，您为什么不爱我？是不是因为我对您来说不够有男子气概？”

“费尔南迪托，你的男子气概绰绰有余，打败一整支魔鬼军团都没问题，但你应该找个年纪相近的女朋友，再过几年你就会知道我说得没错。我只能跟你当普通朋友。”

费尔南迪托有着年轻拳击手毅力大于天赋的骄傲：无论挨了多少拳，他绝不放弃。

“永远不会有人像我这样爱您的，阿莉西亚，没有任何人像我这样。”

她要搭车前往马德里那天，费尔南迪托受拉丁舞曲广播的启发，身着周日上教堂才穿的西装，脚踏擦得锃亮的皮鞋，现身火车站等待她。他手握一把红玫瑰，可能是花了一整个月薪资买来的，坚持要她收下一封文情并茂的情书，内容连查泰莱夫人看了可能都要脸红。而阿莉西亚看了信只想哭，却不是费尔南迪托渴望的那种喜极而泣。阿莉西亚登上火车并摆脱这位新手情圣之前，费尔南迪托努力鼓足勇气，打算送上十五岁以来便梦寐以求的深情一吻，就算只有昙花一现也满足。

“您摧毁了我的人生，阿莉西亚小姐。”他边说边啜泣，“我可能哭到死。我听说过，这种事情有时候会发生。眼泪流干了，最后主动脉会破裂。我前几天在收音机里听到的。到时候您就会收到讣闻，然后就把我给忘了。”

“费尔南迪托，就算我活到一百岁也不值得你的一滴眼泪。”

“这句话听起来好像是从哪本书上抄来的。”

“没有任何一本书能替你讨公道的，费尔南迪托，除非是一本生物专著。”

“您就这样无情无义地走了。将来有一天，您一个人无依无靠的时候，一定会想念我。”

阿莉西亚在他额上吻了一下。她原本打算亲吻他的双唇，但这样恐怕会要了他的小命。

“我会想念你的，费尔南迪托，好好照顾自己。还有，努力把我忘了吧！”

她们总算爬上阁楼，来到旧居寓所的大门前，阿莉西亚立刻让位。赫苏莎打开门，接着开了灯。

“放心，”门房太太似乎读出了她的心思，“那孩子现在交了一个可爱的女朋友，现在聪明多了，来，请进来。”

阿莉西亚把行李箱往地上一放，走进屋里。赫苏莎在门口等着。玄关的花瓶插着鲜花，屋里弥漫清新宜人的气味。她慢慢巡视了每个房间和走道，仿佛这是初次造访公寓。

她听见背后传来赫苏莎将钥匙放在桌上的声响，接着回到饭厅。赫苏莎微笑望着她。

“一点都不像已经过了三年，对不对？”

“仿佛已经过了三十年……”阿莉西亚这样回应。

“您这次会停留多久？”

“目前还不知道。”

赫苏莎点点头。“好啦！您一定很累了。要吃晚餐的话，厨房里有现成的。费尔南迪托已经帮您把储物柜都填满了。有任何事情的话，您知道我在哪里。”

“非常感谢，赫苏莎。”

门房太太别过头去。“我很高兴您回家了。”

“我也很高兴。”

赫苏莎关上大门后，阿莉西亚听着她的脚步声渐渐消失在下楼的阶梯里。她拉开窗帘，打开窗探头出去。巴塞罗那旧城区绵延无尽的屋宇在底下延伸，大教堂和海上圣母教堂的尖塔矗立在远方。她细心观察阿维尼奥街的动静，看见对面手工帆布鞋店门口阴影下有个人影在那儿吞云吐雾，银卷般的烟雾沿着墙面爬上屋子。阿莉西亚盯着人影好一会儿，最后移开了视线。现在就开始想象威胁的阴影还太早，接下来有的是时间。

她关上窗，虽然没什么胃口，但还是在餐桌旁坐下，吃了点面包夹乳酪，外加一些坚果。接着，她开了餐桌上那瓶系了红色蝴蝶结的白葡萄酒。会花心思考虑这种细节的只有费尔南迪托了，他居然还记得她这个小嗜好。她斟了一杯酒，闭目啜了一口。

“希望这不是下了毒的酒才好。”她自言自语，“祝你健康，费尔南迪托。”

这是一瓶上等好酒。她倒了第二杯，然后在客厅的扶手椅坐下，打开收音机，确定还能使用。她慢慢品尝佩内德斯出产的美酒，没多久就厌倦了一连串的简短报道，这些新闻再三提醒听众，仿佛就怕大家忘了一件事：西班牙是全世界最令人钦羡的阳光国度。她关掉收音机，打算动手整理行李。她把行李箱拖到饭厅中央，在地板上打开。看着箱子里装的东西，她不禁自问，为什么大费周章带来那么多根本不想再穿的衣物和旧东西？她很想把行李箱盖上，请赫苏莎隔天把东西捐给慈善机构。她从行李箱里抽出来两样东西：一把左轮手枪和两盒子弹。这是莱安德罗在她入行第二年送的礼物，阿莉西亚当时即心存疑虑，这把手枪大概有特殊来历，而她的师父却不愿透露。

“这是什么？大将军的炮筒吗？”阿莉西亚发出质疑。

“如果有意见的话，我去弄把女性专用手枪给你，象牙枪柄，加上两支镀金枪管。”莱安德罗回答她。

“这玩意儿要拿来做什么？要我朝着贵宾犬练枪法吗？”

“这是拿来防止任何人朝你开枪的。”

最后，阿莉西亚还是收下了这个笨重的东西，假装默默接受，不可言明的禁忌一概以礼貌性的微笑和缄默隐藏，这样她才得以直视镜中的自己，为了活命自我欺骗。她双手握着手枪，掂了掂重量，接着打开弹夹，确定没有子弹。她小心翼翼将六颗子弹装入弹夹，然后起身走向屋内那面书墙。她不在的这三年，赫苏莎和她的鸡毛掸子大军依旧把书架打点得一尘不染。她抽出《浮士德博士的悲剧》法文译本旁那本真皮装帧的圣经，随手翻开。书的内页被刀子掏空，成了她私藏武器的完美盒子。她把手枪放入《圣经》里，塞回书架上。

“阿门！”她喃喃自语。

她盖上行李箱，进了卧室。刚洗好熨平且飘着香味的床单迎接她，长途火车的劳顿加上酒在血液里发酵，睡意自然涌上。她闭上双眼，聆听街市传来的嘈杂声。

那一夜，阿莉西亚又梦见烽火连天的景象。为了躲避轰炸，她在拉巴尔区的屋宇上一次次纵身跳跃，周遭房屋成了残垣断壁，火柱浓烟四起。成群战机低空掠过，轰炸了正在街巷中逃往防空洞的百姓。她在彩虹剧院街檐口探头一望，瞥见一名妇人带着四名幼儿混在人群中仓皇逃往兰布拉大道，脸上写满惊恐。一阵如雨的炸弹横扫街道，母子五人的身体炸出血窟，肚肠外漏仍勉力奔逃。阿莉西亚紧闭双眼，又一次爆炸。听闻爆炸声之前，她先感受到威力，仿佛在黑暗中被一列火车迎头撞上。一阵锥心之痛在体侧灼烧，火柱把她抛向半空，掉落在天窗上，滚过尖锐热烫的玻璃碎片，穿过天窗破洞，就这样坠入无知的空白。

数秒钟过后，她停止快速下坠，倒在一幢宏伟建筑尖顶的木栅栏杆旁。她努力爬到边缘，往下一望，隐约可见灰暗中有个螺旋状巨型架构。她揉了揉眼睛，仔细张望，灰暗中一道晕光让她松了口气。脚下是一座浩瀚书城，一幢令人难以置信的奇妙建筑。过了半晌，她听见迷宫中一座螺旋梯传来逐渐接近的脚步声，接着瞥见一位头发稀疏的男子在身旁跪下，检视了她身上的伤口。

他把她抱在怀里，穿过一条条隧道、阶梯和天桥，终于来到建筑底层，把她安置在一张床上，并治疗她身上的创伤，在后来的一次次烽火炮击中，他始终拉着她留在鬼门关外。火光从圆顶高处渗入屋内，她终于得以一窥奥秘，这是她未曾见识过的绝妙建筑。一座群书堆砌的殿堂，隐身在前所未见的宏伟建筑内，是个只有梦中才会出现的地方。因为这样的地方只属于另一个世界，母亲露西娅正在那里等着她，那个禁锢她灵魂的地方。

清晨时分，头发稀疏的男子再度抱起她，带她走过鲜血和恶火交织的巴塞罗那街道，最后来到一所孤儿院，院里那位全身沾着烟灰的医生打量着他们，轻轻摇头叹息。

“这是个破碎的娃娃。”语毕，他转身背对他们。

就在这时，一如多次在梦中所见，阿莉西亚看着自己的身体，并认出那烧焦冒烟的木制栅栏上悬挂着切断的绳索。无眼护士们从墙壁里走出来，并从好心人手中抢走了娃娃，拖着她来到一处无边无际的棚厂，此地有其他数以千计和她一样的娃娃，堆积如一座巨大的山丘。他们将她往里面一丢，随即转身离去，一路哈哈大笑着。

4

破晓时分，冬日白银般的朝阳唤醒了她。阿莉西亚睁开双眼，暗忖这大概是她在巴塞罗那第一个也是最后一个自由自在的日子。说不定巴尔加斯当天晚上就会出现。她决定将第一个目标锁定在古斯塔沃·巴塞罗的书店，因为书店所在的费尔南多街就在她公寓附近。她还记得维吉尔针对这位店主所提的建议，以及这位老先生对性感美女的偏好，因此决定好好打扮一番。打开旧衣柜一看，这才发现在她回来之前，赫苏莎已经先把所有衣服都洗烫过，还散发着薰衣草香味。她轻抚五彩缤纷的旧战袍，全都是高档的华丽衣物。她离家期间，大楼换了新的热水锅炉，如今，冲个澡就能让整个家里雾气弥漫。

她裹上印有温莎旅馆字样的浴巾，到饭厅把收音机打开，转到一直播放贝西伯爵音乐的电台。凡能创作如此玄妙爵士乐曲的文化，必有美好未来。来到卧室后，她褪去身上的浴巾，穿上一双高级丝袜，这是她某次出任务时在奢侈品店“灰珍珠”买来犒赏自己的战利品。她套上一双中跟鞋，如果莱安德罗在场，肯定不会认同这个选择，接着，她穿上从未穿过的黑色纯羊毛洋装，一上身便曲线毕露。她慢慢地化妆，细细描画血红色双唇。接着，一如她在这座城市生活过的每一天，她下楼到格兰咖啡馆吃早餐。

米克尔是咖啡馆的资深服务生，这一带就属他最擅长看人，凡见过的人过目不忘。她刚踏进大门，他立刻就认出她，在吧台后方热络地招呼，完全看不出她上次造访已是三年前的事。阿莉西亚挑了靠窗的位子坐下，接着环顾这间古老咖啡馆，此时是大清早，客人都还没上门。无须她开口点餐，米克尔已经端着盘子送上她往常的早餐：一杯牛奶咖啡，两片涂上奶油和草莓果酱的吐司，外加一份仍带着油墨味的《先锋报》。

“您都没忘记啊，米克尔。”

“确实有好一阵子没见到您了，但也没那么久。阿莉西亚小姐，欢迎回来！”

阿莉西亚断断续续地吃着早餐，一边翻阅报纸。她差点都忘了自己是多么喜欢在一日之始浏览《先锋报》关于巴塞罗那寻常生活样貌的各种报道，一边舔着吐司上的草莓果酱，就这样消磨半个钟头，仿佛时间多得用不完。

例行早餐结束后，她走向吧台，柔和的朝阳下，米克尔正把一个个酒杯擦得晶亮。

“多少钱，米克尔？”

“我帮您记在账上了。明天这时候再见喽？”

“希望有这个福气。”

“您今天非常优雅，去参加典礼吗？”

“比那个更隆重，是书籍的盛会。”

5

迎面而来的是典型的巴塞罗那冬日早晨，迷蒙冬阳正适合悠闲散步。古斯塔沃·巴塞罗的书店就在皇家广场拱门对面，距离格兰咖啡馆不过几分钟脚程。阿莉西亚步行前往，沿途尽是拿着扫帚和水管刷洗街道的清洁工。费尔南多街商家林立，虽是卖场，却更像圣殿：银店一样的糖果店、华丽如歌剧院的西服店，至于巴塞罗的书店，堪称一座博物馆，让人想入内一探究竟，甚至会兴起久留长住的欲望。跨入店门前，阿莉西亚驻足半晌，透过橱窗欣赏店内归类分明的玻璃书橱和一排排书架。一进门，她立刻注意到有个穿蓝色工作袍的年轻店员，正站在梯子上清除书架的灰尘。阿莉西亚佯装没看见他，径自往店里走。

“早安！”店员向她打招呼。

阿莉西亚转过头，送上一个足以熔化铁盒的灿烂笑颜。

年轻店员飞快下了梯子，站到柜台后面，抹布还披在肩上。“请问夫人需要什么呢？”

“是小姐。”阿莉西亚纠正他，同时小心翼翼脱下手套。

年轻人晕陶陶地点头。她很讶异这招总能轻易奏效。男人自甘愚蠢，也是美事一桩。

“请问……我可以跟古斯塔沃·巴塞罗先生谈一谈吗？”

“巴塞罗先生目前不在……”

“您知道什么时候能见到他吗？”

“这个……其实巴塞罗先生几乎已经不来店里了，除非跟客户有约。费立博先生是代理人，他到佩德拉比去替一套书籍估价，应该中午就回来了。”

“请问您怎么称呼？”

“在下贝尼托，请多指教。”

“我说，贝尼托，我看您长得聪明伶俐，相信您一定能帮我。”

“请吩咐。”

“是这样的……这件事有点敏感。我急着求见巴塞罗先生，是因为我有个近亲，他是个了不起的收藏家，最近得手一本书，世上仅有的一本，可能有意要出售，因此，他想请巴塞罗先生出面担任中介和顾问，因为他本人不想曝光。”

“我……我懂您的意思。”年轻人结结巴巴地答道。

“我说的那本书保存完好，是《灵魂迷宫》系列中的一本，作者是维克多·马泰克斯。”

年轻人的双眼睁得像两个大圆盘。“您刚刚说的是……马泰克斯？”

阿莉西亚点头。“听过这个名字吗？”

“小姐如果不介意的话，请稍候片刻，我马上去联络巴塞罗先生。”

阿莉西亚报以温婉的笑容。店员随即遁入店铺后的休息室，数秒钟过后，她听见电话拨号盘转动的声音。小门帘后传来店员急切却刻意压低的谈话声。

“巴塞罗先生，很抱歉打扰您……是，我知道现在几点……不不不，我没有这……是的，先生，是，我想请您……不，我是想请问……我当然喜欢我的工作……不是，拜托……几句话就好，真的只要几句话……谢谢。”

年轻店员恢复冷静之后，重新和老板谈起正题。

“店里来了一位小姐，她说手上有一本维克多·马泰克斯的书要卖。”

一阵漫长的静默。

“不不，不是我瞎编的……什么？我不知道她是谁……没，以前没见过，不知道，很年轻，气质优雅，拜托，是真的很……不，我并不觉得每个都……是的，先生，马上就去……”

年轻人现身休息室门口，笑容可掬。“巴塞罗先生问您什么时候方便和他碰面？”

“今天中午过后怎么样？”

年轻人点点头，再度消失了踪影。

“她说今天下午。是的……这我就不知道了。我再去问问……所以我就不必问她……您说的是，先生……是的，我马上去……没有其他问题了，是的，先生……您也一样。”

年轻店员再次出现时，看起来像是大大松了一口气。

“一切都还好吧，贝尼托？”阿莉西亚好奇地问道。

“好极了。还请多包涵……巴塞罗先生是个大好人，但，他有自己的一套做事方式。”

“我不会介意的。”

“他告诉我，如果您没意见，他很乐意今天下午在马术俱乐部和您碰面。他今天会在那里吃午饭，整个下午都待在那儿。您知道在哪里吗？佩雷斯·萨玛尼洛餐厅，就在巴尔梅斯街和对角线大道交会口。”

“我知道那家餐厅。我会跟巴塞罗先生说您帮了大忙。”

“那真是感激不尽。”

阿莉西亚正打算离去时，店员大概想延长访客停留的时间，刻意绕过柜台，想送她到门口。

“真是不可思议……”他略显紧张地主动找话题，“这么多年来，始终没有人看过任何一本《灵魂迷宫》系列，但是在短短一个月内，居然有两个人到我们书店来探听马泰克斯的事。”

阿莉西亚骤然止步。“是吗？另外那个人是谁？”

贝尼托端出严肃的表情，仿佛刚刚提及的是机密。阿莉西亚伸出手，热切地紧抓他的手臂。

"别担心，我们只是私下聊聊而已，纯属好奇。"

年轻店员踌躇不决。阿莉西亚轻轻挨了过去。

"是个马德里来的先生，看来应该是警察。他让我看了证件之类的东西……"贝尼托说。

"他留下姓名了吗？"

贝尼托耸耸肩。"一时想不起来……我会记得这个人是因为他脸上有一道疤。"

阿莉西亚嫣然一笑，把贝尼托逗得更心慌意乱了。

"在右脸颊上吧，那道伤疤……"

年轻人顿时脸色惨白。

"那个人是不是叫作洛马纳？"阿莉西亚问，"里卡多·洛马纳？"

"可、可能是吧……我……我不确定，可是……"

"谢谢。贝尼托，您真是个讨人喜欢的小帅哥。"

年轻店员探头到店门外呼唤她时，阿莉西亚已经走到街头。

"小姐……您还没告诉我芳名怎么称呼？"

阿莉西亚回眸一望，一脸倩笑，这笑容让贝尼托从早到晚回味不绝。

6

拜访过巴塞罗的书店，阿莉西亚在哥特区蜿蜒错综的老街闲逛，目的地是这一天的第二站。她缓步踱着，脑海突然浮现洛马纳这个人，还有他奇怪的失踪事件。事实上，他们的调查重合，她一点儿也不奇怪。这些年来她早有经验，洛马纳和她经常在同一条线索狭路相逢。十之八九都是她抢得先机。唯一值得注意的是这次的案子，巴德拉把任务交派给她时，曾提起洛马纳当时已经着手调查巴利斯收到的匿名信，而查问有关维克多·马泰克斯著作大概是好几周前的事了。洛马纳不是什么好东西，但也不是个笨蛋。往好的方面想，如果连洛马纳都开始调查《灵魂迷宫》系列，那么阿莉西亚可以非常确定自己的直觉是对的。不妙的是，她迟早会再碰见这个人，而他俩碰面时，多半没什么好事。

根据同行流传的小道消息，里卡多·洛马纳是殉职的巴塞罗那秘密警察傅梅洛早年训练出来的徒弟，也是莱安德罗多年来网罗的走狗当中最心狠手辣的一个。在莱安德罗手下做事这些年，阿莉西亚曾几次和洛马纳交手过。上一次碰面是数年前，当时洛马纳喝得烂醉，加上苦追多月的案子被阿莉西亚抢先破案，怒火中烧的他，竟尾随她到西班牙酒店的房门口，信誓旦旦地说，总有一天，当莱安德罗再也无法保护她的时候，他一定会找个最适当的时机和地点，把她吊在天花板上，慢慢用他那一大箱工具伺候她。

“亲爱的，你不是第一个也不会是最后一个莱安德罗找来的高级妓女，等他厌倦你的时候，我会恭候你的大驾。我保证，到时候我们一定会共度一段难忘的时光，尤其是你，这一身细皮嫩肉，正好适合热烫的铁块……”

那次相遇，洛马纳除了自尊大大受挫之外，还不得不请了两周病假，手臂有两道伤口，外加脸颊缝了十八针的刀伤。而阿莉西亚足足失眠了好几周，每天夜里在漆黑中紧盯着旅馆房门，床头柜上摆着左轮手枪，始终怀有不祥预感，总觉得更坏的还在后头。

她决定将洛马纳排除在思绪之外，好好享受她在巴塞罗那街头的第一个早晨。

她顶着朝阳缓步往前，谨慎踏出每一个步伐，驻足观望橱窗时，尽可能不去压迫到臀部。这些年来，她已经学会察觉各种征兆，找出应对方式去回避疼痛，倘若真的免不了，那就尽速止痛。疼痛与她是对战的宿敌，交战多年后，彼此都很清楚双方的能耐，不时挑战对方的极限，但始终遵守游戏规则。即使如此，早晨没穿护具就出门散步，仍让她痛得像全身着了火，她心知肚明，这就是必须付出的代价，就算后悔也无济于事。

此时还不到早上十点，她经过天使门广场，来到圣安娜街，瞥见老旧的森贝雷父子书店橱窗。书店对面有家小咖啡馆，阿莉西亚决定进去找个靠窗位子坐下，休息一会应该能舒服些。

“小姐，喝点什么吗？”服务生一开口就熟络得很，似乎在这里工作了少说二十个年头。

“我要一杯黑咖啡，外加一杯水。”

“自来水还是瓶装矿泉水？”

“推荐哪一种？”

“这就要看您血液里的钙质有多少了。”

“那就瓶装矿泉水吧。请给我原味的。”

“马上来！”

喝完两杯咖啡，半个钟头过后，阿莉西亚发现根本没有人停下脚步好好看一眼书店的橱窗。森贝雷父子的账本大概因长年被遗忘而布满蜘蛛网吧。阿莉西亚突然有股冲动想越过街道，走进那令人愉悦的书香天堂，花光身上所有的钱，但她清楚得很，此刻不宜贸然行动。当下她只能观望。又过了半个钟头，依然毫无动静，阿莉西亚正打算转移阵地时，却看见了他。漫不经心的步伐，思绪已飞到九霄云外，嘴角微扬，神情平静，仿佛具有洞悉世界如何运转的神力。她从未见过他的照片，却在他逐步走向书店大门前一眼认出了他。

达涅尔。

阿莉西亚不自觉地漾起微笑。就在达涅尔正要进入书店时，店门却往外推移，走出一位年轻女子，看来大概不超过二十岁。女子拥有纯洁无瑕的美貌，套用广播剧的说法，仿佛从小说里走出来的人物，美得令人屏息，傻乎乎的纯情男生一见就会爱得不能自拔。她有大家闺秀的纯真和矜持，她的穿着像是羞于展示自己的身材。她就是传说中的贝亚特丽丝，阿莉西亚告诉自己，她是那个周旋在小矮人之间的纯真白雪公主。

贝亚特丽丝踮起脚尖，挺直身子在丈夫唇上吻了一下。纯洁的一吻，嘴唇仅短暂接触。阿莉西亚无法想象贝亚特丽丝闭着双眼激情热吻的模样，甚至被紧紧揽着腰，即使对方是她的丈夫。另一方面，达涅尔的亲吻仍见少男的青涩，早婚的经验尚未教会他如何搂抱一个女人，双手应该往哪里放，如何精进吻功。显然，根本没有人教过他这些事。阿莉西亚收起笑容，暂时抛开脑子里不正经的念头。

“麻烦再给我来一杯白葡萄酒好吗？”她向服务生加点饮料。

街道对面的达涅尔和妻子道别后进入书店。贝亚特丽丝打扮得宜，但看得出经费有限，她走进人群，朝着天使门走去。阿莉西亚暗自推测她的三围，观察她臀部摆动的样子。

“唉，要是我能替你打扮就好了，我的小公主……”她咕哝着。

“小姐，您说什么？”

阿莉西亚转过头看着服务生，他正端着一杯白葡萄酒，眼神夹杂着诧异和疑惑。

“叫什么名字？”她问道。

“您是问我吗？”

阿莉西亚看着又长又宽的吧台，确定此时只有他们两人。

“这里还有别人吗？”

“哦！我叫马赛利诺。”

“过来跟我一起坐一会儿吧，马赛利诺？我不喜欢一个人喝酒。这是骗人的，但有人陪当然最好了。”

服务生猛咽口水。

“想喝点什么？我请客。”阿莉西亚大方邀请他，“来杯啤酒怎么样？”

马赛利诺望着她，表情僵硬。

“过来坐下吧！马赛利诺，我又不会吃人……”

年轻小伙子点点头，随即挨着桌边在她对面坐下。阿莉西亚送上甜美笑容。

“有女朋友吗，马赛利诺？”

服务生猛摇头。

“女孩们真是太没眼光了……可不可以告诉我，这酒吧除了大门，还有别的出口吗？”

“什么意思？”

“就是……这里有没有通往小巷道的后门，或是和房子外面的楼梯相连的出口？”

“有个通往中庭的出口，中庭外面就是贝德雷杨斯街。怎么了？”

“我会这样问是因为，有人在跟踪我。”

马赛利诺往屋外街道看了一眼，立刻提高警觉。“需要帮您打电话报警吗？”

阿莉西亚伸手去摸着服务生的手，服务生差点化为一根盐柱。

“不需要，没那么严重。但我还是喜欢有个隐秘一点的出口，除非会对您造成困扰……”

马赛利诺摇头否认。

“您真是个大好人。说吧……我该怎么报答才好？”

“不用了，这是我们应该做的。”

“真的吗？”

马赛利诺以肯定的神情回应。

“我就说女孩们真是有眼无珠，居然漏掉这么一个好男孩，可惜。对了，这里有电话吗？”

“就在吧台后面。”

“介不介意我借用一下？我必须打一通电话联络公事，但我坚持要付电话费哦。”

“就照您说的吧。”

阿莉西亚走向吧台，看见固定在墙上的一部老旧电话。马赛利诺依旧愣愣地坐在桌边，两眼直盯着她。她拨着电话号码，一边还朝他挥挥手。

“麻烦请巴尔加斯听电话。”

“格里斯小姐？”电话彼端传来意兴阑珊的声音，“长官一直在等您的电话。请稍候。”

她听见话筒落在桌上，接着，有人扯着嗓门叫唤她的搭档。

“巴尔加斯，伊涅丝小姐打来了。”她听见有个警官这样说道，另一人则在一旁哼唱情歌。

“我是巴尔加斯。您好吗？正忙着跳萨达纳舞吗？”

“伊涅丝小姐是谁？”

“同事给您的绰号，我是诱骗伊涅丝的唐璜 。”

“您的同事真是才华横溢。”

“您是不知道，才华横溢的人太多了。怎么样，有事要告诉我吗？”

“我一直在想，您一定很想念我。”

“嗯……我很坚强地挺过来了。”

“您适应得这么好，我感到很欣慰。我还以为您已经在来巴塞罗那的路上了。”

“如果我能做得了主，我希望您能在那一直单打独斗到退休。”

“您的长官怎么说？”

“长官要我开车上路，一天一夜之后明早跟您会合。”

“说到车子，巴利斯失踪案有没有新进展？”

“没有。他的座车被遗弃在……等等，我查一下笔记，那个……瓦维德雷拉的滨海公路。这地方是在巴塞罗那吗？”

“还要再上面一点。”

“再上面一点？往天堂的方向吗？”

“算是吧。现场有巴利斯和司机比森特的相关线索吗？”

“汽车后座有几滴血迹。车内有打斗痕迹，两人行踪不明。”

“还有呢？”

“就这样了。您那边呢？有没有什么事要告诉我？”

“有，就是……我很想念您。”阿莉西亚答道。

“回巴塞罗那这件事显然对您影响不小。您现在人在哪里？参加圣母朝圣活动吗？”

“差不多是这样。此时此刻，我正看着森贝雷父子书店的橱窗。”

“成果丰硕。对了，跟莱安德罗通过电话了吗？”

“还没。怎么了？”

“他一整个早上都在追着我问您的下落。赶快打个电话问候他，否则我快被他逼疯了。”

阿莉西亚叹了口气。“我会的。对了，我需要您帮我一个忙。”

“当然，这根本就是我人生的新目标。”

“有点敏感……”阿莉西亚解释。

“我的专长。”

“我需要您利用总部的资源帮我暗中调查，洛马纳销声匿迹之前都做了些什么。”

“洛马纳？无故失踪的那个？”

“认识他吗？”

“听人家提起过。大家对他没一句好话。我会尽量去查的。”

“就这件事，拜托了。”

巴尔加斯松了口气。“我估计明早到巴塞罗那。您不介意的话，可以一起吃早餐，我顺便向您报告有关洛马纳的调查成果。在我抵达之前，能否别轻举妄动？千万别又捅娄子了。”

“不会的，我保证。”

7

马赛利诺依旧远远观望着她，偶尔露出意乱情迷的眼神，有时则凶狠凌厉地扫视窗外街道，试图找出可疑的跟踪者。阿莉西亚对他眨眨眼，然后竖起食指。

“再打一通就好。”

她拨了直通豪华套房的号码，静候回应。拨通后的第一声铃响，方始即止。他想必坐在电话旁等着，阿莉西亚暗自揣想。

“是我。”她低声说。

“阿莉西亚啊，阿莉西亚……”莱安德罗的语气格外温柔，“我最不喜欢你故意躲着我，你应该知道的。”

“我计划现在打电话的。再怎么样，也不需要找个奶妈一直跟着我。”

“我不懂你的意思。”

“您不是找了个人来跟踪我吗？”

“我若要找人跟踪，也不会找这么差劲的，才第一个早上就被发现了，那是什么人？”

“还不知道……我一直以为是您派来的。”

“不是我。会不会是警察总部那些好朋友派来的？”

“若是如此，那么地方警察单位真是一堆无用之才，居然派这种货色来跟踪我。”

“要找到能胜任这份工作的人可不容易。我问你，你要我打电话叫他们把人撤掉吗？”

阿莉西亚考虑半晌。“其实也没这个必要。我已经想到一个办法了。”

“你别太为难他。我不知道他们派去的是什么人，但很有可能是资历最浅的新人。”

“我这么好对付吗？”

“恰恰相反。在我看来，八成是没有人愿意接受这项任务。”

“您的意思是说……我向来是个不好惹的狠角色吗？”

“就像我一再提醒你的，静观其变最重要。接下来看看事情怎么演变再做打算。你和巴尔加斯通过电话了吗？”

“嗯。”

“所以你已经知道车的情况了。家里的状况都好吗？”

“很好。赫苏莎太太把屋子打扫得一尘不染，衣柜里的衣服呢，连小时候的童装都烫过了。谢谢您处理得这么周到。”

“我希望你什么都不缺。”

“所以才派了巴尔加斯给我吗？”

“应该是上头的安排，或许是巴德拉的主意。跟你说了，那些人对我们不太信任。”

“为什么？”

“你今天有什么计划？”

“我去过书店了。今天下午和人有约，希望他可以跟我聊聊维克多·马泰克斯这个人。”

“你还在追那本书啊……”

“我只是想排除它涉入案情的可能性。”

“你约的那个人，我认识吗？”

“这我就不知道了。他是个书商，名叫古斯塔沃·巴塞罗，知道这个人吗？”

他立刻答了话，但那几乎难以察觉的踌躇，阿莉西亚还是感受到了。

“没听过。有任何调查结果就打给我。如果没有，也还是要打给我。”

阿莉西亚正想反驳，却听见莱安德罗冷不防地挂了电话。她在吧台留下一些零钱，算是付了账单和电话费，接着送上道别的飞吻给马赛利诺。

“刚刚的事情，你知我知，别人问你一概不知。知道吗，马赛利诺？”

服务生猛点头，目送阿莉西亚到直通中庭的后门。中庭旁是散布在建筑间的狭窄走道，往外延伸，连接着巴塞罗那旧城区典型的阴暗巷道，狭窄如神学院学生紧实的臀缝。

窄巷从卡努达街延伸至圣安娜街。阿莉西亚在附近兜了一圈，拐过街角，驻足观察众生百态。有个妇人一手推婴儿车，另一手用力拖着不肯挪步的小男孩，他仿佛鞋子被黏胶固定在地上。穿西装打领带的年轻人在鞋店橱窗外闲逛，余光却飘向一旁穿着丝袜、有说有笑的豆蔻少女。一个当地警察在街道中央漫步，猜疑的目光一路扫视街头动静。就在那儿，那人贴在梁柱墙上，仿佛一张大海报，阿莉西亚一眼就认出那身形矮小的男子，毫不起眼的相貌让人几乎视而不见。他像标本似的杵在那儿吞云吐雾，偶尔神色紧张地张望咖啡馆入口，并不时查看手表。他是个还不坏的人选，她暗想。外表如此普通乏味，连无趣都称不上。阿莉西亚逐步趋前，在他颈后相距数厘米处停下脚步，嘟起双唇，用力吹了一口气。

男子吓了一大跳，差点失衡跌倒。他转过身，一见到阿莉西亚，脸上仅有的血色顿时消失。

“你叫什么名字，亲爱的？”她问。

小个儿男子一时哑了口。他的目光来回闪避，最后不得不正视阿莉西亚。

“如果你敢偷跑，我一定在你肚子上狠狠揍上一拳，听到没？”

“听到了。”男子答道。

“跟你开玩笑的。”阿莉西亚面露微笑，“我不会做这种事情。”

这个可怜家伙穿着一件像是借来的大衣，看起来就像被捕受困的老鼠。对手用人着实大胆，居然派来这样的货色。阿莉西亚一把揪住他的衣领，不动声色地把他拉到一旁的角落。

“你叫什么名字？”

“罗维拉。”他咕哝着。

“昨天晚上在手工帆布鞋店门口的人就是你吧？”

“您怎么知道？”

“绝对不能站在路灯下抽烟。”

罗维拉点头认栽，一边低声咒骂。

“我问你，罗维拉，当警察多久了？”

“明天刚好满两个月，可是，如果长官知道我已经被您发现的话，那就……”

“长官不一定会知道。”

“不会吗？”

“不会的。因为你跟我，罗维拉，我们两人要互相帮忙。你知道该怎么做吗？”

“小姐，我不懂您的意思。”

“不就是顺水推舟吗？还有，叫我阿莉西亚，我们现在是同伙了。”

阿莉西亚在罗维拉大衣口袋里翻找了一会儿，掏出一盒廉价酒吧贩卖的香烟。她点了一根烟，塞进男子双唇间。她让他好好抽上几口，并堆出一脸友善的笑容。

“心情平静一点了吧？”

他点头承认。

“喂，罗维拉，上头为什么非要找你来跟踪我？”

那家伙迟疑了一会儿。

“我无意冒犯您，但其实是……没有人愿意接下这个任务。”

“为什么？”

罗维拉敷衍似的耸耸肩。

“别吞吞吐吐的，你就直说吧！”

“大家说碰见您算是完蛋了。”

“我想也知道。但是，这样的危言耸听显然没把你吓着。”

“最倒霉的是……我根本就没什么选择。”

“你确切的工作内容是什么？”

“躲在远处秘密跟踪您，然后向上级呈报您去了哪里、做了哪些事，但不能让您发现。可是，您看我这下穿帮了。我就说，这差事根本不适合我。”

“那你为什么还去当警察呢？”

“我本来要做的是绘图设计这行，但是我岳父在市警局当组长。”

“啊！原来如此。而且，老婆大人只看得上穿警察制服的男人。”

阿莉西亚端出一脸充满母爱的神情，手搭在罗维拉肩上。

“男人有时就是要拿出魄力，用行动向世人宣示，你站着小便可不只是做做样子。为了让你见识一下自己的能力，我决定给你个机会好好表现，让我和警局长官、你的岳父与老婆大人瞧瞧，家有男子汉，气势如猛兽！”

罗维拉看着她，吓得差点晕了过去。

“现在起，你还是依上级的指示跟踪我，但你我之间的距离绝不能少于一百米，而且，你要设法别让我看见你。当他们问起我去了哪里、做了什么，你就照着我说的回答。”

“可是……这样合法吗？”

“罗维拉，你是个警察。警察说的一切都合法，这件事本来就合法。”

“我不知道……”

“你当然知道。你是当警察的行家，缺的只是自信。”

罗维拉频频眨眼，面露惶惑。“如果我不愿意呢？”

“别这样。老兄，我们正要开始变成好朋友，你如果不愿意，我就去找你那组长岳父，然后告诉他，我看见你趁着教会女校下课时，爬上围墙偷窥，一边打手枪……”

“您不可能做出这种事情的！”

阿莉西亚直盯着他的双眼。“罗维拉，你他妈的根本不知道我能做出什么样的事情。”

男子忍不住哀叹。“您真是个恶毒的坏人！”

阿莉西亚紧抿双唇，一脸威胁恫吓。“我如果决定要跟你耍狠使坏，你马上就会发觉的。明天一大早，在格兰咖啡馆门口等我，到时候我会告诉你一整天的行程。懂吗？”

简短交谈至此，罗维拉似乎已经萎缩了好几厘米，他对她抛出苦苦哀求的眼神。

“您只是在跟我开玩笑吧，对不对？因为我是新人，所以这样取笑我……”

这时阿莉西亚端出莱安德罗的态势，还把他的冷漠眼神模仿得惟妙惟肖。她缓缓摇着头。

“这不是玩笑，这是命令。别搞砸了，祖国和我都指望着你。”

8

二十世纪初期，金钱闻起来仍有一股香气，大笔财富不只是继承的账面数字，而是要向世人展示，一座现代主义风格的宏伟建筑在众声鼓噪中形成，精致工艺混合了虚荣浮夸，一幢高楼赫然在巴塞罗那拔地而起，享受战前和平的美好时代。

这座名为“佩雷斯·萨玛尼洛之家”的建筑，半个世纪来占据巴尔梅斯街和对角线大道交会处，宛若海市蜃楼，又像昭告天下的地标。原本作为私人住宅而兴建，当时的豪门望族大多毫不保留地将自家展现在世人面前，大片落地窗内，黄铜柔光映照巴黎风格庭院的曲折铺石小径，街上来往的众生大方浏览屋内的阶梯、厅堂和枝形琉璃吊灯。阿莉西亚始终觉得这地方像个大鱼缸，人们透过玻璃看尽屋内充满异国风情、梦寐以求的生活方式。

多年前起，这幢富裕的堡垒早已不作私人住宅之用，而是变成了巴塞罗那本地的马术俱乐部，上流人士在这个高墙围起来的优雅机构里得以避开普通人的汗臭味，虽然他们的祖先是靠着这些人积累财富的。善于观察此类上流轶事的莱安德罗常说，解决了饮食和居住问题之后，人类接下来的首要需求，便是寻自己优于同类、与众不同的理由，并且利用自己的资源表现这一点。马术俱乐部看来就是为此成立的，阿莉西亚怀疑，如果以前莱安德罗没去马德里，这一间间以上等木材打造的沙龙，就是他表演的绝佳舞台。

一名制服笔挺的员工守在俱乐部入口，恭敬地替她拉开铁门。玄关立着闪亮的乐谱架，后方有个面容干瘦的制服男子，把她从头到脚打量了好几遍之后，总算露出和善的笑容。

“您好。”阿莉西亚说明来意，“我和古斯塔沃·巴塞罗先生有约。”

员工低头看着乐谱架上的预约表，假装研究了好一会儿，却让人一眼就看出他在装腔作势。

“尊姓大名？”

“薇若妮卡·赖兰思。”

“女士请跟我来……”

接待员带她走过堂皇的宅邸内部。她经过时，俱乐部会员无不暂停交谈，对她抛出惊讶的眼神，有些人的目光甚至不怀善意。总之，这并非女性访客该来之处，豪门贵族在此，无非是想展现老派的男子气概。因自己受到的注目，阿莉西亚一概回以礼貌性微笑。最后他们来到一间阅览室，室内一大片落地窗，窗外就是对角线大道。他就坐在窗边气派的扶手椅上，啜着鱼缸似的酒杯里香醇的白兰地，这位长相奇特的绅士蓄着威严的八字胡，一身三件式西装，外加公子哥儿派头的皮鞋。接待员在相隔数米处停下脚步，挂着羞怯的微笑。

“巴塞罗先生，您的客人到了……”

古斯塔沃·巴塞罗，巴塞罗那书店同行敬重的耆老，勤于研究所有女性相关事物及其服装，一见来客，马上起身迎接，热络恭敬地行礼致意。

“在下古斯塔沃·巴塞罗，请多指教。”

阿莉西亚伸出手来，老书商随即轻轻吻了一下，仿佛那是教皇的手。他慢条斯理地行了吻手礼，其实是借机观察对方的手，大概连手套尺寸都逃不过他的眼睛。

“我是薇若妮卡·赖兰思。”

“赖兰思是您那位收藏家亲戚的姓氏吗？”

阿莉西亚暗想，她一踏出书店，贝尼托肯定马上打电话给巴塞罗，一五一十报告了所有细节。

“不是，赖兰思是婚后冠的夫姓。”

“这样啊，事前先稍微了解一下……我知道了。来，您请坐！”

阿莉西亚在巴塞罗对面的扶手椅坐下，闲适地欣赏屋内特有的贵族氛围。

“欢迎光临老旧陈腐的富人窝！这里除了新富阶级，还有豪门女婿，娶了富贵名门的女儿，一跃就进了龙门。”巴塞罗一边说着，一边目光紧跟着她的视线。

“您不是这里的会员吗？”

“多年来，由于道德洁癖，我一直拒绝入会，但这些年来形势所逼，我不得不屈服于这座城市的现实，只能随波逐流。”

“但是入会一定也有好处。”

“当然。这里能认识许多大有来头的人物，这些人一心想把继承的大笔遗产花在他们不懂也不需要的事物上，这里可以打破您对自封的精英的浪漫想象。白兰地很不错，更是研究社会考古学的最佳所在。巴塞罗那居民超过百万，但是关键时刻能够解决问题的不到四百个。这座城市门路封闭，一切取决于谁拥有钥匙、要替谁开这扇门，以及站在门槛另一边等着的是谁……不过，我想这些对您都不是什么新鲜事了吧？赖兰思太太，不好意思，尽让您听我这老书商大放厥词，说些过时的道义陈词，要不要喝点什么？”

阿莉西亚摇头婉拒。

“那倒也是，您想进入正题了吧？”

“如果您不介意的话。”

“当然不会，我也正有此意。您把书带来了吗？”

阿莉西亚从皮包里掏出用丝巾包裹的《阿里亚娜与红衣王子》，交给他。巴塞罗双手接过书本，立刻轻抚着封面，眼神发亮，嘴角上扬。

“《灵魂迷宫》系列啊……”他咕哝着，“我想您大概不会告诉我这本书是怎么得手的。”

“书本的主人希望能保守这个秘密。”

“我了解。容我稍微看看……”

巴塞罗打开书本，缓缓翻着书页，一脸津津有味，高兴得像是得到绝无仅有的宝贵礼物。阿莉西亚甚至怀疑，这位书商恐怕已经忘了她，就这样一头栽进小说里，突然，他停止翻阅，抬起头对她抛出询问的眼神。

“请恕我冒昧，赖兰思太太，但说实话，我真的不懂，为什么有人，而且本身还是收藏家，竟想脱手这样的宝物……”

“您认为很难找到买家吗？”

“当然不会。只要给我一台电话，二十分钟内就能向您介绍至少五个买家，而且出的都是高价，但要扣掉一成的佣金。总之，找买家根本不是问题。”

“那么，巴塞罗先生，若您不介意，能否请问……问题出在哪里呢？”

巴塞罗将白兰地一饮而尽。“问题在于，您是真的想卖掉这本书吗，赖兰思太太……”他讽刺地刻意拖长她的化名。

阿莉西亚只能尴尬地陪笑。巴塞罗对她点了点头。

“您不需要回答，也不用告诉我真名。”

“我叫阿莉西亚。”

“哦？您知道《灵魂迷宫》系列小说的主角命名阿里亚娜，是为了向刘易斯·卡罗尔作品中的另一位爱丽丝致敬，而所谓的仙境，在这一系列小说里就是巴塞罗那……”

阿莉西亚佯装惊讶，缓缓摇头否认。

“系列第一部作品描述阿里亚娜在家中阁楼找到一本魔法

书，她和父母一直住在瓦维德雷拉的庄园，但在一个雷雨交加的诡谲之夜，父母却无故失踪了。她始终相信，只要能驱除黑暗中的邪魔，就能找到父母的下落，于是她在不自觉中开启了介于巴塞罗那与其反照影像间的那一扇门，那些影像反映出城市可憎的样貌。一座明镜之城……地面在她脚下裂开，阿里亚娜失足坠入无止境的螺旋梯，掉入黑暗深渊里的另一个巴塞罗那，一座幽灵迷宫，这是红衣王子打造的地狱，无数不幸的灵魂在此游荡，阿里亚娜试图拯救这些可怜的灵魂，并找寻失踪的父母……”

“阿里亚娜最后找到父母了吗？有没有被她拯救过的灵魂呢?”

“可惜都没有，但她努力尝试过了。某种程度上，她也是个英雄式的人物，只是，她和红衣王子交手多次，多少也反映了她自己邪恶阴暗的身份，也叫作堕落天使……”

“听起来是个不错的故事。”

“确实如此。我说，阿莉西亚，您从事的工作，大概也是要下地狱去找出问题所在吧？”

“为什么一定非得找出问题不可呢？”

“因为……我们店里那个傻小子贝尼托一定跟您提过，不久前，书店来了个长得像屠夫的特务，他也提出了类似的问题，我总觉得，两位大概彼此认识。”

“您提到的人名叫里卡多·洛马纳，而且，您的推测是对的。”

“我这个人从来没有走偏过。小姐，问题在于有时眼前会同时出现好几条路。”

“洛马纳究竟找您问了些什么？”

“他想知道最近是否有人买了马泰克斯的书，无论是在拍卖场、私底下，或是在国际市场上成交。”

“他没向您问起维克多·马泰克斯这个人吗？”

“洛马纳先生不太像是个文学爱好者，不过我倒觉得，他对马泰克斯已经有足够的了解。”

“您当时对他说了什么？”

“我提供给他的讯息是，自从七年前起，有个收藏家持续收购一九三九年未遭销毁的所有《灵魂迷宫》系列书籍。”

“市面上所有马泰克斯的书都被同一个人买走了？”

巴塞罗点头。“除了您那本之外。”

“请问这位收藏家是谁？”

“我也不知道。”

“但是您刚刚说，您给了洛马纳一些讯息……”

“我跟他说的是代理律师的讯息，所有交易都由这位律师以他的名义完成，此人名叫布里安，费尔南多·布里安。”

“巴塞罗先生，您跟布里安律师有来往吗？”

“顶多跟他交谈过一两次。电话里的简短交谈。很严肃的一个人。”

“当时跟他谈的是马泰克斯书籍的事吗？”

巴塞罗面露肯定的神情。

“巴塞罗先生，关于马泰克斯这个人，您知道什么？”

“我所知有限。他当年多半靠画插图维生，在出版界奸商巴利多与艾斯科比亚出版社出了几本小说之后，开始创作《灵魂迷宫》系列，平日隐居在沿海公路旁的房子，地点介于瓦维德雷拉和法柏拉观测站之间，他之所以深居简出，是因为妻子罹患某种罕见疾病，他不能也不想把她单独留在家里。大致就是这些了。最后，他在一九三九年巴塞罗那沦陷时失踪了。”

“还有哪里可以查到关于他的资料？”

“恐怕很难。我想，唯一能帮上忙的人大概是比拉华纳。塞尔希奥·比拉华纳，他是个新闻记者兼作家，认识马泰克斯本人。他是我们书店的常客，对这些议题相当熟悉。我记得他说过正在写一本书，关于马泰克斯与他那一代在战后失踪的巴塞罗那不幸作家……”

“除了他还有别人啊？”

“不幸的作家吗？这是本地特产，就跟大蒜蛋黄酱一样。”

“哪里可以找到这位先生？”

“试试《先锋报》编辑部。不过，请容我给您一个忠告：这回最好编个比神秘收藏家亲戚更好的故事，比拉华纳可不是容易应付的大傻瓜。”

“有什么好建议吗？”

“引诱他。”

阿莉西亚一脸坏笑。

“干脆把书当筹码。如果他真的对马泰克斯感兴趣，我就不相信他不想看看这本书。这年头，找到一本马泰克斯的书，就跟碰到一个有诚信的大人物一样难。”

“谢谢忠告，巴塞罗先生。您真的帮了我大忙。这次会面，能否请您保守秘密？”

“放心。保守秘密能让我保持年轻，另一个秘诀是昂贵的白兰地。”

阿莉西亚用丝巾把书包好，放回皮包里。她趁机顺手拿起口红，旁若无人地补上唇膏，这一幕，巴塞罗看得痴迷，甚至有些微蠢动。

“看起来怎么样？”阿莉西亚问道。

“漂亮极了。”

她站起来穿上大衣。

“阿莉西亚，您到底是谁？”

“一个堕落天使。”她答道，同时伸出手来，对他眨了眼。

“那您还真是来对地方了。”

巴塞罗握住她的手，目送她往出口方向离开。他坐回扶手椅，若有所思地呆望手上那杯几乎见底的白兰地。过了半晌，他望着她的倩影掠过落地窗前。暮霭染红了巴塞罗那的浮云，夕阳映照对角线大道人行道上熙来攘往的人群，车阵仿佛一滴滴烧红的金属泪珠。巴塞罗目光锁定那个逐渐远离的红色大衣身影，直到阿莉西亚在城市的幽暗中蒸发。

9

那天傍晚，离开了善饮白兰地且善于洞察人心的巴塞罗，阿莉西亚沿着加泰罗尼亚大道漫步回家，路上的奢华商店已点亮橱窗灯光。回想当年，她学习观察那些店家，以及经常光顾的贵客，有头有脸的上流人士在盛装的外表之下，满怀着贪婪和猜疑。

她忆起当时抢劫店铺后扬长而去的情景，现场留下惊声尖叫的店员和顾客，还有被跟踪时的紧绷激动，脱身后尝到复仇的快感、正义的激情，总觉得自己从那些自认能拥有一切美好事物的人们身上掠夺了一些东西。那天，她的抢匪生涯在拉耶塔纳大道警局地下室潮湿阴暗的密室里画下了句点。那个没有窗户的地窖，只摆了一张固定在地上的铁桌和两张椅子。一条阴沟划过密室正中央，地板湿漉漉。扑鼻臭味混杂了粪便、血腥和清洁剂的气味。逮捕她的两名警察用手铐脚镣把她束缚在椅子上，就这样关在暗室里，让她不禁想象接下来可能上演的惨剧。

“傅梅洛如果知道这里有个这么嫩的婊子，一定乐死了。他会让你脱胎换骨的。”

阿莉西亚对傅梅洛早有耳闻。街头小混混常聊起此人，还有他在地牢里把人行刑致死的传闻，就在警局地下密室这种地方。她不知道自己是因为寒冷还是恐惧而颤抖，如此熬过好几个钟头，直到那扇铁门打开，传来人声和脚步声，她紧闭双眼，感受到尿液沿着小腿往下流。

“眼睛张开。”有人这样对她说。

这个男子中等身材，方正的脸庞仿佛地方公证人，他对着泪眼婆娑的她露出亲切笑容。房里没有其他人。这家伙衣冠楚楚，一身柠檬味的古龙水香气，不发一语地盯着她看了好一会儿，接着他缓缓绕过铁桌，在她背后驻足。阿莉西亚紧抿双唇，努力压抑着已到嘴边的惊恐呐喊，觉得喉咙像着了火，就在这时，男子那双手落在她肩上，凑近她左耳畔低语：

“别害怕，阿莉西亚。”

她突然涌现一股强烈的不安，困在椅子上不断颤抖。她感受到男子那双手从她的背部往下滑，接着，她发现折磨手腕的压迫感解除了。迟疑数秒钟，她终于恍然大悟，掳获她的男子已经解开了她的手铐。她的四肢血液循环逐渐恢复正常，疼痛也随之而来。男子执起她的双手，轻轻放在桌上。他在她身旁坐了下来，开始替她按摩手腕。

“我是莱安德罗。”男子说道，“觉得好一点了吗？”

阿莉西亚点点头。莱安德罗面露微笑，放开了她的双手。

“现在我要帮你解开脚踝上的脚镣。你会觉得有点痛。不过，在此之前，我先把话说清楚了，你不会乱来吧？”

她摇头回应。

“没有人会伤害你的。”莱安德罗边说边帮她解开脚镣。

行动重获自由后，阿莉西亚从椅子上起身，缩在房间角落。男子视线落在椅脚旁那摊尿液上。

“很抱歉，阿莉西亚。”

“您到底想干什么？”

“我不想干什么，只是想聊一聊而已。”

“聊什么？”

“你过去两年的雇主，巴尔塔萨·鲁阿诺。”

“我又没欠他任何东西。”

“我知道。只是想让你知道，鲁阿诺已经被捕了，你的大部分同伙也一起落网了。”

阿莉西亚面露疑虑瞪着他。“警方会怎么处置他？”

莱安德罗耸耸肩。“鲁阿诺这辈子已经完了。经过长时间审讯，他已经全部认罪，现在就等着被处死吧。大概这几天就会执行。对你来说，这是好消息。”

阿莉西亚不由得猛吞口水。“其他人呢？”

“几乎都是未成年的小鬼头，大概不是送进劳教所，就是去坐牢。这样还算是运气好。最倒霉的是那些重回街头鬼混的，恐怕也活不了多久了。”

“那我呢？”

“看情况。”

“看什么情况？”

“看你自己。”

“我不懂。”

“我希望你在我手下做事。”

阿莉西亚不发一语望着他。莱安德罗闲适地坐在椅子上，面带微笑注视着她。

“我已经观察你很久了，阿莉西亚。我觉得你有天赋。”

“什么天赋？”

“学习的天赋。”

“学习什么？”

“生存。还有，你的长处不应该只用在替鲁阿诺这种不值一提的罪犯填满口袋。”

“您到底是谁？”

“我是莱安德罗。”

“警察吗？”

“算是吧，你就当我是个朋友就对了。”

“我没有朋友。”

“每个人都有朋友，问题是要懂得如何去找。我现在提供你一个机会，接下来十二个月，你在我手下做事，回馈是一个舒适的住处和一份优渥的薪水。期满后，你如果不想干了，随时可以走人。”

“如果我现在就想离开呢？”

莱安德罗指着房门。“你若真的想走，那就请便。回到街头混日子吧！”

阿莉西亚目光停驻在房门上。莱安德罗起身打开门，接着坐回椅子，并刻意腾出一条出路。

“你如果决定要走出这扇门，没人会拦你。但是，我提供给你的机会只在这里。”

她往房门走近几步。莱安德罗丝毫无意上前挡住她。

“如果我打算留下来呢？”

“如果你决定投给我信任的一票，首先，你可以好好洗个热水澡，换上一套新衣服，然后到七扇门餐厅去吃顿丰盛的晚餐。你去过那里吗？”

“没去过。”

“那里的墨鱼饭简直是极品佳肴。”

阿莉西亚饥饿的肚子不由自主地咕噜叫。“然后呢？”

“然后你会搬到新的住处，拥有属于自己的房间和浴室，可以在自己的床上裹着干净的床单休息、睡觉。慢慢来，明天我再去找你，带你去我的办公室，好好跟你解释工作内容。”

“为何不现在就告诉我？”

“这么说吧……我的工作是解决问题，以及对付鲁阿诺这种罪犯或其他更棘手的犯罪分子。必须除掉这些人，不能让他们对任何人造成伤害。但我最重要的任务还是发掘优秀人才，就像你这种，不知道自己是可塑之才，我的工作就是教他们如何发展成才，让他们帮助别人。”

“帮助别人……”阿莉西亚冷冷地复述。

“这世界并不像你所经历过的那样善恶不分，阿莉西亚。这世界就像一面镜子的反照，有什么样的人就有什么样的世界，所以，我们绝不能浑噩度日。像你我这样别具天赋的人，有责任利用它为善助人。我的长处是发掘人才，并指引他们在必要时做出最好的决定。”

“我没有天赋。什么才能都没有……”

“你当然有天赋！相信我，最重要的是你要相信自己，阿莉西亚。因为……只要你愿意，从今天起，你将会重拾被剥夺的人生，而且，只要你给我机会，我也会把机会还给你的。”

莱安德罗挂着温暖的笑容，阿莉西亚顿时兴起一股尴尬而痛苦的冲动，竟想上前去拥抱他。男子向她伸出手。阿莉西亚往前踩了一步又一步，走过整个房间，来到他面前。她握住那个陌生人的手，在他的注视下茫然若失。

“谢谢你，阿莉西亚。我保证，你一定不会后悔的。”

多年前的这段对话，已随着时光渐渐消音。刺痛开始张牙舞爪，阿莉西亚不得不放慢脚步。她知道一离开马术俱乐部，就有人一直在后面跟着。她可以感受到那人的存在，他的目光从远处一路盯着，伺机前进。到了罗塞利翁街口，她驻足红绿灯旁，回头张望，漫不经心地扫视背后的街道，查看兰布拉大道散步的数十位行人，个个精心打扮，刻意招摇一身彰显身份和地位的行头。她希望跟踪者是那个可怜虫罗维拉，但她始终怀疑，那个熟练地隐身在三十米外的门廊下，或若无其事地混进人群里监视她的人，会不会是洛马纳？暗中观察她的举动，紧跟着她不放，插在大衣口袋里的手急切地抚着暗藏的尖刀，那是他长久以来为她预留的。过了前方的街区，她瞥见茅利蛋糕店的橱窗摆满巧手制作的甜点，等着抚慰有钱贵妇的深秋抑郁。她再次回头查看，决定进蛋糕店歇息片刻。

神情严谨单纯的年轻女孩领她到窗边坐下。在她的印象中，茅利蛋糕店向来是有一定年龄和地位的女人喜欢的地方，品尝上等洋甘菊茶和充满罪恶感的甜点。那天下午，店里聚集的顾客完全如她预测，阿莉西亚努力让自己融入其中，于是点了一杯牛奶咖啡，以及一进门就瞥见牌子上写了名称的鲜奶油夹心焦糖蛋糕。等候送餐期间，她堆起客套的微笑，虚应邻桌几位佩戴炫目珠宝的贵妇投射过来的犀利目光，并暗自解读了贵妇们以近乎“唇语”的极低音量对她的非议，得到的结论是：如果她们可以剥下我的皮制成面具，她们会非常乐意的。

甜点一上桌，阿莉西亚立刻大快朵颐，蛋糕不过几秒钟就去了大半，糖分在血液里起了作用。她从皮包里掏出莱安德罗在阿托查车站送行时塞给她的药瓶，打开瓶盖，拿出一颗药丸，摊在手掌上细看半晌，臀部出现的新一波刺痛让她下定决心，吞下药丸后，她喝了一大口牛奶咖啡，吃完剩下的甜点，以食物先垫垫胃。她待了大约半小时，默默望着街上的人潮，等待药效发挥作用。她感受到疼痛趋缓，取而代之的是全身疲惫，这时候，她赶紧起身结账。

她在蛋糕店前的街边拦了一辆出租车，一上车就给了地址。司机很健谈，一大半时间都是他在唱独角戏，阿莉西亚微微点头回应。药物副作用让她全身发冷，车窗外的万家灯火全糊成了一片水彩漫淹的抽象图腾。行驶中的车水马龙仿佛远在天边。

“您还好吧？”出租车司机在阿维尼奥街的公寓大门口停车。

她点头回应，付了车资，没等找零就下了车。司机不放心她，一直等到她把钥匙插入锁孔才驶离。阿莉西亚不想在此时碰见赫苏莎或其他热心的邻居，久别重逢，免不了要聊上一阵子。她轻踩脚步，在黑暗和眩晕的夹攻之下，慢慢爬上仿佛永无尽头的楼梯，总算到了家门口，并奇迹似的开了锁，进了屋子。

踏入家门，她再度掏出药瓶，抖着手捏出两颗药丸。她随手把皮包丢在脚边，往餐桌走去。费尔南迪托帮她买来的那瓶白葡萄酒还在。她用白葡萄酒填满杯子，甚至溢了出来，接着单手扶着桌沿，一口气吞了两颗药丸，喝光满满一杯酒，并举起空杯向远方的莱安德罗致敬，也敬他再三的告诫“尤其不能喝酒服用”。

她踉跄走向卧室，脱了衣物随手往地上丢，连电灯都懒得开就倒在床上，好不容易才拉起被子盖住身体。大教堂的钟声在远方回荡，一身疲惫的阿莉西亚，随即合上了沉重的眼皮。

10

梦里，出现一个无脸陌生人，漆黑身影仿佛和卧室天花板滴落的液态阴影融成一片。起初，她以为自己看到他静立在床尾看着自己，接着却发现他坐在床沿，掀起了盖在她身上的被子。她突觉一股寒意。陌生人不疾不徐地脱下黑色手套。他的手指冰凉，阿莉西亚感到他触摸了她裸露的腹部，找寻着她右臂的伤疤。陌生人的双手探索着突起的疮疤，双唇紧贴着她的胴体。舌头的温热触感抚过疤痕时，她不禁涌上恶心作呕的不适。直到听见脚步声在走道上逐渐悠远，她才意识到自己不是一个人。

她在黑暗中摸索，终于找到开关，打开床头夜灯。灯光太刺眼，她只好以手遮眼。她听见脚步声从饭厅传来，接着是大门关上的声响。她再度睁开双眼，发现自己一丝不挂躺在床上，被子堆放在地上。她缓缓坐起身，双手扶着头部，突然一阵眩晕袭来，片刻之后又消失了。

“赫苏莎？”她以沙哑的嗓音叫唤着。

她从地上捡起一条床单裹住身体，摸黑在走道上扶墙前进。几个小时前扔在地上的衣物居然都不见了。饭厅陷入钢青色的幽暗，家具和书架罩着窗外洒入的蓝光。她找到开关，点亮天花板的吊灯。双眼瞳孔逐渐在光亮中对了焦。看清眼前的景象之后，思绪随即被恐惧占满，画面缓缓进入她的视线，仿佛透过失焦的镜头凝视面前的一切。

她的衣物叠放在餐桌上，红色大衣挂在椅背上，洋装整齐地摆在桌面。仔细摊放的丝袜，袜头以细针固定，内衣裤平放在餐桌，就像内衣店展示橱窗的摆法。阿莉西亚再度感到恶心作呕。她走近书架旁，抽出架上的《圣经》，取出暗藏在书内的手枪。取枪的那一刹那，内部挖空的书本从她手中滑落，正好掉在脚边。她扳开左轮手枪击锤，双手高举枪支。

她的视线停在吊挂于椅背的皮包。她记得自己一进门就把皮包扔在地上。她走近皮包，看见包盖紧紧扣着，打开来一看，寒颤蹿流全身。她再次将皮包随地一丢，自顾自地咒骂。那本马泰克斯的小说已经不翼而飞。

她在阴暗中度过接下来的漫漫长夜，蜷缩在沙发一角，双手握着手枪，目光紧盯着大门，整夜聆听老旧建筑发出的呻吟，仿佛一艘漂流汪洋的大船。当她的眼皮开始不听使唤地往下掉，晨曦惊醒了她。她站起身，凝视映在玻璃窗上的自己。窗外，一片紫色卷云悬在天际，映出市区屋宇和塔楼间隙的一道又一道阴影。她探头出去张望，发现临街的格兰咖啡馆灯火通明。巴塞罗那连休息一天的机会都不给她。

“欢迎回家！”她喃喃自语。

11

巴尔加斯在格兰咖啡馆等她，一边轻轻抚摸冒着热气的咖啡杯，同时积极演练讨好的笑容，打算迎接她的时候派上用场。阿莉西亚一踏出楼下大门，就瞥见他的身影重叠倒映在咖啡馆的玻璃窗上。警官选了她前一天早上用餐的位子，摆在桌上的显然是丰盛早餐的残余，外加几份报纸。阿莉西亚过街来到咖啡馆门口，用力深呼吸后才打开店门。一见她进来，巴尔加斯立刻起身，神色紧张地对她挥手。她招手回应他，并走近桌边，同时对米克尔做了个手势，要他照着老样子帮她准备早餐。服务生立即点点头。

“这趟旅程怎么样？”阿莉西亚问道。

“很漫长。”

等她坐定，巴尔加斯也坐了下来。两人面面相觑，一语不发。他蹙眉盯着她，一头雾水。

“怎么了？”阿莉西亚没好气地问。

“我本来以为会听到几句脏话，或是具有您个人风格的迎接方式。”巴尔加斯随口应道。

阿莉西亚耸了耸肩。

“如果我笨一点，八成会觉得您很高兴看到我。”巴尔加斯继续耍嘴皮子。

她脸上浮起淡淡一笑。“您太夸张了。”

“您把我吓坏了，阿莉西亚，发生什么事了吗？”

米克尔小心翼翼走近桌边，手中托盘放着阿莉西亚的烤吐司和牛奶咖啡。她对他点头示意，服务生随即识相地回到吧台后方。阿莉西亚拿起烤吐司，勉强咬了一口。巴尔加斯忧心忡忡望着她。

“到底怎么了？”他等得不耐烦，忍不住追问。

阿莉西亚大致交代了这一天的行程，还有前一晚发生的事。她滔滔不绝地叙述，巴尔加斯的神情也渐渐严肃起来。她提到自己一整夜握着左轮手枪直到天亮，连续几个钟头盯着房门，就怕有人又闯进来。巴尔加斯听了直摇头。

“有些事我实在想不通。您刚刚说，有个男人趁您睡觉的时候闯进来把书偷走了。”

“嗯，是哪里想不通？”

“您怎么知道进来的是个男的？”

“因为我就是知道。”

“既然这样，您根本没睡着。”

“我吃了药，当时药性发作了。刚刚就跟您说过。”

“还有什么没跟我说的吗？”

“跟您无关的事不必说。”

“那个人有没有对您怎么样？”

“没有。”

巴尔加斯不可置信地看着她。“我刚刚等您的时候，您的好友米克尔说我可以住在他们楼上的小阁楼，一看出去就是您的公寓。我等等就请他把行李拿上去，并预付接下来几周的租金。”

“您不需要待在这里，巴尔加斯，去找个舒服的旅馆住吧。反正是莱安德罗付钱。”

“我要么住这里的阁楼，要么就睡您家的沙发。自己选吧。”

阿莉西亚无奈地叹了口气，根本提不起劲和他争执。

“您从来没跟我说过您有枪……”巴尔加斯说。

“您又没问我。”

“知道手枪怎么用吗？”

阿莉西亚狠狠瞪了他一眼。

“我可不是只有工作的时候才拿枪来对付坏人。”这位资深警官继续说，“无论是在家或出门，请务必枪不离身。”

“是，遵命。请问，调查洛马纳这件事有进展吗？”

“高层主管都拒绝回应。我的感觉是……他们对他一无所知。至于在警界流传的版本，我想您应该听说过了。差不多一年前，他从原职被调走，秘密参与巴利斯的案子。他已经着手办案。我猜巴德拉大概也提过此事。后来，他突然放手这件案子，接着就失踪了。您跟他有什么过节吗？”

“没有。”

巴尔加斯皱着眉头。“您该不会在想……昨天晚上闯进家里偷书，甚至做了其他您不愿意告诉我的事情的这个不速之客可能就是他？”

“全都说中了。”

巴尔加斯斜眼望着她。“吃那个药……是因为身上的旧伤吗？”

“不是，我高兴吃就吃。巴尔加斯，您今年几岁？”

他挑起眉梢，大吃一惊。

“大概您的年纪乘以二，只是我宁可不去想这个问题。为什么要问？”

“您该不会自以为年纪已经大到可以当我爸了吧。”

“我才不想当您的老爸。”

“真可惜。”阿莉西亚说。

“别假惺惺了，您不适合这一套。”

“莱安德罗也这样说。”

“我想也是。这段温情插曲可以告一段落了，能告诉我今天有什么计划吗？”

阿莉西亚一口气把咖啡喝完，随即招手又点了一杯。

“知道吗，除了咖啡因和香烟，人体还需要碳水化合物和蛋白质之类的东西。”

“我保证，今天中午我们一定去莱奥波尔多之家吃顿大餐，您请客。”

“好极了！午餐之前呢？”

“午餐之前，我们得先去跟我的私人间谍碰面，老实的罗维拉。”

“罗维拉？谁啊？”

于是，阿莉西亚简短叙述了前一天遇见罗维拉的经过。

“他现在应该就在外头，八成快冻死了。”

“他活该。”巴尔加斯说，“那么，跟您的小学徒交代完事情之后呢？”

“我已经想过了，我们可以去拜访一个律师，费尔南多·布里安。”

巴尔加斯意兴阑珊地点点头。“这位又是谁？”

“布里安是一个收藏家的代理人，这位收藏家多年来持续收购维克多·马泰克斯的书。”

“还在忙那本书的事？说了您别生气，可是……不觉得我们去警局看看巴利斯从马德里开来的那辆车比较有意义吗？这是与此案直接相关的物证。”

“有时间再去吧。”

“抱歉，阿莉西亚，趁着部长先生可能还活着，我们是不是应该全力寻找他的下落？”

“去看那辆车只会浪费时间。”阿莉西亚下了结论。

“浪费您的时间，还是我的时间？”

“是巴利斯的时间。不过，如果这样能让您安心一点，那就去看看吧！这次您赢了。就照您的意思去做。”

“谢了。”

12

罗维拉遵守承诺，在街上苦等，一边打着哆嗦，满脸愁闷，仿佛在诅咒自己来到这个世界的每一天。这个间谍小学徒的身形似乎比前一天萎缩了十厘米。焦虑的面容勉强挤出苦笑，神情就像个早期的胃溃疡患者。无须阿莉西亚指点，巴尔加斯一眼就认出了他。

“那个就是王牌间谍吧？”

“就是他。”

罗维拉一听见有人走近，视线立刻上扬。见到同来的巴尔加斯，他咽下口水，颤抖的手在口袋里掏找香烟盒。阿莉西亚和巴尔加斯分别站在他的两侧。

“我以为您会一个人来。”罗维拉结结巴巴地说。

“罗维拉，你真浪漫。”

罗维拉紧张地干笑一声。阿莉西亚抽出他嘴上叼着的香烟，然后丢得远远的。

“喂……”罗维拉正打算出声抗议。

巴尔加斯往他身上轻轻一靠，罗维拉吓得魂飞魄散，仿佛又萎缩了一点。

“小姐问你话的时候，才轮得到你开口。懂吗？”

罗维拉频频点头。

“罗维拉，今天算你走运。”阿莉西亚说，“不用再吹风受冻了。去看场电影吧！神殿戏院的早场电影十点开始，现在上映的是泰山系列，你会喜欢的。”

“还得了奥斯卡金像奖。”巴尔加斯在一旁起哄。

“抱歉，阿莉西亚小姐，趁我还没被您的同事掐断脖子，我想拜托您多多包涵，也感谢您成全我，请务必要帮帮我。我只有一个小小请求，拜托别叫我去看电影，其实我很想去，可是万一被局里的人碰见，下场铁定比现在更凄惨。求求您让我跟踪您，我会保持很远的距离！您甚至可以预先告诉我要去哪里，我一定不会打扰，保证您一定看不到我。每天结束之后，我必须写报告交代您去了哪里、做了什么，否则我肯定会被活剥了。您不知道局里那些人是什么德行。您的同事一定很清楚……”

巴尔加斯看着这个可怜虫，恻隐之心油然而生。每个警局都有像他一样的可怜虫，就像门口擦鞋的门垫。

“哪些可以呈报，哪些不行，都是您说了算。这是两全其美的办法。我跪下来求您……”

阿莉西亚还没来得及搭腔，巴尔加斯的食指已经指向罗维拉，并抢先开了口。

“听着，你让我想起卓别林，所以我对你印象还不错。我建议你可以远远跟踪我们，但是要很远才行。就像从北极到南极一样远，懂吗？如果被我看见或闻到味道，或是小于两百米的距离，咱们就得用拳头好好沟通一下。你大概不会希望局里的人看见你鼻青脸肿吧？”

罗维拉似乎吓得连呼吸都忘了。

“我们就这么办，还是你想先试试身手？”巴尔加斯下了最后通牒。

“两百米……可能太短了，两百五十米好了，特别优待。非常感谢您的宽宏大量与谅解。我不会让您后悔的。我罗维拉一向说到做到……”

“快滚吧！我一看见你就火大……”巴尔加斯以凶神恶煞的语气呵斥他。

罗维拉恭敬行礼，火速逃离现场。巴尔加斯看着他混入人群中，脸上露出得意的微笑。

“您真是个大好人。”阿莉西亚低声说道。

“而您就是小天使。我先打个电话问利纳雷斯，先弄清楚今天早上能不能去看那辆车。”

“谁是利纳雷斯？”

“老好人一个。我们当年一起入行，到现在还是朋友。在警界，二十年后还是老样子的人有几个？”

回到咖啡馆，米克尔让他们使用电话。巴尔加斯打到拉耶塔纳大道的市警局，和老朋友利纳雷斯进行了一场西部舞式的谈话，讲下流笑话，深思熟虑增进硬汉情谊，就为了能看一眼巴利斯和司机兼保镖从马德里开到巴塞罗那的那辆车。阿莉西亚在一旁聆听对话，仿佛在听一出广播轻喜剧，她十分欣赏巴尔加斯讨好老同事的本领，说一些冠冕堂皇没什么实际内容的赞美。

“都搞定了。”他说着挂上电话。

“确定？您有没有想过，这位利纳雷斯也许想知道我也会跟着去？”

“我当然想过，所以连提都没提起。”

“那么……他们看见我的时候，怎么解释？”

“就说我们是男女朋友吧。我也不知道，到时候再说。”

他们在市政厅前拦下出租车，正好碰上拉耶塔纳大道清晨的塞车时段。巴尔加斯若有所思地望着街上一幢幢宏伟建筑，仿佛从晨雾中窜起的大船。司机偶尔从后视镜里抛出暧昧的眼神，可能在揣想他们是一对不寻常的情侣，但他的不安和揣测迅速消退，因为广播里的体育节目正热烈讨论足球联赛是否已经式微，抑或恰好相反，仍能继续发扬光大。

13

人们称这里为“眼泪博物馆”。

占地宽广的巨大建筑坐落在无人涉足的大片土地上，位于野生动物公园和海滩之间。放眼望去，尽是背对海岸而建的工厂和机房仓库，最醒目的便是水塔，一座高耸参天的圆柱形城堡。眼泪博物馆是一处遗迹，不仅未沦为废墟，修复重建后甚至成了一八八八年万国博览会展场。闲置多年后，市政府将这幢建筑交由警察总部使用，作为仓库和坟窟。在那座无限宽广的刑侦仓库，数十年的报告、检验结果、各种充公赃物、武器和老旧简陋器械、尘封七十年的备忘录和宝物堆积如山，此地是巴塞罗那市的犯罪和刑罚万花筒。

建筑的挑高圆顶结构类似不远处的弗兰萨车站。阳光透过圆形玻璃屋顶，穿掠阴暗，照射在几百米错综复杂的通道上，这些通道比中心地区大多数建筑还要高。居高临下的阶梯和通道系统相当繁复，有如魔幻的舞台换景装置，连接楼上各个区域入口，堆积着十九世纪末的巴塞罗那的秘密史籍和文件资料。启用七十个年头以来，这个与世隔绝的秘境堆积着各式器械装置。从作案用过的马车、老旧汽车到武器和毒药一应俱全，无奇不有。这栋建筑里也保存了不少“艺术品”，与几起未解决的案件有关，数目可观到开几家博物馆都绰绰有余。最有名的莫过于尸体标本，是在圣杰瓦西奥附近一栋豪华公寓的地下室发现的。屋主是一位富有的男爵，在古巴经商致富的岁月里喜欢上了打猎的游戏。回国后经常光顾巴拉列罗大街的舞厅和咖啡馆，留下一些悬而未决的草根百姓失踪案件。

其中一条走道两旁摆满了玻璃瓶，瓶内装着泡在泛黄的福尔马林里的动物标本。大厅宛如一座兵器博物馆，举凡匕首、尖刀与不计其数的尖锐凶器，恐怕连职业屠夫看了都会寒毛直竖。此地最著名的馆藏之一，当属那间大门深锁的大厅，唯经高层许可才得以入内，里面保存着宗教和神秘案件的档案。据说其中有文件记录了波宁特街吸血鬼案件涉及的巴塞罗那上层人士，以及辛托·贝达格尔神父在公主街附近的公寓驱邪事件相关的通信和费用记录。

这个收纳了灾难和不幸的地方散发着阴暗晦气，总让来访者有夺门而出的冲动，就怕一旦久留，自己也会变成永久收藏的一部分。眼泪博物馆也不例外，虽然这里的官方名字是“十三区”，但来过的人都知道，此地聚集的悲惨幽魂及其阴森可怖的恶名，昵称实属贴切，确实会把人吓哭。

他们在十三区大门口下了出租车，看起来像是地狱三头狗的警卫已经在那里等着，只见他腰际挂着一大串钥匙，神情仿佛刚在挖墓大赛中获得了大奖。

“他应该就是弗洛伦西奥。”打开车门前，巴尔加斯低声说，“接下来由我跟他交涉。”

“一切就交给您了。”阿莉西亚应道。

巴尔加斯随即对警卫伸出手，“早安，我是胡安·曼努埃尔·巴尔加斯，在警察总部工作。是这样的，我跟利纳雷斯警官谈过了，可能要耽误您几分钟。他说会打电话通知您我要过来看一下。”

弗洛伦西奥点头。“利纳雷斯小队长没说您会带人来。”

“这位小姐是我的侄女玛格丽塔，这几天特别抽空做我的导游，也帮我处理一些琐事。他没跟您提到这件事吗？”

弗洛伦西奥摇头否认，目光忙着打量阿莉西亚。

“玛格丽塔，快跟弗洛伦西奥先生打个招呼。您的大名是弗洛伦西奥，对吧？他是十三区的头号长官。”

阿莉西亚往前挪了几步，羞怯地伸出手。弗洛伦西奥皱着眉头，但终究没多说什么。

“两位请进吧！”警卫带领两人走到大门入口，并请他们入内。

“弗洛伦西奥，您在这里工作很久了吗？”巴尔加斯随口问道。

“好几年了。来这里之前，我在仓库工作了十年。”

巴尔加斯一脸困惑地望着他。

“存放尸体的仓库。请跟我来，两位要找的东西在九号大厅，已经准备好了。”警卫说明。

外观看来，这幢建筑像是停用多年的大型火车站，内部却让人联想到占地广阔的雄伟教堂。照明系统完备，高悬的一长排吊灯将阴暗角落染成金色。弗洛伦西奥带他们走过难以计数的繁复走道，两旁堆满了老旧器械、纸盒和大箱子。阿莉西亚瞥见上方悬挂着一系列动物标本，以及一大群人型模特。此外另有家具、自行车、武器、画作、圣人塑像，甚至还有个充满灵异气息的特区，里面摆满了人体模型，看来像是节庆常见的自动人偶。

“我们这里存放的东西，绝对远超过两位的想象。有时连我都觉得难以置信。”

他们通过走道交叉口时，半空中传来动物叫声，听起来仿佛诡异的祈祷词。阿莉西亚以为他们正置身丛林，众多热带禽鸟和猛兽正躲在暗处窥伺。

弗洛伦西奥莫名面露欣喜，似乎从她的神情读出了她的想法，竟像个孩子似的哈哈大笑起来。

“两位没发疯，这地方确实会让人起鸡皮疙瘩……”他说，“那是后面的动物园传过来的声音。这里什么声音都听得见，大象、狮子、白鹦……到了晚上，美洲豹会开始仰天长啸，那声音确实会把人吓得魂都飞了。最糟糕的就是猴子，它们跟人一样，只是把戏没那么多。这边请！我们快到了。”

汽车罩了一块轻薄的帆布。弗洛伦西奥轻巧地拉起帆布，随手折叠整齐。汽车两侧已经架好三脚架，架上装设了聚光灯，连上延长线之后，两盏强烈的黄色光束映在汽车上，车身顿时呈现耀眼的金属光泽。弗洛伦西奥对自己的照明装置颇感自豪，接着，他逐一打开汽车的四扇车门，恭敬有礼地退到一旁。

“就是这辆车。”他郑重宣布。

“您手上有鉴定报告吗？”巴尔加斯问他。

弗洛伦西奥点头确认。“我放在办公室，马上就送过来。”

警卫火速离开，仿佛一阵风从地面卷起。

“好好看一下副驾驶座的部分。”巴尔加斯交代。

“遵命，亲爱的叔叔。”

阿莉西亚首先察觉的异样是味道。她抬头望着巴尔加斯，他随即点头回应。

“火药味。”他说，并指着副驾驶座上色泽暗沉的点状干燥血渍。

“以枪伤来说，这样的出血量似乎太少了。”阿莉西亚推论，“可能是擦伤之类。”

巴尔加斯缓缓摇头。“在车内开枪应该会在车内和座位留下弹痕。这么少的出血量可能是另一种行凶方式造成的，也许是刀伤，或是重力撞击。”

巴尔加斯摸了摸座椅背后那个蚕茧般的痕迹。

“烧焦的痕迹。”他喃喃低语，“从车内往车外开枪造成的。”

阿莉西亚检查完副驾驶座，继续查看车窗摇杆。她伸手操作摇杆时，始终只有一小截玻璃冒出边缘。她在车窗下方发现粉状的玻璃残余物。

“看见没？”

接下来数分钟，两人默默将整辆车彻底检查了一遍。管区警员已经把车子仔细处理干净，完全不留一丝线索，只剩下副驾驶座手套箱里的一沓公路地图，还有一本缺了封面的活页记事本。阿莉西亚随手翻阅内容。

“里面写了什么？”巴尔加斯问她。

“是空白的。”

弗洛伦西奥悄悄带着鉴定报告回来了，此时正一声不响地站在暗处看他们。

“像新的一样干净，对不对？”他对他俩说道。

“他们把车子送过来的时候，里面有什么特别的东西吗？”

弗洛伦西奥递上鉴定报告。“车子送来时就已经是这样了。”

巴尔加斯接过报告，检阅条列项目。

“这样是正常的吗？”阿莉西亚好奇地探问。

“什么意思？”热切殷勤的弗洛伦西奥立刻反问她。

“她的意思是说，涉案车辆没在这里完成鉴定，是不是正常状况？”

“视情况而定。通常是在案发现场完成初步检查，然后移到这里做进一步鉴定。”

“这辆车的检查是依此程序完成的吗？”

“据我所知，不是的。”

“报告提到……这辆车是在滨海公路发现的。那是交通繁忙的路段吗？”巴尔加斯追问。

“不是。那是沿着山坡开辟的一条路，没铺柏油路面，长达好几公里。虽然称为滨海公路，但是连一滴海水都没有，也不是公路。”

弗洛伦西奥此话是回应巴尔加斯，却一边对阿莉西亚挤眉弄眼。她也微笑回应。

“调查人员认为，车是事后被弃置在那里的，案发地点在别的地方。”弗洛伦西奥补充。

“有任何线索吗？”

“在轮胎车辙间找到一些砾石碎屑。都是石灰石，跟滨海公路的岩石类型完全不同。”

“什么意思？”

“如果去问调查人员，他们会告诉你这样的沙砾很多地方都有。”

“如果我们问的是您呢，弗洛伦西奥？”阿莉西亚加入谈话。

“某个大花园，或许是个公园。可能是某个私人住所的中庭花园。”

巴尔加斯指着报告，岔开话题：“我看两位已经差不多快破案了。但我要冒昧地请您帮个忙：可以给我一份影印本吗？”

“这份就是影印本，您可以留着。还有什么我帮得上忙的地方吗？”

“如果不嫌麻烦的话，请帮我们叫一辆出租车……”

14

上了车，巴尔加斯噤声不语，目光始终锁定车窗，恶劣情绪仿佛毒气似的在空气中蔓延。阿莉西亚的膝盖轻轻地碰了他一下。

“打起精神来，老兄。我们就要去莱奥波尔多之家吃大餐了！”

“那些人根本就是在浪费我们的时间。”巴尔加斯嘟哝。

“很惊讶吗？”

他怒气冲冲瞪着她。阿莉西亚面带微笑，神色平静。

“欢迎来到巴塞罗那。”

“我不懂这到底有什么好笑的。”

阿莉西亚打开皮包，拿出她在巴利斯座车内找到的记事本。巴尔加斯摇头叹息。

“这该不会是我想的那个东西吧？”

“您现在有胃口了吧。”

“先别说偷取证物是犯了严重错误，偷的还是一本空白记事本，何必呢？”

阿莉西亚用指甲掰开记事本的金属活页夹，抽出压在里面的好几张纸条。

“怎么了？”

“有些纸张被撕掉了。”

“因为需要用到啊，那还用说。”

阿莉西亚将记事本的第一页纸张摊在车窗上。逆光照射下，映出纸上的字迹浮印。巴尔加斯靠过去，眯着眼睛看了又看。

“那是号码吗？”

阿莉西亚点头。“上面有两行字。第一行是号码和字母的组合，第二行只有号码。所有代号都混合了五到七个字母或数字。您再仔细看看。”

“我看到了，那又怎么样？”

“号码是连着的。从四万零三百多开始，到四万零四百零七或是八结束。”

巴尔加斯眼睛一亮，虽然脸上的神情仍见些许疑虑。

“这个有太多可能性了。”他说。

“巴利斯的女儿说，记得父亲失踪前一晚跟保镖提起一份清单。一份写有号码的清单。”

“我不知道，阿莉西亚，到头来，这可能跟案子一点关系都没有。”

“或许吧。”她随即附和，“现在胃口怎么样？”

巴尔加斯总算被逗笑了。“如果您要请客，那我们就去大吃一顿。”

造访了眼泪博物馆，加上那张白纸上的字迹浮印可能让案情有新转折——当然也可能是一厢情愿的臆测——阿莉西亚难掩亢奋。嗅出新线索总让人暗自叫好：散发着前景气味的香水，莱安德罗经常这样形容。阿莉西亚错将好心情当成好胃口，像个骁勇战士般，对着莱奥波尔多之家的菜单虎视眈眈，硬是替两人点了四人份的餐食。巴尔加斯由着她去，丝毫没吭声。一道道佳肴如泉涌般陆续上桌，阿莉西亚几乎招架不住，资深警官一边摇头叹息，同时默默替她分食了大部分。

“我们连在餐桌上都是最佳搭档。”他大口吃着炖牛尾，“您点餐，我用餐。”

阿莉西亚仿佛小鸟似的慢慢吃着盘中的食物，满脸笑盈盈。

“我也不想这么扫兴，不过，我劝您别太乐观，”巴尔加斯说道，“那些号码可能只是司机更换汽车零件的编号之类。”

“那他换掉的零件还真多。怎么样，牛尾？”

“极品美味，就跟我一九四九年春天在科尔多瓦尝到的一样好，现在想起来都还像是做梦。”

“当时一个人还是有人同行？”

“怎么，阿莉西亚，在调查我的身家背景吗？”

“只是好奇而已。您有家人吗？”

“每个人都有家人。”

“我就没有。”她冷言驳斥。

“抱歉，我……”

“没什么好抱歉的。莱安德罗在您面前是怎么说我的？”

巴尔加斯似乎被这突如其来的问题吓了一跳。

“他一定说了些什么，不然您大概也问了些事情吧？”

“我没问。他也没提起什么重要的事。”

阿莉西亚冷笑以对。“这只是我们私下闲聊。说吧，他到底是怎么说我的？”

“阿莉西亚，你和他之间有什么过节，跟我没有关系。”

“哦！这样看来，他跟您说了不少他不该说的话。”

巴尔加斯怒目直视她。“他说您是个孤儿，在战争期间失去了双亲。”

“还有呢？”

“他还说，您身上的旧伤不时会引起剧烈疼痛。这个旧伤影响了您的性格。”

“呵，我的性格。”

“我们不要再谈这个了。”

“他还说了什么？”

“他说您独来独往，有点难和别人建立感情。”

阿莉西亚勉强挤出冷笑。“他是这样说的吗？用这样的词？”

“我已经不记得他确切的措辞。可以换个话题吗？”

“可以。那就来聊聊我和别人建立感情这件事。”

巴尔加斯没好气地翻了个白眼。

“您认为我在与人建立感情这方面有问题吗？”

“我不知道，而且也不关我的事。”

“莱安德罗不可能说出这种话，太陈腔滥调了。我倒觉得像是从杂志两性专栏抄来的句子。”

“好吧，那就是我自己这么想的，我订了好几本那种杂志，行了吧？”

“他到底是怎么说的？”

“您为什么一定要这样做呢，阿莉西亚？”

“做什么？”

“折磨自己。”

“您是这样看我的吗？把我当成烈士？”

巴尔加斯默默看着她，忍不住摇头轻叹。

“莱安德罗说了些什么？我保证，只要跟我说实话，我从此不再过问这件事情。”

巴尔加斯暗自琢磨另一套说辞。

“他说，你认为没有人会爱上你，因为连你都无法爱自己，而且还认定过去从来没有人爱过你，因此你无法原谅这个世界。”

阿莉西亚眉眼低垂，假笑一声。巴尔加斯发现她眼神空茫，随即干咳了几声。

“我想，你其实是要我说说自己的事吧。”他实话实说。

阿莉西亚无所谓地耸耸肩。

“我的父母都是乡下人……”

“我想知道的是您是否有妻儿。”她直言打断他。

巴尔加斯注视着她，眼神不带一丝情绪。

“没有。”这是他沉默片刻后的回应。

“抱歉，我无意冒犯。”

巴尔加斯勉强挤出笑容。“没什么，我无所谓。您呢？”

“我怎么样？问我有没有老婆、孩子吗？”阿莉西亚反问。

“差不多就是这一方面。”

“很可惜，我也没有。”她说。

巴尔加斯高举酒杯，作势要干杯庆祝。“敬举世孤独的灵魂！”

阿莉西亚拿起酒杯凑过去碰了一下巴尔加斯的酒杯，刻意回避了他的目光。

“莱安德罗是个蠢货！”过了半晌，警官下了这样的结论。

阿莉西亚闻言，缓缓摇头。“不。他是残忍而已。”

接下来，两人沉默无语地吃完了这一餐。

15

巴利斯在一片漆黑中醒来。比森特的尸体已经不在那里，马丁大概趁他熟睡时把尸体搬走了。只有那个混蛋才会把他跟一具尸体关在一起。尸体倒卧的地上留下黏滞的身形印记，旁边放着一摞旧衣物，幸好是干的，另外还有个装满水的小桶。桶子里的水尝起来有金属味和肮脏的臭味，但巴利斯却等不及舀水润湿双唇，接着喝了一大口，仿佛那是此生尝过最美味的东西。他大口牛饮，直到满足了他以为永远无法解除的口渴，直到胃和喉咙隐隐作痛。接着，他褪去一身沾满血迹和粪便的破烂衣物，换上那堆旧衣服。旧衣掺杂着尘土和清洁剂的味道。右手的剧痛暂歇，取而代之的是隐隐颤动。起初，他根本没有勇气直视自己的手，后来，他发现瘀黑的部分已经延伸至手腕，仿佛是从沥青桶里冒出来的。他嗅出伤口感染的味道，有预感自己的身体正逐渐腐烂。

“那是坏疽。”漆黑的暗处传出声音。

巴利斯大吃一惊，随即发现看守人就坐在地窖楼梯口静静看着他。不知他在此待了多久。

“你那只手很快就废了，或许连命都可能没了。就看你怎么做了。”

“帮帮我！拜托，要什么我都可以给您。”

看守人无动于衷，只是紧盯着他。

“我在这里多久了？”

“不算太久。”

“您是马丁手下的人吗？他在哪里？他为什么不来见我？”

看守人站了起来。楼梯高处投射的光线掠过他的脸庞。巴利斯终于看清他的脸，一片陶瓷打造的面具覆盖了他半张脸。面具漆上了肤色。那只眼睛一直是睁开的，无法做出眨眼动作。看守人走近铁栏边，刻意让他看个清楚。

“你不记得我了，是吗？”

巴利斯缓缓摇头否认。

“你一定会记起来的。我们还有时间。”

他转身打算上楼梯离开，但巴利斯却从铁栏缝隙间伸出左手，做出哀求的手势。看守人停下脚步。

“拜托！”巴利斯苦苦哀求，“我需要看医生。”

看守人从大衣口袋里掏出一包东西，往地牢内一丢。

“你可以自己决定，是要继续活下去，还是要慢慢腐烂，因为你，多少无辜的生命就这样慢慢消逝了。”

离开之前，他点燃一支蜡烛，将它塞进墙壁上的小洞，看起来就像个壁龛。

“求求您不要走！”

巴利斯听着脚步声逐渐隐没，接着传来关门声。他跪在地上，捡起那个用破布包裹的东西，用左手把它打开。起初他看不清手握何物，直到把东西挨近烛光仔细端详，才恍然明白。

一把木工的锯子。

16

巴塞罗那，迷宫之乡，在城市中心最阴暗的地带，包藏着错综复杂的狭窄巷弄，一条条铺石路穿梭于现在与未来的倾圮废墟间，大胆无畏的旅人们，以及各种形态的迷途灵魂，一旦被猎捕，就会永远停驻在这一区。不知何故，有个负责绘制地图的幸运儿一时兴起将此区命名为拉巴尔区。走出莱奥波尔多之家后，眼前尽是交叉错置的窄巷、简陋旧屋、妓院，还有非法假货小贩聚集的阴暗商场。

饱餐一顿的巴尔加斯偶尔轻轻打嗝，即使他一直极力克制，并不时握拳轻捶胸口。

“这是因为你吃得太多。”阿莉西亚落井下石。

“你还敢说，先是让我吃撑，现在又来嘲笑我。”

此时，有个丰腴的女子站在门口盯着他们，眼神里充满商业兴趣，她身后的收音机正播放着加泰罗尼亚轻快的舞曲。

“您要不要跟这位苗条的美女一起休息一下？”女人积极邀约。

巴尔加斯猛摇头，神情略显慌张地加快脚步。阿莉西亚面带微笑紧跟着他，并和门口大婶互看一眼。女人眼看锁定的客人扬长而去，只能无奈地耸耸肩，并把她从头到脚打量了一番，仿佛在纳闷她那身行头是否更能吸引条件好的男人。

“这一区简直就是社会的毒瘤。”巴尔加斯说。

“需不需要我让您独处一下，看看能不能把这个毒瘤治好？”阿莉西亚问，“我想您刚刚已经交了个新朋友，她一定有办法让您立刻停止打嗝。”

“别闹了！我已经快发火了。”

“要来些饭后点心吗？”

“给个放大镜吧，我要来好好研究一下工商业。”

“我还以为您对那些数字没兴趣。”

“我相信可能相信的，而不是我想要相信的。要是白痴的话，那就刚好相反。”

“没想到消化不良让您悟出一些哲理。”

“您不知道的事情可多了，阿莉西亚。”

“所以我每天都在学习新事物。”说完她勾住他的手臂。

“别抱太大的期望。”

“这个您已经说过了。”

“这是人生最受用的忠告，只有自己才能体会。”

“这种想法太伤感了，巴尔加斯。”

资深警官注视着她，阿莉西亚从他的眼神中看出这并非玩笑话。她立刻收起嬉笑，不假思索地踮起脚尖，在他脸上印了一个吻。那是个纯纯的轻吻，充满了关爱和友情，不求回报，也不带任何期望。

“别这样。”巴尔加斯说完，迈步向前。

阿莉西亚瞥见在门口站桩的妓女一直盯着她，把刚刚那一幕全看在眼里。她们俩目光短暂交会，接着，妓女摇头轻叹，脸上只挂着苦笑。

17

午后，漫天乌云悬在半空，发青的光晕笼罩着地面，拉巴尔区宛如淹没在沼泽里的小村落。他们沿着医院街走向兰布拉大道，来到大道交叉口，阿莉西亚拉着巴尔加斯混入前往皇家广场的人群。

“我们要去哪里？”他问。

“去找您刚刚说的放大镜。”

两人穿越广场，进入拱顶下的回廊。阿莉西亚在一面橱窗前停步，里头展示着丛林野生动物标本，个个怒目逼视永恒。巴尔加斯抬头看了看门上的海报，下方有两行字烙在玻璃门上：

L.索勒·布泽纪念博物馆

联系电话　404451

“这是什么地方？”

“一般人称为野兽博物馆，但这里其实是个制作动物标本的地方。”

一踏入店内，巴尔加斯立刻见识到丰富的动物标本收藏。老虎、猛禽、野狼、猿猴和异国野生动物标本会让五大洲任何一个动物学家都感到高兴或是害怕。巴尔加斯穿梭在玻璃橱柜间，对制作标本的精湛手艺赞叹不已。

“这下可让您大开眼界了吧！”阿莉西亚说道。

他们听见背后有脚步声接近，转身一看，眼前有个骨瘦如柴的女子双手抱胸，目光紧盯着他们。巴尔加斯不禁暗想，这样的外表和眼神，活脱就像一只母螳螂。

“您好，两位需要什么吗？”

“您好。可以的话，我想跟马蒂亚斯谈一下。”阿莉西亚说道。

螳螂女眼神里的疑虑顿时加倍。“您要谈的是？”

“技术方面的咨询。”

“可否请教尊姓大名？”

“阿莉西亚·格里斯。”

螳螂女偷偷把他们俩打量了一番，接着不耐烦地噘起嘴，慢吞吞地走向后面的工作间。

“托您的福，我在此感受到巴塞罗那最殷勤好客的一面。”巴尔加斯低声说，“我都想搬到这里定居了。”

“马德里的荣誉标本还不够多吗？”

“我倒是想。但是恐怕他们都活得好好的。那个马蒂亚斯是谁？前男友吗？”

“只是一个追求者而已。”

“纠缠了很久？”

“一段露水情缘罢了。马蒂亚斯是技术人员，这里有全市最精确的放大镜，马蒂亚斯则有超凡犀利的目光。”

“那个女妖怪又是谁？”

“据我所知，她叫作塞拉芬娜，多年前还是他的未婚妻，现在应该是太太了。”

“以后可以把她也做成标本，摆在狮子旁边，这里就可以转型成恐怖博物馆……”

“阿莉西亚！”马蒂亚斯的语气轻快愉悦。

这位动物标本制作专家笑容可掬地迎接他们。一身白袍的马蒂亚斯身材矮小，神态激动，双眼躲在圆框眼镜后面，让他凭添一股滑稽喜感的特质。

“好久不见！”他热络地说，显然因重逢而兴奋不已，“我以为你已经不住在巴塞罗那了。什么时候回来的？”

塞拉芬娜几乎隐身在休息间门帘后面，黑溜溜的双眼跟沥青一样，神情颇具敌意。

“马蒂亚斯，我给你介绍一下，这位是我的同事，胡安·曼努埃尔·巴尔加斯先生。”

马蒂亚斯随即伸出手，同时观察着眼前的访客。

“这里的收藏真令人叹为观止，马蒂亚斯先生。”

“大部分都是创办人索勒先生的杰作，他是我的恩师。”

“马蒂亚斯一向都是这么谦虚。”阿莉西亚说，“你跟他说说那头斗牛的故事。”

被夸赞的人反而不好意思地频频摇头。

“您该不会也把凶猛的斗牛制成标本了吧？”巴尔加斯问。

“对他来说，根本没有不可能的任务。”阿莉西亚抢着解释，“几年前，有个名气响亮的斗牛士委托马蒂亚斯把一头超过五百公斤的斗牛做成标本，那是他当天下午在斗牛场征服的斗牛，想把标本送给他疯狂爱慕的电影明星……她叫什么来着？马蒂亚斯，就是艾娃·嘉娜吧？”

“为了女人，我们都是这么拼命的，对吧？”马蒂亚斯随口敷衍，显然无意深入这话题。

隐身监视的塞拉芬娜频频以咳嗽示警，马蒂亚斯连忙摆出正经的模样，收起笑容。

“两位有什么需要吗？想把宠物制成标本，还是难忘的打猎之行留下的猎物？”

“事实上，我们有个不相干的请求……”阿莉西亚打头阵。

“在这里，就算是不相干的事也很重要。几个月前，大名鼎鼎的达利先生走进店门，问我们能不能把二十万只蚂蚁制成标本。他并不是随便说说，我告诉他此事恐怕不可行，他居然主动提议在一幅昆虫和红雀的祭坛屏饰上画上塞拉芬娜的肖像。天才大师才有的绝妙点子啊！由此可见，我们在这里一点都不无聊……”

阿莉西亚从皮包里拿出记事本翻开。

“可以的话，我们想请你帮忙用特殊的透镜看看这张纸上的字迹浮印。”

马蒂亚斯轻巧地接过那张纸，对着光线看了又看。

“阿莉西亚总是带着神秘兮兮的谜团，是不是？到工作室去吧！看看该怎么处理比较好。”

标本师的工作室兼实验室就像融合了炼金术和奇迹的小洞穴。各式特殊透镜和电灯用金属铜线悬挂在天花板上，墙边摆满了玻璃橱柜，存放着数不清的玻璃瓶和化学制剂，四周贴满巨大的赭红色解剖图，清楚呈现各种动物的内脏、骨骼和肌肉组织。正中央有两张宽大的大理石工作台，俨然是专门处理死尸的手术室，一旁还有几张铺着桃红色布巾的金属小桌，桌上放着一系列罕见稀奇的手术工具，都是巴尔加斯从未见过的东西。

“两位请别太介意这里的味道。”标本师说，“几分钟之后就习惯了，然后就没感觉了。”

阿莉西亚对此存疑，但又不想反驳，只能乖乖坐在马蒂亚斯随手拉到桌边的一张椅子上，面带笑容望着他，内心却巴不得赶紧逃离旧爱紧盯不放的目光。

“塞拉芬娜根本没进来过。她说这里闻起来都是死亡的味道。但是对我来说，这里是个能够放松的地方。在这里，人看到的都是原有的真面貌，没有任何幻想和掩饰。”

马蒂亚斯拿着那张记事本内页，摊在一片玻璃上。借由大理石工作台边的调节器，他调低大灯的亮度，并开启天花板上好几盏聚光灯，把一张装有滑轮的小长桌拉近，将一套连接金属杆的透镜挪到桌边。

“当初你不告而别。”他头也不抬地说，“我还是从门房太太赫苏莎那里听说的。”

“事发突然，临时决定的。”

“嗯，我知道。”

马蒂亚斯将玻璃片放在一盏聚光灯和放大镜之间。光束穿透了纸张。

“数字。”他说。

标本师调整放大镜角度，再度仔细检视那张纸。“可以试着在纸上使用检测剂，但是一定会使纸张受损，说不定会让好几组号码消失……”他提出说明。

巴尔加斯走近角落的书桌，拿了几张白纸和一支铅笔。

“我可以借用一下吗？”他问。

“当然，请随意。”

警官走到桌边，视线固定在透镜前，开始抄写号码。

“看起来像是同一系列的号码。”马蒂亚斯提出个人看法。

“怎么说？”阿莉西亚好奇追问。

“号码互有关联。如果仔细观察左边那一行的前三组编号，你会觉得是同一系列的代号。其他也都是依序排列。最后两个数字是每隔三到四组编号才有变动。”

接着，马蒂亚斯一脸嘲讽地望着他们。

“我猜两位的职业大概是我不该问的吧？”

“我有任务在身。”巴尔加斯说着继续抄写。

马蒂亚斯点了点头，然后紧盯着阿莉西亚。

“我当初很想寄婚礼邀请卡给你，可是我不知道要寄到哪里去。”

“很抱歉，马蒂亚斯。”

“没关系。时间会冲淡一切，对吧？”

“大家都这么说。”

“你呢？一切都好吗？过得快乐吗？”

“嗯，快乐得快飞上天了。”

马蒂亚斯扑哧一笑。“阿莉西亚还是老样子。”

“是啊，真可惜。我今天来，希望塞拉芬娜不会介意。”

马蒂亚斯无奈轻叹。“我想她大概知道你是谁。今天的晚餐，我恐怕会吃得不太尽兴。不过除此之外也没别的问题了。不认识塞拉芬娜的人都觉得她看起来难相处，其实她心肠很好。”

“我很高兴你找到一个值得爱的人。”

马蒂亚斯直视她的双眼，却不发一语。为了不打扰他们的低声交谈，巴尔加斯继续尽责地抄写号码，几乎是屏息以待。标本师却突然转过身，在他背上拍了一下。

“都抄完了吗？”他问道。

“嗯，我正在抄。”

“或许我们可以把那张纸摊开，然后从上面投射探照灯。”

“我想这样抄就可以了。”巴尔加斯说。

坐在椅子上的阿莉西亚随即起身，在工作室随意踱步，检视各种工具，仿佛正置身博物馆的回廊。马蒂亚斯远远望着她，神情落寞。

“两位认识很久了吗？”标本师问道。

“几天而已。我们必须合作处理一件公事，就这样。”巴尔加斯答道。

“很有个性的人，对不对？”

“什么？”

“我是说阿莉西亚。”

“的确很有她自己的风格。”

“她还在使用那套护具吗？”

“什么护具？”

“您不知道吗？那还是我替她量身定做的，虽然不该自夸，但我认为那真是杰作啊。我用鲸鱼骨和钨丝打造而成，专业说法称之为皮骨骼。细致、轻巧又贴身，简直像第二层肌肤。她今天没穿。我知道，从她走路的样子就看得出来。请您提醒她务必穿上，这是为了她好。”

巴尔加斯点头称是，仿佛他完全理解对方谈话的内容，同时写下最后一个数字。

“谢谢，马蒂亚斯。您帮了我们很大的忙。”

“没什么，应该的。”

接着，警官站了起来，干咳几声。阿莉西亚转过身使了个眼色。巴尔加斯点头回应。她微笑着走到马蒂亚斯身旁，但巴尔加斯暗忖，笑容后面大概藏着锥心之痛。

“好啦！”马蒂亚斯神情略显僵硬，“希望我们不需要再等好多年才能见上一面。”

“希望不会。”

阿莉西亚上前拥抱他，并在他耳畔低语。只见马蒂亚斯频频点头，但双臂始终垂挂着，并未揽住阿莉西亚的腰部。过了半晌，她不发一语往店门走去。马蒂亚斯直到听见她跨出店门才回过头来。巴尔加斯对他伸出手，标本师也向他握手告别。

“好好照顾她，巴尔加斯，因为她根本不懂得照顾自己。”

“我会的。”

马蒂亚斯勉强挤出一丝笑容，并频频点头。这个男人，外表看起来年轻，但能从眼神中窥见因哀伤和悔恨而苍老的灵魂。

巴尔加斯正要穿越阴暗的标本展示间，塞拉芬娜将他拦下。她眼神中的怒火如烈焰延烧，双唇不断颤动。

“不要再带她到这里来！”她这样呵斥他。

巴尔加斯出了店门，随即瞥见阿莉西亚倚在广场喷泉边，一手频频搓揉右臂，一边强装笑脸。他赶紧走近她身旁，坐了下来。

“回家休息吧？明天大概就好多了。”

只消一个眼神，他就明白该给她一支烟，接下来，两人在缄默中吞云吐雾。

“您觉得我是坏人吗？”最后，她打破沉默问道。

巴尔加斯起身，将自己的手臂挪过去。“来！靠着我。”

阿莉西亚由巴尔加斯搀扶，一跛一跛地走着，但每隔十到十五米就因疼痛难忍而停步，就这样，总算抵达她家大门口。她试着从皮包掏出钥匙，钥匙却掉在地上。巴尔加斯捡起钥匙，开了门，然后扶着她进门。阿莉西亚靠在墙上不断呻吟。警官抬头看了看楼梯，二话不说，径自将阿莉西亚抱起来，然后上楼。

来到阁楼时，女孩满脸尽是疼痛与愤怒夹杂的泪水。巴尔加斯把她抱进卧房，轻柔地安顿在床上。他替她脱掉鞋子，盖上毛毯。床头柜上摆着一个装了药丸的玻璃瓶。

“一颗还是两颗？”他问道。

“两颗。”

“确定吗？”

他递给她两颗药丸，从五斗柜上的大水罐倒了杯水给她。阿莉西亚吞下药丸，呼吸断断续续。巴尔加斯握着她的手，期盼她慢慢平静下来。她那双哭红的眼睛望着他，满脸泪水。

“不要把我一个人留在这里，拜托。”

“放心，我哪里都不去。”

阿莉西亚试图挤出一丝微笑。接着，他关了灯。

“好好休息吧！”

他在黑暗中握着她的手，听着她咽下泪水，感受她因剧痛而颤抖，直到半个钟头后，他总算觉得阿莉西亚整个人放松下来，进入神志不清和昏睡之间的状态。他听着她喃喃发出无意义的字句，慢慢坠入梦乡，抑或失去知觉。窗外暮光斜照，勾勒出阿莉西亚陷入枕中的面容。巴尔加斯突然觉得她看起来像是已经死去，于是赶紧替她量脉搏。他不禁纳闷，方才那止不住的泪水，究竟是源于臀部旧伤，或者，伤痛来自心灵深处。

不久后，疲倦也开始袭击他，于是他转移阵地到饭厅，在沙发上躺了下来。闭上眼睛后，他深深吸入了弥漫在空气中的阿莉西亚的香水味。

“我想您并不是坏人。”他被自己的喃喃自语吓了一跳，“不过，您倒是常常让我害怕。”

18

巴尔加斯醒来时，已过午夜时分，他一睁眼便看见阿莉西亚裹着毛毯坐在身旁的椅子上，她在阴暗中定定看着他。

“您看起来真像吸血鬼。”巴尔加斯打开话匣子，“坐在这里多久了？”

“有一会儿了。”

“大概被鼾声吵得很不耐烦吧？”

“没事。吃了药之后，就算地震也摇不醒我。”

巴尔加斯随即起身，搓了搓脸。“我得跟您说一件事，这沙发真是破烂。”

“我对于挑选家具一向没什么眼光。我会去买几个新抱枕，有没有特别偏爱的颜色？”

“就按照您的意思买，蜘蛛或骷髅图案的黑色抱枕。”

“您吃晚餐了吗？”

“我把一个星期的饭都给吃了。您现在觉得怎么样？”

阿莉西亚耸了耸肩。“我觉得自己很丢脸。”

“我不知道这有什么好丢脸的。旧伤还会痛吗？”

“不了，好多了。”

“再睡一会儿？”

“我得打电话给莱安德罗。”

“现在这种时候？”

“莱安德罗从不睡觉。”

“才说吸血鬼……”

“我认为他比吸血鬼更可怕。”

“您要我去外面的走廊上待着吗？”

“不用了。”阿莉西亚迟疑了一会儿才回答。

巴尔加斯点点头。“这样好了，我回对街的豪华公寓去洗个澡，换身衣服，然后就回来。”

“不用了，巴尔加斯。您今晚已经帮我够多了。回去好好休息，我们明天还有很多事要做，早餐的时候碰面吧。”

他满脸疑虑地望着她。阿莉西亚面露微笑。“我会好好保重，真的！”

“左轮手枪带在身边了吗？”

“我会当它是我的玩具熊新宠，带着它一起上床。”

“您根本就没玩过玩具熊。如果您有玩具，一定也是魔鬼之类的……”

阿莉西亚送上一个足以征服世界、融化所有铁石心肠的甜美笑容。巴尔加斯只能俯首认同。

“好吧，去给那位黑暗王子打电话，快把秘密都跟他说。”他说着走向大门，“还有，门一定要锁好。”

“巴尔加斯？”

走到门口的警官闻声停下脚步。

“谢谢。”

“没什么可谢的。”

她一直等到警官的脚步声消失在一楼的楼梯口，才拿起电话话筒。拨号之前，她深深吸了一口气，闭上双眼。直通“套房”的专线无人接听。阿莉西亚早就知道，莱安德罗在皇宫大饭店还有另外几间客房，只是她一直没过问是做何用途。她拨到饭店柜台。夜班接线员早就熟悉阿莉西亚的声音，无须报上名号。

“请稍等，格里斯小姐。马上就帮您接给蒙塔尔沃先生。”即使已过半夜，接线员仍未略去抑扬顿挫的韵律感。

电话只响了一声，阿莉西亚随即听见另一头的话筒已经拿起。她猜想，莱安德罗大概坐在皇宫大饭店某个漆黑客房，俯瞰着海王星广场，远望乌云密布的马德里夜空，等待黎明到来。

“阿——莉——西——亚！”他刻意放慢速度，语调不带丝毫感情，“我以为你不会打电话来了。”

“抱歉，我身体出了点状况。”

“很遗憾听到这样的消息。现在好一点了吗？”

“我很好。”

“巴尔加斯跟你在一起吗？”

“我单独在家。”

“跟他处得还好吧？”

“很好，没问题。”

“如果你要我把他换掉的话，我可以……”

“不需要。我甚至觉得有他在身边更好，万一有人纠缠的时候，可以派上用场。”

谈话暂停。暂停期间，莱安德罗没发出喘息或任何声响。

“根据我的观察，你已经脱胎换骨变了个人。无论如何，你交了好朋友，我总是替你高兴。我本来以为你们两个恐怕会合不来，因为他过去发生了那些事……”

“什么事？”

“没什么，都是无关紧要的小事。”

“您这样说，我反而更担心。”

“他没跟你提过他的家人吗？”

“我们向来不聊个人私事。”

“既然这样，那就不该由我来说了……”

“他的家人怎么了？”

莱安德罗再一次沉默。她几乎可以想象他舔着嘴唇微笑的模样。

“大约三年前，巴尔加斯在一场车祸中失去了妻子和女儿。当时他酒后驾车。女儿大概就是你的年纪。他度过一段非常艰难的时期，几乎被逐出警界。”

阿莉西亚没吭声。电话另一头传来莱安德罗的气息。“他没跟你提过这件事？”

“没有。”

“我想他大概不想重提往事。总之，我相信那也不是什么大问题就是了。”

“这还能有什么问题？”

“阿莉西亚，你也知道，我从来不干预你的感情生活，只是，唉！有时候，我对你的品味和特殊癖好真的很难理解。”

“我不懂您在说什么。”

“你非常清楚我在说什么，阿莉西亚。”

她咬着嘴唇，已到嘴边的话，硬是吞了回去。

“不会有任何问题的。”最后，她这样回应。

“太好了。现在，你有什么要跟我报告？”

阿莉西亚深呼吸，拳头紧握，指甲紧戳着掌心。她开口报告时，语气平静如常，这是她学会如何与莱安德罗打交道的方法。

接下来几分钟，她简短报告这一天到刚刚谈话前发生的所有事件。她的叙述既不精彩，亦无细节，纯粹按照发生顺序一条条列出来，不希望他多做揣测和联想。至于她省略未报的，最值得注意的当属马泰克斯那本书前一晚在她住处遭窃一事。莱安德罗耐心聆听，全程未曾插嘴。交代完毕，阿莉西亚沉默以待，只能暗自臆测，漫长的暂停代表莱安德罗正在推敲她报告的内容。

“为什么我总觉得你有事没告诉我？”

“不知道。我想，该说的都说了。”

“总之，那辆根据推测是……这么说吧，用来逃亡的车，并未发现任何血腥争斗的迹象，而那一系列号码，也无法证明和案件有任何关联。另一方面，我们按照你的直觉，继续调查马泰克斯那本书，只是这方面让我有点担心，种种相关背景虽然有趣，但对于寻找毛里西奥·巴利斯的下落，恐怕一点都派不上用场。”

“警方的正式调查中心有任何最新消息吗？”阿莉西亚问，刻意岔开话题。

“没有任何相关消息，也没什么好期待的。我只能说，我们加入办案行列，就算刻意走后门避人耳目，还是让有些人看不顺眼。”

“所以才派人来跟踪我？”

“没错，还有，他们恐怕无法相信，如果我们找到了毫发无伤的部长，会把功劳让给警方的朋友们。当然，这也是很正常的。”

“如果我们找得到他的话。”

“你这丧气话只是敷衍我，还是你忘记了有什么话要告诉我的？”

“我只是觉得，一个不想被人找到的人是很难找到的。”

“我们应该设法把这种疑虑，以及部长这样的意愿，变成我们的筹码。否则，等着捡便宜的就是警界朋友了。因此我建议你，跟巴尔加斯打交道，还是谨慎小心一点。忠诚度不是一两天就能改变的习惯。”

“巴尔加斯是个值得信任的人。”

“这话居然从一个连自己都信不过的人口中说出来。我现在说的这些，你心里明白得很。”

"您放心，我会注意的。还有别的事吗？"

"打电话给我。"

阿莉西亚正打算道晚安时，莱安德罗再次早一步挂了电话。

19

燃烧的蜡烛挺立在一摊蜡液中间，上面浮着一盏小小的淡蓝烛火。巴利斯伸出已无法感受温暖烛光的那只手。皮肤已呈一片紫黑色。手指肿胀，指甲开始脱落，流出凝胶似的液体，伴随着难以形容的恶臭。巴利斯试图动动手指，那只手却毫无反应。那只是与他的身体相连的一截死肉，末端的紫黑部位渐渐延伸至手臂。他甚至感受到血管内的血液已腐败变质，并混淆了他的思路，将他推入错乱偏激的狂想世界。他知道，再过几个钟头，他恐怕会完全失去知觉。他将死于坏疽的噩梦中，身躯最终只是一具从此不见天日的腐尸。

看守人上次留在地牢里的锯子还在那里。他已经考虑过很多次了。他试过将锯子压在已不属于他的手指上。起初，他仍能感受到相当程度的疼痛。现在却已毫无痛感，只觉眩晕。他的喉咙受损沙哑，因为嘶吼、哀号，因为不断哀求怜悯。他知道，有人暗中来看了他好几次，都是趁他熟睡或神志不清时。通常是那个戴面具的男人，也就是负责看守他的人。另外好几次则是那个天使，他还记得，那把尖刀刺进他的手掌并让他失去知觉以前，天使就在车门旁。

事情不太对劲。他对某些事的估算和推测出了错。马丁不在那里，或许是他坚持不愿露面。巴利斯知道，他也必须坚信，这一切都是戴维·马丁策划的阴谋，因为只有那样的病态灵魂才会做出如此恶劣的行径。

“请转告马丁，我很抱歉，请他原谅我……”他对看守人哀求无数次，但从未得到回应。马丁打算让他死在那里，任由他的身躯一寸一寸腐烂，甚至懒得走下地牢往他脸上吐口水。

突然，他又失去了知觉。

他披着一身尿湿的衣物醒来，以为又回到一九四二年的蒙锥克堡。蹿流全身的浊血吞噬了他仅有的一点理智。他兀自笑了起来。“我正在巡视地牢，没想到就在一间牢房里睡着了。”他暗想。这时，他发觉有一只不属于自己的手和他的手臂相连，霎时满怀惊恐。他这一生见过死尸无数，包括内战时期，以及担任典狱长那几年，无须他人提示，他一看就知道那是一只死人的手。他在地牢内满地爬，以为那只手会因此脱落，偏偏却一直跟着他不放。他在墙壁上用力摔打它，那只手还是甩不掉。他拿起锯子开始锯手腕时，对自己的惊叫声并不知觉。皮开肉绽，仿佛一团湿黏土，但当锯齿接触到骨骼，突然产生一阵强烈眩晕。他并未停手。他使出全身的力量。骨骼在锯齿下渐渐分离，他的尖声哀号震耳欲聋。脚边积了一摊暗黑的血泊。巴利斯眼看着连接自己身躯的残肢仅剩一把碎布般的破碎皮肉。剧痛稍后才出现，如排山倒海一般。他回想起童年的经验，那一次，他伸手碰触老家地下室一盏灯泡的裸露电线。顿时，身体往后倒下，他觉得有东西涌上喉咙，忽然喘不过气。原来他被自己的呕吐物噎住了。大概忍个一分钟就好，他这样告诉自己。他想起了梅希迪斯，倾注全力在思绪中聚焦女儿的面容。

地牢门打开时，他几乎没发现，而且看守人就跪在他身边。他提了一桶滚烫的沥青，抓住巴利斯的手臂往桶里塞。巴利斯顿觉像着了火。看守人直视他的双眼。

“你现在记起来了吗？”他问。

巴利斯点头回应。看守人在他手臂上扎了一针。冰冷液体渗入血液里，让巴利斯的思绪陷入冰蓝世界。第二针平复了他的情绪，让他陷入无尽亦无感的沉睡中。

20

阵阵强风钻过窗缝，呼啸不绝，撼动了玻璃窗，也惊醒了她。床头柜上的时钟只差几分钟就凌晨五点了。阿莉西亚长叹一声，但就在这时，她发现了。满室阴暗。

她还记得，和莱安德罗通过电话之后，睡觉前，她刻意留了饭厅和走道的两盏灯，如今，整间公寓却陷入灰蓝色的阴暗。她找到夜灯开关，随手按下。灯泡并未亮起。她听见饭厅传来脚步声，以及门板缓缓挪动的声响，顿时全身冰凉。她立刻拿起前一晚藏在床单下的左轮手枪，拉开保险。

“巴尔加斯？”她的嗓音沙哑，“是你吗？”

回音响彻整间公寓，但始终未有回应。她掀开床单，即刻起身来到走道上，赤足踩着冰凉的地板。走道一片漆黑，只见饭厅入口映着一道亮光。她缓步沿着走道往前，并高举手枪，拿枪的手抖个不停。到了饭厅，她伸出左手摸墙找到开关，马上按了下去。灯没有亮。家里没电。她在阴暗中仔细查看动静，包括家具摆设，以及客厅每个漆黑的角落。空气中弥漫着一股酸味。大概是烟味吧！她揣想。或是赫苏莎在桌上插的那束花，干燥的花瓣早已开始剥落了。看来并无异状，于是她走近饭厅的五斗柜，在第一层抽屉翻找。她找到一盒蜡烛和火柴，应该是莱安德罗派她去马德里之前就留下的。她点燃一支蜡烛，高高举起，接着一手握枪，慢慢巡视整间公寓。入口大门确定上了锁。她试图从思绪中抹去洛马纳的影像：面带微笑，伫立不动，就像一尊蜡像，双手握着屠夫用的尖刀，藏身衣橱或躲在门后，等着她。

阿莉西亚检查过家中大小角落，确定没有外人入侵，随手从餐桌旁拉了张椅子抵住大门门锁。她将蜡烛放在桌上，走近临街的窗前。整个社区深陷黑暗中。锯齿状的屋宇和鸽棚在蓝黑夜色下隐约可见，预告了黎明将至。她把脸庞贴近玻璃窗，细看阴暗街角。手工帆布鞋店的门廊下闪着光点。点燃的香烟烟头。阿莉西亚坚信一定是罗维拉那个可怜虫，又到了一大早站岗盯梢的时候了。她退回饭厅，从五斗柜多拿了几支蜡烛。还要等好一段时间才能下楼到格兰咖啡馆和巴尔加斯碰面，而她也清楚得很，再睡个回笼觉是不可能了。

她走近书架，上面放着她最钟爱的书籍，其中大部分她已重读了好几遍。上次重读她最喜欢的《简·爱》已经是四年前了。她从书架上拿下那本小说，轻抚封面，翻开书封，不禁面露微笑，因为映入眼帘的是那个高举着一摞书的小魔鬼印记，一个古董藏书章，那是她加入莱安德罗团队第一年同事们合送的礼物，当时大伙儿仍当她是个有点神秘的小姑娘，长官对她疼爱有加，但尚未挑起其他资深同事的忌妒和怨恨。

那是一段美酒和毒玫瑰并存的时光，里卡多·洛马纳自作主张把她当作个人学徒，每周五邀她看电影或跳舞之前，必定先送上一束花，但阿莉西亚总是搬出各种借口婉拒。那段日子，洛马纳总爱偷偷瞄她，以为她不知情，还会找机会有意无意地献殷勤，露骨到连最资深的同事听了都会脸红。“棋错一着，全盘皆输。”当时她这样暗想。对他，她始终敬而远之。

她试图抹去脑海中洛马纳的面容，于是带着书进了浴室。她束起长发，放了满浴缸的热水，在浴缸靠枕处摆了两支蜡烛，踏入热气弥漫的水中。水温暖和了体内的彻骨冰冷，接着，她闭上双眼。没一会儿工夫，似乎听见楼梯传来脚步声。她不禁纳闷，难道是巴尔加斯来看她是否仍活着？或者又是她胡思乱想？止痛药引起的嗜睡副作用，总让她在醒来后置身于虚幻的余韵里，仿佛她无法梦见的那些梦境正极力想在知觉的隙缝中找到出路。她睁开双眼，坐直身子，头靠着浴缸边缘。隐约传来好几个不同的人声，巴尔加斯不在其中。她伸长手臂拿起放在浴缸旁小椅凳上的左轮手枪，静听关紧的水龙头落下的水滴漾起回音。她等候了数秒钟。人声已经静默。或许根本没有人在楼梯间。片刻后，脚步声已往楼下远离。说不定是某个邻居一大早出门上班。

她再度把手枪放回小椅凳，并随手点燃一支烟。她看着指间飘起的缭绕烟雾，再度躺回浴缸，凝望窗外的城市上空一片片泛蓝浮云。她拿起小说，重回第一段，读着一页页的文字，内心的不安逐渐消散。不久后，阿莉西亚完全忘了时间。莱安德罗再怎么神通广大，也不可能在这本书为她开启的文字森林里找到她。她一脸满足的笑容，重回小说里的世界，总算体会到回家的感觉。她可以就这样待上一整天，甚至一辈子。

踏出浴缸，她凝视着胴体散发的蒸汽。右臂旧伤留下的黑色疤痕，仿佛是肌肤下生根滋长的一朵毒花。她用指尖抚着伤痕，隐约感受到一股微微刺痛正对她发出警告。她束起长发，在双臂、双腿和腹部抹上玫瑰乳液，那是当年情窦初开的费尔南迪托对她神魂颠倒时送的礼物，还是个很特别的牌子“原罪”。她正要返回卧房，电灯霎时亮起。她连忙双手遮胸，心跳加速。她一盏一盏关掉灯，骂了几句脏话。

然后，她一丝不挂站在衣橱前，好整以暇地挑选这一天的行头。巴塞罗那对很多事极为宽容，却始终容不下坏品味。她穿上赫苏莎洗烫过的内衣，想象着门房太太猛画十字的画面，不禁面露微笑。赫苏莎一定很纳闷，时下的年轻都会女孩，是否都穿这么时髦的玩意？她穿上玻璃丝袜，那是她要求莱安德罗替她买来的，因任务需求，她偶尔需要在高级住宅区扮演上流富家女，或为了长官的计策而必须出入丽兹酒店大厅。

“你就不能挑个普通的牌子吗？”莱安德罗一看到价钱，立即提出抗议。

“如果要普通的牌子，那么，这任务就另请高明吧。”

强迫莱安德罗花大钱替她购买奢侈品和书籍，是这份工作提供给她的少数乐趣。阿莉西亚决定不再心存侥幸，这一天乖乖穿上贴身护具。她将护具比平日扣得更紧，在镜子前转了个身，镜中的自己像个恶魔洋娃娃，美丽但邪恶的木偶。她始终无法接受这样的自己，因为这意味着，到头来，莱安德罗说得果然没错，而镜子也道出事实真相。

“你就差几条悬丝而已了！”

她挑了剪裁保守正式的紫红色洋装作为白天的战袍，再穿上一双在加泰罗尼亚大道的精品店买的意大利高跟鞋，当时店员叫她“小姑娘”，但这双鞋的价钱却抵过一般人一个月的薪水。她精心描绘妆容，以亮丽的酒红唇膏收尾，她相信，这颜色必定过不了莱安德罗那一关。她不希望巴尔加斯一大早就看见她气色憔悴。多年来从事这一行的经验教会她一件事：朴素反而引人侧目。出门前，她在玄关镜子前打量一番，总算肯定了自身的优雅美貌。“看得连你自己都要动心了。”她这样暗想，“如果你还有心的话……”

晨光初现，阿莉西亚过街来到格兰咖啡馆大门。进去之前，她瞥见罗维拉已经在角落守着。他围了一条大围巾，连鼻子都遮住了，双手则搓个不停。她正在犹豫该不该走过去，给他先来个今日的第一堂震撼教育，但还是放弃了此念。罗维拉在远处朝她打招呼，随即跑去躲了起来。一踏进咖啡馆，她发现巴尔加斯已经在等着，那张桌子俨然成了他们专属的位子。警官正忙着大口吞食加了番茄薄片的肉排青椒三明治，配上一杯咖啡，边吃边研究标本师协助厘清的那一排号码。听闻她进门，他马上抬头一望，将她打量了一番。阿莉西亚不发一语地坐下。

“您闻起来好香。”巴尔加斯向她打招呼，“就像一块蛋糕。”

语毕，他又埋首美味早餐和那些号码。

“怎么一大早就吃这种东西？”阿莉西亚忍不住质问他。

警官耸耸肩，再往厚实的三明治上大咬一口。阿莉西亚没好气地别过脸，巴尔加斯毫不客气地张大嘴巴再咬一口。

“知道吗，这里的人居然把三明治叫作面包夹馅……”巴尔加斯说，“不觉得很好笑吗？”

“简直快笑死了。”

“还有……这个有意思，加泰罗尼亚语的‘瓶子’听上去像‘安瓿’，就是注射药瓶那个。”

“您才到巴塞罗那几天，居然已经变成民俗专家了。”

巴尔加斯咧嘴一笑，像条大鲨鱼。

“谢天谢地，您昨晚的温柔已经完全消失，这就表示您的身体好多了。看见没有，那个什么人在外面站岗吹冷风呢……”

“他叫作罗维拉。”

“我都忘了，您很重视他。”

米克尔羞怯地端着托盘走近桌边，送来两片烤吐司、奶油和一壶热气腾腾的咖啡。此时不过清晨七点半，除了他们俩，咖啡馆没有其他客人。向来谨守分寸的米克尔一如往常，立刻躲回吧台后故作忙碌。阿莉西亚为自己倒了杯咖啡，巴尔加斯再度埋首研究号码，仔细检视每一个数字，仿佛期待着灵光乍现的契机。接连好几分钟，沉重的缄默在两人之间拉扯。

“您今天的打扮很优雅。”巴尔加斯终于打破沉默，“难不成我们要去什么高档的地方？”

阿莉西亚咽下口水，干咳了几声。他抬头望着她。

“关于昨天晚上的事……”她开口说道。

“怎么样？”

“我在此向您道歉，还有道谢。”

“没什么好道歉的，更别提道谢了。”巴尔加斯回应道。他的神情略显拘谨，并多了一份严肃。

阿莉西亚浅浅一笑。“您是个大好人。”

巴尔加斯眉目低垂。“别这样说。”

她不情不愿地啃着烤吐司。巴尔加斯盯着她看。

“怎么了？”

“没什么。我喜欢看您吃东西。”

阿莉西亚刻意往烤吐司上大咬了一口，嫣然一笑。

“今天有什么计划？”

“我们昨天已经去看了车子，我想，今天就去拜访一下布里安律师。”

“就照您的意思。打算以什么理由拜访他？”

“我已经想过了，可以乔装成个性单纯的有钱人家大小姐，手上有这本马泰克斯的书，但是想把它卖掉。古斯塔沃·巴塞罗先生告诉我，布里安是某个收藏家的代理人，这位神秘收藏家已经收购了市面上所有马泰克斯的书籍。”

“您是个性单纯的大小姐？有意思。那我呢，我又是谁？难不成是保镖？”

“这一点我也想过了……您就扮演我那忠诚、稳重又体贴的丈夫。”

“妙极了！猫样的女子配上一个老船长，简直就是年度佳偶。我才不相信律师会信您这一套，就算他是法学院的最后一名也没这么好骗。”

“我也没指望他会相信这些。我的用意就是要他起疑心，然后有所行动。”

“啊！我知道了。然后……我们就去跟踪他？”

“巴尔加斯，您简直就会读心术。”

两人启程沿街往下走，朝阳穿梭在巷弄间，遍洒屋宇。巴尔加斯欣赏着阿维尼奥街一排排建筑和隐匿的角落，满脸愉悦，仿佛周末出游的乡下中学生。上路没多久，他发觉阿莉西亚每走几米就回头张望。他正想问她怎么回事，就顺着她的视线瞥见了他。罗维拉违背协议，正试图隐身在距离约五十米外的一幢建筑大门前。

“可恶的家伙，看我怎么狠狠修理他一顿！”巴尔加斯喃喃自语。

阿莉西亚拉住他的手臂。“算了，别管他。”

她微笑着对他招招手。罗维拉左顾右盼，踌躇半晌才惊觉自己曝了光，连忙羞怯地打招呼。

“哼，窝囊废一个！”巴尔加斯气得咬牙切齿。

“换了别人恐怕更糟。至少他已经变成我们这边的人了。”

“那是您这样说。”

巴尔加斯双手甩了又甩，示意要他往后退到双方协议的距离。罗维拉点头称是，并高高竖起大拇指以示同意。

“看看他那副德行，八成是从电影里学来的。”巴尔加斯说。

“这年头，大家不都在电影里学习怎么生活吗？”

"说的也是。"

甩开罗维拉之后，两人继续往前走。

"我就讨厌这个死缠烂打的小瘪三！"巴尔加斯还是气不过，"我不懂您为何这么信任他，谁知道他是怎么跟警局长官报告的。"

"说真的，我觉得他有点可怜。"

"我倒认为，给他一点教训，他就会安分一点。您不必在场没关系。我自己就能应付他，一定让他吓得屁滚尿流。"

"您吃了太多蛋白质，巴尔加斯，连脾气都变得火爆了。"

21

如果说人靠衣装，那么办公环境和公司地址也能说明律师业务的兴衰。这座城市大多数律师都选择在恩宠大道的豪华办公大楼开业，相较之下，费尔南多·布里安选择的地点就朴实多了，在同行间堪称异数。

阿莉西亚和巴尔加斯远远就瞥见那栋百年老建筑，靠近美泽街和阿维尼奥街交会口。楼下是一间提供酒类饮品和小点心的酒馆，看来是落魄斗牛士和刚发薪的船员喜欢鬼混之处。酒馆老板一副陀螺似的矮胖身材，嘴巴四周蓄满胡须，此时正拎着拖把和一桶掺了洗洁剂的热水走出门外。他一边哼歌，双唇间的牙签也跟着轻快舞动，手上的拖把则像画笔在地上抹。只见他小心清理地上的尿液、酒鬼的呕吐物，以及通往港口的巷弄里的其他混杂秽物。

建筑入口堆满了一排排覆满灰尘的箱子和家具。三个负责搬运的小伙子汗如雨下，趁着停下来喘气的空当儿，赶紧吃几口夹了粗香肠片的三明治。

“请问布里安律师事务所在这里吗？”巴尔加斯上前询问，酒馆老板停下清晨的打扫工作，抬起头盯着他看。

“在阁楼。”他说着往上一指。

这时候，阿莉西亚在一旁现身了，酒馆老板立刻咧嘴一笑，露出两排黄板牙。

“要不要喝杯咖啡加个小蛋糕啊，美女？小店请客！”

“改天吧。您那一大把胡子先剃了再说。”阿莉西亚没好气地应道，径自往前走。

三个小伙子乐得在一旁看好戏，老板却气得恼羞成怒。巴尔加斯跟着她走进楼梯间，眼前出现一座螺旋梯，不仅作为上下楼通道，也是建筑设计的一部分。

“这里有电梯吗？”巴尔加斯问了其中一个小伙子。

“就算有，我也从来没看到过。”

两人就这样爬了五层楼，总算到了顶楼，楼梯平台堆满箱子、档案夹、衣架、椅子，还有好几幅像是平价商场买来的廉价乡村风景画。阿莉西亚探头到事务所内张望，室内仿佛战机轰炸过的现场，似乎没有任何东西摆在原位，几乎全都在打开的箱子里或堆着等候打包。巴尔加斯试着按了一下门铃，但已故障，于是他用指关节敲门。

一个金发女子从走道出来，身形像装满的面粉袋，宛如一艘穿了艳色碎花洋装的大船。

“早安！”阿莉西亚主动寒暄，“请问这里是布里安律师事务所吗？”

女子往前走了几步，一脸讶异地望着他们。

“是的。应该说曾经是。我们正忙着搬迁呢，两位有什么事吗？”

“我们想跟律师谈一谈。”

“两位有预约吗？”

“没有。布里安先生在吗？”

“他通常会晚一点到。大少爷作风。两位可以在楼下的酒馆等一下。”

“您如果不介意，我们希望留在这里等。毕竟要爬这么多层楼。”

女秘书叹了口气，点头同意。“请便。不过，这里乱七八糟的……”

“没关系。”巴尔加斯连忙回应，“我们尽量不妨碍您的工作。”

阿莉西亚甜美的笑容，特别又加上巴尔加斯成熟可靠的外表，似乎化解了女秘书的猜疑。

“两位请跟我来。”

女秘书带他们走过公寓内漫长的走道。走道两旁堆满了搬迁需要的箱子。因打包而飞扬的尘土，宛若一片晶亮的薄雾，搔得人鼻头发痒。绕了大半圈，最后来到公寓角落宽敞的房间，看来就是事务所的堡垒所在。

“还请两位多包涵……”女秘书指着房里说道。

这房间已经看不出原来是布里安的办公室，眼前只见凌乱的书架，以及高高堆放在墙边的文件夹。房里体积最大的物件是一张气派的木制书桌，似乎是从火场中抢救而来，书桌后方摆着玻璃橱柜，存放着随手堆置的整套法律法规全集。

阿莉西亚和巴尔加斯挑了阳台边落地窗前的凳子坐下，远眺窗外，隐约可见街道另一头伫立在教堂圆顶的仁慈圣母雕像。

“请祈求圣母怜悯我们吧。我怎么求，她都不理我。”女秘书说，“不知两位怎么称呼？”

“海明·万卡索夫妇。”巴尔加斯还没来得及反应，阿莉西亚先开了口。

女秘书频频点头，但略带玩味的眼神已经飘到巴尔加斯身上，仿佛想表达她注意到了两个人的年龄差距，但一个长相俊帅的男人犯了这点小错误没什么大不了。

“我是布丽，请多指教。律师应该很快就到了。两位要喝点什么吗？楼下酒馆的老板每天早上都会送一壶咖啡和小蛋糕上来，两位如果不嫌弃，要不要也……”

“那就麻烦您了。”巴尔加斯应允。

布丽满脸愉悦笑容。“我马上去准备。”

她故作风骚地离开，巴尔加斯目不转睛地盯着她那肥臀。

“没完没了的小蛋糕……”阿莉西亚咕哝着。

“我想她尽力了。”

“您刚刚才吃了一大堆东西，为什么现在还会饿？”

“因为我是有血有肉的男子汉。”

“看看这位布丽小姐能不能激起您的男子气概……”

巴尔加斯还来不及驳斥，对话里的当事人已经捧着托盘出现，盘上堆满了小蛋糕，外加一壶热腾腾的牛奶咖啡，警官乐得全盘收下。

“很抱歉，我只能这样端给您，因为所有东西都装箱了。”

“别担心，这没什么，非常感谢。”

“请问这个事务所为什么要搬走？”阿莉西亚趁机探问。

“因为房东要涨房租啊……死要钱！不如大伙儿都搬走，这栋房子留着养老鼠算了！”

“天啊！”巴尔加斯在一旁搭腔，“那么……现在要搬去哪里呢？”

“我也很想知道。我们已经口头约定要搬到附近一间办公室，就在邮政总局后面，可是新地点的整修工程落后，起码还要再等一个月才能搬进去。这段过渡期间，只好先把东西都搬到律师他们家族在新村的仓库。”

“您和律师这段时间在哪里上班？”

布丽叹了口气。

“律师有个阿姨不久前过世，她在萨里亚区的马优菲巷有户公寓，目前看来，我们大概会在那里上班。唉！没办法，事情发生得太突然……”

阿莉西亚和巴尔加斯再次环顾四周，从布里安这个已经终结的办公室，嗅得出一股浓浓的破产味。阿莉西亚的视线偶然停在一组相框上，里面有张像毕业照的合影，她猜想照片主角应该就是年轻时的布里安，他身边围绕着一群衣衫褴褛、戴上脚镣甚至颈环的饥饿囚犯。照片下方印了一行字：

费尔南多·布里安　失落灵魂的律师

阿莉西亚站起来，走过去盯着照片看个仔细。布丽也凑过来，微笑着摇头轻叹。

“您看，那就是他，巴塞罗那法律界的正义使者……多年前他大学毕业时，被同学们捉弄开了这么个玩笑。那时候多年轻！他现在还是这个样子。您看看，这样的东西，他居然觉得很好玩，还刻意挂出来让客户看。”

“律师先生的客户有没有比较……”

“比较富有的？”

“嗯……比较有支付能力的？”

“付得起钱的客户倒是有一些，但是，布里安动不动就从上帝手里把街头的穷光蛋带回事务所……没办法，他就是这样一个慈悲心肠的老好先生，所以我们就是这种下场啰！”

“您放心，我们的付费一定能让您满意。”巴尔加斯连忙解释。

“真是谢天谢地。小蛋糕还合您口味吗？”

“很好吃。”

就在巴尔加斯为了讨好布丽而以实际行动展现自己的胃口和品味时，公寓入口传来巨响，继之而来的是绊脚造成的突兀噪声，最后以大声咒骂收场。布丽没好气地翻了个白眼。

“律师先生马上就来。”

费尔南多·布里安外表看似公立学校教师，身上穿的是二手西装。领子上系的领带可能已经好几周没拆过，磨平的皮鞋鞋底就像河底的鹅卵石一样光亮。身材瘦削，个性焦躁，即使身为资深律师，依旧蓄着灰白长发，深邃双眼躲在一副从战前戴到现在的黑框眼镜后面。阿莉西亚暗想，他要是看上去像个律师，那么布丽就是修女。即使职场上的成就看来局促寒酸，但布里安始终具备青春活力。他是个不老的灵魂，没有任何人告诫他，到了这把年纪，行为举止就该有令人敬重的成熟和稳重。

“两位请说。”布里安请客人说明来意。

他随兴地坐在书桌一角，观望的眼神中混杂了好奇和怀疑。布里安虽对贫困弱者容易心软，但也不是脑袋愚蠢的人。巴尔加斯先开了口，并指着阿莉西亚。

“您如果不介意，就让我太太向您解释我们今天来的目的，因为家里都她说了算。”

“没问题。”

“需要我记录吗，布里安律师？”站在门口待命的布丽赶紧问道。

“不用了。您还是去打点一下搬家的事，这么多箱子堵在路口，货车根本进不来。”

布丽点头称是，垂头丧气地去执行老板交办的任务。

“您刚刚说……”布里安重回正题，“对了，您的夫人，家里都是她做主……”

布里安的语气略显犀利，阿莉西亚不禁怀疑，她到马术协会拜访过的书商巴塞罗，是否将她可能来访一事预先通知了布里安。

“布里安先生，”她开始说明来由，“是这样的……我丈夫海明的一个姨妈不久前去世了，她留给我们的遗产，除了艺术收藏品之外，还有几本价值不菲的藏书。”

“两位的长辈过世，我很遗憾。两位要咨询的是关于遗嘱的执行，还是？”

“事实上，我们找上您是因为那几本藏书当中，有一本书的作者是维克多·马泰克斯。那是三十年代在巴塞罗那出版的一系列小说之一。”

“《灵魂迷宫》系列。”布里安替她补充说明。

“没错。我们听说有一位收藏家积极收购这位作者的所有书，而您是他的代理人，因此，我们觉得有必要来拜访……”

“我知道了。”布里安说着从桌角站起来，找了张扶手椅坐下。

“我们想拜托您，或许可以安排让我们和您的客户联络，如果有必要，您可以透露我们的身份也没关系……”

布里安频频点头，看似回应阿莉西亚的建议，但更像是不自觉的反应。

“可惜我不能这么做。”

“什么？”

“我无法为您传达这个讯息，也不能帮您联系我的客户。”

阿莉西亚脸上浮起妥协的笑容。“能不能冒昧地问一下为什么？”

“因为我不认识他。”

“抱歉，我不懂您的意思。”

布里安往扶手椅背上一靠，双手在胸前握着，两只大拇指相互搓摩。

“我和这位客户的往来，仅限于通过一位女秘书转达书信。我从来没见过他本人，也不知道他叫什么名字。他和其他收藏家一样，宁可维持匿名。”

“就连跟自己的律师也这样吗？”

布里安一笑置之，并耸了耸肩。

“但是他得付钱吧？”巴尔加斯忍不住问。

“既然您是和他的女秘书通信往来，那么，寄信至少要有个名字和地址？”阿莉西亚好奇。

“我们通过邮政信箱写信，至于信箱号码，不必我多说，碍于客户隐私无法透露。此外，我也不能把女秘书的姓名告诉两位，因为客户不愿意公开身份时，我也无权透露他的个人资料。这是最基本的行规，请两位谅解，我必须遵守规定。”

“我们可以理解。就算是这样，那么……您如何替客户取得他要的系列藏书，如果您无法直接告诉他有这样一本书可以收购？”

“您要知道……万……万卡索太太是吧？如果客户决定倾其全力取得他想要的一本书，那么，他会是那个通知我书在哪里的人。我纯粹只是个中间人。”

阿莉西亚与巴尔加斯面面相觑。

“天呐！”巴尔加斯赶紧打圆场，“亲爱的，看来是我们搞错了。”

布里安起身绕过书桌，连忙伸出手来，面带客套的笑容，显然急着想送客。

“很抱歉，此事我实在帮不上忙，而且办公室一团乱，还请两位见谅。我们正忙着搬迁，没想到今天会有客户来访……”

握手道别后，布里安领着客人往外走，不时需要回避或排除散放在走道上的障碍。

“恕我冒昧给两位一个客观的建议，换作是我，我会去找个人脉广、有声望的书商帮忙，请他放出风声。如果两位真的拥有马泰克斯的书，买家很快就会上门。”

“您建议找哪些书商？”

“皇家广场边的巴塞罗，圣安娜街的森贝雷父子书店，或是维克镇上的柯斯塔。这是三个最好的选择。”

“我们会照您的建议去做的。感激不尽！”

“别客气。”

阿莉西亚不发一语地来到楼下入口玄关。巴尔加斯尾随在后，但谨慎地保持距离。跨出大门后，阿莉西亚驻足看着搬家公司小伙子堆放在门口的箱子。

“您现在要做什么？”巴尔加斯困惑不解。

“我们现在就只能等。”她说道。

“等什么？”

“等布里安采取行动。”

阿莉西亚在一个已经封好的箱子旁屈膝跪下。她往大门口张望了一下，趁着四下无人，赶紧撕下箱子上的标签，然后塞进皮包。

“这是在干什么？”巴尔加斯一头雾水。

阿莉西亚不理他，兀自往门外走。巴尔加斯一踏出大门便大吃一惊，因为他看见她居然走进街角的小酒馆。热爱清晨小蛋糕的酒馆老板，这时正拿着拖把努力清洗地板，一见她走进酒馆，惊讶程度不下于巴尔加斯，赶紧把水桶放在墙角，殷勤地跟着进门，并拿起挂在腰际的抹布猛擦手。巴尔加斯跟在两人后面，一路唉声叹气。

“小姐要来一份牛奶咖啡配小蛋糕吗？”老板问道。

“我要一杯白葡萄酒。”

“现在这种时候？”

“你几点开始供应白葡萄酒？”

“如果是小姐要喝的话，二十四小时全天候供应。佩内德斯产的淡酒可以吗？”

阿莉西亚点头同意。巴尔加斯在她身旁的凳子坐下。

“您真的觉得这个计划行得通吗？”他问。

“试一下不会有任何损失。”

老板送来一杯白葡萄酒，另外附送一盘橄榄。

“先生要不要来杯啤酒？”

巴尔加斯摇头拒绝。他定定望着阿莉西亚愉快地享用美酒。她的双唇迷人地轻抚玻璃杯，液体流入时隐隐浮动的雪白颈部，照亮了灿烂的一天。她发觉他脸上的神情，不禁皱眉。

“怎么了？”

“没什么。”

阿莉西亚举起酒杯。“您不想尝一口吗？”

“算了，饶了我吧。”

就在阿莉西亚喝下最后一口白葡萄酒时，布里安律师匆忙疾行的身影从酒馆窗前掠过。阿莉西亚和巴尔加斯互看了一眼，随即在吧台留下一些零钱，然后一言不发地离开酒馆。

22

局里人都知道，提到跟踪或者抓人，不管有没有犯罪嫌疑，巴尔加斯都是个中高手，无人可比。若是问他诀窍，他总说重点不在于谨慎低调。他强调避人耳目那些原则不管用，跟踪的窍门不在于跟踪者是否能看到或感受到目标，而是注意被跟踪者的视线范围能看到什么。此外，脚力要好。从两人一开始跟踪布里安律师，巴尔加斯发现，阿莉西亚对情势的掌握不仅了如指掌，简直是高超到令人敬佩。她对旧城区错综复杂的每个角落、每条巷弄熟稔的程度，让他们能轻易跟随布里安的脚步闲逛，被跟踪者却全程未发觉自己被盯上。

阿莉西亚的步伐比前一天稳定多了，巴尔加斯揣想，她今早应该穿上了标本师提过的护具，臀部摆动方式不同以往，看起来更结实坚挺。阿莉西亚尾随目标进入凌乱的街区，偶尔暂停脚步，在布里安发现他们之前找个暗角藏身。不到二十分钟，他们已经尾随律师走过港口区的迂回巷弄，来到市中心。这期间他多次驻足路口，回头张望，确定没有人跟踪。他犯下的唯一错误，就是每次都看错了方向。最后，两人看着他转入卡努达街，走向兰布拉大道，混入熙来攘往的人潮。这时候，阿莉西亚停下脚步，驻足数秒钟后，她拉住巴尔加斯的手臂。

“他要去地铁站！”她喃喃说道。

混入兰布拉大道人群中，两人刻意分头前进，一直保持数十米的距离，一路尾随布里安到了卡纳雷塔斯喷泉旁的地铁站入口。律师快步走下楼梯，进入了昵称“光明大道”的地下街。

名为大道，实际上却是阴暗简陋的通道，这条诡异的地下街道是主政者期望以极少资本打造出瓦斯灯照明的巴塞罗那地下世界。可惜的是，这项计划未能达成梦想中的荣景。这个死气沉沉的地下社会充斥着地铁隧道的煤炭味和铁锈味，“光明大道”成了逃避世界和阳光的边缘人栖身藏匿之处。巴尔加斯打量眼前一根根伪造的大理石柱撑起的幽暗地道，两旁尽是破旧小店，还有宛若停尸间的咖啡馆，接着，他转向阿莉西亚。

“这里是吸血鬼之城吗？”他问。

“差不多。”

布里安在那条主要通道上信步走着。阿莉西亚和巴尔加斯尾随在后，两旁的一根根柱子正好可以躲藏。律师走过整条地下街，却不见他对两旁商店的任何东西显露一丝兴趣。

“说不定他只是对阳光过敏。”巴尔加斯臆测。

布里安在加泰罗尼亚铁路局的售票口驻足许久，接着，他继续朝街底走去。就在这时，他的去处终于揭晓。

“光明大道”电影院是奇诡的巴塞罗那地下世界里的一座海市蜃楼。节庆特有的缤纷霓虹灯光和怀旧老片海报，正努力吸引着闲逛地下街的路人、失志落魄的小职员、被同事欺压的菜鸟员工，还有内战结束后业务起死回生的皮条客。布里安走近售票口，买了一张电影票。

“不会吧？律师大人一早就来看电影？”巴尔加斯咕哝着。

戏院的检票员替他开了门，布里安随即入内，入口以遮棚装饰，棚下的告示板上是当周的放映片名：《黑狱亡魂》和《陌生人》两片同映。奥森·威尔斯带着邪恶又神秘的微笑在海报上冷看众生，海报框上镶着忽明忽灭的灯泡。

“至少他的品味还不错。”阿莉西亚替他辩护。

掀开入口处的天鹅绒帘幕，迎面而来的是老旧电影院特有的氛围和简陋。放映机射出的光束穿越浓密的浮尘，仿佛已在这座放映厅漂浮了数十载。一排排空座椅往下延伸至大银幕前，恶棍哈利·莱姆就在这里展现他在维也纳复杂的下水道间逃窜的身手。《黑狱亡魂》惊悚可怕的画面，竟让阿莉西亚联想到曾在马泰克斯小说里读过的情景。

“他在哪里？”巴尔加斯凑近她耳边轻声问。

她朝放映厅内部指了一下。布里安挑了个第四排的位子。全场顶多三四名观众。两人沿着放映厅边缘走道往下，旁边还有一排靠墙的位子，仿佛地铁车厢里的座位。到了放映厅半途，阿莉西亚钻进其中一排座位，挑了正中央的位子。巴尔加斯在她旁边坐下。

“看过这部电影吗？”

阿莉西亚点头回应他。这部片子，她看过至少六遍，都能倒背如流了。

“内容都演些什么？”

“青霉素。您安静点。”

等待时间比他们预期中来得短。当时电影尚未结束，阿莉西亚却瞥见一个漆黑的男人身影走过大厅侧边走道。巴尔加斯似乎已完全沉浸在剧情里，她只好用手肘撞他一下。陌生人穿着黑色大衣，手拿帽子。阿莉西亚紧握拳头。陌生访客在律师座位前一排停下脚步，静静盯着大银幕，过了半晌，他挑了布里安座位后一排，选中的位子正好和律师成对角线。

“骑士的走法。”巴尔加斯喃喃低语。

接下来数分钟，律师对于陌生人的出现毫无反应，男子与他亦无任何互动。巴尔加斯看着阿莉西亚，一脸质疑，她则开始暗忖，或许这一切只是巧合罢了。两个完全不相识的陌生人在戏院里，凑巧都近视，所以不约而同选了前排的位子。

就在这时，恶棍哈利·莱姆接连开枪，戏院里枪响不止，陌生人趁机倾身靠向前排的座位，布里安随即缓缓回头。电影配乐淹没了两人的交谈声，阿莉西亚隐约听到律师说了几句话，并且递了一小张纸条给陌生人。接着，两人又互不理睬，重新靠坐在自己的座位上，继续欣赏电影。

“在我年轻的时候，这两个人会因为有伤风化被抓。”巴尔加斯语气坚定。

“真可惜我看不到西班牙石器时代的繁荣盛世。”阿莉西亚没好气地回他。

当放映机在大银幕上投射出片尾画面，陌生人随即起身。他缓缓挪步往侧边走道，与此同时，恍然大悟的女主角在荒凉的维也纳古老墓园漫步独行。他戴上帽子，走向出口，阿莉西亚和巴尔加斯并未回头，刻意佯装没发觉他从旁经过，不过，两人视线却紧盯放映机的朦胧光束映下的身影。帽檐阴影遮住了他的脸，却藏不住那不寻常的象牙白肌肤光泽，仿佛一张人型模特的脸。阿莉西亚不禁打了个寒颤。巴尔加斯一直等到陌生人消失在出口帘幕后方，连忙靠了过去。

“是我看走眼了吗？那家伙戴了面具？”

“算是。”阿莉西亚附和，“好啦，趁他溜走之前，我们也快走吧……”

两人还来不及起身，放映厅灯光霎时亮起，电影最后一幕已在大银幕上消失了。布里安起身来到侧边走道。数秒钟后，准备走向出口的他即将从他们面前经过，到时候一定会看见他们俩坐在那里。

“现在呢，怎么办？”巴尔加斯喃喃低语，同时低下头。

阿莉西亚突然勾住他的脖子，将警官的脸凑到自己面前。“快，抱住我！”

巴尔加斯应声将她揽入怀中。阿莉西亚紧紧抱着他，两人卷成麻花一般，俨然就是一对热吻中的恋人，当时，这样的画面通常只会出现在社区小电影院最后一排的座位，而且都在午夜场，此刻，她的红唇竟几乎要贴上来了。巴尔加斯紧闭双眼。确定布里安已离开放映厅之后，阿莉西亚轻轻推开了他。

“走吧！”

两人一走出电影院，随即在地下街主要通道瞥见布里安的身影逐渐远去，他正朝方才前来的方向离去。面具陌生人不见行踪。阿莉西亚紧盯着大约二十米外的楼梯，走上去就是巴尔梅斯街和佩拉约街交会口。两人快步朝那个方向前进。右腿突然一股刺痛，她不得不屏息止步。巴尔加斯搀扶着她的臂膀。

“我没办法再快了……”阿莉西亚说，“您赶快跟上去吧！”

巴尔加斯火速爬上楼梯，留下她靠墙站着，试着慢慢喘过气来。重见明亮白昼的警官，首先看到的是巴尔梅斯街的拥挤人潮。他环顾周遭，却毫无头绪。对这座城市不熟悉的他，显然是迷路了。这时段交通繁忙，市中心处处可见拥塞车潮，满街都是汽车、公车和电车。人行道上洒着一片粉尘悬浮的阳光，密集的行人仿佛一块飘动的布幔。巴尔加斯一手抵着额头遮阳，目光不断扫掠路口，丝毫不在乎路过行人一再碰撞。过了半晌，已看过上千个身穿黑色外套、头戴绅士帽的路人，往来各个方向，就是不见他要找的人。

不过那张质地特殊的脸还是显露了他的行踪。陌生人已经过了街，正走向一辆停放在维尔盖拉街口的汽车。巴尔加斯企图越过街道，但车潮逼人，喇叭声如雷震耳，一再将他逼回人行道上。另一头的陌生人已经进入车内。警官认出那是一辆奔驰车，至少十五年到二十年前的车型。总算转为绿灯时，那辆车早已驶离。巴尔加斯急忙在后面追着跑，趁着车子隐没在车阵里之前看了最后一眼。折返走回地铁站入口途中，正好碰见刚才一直怒目盯着他的市警局警员。巴尔加斯暗忖，这个警察大概看见他企图闯红灯过街，而且冲进车阵里。他自知理亏，乖乖点了点头，对警察挥手致歉。阿莉西亚在人行道上以期待的眼神迎接他。

“身体怎么样？”巴尔加斯表达关切。

她却对问题充耳不闻，并且不耐烦地猛摇头。

“我最后看见他上了一辆车。一辆黑色奔驰车。”巴尔加斯说。

“车号呢？”

他点了点头。

23

他们进了纽立亚餐厅，挑了个靠窗的位子。阿莉西亚点了白葡萄酒，她今天的第二杯。接着，她点燃一支烟，望着窗外兰布拉大道流动的人潮，仿佛那是举世最大的水族箱，巴尔加斯在一旁看着她颤抖的手拿起酒杯，凑近唇边。

“又要开始训话了吗？”阿莉西亚随口问道，视线依然朝着窗外。

“干杯！”

“您一直没聊起那个面具陌生人。难不成您的想法和我一样？”

他耸耸肩，面露怀疑的神情。

“巴利斯在文艺协会疑似遭暗杀的调查报告提到，有个覆盖脸部的男子……”阿莉西亚说。

“有可能。”巴尔加斯赞同她的推测，“我去打几通电话。”

终于熬到独处的时候，阿莉西亚不由得发出痛苦的呻吟，并伸手摸着臀部。她一度考虑服用半颗止痛药丸，但还是放弃了这个念头。巴尔加斯忙着在餐馆里面的角落打电话，她趁机向服务生再点了一杯白葡萄酒，并要他撤下她刚刚一口气喝光的第一杯。过了一刻钟，巴尔加斯回到座位，手上拿着小记事本，炯炯发亮的眼神预告会有新消息。

“运气好，查出来了。那辆车登记在梅宝纳有限公司名下。这是一家房地产公司，至少是以这样的名义注册的。总公司在巴塞罗那恩宠大道六号。”

“就在这附近。让我再休息几分钟，我们等一下就过去。”

“这事就交给我。阿莉西亚，回家休息吧，我处理完就过去向您报告调查成果。”

“确定可以吗？”

“当然可以，走吧。”

两人来到兰布拉大道，这时候天空总算放晴了，冰蓝的晴空偶尔会在巴塞罗那冬季施展魔法，能让天真的世人以为岁月如此静好。

“直接回家，知道吗？我知道您的习惯，千万不要顺路又去办别的事情。”巴尔加斯叮咛。

“遵命，千万别偷偷背着我破案了。”阿莉西亚说。

“您放心。”

她看着他走向加泰罗尼亚广场，并在原地等了几分钟。她早在多年前就证实了一件事：夸大疼痛症状，露出茶花女式楚楚可怜的忧容，即可操弄男人扭曲、幼稚的思维，他们自以为是地认定自己必须保护她并指点迷津，基本上，这是所有男人的通病，只有莱安德罗除外，他向她传授了不少秘籍，并喜欢打探她学会了哪些其他招数。当阿莉西亚确定摆脱了巴尔加斯，随即转向改道。回家这件事还可以再等一等。她需要时间思考，需要隐身暗处观察。最重要的是，有些事情，她只想单独进行，并且以她自己的方式完成。

梅宝纳地产公司就在那幢梦幻城堡般的现代主义风格雄伟建筑顶楼。这幢建筑外墙重新砌上了赭红色石砖，顶着复折式屋顶和醒目的塔楼，世人给它起了个响亮名号：罗卡摩拉之屋，精细手工艺和戏剧化风貌并陈的典范，也是巴塞罗那街头特有的景致。巴尔加斯驻足街角片刻，就为了好好欣赏眼前壮观的楼台、通廊以及拜占庭式建筑结构。一位街头画家站在他摆在街角的画架前，正忙着完成以眼前这栋建筑为主题的印象派画作，一见巴尔加斯出现，立即对他微笑致意。

“很精彩的画作。”巴尔加斯表示赞赏。

“尽力而为罢了。警察先生吗？”

“这么明显啊？”

街头画家冷笑以对。巴尔加斯指了指画作，“这幅画要卖吗？”

“大概半个小时后就可以来拿了。对这房子有兴趣？”

“一直都很有兴趣。进去要买门票吗？”巴尔加斯问道。

“不必。”

一座仿佛科幻小说里才有的电梯把他载至宽广的办公楼层大门前，门上的金色告示牌印着气势逼人的粗体字：

梅宝纳

资产投资&管理

巴尔加斯按了门铃。清脆的钟琴声回荡在空中，不久大门开了，一名衣着精致的女接待员出现在华丽的大厅里。在有些公司，财富展现出有意识的恶意。

“早安。”巴尔加斯语气严肃，同时出示了证件，“我是巴尔加斯，警察总部刑警。我想跟这里的负责人谈一下，麻烦您了。”

女接待员打量着他，难掩惊讶。或许她向来接待的都是有头有脸的大人物。

“您是说桑奇斯先生？”

巴尔加斯微微点头回应，并往前挪了几步。这间接待室四面墙都贴了蓝色天鹅绒壁纸，还挂了好几幅优雅的巴塞罗那经典建筑画作。巴尔加斯认出是街角画家的作品，极力忍住笑意。

“可否请问您有何贵干，警官？”在他背后的女接待员好奇探问。

"警长。"巴尔加斯头也不回地纠正了她的说法。

接待员干咳几声，久久未获回应，便叹了口气。"桑奇斯先生正在开会，您若不介意……"

巴尔加斯随即转过身来，一脸冷漠地直视她。

"我马上就去通知他，警长。"

巴尔加斯没好气地点了点头。女接待员火速跑去搬救兵了。紧接着传来她细微的谈话声，然后是房门开关的声响，以及在走道上快跑的脚步声。不到一分钟，她回到接待室，换上了满脸亲切笑容，请他一同入内。

"麻烦移驾到会议室，总经理正在那里等您。"

他走过长长的走廊，两旁尽是浮夸的办公室，里头的律师个个穿着三件式西装，以隆重行头展现专业代理人的权威。举目所及皆是价值不菲的雕塑、画作和地毯，最后来到一间宽敞大厅，厅内装设了一大片落地窗，凭窗远望，仿佛天使俯瞰人间，整条恩宠大道尽收眼底。气派的大会议桌旁摆着成套的扶手椅，还有玻璃橱柜，外加高级木材制成的墙角装饰木条。

"桑奇斯先生马上就来。您要不要喝点什么？咖啡？"

巴尔加斯摇头婉拒。女接待员火速从现场蒸发，让他落了单。

警官暗自评估现场陈设。梅宝纳公司这办公地点，闻起来就是一股铜臭味。或许，光是脚下这块地毯的价格就超过他多年薪资的总和。巴尔加斯绕着大会议桌踱步，抚着打过蜡的橡木桌面，嗅着满室豪奢香氛。从陈设风格看来，这个致力于制造财富的机构散发着沉闷、疏离的氛围，时刻提醒着来访者，即使已经身在其中，其实仍被排拒在外，外人终究只属于那片著名的落地窗外的世界。

会议厅挂满了不同尺寸的人物肖像。大部分是照片，但也有肖像画家的油画和炭笔素描，这些近代名家都是一时之选。巴尔加斯仔细检视肖像，所有照片和画作都出现了同一个人，一位满头银发的绅士，总是道貌岸然地看着镜头或画架，笑容祥和平静，眼神冷若冰霜。这位主角显然深谙装腔作势，更懂得挑选合影人。巴尔加斯凑近细看其中一张合照，这位眼神冷漠的绅士与一群有头有脸的名人一起入镜，个个一身猎装，笑容满面，就像相识一辈子的老友，大伙儿簇拥着年轻许多的佛朗哥将军。巴尔加斯一一检视照片中的人物，目光停驻在一位参与打猎的合影人。他站在第二排，极尽所能展露灿烂笑容，仿佛刻意要引人注意。

“巴利斯。”他喃喃低语。

他背后的会议室大门开了，一转身，眼前立刻出现一位中等身材、体型近乎瘦弱的男子，稀疏金发柔细得像是初生儿。一身无懈可击的羊驼毛西装，颜色正好与他温和、深邃的眼眸相衬。总经理笑容可掬地对他伸出手。

“早安，我是桑奇斯，本公司总经理。玛利亚·罗莎告诉我，您要跟我谈事情。抱歉让您久等了。我们正在准备股东年度大会，事情比较多一点。请问小队长有何贵干？”

桑奇斯看来温文有礼，并兼具企业高阶主管的专业素养。他的眼神同时散发着亲切感和权威感，并具备洞悉细微的功力。巴尔加斯坚信，早在桑奇斯开口说第一句话之前，大概已经先看出他脚上的皮鞋是哪个牌子，以及他身上那件旧西装的年份。

“我觉得这个人很面熟。”警官指着会议厅墙上挂的其中一幅油画。

“这位是米盖尔·安赫尔·乌巴赫先生。”桑奇斯面带微笑说道，面对访客的无知或天真，依旧和颜悦色，“我们的创办人。”

“乌巴赫银行那位吗？”巴尔加斯问，“就是那位火药银行家？”

桑奇斯露出短暂的应酬式微笑，但眼神已淡漠许多。

“米盖尔·安赫尔先生并不喜欢这个绰号，也容我冒昧请求您，勿以个人偏见批判他人。”

“听说这是大元帅本人亲自帮他取的绰号，基于他对国家的贡献。”巴尔加斯信口编造。

“其实，事情不是这样的……”桑奇斯提出纠正，“这是某个左派媒体在战争期间强加给米盖尔·安赫尔先生的绰号。乌巴赫银行连同其他机构，一起资助了国家解放运动。他是个伟大的人物，西班牙对他亏欠许多。”

“但他显然也从中获利不少……”巴尔加斯咕哝。

桑奇斯对他的话充耳不闻，依旧保持应有的礼貌。

“请问米盖尔·安赫尔与这家公司有什么样的关联吗？”巴尔加斯好奇探问。

桑奇斯清了清喉咙，一副打算好好说教一番的姿态。

“安赫尔先生一九四八年去世之后，乌巴赫银行集团分割成三个事业体，其一是加泰罗尼亚工业信贷银行，这家银行大约在八年前被拉丁美洲信贷银行并购。梅宝纳地产公司应当时的需要而创立，借以管理银行旗下拥有的不动产。”

桑奇斯咬字清晰地说完这段话，仿佛已背诵多次，配上专业客观的神色，就像在博物馆带领观光客的导览人员，边说边瞥了一下手表。

“不过，我相信您对本公司创建历史大概不会有太大兴趣。”他结束简短介绍，“有什么需要我服务的地方吗，长官？”

“其实是一件小事，大概也算是微不足道。桑奇斯先生，不过，您也知道，该做的例行工作就是免不了。”

“当然，您说的是。”

巴尔加斯立刻掏出记事本，假装查看内容。

“您能不能确认一下，有一辆车牌B-74325的奔驰车是不是梅宝纳公司的车？”

桑奇斯一脸困惑地望着他。“老实说，我也不知道。这个……我得去问问。”

“我想贵公司大概有一整支车队吧，我有没有说错？”

“您说的没错，我们确实拥有五六辆车，如果……”

“其中一辆是不是奔驰车？黑色的？大概是十五年到二十年前的车款？”

桑奇斯闪过一丝不安的神情。“对……那是瓦伦丁开的车。请问发生什么事了吗？”

“您刚刚说他叫瓦伦丁？”

“瓦伦丁·莫尔加多，我们公司的司机。”

“您个人的专属司机？”

“是的。从几年前开始的，能否请问究竟……”

“这位莫尔加多先生现在人在公司吗？”

“我想他应该不在。他一大早就得送维多利亚去看医生。”

“维多利亚？”

“维多利亚是我太太。”

“您夫人娘家的本姓是？”

“乌巴赫。维多利亚·乌巴赫。”

巴尔加斯眉梢上挑，一副吃惊的模样。桑奇斯点头回应，略显不悦。

“没错，她是米盖尔·安赫尔先生的女儿。”

警官对他眨了个眼，表达自己多么羡慕这样的好处多多的婚姻。

“长官，能否请您解释今天的来意？”

巴尔加斯一派轻松，堆满亲切的笑容。“正如我刚才说的，其实也不是什么大不了的事。我们正在调查一场车祸，今早在巴尔梅斯街发生的撞车事故。可疑的肇事车辆已逃逸无踪。别担心，这件事跟您无关。但车祸现场有两个目击证人宣称，看见路口停了一辆车，特征描述以及黑色奔驰车的车号，恰好跟……”

“瓦伦丁。”

“就跟瓦伦丁开的那辆车吻合。两位目击证人一致宣称，车祸当下，奔驰车的驾驶员坐在车内。因此我们很想联络他，说不定他看见了什么，有助于找出肇事逃逸的车辆……”

听了这段叙述，桑奇斯面露遗憾的神情，但也隐约可见一丝宽慰，因为他的座车和司机并未卷入这场车祸。

“太可怕了！请问这场意外是否造成任何伤亡？”

“很遗憾，已经有一人死亡。有位老太太虽然紧急送医，可惜到院前就断了气。”

“我感到非常遗憾。当然。只要我们帮得上忙的地方，请尽管说……”

“只要能跟您的司机谈一谈，我感激不尽……”

“当然，没问题。”

“您知不知道……司机莫尔加多先生早上除了接送您的夫人看医生，是不是还去了别的地方？”

“这我就不清楚了。应该不会，维多利亚昨天告诉我，她今天中午在家接待客人……瓦伦丁也可能外出跑腿去了。有时我和太太会让他在早上帮忙传递办公室的公文或信件。”

巴尔加斯掏出一张名片递给他。“能否麻烦您转告莫尔加多先生，请他尽快和我联络？”

“放心，我马上差人去找他，通知他立刻跟您联系。”

“说不定帮不上什么忙，不过这是法定程序，一定要执行。”

“当然。”

“还有一件事……莫尔加多先生在外貌上是不是有什么特征？”

桑奇斯点头确认。

“没错。瓦伦丁在战争期间受过伤。因为一场空袭，他的半张脸炸烂了。”

“他在您这儿工作很多年了吗？”

“至少有十年。他之前就在我太太的娘家工作了，为人向来值得信赖，这点我可以确定。”

“目击证人提到，他的脸有一部分罩着面具，是这样吗？我想确定证人的证词是否确实。”

“的确，瓦伦丁的下巴和左眼两个部位都罩上了人造皮。”

“不好意思占用您太多时间，桑奇斯先生。非常感谢您的协助，还有，打断您开会，造成不便，很抱歉。”

“没关系，这是应该的。协助国家治安是所有西班牙国民的责任和荣幸。”

桑奇斯送客到大门口时，两人经过一扇雕花木门，往内细看，原来是个壮观的图书室，凭窗一望，眼前就是恩宠大道。巴尔加斯驻足半晌，探头往室内张望。图书室仿效凡尔赛宫式长廊往外延伸，似乎占用了这一侧建筑的所有空间。地上和天花板都铺了磨光的木板，光泽明亮，仿佛相对映的两面镜子，一排排藏书乍看之下数量倍增，简直不可计数。

“太壮观了，”巴尔加斯惊叹，“您是藏书家吗？”

“算是吧，”桑奇斯答道，“这里大部分藏书来自乌巴赫基金会的收藏，但是不瞒您说，书籍是我难以抵挡的诱惑，也是我在财经界的避风港。”

“我了解。我做的是微不足道的差事，但也需要从书里寻找安慰。”巴尔加斯编起了故事，“我的兴趣在于寻找珍贵稀有的书籍。我老婆说，这根本就是变相的职业病。”

桑奇斯点头回应，依旧愉悦有礼，但眼神已透露不耐烦，显然想尽快摆脱这缠人的警察。

“您也对稀有书籍感兴趣吗，桑奇斯先生？”

“我们的藏书多是十八世纪和十九世纪的古书，涵盖了西班牙文、法文和意大利文，此外也有一套非常出色的德国文学和哲学藏书，以及英国诗歌……”身为负责人的桑奇斯提出解释，“我想，就某种程度而言，这些书也算是稀有版本了。”

桑奇斯轻巧却坚定地拉住他的手臂，引导他走回通往出口的走道。

“我实在太羡慕您了，桑奇斯先生。有几个人能坐拥这样的收藏？我的藏书就那么几本，而且只能妥协去买些便宜的书。”

“书籍没有贵贱之分，就怕傲慢的漠视。”

“您说的是。我也曾经对一位老书商说过同样的话，我在寻找一个系列小说，作者是个已经被遗忘多年的作家。说不定您也听过他？他叫马泰克斯，维克多·马泰克斯。”

桑奇斯与他四目交接，不动声色，只是缓缓摇头。“很可惜，从来没听说过。”

“大家都这样说。这个人一辈子努力写作，却根本没有人记得他的作品……”

“文学是个残酷的情人，转眼就把人忘了。”桑奇斯边说边打开大门。

“司法也是这样。幸好世上还有像您和我这样的人，努力在这两个领域重温记忆。”

“人生亦若是，我们总是淡忘了过去发生的一切。现在，如果您没有别的事……”

“没别的事了，再次感谢您的协助，桑奇斯先生。”

24

一踏出屋外，巴尔加斯随即瞥见那位水彩画家将画具收拾完毕，正悠闲地抽着雪茄。他大老远就冲着警官微笑，随后走了过来。

“哎呀，这不是我们的福尔摩斯吗？”画家惊呼。

“是巴尔加斯。”

“我叫达尔默。”画家自我介绍。

“怎么样，大师，您的大作完成了吗？”

“作品永远没有完成的时候。诀窍在于……人要懂得何时喊停，让未完成的作品展现完整的面貌。您对这张画还有兴趣吗？”

画家掀开遮盖画作的粗布，向他展示了水彩画。

“看起来就像梦境。”巴尔加斯说道。

“只要花个一百块，再加上想象力，这梦境就是您的了。”

警官立刻掏出皮夹。画家眼神炯亮，一如雪茄上的火光。巴尔加斯将百元钞票递给他。

“这样太多了。”

巴尔加斯摇摇头。“就当我是您今天的赞助者吧。”

画家随即用粗布和绳索将画包好。

“您可以靠画画维生吗？”巴尔加斯随口问道。

“大量印制的海报让我流失了很多顾客，不过，有品位的人还是有的。”

“就像桑奇斯先生这种人？”

画家皱起一边眉毛，面带疑虑瞅着他。“我就觉得事有蹊跷，原来您是来找我麻烦的。”

“桑奇斯先生很久以前就是您的老主顾了吗？”

“好几年了吧。”

“他向您买了很多画作？”

“还不少。”

“他这么喜欢您的画风？”

“我想，他买画是因为可怜我。他是个慷慨大方的人，至少以一个银行家来说是如此。”

“说不定他只是有罪恶感。”

“他不会是唯一有罪恶感的人。在这样一个国家，施舍和买卖时，都有罪恶感的影子。”

“您是在说我吗？”

达尔默低声发着牢骚，并着手折叠画架。

“要走了吗？我还以为您要跟我聊聊桑奇斯这个人。”

“这样吧……我把钱还给您，那幅画您就留着吧。干脆把它挂在警局地牢里。”

“钱是付给您的，那是您应得的。”

画家踌躇不决。“您到底想对桑奇斯怎么样？”

“没怎么样。纯粹好奇而已。”

“另外那个警察也是这样说的。您两位都是一样的德行。”

“另外一个警察？”

“没错。别装作您根本不知道这件事。”

“能否形容一下我那同事的长相？您如果能帮上忙，钱包里说不定还会多一张钞票……”

“没什么好形容的。他跟您一样，鲁莽，没啥礼貌。不同的是，他脸上有刀疤。”

“他跟您说他叫什么名字了吗？”

“我们的交情没好到那种程度。”

“这是什么时候的事？”

“大概两三个礼拜以前。”

“就在这里吗？”

“对，就是在这里，在我办公的地方。我可以走了吗？”

“您不用怕我，大师。”

“我才不怕。对警察的畏惧，你这样的我见的多了。但如果您不介意的话，我想换个地方。”

“您在里面待过吗？”

画家面带鄙夷发出讪笑。

“示范监狱？”

“蒙锥克。一九三九年到一九四三年。警察能使出的所有手段，我全都领教过。”

巴尔加斯掏出皮夹，打算付第二笔钱，却被画家回绝了。他甚至掏出巴尔加斯先前给他的钞票，往地上一丢。接着，他拿起折好的画架和画具箱，跛着脚慢慢离去。巴尔加斯望着他的身影隐没在前方的恩宠大道，接着屈膝捡起地上的钞票，往相反方向离去，腋下还夹着那幅画。

伊格纳西奥·桑奇斯走近会议室窗边，观察警官和街头画家交谈的情形。几分钟后，警官拿着买来的画作，逐渐朝着加泰罗尼亚广场方向远离。桑奇斯一直盯着他，直到他的身影消失在人群中。接着，他来到会议室外的走道，前往柜台。

“玛利亚·罗莎，我要出去一下。如果马德里分行打电话来，转给胡安赫接听。”

“知道了，桑奇斯先生。”

他没等电梯上来，径自步行下楼，大街上清风拂面，他这才发觉自己额头上满是汗水。他走向巴塞罗那电台隔壁那家咖啡馆，就在盖斯贝街，一进去就点了杯浓缩咖啡。趁着咖啡仍在烹煮，他走向角落的公用电话，拨了熟记已久的号码。

“喂，我是布里安。”电话另一头这样回应。

“有个名叫巴尔加斯的警察刚刚来找我了。”

一阵漫长的静默。

“这是您办公室的电话吗？”布里安问道。

“当然不是。”桑奇斯答道。

“他们今早也找到我这里来了。他和一个女孩子一起来，自称手上有马泰克斯的书要卖。”

“知道他们是什么来历吗？”

“男的显然是警方派来的。至于那个女的，我一点都不喜欢她。两人一走，我马上就照着您说的去做，拨了您给的电话号码，接通后马上挂断，借此联络莫尔加多，接着，我们就在老地方碰头。我大概是不到一个钟头前跟他碰面的。他应该跟您报告过了吧？”

“出了一点小状况，莫尔加多必须先回家一趟。”

“那个警察问了些什么？”

“他问起莫尔加多。我不知道发生了什么无聊车祸。他们大概一直在跟踪您。”

桑奇斯听见律师在电话另一头唉声叹气。

“您觉得他们是不是有清单？”

“我不知道。总之，我们不能冒险。”

“您希望我怎么做？”布里安问道。

“别和莫尔加多碰面，除非接到通知，否则不要再打电话。

必要时，我会主动跟您联系。回到事务所去，就当作什么事都没发生。”桑奇斯下达命令，“我如果是您的话，应该会暂时在这座城市消失一段时间。”

语毕，银行家挂断电话。他在吧台前伫立良久，面色惨白。

“先生，这是您的浓缩咖啡。”服务生提示他。

桑奇斯一脸茫然地望着他，仿佛不知自己所为何来，随即走出了咖啡馆。

25

毛里西奥·巴利斯目睹过太多人死亡，恐怕再也无法相信死后的世界。无助的人们多在充斥着抗生素、麻醉剂和药丸的炼狱中苏醒。他睁开双眼，映入眼帘的是阴暗的地牢，接着，他发觉原本穿着的衣服不见了。他一丝不挂，身上仅裹着一条毛毯。他举起缺了手的残臂到面前，这才发现截肢的伤口已用沥青烧灼封住。他端视伤口许久，仿佛正探究这具身体的主人是谁。记忆缓缓归返，影像和声响如涓滴汇集。才一会儿工夫，他已经忆起一切，唯有疼痛除外。历尽沧桑之后，他告诉自己，或许真有慈悲的上帝。

“你在笑什么？”有个声音这样质问他。

他在神志不清之际误认为天使的女人，此时正在铁栏外观望他。她的眼神中不见任何悲悯或情绪。

“为什么不干脆让我死了算了？”

“死了就太便宜你了。”

巴利斯点头。他并不知道自己的交谈对象是谁，只是这个女人让他产生一股强烈的熟悉感。

“马丁在哪里？他怎么还没来？”

女子凝望着他，目光中隐约可见轻蔑和惆怅。“马丁已经在等你了。”

“在哪里？”

“地狱。”

“我不相信有地狱这种地方。”

“耐心等着吧，到时候你就相信了。”

女子退回阴暗处，开始踩着阶梯往上走。

“等等。不要走，求求你！”

她闻声驻足。

“别走，不要又把我一个人留在这里……”

“那里有干净的衣服，赶快穿上吧！”她的身影在上楼的阶梯中逐渐消失。

接着，巴利斯听见大门上锁的声响。地牢角落放了个袋子，里面装着衣物。都是旧衣服，尺寸太大，但还算干净，只是闻起来有一股尘土味。他褪去毛毯，在阴暗中查看赤裸的躯体。过去一向肥满的皮肉，如今清晰可见骨架和肌腱。接着，他开始穿上衣服。单手穿衣并不容易，尤其是仅能以五根手指扣上裤头和衬衫纽扣。让他最感欣慰的是袜子和鞋子，这么一来，双脚就不必再挨冻了。袋子底部还放了一样东西。一本书。他立刻就认出黑色皮制书封，以及封面上绯红色的螺旋梯图案。他把书放在大腿上，掀开封面。

灵魂迷宫 VII

阿里亚娜与阴暗剧场

文 / 图：维克多 · 马泰克斯

巴利斯随兴翻着书页，直到第一幅插画出现。画中的剧场废墟冒出一团焰火，舞台上站着一身纯白的小女孩，眼神柔弱无助。就算在微弱的烛光下，他还是一眼就认出了她。

“阿里亚娜……”他喃喃低语，紧闭双眼，仅剩的一只手紧抓着地牢的铁栏。

或许，真的有地狱这个地方。

26

天鹅绒般的暖阳赋予街道纯真平和的样貌。阿莉西亚跟着市中心的人潮随意漫步，脑中却浮现她在《阿里亚娜与红衣王子》最后几页读过的景象。书中，阿里亚娜在墓园大门入口遇见一位贩卖面具和干花的流动摊贩，那是位于南方的大坟场。一辆无人驾驶、无人乘坐的幽灵电车将她载往该处，大门上贴着大大的告示牌：

命　运

摊贩是个瞎子，但他听见阿里亚娜逐步走近，便开口问她要不要买副面具。他向她解释，那辆大篷车上的所有面具，皆以葬在墓园内那些死者的悲惨灵魂制成，可以用来嘲弄天命，或许，还可以让自己多活一天。阿里亚娜向他坦承，她对自己的命运毫无所悉，她以为自己只是在红衣王子的胁迫下坠入巴塞罗那的阴暗世界而迷了路。面具摊贩面露笑容，答复她：

> 多数凡夫俗子一生都无法认识自己真正的命运，直到命运从我们身上碾过。当我们抬起头来，眼看着它逐渐远去，为时已晚，剩下的旅程，我们必须亲手挖一道梦想家称之为“成熟”的深沟。所谓的希望，就是命运还未到来的信念，我们心怀那份信念，以为能看见真正的命运逐渐靠近，相信自己能够在机会永远消失前及时赶上，否则将虚度余生，总是心心念念着该做却从未执行的事。

这段文字，阿莉西亚已经倒背如流。没有什么比已知的事实更惊人、更骇人了。那天正午，当她的手碰触历史悠久的森贝雷父子书店大门时，突然感到还是有未知的生活在等着她，想着这一刻是否来得太晚。

踏入店门，迎接她的是门上的铃铛，以及满室书香。数以千计的书页默默等待机会，眼前一片朦胧亮光，把书店装点成梦幻之境。一切仍旧如她记忆中的景象：无边无际的木制书架，阳光下飘浮的粉尘穿梭在展示的群书中。除了她，一切都未改变。

她缓缓走近那片书海，仿佛重拾失落的回忆。转瞬之间，内心有个声音告诉她，如果不是战争夺去她的一切，让她受伤流落在街头，成了一个永无脱身之日的傀儡，这里也许就是她的归宿。她知道，四壁填满书籍的森贝雷父子书店是一座海市蜃楼，这是她已被剥夺的生命。

有个孩子的目光把她从胡思乱想中拉回现实。他顶多两三岁，正在书店柜台旁以白色积木建造一座小公园。小男孩顶着浓密金发，细发如丝，闪亮如金，他扶着柜台站起来，紧盯着她不放，神情认真地打量她，仿佛她是热带地区来的稀有动物。阿莉西亚不自觉露出难得一见的真诚笑容。小男孩似乎正在斟酌这表情的含意，手里玩弄着一只橡皮鳄鱼。接着，他突然展现优秀的飞行杂技，竟将鳄鱼以抛物线抛掷到她脚边，就在这时，她听见了女人的声音。

“胡利安，我的老天爷！你实在太调皮了……”

阿莉西亚听着她的脚步声绕过柜台，起身时，正好与她正面相遇。贝亚特丽丝。近身细看她，果真如谣传所言，确实是倾城美貌，她能让人拿来当茶余饭后话题的主要也只有这点。她有种天生丽质的婉约，加上不到二十岁就当了母亲，眼神不经意透露出双倍年龄的老成，深沉且多疑。能够读懂女人心思的莫过于另一个女人了。就在两人的手轻微碰触的瞬间，当阿莉西亚将小胡利安的玩具交还给她时，两人四目交接，竟不约而同觉得在对方身上看到另一个自己。

阿莉西亚观望眼前这名女子，并告诉自己，若有来生，她多么希望也能变成这样一个天使般的娴静小妇人，一个会让左邻右舍暗恋和惊叹的美人，一个宛如从时尚广告中走出来的完美娇妻。而纯洁无瑕的贝亚特丽丝，却在这陌生女子身上看见自己阴暗的一面，那是她做不到也不敢去做的自己。

“不好意思。”贝亚连忙道歉，“这孩子觉得所有人都跟他一样喜欢鳄鱼。其他孩子喜欢的小狗或小熊，他偏不要，实在是……”

“这表示他有品位。”阿莉西亚答道，“其他孩子都太俗气了，对不对？”

小男孩兴奋地点头，仿佛总算碰见世上唯一的知音。贝亚忍不住蹙眉。这个女子应付孩子的手段，让她联想起胡利安钟爱的童话故事里外表美艳却心狠手辣的巫婆。孩子大概和她有同样的联想，因为他伸长双臂，似乎要女子抱着他。

“看来您已经征服了这孩子的心。”贝亚在一旁说道，“胡利安可是很挑人的……”

阿莉西亚凝视着眼前的小男孩。她这一生从未抱过婴幼儿。这种事情，她根本毫无概念。贝亚大概是看出了她的困惑，因为她已经先把儿子抱在怀里。

“您没有孩子吗？”她问。

访客摇头。

八成是把他们都吃掉了吧。贝亚脑中突然浮现邪恶的臆想。胡利安依旧痴痴望着她。

“他叫胡利安？”

“是的。”

阿莉西亚走到孩子身边，微微欠身，好让自己的视线维持和孩子同样高度。胡利安兴高采烈，一直笑呵呵。贝亚没想到孩子反应如此热情，只好让他伸长了手，甚至摸了女子的脸庞。胡利安摸了摸她的脸颊和嘴唇。贝亚在一旁发现，孩子的轻抚竟让女顾客热泪盈眶，或许那只是正午艳阳在她眼中折射的光芒。女子火速退到一旁，并转过头去。

女子穿了一身精致的衣服，就连她都看得出来，全是昂贵的行头。至于衣服的款式，就像她偶尔会驻足高级精品店橱窗前看到的一样，只能幻想穿在身上。女子身材纤瘦，五官略显夸张。那双红唇，是她从来不敢在大庭广众下展现的明亮艳红，顶多只有几次私下为达涅尔涂抹过这样的颜色，当时，他用葡萄甜酒灌得她晕头转向，并怂恿她一起出去逛大街。

“我喜欢您的鞋子。”贝亚说道。

女子再度回眸，满脸笑意，露出一排贝齿。胡利安的小手掌不断进逼，摆明了他什么都喜欢，无论是价值不菲的鞋子，或是那双天鹅绒般的眼眸、宛若蛇蝎似的魅惑。

“想找哪一本书？”

“其实，我也说不上来。当初搬走的时候，不得不把书都送人了，回到巴塞罗那之后，我发现自己像个难民，什么都没有。”

“您是本地人？”

“对。不过我在外地住了好几年。”

“巴黎吗？”

“巴黎？不是。”

“我是看了您的衣着品味才这么说的，还有您的气质。有一种巴黎女子的风情。”

阿莉西亚和小胡利安互看一眼，这孩子始终紧盯着她，此时正频频点头，仿佛出生在巴黎的这个想法并非始于妈妈，而是出自他。

“您去过巴黎吗？”阿莉西亚问道。

“我还没去过……都是从书里看来的。不过，我们打算明年的结婚纪念日在巴黎庆祝。”

“您嫁了个好丈夫。”

“哦，他还不知道这件事。”

贝亚苦笑回应，一脸尴尬。难以启齿的话，眼神却帮她说明白了。

阿莉西亚看出了她的心意，对她眨眨眼。

“还是先别说的好。有些事情至关重要，还是让男人去做决定吧。”

“第一次来我们书店吗？”贝亚随口一问，急着转移话题。

“不是。其实，我小时候常跟父母一起来。我母亲在这里买了她人生中第一本书……不过这是好多年前的事了。内战之前的往事。我对这里保有非常美好的回忆，因此，我告诉自己，就在这里重新把空了的书架填满吧！”

“所有您喜欢的书这里都有，如果书店里没有，几个钟头或几天内我们就能帮您找到。”

“太好了。您是老板娘吗？”

“我叫贝亚。这家书店的老板是我公公，不过，我们全家都在这里工作……”

“您和先生一起工作？好幸运。”

“我不知道该不该同意这种说法，”贝亚打趣说道，“您结婚了吗？”

“还没。”

贝亚猛咽口水。又说错话了。居然对一个可望成为重要客户的人提出了两个涉及个人隐私的问题，太失态了。阿莉西亚面带微笑，已从她的眼神中看穿了她的心思。

“别介意，贝亚。我叫阿莉西亚。”

她伸出手，贝亚随即上前握住。胡利安也没闲着，在一旁高举着小手凑热闹。阿莉西亚马上也握了他的手。贝亚不禁呵呵笑了起来。

“您对小孩真有一套，不生孩子太可惜了。”

话才刚出口，她立刻懊恼地暗想：贝亚，拜托闭上嘴巴。

阿莉西亚似乎没听见，独自凝视满满的书架，高举着手，仿佛轻抚着一排排书籍，实则并未触及。站在她背后的贝亚，趁机再把她仔细端详了一遍。

“我们的系列书籍有特价优惠……”

“我可以住在这里吗？”阿莉西亚突然问道。

贝亚又被逗笑了，但只当是玩笑话罢了，她转头看了看儿子，这孩子显然巴不得马上把钥匙交给这位陌生女子。

“斯坦贝克……”她听见女子喃喃低语。

“这里有一套新的作品全集，收录了他的好几本小说。我们才刚收到的……”

阿莉西亚抽出其中一本，翻开书本随意浏览。

“这简直就像是看五线谱一样。”阿莉西亚咕哝着。

贝亚暗想，自言自语的她，已经沉溺在书里的世界，八成把他们母子都忘了。她刻意不去打扰，就让客人在书店里无拘无束地阅读吧。阿莉西亚挑了一本又一本，然后把选好的书全放在柜台上。短短一刻钟之内，书本渐渐堆成了一座塔。

“我们也有送货到府的服务哦。”

“别费心了，贝亚。我会找个人下午过来取书。不过，我自己先带走这一本。上面附加的卡片‘费特别推荐’，我觉得非常有意思：《愤怒的葡萄》，一个叫做约翰·斯坦贝克的无赖写的，一场文字的交响乐，足以让人摆脱根深蒂固的愚蠢，并有助预防政府愚民主义大炮轰炸造成的脑膜阻塞。”

贝亚没好气地翻了个白眼，并赶紧把封面上的卡片撕下来。

“很抱歉，这推荐卡是费尔明最新的把戏。我试着找出所有卡片，趁着顾客还没看见之前先处理掉了，可惜还是有漏网之鱼……”

阿莉西亚笑了。她的笑容冷冰冰，宛若水晶。“这个费尔明是书店的员工？”

贝亚点头。“算是吧！他自称是森贝雷父子书店的文学顾问兼书籍侦探。”

“听起来是个很有意思的人。”

“你是不知道，对不对？胡利安，费尔明可不是一般人。”

孩子开始拍手。

“他俩差不多，”贝亚说道，“说不出谁更幼稚一点……”

接着，贝亚开始检视每本书上的定价，逐一记在账本上。阿莉西亚发现她毫不吝啬地给了极优惠的折扣，怪不得这家书店的进账少得可怜。

“我们书店有优惠，打折之后的价钱是……”

“拜托，请不要打折。我不希望把钱花在买书的乐趣就这样缩水了。”

“您确定吗？”

“非常确定。”

阿莉西亚当场付了钱，接着，贝亚开始装捆书籍，方便下午取书。

“您买了许多珍贵的好书。”贝亚说。

“我希望这只是一长串书单的第一份而已。”

“我们随时在此为您服务，请多指教了。”

阿莉西亚再次伸出手来。贝亚随即握上。

“只要您有需要，随时欢迎再度光临……”

阿莉西亚对小胡利安送了个飞吻，孩子惊得愣住了。母子俩看着她戴上手套，手势灵巧如猫，接着，那双高跟鞋坚定地踏向店门口。阿莉西亚正要跨出店门之际，达涅尔恰巧回来了。贝亚眼看着丈夫一脸痴傻地拉住店门，那副媚笑蠢样，恨不得赏他一耳光。贝亚瞪了他一眼，只能无奈叹气。一旁的胡利安兴奋地惊叫连连，通常这是他喜欢的事物出现时才会有的举动，例如听费尔明瞎编故事，或是洗个热水澡。

“父子俩都是一个德行。”她喃喃自语。

达涅尔走进书店，迎上的是贝亚冷漠逼视的目光。

“嗯……那个人是谁？”他好奇问道。

27

她一路走到天使门广场角落才停歇。这时候，隐身在人群中的阿莉西亚，驻足乔尔巴百货商店橱窗前，拭去滑落脸庞的泪水。“那才是我的人生。”她凝望着映在橱窗玻璃上的自己，内心的怒火不由自主地燃烧。

"你真蠢！"她这样告诉自己。

回家时，她特地选了多年前最爱的路线，短短二十分钟内，即可看尽两千年的兴衰起落。她从天使门广场往大教堂前进，到了那里，她绕过转角，进入沿着罗马城墙并行的麦秸街，往下穿越犹太区，来到阿维尼奥街。她向来偏爱没有电车和汽车出入的街道。在这巴塞罗那旧城中心，一个机械和技工无法渗入的地方，阿莉西亚始终深信，时间的运转是个圆圈，只要不踏出这座几乎不见阳光的巷弄迷宫，或许，人永远不会变老，还能够重返往日不该放弃的人生之路。或许，当初就不再是当初了。或许，她会一直有个活下去的理由。

内战爆发前的童年时期，阿莉西亚曾多次由父母牵着走过这条路。她还记得与母亲经过森贝雷父子书店，曾经驻足半晌，只为了再看一眼橱窗另一边那张无助的小脸，一个始终凝望着她的小男孩。也许那就是达涅尔吧？她还记得那一天，母亲为她买了此生第一本书，贝克凯尔的诗集和传说选集。她也记得，多少个烛光夜晚，她故事中的拉风琴的鬼魂每到午夜时分总在她房间门口徘徊不去，还有，她总是渴望回到那家舒适宜人的书店，在那里，她得以神游一千零一个故事。

或许在另一段已经失去的人生里，阿莉西亚正坐在柜台后方，将一本本书籍递给不同的顾客，在账本上记下书名和价钱，梦想着和达涅尔的巴黎之旅。

快到家时，多年来潜藏在幽暗密闭的心灵深处的种种积怨愤恨，再度失控爆发。她一度想象自己折返书店，为了再看看那位梦幻的小妇人，纯情贝亚，还有她天使般的绝美笑容。她似乎看见自己掐住贝亚的脖子抵着墙壁，十指陷入她天鹅绒般的细致肌肤，逼她纯白的灵魂直视隐匿在自己眼里的深渊。然后她看到自己舔着贝亚的嘴唇，品尝着她蜂蜜一样甜的幸福，过着莱安德罗说过阿莉西亚永远不可能拥有的“正常人”生活。

她在阿维尼奥街和费尔南多街口停步，距离住处大门仅有数米之遥，她突然低下头来。一股强烈的羞愧感涌上心头。她几乎可以听见莱安德罗在内心深处耻笑她。亲爱的阿莉西亚，暗黑的灵魂。不要梦想自己是等待英雄返家的小公主，别想象自己可以快快乐乐地生养几个孩子，这样只会伤害你自己。你我是一样的人，尽量不照镜子会更好。

“还好吧，阿莉西亚小姐？”

她睁开双眼，映入眼帘的是一张熟悉的面孔，过往回忆的小碎片。

“费尔南迪托？”

当年那坚贞的爱慕者正咧嘴露出愉快的笑容。岁月带走了怀春的痴情少年，归还的是个体魄强健的壮汉。即使过了这么久，他的眼神依旧如当年在弗兰萨车站为她送别时那样痴迷。

“很高兴又见到您，阿莉西亚小姐。您还是一样，哦，我在说什么，您简直更漂亮了。”

“你总是把我说得太好了，费尔南迪托。倒是你，整个人都变了个样。”

“大家都这样说。”男孩随即附议，似乎对自己的改变很满意。

“你比以前壮多了。”阿莉西亚说，“我不能再叫你的小名费尔南迪托了。我觉得你现在是不折不扣的费尔南多先生。”

费尔南迪托羞红了脸，低下头。“想怎么叫我都可以，阿莉西亚小姐。”

她挨了过去，在他早已滚烫的脸颊上吻了一下。费尔南迪托惊得像冻僵的雪人，动也不动，接着突然将她一把抱住。

“您回来了我太高兴了……我们都很想念您。”

“我能不能请你喝个……”阿莉西亚临时起意，“你现在还是喜欢肉桂甜牛奶吗？”

“我已经改喝朗姆酒咖啡了。”

“就没有睾酮素改变不了的事……”

费尔南迪托被逗笑了。即使操练了结实的肌肉，就算刚蓄了胡须，嗓音也变得低沉许多，但他的笑容依然像个孩子。阿莉西亚挽着他的手臂，把他拉进格兰咖啡馆，点了杯加了最好朗姆酒的咖啡，以及阿莱利亚白酒。两人为多年后的重逢干杯，在朗姆酒的催化之下，加上阿莉西亚就在面前，费尔南迪托滔滔不绝地聊起自己偶尔替附近一家海鲜食品店送货，还交了个女朋友，名叫坎达莱，两人是在教堂的教义课上认识的。

“不错啊，”阿莉西亚起哄，“什么时候结婚？”

“结婚？那是赫苏莎阿姨做的白日梦。我好不容易才说服坎达莱亲吻我一下。她认为没有神父在场，做这种事就是有罪的。”

“但是神父在场就没意思了。”

“我也是这么说。而且，我在那家小店打工就赚那么一点钱，根本没办法存钱结婚。您看看，光是一辆伟士柏摩托车，我就得分四十八期付款……”

“你有一辆伟士柏摩托车？”

“很棒的车，是三手货了，可是我把车子重新烤漆，看上去棒极了。找一天我载您出去兜风。我现在手头紧，将来也好不到哪里去。自从父亲生病，我们家的经济状况差很多，因为他必须辞掉塑料工厂的工作，说是酸性气体的关系。可怜的老头，肺部已经不行了。”

“我真的很难过，费尔南迪托。”

“没办法，这就是人生。目前我是全家唯一的经济来源，得找个待遇好的工作才行……”

“你喜欢什么样的工作？”

他面带神秘笑容望着她。“知道我一直想做的工作是什么吗？跟您共事。”

“可是，费尔南迪托，你又不知道我在做什么。”

“我没有您想得那么笨，阿莉西亚小姐。”

“我从来没这样想过。”

“我是爱幻想，还有点幼稚，我没有您的经验多，但是我知道，您的工作跟神秘的阴谋有关。”

她不禁扑哧一笑。“我想，你这样说也没错。”

“我可不是随便说说，我这个人嘴巴紧得很。”

阿莉西亚直视他的双眼。费尔南迪托紧张地直吞口水。掏心掏肺总是让他心跳加速。

“你真的想跟我一起工作吗？”她终于开口问道。

费尔南迪托睁大的双眼就像两个大圆盘。“世上没有别的事能让我更快乐了。”

“就算跟你那个亲爱的小情人结婚也比不上吗？”

“别这样，阿莉西亚小姐，您有时候真卑鄙……”

阿莉西亚频频点头，心甘情愿接受指责。

“希望您不要误会，我并没有妄想要做什么。我知道，我不能像爱您那样去爱任何人了，但是，问题出在我自己。我从很久以前就觉悟，您永远不会爱上我的。”

“费尔南迪托……”

“请让我把话说完，这一次总算能鼓起勇气跟您说真心话，我不希望有任何遗漏，毕竟，我大概不会有机会再和您这样谈心了。”

她点头应允。

“我想说……我也知道这不关我的事，但是说了您别生气。您可以不爱我，因为我毕竟是个可怜的小傻瓜，但是将来有一天，您一定要爱上一个人才行，因为人生苦短，这样……孤单活着，实在太可怜了。”

阿莉西亚低下头。“我们无法选择自己要爱谁，费尔南迪托。也许我根本就不懂得如何爱人，也不知道如何让别人来爱我。”

“我才不相信。那个一天到晚跟您到处跑的大块头警察，不是男朋友吗？”

“巴尔加斯？不，他只是个同事。我想，也可以算是好朋友吧。”

“或许我也可以变成这样。”

“变成好朋友还是同事？”

“两者皆是。如果您不嫌弃的话。”

阿莉西亚沉默良久。费尔南迪托静静等候，以宗教式的虔诚态度观望着她。

“如果这份工作很危险呢？”阿莉西亚问道。

“比扛着整箱酒爬上窄窄的楼梯还要危险吗？”

她点点头。

“从我们刚认识的时候，我就知道您是很危险的，阿莉西亚小姐。我只想请求您给我一个机会。如果我不够格，尽管把我辞掉，不用客气。您觉得怎么样？”

费尔南迪托随即伸出手。阿莉西亚执起他的手，并未紧握，却在他手背轻轻吻了一下，仿佛他是个名门闺秀，接着，她拉着他的手贴在自己的脸颊上。男孩脸蛋顿时红得像熟透的水蜜桃。

“就这样说定了。试用期一周。先工作几天，如果你觉得不合适，我们就解约。”

“真的吗？”

阿莉西亚点头。

“实在太感谢了，我发誓一定不会让您失望。”

“我知道，费尔南迪托。这一点，我从来没怀疑过。”

“我需要全副武装上场吗？之所以这样问，是因为我父亲还留着当年打游击的步枪……”

“你唯一需要的装备是谨慎，这样就够了。”

“我的任务到底是什么呢？”

“你的工作就是成为我的另一双眼睛。”

“请尽管吩咐。”

“海鲜食品店一个月付你多少薪水？”

“少得可怜。”

“我付你四倍薪水，而且每周支薪，外加奖金和红利。还有，你的伟士柏摩托车每个月贷款由我来付。一开始先这样吧，你同意吗？”

费尔南迪托猛点头，一脸陶醉。“为了您，我愿意做免费劳力，甚至付钱倒贴都可以。”

阿莉西亚断然否决。“世上没有这种事，费尔南迪托。欢迎光临资本主义社会。”

“您不觉得资本主义很糟糕吗？”

“糟透了，但是你会喜欢的。”

“我什么时候开工？”

“现在。”

28

巴尔加斯紧抱着自己的肚子，仿佛严重的胃溃疡刚发作。

“您跟那个小孩说了什么？”

“他叫费尔南迪托，再说，他也不是小孩了，他的块头差不多和您一样了。而且他还有一辆伟士柏摩托车。”

“了不起！您的办案策略把我的日子搞得还不够麻烦吗？一定要找无辜小孩进来搅局？”

“说到重点了。本团队最需要的就是无辜的人。”

“我以为罗维拉那个笨蛋已经够无辜了……对了，这家伙一整个早上都在跟踪我。他的工作不是应该去跟踪您吗？”

“或许，他并不像您想的那么笨。”

“那么……这个费尔南迪托，他来干什么的？是血腥玛丽的新鲜玩物吗？”

“您的阅读品味越来越好了，巴尔加斯。可惜，并不是您说的那样。费尔南迪托一滴血都不会流的，顶多流几滴汗。”

“还得流几滴眼泪。那个待宰羔羊是用什么样的眼神盯着您看？别以为我没看见……”

“什么时候看见的？”

“您在楼下咖啡馆迷惑他的时候。两位看起来就像眼镜蛇女王和一只小白兔。”

“我以为监视我的只有罗维拉一人。”

“我从梅宝纳地产公司回来，经过的时候碰巧看见，不是故意的。”

阿莉西亚低声数落几句，决定把此事暂搁一边，拿起精致的玻璃杯，替自己倒了杯白葡萄酒。她啜了第一口，倚坐在餐桌边。“暂时先忘了费尔南迪托的事，跟我聊聊您今天的进展。”

巴尔加斯长叹一声，瘫坐在沙发上。“该从哪里说起？”

“试着从开始说起吧。”

巴尔加斯概述了造访梅宝纳公司的经过和感受。阿莉西亚静静聆听，拿着酒杯在屋里踱步，不时点头回应。简报结束时，她走到窗边，一口饮尽葡萄酒，带着不安的神情走回警官面前。

“巴尔加斯，我刚刚在想一件事情。”

“哦！上帝保佑。”

“经过这一连串事件，加上您今天调查的那位娶妻发财的桑奇斯和他的司机、马泰克斯那些书的流向、布里安律师、森贝雷一家人……”

“别忘了还有个隐形人，您的前同事洛马纳……”

“我没忘。只是光靠我们两人，根本无法面面俱到。再说，结已经绑得越来越紧了。”

“绑在我们脖子上吗？”

“您知道我在说什么。我刚刚提到的那些线索，都以某种方式互有关联。我们抓得越紧，就越有可能接近真相。”

“每次您用隐喻的方式解说事情，我都是一头雾水。”

“总而言之，我们就等着有人踏出错误的一步。”

“您都是用这个方法破案的吗？就靠这错误的一步？”

“让别人先犯错，总比自己去找出错误要快多了。”

“如果踏错步伐的是我们呢？”

“如果您有更好的办法，我全力配合。”

巴尔加斯做出休战的手势。“那个费尔南迪托，他要做什么？”

“他会是我们的眼线，我们无法顾及的地方，就由他去监视。没人知道他是谁，也没人能预料到会有这样一个人。”

“我看您已经越来越像莱安德罗了。”

“我会假装没听见这句话，巴尔加斯。”

“爱怎么假装都可以。您打算怎么牺牲这个新祭品？”

“费尔南迪托就从跟踪桑奇斯开始。多个人来分工就能增加工作成果。”

“听起来好像是个圈套。那我呢？我做什么？”

“我正在思考。”

“我看您是在想办法要摆脱我吧？”

“少胡说八道了，我什么时候做过这样的事？”

巴尔加斯抱怨道：“思考的同时你打算做什么？”

“多花点时间和心思在森贝雷这家人……”阿莉西亚答道。

门外传来嘈杂的脚步声，一步步皆如千斤重担落在地上似的，不久后，门铃响了。

“您有访客？”警官问道。

“可以去开门吗？”

巴尔加斯不情不愿地起身去开门。杵在门口的是情绪激动、气喘吁吁的费尔南迪托。

“您好，我帮阿莉西亚小姐把书送过来了。”费尔南迪托和颜悦色地伸出手，巴尔加斯却视而不见。

“阿莉西亚，有个小孩要找您。”

“别扫兴了，让他进来吧！”

阿莉西亚起身走近大门口。“快进来，费尔南迪托，你别理他。”

男孩一见到她，立刻眉开眼笑，搬着装满书的箱子进了公寓。

“打扰了，箱子要放哪里？”

“这里。放在书架前面就可以了。”

费尔南迪托听命照办，然后大大松了一口气，擦拭着额头上的汗珠。

“你就这样把这么重的箱子扛回来？”

他耸耸肩。“用摩托车载回来的，不过，这里没电梯……”

“你真好，费尔南迪托。”巴尔加斯在一旁说道，“我手边刚好没有奖牌，不然的话……"

费尔南迪托对巴尔加斯的冷嘲热讽充耳不闻，一心将注意力放在阿莉西亚身上。

"这没什么。阿莉西亚小姐，我在海鲜餐厅送货，习惯了。"

"所以你才会这么强壮。喂，巴尔加斯，快付钱给他。"

"什么？"

"预付薪水，外加油钱。"

"为什么要我付？"

"这是公务支出。您是负责管钱的……不要摆出那种脸。"

"什么脸？"

"尿路感染一样的臭脸。快，把钱包拿出来！"

"如果有问题的话，那就……"费尔南迪托急着打圆场，没胆子再看到巴尔加斯杀气腾腾的脸。

"没有任何问题。"阿莉西亚打断了他的话，"长官？"

巴尔加斯气呼呼地哼了一声，勉为其难地掏出皮夹，抽出几张钞票递给费尔南迪托。

"再多一点。"阿莉西亚在一旁低语。

"什么？"

"至少要加倍。"

巴尔加斯多抽了几张钞票交给他。费尔南迪托这辈子从没见过这么多钱，喜出望外地收下。

"别把钱全部拿去买糖果。"巴尔加斯咕哝着。

"我不会让您后悔的，阿莉西亚小姐。非常感谢您。"

"小鬼，付钱给你的人是我。"警官在一旁抗议。

"费尔南迪托，可以再麻烦你一件事吗？"阿莉西亚问道。

“尽管吩咐。”

“去楼下帮我买一包烟。”

“美洲进口的香烟吗？”

“你真是善解人意。”

费尔南迪托一溜烟消失在楼梯间。从脚步声听起来，他大概是一路跳着下楼的。

“真是勤快的小助理。”巴尔加斯悻悻然说道。

“你嫉妒了？”阿莉西亚说。

“是的，当然了。”

“那幅画是怎么回事？”阿莉西亚指着巴尔加斯带来的油画。

“我看您这沙发上方空空的，可以挂幅画。”

“这是您新朋友的作品？桑奇斯先生最喜欢的那位画家？”

警官点头确认。

“您觉得桑奇斯是我们要找的收藏家吗？”阿莉西亚好奇问道。

巴尔加斯耸了耸肩，不置可否。

“那个司机……”

“莫尔加多。我已经打电话回刑警局，请他们调阅他的个人资料，明天就会有消息。”

“在想什么，巴尔加斯？”

“我在想……或许您说得没错，尽管我的看法不同。那个所谓的结，似乎越来越紧了。”

“我看您并不是完全心服口服。”

“的确如此。有些地方就是不太对劲。”

“哪里不对劲？”

“我要看了才知道。不过，我感觉我们一直以错误的角度在观察案情。别问我为什么，这是我的直觉。”

“我也这么觉得。”阿莉西亚附议。

“您会跟莱安德罗报告这件事吗？”

“我总得找点事情跟他报告才行。”

“你要是听我的建议，费尔南迪托这件事就不需要正式向长官报告了。”

“我本来就没打算要提这件事。”

过了半晌，他们听见急促上楼的脚步声。

“开门吧，还有，对他客气一点。他需要有个正直的男人当榜样，将来才能成为有用的人。”

巴尔加斯无可奈何地频频摇头，只好去开门。一脸急躁的费尔南迪托在门外等着，手上拿着香烟。

“进来吧！小鬼，埃及艳后已经在等着了。”

费尔南迪托急忙送上香烟，阿莉西亚立刻拆开，抽出一根烟叼在嘴里。男孩赶紧掏出打火机替她点火。

“你抽烟吗，费尔南迪托？”

“不不不，我不抽烟。我随身携带打火机是当手电筒用的，这一带的房子，楼梯比进了虎口还要暗。”

“您瞧，巴尔加斯，咱们费尔南迪托是不是具有侦探的资质？”

“有，很天才。不折不扣的青年马洛侦探。”

“别理他，费尔南迪托。人年纪越来越大，脾气也会越来越坏。白头发的奎宁成分惹的祸。”

“是角蛋白。”巴尔加斯提出纠正。

阿莉西亚示意要费尔南迪托别理会巴尔加斯。

“费尔南迪托，可以再请你帮个忙吗？”

“我在这里就是要让您差遣的。”

“接下来这件事比较敏感。你的第一项任务来了。”

“我完全听候指示。”

“你要去的地方是恩宠大道六号。”

巴尔加斯盯着她看，脸色大变。阿莉西亚对他使了个眼色，要他别开口。

“那里是梅宝纳地产公司的办公大楼。”

“我知道那家公司。”

“真的？”

“这一区有一半的豪宅楼房都是他们的。他们到处收购房子，常常只付很低的价钱就把住在里面的老人赶出去，再以十倍价钱把房子转卖。”

“真会精打细算。那家公司的总经理叫伊格纳西奥·桑奇斯，我要你每天等他出了办公大楼就跟踪他，就像他的影子一样。然后向我报告他去了哪里、做了什么、跟谁谈过话……所有细节。你那台伟士柏摩托车派得上用场吗？”

“当然，它可是马路天王。骑上去，连意大利传奇赛车手诺瓦里拉都逃不了。”

“明天这个时候，你来这里向我报告调查成果。有没有疑问？”

巴尔加斯立刻举手。

“我问的是费尔南迪托。”

“我都明白了，没有任何疑问，阿莉西亚小姐。”

“那就加油吧，欢迎来到错综复杂的推理世界。”

“我会努力，不让您失望的，长官。”

就这样，费尔南迪托在悬案和谜团的世界开启了前途无限的新事业。巴尔加斯愣得目瞪口呆，他定定望着阿莉西亚，她却迷媚地吞云吐雾，就像一只猫。

“您是不是疯了？”

她充耳不闻。这时候，她凭窗远眺，一大片乌云正从海上逼近。夕阳染红了天空，只是，红色圆盘内积染了浓黑、污浊的阴影。她瞥见云层间有火光跃动，仿佛在云堆里爆发的烟火。

“暴风雨要来了。”巴尔加斯站在她身后说。

“我饿了。”阿莉西亚边说边转过身。

他的神情，何止是惊愕。“我从没想过这句话会从您口中说出来。”

“凡事总有第一次。要不要请我吃晚餐？”

“我不知道拿什么请客，身上的钱几乎都给了您那个爱慕者，明天得去银行提款才行。”

“吃个小点心也可以。”

“好吧，地点由您决定。”

“去过小巴塞罗那吗？”

“普通的巴塞罗那已经够让我忙的了。”

“想不想尝尝炸弹？”

“什么？”

“加了辣椒的，不是用火药做的。”

“我怎么觉得这又是您设下的一个圈套？”

29

闪电在天际张牙舞爪，两人朝着港口疾行。海面上处处可见迎风摇晃的桅杆，空气中弥漫着闷热的焦味。

“恐怕要下大雨了。”巴尔加斯预测。

两人绕过港口码头前一整排停船棚，占地宽广的洞穴式建筑像极了古时候的市场。

“我父亲以前常在这里工作，就在那些棚子里。”阿莉西亚随口说道。

巴尔加斯默不作声，一心等着她继续说。

“我一直以为您是孤儿。”他终于打破沉默。

“我又不是一生下来就是孤儿。”

“几岁失去他们的，您的父母？”

阿莉西亚扣上外套衣领，加快脚步。“还是快点走吧！否则就要淋雨了。”

他们抵达小巴塞罗那时，天空开始降雨。散状的豆大雨滴，水球似的淅沥沥落在铺石地面上，绕着码头行驶的电车仿佛钻进了枪林弹雨。巴尔加斯瞥见前方窄巷交织的杂乱社区，伸入海中的半岛上，仿佛布满了十字网，就像一大片墓园。

“这里看起来就像一座岛屿。”他说道。

“您的观察正确。现在是渔民聚居的社区。”

“以前呢？”

“想上一堂历史课吗？”

“既然都到这里来吃炸弹了……”

“几个世纪前，眼前看到的地方还是海洋。”阿莉西亚开始叙述，“随着时间推移，起初建造的防波堤，渐渐在巨浪冲击下冲入海中，形成了遗迹小岛。”

“喂……您怎么会知道这些事？”

“因为我读书。有时间您也该试试看。十八世纪初的王位继承战争，费利佩五世的军队夷平了大半个港口，就为了建造防御碉堡。战争结束后，许多失去家园的人转而到此定居。”

“因此……巴塞罗那人才会这么拥护君主制？”

“为了那个原因，同样也为了反抗君主统治，这样有利于血液循环。”

第一场滂沱大雨紧紧尾随，把他们逼入一条窄巷。巷子里竖起一面墙，乍看像是窑子和公路小吃店的综合体，外观毫无美感可言，但飘出的阵阵美食香味，顿时唤醒了五脏六腑。招牌上写着“灯泡餐厅”。

两人踏入店内时，正打算开始新牌局的一群老主顾，抬头瞅了他们一眼。巴尔加斯知道，他们俩双脚踏进餐馆那一刻，警察身份立刻被看穿了。吧台后的服务生绷着臭脸望着他们，并指了指角落那张桌子，远远隔开了那群老主顾。

“这里不像是您会来的地方，阿莉西亚。”

“我又不是来观光，是为了炸弹才来的。”

“但是我怀疑还有别的原因。”

“嗯，我们已经在附近了。”

“在哪里的附近？”

阿莉西亚从皮包里拿出一张纸条，摊在桌面上。巴尔加斯一眼就认出来了，那是她今早从布里安律师的搬家纸箱上撕下来的纸条。

“布里安暂时存放所有文件和档案的仓库就在附近。”

他无奈地翻了个白眼。

“别这么大惊小怪，巴尔加斯。总不能等别人把东西交给我们吧。”

“至少不要犯法。”

这时候，粗鲁的服务生杵在他们面前，神色不安地望着他们。

“我们要四个‘炸弹’和两瓶啤酒。”阿莉西亚点餐，目光仍盯着巴尔加斯。

“金星啤酒还是桶装生啤？”

“金星。”

“要番茄面包吗？”

“来几片切片面包，要烤过。”

服务生点点头，然后一声不吭就走了。

“我一直很纳闷，这里的人为什么都要把番茄抹在面包上……”巴尔加斯说。

“我也很纳闷，为什么其他地方的人都不抹。”

“您打算强行闯入那个仓库，是吧？会不会有其他让我吃惊的玩意儿？”

“基本上，那里就是一座仓库。我想，除了老鼠和蜘蛛，大概没别的生物。”

“既然这样，那怎么能不去？您邪恶的脑袋里还有其他想法吗？”

“我正在想您拜访过的那个笨蛋卡斯科斯。巴利斯的阿里亚娜出版社员工。”

"啊，那个恐怖情人……"

"巴布罗·卡斯科斯·布恩迪亚。"阿莉西亚念出他的全名，"贝亚特丽丝的前未婚夫。这人一直在我脑子里出现。不觉得他很奇怪吗？"

"在这个案子里，哪个人不奇怪？"

"位高权重的部长大人，居然偷偷介入一个巴塞罗那小书商的家务事……"

"我们的看法是，他怀疑这家人知道戴维·马丁的下落，马丁是寄恐吓信和暗杀部长的嫌疑人。"巴尔加斯解释。

"没错，只是……戴维·马丁和森贝雷家到底有什么关系？他们在这整件事中扮演什么角色？"阿莉西亚陷入沉思，过了半晌才继续说，"一定有问题。就在这里……就在这家人身上。"

"所以您没通知我就私下去拜访了森贝雷那家人？"

"我需要买些新书。"

"您应该买本漫画。时候未到就先去找了森贝雷，可能会有危险。"

"怎么，您居然会怕一个开书店的家庭？"

"我怕的是，我们都还不知道自身处境如何，就已经先打草惊蛇了。"

"我认为冒险是值得的。"

"那是您个人单方面的决定。"

"贝亚特丽丝和我挺聊得来……这女孩真讨人喜欢，您对她可能会一见钟情。"阿莉西亚说。

"阿莉西亚！"

她露出狡黠的笑容。啤酒和"炸弹"来得正是时候，正好打断了两人的对话。巴尔加斯盯着面前古怪的食物，原来是掺了绞肉的薯泥。

“这玩意儿要怎么吃啊？”

阿莉西亚把叉子戳进“炸弹”里，用力把它切开。屋外风雨交加，服务生正探头望着门前的积水。巴尔加斯看着大快朵颐的阿莉西亚。她似乎已经有了秘而不宣的计划。

“天色渐暗，您反而越来越有活力……”

“我是夜行动物。”

“我还能不知道？”

30

暴风雨过后的水雾笼罩着巴塞罗那的街巷，在街灯映照下晶莹闪亮。他们出门时，天空几乎已无飘雨，远处雷声隐约可闻。阿莉西亚手上的地址是当天早上从布里安办公室的纸箱里偷拿的，这位律师打算存放数十年来累积的家具、文件和杂物之处，位于巴尔西诺蒸汽机公司旧址，自内战时期废弃至今的老旧工厂，专门生产锅炉和火车头。两人在杳无人烟的冰冷巷道步行数分钟，终于来到旧工厂大门前。火车轨道从脚下延伸至厂内，石砌大门上刻着“巴尔西诺蒸汽机”字样，这里就是入口了。往内是一大片储藏用的空地和废弃工厂，俨然成了光辉蒸汽机时代栖息长眠的坟墓。

“确定是这里吗？”巴尔加斯问道。

阿莉西亚点头回应后，随即入内。两人经过一个废弃火车头，旁边还堆放了大批独轮手推车、钢管、废弃锅炉的燃烧室，一群鸽子已进驻巢居。禽鸟静静盯着他们，一双双眼睛在阴暗中闪闪发亮。一排竖立的柱子支起一条电缆，上面吊挂着好几盏灯，发出诡异阴森的微光。这座老旧厂房的隔间标着号码，入口挂着木制号码牌。

“我们要找的是三号。”阿莉西亚指示了明确目标。

巴尔加斯环顾一下四周。几只饥饿的流浪猫在暗处喵喵叫了几声。空气中飘散着煤炭和硫黄味。两人走过一间无人的警卫室。

“照理说，这里应该会有警卫？”

“我想布里安律师是基于经济考量才没请人的。”阿莉西亚回应。

“拯救失落灵魂的大善人律师……”巴尔加斯想起不久前的对话，“保持自己的风格。”

两人逐步走近三号仓库。入口木门以铁条拴住，地上有最近才印下的搬家货车轮胎污泥。大门旁还有个小边门，用铁链紧紧拴住，上面有把生了锈的挂锁，足足有拳头大。

“我们用蛮力弄开怎么样？”阿莉西亚问道。

“你在等着我咬开吗？”巴尔加斯没好气地回她。

“总之，想想办法吧。”

警官掏出左轮手枪，枪口贴近挂锁锁孔。“您先闪远一点。”

阿莉西亚双手紧捂住耳朵。枪声回音在厂房间回荡。巴尔加斯收起左轮手枪，捡起掉在脚边的挂锁，一脚踢开了小边门。

仓库内一片阴暗，到处堆满了无可计数的残旧废墟。上方拱顶依稀可见一排吊挂在电线上的小灯泡。巴尔加斯摸墙寻索，终于找到安装在墙上的开关，按了下去。半明不灭的小灯泡费了好一番工夫才慢慢亮起来，像个恐怖的游乐场。电流发出微弱的吱吱声，正好与躲藏在暗处的昆虫争相和鸣。

两人进入贯穿仓库的走道。两旁尽是铁栅栏围起的小隔间。每个隔间入口皆挂有告示牌，明确列出申请的储藏件数和期满日期、仓库使用者的姓氏或公司行号名称。每个储藏空间自成一个世界。第一间仓库俨然是一座老旧打字机、计算机和收银机堆叠的城堡。第二间仓库里，数不清的十字架、圣人雕像、告解室和布道坛，一应俱全。

“光是这一堆东西都能开一家修道院了。”阿莉西亚说。

“或许您还来得及修行……”

两人继续往前走，瞥见一台旋转木马，上面挂满露天市集常见的各种杂物。走道另一边收藏了各式棺材以及丧葬相关用具，包括一具玻璃灵柩，上方配置了华盖，丝质软垫上还留着家世显赫的死者躺着的身印。

“天啊……这些东西都是哪儿来的？”巴尔加斯喃喃低语。

“大部分当然是用钱买来的，这些都是内战爆发前就已经没落的家族，还有早已遭人遗忘的企业……”

“真的还有人记得这些东西在这里吗？”

“至少有人一直在付租金。”

“这地方真让人毛骨悚然。”

“巴塞罗那本来就是一栋魔幻之屋。巴尔加斯，问题就出在你们这些观光客从来没有想过进入帘幕内部一探究竟……找到了。”

阿莉西亚驻足在一间仓库门前，指着告示牌。

布里安-优莱克家族
编号　28887-BC-56.9-62

“确定要这么做？”

“我没想到您会这么不干不脆，出事情我负责。”

“您说了算。我们到底要找什么？”

“我也不知道。巴利斯、萨尔加多、戴维·马丁、森贝雷家族、布里安、那些无解的号码、马泰克斯的书，还有刚出现的桑奇斯，以及他那个无脸司机……一定有什么东西和这些人互有关联。只要找到这样东西，我们就能找到巴利斯的下落。”

“您认为那样东西在这里？”

“不找找看怎么知道？”

仓库门锁是附近五金行的简单挂锁，枪托敲击十来次就敲开了。阿莉西亚片刻都等不及，马上钻了进去。

“闻起来有死人的味道。”巴尔加斯说道。

“那是海风的味道。您在马德里住了这么多年，连嗅觉都迟钝了。”

巴尔加斯忍不住回嘴咒骂，然后跟在她身后往里面走。地上的一整排木箱覆盖着帆布，剩余空间成了一条走道，通往一处堪称中庭的地方，此地仿佛龙卷风刮过，布里安家族好几代人的遗物凌乱散置。

“这位律师一定是家族的异类。我虽然不是古董商，起码看得出其中几样值钱的古物。”巴尔加斯自言自语。

“那么，希望您坚定的守法精神，能够阻止您顺手拿走某个纯银烟灰缸的欲望。”

巴尔加斯指了指旋转圆盘，镜子、椅子、书籍、雕刻艺品、大木箱、橱柜、小桌子、抽屉柜、自行车、玩具、滑雪用具、鞋子、皮箱、陶罐，以及林林总总千百样物品，杂乱地堆放在一起，简直是眼花缭乱的杂物坟窟。

“我们该从哪个世纪开始？”

“布里安的档案资料。我们要找的是中型纸箱。应该不难找才对。搬家公司那几个年轻人一定会尽量找个靠近入口的地方囤放律师那些东西。任何物品，只要上面没有累积厚灰尘，都有可能是我们要找的东西。您要选右边还是左边？这样问对吗？”

两人在丛林般的杂物堆翻找了几分钟，深信这里一定有他们要找的东西，直到那座纸箱金字塔出现。箱子上贴的标签，就跟阿莉西亚偷偷撕下的那张一模一样。巴尔加斯赶紧上前，把纸箱排成一列，由她逐一开箱检查里面的内容。

“这就是您要找的东西吗？”

“我还不知道。”

“完美的计划。”警官讽刺她。

两人花了近半个钟头把混装在纸箱里的文件、书籍和办公室用品分开归类。小灯泡微弱的光线，根本无法应付检视文件的任务，巴尔加斯只好去找寻照明工具。过了半晌，他带回一座老旧的铜制枝形烛台，外加一大把粗实的蜡烛，看来像是装饰用品。

“确定那不是弹药筒？”阿莉西亚问道。

巴尔加斯将点燃的打火机凑近第一支蜡烛，把烛台递给她。“您想试试吗？”

烛光把眼前映得一片明亮，阿莉西亚逐一检查堆放在纸箱上方的文件夹。

巴尔加斯无所适从地望着她。“我……我该做什么呢？”

“这些文件夹都是按照日期整理过的，从一九三四年一月开始。我按照日期顺序去找，您从名字去找。从最近的开始找起，我们会在中间的部分交会。”

“我要找哪些名字？”

“桑奇斯、梅宝纳……任何能跟布里安产生关联的名字都……”

“知道了。”巴尔加斯打断她。

接下来大约二十分钟，两人默默检查纸箱内的物品，偶尔交换眼神，然后双双摇头。

“这里根本没有桑奇斯和梅宝纳公司的资料……”警官说，“我已经看了五年的资料，什么都没有。”

“继续找。说不定在信贷银行的档案里。”

“没有银行的相关资料。这里的客户都是没有支付能力的，用法律专用术语来说……”

“继续找。”

巴尔加斯点点头，再度埋首档案堆，蜡烛依旧燃烧着，泪水般的蜡油滴在烛台上。过了一会儿，他发觉阿莉西亚默不作声，并停止了翻找的动作。他抬头一看，发现她动也不动，双眼紧盯着从纸箱拿出来的一摞档案夹。

“怎么了？”巴尔加斯问道。

阿莉西亚向他展示了一份厚厚的档案夹。“伊莎贝拉·吉斯伯特……”

“森贝雷家的……”

她点头回应。接着，她让他看了另一份档案夹，封面上写着“蒙锥克 39—45”。巴尔加斯走到她身旁，跪坐在纸箱旁。他开始一一检查文件，并抽出了其中一部分。

“瓦伦丁·莫尔加多……”

“桑奇斯的司机。”

“森贝雷／马丁……”

“让我看看。”阿莉西亚随即打开档案夹，“这位就是我们的戴维·马丁？”

“这个看起来像是……”巴尔加斯突然中断叙述，“阿莉西亚？”

正埋首于戴维·马丁档案夹里的她，马上抬起头。

“快看看这个。”巴尔加斯说道。

他递给她的档案夹至少有两个手指的厚度。一看到档案名称，她不禁打了个寒颤，接着是怎么也按捺不住的微笑。

“维克多·马泰克斯……”

“我想……我们有这个就够了。”巴尔加斯说道。

阿莉西亚正打算盖上纸箱，无意间瞥见箱底有个泛黄的信封。她拿起信封，就着烛光细究了一番。信封用蜡封着。她抹去灰尘，随即看到信封上唯一的字迹标示。

伊莎贝拉

“我们要把这些都带走。”阿莉西亚语气坚定，“纸箱都盖起来，尽量恢复成原来的样子。短则几天，多则数周，等到布里安迁入新办公室的时候，他会发现少了一些资料……”

巴尔加斯应允照办，但第一个纸箱都还来不及从地上抬起来，他却突然停住，并猛转回头。阿莉西亚注视着他。她也听见了。脚步声。踩在尘封地板上的脚步声传来的回音。阿莉西亚立刻吹熄蜡烛。巴尔加斯掏出左轮手枪。门口的身影隐约可见。有个穿破旧制服的男子正看着他们。他提着油灯，手持棍棒，双手剧烈颤抖，这可怜的家伙比仓库里的老鼠更胆小。

“两位……在这里……做什么？”警卫结结巴巴，“这里七点以后就不能进来……”

阿莉西亚缓缓站了起来，面带微笑。她的冷笑大概把警卫吓得魂飞魄散，因为他突然往后退了一步，怒目横眉地挥舞棍棒。巴尔加斯把枪口抵住他的太阳穴。

“除非您想用木棍通便，否则就把它放下。”

警卫把棍棒丢在地上，吓得目瞪口呆。“你们是什么人？”

“这个家族的老朋友。”阿莉西亚说，“我们有几样东西忘了拿。这里除了您还有别人吗？”

“整座仓库就我一个人管。您不会杀了我吧？我家里还有老婆孩子，皮夹里有照片……”

巴尔加斯从他口袋里掏出皮夹，拿出里面的钱丢在地上，然后把皮夹放进自己的外套口袋。

“您叫什么名字？”阿莉西亚问道。

“巴托洛猛。”

“我喜欢您的名字，非常阳刚。”

警卫吓得直发抖。

“这样吧，巴托洛猛，就这么办好了。我们回我们的家，您也回家去。明早来上班前，您去买两副新挂锁，把大门和铁栏上的旧锁换掉。还有，您碰见我们这件事，请务必忘得一干二净。这样可以吗？”

“可……可以。”

“如果想打什么歪主意，或是有人问起，请记得，您拿的那一点微薄薪水不值得您这样乱来，而且家人需要您。”

巴托洛猛点头称是。巴尔加斯松开扳机，把手枪收好。阿莉西亚满脸笑容看着警卫，仿佛两人已是多年老友。

“好啦，快回家去。喝点上等白兰地压压惊。还有，把您的钱捡起来。”

“是的，夫人。”

巴托洛猛屈膝跪下，赶紧捡拾原本装在皮夹里的那一点钱。

“别忘了您的木棒。”

警卫立刻捡起木棒，插在腰际。“我可以走了吗？”

“没人会挡着您。”

巴托洛猛踌躇半晌，随即往后退到仓库出口。趁着他的身影尚未消失在暗夜里，阿莉西亚叫住他。“巴托洛猛？”

警卫闻声驻足。

“记得，您的皮夹在我们手里，我们也知道您住在哪里。不要逼我们去拜访您，我这位同事脾气火爆得很。晚安。”

接着，一阵仓皇窜逃的踉跄脚步声渐渐远去。

31

米克尔用两个保温壶装了刚煮好的咖啡送到楼上，为了搭配咖啡的香醇，还附上一大盘街角面包店刚出炉的面包，美味诱人。两人均摊了档案夹之后，面对面席地而坐。阿莉西亚连着吃了三个面包，倒了满满一杯咖啡，一边啜着，全神贯注地紧盯从布里安的资料堆里带回的第一份档案夹。片刻之后，她不经意抬起头，却发现巴尔加斯一脸尴尬地望着她。

“怎么了？”她问。

他指了指她的裙边。为了靠坐在沙发旁，阿莉西亚随手把裙边拉了上来。

“别这么孩子气。我想您以前不会没看过。这又没什么。”

巴尔加斯没回话，但自行调整了姿势，想办法避免直视丝袜的纹理，因为他必须集中注意力，才能好好阅读那位拯救失落灵魂的律师的精彩眉批和记录。

两人在咖啡因和糖分的帮助下默默看到凌晨，人物之间的联系渐渐浮出水面。阿莉西亚拿来一大张白纸，画起了关联示意图，包括各项事件、日期、人名，还有线条和圆圈。巴尔加斯偶尔找到重要资料，随手就递给她。无须言语解释。只消她一个眼神，并默默点头回应。她似乎具备建立各种关联的超能力，脑袋运转速度俨然比其他人快了一百倍。巴尔加斯理解女同事的思考模式，从未出言质疑或企图干扰她的思路，只是很尽责地过滤文件，然后将新资料提供给她，再由她一样接一样慢慢拼凑起那张线索示意图。

“我不知道您怎么样，但我一定要起来动一动了。”熬了两个半小时，巴尔加斯忍不住说。

他已经把手边所有档案检视完毕，血液中的咖啡因似乎渐失效力，眼皮几乎撑不开。

“去睡吧。”阿莉西亚建议，“已经很晚了。”

“那您呢？”

“我还不困。”

“怎么可能？”

“我是夜猫子，您知道的。”

“介意我在沙发上打个盹吗？”

“要怎么躺都行，不过，我可能偶尔会弄出一点声响就是了。”

“放心，市政府的管乐队也吵不醒我。”

大教堂钟声唤醒了他。睁开双眼，映入眼帘的是悬在窗前的浓雾，扑鼻而来的则是咖啡香和烟味。绵延的屋宇上方，漫天酒红的晨曦。阿莉西亚依旧坐在地板上，嘴上叼着烟，原本的衬衫和裙子已经脱下，身上穿的顶多算是黑色睡衣或类似组合，看了只会引人胡思乱想。巴尔加斯勉力拖着脚步进了浴室，一头钻到水龙头下冲冷水，然后看着镜子里的自己。他发现浴室门上挂了一件丝质蓝色浴袍，马上拿去给阿莉西亚。

“披上吧！”

她伸手接下，然后站起来伸伸懒腰，接着穿上睡袍。

“我要开窗通风一下，否则恐怕要打电话找消防队来救我们了。”巴尔加斯提醒。

一股新鲜空气窜进客厅，一团团烟雾像被施了魔法的鬼魂，缓缓滑出窗外。巴尔加斯检查了保温瓶里的咖啡，一大盘面包只剩下糖霜，两个烟灰缸装了满满的烟蒂。

“希望这一切都没白忙。”

除了现场一片狼藉，阿莉西亚还画了十几张示意图。她把那些图一一贴在墙上，并刻意贴成环状。巴尔加斯走近看。她舔了舔嘴唇，像只得意的猫。

警官摇了摇保温瓶，看看是否有剩余，最后只倒出半杯。他拉了张椅子坐在阿莉西亚制作的图表前，频频点头。“现在就请您让我大开眼界吧！”

她系上睡袍，将头发盘成发髻。“想要加长版还是精简版?”

“先提重点摘要，然后再看。”

阿莉西亚站在图表墙前，俨然一位学校老师，只是，这位老师看来像个喜欢夜生活的欧式艺妓。

“蒙锥克堡，一九三九年到一九四四年。在这期间担任典狱长的毛里西奥·巴利斯，娶了名门闺秀埃莱娜·萨缅托，一个政商关系良好的企业富豪的掌上明珠兼继承人，她父亲同属于一群被昵称为‘佛朗哥十字军’的商人团体，成员包括银行家、企业家和贵族，长期为佛朗哥政权提供大笔金钱援助。这群富商当中，有一位就是米盖尔·安赫尔·乌巴赫，信贷银行的创始人和最大股东，从这个母公司分割出来的子公司，就是您昨天拜访的梅宝纳地产。”

“资料上提到了这些吗？”

“对，布里安律师的笔记是这样写的。”

“请继续。”

“巴利斯担任蒙锥克监狱典狱长期间，先后在这里服刑并由布里安辩护的囚犯有以下几人：第一个，塞巴斯蒂安·萨尔加多，多年来向巴利斯寄出恐吓信的可疑嫌犯，也是受惠于部长特赦计划出狱的人。但他在外面的世界只活了大约六周。第二位瓦伦丁·莫尔加多，前共和军军官，一九四五年因为在监狱立功而获特赦出狱，根据布里安的记录，当时在城墙重建工程的一场意外中，他救了某位陆军上尉一命。出狱后，他接受富豪团体自创的受刑人新生计划，成了乌巴赫家族的车库管理员，多年后提拔为司机。银行家乌巴赫去世后，他转而投靠他女儿维多利亚，她就是您的朋友梅宝纳地产总经理桑奇斯的豪门娇妻。”

“嗯……还有别人吗？”

“精彩的还没开始。第三位戴维·马丁。抑郁不得志的落魄作家，内战前犯下一系列诡异案件。马丁在一九三〇年成功躲过警方追捕，当时似乎越过边境逃到法国。基于某些不明因素，他隐姓埋名意图重返巴塞罗那，却在比利牛斯山区一个叫普奇塞达的小镇被捕，当时是一九三九年，他刚越过西班牙边境就落网了。”

“除了那些年同样在那座监狱服刑，戴维·马丁和这个案件有什么关系？”

“有意思的来了。那群受刑人当中，马丁是唯一没有直接找上布里安的人。这位律师接受了伊莎贝拉·吉斯伯特的委托，所以才为他辩护。”

“她是森贝雷家族那位……”

“没错，达涅尔·森贝雷的母亲。吉斯伯特是她娘家姓氏。根据推测，在战争结束后不久的一九三九年，她死于霍乱。”

“推测？”

“从布里安个人的记录看来，依据好几项因素，足以确信伊莎贝拉·森贝雷是遭人谋杀身亡。具体而言，她是被毒死的。”

“该不会是……”

“没错，就是被巴利斯毒死的。布里安推测，他由于执迷邪念和欲望未获回应，因而犯下恶行，大概是这样，至少布里安是如此推测的。显然，他不能也不敢去证实。”

“那个马丁呢？”

“根据同一份记录，戴维·马丁是巴利斯执迷邪念的另一个下手目标。”

“部长先生对他有另一种邪念吧？”

“看来是这样的，巴利斯企图胁迫马丁在狱中写作，他的盘算是把作品占为己有，并以自己的名字发表，借此满足虚荣心以及他想成为文坛巨擘的渴望之类。可惜，根据布里安的资料，戴维·马丁当时逐渐失去理智，还有幻听，说他碰到了自己小说里的人物科莱利。他在监狱里陷入神志不清，于是巴利斯将他隔离在塔顶的单人牢房，就在那里度过了生命中最后一年，他也因此被狱友取了个‘天堂囚徒’的绰号。”

“这故事听起来开始很有您的调调了，阿莉西亚。”

“一九四一年，巴利斯眼看着迫使作家替他代笔这手段行不通，便派了两名手下把戴维·马丁挟持到奎尔公园旁的大宅院，打算杀了他。但出乎意料的事发生了，马丁因此逃过一劫。”

“所以……戴维·马丁还活着？”

“不知道。或者应该说……布里安不知道。”

“但是有这个可能。”

“而且很有可能巴利斯也……”

“也认为他就是寄出恐吓信件和企图暗杀他的人。为了复仇……”

“这是我的假设。”阿莉西亚附和，“只是很简单的假设。”

“还有吗？”

“我把最精彩的留在最后了。”她笑道。

“快出招吧！”

“第四个人：维克多·马泰克斯，《灵魂迷宫》系列小说的作者，我们在巴利斯书房发现他藏在书桌里的是其中一本，根据他女儿梅希迪斯回想他失踪那晚的情形，那本小说可能是部长在地球上失去踪影前最后阅读的文字。”

“马泰克斯和另外三个人之间有何关联？”

“在三十年代，马泰克斯和马丁似乎是好友兼老同事，两人都以笔名写小说，并交由巴利多与艾斯科比亚出版社印行。布里安的笔记指出，马泰克斯可能遭遇了和马丁类似的胁迫。谁知道，或许巴利斯又想找他代笔，借他人的文采让自己在文坛建立声誉。巴利斯显然不想一直守着靠政治婚姻谋得的典狱长职位，他还想往上爬。”

“这背后一定有什么内幕。马泰克斯是何方神圣？”

“他于一九四一年被关进蒙锥克监狱，当时是从示范监狱移监服刑。一年后，如果您相信官方报告的话，他在狱中自杀身亡。有可能的情况是，他被射杀身亡后，尸体丢进了无名冢。”

“这一次的执迷邪念是？”

“关于此案，布里安没有写下任何臆测，但是我想提醒一下，毛里西奥·巴利斯一九四七年成立出版社，取名‘阿里亚娜’，恰巧就是《灵魂迷宫》系列主角的名字……”

巴尔加斯叹了口气，频频揉着双眼，试图厘清阿莉西亚刚才的报告内容。

“实在有太多巧合了。”他终于开了口。

“我也这么认为。”她附和道。

“现在来看看我的理解是否正确……假如这所有的关联确实存在，而我们，或者应该说您，只花了三天就找出脉络，那么……警方和政府高层怎么可能调查了好几个礼拜还交白卷？”

阿莉西亚咬着嘴唇。“这就是我担心的地方。”

“您认为……他们根本就不想找出巴利斯的下落？”

她仔细斟酌了他的问题。“我想他们不至于敢做这样的事情。毕竟巴利斯也不是无名小卒，不能放任失踪事件不了了之。”

“所以呢？”

“或许他们只想知道他的下落。或许，他们对他失踪的真正原因毫无兴趣。”

巴尔加斯频频摇头，揉了揉眼睛。“您真的以为莫尔加多、萨尔加多和马丁这几个当年曾被巴利斯宰制的囚犯，联手策划了一场复仇大计，为死去的同伴维克多·马泰克斯报仇？您现在的想法是这样吗？”

阿莉西亚耸耸肩。“或许不包括那个司机莫尔加多。说不定卷入其中的是他老板，桑奇斯。”

“桑奇斯有什么理由要做这样的事？他是个有头有脸的人，娶的太太是全国最富有家族的继承人……称得上是另一个巴利斯了。像这样一号人物，为什么要去蹚这种浑水？”

“我也不知道。”

“还有，我们在巴利斯车里找到的那些号码呢？”

“任何关联都有可能。或者也可能跟此事毫无关系，只是巧合。您是这么说的，记得吗？”

“又是巧合？我在警界二十年，碰到的巧合比说实话的人还要少。”

“我不知道。巴尔加斯。我真的不知道那些号码有什么含意。”

“知道这整件事真正让我觉得很不对劲的地方是什么吗？”

阿莉西亚再度点头回应，仿佛已经读出了他的心思。

“巴利斯。”她说。

“就是巴利斯。”巴尔加斯接着说，“姑且不提他在蒙锥克监狱那几年如何汲汲营营，还有他干的那些勾当，光是他毒死伊莎贝拉，以及谋杀或试图谋杀戴维·马丁、马泰克斯，天知道还有谁……事实上，他根本是个低级的刽子手，一个靠裙带关系爬上高位的狱警。像他这样的人渣到处都是，走在街上天天都会碰到。没错，他是有些有权有势的朋友，但到头来就是拍马屁。没水准的走狗，小人一个！像这样的家伙，为何能在短短几年从基层爬到政权的巅峰？”

“这的确是个好问题。”阿莉西亚说。

“用您那特别的脑袋好好想一想，说不定可以找出一点眉目，证明我刚刚发的那些牢骚不是胡说八道。”

“您不打算帮我吗？”

“我开始怀疑自己适不适合加入了。看了您那些拼图以后，我总觉得，事情比原本预测的危险许多，我呢，打算几年后就拿退休金走人，然后专心阅读古典文学。”

阿莉西亚无力地瘫坐在沙发上，像个泄了气的皮球。巴尔加斯一口气喝下冷掉的咖啡，叹了口气。他走近窗口，气息深沉。远处再度传来大教堂的钟声，警官凝望着细丝般的朝阳在屋宇和钟楼间缓缓移动。

“我要拜托您一件事……”他说，“这些事情，暂时别告诉莱安德罗或其他人。”

“当然，我又不是疯了。”她立刻回嘴。

巴尔加斯关上窗，走到她身旁，此时她已难掩疲惫。

“你是不是该回到棺材里了？”他问她，“去休息吧！”

他牵起她的手，拉着她进了卧室，掀开被子要她钻进去。阿莉西亚脱下的睡袍落在脚边，接着，她滑进被窝里。他帮她把被子拉到下巴，面带微笑看着她。

“不念个睡前故事给我听吗？”

“想得美。”巴尔加斯弯腰捡起地上的睡袍，走向房门。

“他们是不是设了圈套让我们往里跳？”阿莉西亚突然提问。

他思忖她的问题。“怎么说？”

“我也说不上来。”

“圈套都是中计的人自己设的局。我唯一确定的是，您应该要休息了。”

巴尔加斯开始慢慢把门带上。

"您就在外面吧？"

他点头。

"早安，阿莉西亚。"他边说边关上卧室房门。

32

巴利斯早已失去时间概念。自己究竟在地牢待了数日，或是数周，他浑然不知。他最后一次见到阳光还是开车经过瓦维德维拉大街的那个下午，当时比森特还坐在他身边。他的手疼痛不已，想去搓揉，却找不到自己的手。他觉得已不存在的指尖频频刺痛，手腕剧痛难忍，仿佛铁丝穿骨。自从几天前，抑或几个钟头前，他始终觉得胁肋部位不对劲。他看不清自己排在黄铜尿桶里的尿液颜色，但色泽确实比平时深沉，还掺杂血丝。她一直没回来，马丁也没出现。他无法理解。难道他们就想这样吗？看着他的生命在地牢里慢慢腐蚀？

没有名字亦无面孔的看守人每天现身一次，至少他认为如此。他已经开始计算那人出现的天数。他是来送水和食物的。食物千篇一律：面包、发臭的牛奶，偶尔加上硬如鲔鱼干的肉干，他总要嚼上许久，因为有好几颗牙开始松动。他已经掉了两颗牙。有时，他把舌头伸到牙床上舔一舔，便能尝出自己的鲜血，总觉得那些牙齿恐怕已撑不住了。

"我需要看医生！"他这样要求送来食物的守卫。

看守人从不出声回应，甚至连看都不看他一眼。

"我在这里多久了？"巴利斯问道。

看守人充耳不闻。

“去跟那个女人说，我有话要跟她说。我要把实情告诉她。”

有一次，他醒来时惊见地牢里多了个人。看守人手上拿着发亮的东西，或许是一把尖刀。巴利斯无意自我防御。他感受到臀部被刺了一下，接着全身发冷。他又挨了一针。

“你们到底还要让我活多久？”

看守人起身走向地牢出口。巴利斯紧抓住他的腿，腹部被狠狠踹了一脚，痛得几乎喘不过气。他哀嚎叫痛，抱肚蜷缩了好几个钟头。

那一夜，他又在梦里见到女儿梅希迪斯，还是个年幼的小女孩。他们在索莫萨瓜斯的豪宅，在花园里。巴利斯正忙着和仆人谈话时，小女孩失去了踪影。他循着足迹寻找她，因而来到娃娃屋。巴利斯走进阴暗的屋内，叫唤女儿的名字。他发现小女孩的衣物和血迹。

那些娃娃像猫似的舔着嘴唇，早已将她吞噬。

33

巴尔加斯再次睁开双眼时，正午的艳阳遍洒满室。墙上的老时钟，一台十九世纪风格的粗糙装置，大概是阿莉西亚从古董店搬回的战利品，时针正往十二点靠近。他听见客厅传出女鞋踩地的脚步声，于是揉了揉眼皮。

“为什么不早点叫醒我？”

“我喜欢听您的鼾声，好像家里有只小熊一样。”

巴尔加斯支起身子，坐在沙发边缘。他双手撑着腰侧，然后按摩了腰部。他觉得自己的脊椎好像被机器碾过。

“我给您一个良心的建议，千万不要变老！真的一点好处都没有。”

“我想也是。”阿莉西亚回应。

警官站了起来，忍着一身腰酸背痛。阿莉西亚站在五斗柜上的镜子前，妩媚地描画红唇。她穿着黑色洋装式大衣，腰间系了条皮带，搭配黑色丝袜，以及一双令人晕头转向的高跟鞋。

“要去哪里吗？”

她来个旋风似的大转身，仿佛站在伸展台上，笑盈盈望着他。“我漂亮吗？”

“您打算要去杀什么人？”

“我和塞尔西奥·比拉华纳有约，《先锋报》记者，书商巴塞罗介绍的。”

“钻研维克多·马泰克斯的专家？”

“还有其他领域，希望是这样。”

“能不能请问一下……您这次要用什么样的伎俩？”

“我跟他说我手上有一本马泰克斯的书，想让他看看。”

“正确说法是……您曾经有这么一本书。我提醒一句，书已经被偷了，您手上什么也没有。”

“那是细节问题。再说，有我就够了。”

“我的老天爷啊……”

阿莉西亚的打扮以一顶帽子画下句点，帽檐垂下的纱网盖住了半张脸，最后，她在镜子前又仔细打量一番。

“能不能请问一下，您穿的这是什么衣服？”

“巴黎世家。”

“我不是问牌子。”

“我懂您的意思。我会早点回来的。”她边说边往大门走。

“我可以借用浴室吗？”

“别留下任何毛发就行。”

要和比拉华纳见上一面，可不像她在巴尔加斯面前形容的那么简单。为此，阿莉西亚必须先和报社编辑部的女秘书打交道，对方可不是只会咬指甲闲磕牙的傻女孩，几乎当场就要她打道回府。她后来搬出一些托词，迂回交涉了好一会儿，总算说服女秘书代为联系比拉华纳，但他在电话中语气多疑，比起和神父共用午餐的数学家有过之而无不及。

“您说手上有维克多·马泰克斯的书？《灵魂迷宫》系列其中一本？”

“《阿里亚娜与红衣王子》。”

“我一直以为世上就只有三本。”

“我手上刚好有第四本。”

“您说是古斯塔沃·巴塞罗叫您来的？”

“是的。他说您是他的好朋友。”

比拉华纳哈哈大笑。阿莉西亚听见电话另一头传来编辑部紧张奔忙的嘈杂声。

“十二点开始，我会在巴塞罗那皇家文学院图书馆。”他终于同意见面，“知道这地方吗？”

“听说过。”

"到了就去秘书处问一下我在哪里。还有，把书带着。"

34

大教堂建筑荫蔽的隐秘广场上，一座石砌门廊上方写着：

巴塞罗那皇家文学院

阿莉西亚像大部分市民一样听说过这个地方，但这座巴塞罗那中古世纪遗留下来的旧宅之内的机构究竟是什么，她几乎一无所知。她猜测，这座学院集结了志同道合的智者、抄写员和文学热爱者，自十八世纪末以来共同捍卫着知识和书籍，坚守这项离经叛道的使命，对抗外界的反对和歧视。

她跨进大门，石头的气味和神秘的气场如影随形，入门后即是室内中庭，旁边一座楼梯往上通往大概是接待处的地方。一个模样古板的人拦住她，看起来像是从上个世纪初就待在这里了，他对她投以质疑的眼神，并问她是不是格里斯小姐。

"我就是。"

"我一看就知道了。比拉华纳先生在图书馆。"他往里面指着，"我们这里要求所有访客务必保持安静。"

"您请放心，我刚好今早起誓成为侍奉上帝的修女。"阿莉西亚答道。

严肃的柜台接待员听了她的冷笑话后依旧不苟言笑，她顺势道了谢，随即去找图书馆，仿佛她已经知道地点。这向来是潜入门禁严格之处最有效率的方法：表现得像个熟悉方位的内部人员，无须许可和指引。这法则和诱惑秘诀颇雷同：必须先发制人。先征求同意的人，未竞赛已落败。

就这样，阿莉西亚四处闲逛，参观了雕像林立的大厅和恢宏的走廊，直到她碰见一个像是图书馆员的男子，此人自称博洛尼奥，个性随和亲切，自愿带她到图书馆去。

“我从来没在这儿见过您。”博洛尼奥谈话时一脸腼腆，似乎除了饱读彼特拉克的诗文之外，从未有过和异性接触的经验。

“那么今天就是您的幸运日。”

她终于找到了灵感如泉涌并有五万册学院图书馆藏书相伴的比拉华纳。大记者坐在一张书桌前，面前堆着一沓笔记和修改过的稿子，咬着钢笔，嘴里念念有词，正对着刚刚写下的句子琢磨更好的诗韵。比拉华纳热爱沉思，个性冷漠，就像个移居地中海国家的英国大学问家。他穿着灰色羊毛西装，系着印有金色钢笔图案的领带，肩披暗红色围巾。阿莉西亚踏进阅览室，回荡的脚步声宣示了她的到来。比拉华纳回过神，抬头一望，圆滑的眼神中有一丝尖锐。

“我想……您就是格里斯小姐。”他盖上钢笔盖，缓缓站了起来。

“叫我阿莉西亚就可以了。”

阿莉西亚伸出手，比拉华纳和她握手，面带客套的笑容，但神情拘谨。他示意要她坐下。他有一双小眼睛，却炯炯有神，观望她的眼神半是猜疑半是好奇。阿莉西亚指着桌上的稿件，有些稿子甚至笔墨未干。

“我是不是打扰您工作了？”

“应该说是您解救了我。”他答道。

“在研究书籍吗？”

“在准备我当选本学院院士的演讲。”

“恭喜。”

“谢谢。我希望您不会觉得我这样说太冒昧，格里斯小姐，不……阿莉西亚，其实我已经等您好几天了，所以，我们就省略所有的应酬和客套吧。”

“这样说来，巴塞罗先生已经跟您提过我这个人了？”

“他说了不少关于您的事情，我想，您确实让他印象非常深刻。”

“这是我的专长之一。”

“这一点我已经证实了。对了，您在警察总署的几位老朋友向您问好。别惊讶，我们记者就是这样，喜欢提出问题。年纪越大，越热衷此道。”

比拉华纳脸上的笑容已经完全消失，此时正定睛注视她。

“您究竟是何方神圣？”他直截了当问她。

阿莉西亚思忖可能的圆谎方式，或是扯个小谎，或是瞒天过海，但他的眼神告诉她，说谎可能是严重的错误战术。

“有人要我调查关于维克多·马泰克斯的真相。”

“最近对他感兴趣的人是越来越多。我能不能请问您为什么？”

“我恐怕无法回答这个问题。”

“您的意思是……在不说谎的情况下。”

阿莉西亚点头承认。“基于尊重，我不想这么做。”

微笑在比拉华纳脸上再度浮现讽刺的笑容。

“您认为恭维我会比说谎更有用吗？”

她的睫毛上下眨动，表现出最甜美的表情。“别这样责备我，我至少尝试过了。”

“看来，巴塞罗所言不假。您如果不能告诉我实话，至少要把理由告诉我。”

“因为我不能让您置身险境。”

“换句话说，这是为了保护我。”

“事实上，的确如此。”

“所以，我应该对您心存感激，并提供协助。是这个意思吗？”

“我很高兴，您终于可以站在我的立场看事情了。”

“可惜，我需要更多的理由，而不是精心装扮的美貌。肉欲是脆弱的，但是迈入中年，一个人的常识会重新占上风。”

“据说是这样。我们来个互惠结盟怎么样？巴塞罗告诉我，您打算写一本书，内容是关于马泰克斯以及他那个失落的年代。”

“说‘年代’有点夸张，至于失落，那是对于缺乏更好的形容的一个诗意的替代。”

“我指的是马泰克斯、戴维·马丁以及其他人……”

比拉华纳眉梢往上挑起。“您知道戴维·马丁哪些事情？”

“我确定您一定会感兴趣的事情。”

“举例来说？”

“举例来说，一九四〇年到一九四五年间，马丁、马泰克斯和其他囚犯可能在蒙锥克监狱失踪的相关细节。”

比拉华纳紧盯着她，目光炯亮。“您和布里安律师聊过了？”

阿莉西亚点头。

“据我所知，他向来不提这些事。”

“挖掘事实有各种不同的方式。”阿莉西亚语带暗示。

“在警察总署，大家都说这是您的另一项专长。”

“忌妒心真是太可怕了。”阿莉西亚反驳。

“这是我们国家的业余爱好。”比拉华纳随即附和，显然很享受这样你来我往的言语交锋。

“再怎么说，我认为打电话到警察总署去打听我这个人并不恰当，现在这种节骨眼上，尤其不妥。我这么说是为了您好。”

“我没那么蠢，小姐。我根本没打过电话，也从来不报上姓名。我也得设法保护自己。”

“很高兴听到您这么说。这年头，多一分谨慎绝不嫌少。”

“不过，大家都有共识的一点是：您这个人无法信任。”

“在某些地方，在某些时刻，这是我所能得到的最好的赞美了。”

“这点我倒有同感。我说，阿莉西亚，此事该不会跟我们那位形象无懈可击，却把曾经当过典狱长这段过往撇得一干二净的巴利斯部长有关系吧？”

“您为什么会这么想？”

“因为我提到他的名字时，您的脸色不太一样。”

她踌躇半晌，比拉华纳兀自点着头，证实了自己的臆测。

“如果真是这样呢？”阿莉西亚试探。

“那么，这件事就变得有点意思了。您打算做什么交易？”

“绝对公平合理。”阿莉西亚答道，“您告诉我关于马泰克斯的资料，一旦我负责的这件案子破案时，我保证让您取得所有相关消息。”

“那之前呢？”

“我对您感激不尽，也很高兴您对我这样一个身处困境的弱女子伸出援手。”

“好吧。不过，我必须承认，您至少比那位先生，我猜是您的同事……有礼貌多了。”比拉华纳替自己打圆场。

“您说什么？”

“我说的是几个礼拜前来找我的那位，后来就没再见过他了。因为互相猜忌，所以各位都不交换讯息吗？或者，他是您的竞争对手？”

“您记得他的名字吗？洛马纳？”

“可能吧，我不太记得了。至于年龄嘛，不清楚。”

“长相呢？”阿莉西亚问道。

“跟您比起来，差多了。”

“脸上是不是有一道疤痕？”

比拉华纳点头确认，目光转为锐利。“难不成是您的杰作？”

“他刮胡子的时候不小心划了一刀，这人一向笨手笨脚的。您跟洛马纳说了什么？”

“就是我知道的那些了。”比拉华纳答道。

“他提到巴利斯部长了吗？”

“没有明说，但他显然对于马泰克斯在蒙锥克监狱那几年的情形很感兴趣，还有他和戴维·马丁之间的友谊。不需要天才也能猜得出来。”

“您后来就没再看到过他或跟他谈话了吗？”

比拉华纳摇摇头。

“洛马纳是个难缠的人……”阿莉西亚说道，“您是怎么摆脱他的？”

“我说的都是他想听的话。或是我觉得那可能是他想听的……”

“怎么说？”

“他似乎对维克多·马泰克斯的故居很有兴趣，直到一九四一年被捕之前，马泰克斯和家人一直住在瓦维德雷拉山脚下的滨海公路旁。”

“为什么会提到故居？”

“他问我‘迷宫入口’这四个字有什么含义。他想知道是不是真有这么一个地方。”

“然后呢？”

“我告诉他，迷宫系列小说里的入口，也就是阿里亚娜坠入地底世界的地方，正是她和父母居住的那栋房子，也就是马泰克斯一家人的故居。我给了他地址和方向。其实，只要在不动产登记中心消磨一个小时，一定也找得到地址。或许，他想去那里寻宝，甚至是寻找更珍贵的东西。我的回答够清楚了吧？”

“洛马纳有没有提到他替谁工作？”

“他让我看了一个徽章，就像电影里那样。我不是这方面的专家，但是看起来应该是真的。您也有这样的徽章吗？”

她摇头否认。

“太可惜了。一个具有致命吸引力的女子担任警探，根本就是胡利安·卡拉斯小说里才会出现的人物。”

“您是卡拉斯的读者吗？”

“当然，他可是巴塞罗那所有不得志作家的神圣教父。您应该去读一读他的作品。其实，您很像他小说里的人物。”

阿莉西亚摇头轻叹。“这件事非常重要，比拉华纳先生，牵涉其中的是好几人的性命。”

“您告诉我其中一个就好，最好连名带姓。这么一来，我可能会觉得真有这么一回事。”

“我不能这么做。”阿莉西亚说。

“当然，我猜又是为了我自己的安全着想吧。”

她点点头。“虽然您可能不相信。”

接着，记者双手交叠在大腿上，往椅背一靠，陷入了沉思。阿莉西亚觉得自己恐怕会输了这场赛局。诱饵加码的时候到了。

“您多久没在公众场合看到巴利斯部长了？”她突然问道。

比拉华纳松开双手，顿时有了兴趣，“请继续说。”

“不急。条件是您必须告诉我所有关于马泰克斯和马丁的资讯，然后我会尽快就我所知告诉你整件事的经过，我知道的可不少，这点我可以向您保证。”

比拉华纳不禁暗笑，但同时也缓缓点头同意。“包括巴利斯的部分？”

“包括巴利斯这部分。”阿莉西亚随口诓骗。

“我想，若要求您把书拿给我看，恐怕说了也是白说。”

阿莉西亚堆满甜美的笑容。

“关于这本书的事，也是骗我的吧？”

“只有一部分。我确实曾经拥有这本书，但是就在两天前遗失了。”

“我猜想应该不会是掉在电车上了吧？”

阿莉西亚摇头回应。

“这项协议呢，我就直说了，内容如下……”比拉华纳说，“您只要告诉我是在哪里找到那本书，我就把您想知道的事情告诉您。”

阿莉西亚正想开口回应，记者却举起食指提出警告。“除了顾及我的人身安全，我也希望您一切顺利，多多保重。当然，您跟我说的事，不会有第三者知道。”

她考虑了许久。“我可以相信您吗？”

比拉华纳把手放在那沓正在准备中的稿件上。

“我以我的巴塞罗那皇家文学院院士当选感言发誓。”

阿莉西亚这才点了头。她环顾周遭，确定图书馆里没有其他人。记者望着她，眼神充满期待。

“一个礼拜前，我在毛里西奥·巴利斯的私人宅邸找到的，那本书藏在他书桌抽屉里。”

“我能不能请问您在那里做什么？”

阿莉西亚倾身向前。“调查他的失踪案。”

比拉华纳的目光闪亮如烟火。“您发誓，本案的所有相关新闻都是我的独家？”

比拉华纳直视她的双眼。阿莉西亚的眼睛几乎眨都没眨一下。记者顺手拿起桌上一沓白纸，连同他的钢笔，一起递给了她。

“拿着……”他说，“我想您接下来需要做点笔记。”

35

“我大约是在三十年前认识维克多·马泰克斯，确切时间是一九二八年秋天。当时，我刚进入新闻界，在《工业之声》日报编辑部打杂，什么都得做一点。那段时期，马泰克斯以不同的笔名写小说，他的出版社老板是两个不要脸的混账，巴利多和艾斯科比亚，这两人是出了名的狡诈，从作者到纸张和油墨供应商，坑钱不分对象。这家出版社的作者还有戴维·马丁、赖斯迪劳·巴优纳、恩立格·马格斯，以及内战前那一代年轻贫穷的巴塞罗那作家们。因为出版社支付的稿费经常撑不到月底，所以马泰克斯也帮几家报章写稿，包括《工业之声》，文章类型从短篇故事到游记都有，而那些游记写的都是他从没去过的地方。我还记得有篇文章题为《拜占庭之谜》，我认为这是他当时最出色的一篇杰作，但文章从头到尾都是马泰克斯看着一张伊斯坦布尔旧明信片编造出来的。”

“亏我还这么相信在报纸上读的文章。”阿莉西亚悻悻然叹了口气。

“当然了，您看着就好骗。不过，那是个不同的时代，报纸内容之所以有趣，全靠这些摇笔杆的作家。事实上，我好几次受命在下印前抽掉马泰克斯的稿子，就为了把版面让给临时挤进的广告，或是主编好友写的专栏文章。有一天马泰克斯到编辑部领稿费，特地走到我身边。我心想，他大概会把我揍得鼻青脸肿吧！没想到他只是跟我握手，并且自我介绍，仿佛我根本不认识他，他还向我道谢，他说在那种不得已的情况下，还好是我抽掉他的稿子，而不是别人。‘您对文字很有品位，比拉华纳。别把宝贵时间浪费在这里了。’他这样对我说。

“马泰克斯具有优雅的特质。我指的不是衣着，虽然他对服装也向来讲究，总是一身无懈可击的三件式西装，戴着细致的圆框眼镜，颇有普鲁斯特式的气质，但并不艳俗。我说的是他的风度、他与人来往的方式，以及跟人交谈的样子。他是那些俗不可耐的主编们口中的‘怪胎’，也是个慷慨大方的人，主动助人从不求回报。其实，那次碰面后不久，我在他推荐之下进入《先锋报》编辑部，因为他的大力协助，我才得以脱离《工业之声》。当时，马泰克斯几乎已经不再替报章写稿了。那从来就不是他喜欢做的事，在物资贫乏的年代，那只是他增加收入的一个方式。他在巴利多与艾斯科比亚出版社推出的系列小说之一《明镜之城》，当时颇受欢迎。我认为，他和马丁一直是被巴利多和艾斯科比亚压榨的两棵摇钱树，他们被迫不停地写，尤其是马丁，健康和精神状态每况愈下，残存的体力却在打字机前慢慢燃烧殆尽。因为家庭的关系，马泰克斯的处境就宽裕多了。”

“他出身富裕人家吗？”

“也不能这么说，他算是运气好，或者是运气不好，就看从哪个角度去想。他继承了一位叔父的遗产，这位名叫埃内斯托的长辈是个极度荒唐古怪的人物，别人叫他‘方糖皇帝’，马泰克斯是他最喜欢的侄子，或至少是整个家族中唯一没被他憎恶的人。因此，婚后不久，马泰克斯就搬进滨海公路旁的大宅院，就在瓦维德雷拉山麓，那是埃内斯托叔叔遗留给他的，连同他从古巴回国后创立的海产品进口公司部分股票……”

“那位埃内斯托叔叔移民到拉丁美洲了吗？”

“没错，而且是个传奇人物。十七岁离开家乡巴塞罗那时，一无所有，只能把手伸进别人的口袋。国民警卫队一直恨不得打断他的腿，但他神奇地逃过警方的天罗地网，搭上一艘商船，去了哈瓦那。”

“美洲的百姓对他怎么样？”

“比他对待他们的方式好多了。后来，埃内斯托叔叔搭着自己的邮轮衣锦返乡，一身白衣白裤，身边还有个新婚妻子，比他年轻三十岁，是从北欧花钱买来的，距离他年少移民他乡，这已经是四十年后的事了。那段期间，方糖皇帝做的是白糖和军火生意，赚进也赔掉大笔财富，包括他自己和别人的钱。情妇成群，互相争风吃醋，私生子比加勒比岛国的人口还要多，他们干尽了坏事，如果上帝真要执行正义，他大概会被打入地狱一万年。”

“可惜没有上帝……”阿莉西亚在一旁泼冷水。

“这么说吧，虽然看起来好像没有天理正义，但毕竟还是有所谓报应。老天有眼。据说，从古巴回国后不久，方糖皇帝就精神失常，因为有个怀孕的古巴厨娘对他怀恨在心，在晚餐的热带料理下了毒。方糖皇帝最后在落成不久的豪宅阁楼里自我了断，口口声声说家里的墙壁和天花板有东西在爬，还闻到屋里有蛇窝。他说卧房里有妖魔鬼怪，蜷缩在他的床上，等着吸光他的灵魂。”

“精彩的故事。”阿莉西亚说，“这么戏剧化的细节是您的杰作吗？”

“我都是从马泰克斯那里听来的，他把这些轶闻稍加修饰写进《灵魂迷宫》系列中的一本。”

“真可惜。”

“现实永远无法超越虚构，至少超越不了好的小说。”

“那么，这件事情的真实情况是？”

“俗气到不能再俗气了。最可信的版本是，方糖皇帝的身后事极为铺张，葬礼弥撒在大教堂举行，红衣主教、市长和教会上下成员都参加了，当然还有那些向埃内斯托借钱没还的人，他们出席是为了确认债主已经归西，这么一来就不用还钱了。当时有个传言，唯一穿梭在糖业大亨床上的，是女佣十七岁的女儿，后来以朵丽丝·拉普雷斯为艺名成了高级夜总会的红牌，名利双收，所以，大亨每晚被吸光的显然不只是灵魂而已。”

“这么说来，所谓的自杀……”

“显然有外部力量协助。从整件事看来，方糖皇帝的现任妻子多年来受够了丈夫外遇，两人争吵不断，于是她冷静谋划复仇，某个仲夏夜，她决定拿起丈夫放在床边的猎枪，那是防范无政府主义分子侵入时用来自卫的，她却拿来朝他脸上轰了一枪。”

“树立榜样的故事。”

“爱恨情仇，纠葛不清，非常有巴塞罗那风格的故事。无论真相如何，总之，那栋豪宅就这样闲置多年，从方糖皇帝打下第一块地基开始，到马泰克斯带着新婚妻子苏珊娜入住，闹鬼和诅咒的传闻从未断过。说真的，那栋房子真让人不敢领教，我曾经去过，马泰克斯还亲自为我介绍，那地方简直让人寒毛直竖，至少对我来说是这样，我还是偏爱欢乐的音乐剧和轻快的浪漫喜剧。有些楼梯没有出口，有一条走道挂满镜子，经过时会觉得被人跟踪，还有个地下室，方糖皇帝在那里造了一座游泳池，池底以马赛克瓷砖铺成人脸图案，那是他在古巴娶的第一任妻子莱昂诺尔，一个十九岁的少女，因为她深信自己怀了蛇胎，用发簪戳进了自己心脏。”

“好激情的故事。您让洛马纳去的地方就是那里？”

比拉华纳面带狡黠的笑容，点头回应。

“您告诉他这些恶灵和鬼屋的事了吗？洛马纳这个人非常迷信，也很介意……”

“我这样说可能不太礼貌，但是他给我的印象就是怪里怪气的，而且总让我觉得傲慢无礼，所以我也不想跟他有太多瓜葛，他没问的事，我什么都不会多说。”

“您相信这些吗，闹鬼和诅咒之类的？”

“我相信文学，有时也欣赏烹饪艺术，尤其是上乘的米食料理。除此之外，其他都像是装饰物或热毛巾，可有可无。我感觉我们在这方面很像。我是说文学方面，不是饮食品味。”

“后来发生什么事了？”阿莉西亚追问，一心把话题拉回马泰克斯的故事。

“事实上，我从没听过马泰克斯抱怨那栋房子对他造成任何困扰。我认为，他对这类怪力乱神的传言在意的程度，远不及把整个国家搞得鸡飞狗跳的政治闹剧。那时候，他刚和深爱已久的苏珊娜结婚，上班的地方是个俯瞰巴塞罗那全城的办公室。苏珊娜体弱多病，苍白的肌肤近乎透明，拥抱她的时候，总担心她的身子会碎裂。她不时会觉得疲累，常常需要卧床休息，虚弱到连起床的力气都没有。马泰克斯很担心她有什么三长两短，但是这两人实在太深爱对方。我曾经好几次去拜访他们，虽然那地方总是让我心里发毛……在我看来，他们是对幸福佳偶。至少新婚时期是如此。每次马泰克斯进城，他都是这么说的。他常抽空到《先锋报》附近和我一起吃午饭或喝咖啡，总会畅谈正在创作的小说，有时让我先看看几页稿子，问我意见，但最后通常没把我的评论听进去。他常说，他只是拿我当实验品。那时马泰克斯还在上班。他用了不知多少笔名写小说，都是按字数算稿费。苏珊娜需要持续就医吃药，而马泰克斯找的都是最好的医生。为此，他拼命写稿赚外快，对此一点都不介意。苏珊娜一直想要孩子。但医生已经说过，怀孕会让她的健康状况更棘手，甚至要付出相当大的代价。”

“而奇迹出现了。”

“没错。历经几次流产和多年不孕，苏珊娜终于在一九三一年保住了一个孩子。马泰克斯当然也怕再度失去孩子，甚至是妻子的生命。但这次总算一切顺利，得到苏珊娜一直想要的女儿，并以童年夭折的姐姐的名字替孩子命名。”

“阿里亚娜。”

“嗯，他们努力想怀上孩子那几年，苏珊娜曾要求马泰克斯写一本新书，和过去的作品截然不同的书。这本书是为她梦中的小女孩而写，如同字面上的意思，苏珊娜已经在梦里见过这孩子，和她说过话。”

“《灵魂迷宫》系列就是这样诞生的？”

“对。马泰克斯因此开始创作阿里亚娜在奇幻巴塞罗那的历险系列第一集。我想，他不只是为了阿里亚娜，也是为自己而写。我始终觉得，《灵魂迷宫》系列算是某种形式的忠告。”

“关于什么的忠告？”

“关于接下来的时局。您当时应该还小，孩子不懂这些，但是，内战爆发前那几年，时局已经很糟糕了。那种氛围闻得出来，弥漫在空气中……”

“不如您的书名就叫《弥漫空气中》。”

比拉华纳会心一笑。

“所以，您认为马泰克斯想象了接下来会发生的状况？”

“不只是他，许多人也有同感。除非瞎了眼，否则不可能看不出即将发生的巨变。他经常聊起这话题。有一次，我听他谈起考虑移民到国外，但是他妻子不想离开巴塞罗那。她觉得如果移民，她就永远不会再怀孕了。后来为时已晚，想走也走不了。”

“聊聊戴维·马丁这个人，您认识他吧？”

比拉华纳没好气地翻白眼。“马丁？不太熟。我碰见过他两三次。一次我和马泰克斯约在卡纳雷塔斯酒馆，他向我介绍了马丁。他们很年轻的时候就成了挚友，那是马丁开始惹麻烦之前的事，但马泰克斯始终很珍惜这个朋友。对我而言，老实说，他是我这辈子见过最奇怪的人。”

“在哪一方面？”

比拉华纳迟疑了一会儿。“戴维·马丁聪明过人，或许就是太聪明了才会出问题。但是依我的浅见，他已经完全失去理智了。”

“失去理智？”

“发疯了。像头疯牛一样，疯疯癫癫的。”

“您为什么会这样觉得？”

“就是直觉。马丁经常有幻听……我说的可不是灵感。”

“您的意思是说，他得了精神分裂症？”

“谁知道。我只知道马泰克斯担心他，非常担心。马泰克斯就是这样，替所有人担心，却从没想过自己。后来马丁似乎卷入一些纠纷，两人几乎不再见面。因为马丁刻意躲避人群。”

“没有家人能帮他吗？”

“他身边什么人都没有。曾在他身旁的人，最后都离他而去。他和现实世界唯一的联系，是个曾经跟着他当学徒的年轻女孩，就是那位伊莎贝拉。马泰克斯认为，唯有伊莎贝拉让马丁保有活下去的意志，因为她，所以他还会保护自己。马泰克斯常说，唯一真正的恶魔是他那颗脑袋，快把他生吞活剥了。”

“唯一真正的恶魔？难道还有别的吗？”

比拉华纳耸耸肩。“提到这件事，我不知道能不能忍住不笑出来。”

“试试看吧。”

“马泰克斯跟我提过，戴维·马丁确信自己跟一个神秘的出版社主编签了合约，写宗教文章，俨然是一个新兴宗教的圣经。别露出那种表情好吗？根据马泰克斯的说法，马丁偶尔会和这位主编碰面，一个名叫安德烈亚斯·科莱利的人，这个人会带来地狱的指示。”

"马泰克斯大概会怀疑是否真有科莱利这个人。"

"何止是怀疑，他压根儿就不相信有这样的事。马泰克斯拜托我在出版界打听是否真有这一号人物。我接受他的请托，在出版界做了翻天覆地的全面调查。"

"结果呢？"

"我找到唯一叫作科莱利的人，是个巴洛克时期的作曲家，阿尔坎杰罗·科莱利，或许您听过这个人。"

"既然这样，马丁的那位老板，或是他想象出来的老板科莱利，到底是谁？"

"在马丁看来，他是另一种类型的天使，一个堕落天使。"

记者将两根手指比在额前充当两只角，然后傻乎乎地笑着。

"恶魔？"

"还有尾巴和爪牙。身穿昂贵西装的魔鬼，来自地狱，引诱他出卖灵魂，创作一本诅咒之书，作为即将毁灭世界的新宗教基本教义。如同我刚刚所说，马丁根本就是一头疯牛。他就这样毁了。"

"您说的是在蒙锥克监狱吧？"

"那是后来的事了。二十世纪三十年代初，马丁精神错乱，加上他和顽劣魔鬼之间的纠葛，警方称他卷入一连串犯罪事件，后来案情不了了之，但他被迫逃离巴塞罗那，然后奇迹般地逃出这个国家。您说这个人是不是疯癫得可以？居然异想天开，决定在内战时期返回西班牙。他刚越过比利牛斯山边境，就在朴奇塞达镇被捕了，最后死在蒙锥克堡，就跟许多囚犯一样。还有后来的马泰克斯。失联多年，两人竟然在那里重逢……还有更悲惨的结局吗？"

“知道他为什么回来吗？马丁就算不服气，但还是有自知之明，只要回到巴塞罗那，他迟早会被抓……”

比拉华纳耸了耸肩。“我们一生中为什么总会做出莫名其妙的蠢事？”

“因为爱情，因为金钱，因为怨恨……”

“原来您是个浪漫的人。我就知道……”

“这么说来，他是为了爱情？”

“谁知道？在这个国家，一半人因为不同颜色的旗子杀害另一半人，在这样的地方他还能期待找什么呢……”

“是为了那个伊莎贝拉吗？”

“我也不知道……那个部分的真相，我还不清楚。”

“伊莎贝拉就是后来嫁给书店老板森贝雷的那位？”

比拉华纳一脸诧异地看着她。“您怎么会知道这件事？”

“这么说吧……我有我的消息来源。”

“如果可以让我分享，那就再好不过了。”

“我会尽快安排，就这么说定了。所以……这两个伊莎贝拉是同一人？”

“没错，就是同一个人。伊莎贝拉·吉斯伯特，海上圣母大教堂后面那家吉斯伯特商行老板的女儿，后来成了伊莎贝拉·森贝雷。”

“您认为伊莎贝拉是不是爱上了戴维·马丁？”

“容我提醒，她嫁的是书店老板森贝雷，不是马丁。”

“那也不能证明什么。”阿莉西亚反驳。

“我想他们之间应该不是那样。”

“您认识她吗，那位伊莎贝拉？”

比拉华纳点头。“我还参加了她的婚礼。”

“觉得她看起来幸福吗？”

“所有新娘在婚礼当天看起来都很幸福。”

这一次轮到阿莉西亚露出促狭的笑容。“那么，她幸福的模样看来如何？”

记者眉眼低垂。“我只跟她聊过两三次。”

“但已经让您留下印象了。”

“是的。伊莎贝拉是个让人印象深刻的人。”

“怎么说？”

“我觉得她是少数让人觉得这个乱世还值得活的人。”

“您出席她的葬礼了吗？”

比拉华纳缓缓点头。

“她真的死于霍乱？”

记者眼神中闪过一丝落寞。“据说是这样。”

“但是您并不相信。”

记者摇头回应。

“到底发生了什么事？”

“老实说，这是一段我想遗忘的伤心往事。”

“所以您才会花这么多年的时间写一本关于她的书？我猜这是一本永远不会出版的书，至少不会在这个国家……”

比拉华纳面露无奈苦笑。“我最后一次见到马丁的时候，知道他说了什么吗？那晚，他和我还有马泰克斯三人在桑巴涅特酒馆小酌，庆祝马泰克斯完成了《灵魂迷宫》系列第一部。”

阿莉西亚摇摇头，静待下文。

“不知为何我们聊起了作家和酒精这个老掉牙的话题。马丁当时已喝了不少，但还清醒，那天晚上，他跟我说了一句让我终生难忘的话：‘喝酒是为了回忆，写作是为了遗忘。’”

“或许，他其实不像别人眼中那样疯癫。”

比拉华纳默默点头，思绪已经陷入回忆里。

“那就请您聊聊那段想遗忘的岁月。”阿莉西亚说道。

“到时候可别说我没先警告过您啊。”他提醒说。

被遗忘的亡灵：

维克多·马泰克斯与巴塞罗那失落世代的陨落

塞尔西奥·比拉华纳著

命运出版社，巴塞罗那，一九八九年出版

（节选）

维克多·马泰克斯于一九三三年写的文章《墨水与硫黄》，充满反讽和趣味，显然取材自好友兼同事戴维·马丁的不幸遭遇。文章的第一段写到：“一个人无须成为歌德便能得知，任何一个够资格称得上作家的人，迟早都会遇见他的魔鬼梅菲斯特。心地善良者，倘若存在的话，将把自己的灵魂送给它。另外那些人，则把途中碰见的那些粗心大意者的灵魂卖给魔鬼。”

维克多·马泰克斯不但够资格称得上作家，而且凭着一己之力在文坛立足，就在一九三七年秋日，他遇见了他的梅菲斯特。

在此之前，生活以文学相伴向来是一种平和的行为，但内战却让马泰克斯赖以为生的出版社只能在摇摇欲坠中勉力前进。作家们依然笔耕不辍，并持续有出版品问世，只是，书市当道的文类已变成广告、文宣小册，以及对战争刽子手歌功颂德的样板著作。不过几个月的时间，马泰克斯和许多人一样，赫然发现生活若不靠他人施舍便无以为继，至于运气，在那个年代是不怎么见得着的。

近年帮他出版《灵魂迷宫》系列的出版商是两位品味敏锐的绅士，雷威斯和巴登斯。巴登斯是美食专家，熟稔各种美馔和农产品，躲避战乱的时候暂时在乡间农场耕种蔬果，探寻松露的奥秘。巴登斯天生乐观主义，各种冲突都会让他头昏眼花，他宁可相信内战顶多打两三个月，西班牙就会回到原本荒谬和混乱的局面，文学、美食和商业依旧有立足之地。雷威斯对权力和政治斗争常有精辟观察，他自愿留在巴塞罗那维持出版社营运，虽然业务少之又少。文学几乎被逼入绝境，出版物主要是演讲、宣传册与英雄人物事迹的著作，由于内部斗争和内战隐患对共和党的影响，英雄人物每周都不一样。雷威斯不像他那时常寄来鲜美番茄和蔬果的合伙人那样乐观，他看出这场战事恐怕要拖上很长一阵子，残局也会比预期更难收拾。

然而，雷威斯和巴登斯依旧定期支付马泰克斯微薄的薪水，他们搬出的名目是预付版税。马泰克斯百般不愿意，总是摆着一张臭脸勉强收下。雷威斯不理会他的抗拒，执意把钱塞给他。有时两人难免为此争执，这位出版社老板甚至直言，有人就是还没真正体验过挨饿的滋味。他面带嘲讽的笑容坚称：“维克多，不必替我们着想，我们预先付给您的钱，迟早有一天会连本带利要回来。”

由于两位出版人伸出援手，马泰克斯得以让家人免于挨饿，这在当时已是得天独厚的帮助。大部分同事处境比他艰难多了，不知何去何从。有些人摇着爱国热情和浪漫主义的旗帜投身军旅。“我们要直捣腐败贼窝，大力歼灭法西斯鼠辈。”他们宣称。有些人指责他不加入。在那个年代，许多人将大街小巷张贴的海报标语奉为信条。“不愿为自由奋战的人，不值得拥有自由。”他们这样告诉他。马泰克斯虽然质疑此论调，但良心仍备受折磨。他是否应该抛下住在山麓大房子里的妻女，投效所谓的“祖国阵营”去打仗？“我不知道他们说的是哪一个祖国，但一定不是我的。”有个朋友临行前在火车站对他这么说，“那也不是你的祖国，虽然你根本没有勇气挺身捍卫它。”马泰克斯自惭形秽地回到家，一进门，苏珊娜立刻紧紧抱着他，她浑身发抖，泪流不止地哀求：“不要丢下我们……阿里亚娜和我就是你的祖国。”

随着内战战火延烧，马泰克斯惊觉他已无法写作。他连续几个小时呆坐在打字机前，呆滞地望着窗外的天际。后来，他几乎天天进城，他的说法是去寻找机会，或许只是去逃避自己。他熟识的许多人为了在乱世求生，只能屈服于黑市任人宰割。文艺圈早有恶意流言，谣传捉襟见肘的雷威斯和巴登斯仍得定期支付马泰克斯薪水。老友马丁早已提醒过他：“忌妒是作家思想里冒出来的坏蛆，慢慢腐蚀我们的生命，直到遗忘毫不留情地攻陷我们。”几个月后，所有熟识他的人都变成相见不识的陌生人。当他们从远处瞥见他，总是刻意改道，并窃窃私语，毫不掩饰对他的轻蔑。另外一些人与他擦身而过，却低头不语。

内战爆发后头几个月，巴塞罗那陷入对恐惧和冲突的麻木不仁的诡谲氛围。战事开始那几天，法西斯反抗军在这座城市吃了败仗，有些人因此深信，本城无战事，这一点零星战火吓唬不了他们，再过几周，这个国家终将恢复原有的日常。

马泰克斯不再相信这样的话了。他甚至满怀恐惧。他知道，一个国家的内战不会只有一场，而是国民之间一连串大大小小的冲突。正史的书写总是基于时间线上胜利或失败的一方，但少有人关注介于两方阵营间那些从未煽风点火的人。马丁常说，在西班牙，人们轻视对手，但更加痛恨追求自由且不投靠任何阵营的人。马泰克斯当时没把他的话放在心上，但如今他开始思考，在西班牙唯一不能被原谅的罪过，就是不选择党派，坚持独立。羔羊成群之处，总有饥饿狼群出没。马泰克斯对这些道理早有领悟，并开始嗅出空气中的血腥味。过一阵子，尸横遍野的景象恐怕就会出现。此时大家正磨刀霍霍，钩心斗角。战争让一切污秽不堪，却洗净了所有的记忆。

一九三七年，改变了他命运的那个不祥之日，马泰克斯为了和雷威斯碰面而进了城。每次两人相约，雷威斯总会请他在自行车赛车场餐厅共进午餐，地球出版社就在附近的对角线大道，碰面时，这位出版社老板总在桌底下偷偷把装了钱的信封塞给他，这笔钱足够他家几周的开销。那天，马泰克斯却第一次拒绝接受资助。当时的情景，他后来在狱中写下关于内战的自传体小说《暗夜回忆录》详述了经过，在这本从未出版的小说里，他只是其中一个角色，或许死亡才是全知叙述者。

占地宽广的自行车赛车场餐厅三角楣饰在蒙塔内尔街高高竖起，扰乱了街道优雅的斜面，往前走几步就是对角线大道。那里亮着水族箱一样的灯光，教堂式的挑高建筑，供应咖啡替代品，成了人们试图如常度日的避风港。雷威斯总是挑选角落的位子，整间餐厅一览无遗，人进人出都逃不过他的视线。

“不行。雷威斯先生，我不能再接受您的施舍了。”

“这不是施舍，而是投资。您也知道，巴登斯和我早有共识，十年或二十年后，您一定会成为全欧洲最受欢迎的作家。如果不是这样，那我就去当神父，巴登斯也会把他最爱吃的松露换成粗香肠。我用一盘辣烤蜗牛跟您打赌。”

“别再说这样的话了。”

“拜托，把钱收起来吧。”

“不行。”

“西班牙有几百万人，怎么偏偏我就碰到一个有钱却不想拿的人。”

“您的水晶球是怎么说的？”

“维克多，我多么希望这笔钱是预付的版税，然后我可以帮您出书，可惜，现在这种时局，我们不能出书。这点您也知道。”

“既然这样，我就继续等。”

“这恐怕要等上好几年。在这个国家，有些人不等到人民自相残杀是不会罢手的。在这种地方，当人们失去理智的时候——这种事经常发生——他们会二话不说在别人脚上轰一枪，好让对方变成残废。这样的时局会持续很久，您就听我的话吧。”

“既然这样，那我宁可饿死，也不要眼睁睁看着那种事情发生。”

“非常有英雄气概，我感动得差点要哭了。这就是你要给妻女的生活吗？”

马泰克斯闭上双眼，沉溺在自身的贫困处境中。“不要说这样的话。”

“那么您也别说那种傻话，把钱收下吧。”

“我以后一定全部还给您，一毛都不会少。”

“这点我从未怀疑过。来，吃些东西吧，您一口都没吃。还有，把这些面包带回家。对了，有空去出版社一趟，那里有巴登斯寄来的一大箱新鲜蔬果。拜托带一点回去，我们办公室快变成菜市场了。”

“您要走了吗？”

“我还有事情要办。保重，维克多。还有，请继续写，总有一天我们会再出版新书，看着好了，您一定会让我们赚大把钞票的。”

出版社老板就这样离去，留他独坐在餐桌旁。马泰克斯清楚得很，他是专程来送钱的，一旦完成任务，他宁可早早离开，免得作家因为要靠人接济而难堪。马泰克斯狼吞虎咽吃光了食物，又把面包塞进口袋。这时候，餐桌上落下一道人影。他抬头一看，是个衣着破旧的年轻人，手上拿着法庭和政府机关常见的档案夹。以一个特务来说，这个人显得太虚弱也太无助。

“您介意我坐下吗？”

马泰克斯摇摇头。

“我是布里安，费尔南多·布里安。我是个律师，虽然看起来不像。”

“在下维克多·马泰克斯，作家，虽然看起来也不像。”

“这是什么时代？人人看起来都不像该有的样子，甚至不过两天前，人人看起来都不太像自己。”

“在我看来，您根本是律师兼哲学家。”

“而且收费公道。”布里安补上一句。

“可以的话，我也很想请您为我的自尊辩护，可惜我没那个财力。”

“别介意，客户我倒是有的。”

“既然这样，我在这个事件里扮演的是什么角色？”马泰克斯不解。

“一个被挑中进行一场巨额交易的幸运作家。”

“是吗？我能否请问，您的客户是谁？”

“一个极度重视隐私的人。”

“谁不重视自己的隐私？”

“没有隐私的人。”

“请您暂时先把哲学放一边，好好专注于律师这个角色。”马泰克斯打断他的话，“对于您和您的客户，有什么我能为两位效劳的吗？”

“我的客户是个颇具名望的大人物，非常富有。他就是那种什么都有的人。”

“这种人通常想要的更多。”

“这一次，这个更多正好包括您的服务。”布里安点明重点。

“在这样的战乱时期，一个小说家能提供什么服务？我的读者已经不再阅读，宁可把时间用来自相残杀。”

"您有没有想过要写传记？"律师问道。

"没有，我只写小说。"

"曾经有人说过，没有比传记更虚幻的文类了。"

"嗯，但自传可能是例外。"马泰克斯附和。

"确实。身为小说家，您应该也会接受，平心而论，所有的故事都只是故事罢了。"

"身为小说家，我只接受预付稿酬，而且最好是付现。"

"您提到重点了。虽然现在只是纸上谈兵，但，故事都是由文字和语言组成的，不是吗？"

马泰克斯叹口气，驳斥道："一切都由文字和语言组成。包括一个律师的辩护过程。"

"作家不就是语言的工人吗？"布里安好奇地问道。

"当人们放弃动脑，而用屁股思考的时候，作家就是一个毫无职业前景的人。"

"看到没？就算讽刺，您也能骂人不带脏字。"

"为什么不干脆直截了当说清楚，布里安律师？"

"换了我的客户本人，恐怕也没办法说得更清楚吧。"

"既然要讽刺，那我就不客气了。如果您的客户是这么重要的大人物，有权有势，那么找上您这样的律师做代理人，会不会嫌太寒酸了？我有话直说，别生气。"

"我不会生气，因为您说得非常有道理。我是以间接方式接受委托的。"

"请进一步说明。"马泰克斯要求。

"委托我当代理人的是一家知名律师事务所，他们是客户的直接代理人。"

“您真幸运。既然是那么知名的大事务所，为什么没派人过来？”

“因为他们的业务涵盖全国，技术上来说是这样。至于客户本人，我想他应该在瑞士。”

“什么？”

“我的客户和他的律师们接受了佛朗哥将军的协助和保护。”布里安为他释疑。

马泰克斯面带疑虑环顾其他客人。看来并没有人在窃听他们谈话，甚至没有人注意到他们，但是，在那个人人疑神疑鬼的年代，隔墙有耳并不稀奇。

“您这是在开我玩笑吧。”马泰克斯刻意压低了音量。

“我向您保证，绝对不是。”

“拜托行行好，马上站起来离开这里。我就当作从没见过您这个人，也没听过这些话。”

“相信我，我完全能够理解您的想法，马泰克斯先生，但我不能照您说的那样做。”

“为什么不行？”

“因为我如果没和您达成协议，就这样走出那扇门，我相信我是活不到明天的。还有，您和您的家人也一样。”

漫长的静默随之而来。接着马泰克斯揪住布里安的衣领，律师凝视着他，眼中有无尽哀愁。

“您说的都是真的……”他喃喃说道，毋宁是自言自语。

布里安点头确认。马泰克斯随即松开了手。

“为什么找上我？”

“客户的妻子是您的忠实读者。她说喜欢您的写作风格，特别是爱情故事。其他作品倒是还好。”

作家双手掩面。

“如果只是当作一份差事，报酬真是好得没话说了。”布里安补充说道。

马泰克斯从指缝间瞅着他。“那您呢？他们付的是什么样的价码？”

“他们让我继续呼吸，并承担了我的所有债务，数目还不少。但还得要您点头才行。”

“如果我不答应呢？”

布里安无所谓似的耸了耸肩。“最近有人告诉我，在巴塞罗那买凶杀人非常便宜。”

“我怎么知道……您怎么知道那些威胁不是虚张声势？”

布里安低下头。“我曾经这样质问过，于是他们寄了一份包裹给我，里面装的是我合伙人尤希的左耳。他们已经跟我说过，期限一过，若还没有结果，会再寄别的包裹给我。我刚刚说了，在这座城市，找黑道解决事情花不了什么钱。”

“您的客户叫什么名字？”马泰克斯问。

“我不知道。”

“那么，您到底知道些什么？”

“我只知道，在他手下做事的人都不好惹。”

“那他本人呢？”

“据我所知，他是个银行家。来头很大。我还知道，或是我直觉认为，他是资助佛朗哥军队的银行家之一。还有，据我了解，他极度爱慕虚荣，非常在意别人怎么看待他和妻子，我说过，夫人是您非常忠实的读者，因此她说服丈夫，有必要写一本传记叙述他的成就、他的伟大，以及他对西班牙和全世界福祉的重大贡献。”

“替这婊子养的混蛋写传记，简直侮辱了所有传记文学。”马泰克斯愤然说道。

“关于这一点，您不该找我理论，马泰克斯先生。想不想听听好的方面？”

“你是说可以继续活着这件事吗？”

“如果接受这份工作，马上就会有十万元汇入瑞士国家银行您名下的账户，作品出版时，您会收到另一笔十万元汇款。”

马泰克斯一脸诧异望着他。

“趁着您还在体会这笔数目，容我解释一下作业程序。接受委托并签约后，您就会开始每半个月通过我的事务所领取奖金，写作期间全程如此，而且酬劳总额不会因此缩水。接着，您会收到一份资料，当然也是通过我，内容大概是客户传记的第一个版本。”

“所以，我根本不是第一个啊？”

布里安又耸了耸肩。

“他们对前一个写手做了什么？”马泰克斯诘问，“难不成也寄了包裹给他？”

“不知道。据我了解，客户的妻子认为此人的作品没有风格，不够高雅，也不够专业。”

“真搞不懂，您怎么能开这种玩笑？”

“比卧轨自杀要强。总之他们告诉我，这份资料只是基本信息，仅能供您参考。您的任务是根据内容为一个大人物立传。有一年的时间可以撰稿，截稿后交由客户审查，接下来六个月，您的工作是就必要的修改润饰稿子，并准备一份即将交给出版社的最后完稿。还有，容我再告诉您，不需要太在意自己写了这本书，因为没有人会知道这是您的作品。您和我的沉默也是这项协议的必要条件。”

“怎么说？”

“或许我一开始就应该说清楚。事实上，这本书会以自传形式出版。您必须以第一人称书写，但是作者是我的客户。”

“我想这本书已经有书名了。”

“暂时是《我，某某某：一个西班牙金融家的回忆录》。我想他们接受其他意见。”

这时，马泰克斯做出了让布里安始料未及的反应。他竟捧腹大笑起来，笑得眼泪都流出来了，在场其他客人纷纷回望，心里纳闷着，这种时局，居然还有人能这样哈哈大笑。等到马泰克斯终于恢复正常，他深深吸了一口气，注视着布里安。

“我可以说您这样就表示答应了吗？”律师满怀期望地探问。

“难道有别的选择吗？”

“有。那就是……明天或后天，您和我脑袋各挨一枪，过一阵子，您和我的家人很快也会有同样下场。”

“我该在哪里签名？”

几天之后，苦于失眠、痛苦和猜疑的马泰克斯再也受不了，决定去拜访地球出版社总编辑。雷威斯所言不假：此地散发着地中海沿岸安普丹地区的田园清香。一箱箱蔬果与书籍，加上一沓待付账单，全都堆在走道上。雷威斯专注倾听这段经历的同时，手中把玩的番茄传出浓郁的香味。

“您觉得怎么样？”叙述终了，马泰克斯询问他的看法。

“好极了。光是闻那个味道，我肚子都饿了。”雷威斯答道。

“我是指我面临的两难处境。”马泰克斯继续追问。

雷威斯把番茄放在桌上。“您除了接受这份工作之外，也别无选择了。”

“您会这样说是因为知道这是我想听的话。”

“我之所以这样说，是因为我喜欢看您活得好好的，也因为您还欠了我们钱呢，相信总有一天会还清的。收到那份资料了吗？”

“只有一部分。”

“怎么样？”

“看了只想吐。”

“难道您期望会收到莎士比亚的十四行诗？”

“我根本不知道该期望什么了。”

“起码您应该已经开始揣测传记主人可能是谁了吧？”

“我已经有点概念了。”马泰克斯说。

雷威斯眼睛一亮。“说来听听……”

“根据我读过的资料，我猜是乌巴赫。”

“米盖尔·安赫尔·乌巴赫？我的老天爷，那个火药银行家？”

“听说他不喜欢人家这样叫他。”

“他活该。如果不喜欢，那就应该去资助社会建设，而不是拿钱帮人打仗。”

“关于此人的背景，您知道多少？您一向交游广泛、无所不知……”马泰克斯试着打探。

“就是大家谣传的那些了。”雷威斯一言带过。

“我知道，您从来没那个闲工夫跟穷人和游民打交道。”

雷威斯对这番挖苦置若罔闻，早已一头栽进那个奇诡的谜团里。他探头到办公室门外，叫来他信任的员工劳拉·弗兰科尼。

“劳拉，能不能过来一下……”

等待的同时，雷威斯焦躁地在办公室里来回踱步。不久，劳拉绕过一箱箱洋葱和大葱，总算现身房门口，一见到马泰克斯，她笑盈盈地在他脸上亲了一下。娇小的劳拉活泼开朗、聪明能干，是维持出版社运作的员工之一。

“觉得我们的蔬果经销站怎么样？”她问，“您要不要来几条夏南瓜？”

“我们的好朋友马泰克斯最近和战神结盟了。”总编辑说。

当事人无奈地叹息。

“您干脆拿麦克风在窗口广播好了。”马泰克斯没好气地说。

劳拉·弗兰科尼关上办公室房门，忧心忡忡地望着他。

“把事情告诉她吧。”雷威斯在一旁说道。

马泰克斯只是概述了事件经过，但劳拉已经可以自行想象当时的场景。叙述完了后，一脸担忧的劳拉伸手搂住作家的肩膀。

“还有，乌巴赫那个王八蛋已经找到出版社替他出版那本废话集了吗？”雷威斯问。

劳拉怒目逼视他。

“我只是想把握机会拼业绩。”雷威斯辩称，“时局动荡，哪来的精神装腔作势。”

“我会很感谢您的协助和建议。”马泰克斯提醒他。

劳拉紧握他的手，直视他的双眼。“收下那笔钱。就照着那爱慕虚荣的小人的意思去写，然后永远离开这国家。我推荐阿根廷。那里土地过剩，牛排好吃得要死。”

马泰克斯看了看雷威斯。

“阿门！”总编辑说，“我没有比这个更好的建议了。”

“除了带着家人流亡他国，难道就没有别的办法了吗？”

“马泰克斯，不管您怎么做，都是被玩弄的一颗棋子。假如乌巴赫那帮人打赢战争——其实他们胜算很大——我敢说，一旦曾经接下这种任务，您的存在一定会让他们很不自在，到时应该会有人希望您消失。如果打赢的是共和军，一旦有人知道您曾经替佛朗哥的金主效劳，我看也是吃不完兜着走。”

“太精彩了。”

“我们可以帮您离开这里。巴登斯有门路，他和一家商船航运公司很熟，可以安排您和家人前往马赛，只要几天就到了。到了那里，您自己看着办。换作是我，会接受劳拉的建议去美洲。北美或南美都可以，最重要的是，您去的地方离这里越远越好。”

“我们会去拜访您。”劳拉帮腔，“依本国局势看来，您可能得接纳我们所有人……”

“我们还会带上好的漂亮蔬果去给您配着烤肉吃，才配得上您二十万的身价。”雷威斯继续耍嘴皮子。

马泰克斯叹了口气，“我老婆不想离开巴塞罗那。”

“我的感觉是……您根本没跟她提这件事吧？”雷威斯探问。

马泰克斯摇头否认。雷威斯和劳拉面面相觑。

“我也不想远走他乡。”作家坦言，“这里是我的家，不管时局是好是坏。这是我血液里的东西。”

“疟疾也是血液里的，血液里的不一定就是健康的。”雷威斯搭腔。

“有能够抵抗巴塞罗那的疫苗吗？”

“说实在，我很了解您的心情。换了是我也会做同样的事。不过，带着钱去看看这个世界，这样的安排，我是不会拒绝的。您也不是非得现在做决定不可。目前看来，还有一年到一年半的时间可以考虑。只要书稿没交出去，内战还在打，事情还是有转机的。您就像为我们工作一样，永远不考虑截稿期，让我们抓瞎……”

劳拉拍拍他的背表示支持。雷威斯把优质的故乡农产品递给他。“要不要来个番茄？”

只有一部分《暗夜回忆录》手稿得以幸存，但看得出来，马泰克斯似乎选择向现实低头。种种迹象显示，乌巴赫自传初稿直到一九三九年才交稿。这期间，内战渐入尾声，佛朗哥军队以胜利之姿抢进巴塞罗那，马泰克斯仍忙着校稿和修改，可想而知，大部分修正都是由乌巴赫的妻子菲德莉嘉提出的，这位贵妇除了对法西斯主义倾注心力，也热衷艺术和文学。交出最后定稿之后，本可好好思考雷威斯总编的建议，带着家人和巨款移民他国，但他却不听劝，决定留在家乡。做此决定最有可能的原因，应该是妻子再度怀孕，后来生下了他的第二个女儿。

当时，乌巴赫已光荣返回西班牙，受到政府最高规格的表扬和礼遇，因为他以银行家身份对国家改革带来了极大贡献。那是个复仇情绪满溢的时期，但也是妥协的时期。西班牙各个阶层都发生了重整，一些人遭到抛弃、放逐，被贫穷围困，另一些人掌握了权力和声望迅速崛起。肃清渗透了大众生活的各个角落。叛变，这个根深蒂固的西班牙古老传统成长为一种艺术。战争留下不可计数的亡魂，还有更多被遗忘、被诅咒的苟活生灵。马泰克斯的大多数旧识和同事，包括过去曾轻蔑他的人，如今纷纷找上门，要求他的协助、推荐和怜悯。大部分人很快就进了监狱，关了几年，阴影终生如影随形。有些人被狱方毫不留情地处决，另一些人的生命则是因疾病或悲伤过度而画下句点。

还有一些人，显然是际遇最好，却无才无德，但精于见风转舵，效忠独裁政府，出卖灵魂。政坛往往是平庸失意的创作者最好的避风港。投身政治能提高社会经济地位，还能大权在握，仗势欺人，尤其是报复那些凭一己之力获得艺术成就的人，因为那是他们永远无法企及的梦。他们以敬畏神圣和牺牲奉献的精神，全力为祖国服务。

一九四一年夏天，苏珊娜和维克多·马泰克斯的次女索妮雅出生仅两周，不寻常的事发生了。当时，一家人正在滨海公路旁的家中享受艳阳高照的美好周日，却突然听见几辆车渐渐驶近。从第一辆车下来的是四个西装笔挺、配枪的男人。马泰克斯简直吓坏了，但马上就发觉了第二辆车，一辆几乎和佛朗哥大元帅座车一模一样的奔驰，从这辆车下来的是位派头十足的绅士，一旁还有个珠光宝气的金发女子，一身盛装仿佛要参加女王加冕典礼。这两人正是米盖尔·安赫尔·乌巴赫和妻子菲德莉嘉。

马泰克斯从未向妻子提起捉刀写传记一事，他为那本书埋葬了一年半的生命，但那本书也救了他一命……此时，他觉得脚下的土地似乎就要崩裂。苏珊娜困惑不解，频频探问正穿越花园的这些有头有脸的访客究竟是谁。后来是菲德莉嘉夫人在那个漫长的午后叙述了事情由来。同时，乌巴赫则和马泰克斯一起进了书房，聊着男人的话题，一边享用白兰地和古巴雪茄（那是他自己带来的，算是送给主人的礼物），菲德莉嘉成了那个可怜小妇人最好的朋友，生完第二个女儿没多久的苏珊娜，身体虚弱得几乎无法站立。即使如此，菲德莉嘉仍看着她勉强站起来，拖着脚步到厨房去准备贵夫人连碰都不想碰的茶，还有那盘干巴巴的糕点，连拿来喂狗都会被嫌弃。她静静看着苏珊娜瘸着腿在厨房忙着，陪在一旁的是她的两个女儿，阿里亚娜和小女儿索妮雅，这两个孩子莫名可爱，简直是她此生见过最漂亮的孩子。如此甜美活泼的女孩，怎么可能生在如此穷苦的人家？是的，马泰克斯或许有点才华，但他终究和其他艺术家一样，只是个奴才，而且他写过的所有小说当中，真正的好作品只有那本《柏树林之家》。其他小说写的都是另一个世界，那些难以理解、阴森可怕的情节让她大失所望。这些感想，她在他上前握手问好时就已直言不讳，此外，她对他那副疏远的态度也感到不满，仿佛他一点都不乐意见到她。“真正称得上好作品的只有第一本小说。”她告诉他。娶了这样一个不懂打扮、不会说话的村姑，证实了她没错看此人。马泰克斯的小说只是用来消磨时间的，他永远不可能跻身大师之列。

即便如此，夫人还是端出最亲切的笑容，忍受着在一旁努力取悦她的可怜小妇人。她一直绕着贵妇生活问个不停，仿佛很渴望了解上流圈子。夫人几乎对她充耳不闻，眼里只有那两个孩子。阿里亚娜满脸疑虑望着她，就跟所有的孩子一样。当她问道："小宝贝，我跟你妈妈，谁比较漂亮？"那孩子吓得赶紧跑去躲在母亲后面。

乌巴赫和马泰克斯走出书房时，已是黄昏时刻，银行家突然决定打道回府。乌巴赫与马泰克斯拥别，接着亲吻苏珊娜的手。"真是天造地设的一对璧人。"他恭维道。马泰克斯夫妇陪同两位贵宾一起走到奔驰车旁，看着他们的座车和两部护驾车辆在星空下驶离，留下的是一片祥和的世界，或许，也充满契机。

一周过后，拂晓之前，比上次多了两辆车的车队再度光临马泰克斯家。这一回，来的都是没挂车牌的黑色轿车。从第一辆车下来的是个穿黑色风衣的男子，身份是特务情报局的哈维尔·傅梅洛警官。和他共乘的还有个衣着讲究的男子，戴着眼镜，头发梳得一丝不苟，给人富裕中产阶级的印象，他端坐在副驾驶座，静观周遭。

马泰克斯走出家门迎接。傅梅洛冷不防地用左轮手枪重击他的下巴，使他不支倒地。接着，两名男子把大声叫喊的马泰克斯拖进一辆车内。傅梅洛在风衣上抹去手上的血迹，走进屋内寻找苏珊娜和两个孩子。他在衣橱里发现浑身发抖、泪流满面的母女三人。苏珊娜拒绝交出孩子，傅梅洛毫不留情地朝她腹部踹了一脚。他将小女婴索妮雅抱在怀里，一手抓紧号啕大哭的阿里亚娜的手。就在傅梅洛打算离开房间时，苏珊娜突然从背后突袭，十指紧掐他的脸。傅梅洛面不改色，先把两个孩子交给站在门口的手下，然后转身掐住苏珊娜的脖子，将她压倒在地，使劲跪压住她的胸部，紧盯着她的双眼。已经透不过气的苏珊娜，眼睁睁看着这个一脸奸笑的陌生人，慢慢从口袋掏出一把刀，拉出刀片。“我要把你开肠破肚，把肠子挂在你脖子上当项链，不要脸的婊子。”他语气平静。

傅梅洛扯掉她的衣服，开始把玩手上的削刀，就在此时，原本坐在车内的男子，那位冷漠的中产阶级，抓住他的肩膀阻止了他。

“没有时间了。”他这样提醒。

两名男子抛下她，就此扬长而去。满身是血的苏珊娜攀着楼梯下楼，听着汽车引擎声在树林间逐渐远离，直到她失去意识。

被遗忘的亡灵

LOS OLVIDADOS

1

一口气叙述了陈年旧往，总算画下句点，比拉华纳眼神空茫，嗓音沙哑。一旁的阿莉西亚低头不语。过了半晌，记者清清喉咙，她对他投以一抹淡淡的微笑。

“苏珊娜后来再也没见过丈夫和两个女儿。连续好几个月，她四处打探他们的消息，警察局、医院、收容所，无人晓得他们的行踪。某天，陷入绝望的她，决定打电话给菲德莉嘉·乌巴赫夫人。仆人接了电话后转给一位秘书。苏珊娜叙述了事情经过，说夫人是唯一能够帮她的人。‘她是我的朋友。’她这样告诉秘书。”

“唉，可怜的女人。”阿莉西亚喃喃低语。

“几天后，她在大街上被带走，送进了妇女精神疗养院。接下来几年，她一直待在那里。听说后来逃走了。唉，谁知道？苏珊娜就这样永远消失了。”

漫长的静默横亘在两人之间。

“那么……维克多·马泰克斯呢？”阿莉西亚打破沉默。

“曾经接受伊莎贝拉·吉斯伯特委托为戴维·马丁辩护的布里安律师，后来通过马丁得知，马泰克斯的生命也在蒙锥克堡结束了。当时他被隔离监禁，是典狱长巴利斯亲自下的命令，而且，马泰克斯不能和其他囚犯一起在中庭放风，不得接受探访或与任何人联络。马丁也曾一度被隔离在单人牢房，因此成了唯一能和他说上话的人，两人隔着走道交谈。因为这个缘故，布里安知道当时发生了什么事。我猜，从那时候开始，律师先生的良知一直备受折磨，并自觉愧疚，所以决定帮助那些受困的可怜魔鬼。马丁、马泰克斯……”

“失落灵魂的律师……”阿莉西亚搭腔。

“当然了，他一直没办法把他们救出来。马丁被巴利斯下令枪决，至少传言如此。至于马泰克斯，此后音讯全无。他的死一直是个谜团。还有伊莎贝拉，我认为可怜的布里安曾经单恋她，其实，在他之前，好几个认识她的人都爱上了她……她的死同样相当可疑。发生过这些事情，布里安从此抬不起头。他是个好人，但满怀恐惧，偏偏又无能为力。”

“您觉得马泰克斯还活着吗？”

“在蒙锥克堡？希望上帝不会这么残忍，早点带他走吧。”

阿莉西亚点头表示同感。

“您呢？”比拉华纳问道，“打算怎么样？”

“这话怎么说？”

“您打算就这样听我滔滔不绝讲这么多就算了吗？”

“我和布里安一样是替人办事的。”阿莉西亚答道，“我比他更没有自由。”

“真是巧合。”

“我无意辩驳，但其实您对我一无所知。”

“既然这样，那就告诉我。帮我把整件事拼凑起来，告诉我该怎么做才好。”

“比拉华纳，您有家人吗？”

“太太和四个孩子。”

“您爱他们吗？”

“我在这个世界上最爱的就是他们。问这些做什么？”

“真的要我告诉您接下来该怎么做吗？”

比拉华纳点点头。

“把演讲稿写完。忘了马泰克斯这个人，忘了马丁，还有巴利斯，您跟我提起的那些人，统统忘了吧！还有，忘了我这个人，就当我从不曾来过。”

“我们讲好的协议不是这样。”比拉华纳抗议，“居然骗我……”

“欢迎光临说谎俱乐部。”阿莉西亚说着往出口走去。

2

才踏出学院所在的雷卡森宫，阿莉西亚被迫驻足巷口转角呕吐。她紧抓着冰冷墙壁上的石块，双眼紧闭，尝到满嘴胆汁。她试着深呼吸，站直身子，但眩晕再度袭击，让她几乎跪倒在地。还好没落得如此狼狈，因为有人扶住了她。当阿莉西亚回过神，映入眼帘的竟是罗维拉殷勤却苦恼的脸庞，这个间谍小学徒正忧心忡忡地望着她。

“还好吧，格里斯小姐？”

她努力吸了一口气。“罗维拉，在这里做什么？”

“这个…… 我从老远就看见您摇摇晃晃的，所以……对不起。”

“我很好，快走吧。”

“可是您在哭，格里斯小姐。”

阿莉西亚提高音量，两手用力推了他一把，厉声斥责：“快离开这里！白痴……”

罗维拉沮丧地缩在一旁，带着哀伤的眼神迅速离去。阿莉西亚倚着墙，用双手抹去泪水，愤怒地紧抿双唇，然后迈步向前。

回家途中，她碰到一个流动摊贩，顺手买了些尤加利糖消除口中酸味。她缓步上楼，到了家门口，竟听见屋内有谈话声。她暗想，大概是费尔南迪托来等着接受新任务，抑或来报告工作成果，并且和巴尔加斯建立了好交情。打开家门时，她看见的是倚窗站立的巴尔加斯；坐在沙发上的那位手捧热茶，笑容可掬，居然是莱安德罗。站在门口的阿莉西亚顿时脸色发青。

“我以为你看见我会很高兴，阿莉西亚……”莱安德罗边说边起身。

阿莉西亚往前挪了几步，一边解开大衣纽扣，趁机和巴尔加斯交换了眼神。

“我……不知道您会来。”她咕哝着，“要是知道的话……”

“我是临时决定的。”莱安德罗说道，“昨晚到的，抵达时刻很晚。但说实在，我挑不出更好的班次。”

“要喝点什么吗？”阿莉西亚随口问道。

莱安德罗举起他那杯热茶。

“巴尔加斯警官非常客气，替我准备了一杯香醇的热茶。”

“我和莱安德罗先生正在聊这件案子的特别之处……”巴尔加斯说。

“太好了。”

“哎呀！阿莉西亚，见了面还没过来亲我一下。我好多天没看到你了。”

她走了过去，双唇在他脸颊上轻点。莱安德罗眼神突然发亮，那意味着他已经从她的气息中嗅出胆汁的酸味。

“一切都好吧？”莱安德罗问她。

“嗯，就是胃有点不舒服，没别的问题。”

“好好照顾自己。只要我没在旁边盯着，你就开始大意了。”

阿莉西亚乖顺地颔首微笑。

“来，坐下跟我聊聊。警官说你一整个早上行程满满当当。我听说你去拜访一个记者。”

“结果让我白白空等了半天。八成是根本没什么话要告诉我。”

“在这个国家，很多人做事就是这么随便。”

“巴尔加斯也这么说。”阿莉西亚附和。

“幸好这国家还是有人努力工作的。像你们两位就是，基本上已经破案了。”

“是吗？”阿莉西亚瞥了巴尔加斯一眼，他却低头闪避。

“就是关于梅宝纳地产公司、那个司机和桑奇斯这整件事。就像我常说的，几乎全部都上轨道了。调查成果非常扎实。”

“那也没什么，只是凑巧碰上而已。”

莱安德罗面露慈祥的笑容。“是不是就像我跟您说的，巴尔加斯？阿莉西亚对自己永远不满足，她是个完美主义者。”

“严师出高徒……”巴尔加斯随即附和。

阿莉西亚正打算问他在巴塞罗那有何计划，公寓大门却突然大开，一路跑上楼的费尔南迪托气喘吁吁地杵在客厅。“阿莉西亚小姐，最新消息！您绝不会相信我探听到的……”

“我想就是你们送错了订货这件事吧。”阿莉西亚赶紧打断他。

“天啊。”莱安德罗在一旁出声，“这位强壮的年轻人是……你不帮我介绍一下吗？”

“他叫费尔南迪托，商行的送货小弟。”

小伙子咽下口水，频频点头。

“怎么？你还没帮我把货送过来吗？”阿莉西亚严厉地质问他。

费尔南迪托看着她，不敢吭声。

“我跟你说了，我要的是鸡蛋、牛奶和两瓶白葡萄酒。另外还要橄榄油。你漏掉了什么？”

费尔南迪托看出了阿莉西亚眼神中的焦急，愧疚地点头如捣蒜。

“对不起，阿莉西亚小姐。都是我们的错。马诺龙说东西都准备好了，还说他对您很抱歉。这种事情不会再发生了。”

阿莉西亚弹了几下手指。“那你在等什么？还不快去！”

费尔南迪托又是猛点头，随即默默消失。

“真是拿他们一点办法都没有。”阿莉西亚气呼呼地发牢骚。

“所以我才会一直住在高级旅馆。”莱安德罗说，“有什么需要，打一通电话就解决了。”

阿莉西亚脸上重现温柔的笑容，并回到莱安德罗身边。

“您舍弃舒适的皇宫大饭店，却光临我这寒酸的陋室，不知有何贵干？”

“说是怀念你的冷嘲热讽也对，但其实我是来传达好消息和坏消息。”

阿莉西亚和巴尔加斯四目相接，他微微点了点头。

“请坐。我接下来要说的话你不会喜欢听，阿莉西亚，但我希望你能够了解，这不是我的意思，而且我也没办法避免。”

她发觉巴尔加斯神态颓丧。“避免什么？”她追问。

莱安德罗把茶杯往桌上一放，停顿了半晌，仿佛正在鼓起勇气宣布接下来的消息。

“三天前，警方公布的调查报告显示，毛里西奥·巴利斯上个月曾经三度电话联络梅宝纳的总经理桑奇斯。三天前的凌晨，警方在马德里的公司登记处查到的文件显示，有好几笔信贷银行股票交易记录，也就是梅宝纳的母公司，交易双方则是当时的银行经理桑奇斯和巴利斯。经济犯罪小组判断，那几笔交易的程序有许多不寻常之处，而且交易资料未依规定呈报西班牙中央银行。警方询问承办相关业务的行员，却没人知道曾有过这几笔交易。”

“这部分调查内容为何没知会我们？我一直以为我们是调查小组的成员。”阿莉西亚质问。

“不要责怪席尔·巴德拉或警方。这是我做的决定。当时我不知道你们的调查进度已接触到桑奇斯这个部分。不要用那种眼神看我。当席尔·巴德拉通知我这件事，我决定宁愿等到警方确认所有证据。如果这案子纯粹是非法股票交易，那就不需要我们插手。若还牵扯到其他部分，我当然会告诉你们。但是，你们的进度显然超前了。”

“我不太了解，这件事情的重点是……股票？”阿莉西亚问道。

莱安德罗示意要她耐住性子，然后继续说：“警方持续侦查，找到更多桑奇斯和巴利斯之间的不法交易相关证据，大部分交易包含了信贷银行股份和本票买卖，都是背着银行财务咨询单位和管理阶层偷偷进行的，时间长达十五年，获利金额惊人，高达数百万元。在席尔·巴德拉的要求之下，或许可称之为命令，我昨晚紧急出发前来巴塞罗那，只要确认了巴利斯使用了诈骗销售债务挣钱得到的资金，抵销他建造马德里近郊私人豪宅所欠下的债务，本地警察就可以在今天或明天逮捕并审问桑奇斯。警方调查指出，为了非法侵占银行款项，巴利斯多年来多次威胁桑奇斯。而为了掩饰资金流向，桑奇斯伪造了空壳公司之间的资金交易。”

“您说巴利斯多次威胁桑奇斯，怎么个威胁法？”

“关于这部分，目前仍有待查明。”

“说了这么多，意思是……这案子是金钱纠纷？”

“所有案子不都几乎是这样吗？”莱安德罗反问，“当然。今天早上巴尔加斯警官把你们的调查成果告诉我之后，案子大有进展。”

阿莉西亚狠狠瞪一眼巴尔加斯。

“当时我立刻和席尔·巴德拉通电话，接着比对你们的调查成果与警方报告。他们马上采取了适当行动。很可惜这些事情在你缺席的时候发生，但是我们没有时间等你。”

阿莉西亚愤怒的目光游移在莱安德罗和巴尔加斯之间。

“巴尔加斯只是做了他应该做的事，阿莉西亚。”莱安德罗继续说，“还有，我很难过，你没有依照约定向我报告调查成果，但我知道你的个性，你不是信不过我，而是想等到有十足把握才松口。换了我也会这样做。所以，我也一直等到调查取证确定之后，现在才将此事告诉你。说真的，我听到的时候也吓了一跳。我不知道你们已经查到桑奇斯这边了。很像你的作风，总有出人意料的发展。如果可以，我也很希望能多等几天，继续追根究底，然后再采取行动。可惜的是，这件案子由不得我们。”

“他们对桑奇斯怎么了？”

“此时此刻，桑奇斯应该在警局接受审讯，他已经被拘捕到案好几个小时了。”

阿莉西亚双手按住太阳穴，双眼紧闭。巴尔加斯见状立刻起身，赶紧倒了一杯葡萄酒，递给脸色苍白若墓碑的阿莉西亚。

“席尔·巴德拉以及整个专案小组要我代为转达谢意，并特别嘱咐我务必要恭喜两位，因为你们表现杰出，对国家做了极大的贡献。”莱安德罗说。

“可是……”

“阿莉西亚，拜托，别说了。”

她一口气喝光了酒，仰头靠着墙。

“您刚刚说还有好消息。”她终于开口。

“我刚刚说的就是好消息。”莱安德罗换了个腔调，“坏消息就是，你和巴尔加斯已经被排除在本案之外，从现在起，调查工作转交给政府高层指派的新任负责人。”

“谁？”

莱安德罗紧抿双唇。始终沉默的巴尔加斯替自己倒了杯酒，一脸落寞地望着阿莉西亚。

“安达亚。”他说。

阿莉西亚看着他们两人，一头雾水。

“安达亚又是谁？”

3

地牢里充斥着尿臭和电力的气味。桑奇斯未曾发觉，原来电力也有味道。那是一股甜甜的金属味，就像伤口淌出的鲜血。地牢的酸腐拌杂着那股气味，令他反胃。角落发电机嗡嗡作响，电力让天花板的小灯泡发出光亮，昏黄光芒映照着布满蜘蛛网的潮湿墙壁。桑奇斯努力维持清醒，绑缚在铁椅上的双手双脚近乎麻木，铁丝紧紧捆绑，把他的皮肤都磨破了。

“您把我太太怎么了？”

“夫人在家里好得很。您以为我们是谁啊？”

“我不知道各位是什么人。”

人声渐渐连上了一张面孔，这是桑奇斯初次见到那清澈犀利的双眼。那眼眸湛蓝如海洋，脸庞有棱有角，五官却柔和亲切。眼前此人就像午后肥皂剧的男主角，是那种富家小姐偷瞄一眼后会不断遐想的人。他的衣着品味优雅出众，衬衫袖口平整，显然是刚从洗衣店拿回来的，一对金色袖扣上可见国徽的老鹰图案。

“我们就是法律。”男子这样回应，笑容可掬，仿佛是相交多年的老友。

“既然这样，那就把我放了。我又没做什么坏事。”

男子拿了一张椅子过来，在桑奇斯对面坐下，点头回应他的要求，并露出感同身受的神情。桑奇斯发现地牢里至少还有另外两人，此时正在暗处贴墙站着。

“我叫安达亚，很遗憾我们是在这样的情况下认识，不过，我相信您和我会变成好朋友，因为，只要是好朋友就会互相尊重，而且不会隐瞒任何事情。”

安达亚点头示意，两名手下走了过来，开始拿剪刀把桑奇斯身上的衣服剪成破碎布条。

“我会的所有本事，几乎都是同一个了不起的人教给我的——傅梅洛警官。为了纪念他，这栋建筑里还有他的纪念碑。傅梅洛是典型不被时代认同的人。桑奇斯老兄，我想您应该比任何人更能体会这样的感受，因为您也有过同样的经历，不是吗？”

桑奇斯眼睁睁看着身上衣服被剪成破布，吓得浑身发抖。他结结巴巴：“我……我不……知道……什么……”

安达亚一手高举，仿佛要他无须再多做解释。

“这是我们朋友之间私下闲聊，桑奇斯。就像我说的，我们没有理由把秘密藏在心里。西班牙的好国民都没有不可告人之事。而您就是个好国民。问题就出在，人常常会有邪念。这是我们不得不承认的事实。我们生活在全世界最好的国家，毋庸置疑，但有时却因此丧失了进取心。这一点您最清楚。若不是娶了老板的掌上明珠，若不是政治婚姻，若不是空降坐上总经理大位，若不是这样、不是那样……所以我就说，我了解您的心情。我也很清楚，当一个男人对自尊有所质疑，他的自我价值就火大。因为，男人只要有种，就会火大。您是个有种的男人。瞧，那个命根子就在那儿，两颗蛋长得挺好。”

“求求你！不要伤害我，不要……”

发电机操作员用镊子夹住他的睾丸时，桑奇斯说话的声音顿时淹没在嚎叫声里。

“别哭。老兄，我们的好戏还没登场。来，看着我！看着我的眼睛。”

桑奇斯泪流满面，赶紧抬起头来。安达亚满面笑容看着他。

“别这样，桑奇斯，我是您的朋友。这是您和我两人之间的事，没有秘密。只要帮我这个忙，我就送您回家和夫人团聚，我想她应该还在家。别哭了，老兄。他妈的，我最讨厌看一个西班牙人哭哭啼啼。在这里，只有藏着不可告人之事的人才会哭。但是我们之间没什么好隐藏的，对不对？这里没有秘密，因为我们是朋友。我知道，您把毛里西奥·巴利斯藏起来了。我了解您为何要这么做。巴利斯是个王八蛋。我有话直说，没什么好顾忌。我已经看过调查报告，知道巴利斯过去一直在胁迫您触犯法律。股票买空卖空，这方面的事我不懂。金融方面我是外行，但就连我这种毫无概念的人也看得出来，巴利斯强迫您以您的名义窃取金钱。让我明白说吧，这个人，管他是不是部长，反正就是不要脸！所以我跟您说，这些我都知道，因为我天天都会碰到这种人。但是，您也知道这国家就是这样，只要交上有头有脸的朋友，鸡犬都能升天。如果那些朋友刚好是上位者，那就更好了。但是凡事总有限度，现在到了该说够了的时候。所以，您想要私下行使正义，其实我了解，可是这样做是不对的。这种事应该交给我们来执行。这是我们的工作。此时此刻，我们只想找到巴利斯那个混账东西，让他把一切交代清楚。这么一来，您才能回家去看太太，我们才能将巴利斯绳之以法，让他为自己的作为付出代价。还有，这样我才能去度假，该轮到我休假了。最后，一切事过境迁，完全没事。懂我意思吧。”

桑奇斯试图开口说话，但上下两排牙齿强烈打颤，字句全都糊成一团。

“说什么？桑奇斯，不要发抖。我听不懂您在说些什么。”

“什么股票？”他的咬字总算清楚了。

安达亚叹了口气。“我很失望，桑奇斯。我还以为我们是朋友。朋友不会这样羞辱对方。这样下去不太好。我一直对您客客气气，因为我能了解您为何要做这样的事。别人或许无法理解，但是我可以。因为，您对付的是个目空一切的混账。所以，我决定再给您一次机会。因为我喜欢您这个人。这是我身为朋友的忠告：找出一个人的弱点，才能让他成为拔尖的人。”

“我……不知道您说的什么股票。”桑奇斯结结巴巴地为自己辩驳。

“别在我面前哭哭啼啼装可怜！王八蛋……您让我很难办事。没看见吗？事情简单得很，我必须问出一些眉目才能走出这个地方。您可以理解的，这件事其实非常单纯。遭遇逆境的时候，识时务者为俊杰。对您来说，老兄，现在可是逆境中的逆境。别让事情变得更复杂。曾经坐过这张椅子的人，都是比您强壮一百倍的壮汉，顶多也只能熬过十五分钟。您位高权重，别逼我做出那些我不想做的事。这是最后一次了：告诉我您把他藏在哪里，我们就当什么都没发生过。今晚您就能毫发无损回家去看太太。”

“不要……不要伤害她……她身体不好。”桑奇斯哀求。

安达亚叹口气，缓缓走到他身旁，把脸凑到桑奇斯面前，两张脸仅隔数厘米。

“告诉你，混蛋……”他语气冰冷，“不说出巴利斯的下落，我就把你的两颗蛋油炸了，然后抓来你那个娇妻，用老虎钳慢慢剥下她的皮，我一定会让她知道，落得这样的下场，究竟是谁的错。”

桑奇斯闭上双眼，不断呻吟。安达亚耸耸肩，走近发电机。“你自己看着办。”

银行家又闻到那股金属味，并感受到脚下的地板微微震动。小灯泡几度忽明忽灭，接着都成了一团小火球。

4

莱安德罗手持电话筒，频频点头。他这样拿着话筒已经四十五分钟了。巴尔加斯和阿莉西亚在一旁紧盯着他。两人已喝完一瓶葡萄酒，阿莉西亚起身要再拿一瓶，巴尔加斯微微摇头挡下了她。她点了烟，开始一根接一根地抽，目光始终锁定在专注倾听且不时点头称是的莱安德罗。

“我了解……不会，当然不会。知道了……是的，长官。我会告诉他们……再会。”

莱安德罗挂了电话，双眼涣散无神，似乎大大松了一口气，却也难掩沮丧。

“刚刚在电话里的是席尔·巴德拉。桑奇斯已经承认了……”他终于开口解释。

“承认什么？”阿莉西亚立刻追问。

“这下所有环节都连起来了。他坦承，犯案动机由来已久。巴利斯和银行家乌巴赫似乎是在内战结束后不久认识的。巴利斯当时是颇受瞩目的政治新秀，就任蒙锥克监狱典狱长这个冷门职务期间，展现了高度忠诚。通过一个奖励对国家有重大贡献的个人而设的基金会，乌巴赫送了巴利斯一些信贷银行的股票，这家银行是战后多个清盘的金融机构组成的。”

“您说的这是战利品的掠夺和分赃。”阿莉西亚插嘴。

莱安德罗叹了口气，耐住性子。“小心措辞，阿莉西亚。不是每个人都像我这么宽容。”

她撇了撇嘴角。直到她露出顺从的眼神，莱安德罗才继续说：“一九四九年一月，巴利斯应该会拿到第二批股票。当时这是口头约定。但是，就在前一年，乌巴赫却出乎意料地在一场意外中身亡……”

“什么意外？”阿莉西亚急着追问。

“住宅发生火灾，他和妻子在睡梦中葬身火海。拜托别打断我，阿莉西亚。如我刚刚所说，乌巴赫去世后，关于他的遗嘱出现歧见，看来他并未兑现口头约定。更复杂的是，作为他的遗嘱执行人，乌巴赫指定了代理其法律文件的律师事务所一位年轻律师。”

“伊格纳西奥·桑奇斯。”阿莉西亚说道。

莱安德罗投以警告的眼神。“是的，伊格纳西奥·桑奇斯。桑奇斯不只是遗嘱执行人，也是乌巴赫夫妻的爱女维多利亚的法定监护人，直到她成年。是的，在你打断我之前，我先说明好了，他在这位千金小姐满十九岁时娶了她，当时引发不少谣传，算是一桩丑闻。听说，从少女时代开始，维多利亚和她未来的丈夫一直维持着不正常的关系。我还听说，桑奇斯只是个野心勃勃的外人，他看上的是钱，因为根据乌巴赫的遗嘱，大部分遗产由维多利亚继承，而这两人之间却有极大的年龄差距。还有，维多利亚有精神疾病史。据说她在少女时期曾经离家出走，失踪了整整六个月。但这些都只是传言。基本上，事件主因出在乌巴赫银行股东大会的决议过程，桑奇斯拒绝转让巴利斯宣称死者答应给他的股票。会议进行的当下，巴利斯不得不忍气吞声。事隔多年，巴利斯总算飞黄腾达当上部长，他仗着权势，强迫桑奇斯把他自认应得的股票还给他，甚至狮子大开口要求更多。他威胁桑奇斯，指控他涉及维多利亚一九四八年的失踪事件，为了隐藏他让未成年少女怀孕的事实，把她藏在布拉瓦海岸的一家疗养院，就在圣菲琉德吉索斯镇附近，五六个月后，国民警卫队在那里发现她漫无目标地在海滩上闲荡，看起来营养不良。所有迹象显示，桑奇斯后来让步了。通过一连串非法交易，桑奇斯以信贷银行的股票和本票为支付方式，赠送了一笔可观的财富给巴利斯。巴利斯绝大多数的资产就是这样来的，并不是岳父给的，即使这样的说法已谣传多时。但是，巴利斯还想要更多。他继续施压，一再威胁要抖出未成年的维多利亚离家出走的旧事，桑奇斯永远也无法原谅自己无辜的妻子受到牵连。他设法找不同单位投诉，但所有人都袖手旁观，并对他直言，巴利斯权势惊人，已是国家权力核心身边的要人，没有人惹得起。再说，就这样告发他，恐怕会让战后财团分赃酬庸的丑闻曝光，没人会乐见这样的事。他们郑重警告桑奇斯，要他忘了这件事。”

“但他始终没忘记。”

“显然是没忘。不但没忘，而且决定复仇。他就这样铸成了大错。他找来私家侦探调查巴利斯的过往，发现有个蹲过蒙锥克监狱的无赖仍对他怀恨在心，这个塞巴斯蒂安·萨尔加多在服刑期间，曾多次被典狱长巴利斯下令刑讯逼供，有过同样遭遇的还有其他犯人与其家属。没想到，想找巴利斯报仇的名单有一长串，只缺一个具有说服力的策略。于是，桑奇斯想了个复仇计中计，设下圈套，借由巴利斯部长那段阴暗的往事，布局了一场政治或个人仇杀计划。他通过萨尔加多寄出多封恐吓信，在此之前，他先和萨尔加多取得联系，抛出诱饵，只要他愿意合作，一出狱就会先拿到一大笔钱。桑奇斯早就料到信件一定会被追查，这么一查，就会查出源头是萨尔加多。于是他也买通另一个囚犯瓦伦丁·莫尔加多，此人要找巴利斯算账的理由多得数不完。莫尔加多虽然在一九四七年出狱，但他指控巴利斯间接造成了妻子在他服刑时病逝的悲剧。莫尔加多受雇担任乌巴赫家族的司机。经由莫尔加多牵线，桑奇斯还找上一个叫贝伯的人，他曾担任蒙锥克监狱狱卒，桑奇斯付了一大笔钱给他，还将梅宝纳地产位于赛科港的一栋房子以非常低廉的租金租给他，借此换来巴利斯担任典狱长期间刑讯逼供虐待的其他囚犯资料。其中一人是戴维·马丁，一个患有精神疾病的作家，绰号‘天堂囚徒’。对于桑奇斯策划的复仇大计，此人显然是个理想人选。巴利斯曾下令两名手下将马丁带到奎尔公园旁的豪宅内杀死，但不可思议的是，马丁居然脱身逃走，因此，巴利斯一直很害怕这个曾因发疯隔离在单人牢房的作家，总有一天会找他复仇，因为巴利斯谋杀了一个叫伊莎贝拉·吉斯伯特的女子。你在听我说吗？”

阿莉西亚点头回应。

“桑奇斯打的主意是让巴利斯相信，有人策划阴谋，威胁要将他过去刑讯逼供和谋杀囚犯的丑闻公布于世。最适合担任幕后黑手的人，当然是马丁和其他几个同期的囚犯。他们让巴利斯陷入不安，迫使他走出安稳的豪宅和官位，和他们面对面算清旧账。这恐怕是唯一能息事宁人的办法。在他们出手之前，他必须先毁灭他们。”

“但，那只是个圈套。”阿莉西亚补充说明。

“完美的圈套。因为一旦警方介入调查，他们发现的线索将是私人恩怨，以及巴利斯企图掩饰的非法交易纠纷。萨尔加多正好是完美诱饵，因为他很容易和其他囚犯取得联系，尤其是戴维·马丁，真正的底牌。即便如此，巴利斯多年来一直保持冷静。直到一九五六年在马德里文艺协会发生了攻击事件，当时作案的是莫尔加多，从此，巴利斯开始紧张了。他秘密运作让萨尔加多出狱，找人跟踪他，希望借此找到马丁的下落。但萨尔加多去了北方车站，打算拿回他一九三九年被捕前私藏的一笔赃款，却在那里遭刺杀身亡。这条线索就这样断了。此外，巴利斯还犯了几个严重的错误，因而误导他走错方向。他向旗下的阿里亚娜出版社一名员工施压，要求这位巴布罗·卡斯科斯和森贝雷家族成员取得联系，因为他曾和森贝雷家的媳妇贝亚特丽丝交往。森贝雷家族经营一家廉价二手书店，巴利斯深信，马丁可能把那里当作藏身之处，他甚至可能和书店已故的女主人伊莎贝拉·吉斯伯特有某种特殊关系。现在你有什么话就快说吧，更精彩的还在后头。”

“那么……马泰克斯的小说呢？那本藏在书桌抽屉里的书又是怎么回事？他女儿梅希迪斯告诉我，失踪之前，他正在阅读这本书……”

“那是策略之一。马泰克斯曾是马丁的好友兼同事，他也曾被关在蒙锥克监狱。施压、威胁和阴谋等阴暗想法渐渐腐蚀巴利斯的思绪，于是，他决定和亲信比森特远赴巴塞罗那，亲自面对他认定的复仇之王戴维·马丁。根据警方推测，而且我也同意这样的说法：巴利斯打算密会马丁，并借机永远除掉这个人。”

“但是马丁已在多年前去世了，马泰克斯也是。”

“没错。在那里等着他的，其实是桑奇斯和莫尔加多。”

“由警方去和戴维·马丁打交道不就得了？对他来说，这样不是简单多了？”

“确实，但是这么一来，他一心认定还活着的马丁会在被捕时说出他杀害了伊莎贝拉·吉斯伯特和其他人，这样的丑闻，足以摧毁巴利斯辛苦建立的声誉。”

“这样想倒是很有道理。那么，接下来呢？”

“巴利斯中计被抓之后，桑奇斯和莫尔加多将他带往新村一处废弃多年的工厂，梅宝纳公司的资产。桑奇斯供称，他连续几个小时以暴力虐待巴利斯，把他丢进工厂的锅炉里活活烧死。席尔·巴德拉刚才也提到，警方已经在现场找到遗骸，他们认为很有可能是巴利斯。接下来还要做 X 光鉴定才能证实那是不是部长的骨骼，我想今晚到明天早上之间就会知道结果。”

“就这样结束了？”

莱安德罗点点头。“至少和我们相关的部分结束了。本案是否牵涉其他共犯，或有更进一步案情发展，有待警方继续调查。”

“这个案子会向媒体披露吗？”

莱安德罗面露微笑。“当然不会。此时此刻，中央高层正在开会讨论如何回应，如何向外界宣布。细节我也不清楚。”

接下来是漫长的沉默，仅偶尔传出莱安德罗啜饮热茶的声响。他的双眼始终紧盯着阿莉西亚。

“这整件事都大错特错。”她终于开口咕哝。

莱安德罗耸了耸肩。“或许吧！但是案子已经不在我们手上了。上级交代给我们的任务是协助办案、找出巴利斯的藏身处，这些都已经完成。我们也交出成果了。”

“事实根本就不是这样。”阿莉西亚不服气。

“不管我是怎么想的，高层的理解就是这样，当然，你怎么想也不重要，阿莉西亚。所谓的错误，其实是一个人不懂得适时放手。现在我们只需要审慎旁观，看看案子会怎么发展。”

“莱安德罗先生说得很有道理，阿莉西亚。”巴尔加斯附和，“我们帮不上什么忙了。”

“看来，我们做的已经够多了。”阿莉西亚语气冷漠。

莱安德罗不以为然地摇摇头，问道：“长官，您介不介意我们私下谈几分钟？”

巴尔加斯立刻起身。

“当然没问题。这样吧，我回街对面的住处去打电话和总署联络，看看有什么新的指示。”

“我想这是个很好的安排。”

巴尔加斯经过阿莉西亚身旁时，刻意回避她的目光。他向莱安德罗握手告退，对方也亲切回应。

“非常感谢您大力协助，长官。还有，谢谢您对我们阿莉西亚照顾有加。我欠您一份人情。将来有我帮得上忙的地方，千万别客气。”

巴尔加斯点头致意，随即静静离去。终于等到两人独处的时刻，坐在沙发上的莱安德罗示意要阿莉西亚在他身旁坐下。她勉强听从了指示。

“巴尔加斯这男人，气度很大。”

“嘴巴更大。”

“你不要说他，他只是做了一个好警察该做的事。我喜欢这个人。”

“很好。我记得他目前单身。”

“唉！阿莉西亚啊，阿莉西亚……”

莱安德罗像个父亲似的搂着她的肩膀，并做出要拥抱她的样子。

“来吧。在你爆发之前，先放松一下。有什么不满尽情发泄。”

“这整件事情都是胡扯。”

莱安德罗慈爱地把她拥入怀里。“我完全同意。他们办案的手法太粗糙了。你和我绝不会用这种方式处理事情，但是中央高层的那些大官很紧张。首相府已经指示，案子到此为止。这样也好，万一他们说我们办事不力所以查不出结果，我还得绞尽脑汁去应对。”

“洛马纳呢？他又出现了吗？”

“目前还没见到他的人影。”

“太奇怪了。”

“确实。不过，这只是警方接下来几天要解决的悬案之一。”

“悬案可多了。”阿莉西亚说道。

“也没多少件。桑奇斯这个案子已经定了。剩下的只是细节，包括牵涉的金钱数字和涉案嫌犯等。我们手上已经有供词和检测结果，全都符合调查结果。”

“表面上看起来是这样。”

“席尔·巴德拉、总理先生和首相府都认定这件案子已经侦破。”

阿莉西亚欲言又止。

“阿莉西亚，这就是你想要的结果。不是吗？”

“我想要的结果？”

莱安德罗以哀伤的眼神望着她。

“你的自由。你从我身边解脱了，摆脱讨厌的莱安德罗，永远自由了。从此消失。”

她定定注视着他。“您是说真的？”

“我答应过你的。那是我们谈好的协议。最后一件案子。接下来，你就自由了。你以为我为什么千里迢迢到巴塞罗那来？这些公事一通电话就解决了，根本不需要踏出皇宫大饭店一步。你也知道，我最讨厌旅行了。”

“既然这样，您为什么来这里？”

“为了亲眼看看你。我想亲口告诉你，我是你的朋友，永远都是。”

莱安德罗拉起她的手，面露微笑。“你自由了，阿莉西亚。你自由了，直到永远。”

她顿时热泪盈眶。尽管不愿意，她还是拥抱了莱安德罗。

“不管发生什么事……”她的老长官这样说道，“不管你做了什么，希望你记得，我会一直在，我会提供你需要的所有协助。没有任何义务和承诺的制约。上级单位已经正式通知我，这个周末，你的户头会多出一笔十五万元的汇款。我知道你已经不需要我，也不会想念我，但是我有个请求，可以的话，偶尔打个电话给我，就算只有圣诞节也好。可以吗？”

阿莉西亚点头回应。莱安德罗在她额头吻了一下，随即起身。

“我搭的火车一个钟头内发车，现在得准备到车站去了。不要来送我。不准来。我不喜欢那种场面，你知道的。”

她送他到门口。一踏出大门，莱安德罗回眸一望，那是她此生头一遭在他的眼神里瞥见一丝羞怯和顾忌。

“接下来这些话，我从来没跟你说过，因为我自认没有资格说，但是，我想现在可以说了。我一直很爱你，阿莉西亚，就像爱一个女儿一样。或许我不知道如何当个好父亲，但是，你是我这一生最大的喜悦。我希望你幸福。这真的……真的是我给你的最后的命令了。”

5

她很想相信他。就算真相伤人，她也想带着怀疑相信，懦夫活得长久，因为他们活在自己谎言的牢笼里。她探头到窗外，注视莱安德罗走向停靠街角的座车。戴墨镜的司机拉着打开的车门等他。一辆黑色的豪华轿车，就像装有暗色车窗的坦克，没挂车牌，这样的车偶尔会在车阵中呼啸而过，看似一辆灵车，大家自动回避，心里有数车内坐的绝非寻常百姓，说不定大有来头。上车前，莱安德罗回头朝她的窗子看了一眼，向她挥手告别。阿莉西亚正想吞口水，却发现自己口干舌燥。她很想相信他说的话。

接下来一个钟头，她一根接一根地不停抽烟，在屋里来回踱步，仿佛一头受困的野兽。她走到窗边不下十次，期望能在对街的格兰咖啡馆楼上看见巴尔加斯的身影，但她始终不见他的踪影。他消失的时间，早已超过致电马德里请示上级所需。也许他出门散步去了，趁机再呼吸一下巴塞罗那的空气，因为他不久后即将离去。但他最不情愿的大概就是和阿莉西亚碰面吧。她气得只想挖掉他的眼珠子，因为他居然把事情一五一十都告诉了莱安德罗。他别无选择。她何尝不想去相信这也是真的。

莱安德罗一走，她感受到臀部开始隐隐作痛。起初还不以为意，但此时已变成锥心剧痛，就像有人拿着铁锤缓缓将铁钉打进臀部。她想象金属刮擦着骨骼表面，渐渐钻入。她吞下半颗药丸，再喝下一杯葡萄酒，躺在沙发上，等待药效发挥作用。根本不需要巴尔加斯和莱安德罗用眼神提醒她，她也知道自己饮酒过度。她能感受到酒精在血液中蹿流，在气息中飘荡，只是，这是唯一能按住焦虑的办法。

她闭上双眼，开始思索莱安德罗陈述的案情始末。当她几乎还是个孩子时，他曾亲自教导她如何正确地倾听和看清一个人。“口才是一个人展现相称智慧的方式，同样的，人的可信度取决于说话对象愚蠢的程度。”他这样告诉她。

关于桑奇斯的供词，从席尔·巴德拉转述给莱安德罗的版本看来，确实相当完美，一切看起来都很合理。几乎所有细节都解释清楚了，但还是有些疑点，所有可信度很高的解释都是如此。事实永远不可能是完美的，不可能完全符合所有期望。事实总会引出疑点和问题。对我们而言，唯有谎言才是百分之百可信，因为谎言无须符合事实，只是说出我们想听的话。

药效在十五分钟后开始起作用，疼痛逐渐缓和，减轻到宛若蚂蚁蜇咬，她早就习以为常。她伸长手到沙发下拉出箱子，里面装着她从布里安律师的仓库夹带出来的资料。莱安德罗一整个早上正经八百地端坐在这些资料上方却不自知，想到这里，她不禁莞尔。她检视了里头的资料夹。其中大部分，或是她感兴趣的部分，都将列入正式的案情报告。她在箱底仔细寻找，总算找到了那个上头仅仅手写“伊莎贝拉”的大信封。她打开信封，从里面拿出一本笔记。有张细致的卡片突然从第一页滑落。那是一张旧照片，边缘已见些许褪色。影中人是个金发女孩，眼神慧黠，倩笑着直视镜头，对未来满怀期待。这面容让她联想起不久前离开森贝雷书店时在门口错身而过的年轻人。她翻到背面，一眼便认出布里安律师的字迹：

伊莎贝拉

布里安书写的字体，以及刻意省略影中人的姓氏，清楚可见他对她的私密深情。看来，这位失落灵魂的律师，备受煎熬的不只是良知，还有欲望。她把照片放在桌上，开始翻阅笔记。内容一字一句皆是手写，字体工整清秀，一看便知出自女性之手。只有女人能写出如此清楚的字体，丝毫不拖泥带水。至少，当她们只为自己却不为他人而写的时候，便能写出这样的字。阿莉西亚回到第一页，立刻读了起来。

我是伊莎贝拉·吉斯伯特，一九一七年出生于巴塞罗那，今年二十二岁，但我知道自己永远不会过二十三岁生日了。写下这些文字的同时，我很清楚自己仅剩几天的生命，很快地，我将告别此生最亏欠的两个人：我儿子达涅尔，还有丈夫胡安·森贝雷，他是我这辈子见过最善良的人，对我完全信赖、关爱和奉献，而我至死都不配拥有这些。我为自己而写，我要写下那些不属于我的秘密，即使自知永远不会有人阅读。我为回忆而写，我要紧紧抓住生命，唯一的奢望是能够记得并了解自己是什么样的人，为何做了曾经做过的那些事，趁着我还能写，在我尚未被意识抛弃之前。我要写下来，即使心痛，但只有已逝的往事和痛苦能让我维持清醒，我很害怕就这样死去。我写下这些文字，因为我只能向纸张倾吐不能对任何人诉说的一切，我怕有人因此置身险境，甚至可能送命。我写下这些文字，因为……当我还有能力回忆的时候，我将与我深爱的人同在，即使只多一分钟……

接下来大约一个钟头，阿莉西亚深陷在笔记本的文字里，抛开尘世扰攘、身体疼痛，以及莱安德罗意外到访留下的不安。整整一个钟头，她沉浸在那些文字叙述的故事情节中，读到最后一页，她知道自己将终生难忘这些内容。她在胸前合上伊莎贝拉的忏悔录，泪流满面，再也无法隐忍，双手捂着嘴，终于发出了凄厉呐喊。

片刻之后，费尔南迪托敲了几次门却无人回应，一进门却撞见她蜷缩在地板上，如此悲泣的场面，他这辈子从未见过。费尔南迪托不知所措，只能跪在一旁紧紧拥抱她，阿莉西亚依旧凄厉痛哭，仿佛体内烈火正炽。

6

据说，有人生来就是不走运。多年来朝思暮想要把她拥在怀里，如今梦想成真，却是费尔南迪托从未想象过的哀伤场面。他抱着她，轻抚她的头，而她也逐渐平静下来。费尔南迪托不知道还能做什么，还能说什么安慰的话，他从来没看过她这副模样，从未想象过这样的她。在他少男怀春的幻想中，女神阿莉西亚·格里斯是无法摧毁的，刚毅如钻石。后来，她总算停止啜泣，抬起头来，费尔南迪托眼前出现的是苍白脆弱的阿莉西亚，双眼红肿，勉强挤出的一丝苦笑，仿佛眨眼间就会裂成千万碎片。

“好一点了吗？”他轻声问道。

阿莉西亚直视他的双眼，接着出乎意料地吻了吻他的双唇。费尔南迪托顿时全身像着了火，又烫又痒，晕头转向，但他却立刻阻止了她。

“阿莉西亚小姐，我想，这不是您现在真心想做的事。您被搞糊涂了。”

她低下头，舔了舔嘴唇。费尔南迪托知道，这一幕，他就算进了棺材也不会忘记。

“对不起，费尔南迪托……”她边说边起身。

他也跟着站起来，拉了一张椅子给她。阿莉西亚接受了他的好意。

“这件事……就当作我们之间的秘密，好吗？”

“当然。”他嘴上这么说，心里则暗想，就算他想说，也不知道能找谁倾诉。

阿莉西亚环顾四周，视线定格在饭厅正中央那个装满白葡萄酒和食物的箱子。

“那是您订的货。”费尔南迪托解释，“我想最好还是帮您送来，万一刚才那个先生问起……”

阿莉西亚面露微笑，频频点头。“我该付你多少钱？”

“不用了，老板请客。您指名的葡萄酒没货了，但我送了另一个牌子的酒过来，马诺龙说好喝得不得了。我对酒很外行。但是，我还是想建议您……”

“我不该喝这么多。我知道。谢谢你，费尔南迪托。”

“我能不能请问……发生什么事了？”

阿莉西亚耸耸肩。“我也不太清楚。”

“但是您现在好多了吧，是不是？”

“嗯，好多了。真的很谢谢你。”

费尔南迪托半信半疑，但也只能点点头。“事实上，我是来向您报告调查成果的。”

阿莉西亚一头雾水，眼神充满疑问。

“就是您要我去跟踪的那个家伙。”他说明事由，“叫作桑奇斯吧？”

“啊，我都忘了这件事了。可惜，已经太晚了。”

“您是说……因为他被逮捕了吗？”

“你看见他被抓了？”

费尔南迪托猛点头。“今天早上，一大早。我照您说的，在他恩宠大道的公司前站岗。那里有个亲切的老先生，一个街头画家，他看我在大门口晃来晃去，还过来要我问候巴尔加斯长官。他也在帮您做事吗？”

“他只是个人工作者。艺术家。接下来呢，发生什么事了？”

“桑奇斯这个人，我一眼就认出来了，因为他那身行头真是讲究。那个画家还向我确认，说他就是我要找的家伙。他上了一辆出租车，我就骑着伟士柏摩托车跟在后面，一直来到波纳诺瓦区。他住在伊莱迪尔街，就是那种贵得吓人的豪宅。他一定很有投资眼光，要住在这么高级的住宅区，那么漂亮的豪宅……”

“他选老婆很有眼光。”阿莉西亚在一旁搭腔。

“原来如此。事情是这样的……他回家后不久，就来了一辆轿车和一辆警局的厢型车，一群警察下了车，当时大概才七八点钟。他们先把房子团团包围，其中一个看起来像公子哥儿的人去按了门铃。”

“这么多警察在那儿，你人在哪里？”

“我躲起来。躲在街道对面一栋整修中的豪宅，很容易藏身。我很小心的。”

“然后呢？”

“隔了几分钟，戴上手铐的桑奇斯被架了出来，身上只穿着衬衫。他试图挣扎抗议，但警察立刻持棍棒从他膝盖后面猛打，把他硬拖上厢型车。我本来打算跟踪他们，但是觉得其中一名警官，一个衣着很讲究的人，他老是朝着我躲藏的豪宅观望，八成已经看到我了。厢型车急速开走，另一辆轿车却留着，只是他们把车移到二十米外的马赫拿街角，那是个从桑奇斯的豪宅看不到的位置。我心想说不定会有其他进展，所以决定留下来，继续躲着。”

“非常好。这种情况下千万别让自己曝光。如果把人跟丢，那就算了。保住小命要紧。”

“这一点我也想过了。父亲常跟我说，一旦火烧屁股，最后脑袋也会不保。”

“至理箴言。”

“当时我开始紧张，正打算偷偷溜走，没想到来了第二辆车，就在桑奇斯家大门口停下。一辆非常气派的奔驰。下车的是个很诡异的家伙。”

“诡异？”

“他脸上戴着像面具的东西，感觉像是缺了半张脸。”

“那是莫尔加多。”

“您认识他？”

“他是桑奇斯的司机。”

费尔南迪托频频点头，又是一副崇拜的神情，因为阿莉西亚似乎无所不知。

“我就觉得他是司机。那一身行头看起来就像是这样的……他下车以后就进了屋子。过了一会儿，他又出来了，这一次身边还有个女人。”

“什么样的女人？”

“很年轻，跟您一样。”

“你觉得我年轻吗？”

费尔南迪托咽下口水。“请别打岔。她很年轻，我刚刚说了，应该不超过三十岁，但是衣着老气，简直像老太太。有钱的老贵妇。因为不知道她是谁，我给她取了别名：玛莉欧娜·蕾柏。”

“别把事情搞得这么复杂。她叫维多利亚·乌巴赫，或是维多利亚·桑奇斯，是那个被捕银行家的妻子。”

“她看起来就是。真的。这些痞子，娶的都是比他们年轻很多、有钱很多的太太。”

“你知道该怎么做了吧。”

“我才不来这一套。回到正题：他们俩上了奔驰车，她居然坐在副驾驶座，在我看来非常奇怪。车子一发动，警方那辆车立刻尾随在后。”

“然后你也跟上去了。”

“当然。”

“后来跟到哪里？”

“也没多远。奔驰车在一堆窄巷里钻来钻去，接着开上了宽敞大道，空气中弥漫着尤加利树的气味，绿树夹道，走在里面就像在灌香肠，到处都是园丁。后来到了四路街，从那里转进迪比达波大道，还好，我没在那里被蓝色电车吞掉，因为上帝还不想接收我。”

“你得戴安全帽才行。”

“我有一顶美国大兵戴的那种安全帽，在跳蚤市场买的，戴在我头上堪称完美。我用签字笔在帽子上写了‘二等兵费尔南迪托’……”

“讲重点，费尔南迪托。”

“啊，抱歉。我一直跟他们到了迪比达波大道最上坡，也就是缆车的终点站。”

“他们要去缆车车站吗？”

“不是。那司机和乌……乌巴赫太太继续沿着车站旁的小路开，车子开进山丘上的一栋房子，就在迪比达波大道终点，那房子简直是童话中的城堡，从那里可以眺望城市的每一个角落。我看八成是巴塞罗那最美丽的豪宅了。”

“的确。那栋豪宅叫作松园。”阿莉西亚还记得，小时候每周日从教养院出来，看过这栋豪宅千百次，总是幻想自己住在里面，还有无限宽敞的图书室相伴，脚下的城市夜景，仿佛灯海织成的地毯。“警察呢？”

“警方那辆车里有两个神情凶狠的警官，那两张脸简直就像猎犬。其中一人杵在豪宅大门口，另一人进了客栈餐厅打电话。我在那里等了将近一个钟头，一点动静都没有。最后，一名警官用很不友善的眼神看了我一眼，我只好去跟他打交道，并遵照他的命令，赶紧走人。”

“表现得非常好，费尔南迪托。你在这方面很有天分。”

“真的吗？”

“我要把你从‘二等兵费尔南迪托’升等为‘下士费尔南迪托’。”

“是什么意思啊？”

“去查一下英文字典，费尔南迪托。一个人不好好学外语，脑袋迟早会变糨糊。”

“您又有什么不知道的……接下来有什么新的指示？”

阿莉西亚思索了半晌。“我要你回去换衣服，戴上鸭舌帽，然后回松园继续监视，但是摩托车要停在远一点的地方，否则那个已经看过你的警察一定会认出你来。”

“那我就把车停在罗通达酒店旁边好了，然后搭电车上去。”

“这是个好办法。接下来，你想办法探查一下豪宅里的情况，但是绝对不能冒险。一旦觉得好像有人认出你了，或是在注意你，就马上逃离那个地方，听见没？”

“我知道了。”

“两三个钟头之后，你回来跟我说说那里的情况。”

费尔南迪托随即起身，准备再度出任务。“那么，这期间您要做什么？”他好奇问道。

阿莉西亚那副模棱两可的神情，仿佛有许多待办事项，又像是无事可做。

“您应该不会做什么傻事吧？”费尔南迪托说道。

“为什么这么说？”

小伙子站在门口，一脸沮丧。“我也不知道。”

这次费尔南迪托以正常速度下楼，仿佛踩下的每层阶梯都预告了不祥。恢复独处后，阿莉西亚把伊莎贝拉的手札放回沙发下的箱子，接着进浴室用冷水洗脸。褪下衣服后，她打开了衣橱。

她挑了一件黑色洋装，如果费尔南迪托在场，大概会说这是歌剧院海报里的女郎才会穿的衣服。阿莉西亚满二十三岁那年，在那个伊莎贝拉活不过的年纪，莱安德罗答应她，任何想要的东西，他都会送给她。她向他要了这件洋装，因为她两个月前在罗塞利翁大街的精品店一见倾心，外加一双黑色的法国麂皮皮鞋。莱安德罗一声不吭，大方地付了一大笔钱。女店员不敢冒昧探问阿莉西亚究竟是女儿还是情妇，她只说，只有少数女人穿得起这样的华服。离开精品店，莱安德罗带她去刺刀餐厅 用晚餐，餐厅高朋满座，在座那些所谓的生意人，一见她经过，立刻露出贪婪的狼性，接着对莱安德罗抛出忌妒的目光。“他们用那种眼神看你，以为你是个妓女。”干杯之前，莱安德罗这样告诉她。

她从此再没穿过那件洋装，直到这天下午。她在镜子前打扮，描了眼线，涂了口红，接着对镜微笑。

“这就是真正的你，到头来……”她告诉自己，“你就是个高级妓女。”

到了街上，她四处闲逛，但心里明白得很，费尔南迪托说得没错，或许，她真会做出什么傻事。

7

那天下午，阿莉西亚背离理智，漫无目的地闲荡，好奇自己的脚步将走向何处。费尔南多街的商家灯火通明，人行道映着五彩霓虹。天际红霞已近消散，高处的檐口和屋宇仍隐约可见。来往行人或忙着找寻地铁站，或忙着购物，或忙着遗忘。阿莉西亚隐入人潮，在市政厅广场碰见一群队伍整齐的修女，仿佛行进中的企鹅。阿莉西亚对她们微笑致意，一名修女瞥见她，立刻在胸前画了十字。她继续随着人潮沿主教街往前走，直到撞见一群观光客，个个疑惑地跟在一个本地导游后面，导游说着腔调诡异的英文，听起来像蝙蝠的叫声。

“先生，这里就是罗马时代奔牛的地方吗？”

“是的，这里就是大教堂，但是看完弗拉门戈舞蹈表演才开放。”

阿莉西亚经过那群观光客，继续往前走，穿越了庄严古老的哥特式石砌拱桥，在这中古世纪怀旧氛围浓厚的旧城区，大部分景观存在的时间只比她的年纪多了不到十年。幻想，何等虔诚！对于无知的拥抱，何等热切！越过拱桥，阴影下有个自由摄影家已经在三脚架上装好了哈苏相机，正在研究取景角度，极力以最完美的方式呈现这童话般的美景。那人外表严谨，敏锐戒慎的眼神躲在过大的方框眼镜后面，让人联想到智慧和耐心兼具的大海龟。

摄影家发现了她，并好奇地打量。“淑女，要不要来看看镜头？”他大方提出邀请。

阿莉西亚羞怯地点头。摄影家教她如何看相机镜头。她追随艺术家的视角，在那个小孔内看见了光影和角度的完美构图，重塑了她此生已千百次经过的角落。

“眼睛能观看，镜头能观察。”摄影家在一旁说明，“怎么样？”

“令人赞叹。”阿莉西亚有感而发。

“这只是构图和角度而已。真正的秘诀是光影。观看时，必须思考的是……光线是流动的液体。阴影的出现则轻盈又短暂，仿佛下了一场光之雨……”

摄影家的技巧显然是一流的专业等级，阿莉西亚不禁纳闷，这样一张照片有什么用？这位光影魔术师显然读出了她的心思。

“这是为一本书而拍的。”他为她释疑，“您叫什么名字？”

“我叫阿莉西亚。”

“请别见怪。阿莉西亚，我想替您拍一张照片。”

“我？为什么？”

“因为您是个光影交错的人，就像这座城市一样。如何？”

“现在吗？就在这里？”

“不，不是现在。您今天背负了太沉重的负担，不像原来的自己了。这一切，镜头都能捕捉到。至少我的镜头可以。我想等您卸下重担再替您拍照，如此光影才能找到相应的位置。”

阿莉西亚此生第一次也是最后一次这样羞红了脸。在这个奇怪的人面前被如此赤裸裸地解析，如此感受，绝无仅有。

“考虑一下吧。”摄影家说道。

他从外套口袋里掏出名片，笑盈盈地递给她。

弗朗西斯科·卡塔莱·罗卡[1]摄影工作室

一九四九年开业

巴塞罗那　普罗旺斯街336号1楼

阿莉西亚收好名片后火速离开，就这样抛下了艺术品位卓绝、观察力敏锐的大师。她躲进大教堂附近的拥挤人群，加快脚步朝天使门前进，走到圣安娜街转角才停下，望着森贝雷父子书店的橱窗。

别破坏这一切。你还有时间回头。快走，继续往前走。

她驻足在街道另一边，躲在一扇大门后，从这里可以看见书店内部。冬日黯淡的灰蓝暮色已笼罩巴塞罗那，蓄势待发的寒流，恐怕很快就会在大街小巷间流窜。

快离开这里！你以为自己还能做什么吗？

她瞥见贝亚在招呼客人。她身旁还有一位有点年纪的男士，阿莉西亚猜想，那大概就是她的公公森贝雷先生了。小胡利安坐在柜台前，靠在收银机旁，全神贯注地看着大腿上那本比他自己还要大的书。阿莉西亚不禁莞尔。达涅尔从后面的工作间走出来，把双手捧的那摞书放在柜台上。胡利安抬起头，眼巴巴地望着父亲拨弄他的头发。孩子不知说了些什么，达涅尔被逗得开怀大笑。他倾身向前，亲吻孩子的额头。

你没有资格待在这里。这不是你的人生，他们不是你的家人。快走吧，回你的洞穴躲起来！

她注视达涅尔在柜台前整理书的样子。他把书分成三摞，

1. 弗朗西斯科·卡塔莱·罗卡（1922—1998），西班牙著名摄影家。

轻柔地拂去书上的灰尘，整齐叠放。她好奇地想象，被那双手轻抚，被他的双唇吻过，会是什么样的感觉？她强迫自己移开视线，并往前挪了几步。把自己所知的事实告知这些活得安稳幸福的无辜良民，难道是她的责任或权力吗？所谓的幸福，凡有思考能力者无不奋力追求，而内心的平和，多在人们自认已经寻获的途中先消失殆尽。

临别最后一瞥吧，为了道一声再见。从此，永远不再相见。

不知不觉，她已来到书店橱窗前。正打算离去时，小胡利安似乎感受到她的存在，此时正紧盯着她。阿莉西亚静立在街道正中央，错身而过的人都当她是一座雕像。胡利安的身手出奇灵活，以凳子当阶梯，一转眼就下了柜台。与此同时，达涅尔正忙着准备书籍包裹，贝亚和公公仍忙着和客人交涉，胡利安趁着大家不注意走向书店大门，接着开了门。他站在店门口望着她，小脸上挂着灿烂的笑容。阿莉西亚频频摇头，胡利安却朝她跑过来。达涅尔惊见这一幕，口中频频叫唤儿子的名字。贝亚一转身，立刻往外跑。胡利安已经跑到阿莉西亚脚边，紧紧抱着她。她把孩子搂在怀里，迎面而来的是达涅尔和贝亚。

“格里斯小姐？”贝亚既惊讶又慌张。

两人初识那天从她身上感受到的亲切和热心，在贝亚惊见陌生女子把儿子抱在怀里那一刻，顿时烟消云散。阿莉西亚把孩子交给她，紧张得猛吞口水。贝亚紧拥着胡利安，大大松了一口气。达涅尔望着她的眼神夹杂着迷惑和敌意，他一个箭步往前，就站在她和自己的妻儿之间。

“请问您是？”

“这位是阿莉西亚·格里斯小姐。”在他身后的贝亚急忙解释，“是我们书店的客人。”

达涅尔点头回应，脸上却增添了疑惑的神情。

“很抱歉，我无意惊吓各位。那孩子大概是认出了我，所以就……”

胡利安依旧盯着她看，那张小脸喜滋滋的，完全无视父母的不安。但事情越演越复杂，因为这会儿森贝雷先生正从书店大门探出头来。

“发生什么事了吗？”

“没事，爸爸，胡利安趁我们不注意，自己跑出来了……”

“都是我不好。”阿莉西亚连忙道歉。

“请问您是……”

“阿莉西亚·格里斯。”

“就是订书的那位女士啊？哎呀，不好意思，您请进！外头那么冷。”

“事实上，我正打算要离开……”

“那怎么行？再说，您跟我的小孙子挺合得来。他可不会随便亲近别人的。”

森贝雷先生为她开了门，请她进去。阿莉西亚看了看达涅尔，情绪已恢复平静的他点头回应。

“请进吧，阿莉西亚。”贝亚也在一旁附和。

胡利安对她伸出小手。

“看吧，这下您只好进来了。”森贝雷先生说道。

阿莉西亚露出应允的表情，随后走进书店。屋内的书香将她紧紧包裹。贝亚把胡利安放回地上。孩子一落地，立刻拉着她的手，把她带往柜台。

“我看他已经爱上您了。”爷爷打趣道，“请问……我们以前见过吗？”

“小时候，我常跟父亲一起来这里。”

森贝雷紧盯着她。“格里斯？令尊是胡安·安东尼奥·格里斯吗？”

阿莉西亚点头称是。

“天啊，我简直不敢相信……我有多少年没见过他们夫妻俩了？他们以前几乎每个礼拜都来光顾……请问，他们现在都好吗？”

阿莉西亚突然觉得一阵口干。“他们已经过世了。内战期间去世的。”

“我不知道这件事，真的非常遗憾。”

阿莉西亚试图挤出一丝笑容。

“那么……您已经没有家人了吗？”

阿莉西亚摇摇头。达涅尔瞥见年轻女子眼中闪着泪光。

“爸，不要这样逼问格里斯小姐。”

森贝雷先生一脸沮丧。“您父亲是个了不起的人，也是位非常好的朋友。”

“谢谢您。”阿莉西亚的声音宛若细丝。

接下来是一阵难熬的静默，达涅尔决定打破尴尬。

“要不要喝点小酒？今天正好是我父亲生日，到店里来的客人都能品尝我们家费尔明精心酿造的烈酒。”

“我劝您别喝的好。”贝亚在她背后低声建议。

“对了，费尔明去哪里啦？他不是早该回来了吗？”森贝雷爷爷问道。

“是该回来了。”贝亚没好气地接话，“我让他去买晚餐要喝的香槟，但他偏偏不想去附近的狄奥尼西奥的商店，我不知道他究竟去了波恩大道的哪一家小店，他抱怨狄奥尼西奥家的酒是弥撒用过的，都臭掉了，还说酒的色泽都是猫尿调出来的。他这样胡说八道，我都懒得跟他争论了。”

“请别见怪。”森贝雷爷爷转向阿莉西亚，“费尔明就是这副德行。狄奥尼西奥年轻的时候曾经加入过长枪党，费尔明知道以后就老拿这件事跟他过不去。以前啊，他要是口渴了，进了狄奥尼西奥的店，什么莫名其妙的饮料他都买。”

“生日快乐！”阿莉西亚微笑祝贺。

“谢谢，这……我知道您大概会拒绝我，但是，不如留下来跟我们一起用晚餐？我们一大群人聚在一起，如果格里斯先生的女儿能和我们共进晚餐，对我来说，将是莫大的荣幸。”

阿莉西亚望了达涅尔一眼，达涅尔报以微笑。

“非常感谢您的好意，可是……”

胡利安紧抓着她的手不放。

“您看，我的小孙子很坚持。来吧！我们都是一家人。”

阿莉西亚眉眼低垂，微微摇头拒绝。这时候，她感受到贝亚的手搭在她背上，对她低语：“您就留下来吧！”

“我不知道该说什么才好……”

“什么都别说。胡利安，带阿莉西亚去看看你的第一本书好不好？快去……”

那孩子毫不迟疑，立刻找来满是抽象涂鸦的笔记本，兴冲冲地向她展示。

“这是他的第一本小说哦！”达涅尔说道。

胡利安满怀期待望着她。

“嗯，我看他很有天分呢……”

孩子乐得频频鼓掌，显然对她的评语非常满意。如果阿莉西亚的父亲还在世的话，大概也是森贝雷爷爷这个年纪吧。他望着她，那双哀愁的眼神，仿佛已伴他生生世世。

“欢迎光临森贝雷家族，阿莉西亚。”

8

蓝色电车缓缓往上前进，一盏金色星火在前方开道，仿佛一艘大船驶进夜雾。费尔南迪托搭乘后节车厢。他遵照阿莉西亚的指示，把伟士柏摩托车停在罗通达酒店旁边。他眼看摩托车渐渐消失在远方，前方迎来漫长的大道，沿途尽是豪宅大院，花木扶疏，宛若梦幻般的城堡若隐若现，花园处处可见喷泉和雕像，就是不见人影。富商巨贾从不待在家里。

大道的最高处隐约可见松园踪影。庄严有如大教堂般的建筑，在云雾间窜了出来。矗立山丘上的建筑，呈现了魔幻般的尖塔、檐角和锯齿状的复折屋顶，仿佛一座神庙，俯瞰巴塞罗那全景，以及部分北方海岸和城市以南的景致。费尔南迪托揣想，若是晴空万里的日子，在那座山丘上登高一望，或许能看见马约卡岛。不过这一晚，整座建筑被乌云团团包围了。

费尔南迪托咽下口水。阿莉西亚指派的任务开始让他惴惴不安。有个在沙场上失去一条手臂和一只眼睛的叔叔曾告诉他，一个英雄形成时，内心会开始有恐惧感。但是毫无恐惧地直捣险境，那只是笨蛋才有的愚勇。他不知道阿莉西亚究竟是期望他做英雄或笨蛋。或许是两者的微妙组合吧，他得出这样的结论。这份薪水确实优厚到无可挑剔，但是，阿莉西亚在他怀里悲伤痛哭的景象，足以悄悄将他带入地狱，并付出代价。

缆车驶上大道最高点，再度陷入雾海，车灯迷蒙，从山下望去，宛若氤氲里的海市蜃楼。在这深夜时分，小广场杳无人烟。孤立的街灯映照下，隐约可见两辆黑色轿车停在客栈餐厅前。一定是警察，费尔南迪托暗想。他听见有辆汽车驶近，赶紧跑到车站旁的阴暗角落躲起来。过了半晌，他瞥见车灯划过暗夜。是一辆福特，恰好就停在距离他藏身处不到几米的地方。

下车的其中一人，正好就是这天早上在银行家桑奇斯豪宅执行逮捕任务的同一人。他具有异于他人的特质，举手投足展现了一种贵族气质，出身富贵，品味精致。他那一身绅士西装，就跟苏格兰西服店橱窗里的一样，比起他身边那些朴素土气的警察同事，显得异常突兀。他的衬衫袖口别着袖扣，在暗夜中闪闪发亮，平整的衬衫显然是高级洗衣店洗烫的成果。街灯映照下，费尔南迪托发现他的袖口沾上了污点。原来是血迹。

这位警察突然停下脚步，随即又走回轿车旁。费尔南迪托一度以为自己被发现了，霎时觉得胃部好像缩成了弹珠大小。那个人找到司机，一脸和颜悦色。

“路易斯，我会在这里待上一阵子。你可以先回去了。记得把后座清理干净。有事情的话，我会通知你。”

“我知道了，安达亚长官。”

安达亚抽出一根香烟，点了火。他冷静地抽着烟，看着车子往下坡渐渐驶离。他具备非比寻常的冷静，仿佛世上没有任何忧虑或障碍足以干扰他的心志。费尔南迪托看着他隐没在黑暗中，吓得几乎喘不上气。那个叫作安达亚的人，那副抽烟的姿态，俨然就是电影里的大亨，完全复制了那种品味和优雅。他转过身走近瞭望台，在此远眺市区，一览无遗。片刻之后，他不疾不徐地把烟蒂往地上一扔，漆皮皮鞋的鞋尖利落地踩熄烟头，接着走向豪宅入口。

眼看安达亚绕着松园旁的小巷越走越远，直到不见身影，费尔南迪托走出藏身的角落，额头冒出一片冷汗。阿莉西亚小姐找到的是个勇敢的英雄。他加快脚步跟随安达亚，这位警官已从庭院围墙边一扇开启的拱门进入松园。大门入口有一道铁栅栏与外隔绝，门楣上悬着“松园”门牌，进了大门，一条石阶小径贯穿花园，直接通往别墅。费尔南迪托探头张望，看见安达亚的身影正缓缓拾级而上，一路拖曳着灰蓝烟雾。

费尔南迪托一直等到他抵达最高处。两位警官出来迎接，似乎在向他叙述事件发展。短暂交换过信息之后，安达亚进入屋内。一名警官尾随在后，另一名警官在石阶口等着，负责监视别墅入口。费尔南迪托暗自衡量各种可能性。若要溜进那扇门，他根本躲不过站岗警官的视线。安达亚袖口的血迹打消了费尔南迪托英勇行事的念头。他往后退了几步，观察别墅四周的围墙。墙边的窄巷蜿蜒隐入山坡，路上不见人影。费尔南迪托沿着小巷往前走，瞥见可能是别墅的后墙，小心翼翼地爬上去。上了围墙，他抓住一根树枝，希望能跳入花园。这时他突然想起，说不定院子里有狗，不出几秒钟就会发现他……但稍候片刻，他发现了让人越加忐忑的事：现场无声无息，连树上都不见任何一片叶子飘动，也听不见虫鸣鸟叫。那个地方一片死寂。

庄园矗立山头，由下往上看，小巷与别墅看似紧邻，实非如此，他必须先爬过介于树丛和灌木小径之间那片坡地，然后找到通往别墅正门入口的石板路。但他沿着灌木小径绕到别墅后面。所有窗子都是暗的，唯有两扇玻璃窗例外，就在别墅和山丘顶之间的隐秘拐角，看来应该是厨房。费尔南迪托爬了过去，脸部避开窗户漏出的灯光，小心翼翼地往屋内张望。他立刻就认出她。就是那个在司机陪同下走出银行家桑奇斯豪宅的女人。她瘫坐在椅子上，很诡异地静止不动，脸部侧斜，仿佛不省人事。然而，她的双眼却是睁开的。

他这才发觉，原来她的双手双脚被绑在椅子上。一道阴影从她面前掠过，费尔南迪托随即看出是安达亚和另一名警察进来了。安达亚拿了张椅子，坐在那个应该是桑奇斯妻子的女子面前。他对她说了些话，持续了几分钟，但桑奇斯夫人始终充耳不闻。她一直别过头，好像安达亚根本不存在。片刻后，这位警官耸耸肩，手指轻抚银行家妻子的下巴，把她的脸庞转向他。安达亚又跟她说了些话，女子却往他脸上吐口水。警官立刻甩了她一巴掌，她摔倒在地，沮丧无助，依然困在椅子上。陪同安达亚进来的警官，以及另外一位，费尔南迪托没看到他的长相，因为他一直在费尔南迪托埋伏的窗边靠墙站着，这两人走了过去，重新把椅子归位。安达亚抹掉脸上的口水，接着用桑奇斯夫人的衬衫擦手。

安达亚做了个手势，两名警官随即离开厨房。不久后，两人架着费尔南迪托早上看见的那位接送银行家妻子的司机。安达亚点头示意，两名警官用力将司机压倒在厨房正中央的桌子上，把他双手双脚绑缚在四只桌脚上。安达亚脱下西装外套，整齐叠放在椅背上，然后走近桌边，倾身看着司机，用力扯下他脸上的面具。那是一张严重受损变形的脸，从下巴到额头无一完整，清楚可见部分下颚和颧骨已经缺损。司机被完全压制得动弹不得，两名警官将捆绑了桑奇斯妻子的椅子挪到桌边。其中一位警官双手抓住女子头部，免得她又别过头去。费尔南迪托顿感恶心，觉得嘴里有些许苦味。

安达亚在银行家妻子身旁跪下来，在她耳边轻声说话。她依旧不开口，满脸愤怒。安达亚站起来，向其中一位警官伸出手，张开手掌，警官随即递给他一把手枪。他在枪膛里装了一颗子弹，以枪口抵住司机的右膝。他一脸期待地看了看女子，但终究只能耸耸肩。

震耳的枪声和司机的哀号穿透了玻璃和石墙。鲜血四溅，碎骨齐飞，厉声嘶吼的女子满脸是血。司机的身体不断抖动，仿佛通了电。安达亚绕过桌子，又装了第二颗子弹，枪管指向另一边的膝盖。一摊鲜血混合了尿液在桌上溢出，滴落在地。安达亚盯着女子看了一眼。费尔南迪托闭上眼睛，接着传来第二声枪响。他听见惨叫声时，终于承受不住恶心作呕，整个人缩成一团。呕吐物从嘴里涌出，正好吐在胸口。

第三次枪响时，他吓得浑身发抖。司机已经不出声了。捆绑在椅子上的女子满脸泪水和鲜血。她结结巴巴说着话。安达亚又在她身旁跪了下来，仔细听她说话，轻抚着她的脸，并不断点头回应。看来他已经听到他想听的话，于是站了起来，几乎连看都不看她一眼，随手又在司机头部补了一枪。他把手枪还给警官，走向角落的水槽清洗双手，接着穿上西装外套和大衣。费尔南迪托强忍着恶心，静静离开窗边，往下滑到灌木小径。他在山丘顶努力找寻回去的路径，终于看到那棵让他得以爬上围墙的大树。他满身大汗，这辈子从没这样流过汗，而且都是冷汗，却烧灼着他的皮肤。跳下围墙前，他的双手双脚不停颤抖。纵身往另一侧跳下时，他重摔在地，再度呕吐。直到体内已经没有东西可吐了，他才踉踉跄跄往下走。他经过先前看着安达亚进屋的入口时，竟听见谈话声越传越近。他加快脚步，一路跑到了小广场。

一列电车在车站等着，俨然是黑暗中的光明绿洲。车上没有乘客，只有查票员和司机，两人正在闲聊，并共享一壶热咖啡抵抗寒流。费尔南迪托上了车，无视查票员紧盯的目光。

“喂，年轻人……”

费尔南迪托只好从外套口袋里掏出几枚铜板递给他。查票员给了他一张车票。

“您不会吐在车上吧？”

小伙子摇摇头。他挑了个前排座位，靠窗而坐，然后闭上双眼，想办法深呼吸，并惦记着白色的伟士柏摩托车在山下等着他。此时，他听见另一个声音正和查票员交谈。电车车厢微微晃动，第二位乘客上车了。费尔南迪托听着脚步声越来越近。他咬紧牙。就在这时，他感受到对方的肢体接触。有一只手落在他的膝盖上。他睁开眼睛。

安达亚面带亲切笑容望着他。“你还好吧？”

费尔南迪托一时哑口无言。他将视线避开安达亚衬衫衣领上闪闪发亮的红点，频频点头回应。

“你确定吗？”

“我想……我大概是喝多了。”

安达亚笑容可掬，一副颇能谅解的模样。电车启程下山了。

“一点碳酸氢盐，加上半颗柠檬挤出来的果汁。从年轻时候开始，这一直是我的解酒秘方。喝完就去睡一觉。”

“谢谢，我一回到家就照您说的去做。”费尔南迪托说。

电车缓如牛步地往下滑行，像是抛出鱼饵似的驶过大道高处的大转弯。安达亚挪到费尔南迪托对面的座位，依旧满脸笑容。“你住得很远吗？”

小伙子摇头。“不远，坐个地铁就到了。”

安达亚摸了摸大衣，从大衣暗袋里掏出像是小信封的东西。“要不要来颗尤加利糖？”

“不用了，谢谢。”

“拿着吧，”安达亚怂恿他，“吃了会让你舒服很多。”

费尔南迪托收下糖果，双手颤抖地剥着包装纸。

“叫什么名字？”

“安伯托。安伯托·加西亚。”费尔南迪托把糖果塞进嘴里，努力挤出客气的笑容。

“怎么样？”安达亚问道。

“很好吃。非常谢谢您，我真的觉得好多了。”

“就跟你说了。我说……安伯托·加西亚，能不能看一下你的身份证？”

“什么？”

“身份证。”

费尔南迪托本想咽一下口水，却早已口干舌燥，然后一阵忙乱地翻找了口袋。

“不晓得……我想，可能放在家里了。”

“你难道不知道……没带身份证不能出门？”

“我知道，长官。父亲也常常提醒我。我这个人有点粗心大意。”

“没关系，我了解。不过，下次别再忘记了。我这么说是为了你好。”

“下次不会了。”

电车正朝着终点站前进。费尔南迪托已瞥见罗通达酒店饭店的圆顶，还有在电车车灯前闪亮的一个白点：他的伟士柏摩托车。

“我说……安伯托，你大半夜的在这里干什么？”

“我去看一个叔叔。他很可怜，病得很重。医生说他大概活不了多久了。”

“很遗憾。”

安达亚又掏出一根香烟。“你不介意吧？”

费尔南迪托猛摇头，并端出殷勤的笑容。安达亚点了烟。烟头红火映在他铅灰色的瞳孔上，仿佛要起火了。小伙子觉得那双眼睛就像铁钉，紧盯着他的心思。快找点话说吧！

“您呢？”他突然问道，“这么晚了在这里做什么？”

安达亚悠悠吐了一口烟，露出豺狼似的奸笑。“我在工作。”

两人在沉默中度过了进站前的最后几米。电车停靠之后，费尔南迪托立刻起身，有礼貌地向安达亚道别，随后往车厢后面走去。下了电车，他不疾不徐地走向伟士柏摩托车，跪下来开锁。安达亚站在电车踏板上冷冷地望着他。

“我还以为你要搭地铁回家。”他说。

“这个……我的意思是说，我住得不远，地铁才几站就到了。”

费尔南迪托戴上安全帽，一如阿莉西亚的建议，并将皮带扣紧。慢慢来，他这样告诉自己。他将摩托车往前一推，脚架立刻弹回，接着，他骑上马路旁的人行道。安达亚的身影立在他面前，费尔南迪托随即感受到警官的手搭在他肩上。他回过头。安达亚面带慈爱的笑容。

“来，下车吧！把车钥匙给我。”

他几乎是不自觉地点头，颤抖的双手乖乖地把钥匙交给警察。

“我看你还是陪我去一趟警察局吧，安伯托。”

9

森贝雷先生居住的狭小公寓就在书店楼上，面向圣安娜街。森贝雷家族记忆所及，似乎一直定居在这幢建筑。达涅尔在这个小公寓出生、长大，直到和贝亚结婚后才搬到顶楼。将来有一天，或许胡利安也会在这栋房子的另一层楼安家落户。森贝雷家族向来是在书海中遨游，而不是在地图里。森贝雷爷爷的住处看上去很简朴，但有浓浓的怀旧氛围。如同旧城区许多住宅，公寓弥漫一股淡淡的哀愁，一成不变的家具摆设，传统的巴塞罗那风格，庇护着纯真百姓免于对时下潮流的幻想。

阿莉西亚看着眼前这一幕，“忏悔录”依旧鲜明地烙印在脑海中，她不由自主地想象着伊莎贝拉在这个小公寓生活的情景。她踩着同样的地板，在那个走道旁隐约可见的小卧房与森贝雷先生同床共枕。经过时，阿莉西亚驻足在半掩的房门前，想象伊莎贝拉在那张床上生下达涅尔，不到四年后，她在同一张床上被剧毒摧残至死。

“阿莉西亚，快进来，我给您介绍其他人……”贝亚在背后催促她，并关上半掩的卧室房门。

贝亚在饭厅并了好几张桌子，横贯整个空间，甚至占用了部分走道，倒也巧妙地安顿了十一位替主人祝寿的宾客。达涅尔还在楼下忙着关店，这时老森贝雷、胡利安、赫尔、贝亚陪同阿莉西亚上楼。费尔明的妻子贝尔纳达已经在楼上忙着，烹煮的美食几乎就绪，屋里传来诱人香味。

“贝尔纳达，来！我给你介绍，这位是阿莉西亚·格里斯小姐。”

贝尔纳达抓起围裙把双手擦干净，随即上前给她一个拥抱。

“知不知道费尔明什么时候回来？”

“贝亚夫人，他说的什么酒里有泡泡是掺了猫尿那些鬼话，说起来真丢人，您别见怪。阿莉西亚小姐，我先生那个脑袋，比生气的斗牛还疯癫，满嘴都是胡扯。千万别把他当一回事。”

“我看他再不回来，我们就要用白开水干杯了。”贝亚在一旁发牢骚。

“不，不用啦！”饭厅门口传来戏剧般的声音。

洪亮嗓音来自同栋楼住户兼家族世交，老教授安纳克莱托，根据贝亚的说法，他还是个业余诗人。安纳克莱托先生慎重地向阿莉西亚行了吻手礼，仿佛德意志皇帝婚礼重现。

“祝您健康，美丽的陌生女士。”他向她致意。

“这位是安纳克莱托先生，请别介意。”贝亚急着插话，“您说带酒来了？”

“有备无患，”他洋洋自得，“费尔明和那家商店之间的恩怨纠葛，我早有耳闻，所以从街对面的酒吧买了两瓶私酿甜酒代替茴香酒，以解燃眉之急。”

“哪有基督徒用茴香酒干杯的。”贝尔纳达显然不能苟同，“更别说用私酒了。”

安纳克莱托的目光始终锁定阿莉西亚，他满脸笑意，一副颇能体谅乡下人顾虑的神情。

“在爱神维纳斯的影响之下，所有干杯的人都成了异教徒。”他自抒高见，并向阿莉西亚眨眨眼，“请问，这位高贵的女士，我能荣幸坐在您旁边吗？”

贝亚连忙把老教授推到另一头，适时解救了陷入窘境的阿莉西亚。

“安纳克莱托先生，别滔滔不绝，吓着阿莉西亚小姐了。”她嘱咐他，“您到桌子那头和您的同龄人胡利安做伴吧。”

安纳克莱托没好气地耸了耸肩，径自找寿星祝贺去了，此时门口又出现两位客人。一位是衣着讲究、西装革履的绅士，仿佛从服装杂志走出来的模特，他是费德里科·佛拉比亚，这个街坊里的钟表匠，一派风度翩翩。

“我喜欢您的鞋子。”他对她说，“请务必告诉我在哪里买的。”

“舒门鞋店，就在恩宠大道上。”阿莉西亚马上回复。

“当然，我想也是。抱歉，我先去向老朋友森贝雷祝寿。”

陪同费德里科前来的是一位看起来有点滑稽可笑的年轻女性，芳名麦瑟迪塔丝，情绪清楚地写在脸上，心思全放在那位高雅的钟表匠身上。她被引介给阿莉西亚认识时，这女孩把眼前的陌生女子打量了一番，一副局促不安的样子，说了赞扬对方美貌、高雅和品位的客套话之后，随即跑到费德里科身旁，想尽办法让他远离这名女子，即使空间如此局促。这时饭厅已经人满为患，达涅尔进门时，必须小心翼翼地在宾客间钻来钻去，以免撞到人。最后进门的是个年轻女孩，顶多双十年华，清丽外表让人眼睛一亮。

“这位是苏菲亚，达涅尔的表妹。”贝亚在一旁介绍。

“*Piacere*，*signorina*[1]。”女孩说道。

“要说西班牙文，苏菲亚。”贝亚忙着纠正她。

贝亚解释，女孩在意大利那不勒斯出生长大，目前就读于巴塞罗那大学，寄住在姨父家。

“苏菲亚是达涅尔去世多年的母亲的外甥女。”贝亚低语，显然不太愿意提及伊莎贝拉。

阿莉西亚留意到森贝雷先生拥抱她时格外热络，但眼中却流露出一丝阴郁。阿莉西亚瞥见玻璃橱柜里一张照片，影中人是伊莎贝拉，身着婚纱，依偎着比现在年轻很多的森贝雷先

---

1. 意大利语，小姐，您好。

生。苏菲亚活脱就是伊莎贝拉的翻版。阿莉西亚静静观察森贝雷注视外甥女的眼神，充满关爱，也满溢哀愁，她于心不忍，不得不移开目光。贝亚发现阿莉西亚已经看见森贝雷夫妇的结婚照，随即做了联想，她不禁摇头叹息。

“对他来说真的很不好受。”她说，“她是个讨人喜欢的好女孩，但是，我真不知道她什么时候会回那不勒斯。”

阿莉西亚只能在一旁点头。

“大家怎么还不就座？”贝尔纳达从厨房指挥大局，“苏菲亚！亲爱的，过来帮帮我，我这里需要年轻人支援一下。”

“达涅尔，蛋糕呢？”贝亚问他。

他两手一拍，瞪了个白眼。“我居然忘了这件事……我马上下楼去拿。”

阿莉西亚发觉安纳克莱托试图趁乱从饭厅角落溜出来。达涅尔经过她面前时，她跟着一起往门外走。“我陪您一起去吧！蛋糕由我请客。”

“可是……”

“我坚持要请。”

贝亚看着两人在门外消失，眼神茫然，眉头深锁。

“还好吧？”贝尔纳达在一旁关切。

“很好。当然……”

“她一定是个好人。”贝尔纳达咕哝着，“可是，我可不想让她坐在我家费尔明旁边。还有，根据我对达涅尔少爷的观察，那么纯情善良的男人，最好也不要坐她旁边。”

“少胡说八道了，贝尔纳达。我们总要有个位置让她坐吧！”

“对。我只是有话直说罢了。”

两人不发一语下了楼。达涅尔在前面开道。到了一楼的楼梯间，他赶紧上前帮她拉开大门。

“店铺就在前面，不到转角就到了……”他自顾自说着，虽然点心铺显眼的招牌高高挂在前方，仅有几步之遥。

一踏进点心铺，老板娘双手高举，似乎松了口气。

“还好你来了，我刚刚还在想，你再不来，我们得自己把蛋糕吃掉了。”

老板娘赫然发觉同行的阿莉西亚，不禁放低嗓音。“小姐需要什么吗？”

“我们一起的，谢谢。”阿莉西亚答道。

这回应让点心铺老板娘的眉毛吊高了半张脸，眼神充满暧昧，柜台前的两个店员当然没放过起哄的机会。

“哎呀，达涅尔。”其中一位店员赞叹道，“看起来傻乎乎的，其实不简单。”

“格洛莉，闭上你的嘴巴，快去把森贝雷先生的蛋糕拿出来！”老板娘出面呵斥，借此展现自己的权威，就算要捉弄人，还是得遵循阶级顺序。

另一个店员，猫一样的神态，圆圆胖胖的身材，仿佛是用点心铺剩余的蛋白霜和奶油堆起来的，她笑嘻嘻地望着他，显然看出了他内心的惊慌。

“费丽莎，你难道就没别的事情可做了吗？”老板娘在一旁质问她。

“没有。”

这时达涅尔一张脸已经红得像成熟的红醋栗，进退不得，就算不拿蛋糕，也无法拔腿就跑。点心铺这两位小姑娘，目光始终紧盯着阿莉西亚和达涅尔，那股热切都能拿来炸甜甜圈了。格洛莉终于拿着蛋糕出现，店家的精致杰作，三人组随即取来粉红色厚纸板做成大纸盒，把蛋糕放了进去。

“奶油、草莓，加上大量巧克力。”老板娘说明原料，“我帮你把蜡烛放进盒子里了。”

“我父亲最喜欢吃巧克力。”达涅尔主动向阿莉西亚解释，仿佛他非说明不可。

“小心那巧克力，达涅尔，沾到了会有颜色。”格洛莉不安好心地捉弄他。

“而且吃了让人活力充沛。”费丽莎也跟着起哄。

“多少钱？”

阿莉西亚立刻冲上前去，在柜台放了一张二十五元的钞票。

“而且还是不花钱的……”格洛莉喃喃低语。

老板娘谨慎地点算零钱，逐一交给阿莉西亚。达涅尔紧抓着装蛋糕的盒子，转身往店门走去。

“代我问候贝亚！”格洛莉在后头喊着。

店里三个人清亮的笑声伴着他们传到街上，目光紧盯着他俩不放，简直像紧粘在复活节蛋糕上的糖渍水果干。

“您明天就是街坊名人了。”达涅尔如此预言。

“我希望您不会因此惹上麻烦，达涅尔。”

“别担心。基本上，我的麻烦都是自己惹出来的。别把那三个女人放在心上。费尔明常说，她们脑袋装了太多蛋白霜。”

这一回达涅尔只身开门上楼，让阿莉西亚一路在后面慢慢踩着楼梯上来。他显然不想一直盯着她的臀部连踩两层楼的阶梯。

蛋糕的出现让全场像赢了球赛似的欢呼叫好。达涅尔高举蛋糕盒，仿佛那是奥运奖牌，接着他把蛋糕拿进厨房。阿莉西亚发现，贝亚帮她安排了苏菲亚和小胡利安之间的座位，孩子旁边坐的就是寿星爷爷。坐定之后，她总算明白，暗中较量的竞争蠢蠢欲动。达涅尔从厨房出来，随即在餐桌另一头坐下，就在贝亚旁边。

"我是不是该给大家盛汤了？还是要等费尔明回来？"贝尔纳达问大家。

"我们要是不快点吃，他什么都不可能给我们剩下。"安纳克莱托先生宣示道。

于是，贝尔纳达开始在盘子里添汤，此时门后传来巨响，接着是玻璃容器强力碰撞的回音。过了半晌，费尔明以胜利之姿出现，一手各拿着一瓶香槟，神奇的是，酒瓶居然没撞裂。

"费尔明，您给我们带回来的是发酸的麝香葡萄酒吧……"安纳克莱托出言挑衅。

"拜托各位行行好，快把那弄脏酒杯的劣质药水倒掉，美酒特使为大家带来善待味觉的佳酿，喝了以后，连小便都会有花香。"费尔明伶牙俐齿地反驳。

"费尔明！"贝尔纳达吼他，"注意言行！"

"可是，我亲爱的，喝了酒尿尿是多么自然又爽快的事……"

费尔明原本雄辩滔滔，却骤然住了口。他呆若木鸡地望着阿莉西亚，仿佛见到鬼魂。达涅尔紧揪住他的手臂，用力压着他坐下。

"来吧！刚刚已经说过开饭了。"森贝雷先生出声了，对于费尔明的失态，他并不意外。

酒过三巡，屋子里充满了碰杯和欢笑的声音。费尔明手拿汤匙，直愣愣地盯着阿莉西亚，安静得像个哑巴。阿莉西亚佯装不知情，但是后来连贝亚都觉得尴尬。达涅尔的手肘碰了碰费尔明，急切地在他耳边轻声催促。费尔明勉强尝了一口浓汤。还好，森贝雷父子书店的图书顾问虽因阿莉西亚的在场而变得沉默寡言，但晚餐并没有冷场，由于香槟发挥了作用，安纳克莱托先生似乎重返青春时期，滔滔不绝地谈论政局时事。

这位学者自认是乌纳穆诺精神和创作的传人，两人在外形上的确相似。此时，他一如往常开始对伊比利亚半岛的没落和沉沦大加挞伐。往常他高谈阔论时，费尔明总是即兴反驳，“一个社会的评论指数与其智力水平呈反比”或“当人们相信狂热的意见，忽略冷静的事实，这个社会就是蠢蛋独裁社会”。两人针锋相对，极尽刻薄嘲讽之能事。但此时的费尔明却十分被动，学者只好想办法继续挑动他的情绪。

“我说，这国家的领导阶层，根本不知道如何给老百姓洗脑！您不觉得吗，费尔明？”

被点名接招的费尔明耸耸肩。

“我不知道国家为什么还要费这种事。大部分情况下一次快速的清洗运动就能解决问题。”

“瞧，无政府主义分子的真面目露出来了！”麦瑟迪塔丝在一旁高呼。

安纳克莱托如愿看到失控的场面，不禁喜形于色。费尔明立刻怒哼反击。“麦瑟迪塔丝，我知道你每天拿到报纸就只看星座，今天我们一家之主大寿……”

“费尔明，请帮我拿面包好吗？”为了晚餐的平和气氛，贝亚见机插话。

费尔明点头照办。这时候，钟表匠费德里科决定挺身化解沉默僵局。

“这个……阿莉西亚，请问您从事的是哪一行？”

眼看大伙儿总是把特殊的关爱和注意力放在这位女客身上，麦瑟迪塔丝早就心生不满，此时正好趁机反击。

“为什么一个女人需要有什么职业啊？我们遵照父母的教诲，打理一个家，照顾丈夫、孩子，这样还不够吗？”

费尔明正想开口，贝尔纳达却紧抓住他的手腕制止，他只好乖乖闭嘴。

“对。可是，阿莉西亚小姐单身，是不是？”费德里科先生坚守话题。

阿莉西亚只能点头虚应。

“也没有男朋友吗？”安纳克莱托问道，一副不可思议的模样。

她露出浅浅一笑，摇头回应。

“完蛋了！这个国家根本没有值得托付的好青年，这就是铁证！要是我年轻二十岁就好了……”安纳克莱托说。

“至少要年轻个五十岁再说……”费尔明在一旁扯后腿。

“男子气概是没有年龄限制的。”安纳克莱托反驳他。

“别把英雄主义和泌尿学混为一谈。”

“费尔明，在座还有未成年的小孩。”森贝雷爷爷提醒他。

“如果指的是麦瑟迪塔丝的话……”

“您那肮脏的嘴巴和思想，如果不用清洁剂洗一洗，大概就要下地狱了……”麦瑟迪塔丝气呼呼地指责。

“我全部留着一起下油锅吧……”

费德里科先生高举双手，要求停止争吵。

“这个……有些人拼命讲个不停，另外一些人根本没机会开口。”

全场立刻安静下来，不约而同都望着阿莉西亚。

“所以……”费德里科重回正题，“能不能告诉我们，您从事的是……”

阿莉西亚环顾在座所有人，大家都殷切地等着她的回答。

“事实上，今天是我的最后一个工作日。接下来要做什么，我自己也不知道。”

“您应该稍微想过这件事吧？”森贝雷爷爷问道。

她低下头来。“我曾经想过要写作。或许至少先试试看。”

“太好了！”书店主人大加赞扬，“这么一来，您就是我们的拉弗雷特。”

“不如说是我们的帕尔多·巴桑。”安纳克莱托急忙插话，他一向自诩在文学上具有国际性的宏观视野，认为活着的作家，除非一条腿已经进了坟墓离死不远，否则都不值得尊敬。

“您怎么看啊，费尔明？”

费尔明先看了看大家，接着把视线放在阿莉西亚身上。“亲爱的老兄，我觉得巴桑照镜子的话，可能觉得自己更像猎狗，而不是格里斯小姐这样的黑暗英雄，我觉得格里斯小姐在镜子里恐怕看不到自己的样子。”

现场一片鸦雀无声。

“敢问万事通先生，您这样说到底是什么意思？”麦瑟迪塔丝忍不住发问。

达涅尔抓着费尔明的手臂，拖着他进了厨房。

“意思就是，如果男人的大脑只有嘴巴一半大的话，这个世界会好太多。”苏菲亚突然脱口而出，在此之前，她看起来仿佛一直神游在多姿多彩的青春世界。

森贝雷爷爷转头看着外甥女。她是上天送来的祝福，或许也是美好时光的重现，他三番两次错以为自己看见的、听到的是他珍爱的伊莎贝拉，以为她穿越时光之河回来了。

“现在文学院教的就是这些啊？”安纳克莱托问道。

苏菲亚耸耸肩，又躲回自己的世界里去了。

“上帝保佑。等着我们的世界就是这样了。”老教授预言。

“别气馁，安纳克莱托先生。这世界始终如一。”森贝雷爷爷安慰他，“事实上，这世界从来不等人，而且一转身稍纵即逝。我们一起为过去、未来和共处的当下干杯，怎么样？”

小胡利安兴奋地高举他的牛奶杯，以行动支持这个提议。

与此同时，达涅尔已经强压着费尔明留在厨房角落，远离餐桌。

“请问您今天究竟是吃错了什么药？”

“这女人根本不是她自己说的那样，达涅尔。事有蹊跷。”

“到底是哪里不对？”

“我也不知道，但我一定会查清楚，看看她到底在打什么馊主意。我已经闻到不对劲的地方了，就像麦瑟迪塔丝为了迷惑钟表匠喷的廉价香水，就算隔了一道墙，我还是闻得到。”

“打算怎么查？”

“那就需要您的协助了。”

“门儿都没有，别把我牵扯进去。”

“别被吸血鬼那一套给吓呆了。这是一个蛇蝎女，如果不是，我就不叫费尔明。”

“别忘了，这个蛇蝎女可是我父亲邀请的贵客。”

“对，可是您有没有想过，事情怎么会这么凑巧？”

“我不知道，也不在乎。巧合没什么好质疑的。”

“您是用那可怜的智商判断的，还是用下体判断的？”

“这是我用常识判断的，您今天不但没有了常识，而且还没有了羞耻。”

费尔明露出嘲讽的笑容。“这就是问题所在。”他发表结论，“父子两人同时被引诱了，明明已经有了年轻貌美的娇妻……”

“别再说这种蠢话了，别人会听到的。”

“听到最好！”费尔明刻意拉高音量，“越清楚越好。”

“费尔明，求你了，就让大家好好庆祝我父亲的生日。”

费尔明眉头一紧，嘴巴也闭起来了。“我有个条件。”

“好吧，什么条件？”

“您要帮我揭开那个女人的真面目。”

达涅尔没好气地翻了个白眼，长叹一声。“打算怎么做？继续胡言乱语一通？”

费尔明压低音量，“我有个计划……”

费尔明忠于承诺，后半段的晚餐期间，果然表现得像个模范生。安纳克莱托谈笑时，他很捧场地跟着大笑同欢，对待麦瑟迪塔丝温文有礼，仿佛面对的是居里夫人，偶尔看看阿莉西亚，眼神和教堂侍童一样拘谨。终于到了举杯庆祝和切蛋糕的时刻，费尔明发表预先准备的冗长贺词，把寿星大大褒扬了一番，赢得了全场热烈掌声，以及寿星本人的热情拥抱。

“我的小孙子要和我一起吹蜡烛，是不是啊，胡利安？”书店主人说。

贝亚随即关了灯，接着，屋里仅有的光线剩下摇摇晃晃的烛光。

“许个愿吧！我亲爱的老友……”安纳克莱托在一旁提醒，“最好是个身材丰满、活力充沛的寡妇之类。”

贝尔纳达偷偷把老教授的香槟换成一杯矿泉水，并和贝亚互看一眼，贝亚随即点头赞同。

阿莉西亚望着眼前这几乎可遇不可求的场面。她佯装镇定，但内心已激动得怦怦直跳。她从未置身这样的聚会。在她记忆所及，生日若不是和莱安德罗共度，就是一个人，通常是躲进电影院，一如每年的除夕夜，到了午夜时分，她总要在心里咒骂一番，因为电影总在此时被迫中断，满室灯光明亮十分钟，然后才继续放映，仿佛在电影院迎接新年还不够难堪似的，空空荡荡的放映厅里，只见六七个孤单的灵魂，没有人在任何地方等候他们，只能孤身直面寂寞。这种深切的同志情谊，这种归属感和亲密，可以相互取笑，也可大声争论……这样的感觉，她不知如何消化。胡利安在桌子底下抓起她的手用力握紧，仿佛在座这么多人，只有这个才几岁大的幼童了解她的感受。若非有他在，她的眼泪恐怕早已夺眶而出。

最后的干杯祝贺结束后，贝尔纳达为大家送上咖啡或热茶，安纳克莱托忙着分送雪茄，阿莉西亚却在此时起身。所有人盯着她，全都愣住了。

“我在此特别感谢大家的盛情和厚爱，尤其要感谢您，森贝雷先生。我父亲一向对您相当敬重，今天能和您共度这么特别的夜晚，他如果地下有知，一定会很高兴的。非常感谢。”

大家带着落寞的神情望着她，或许，众人看她的眼神，恰好也是她内心的感受。她亲吻了小胡利安，随即往门口走去。贝亚连忙站起来跟过去，手上还拿着餐巾。

“我送您到门口吧，阿莉西亚……”

“不用了，真的。请留在家人身边吧。”

离开之前，她经过玻璃橱柜，朝伊莎贝拉的照片看了最后一眼。她松了一口气，接着身影渐渐隐匿在往下的楼梯里。在她开始误以为这一切属于自己之前，必须及时离开这里。

阿莉西亚的突然告退，引来在座宾客窃窃私语。森贝雷爷爷让胡利安坐在大腿上，目光紧盯着孩子。

“你这么快就陷入爱河了？”他这样问孩子。

“我想我们的小情圣应该上床睡觉了。”贝亚说道。

“我也该睡了。”安纳克莱托边说边从餐桌旁起身，“在座的各位年轻人，你们继续吧，人生苦短啊……”

达涅尔正觉得终于松了一口气，没想到费尔明竟拉着他的手臂站了起来。

“快！达涅尔，我们有好几个箱子忘了从地下室搬上来。”

“什么箱子？”

“就是那些箱子嘛！”

在森贝雷爷爷既疲惫又惊愕的眼神的注视之下，两人就这样急急忙忙冲出门去了。

“我越来越不了解这家人了。”森贝雷爷爷说道。

“我还以为只有我这样觉得。”苏菲亚在一旁咕哝。

出了大门，费尔明先张望着灰蓝夜色下的街道，那是街灯映照下的圣安娜街，接着，他示意要达涅尔跟上来。

“都这么晚了，我们还要去哪里？”

“去猎捕蛇蝎女。”费尔明答道。

“我不干！”

“拜托！您不要傻傻地以为她这样就逃得掉……”

费尔明等不及达涅尔回应，旋即快步朝着天使门方向的街角前进。到了转角，他躲在乔尔巴百货的遮棚下左顾右盼，周遭只有暗夜里浓浓的夜雾。达涅尔挨近他身旁。

“就在那边！伊甸园的撒旦就在那里。”

“天啊。费尔明，您别叫我去做这种事情。”

“喂，我可是信守承诺了。您要做出尔反尔的胆小鬼吗？”

达涅尔只好自认倒霉，接着，两人重回从前充当业余侦探的岁月，开始跟踪阿莉西亚·格里斯。

10

两人尾随着她，不断在各栋房子前找门廊和遮棚当掩护，一路沿着通往大教堂的大道前进。到了大教堂前方，一座见证过烽火漫天的广场，依然守候着这个老社区。光洁如洗的月光洒在人行道上，阿莉西亚的身影拓印在阴影下，就像一座纪念碑。

“她发现了吗？”费尔明问道，同时看着她转进麦秸街。

“发现什么？”

“我们在跟踪她。”

达涅尔回头张望着附近阴暗的街道。

“那里！您看到没？就在玩具店的店门前……”

“没有。我什么都没看见。”

“香烟烟头的火光！”

“那又怎么样？”

“从我们一出门就跟在后面。”

“为什么跟踪我们啊？”

“说不定他要跟踪的不是我们，而是她。”

“费尔明，我看您真是越来越离谱了。”

“刚好相反，我是越来越冷静了，一定是有什么不对劲的地方。”

两人沿着新澡堂街继续跟踪，这条老街，仿佛百年老建筑夹道的狭窄山谷，在夜色笼罩下，两侧蜿蜒的屋宇看似在空中连成一片。

“她到底要去哪里？”达涅尔喃喃低语。

解答不久后就出现了。阿莉西亚驻足在阿维尼奥街的一扇大门前，就在格兰咖啡馆正对面。他们看着她走进屋里。等了好一阵子之后，两人在附近的几扇大门前转换阵地。

“现在呢，怎么办？”

费尔明指向前方的手工帆布鞋店楼下，这就是他的答复。达涅尔这才惊觉，好友说得一点都没错：他们被跟踪了，不是他们俩，就是阿莉西亚。那人隐身帆布鞋店的拱门下，隐约可见瘦小的身影，身穿大衣，头上戴的是跳蚤市场贩卖的廉价圆顶礼帽。

“至少看起来不像是狠角色。”费尔明做了这样的臆测。

“那又有什么关联吗？”

“这样有个好处，就是您在应付他的时候，赏他一个耳光就够了。”

“想得真周到。但是，为什么我非得去应付他？”

“因为您比较年轻，还有，跟人硬干需要蛮力。我呢，就负责观察形势找对策。”

“我没兴趣跟任何人打架。”

“我不知道您最近为什么老是畏畏缩缩的，达涅尔，您不是曾经展现过斗士的气魄吗？当年在丽兹酒店一拳打烂巴布罗那张脸的，不就是您吗？这我可没忘记。”

“我当时情绪不稳定。”达涅尔坦承。

“别给自己找借口。别忘了，那个混账东西在卑鄙小人巴利斯命令之下寄了一堆情书给您的妻子。是的，您从去年春天开始，一直在文艺协会期刊室找寻那个卑鄙小人的相关信息，别以为我不知道。”

达涅尔低下头来，只能认输。“还有什么秘密是您不知道的吗？”

“您难道没问过自己，为什么这么久都没看见过巴利斯出现？”

“我天天都在问。”达涅尔大方承认。

“还有，萨尔加多藏在北方车站的战利品，究竟到哪里去了？”

达涅尔点点头。

“谁能告诉我们，这个蛇蝎女和巴利斯不是一伙的？”

达涅尔双眼紧闭。“我说不过您，费尔明。我们接下来做什么？”

回到家门前，阿莉西亚在门缝瞥见一丝灯光，在空气中闻出巴尔加斯的烟味。她进了屋子后不发一语，把皮包和外套往饭厅桌上一放。巴尔加斯临窗而立，背对着家门，默默吞云吐雾。她给自己倒了杯白葡萄酒，往沙发上一坐。她不在家这段时间，巴尔加斯把她从律师的仓库拿回来的那箱资料从沙发下取了出来。伊莎贝拉·吉斯伯特的手札就放在桌上。

“一整天都到哪里去了？”阿莉西亚终于开口问他。

“到处走走。”巴尔加斯答道，“想办法让自己的脑袋清醒一点。”

“目的达到了吗？”

他转过身，面带忧虑地凝视着她。“您就不能原谅我把一切全告诉莱安德罗吗？”

阿莉西亚啜了一口葡萄酒，只是耸了耸肩。“如果想找人忏悔，这附近就有教堂，还没到兰布拉大道就到了。我记得他们的告解服务一直持续到半夜。”

巴尔加斯垂头丧气。“如果这样冷嘲热讽能让您好过一点的话……但我觉得，我跟莱安德罗说的那些，他大都早就知道了，只是需要再确认而已。”

“这是莱安德罗惯用的手法。”阿莉西亚说，“在他面前，一个人不会觉得自己在透露什么秘密，只是把细节解释清楚而已。”

巴尔加斯先哀叹了一声，然后才接话。“我别无选择。

他当时已经听到一些风声了。如果不把我们的调查结果告诉他，他恐怕会拿您开刀。”

“不必跟我解释这些。做了就做了，木已成舟。”

沉默顿时如千斤压顶。

“费尔南迪托呢？”阿莉西亚问道，“他还没回来吗？”

“我以为他跟您在一起。”

“巴尔加斯，有什么最新消息要告诉我吗？”

“嗯，桑奇斯……”

“说吧！”

“他死了。心脏病发作，从警察局送医院途中过世了。这是官方说法。”

“婊子养的……”阿莉西亚低声咒骂。

巴尔加斯瘫坐在沙发上，紧邻她身旁。两人默默相视。她在自己的酒杯里添了酒，然后递给他。他一口气喝光。

“什么时候回马德里？”

“上级给了我五天假期。”巴尔加斯答道，“外加五千元奖金。”

“恭喜。不如我们一起朝圣黑面圣母，顺便把钱全烧了，据说她对良心不安有奇效。”

巴尔加斯面露苦笑。“我会很想念您的，阿莉西亚，只是，您可能不相信就是了。”

“我当然相信。不过可别想太多了，我是不会想念您的。”

巴尔加斯忍不住扑哧笑了出来。“您呢，今天去了哪里？”

“拜访森贝雷一家人。”

“为什么？”

“参加生日宴会。说来话长。”

巴尔加斯点点头，仿佛那是再理所当然的了。阿莉西亚指了指伊莎贝拉的手札。

“您在等我回来的时候看过这个了？”

巴尔加斯点头。

“伊莎贝拉去世之前就知道自己是被巴利斯那个混账毒死的。”阿莉西亚说道。

他双手掩面，将头发往后梳拢。仿佛这一生累积的每一岁对他的灵魂都是沉重的负担。

“我好累。”他喃喃自语，“这些恶心肮脏的事情，烦死人了。”

“为什么不干脆退休呢？”阿莉西亚问他，“这样的日子多舒适！领了退休金，回到您在托莱多近郊的别墅定居，闲暇就读一读洛佩·德·维加的经典名作。这不就是您的人生规划吗？”

“然后像您那样，靠文学过日子？”

“这国家有一半的人活在小说里，不差我们两个。”

“森贝雷那家人怎么样？”巴尔加斯早就想问。

“都是善良的好人。”

“嗯，您一定很不习惯吧？”

“没错。”

“我以前也有过同样的经验，慢慢会习惯的。您打算怎么处理伊莎贝拉的手札？交给森贝雷家的人吗？”

“我也不知道。”阿莉西亚坦承，“您会怎么做？”

巴尔加斯再三斟酌这个问题。“如果是我，我会把它销毁。真相对任何人都没有好处，甚至会让他们陷入险境。”

阿莉西亚点头同意。“除非……”

“话说出口之前，要先三思，阿莉西亚。”

“我已经想清楚了。”

“我以为这件事情就到此为止了，接下来各自过着幸福的日子。”

“您和我永远不会有幸福的日子，巴尔加斯。”

“唉，您都这样说了，我还能拒绝吗？”

“您没有必要非帮我不可。这是我个人的问题。”

巴尔加斯面带微笑望着她。“您是我的问题。阿莉西亚。或许也可以说是我的救赎，只是您大概会觉得很可笑就是了。”

“我从来没救过任何人。”

“但从任何时候开始都不嫌晚。”

他站了起来，拿起她的外套，递给她。

“您打算怎么办？我们就这样一直唉声叹气过日子，或是您情愿过个几年闲适的日子，然后发现自己根本没有文学天分？我呢，大概会发现，洛佩·德·维加的作品是给有点资质的人读的……”

阿莉西亚穿上外套。

“我们从哪里开始？”巴尔加斯问道。

“就从迷宫入口。”

达涅尔在门廊下的藏身处冻得直打哆嗦，却看着瘦得像竹竿的费尔明奇迹似的生龙活虎，一边哼唱自娱，轻轻扭动臀部跳着热带舞蹈。

“我实在搞不懂。费尔明，您为什么不觉得冷？我都快冻死了。”

费尔明解开两颗纽扣，露出外套下垫着的厚厚一沓报纸。

“这是科学的应用。”他随即解释，“这个和我年轻时在哈瓦那的美好回忆，都是从热情的古巴姑娘身上学来的。那是我的墨西哥湾暖流。”

“天啊，真是够了……”

达涅尔信步走到格兰咖啡馆门口，正盘算着要点一杯热乎乎的牛奶咖啡加威士忌，却在此时听见阿莉西亚住处大门传来嘎吱声响，接着看见她和一名身材壮硕、貌似军人的男子走出大门。

“您快去对付那个泰山。他把我们的蛇蝎女带走了。”

“不要这样叫人家。她叫阿莉西亚。”

“唉，您的迷恋得适可而止了。您已经是个孩子的爹啦……快，快去！”

“另外那个家伙怎么办？”

“那个小奸细？别急，此时此刻，我正在研拟一条天衣无缝的妙计……”

阿莉西亚身旁那个大块头，一看就知道是执法人员，他们俩转进费尔南多街，正朝兰布拉大道走去。依照费尔明的计划，他俩悠闲地路过间谍，他躲在街角的阴影里，根本没注意到费尔明和达涅尔。此时街道比平日热闹，因为一群英国船员正忙着寻找文化交流的机会，还有深入城区窄巷，解决难以启齿的肉体欲望的良好市民。费尔明和达涅尔以人潮当掩护，跟着人群移动到与皇家广场相连的拱门前。

“喂，达涅尔，这是您和我认识的地方。还记得吗？许多年过去了，这里还是一样，到处都是尿骚味。永恒的巴塞罗那。永远不会消失……”

“现在是感伤的时候吗……”

阿莉西亚和那名警察已经穿越广场，两人正踏上兰布拉大道。

“他们要去搭出租车。”费尔明说道，“现在开始手脚要灵活一点了。”

两人回头一看，一眼就看见那个小奸细正从广场旁的拱门边探出头来。

“打算怎么办？”达涅尔问道。

“您过去对付他，直接用膝盖朝他下面用力顶一下就解决了。他个头那么小，小事一桩。”

“没有替代方案吗？”

费尔明叹了口气，一脸不悦。他瞥见一名正在广场巡逻的国民警卫队员，眼睛正盯着两个世界客栈门口那一群衣着暴露、胸口敞开的女人。

“去跟踪那两个人，千万别把您的小天使和那个大块头跟丢了。”费尔明指派任务。

“那您呢？打算做什么？”

“大师要出手了，学着点儿！”

费尔明火速跑到国民警卫队员面前，还毕恭毕敬地行军礼。

“长官好！很遗憾，我必须向您报告一件违背善良风俗的犯罪事件。”

“发生什么事了？”

“长官有没有看见那边一个很邋遢的男子？身材瘦小，但是一脸凶相，身上穿着廉价商场的特价大衣……就是那个，您看他那副样子，绝对想不到他会做出那样的事。”

“那个小鬼？”

“他才不是什么小鬼。我很难过，因为我必须向您报告，他是个暴露狂，已经向路上好几位女士露出他那竖得直直的性器官，还对她们说了一堆不堪入耳的淫言秽语，连我都不好意思说出口。”

国民警卫队员用力抓紧木棍。

“您说这该怎么办呢？”

“还能怎么办？这个下流畜生，我不好好收拾他的话，接下来不知又会做出什么坏事。”

“一定要让他知道，老天有眼，法网难逃。”

国民警卫队员掏出哨子，棍棒直指嫌疑犯。“喂！就是你，给我站住！”

小奸细惊觉自己莫名其妙惹上麻烦，吓得拔腿就跑，警卫队员紧追在后。费尔明对自己的调虎离山计洋洋得意，就让那位负责治安的长官去对付小间谍，他赶紧跑去出租车招呼站和达涅尔会合。

“他们人呢？”

“刚刚上了一辆出租车，往那边开走了。”

费尔明立刻把达涅尔推向下一辆出租车。司机嘴上叼的烟灵活游移着，像是玩杂耍，他从后视镜看着他们。

“新村我不去。”他言明在先。

“那您损失可大了。看见前面那辆车了吗？”

“西普的车啊？”

“对，就是那辆。请跟着那辆车，千万别跟丢了。事关生死，成了有重赏。”

司机按下计费表，一脸嘲讽的笑容。“我还以为这种事只有美国电影里才会演。”

“您的心愿已经达成了。快开车吧！但是要小心点。”

11

前往警察局仅费时二十分钟，他却觉得煎熬了二十年。费尔南迪托坐在后座，安达亚就在旁边，一路静静抽着烟，偶尔面带祥和笑容看着他，一副“放心，不会有事”的神情，让人不寒而栗。安达亚的两名手下坐在前座。两人一路噤声。夜深天冷，车内没开暖气，但费尔南迪托身侧汗水直流。他望着车窗外的街景，仿佛永远遥不可及的海市蜃楼。经过的行人和车辆明明近在咫尺，却又远在天边。到了巴尔梅斯街和格兰大道交会口，趁着等红灯的空当儿，他一度有冲动打开车门逃跑，只是身体却不听使唤。片刻之后，车子继续前行，他这才确定车门已经锁住。安达亚很亲切地拍了拍他的膝盖。

“你放心，安伯托，顶多一分钟就解决了。”

最后车子停靠在警察局前，守在门口的几名制服警员立刻上前替安达亚开了车门，低头聆听指示，随即抓紧费尔南迪托的手臂，拉着他往局里走。坐在副驾驶座的警官并未下车，他看着小伙子被带走，面带微笑地和驾驶座上的同事窃窃私语。

他从未进过拉耶塔纳大道的市警局。费尔南迪托就和许多巴塞罗那市民一样，倘若凑巧来到这一区，又非得经过这栋充满煞气的建筑，他们会想尽办法改道，并加快脚步。警局内部让他觉得异常阴森，有如洞穴，就跟想象中一样。屋外的街灯在身后完全隐没，飘来一阵氨水味。两名警员抓紧他的两只手臂往前走，但他的两条腿却跟不上速度而拖行着。走廊和通道多不胜数，费尔南迪托觉得体内被一只贪婪的怪兽掏空了。人声和脚步声在空中回荡，一道淡淡的灰色暗光映出一切。一双双热切的眼神投射在他身上，但又百无聊赖地移开。费尔南迪托被拖行在阶梯上，不知是往上或往下。天花板上的灯泡忽明忽暗，仿佛电源是一点一点输送过来的。他们走进一道门，磨砂玻璃门上挂着“特务情报处”的牌子。

“我们要去哪里？”他结结巴巴地问道。

两名警察对他的问题充耳不闻，就像一路上碰到的工作人员，一副无所谓的样子，仿佛只是在运送一件大型包裹。他们把他带进一个阴暗房间，里面只有几张铁桌，桌上各摆着折叠式台灯，昏黄幽暗的灯光映在桌面上。房间最里面有个玻璃隔间的办公室，里头放着一张高级木制办公桌，后面还放着两张椅子。其中一名警察开了门，示意要他进去。

“乖乖在那里坐着。”他连正眼都不看小伙子一下，“给我安分点。”

费尔南迪托往前挪了几步。背后的房门忽地关上，他只能认命地坐在椅子上，深深吸了一口气。他转头一看，发现两名警察就坐在房里的一张铁桌旁。其中一人递了支烟给身旁的同事，两人有说有笑。“至少你不是在地牢里。”他这样告诉自己。

足足一个钟头过去了，其中至少四十分钟是在绝望中度过的，只能从一张椅子换到另一张。他连多一秒钟都坐不住，仿佛每张椅子只能有一分钟，时间一到，他站起来，没来由地全身紧绷，几近恐慌状态，他甚至打算用力敲撞玻璃，大声宣告自己的无辜，他们抓错人了，他想要求那两个监视他的警察赶快放人，就在此时，他背后的门打开了，微光映出安达亚的身影。

“很抱歉，安伯托，我迟到了。必须处理一些管理上的事务，时间耽搁了。他们有没有替你准备咖啡？”

口干舌燥的费尔南迪托勉强咽了点口水，但嘴巴像含了沙，不等警官下令，他自动坐下。

“为什么我会在这里？”他忍不住申诉，“我没做坏事。”

安达亚沉着冷静，面带微笑，小伙子的惊恐似乎让他多了一份温柔。

“没有人说你做了坏事，安伯托。真的不想喝杯咖啡吗？”

“我只希望您赶快让我回家。”

“当然。马上就好。”

安达亚把书桌上的电话挪到面前，拿起话筒递给他。

“来吧！安伯托，打电话给你父亲，请他把身份证送过来。我相信家人一定很担心你。”

12

团团乌云缠绵在山坡上。出租车车灯照出了坐落在瓦维德雷拉路口树丛中的豪宅的轮廓。

“到了滨海公路我就不能计费了。”司机告知乘客，“从去年开始，市政府严格管制进出车辆。有人气不过，直接开了进去，结果树丛后马上冒出一个警察，立刻送上罚单。不过，我可以让两位在入口的地方下车……”

巴尔加斯亮出一张五十元钞票。司机的眼神仿佛苍蝇见到了糖蜜。

“这个……我没有这么多零钱……”

“您如果在这里等我们的话，就不需要找钱了。市政府也不会找您麻烦。”

出租车司机没好气地哼了一声，但怎么算都划得来。“好吧，您说的也对。”

到了公路入口，眼前是一条未铺柏油的羊肠小径，绕行在巴塞罗那近郊的山坡上。司机小心翼翼地开了进去。“两位确定是这里吗？”

“继续直走。”

马泰克斯的故居就在公路入口大约三百米外。过了半晌，出租车车灯抚过公路旁半掩的栅栏门。栅栏另一侧依稀可见锯齿状的复折屋顶和岗楼，从花园里的残垣断壁间窜起，看来已弃置多年。

“就是这里。”阿莉西亚说道。

出租车司机漫不经心地环顾周遭，兴味索然地从后视镜看着他们。

“这个……我看这地方根本就没有人啊……”

阿莉西亚充耳不闻，径自下了车。

“您车上应该有手电筒吧？”巴尔加斯问道。

“这种额外的服务不包含在车资里面。咱们说好了车资是十元吧？”

巴尔加斯掏出一张五十元大钞，在他面前晃了几下。“您尊姓大名？”

大钞的说服作用顿时让司机眼睛一亮。

“西普里亚诺，叫我西普就行，竭诚为您服务。”

“西普，您今晚走运了。能否为这位小姐准备一支手电筒？免得她不小心跌倒摔断腿。”

司机低头在手套箱翻找了老半天，终于拿出一支照明范围不小的圆柱状手电筒。巴尔加斯伸手接下，下车前，他对半撕开五十元大钞，把其中一半递给司机。“另外一半回程再给。”

西普无奈叹气，仔细打量着半张大钞，仿佛那是一张过期的彩券。

“如果你能回来再说……”他喃喃自语。

阿莉西亚已从狭窄的栅栏门缝钻了过去。她的身影在月光下的灌木小径往下移动。巴尔加斯的身形大约是她的两三倍，必须用力掰开生锈的铁栅栏才能跟着阿莉西亚进去。栅栏内侧有一条铺石小路往前延伸，直通别墅前的大门入口。脚下的鹅卵石铺满落叶。

巴尔加斯追随她的脚步越过花园，来到栅栏尽头的斜坡旁，巴塞罗那在此一览无遗。远方的海洋在月光下闪烁，呈现一片浮动的银色水塘。

阿莉西亚静静观察别墅正面外墙。比拉华纳叙述的影像，此时在她眼前具体成真。她想象当年风光时期的别墅样貌，艳阳照拂下的赭红色外墙，曾经汩汩涌流的喷泉，如今皆已干涸龟裂。她想象马泰克斯的两个女儿在花园玩耍，作家和妻子伫立客厅落地窗前凝望孩子的身影。如今，马泰克斯的故居已经成了陵墓，百叶窗在风中摇摆。

“如果改成明天白天再来一趟的话，我送您一箱上等白葡萄酒。”巴尔加斯说，“如果可以马上就走，再加一箱。”

她一把抢走他手中的手电筒，走向别墅入口。大门半开着。生锈的挂锁弃置在门口。阿莉西亚将手电筒灯光瞄准断裂的挂锁，蹲下来仔细检视。她捡起其中一块金属，看起来应该是锁头的部分，然后凑近面前看了又看。她觉得铁块内部已经裂开。

“这是枪击造成的。”巴尔加斯在她背后下了这样的结论，“小偷的火力不小。”

“谁知道是不是小偷。”阿莉西亚把铁块放回地上，站了起来。

“你闻到什么了吗？”警官问道。

她默默点头回应，接着走进玄关，驻足楼梯口，一排白色大理石楼梯往上延伸至阴暗中。手电筒灯光扫过上方楼梯暗处。一盏老旧的水晶吊灯在高处摇摇晃晃。

“我看这楼梯不怎么牢靠。”巴尔加斯提醒她。

两人缓步上楼，一级一级往上踩。手电筒的灯光能照亮前方四五米，然后消失在深不可见的黑暗中。他们一进门就闻到的恶臭始终未曾散去，踩着楼梯时，一阵阴凉潮湿的微风迎面而来，似乎是从楼上吹过来的。

踏上二楼的楼梯间，眼前出现一条长廊，与另一条宽敞通道相连，旁边是一整排玻璃窗，皎洁月光洒了一地。大多数房门被拆除，房间里不见任何家具或窗帘。两人沿着通道往前，一边检视这个了无生气的地方。地板上厚厚一层灰尘像毯子一样，踩上去竟会发出响声。阿莉西亚将手电筒照在一排延伸至暗处的脚印。

“最近才踩上去的。”她低声说道。

“可能是乞丐或流氓之类，大概想溜进来偷点什么。”巴尔加斯说。

阿莉西亚没把他的臆测当一回事，自顾自追踪脚印去处。两人沿着脚印绕了整层楼，最后来到别墅西南方的角落。足迹在此消失。阿莉西亚驻足门口，门内应该是主卧室，也就是马泰克斯夫妇的卧房。房内摆设几乎清空，窃贼连壁纸都撕了下来。屋顶已渐渐开始塌陷，部分老旧的屋顶平板仿佛风箱似的敞开，让人产生一种错觉，乍看之下，房间的挑高格局似乎比实际上更高。角落摆着还留有黑洞的衣橱，那是当年马泰克斯妻子藏匿女儿的地方。阿莉西亚开始隐隐作呕。

“这里什么都没有。”巴尔加斯说道。

阿莉西亚沿着走道返回，最后回到别墅顶楼的楼梯口。那股恶臭越来越浓烈，显然是腐烂的臭味，而且源头就在屋内。她慢慢走下楼梯，巴尔加斯跟随在后。她正要朝着大门往外走，突然发现右手边似乎有动静，于是停下脚步。接着，她缓缓走近有一排落地窗的客厅门口。地上有部分木条已被撬开，地上一堆灰烬里，依稀可见烧黑的椅子残骸和书本。

客厅尽头的角落有片门板微微摆动着，门板后方开了个黑洞。巴尔加斯在她身旁停步，掏出左轮手枪。两人缓步趋近那扇门，各自沿着两侧墙壁慢慢前进。到了墙角，巴尔加斯谨慎地推开门，并点了点头。阿莉西亚将手电筒往里面照射。眼前一条长长的阶梯通往别墅地下室。阿莉西亚随即嗅出空气中的腐臭来自下面。她掩住口鼻。巴尔加斯又点点头，然后率先上路。两人走走停停，缓步下楼，一路扶墙前进，就怕不小心踩了空。

终于到了楼梯尽头，首先映入眼帘的是拱顶的天花板，屋子有两排横开的窗户，迷蒙夜色从窗缝渗入室内。阿莉西亚正想往前走，却被巴尔加斯制止了。这时她才惊觉，原以为前方是铺了地砖的地板，其实是水池。拉丁富豪建造的这座地下游泳池，当年绿宝石般的色泽早已消失殆尽，如今只是一面漆黑的水镜。两人走到泳池畔，阿莉西亚的手电筒灯光扫过水面。一团浅绿色水藻在水里漂浮，恶臭就是从这里传出来的。阿莉西亚指着泳池尽头。

“那下边有东西。”她将手电筒靠近水面。池水呈现着鬼魅般的清澈。

“看见了吗？”阿莉西亚连忙问道。

一团黑色的东西在池底晃动，以极缓慢的速度移动。巴尔加斯在附近张望片刻，捡起了一根大概是用来清理泳池的刷子。刷头的毛都不见了，但是金属刷头还在。巴尔加斯将长棍尽量往泳池里延伸，试图够着那团黑压压的东西。最后总算碰到了，那团东西回转了一圈，并且似乎正缓缓解体。

“小心！”巴尔加斯提醒她。

他觉得铁钩似乎碰到了结构扎实的东西，于是使劲用力拉。一团漆黑从池底渐渐上升。阿莉西亚往后退了几步。巴尔加斯首先看清了捞起的沉淀物。

“快别过头。”他轻声说道。

此时，阿莉西亚尚未认出那套西装，那是她陪他一起去格兰大道的西服店选购的。浮出水面的脸庞惨白如石膏，一双眼眸像是磨亮的大理石，周围镶了一圈黑线，嵌在血丝密网中。脸颊上的那道刀疤是她亲手划下的，早已变成紫色印记，仿佛曾遭烈火烧灼。头部侧斜，深深砍下的一刀几乎断颈，喉咙完全外露。

阿莉西亚紧闭双眼，不由得隐隐抽泣。她感觉到巴尔加斯的手正抚着她的肩。

“那是洛马纳。”她总算能说出话来。

她睁开双眼时，尸体已再度往下沉，最后悬在水面下，双手外伸，整具尸体像个十字架似的回转着。阿莉西亚转向巴尔加斯，这位警官正一脸颓丧地望着她。

“比拉华纳告诉我，他叫洛马纳到这里来看看。”阿莉西亚说，“一定有人跟踪他。”

“或许，他碰到了意外状况。”

“我们不能把他留在这里，不能就这样放着不管。”

巴尔加斯摇头。“这件事我来处理就好。现在，我们要赶紧离开这里。”

警官抓着她的手臂，轻轻拉着她走向楼梯口。

“阿莉西亚，这具尸体已经在这里起码两三周。这是您回到巴塞罗那前发生的事。”

她闭上双眼，默默点着头。

“这也意味着，潜入您家里偷走那本书的人，并不是洛马纳。”巴尔加斯继续说。

“我知道。”

两人正打算上楼时，巴尔加斯却突然伫立不动，一把拉住了她。楼上地板发出嘎吱作响的脚步声，正在拱顶下回荡。两人的视线不约而同朝着脚步声移动。警官面带不解的神情倾听着。

“不止一个人。”他以细微如丝的音量低语。

脚步声似乎一度停止，然后逐渐离去。阿莉西亚正打算踏上楼梯，却听见上方传来声响。他们听见楼梯嘎吱作响，还有人声的回音，不禁面面相觑。阿莉西亚关掉手电筒。两人分站门的两侧，隐身在暗处。巴尔加斯将手枪瞄准楼梯口，把子弹上膛。脚步声逐渐趋近。不久后，有个身影在门口出现了。在他往前跨出下一步之前，巴尔加斯已将枪口对准陌生人的太阳穴，打算一枪把他的脑袋轰成碎片。

13

枪口碰触皮肤的感觉就像微微颤动的布丁，即使已经历过无数次，费尔明依旧无法习惯。

“我们显然不是来找碴的！”他急忙求饶，双眼紧闭，双手高举，表示无条件投降。

“费尔明！是您吗？”一脸诧异的阿莉西亚问道。

对方答复之前，达涅尔先在门口探出头来，一见到巴尔加斯举枪对着好友的头，顿时吓得目瞪口呆。警官没好气地哼了一声，收起左轮手枪。惊恐万状的费尔明大大松了口气。

“请问两位在这里搞什么鬼？”阿莉西亚厉色质问。

“您怎么知道我要问这个？”费尔明这样回她。

阿莉西亚直视达涅尔和费尔明质疑的眼神，思忖着自己该怎么回应才好。

“我就跟您说了，达涅尔……”费尔明说，“您看看她，根本就是不安好心的拉米亚。”

“什么是拉米亚？”巴尔加斯问道。

“这位神枪手，我没有恶意。但是，您如果把玩枪的时间拿去读书翻字典，根本就不会问这种问题。”费尔明没好气地驳斥他。

巴尔加斯跨出一步，费尔明连续退了五步。阿莉西亚举起双手，做出投降的手势。

“阿莉西亚，我想您欠我们一个合理的解释。”达涅尔说。

她定定注视着他的双眼，接着，她一边点头应允，同时露出足以说服全世界的温柔眼神。费尔明连忙以手肘碰了碰达涅尔。

“达涅尔，脑袋保持清醒。千万别被她的迷汤灌醉了。”

“这里没有任何人在灌迷汤，费尔明。”阿莉西亚正色纠正他。

“水里那位说不定就是信了你的话，”费尔明指着混浊的池水，“您的朋友啊？”

“这整件事情……我可以向两位解释。”阿莉西亚说道。

“阿莉西亚……”巴尔加斯出声提醒她。

她和颜悦色地走向费尔明和达涅尔。“很遗憾的是，这不是三言两语就能说清楚的。”

“我们不介意。我们绝不是看上去那么蠢，至少我是这样的。达涅尔就不好说了，因为这位好朋友还在跟青春期奋战。”

“求您好好说话吧，费尔明。”达涅尔连忙制止他。“您这毒舌简直比动物园的眼镜蛇还要恶毒。”

“我们干脆离开这里，找个地方好好坐下来谈，怎么样？”阿莉西亚提议。

巴尔加斯气呼呼地咕哝几句，接着做了个手势，表示同意。

“我们怎么知道这不是您设下的圈套？”费尔明质问。

“因为地点由两位挑选。”阿莉西亚说道。

达涅尔和费尔明面面相觑。

他们穿越花园，回到出租车停车处，西普正烟雾缭绕地抽着烟，广播里放着民众十分关心的话题：足球联赛，以及古巴拉左脚伤势对下周日马德里对巴塞罗那球赛的影响。身材魁梧的巴尔加斯二话不说就选了副驾驶座的位子，其他三人只能挤在后座。

“本来不是才两个人吗?”司机苦思不解，以为自己还在做梦。

巴尔加斯对他使了个眼色。阿莉西亚正在思索难解的谜团，或许也忙着编织谎言来替自己推卸责任吧！费尔明如是猜测。他的好友达涅尔因为右腿碰触了女性的大腿而意乱情迷，别说思考，连一个字都说不出来。眼看自己成了唯一能够与对方相抗衡的人，费尔明发出男高音似的高八度嗓音，大声指点司机行驶方向。

“我说，长官，能不能麻烦载我们去拉巴尔区，然后让我们在尤易斯餐厅门口下车。”

费尔明一说出自己在世上最爱的餐厅名称，整个人马上精神抖擞，那是他烦忧惊恐时的心灵避风港。每次非得和执法人员打交道时，他总是特别容易感到饥饿。西普先倒车到瓦维德雷拉公路入口，开始回程路途，慢慢驶回山下的巴塞罗那市区。车子开下山的时候，费尔明趁机观察坐在前座的那位男子，看来应该是阿莉西亚的保镖兼打手。这人怎么看都像个警察，而且职位不低。巴尔加斯大概感受到费尔明的目光如芒刺在背，忽地转过头盯着他，一副要把他生吞活剥的样子。这个阿莉西亚称之为费尔明的瘦小男子，活脱儿像是小说里的流浪汉。

“别看我瘦得跟猴子一样……”费尔明特别声明，“您看到的都是钢铁般坚硬的肌肉和杀手的本能。把我想成便衣忍者就对了。”

巴尔加斯自认因工作之故已阅人无数，但上天偏偏会出其不意送来惊喜的小礼物。

“您叫费尔明，是吧？”

“您尊姓大名？”

“在下巴尔加斯。”

“中尉吗？”

“上尉。”

“我希望长官大人不会反对我们享用美食和加泰罗尼亚料理。”费尔明说。

“当然不会。事实上，我肚子也很饿了。尤易斯餐厅是好餐馆吗？”

“不同凡响。”费尔明答道，“就像好莱坞女明星穿着丝袜的大腿一样诱人。”

巴尔加斯忍不住莞尔。

“这两人交情已经这么好了。”阿莉西亚在一旁说道，“食欲和性欲能让男人成为朋友。”

“别理她，费尔明。阿莉西亚根本不吃东西，从来不碰固体食物。”巴尔加斯解释，“她是靠吸取纯真灵魂过日子的。”

费尔明和巴尔加斯像一对狐群狗党，偷偷交换了心领神会的眼神。

“听到了吗，达涅尔？”费尔明突然转移对象，“一位警察部门的上尉亲自认证了。”

阿莉西亚转头一看，发现达涅尔正侧首睨着她。

“谣言止于智者，别听他们胡说八道。”她这样告诉他。

“别担心，我说完‘吸取’之后他就什么也没听见了。”费尔明继续起哄。

“大家能不能把嘴巴闭起来，让我们安安静静搭车回去？”达涅尔提出要求。

“荷尔蒙又不太对劲了。”费尔明连忙道歉，“这孩子还在长大。”

就这样，一路的沉默加上广播里的足球联赛转播，一行人终于来到尤易斯餐厅门口。

14

费尔明踏出出租车时，一副饿得发慌的样子，仿佛已经在汪洋中漂流了数周。餐厅老板一见到老友费尔明光顾，赶紧上前拥抱，并热情招呼达涅尔。他突然瞥见同行的还有巴尔加斯和阿莉西亚，马上收起玩笑，但费尔明向他耳语片刻之后，他频频点头，随即请客人入内。

“今天安柏格尔克教授来吃午餐的时候刚好提起您，他问我们，您最近有没有什么惊天动地的历险？”

“啥都没有。现在忙的都是家务事。唉，往事如烟……”费尔明感叹。

“我帮各位安排里面的位置，比较安静。”

他们在角落的餐桌坐下，巴尔加斯挑了能看见入口的位置。

“各位要吃点什么？”老板询问客人。

“就上您的拿手菜吧！老兄，我虽然已经吃过晚饭，再来份豪华套餐我也不会拒绝的，还有，您看我们这位长官，胃口全写在脸上，像是已经吃了好几年牢饭。先给那两位年轻人来点汽水，要吃什么点心，他们自己看着办吧！”费尔明就这样点了餐。

“麻烦给我来杯白葡萄酒。”阿莉西亚向老板提出要求。

“我们有上等的佩内德斯白葡萄酒。”

她点头同意。

“那么，我就先给各位准备几道小菜，如果还需要点什么，请尽管吩咐。”

“完全同意。”费尔明宣布。

老板随即带着客人的点餐要求回厨房去了，留下这群人和沉重的缄默打交道。

“阿莉西亚，您有话要说吧？”费尔明首先发难。

“我接下来要跟两位说的话，绝对不能告诉别人。”她首先提醒他们。

达涅尔和费尔明定定地望着她。

“两位必须先做出承诺才行。”阿莉西亚坚持。

“我们只对有信用的人承诺。”费尔明说，“恕我直说，到目前为止，我一直没觉得您是个有信用的人。”

“但是两位必须相信我才行。”

费尔明和巴尔加斯互看一眼。警官耸了耸肩。

“别这样看我。”他连忙托词回避，“她几天前也是这样跟我说，所以我才会在这里。”

过了半晌，服务生端着托盘出现了，几碟小菜上桌，外加一盘面包，费尔明和巴尔加斯大快朵颐，一旁的阿莉西亚慢慢尝着葡萄酒，指间夹着香烟。达涅尔则是低头看着餐桌。

“这些菜还合您口味吧？”费尔明问道。

“简直人间美味。”巴尔加斯马上附和，“死人闻了这味道，恐怕也会从棺材里跳出来。”

“长官，请务必尝尝这道蘑菇炖牛肉，吃了以后，您会一路唱着圣歌回家。”

达涅尔看着这两个怪人，明明个性天壤之别，吃起东西却都像急寻猎物的狮子。

“您到底要吃几顿晚餐才够，费尔明？”

“只要有东西上桌就吃。”他大言不惭，“这些年轻人，没有亲身经历过战乱，说了他们也不懂，您说是吗，长官？”

巴尔加斯连忙点头，同时忙着吮指。阿莉西亚超脱平静地看着他们一搭一唱，仿佛等雨停的人，她向服务生做了个手势，点了第二杯酒。

“这样空腹喝酒，不怕一下子头昏脑涨？”费尔明边问边拿着面包涂抹盘底酱汁。

“这个您不必担心。”阿莉西亚答道，“我倒是希望能晕多久就晕多久。”

喝过餐后咖啡和烈酒，费尔明和巴尔加斯满足地瘫在椅子上，阿莉西亚在烟灰缸里拧熄了香烟。

“我不知道各位怎么想，但我绝对是洗耳恭听。”费尔明说。

阿莉西亚倾身向前，压低音量。“我想两位不会不知道毛里西奥·巴利斯部长这个人吧？”

“我的朋友达涅尔听说过他！”费尔明意味深长地微笑，“这人我早就知道了。”

“那么两位大概注意到了，他已经好一阵子没有出现在公众场合。”

“说得没错……”费尔明马上附和，“不过咱们的巴利斯专家是达涅尔，他一直利用闲暇在文艺协会期刊阅览室调查这位传奇名人的事迹，这位名人刚好是家族的老朋友。”

阿莉西亚和达涅尔眼神交会。

“大约三周前，巴利斯在马德里近郊的家中莫名失踪。他在清晨时刻和亲信保镖开车离家，几天后，他的车在巴塞罗那被发现。那之后没人见过巴利斯。”

阿莉西亚默默观察达涅尔的眼神，隐约可见激动情绪。

“警方调查报告指出，巴利斯可能因为过去与银行有财务纠纷，遭人报复而遇害。”

达涅尔望着她，面有困惑，愤怒之情也益发明显。

“您刚刚提到的‘警方调查报告’……”费尔明追问，“这是哪里的警方？”

“警察总署和其他地方警察单位。”

“我能理解巴尔加斯长官的任务，可是您呢？坦白说……”

“我的工作，或者应该说我过去的工作内容，其中一项是协助警方办案。”

“您总得为什么人工作吧？”费尔明语带怀疑，“因为您怎么看都不像是国民警卫队的人。”

“我不是。”

“我看也不像。那么……我们今晚有幸看见的那具浮尸是？”

“我的一位老同事。”

“我猜您是因为难过才会吃不下东西……”

“这一切根本就是一连串的谎言。”达涅尔突然出声。

“达涅尔……”阿莉西亚伸手去握他的手，摆出求和的姿态。

他用力把手抽回，凌厉的目光逼视着她。“您以家族老朋友的身份到书店来，还认识了我的妻子、我的儿子，您这么积极跟我的家人打交道，是什么目的？”

“达涅尔，这个一时也说不清楚，能不能……”

“阿莉西亚是您的本名吗？还是从我父亲的旧识借来的名字？”

现在紧盯着她的人换成了费尔明，仿佛眼前出现的是过往岁月的某个幽魂。

“是的，我的本名就是阿莉西亚·格里斯。我从来没有隐瞒过我的身份。”

“但除此之外，其他都是假的。”达涅尔驳斥她。

巴尔加斯在一旁没吭声，由阿莉西亚全权主导发言。她无奈地叹了口气，流露的惊慌神色和沉重愧疚感令人动容，但巴尔加斯压根儿不相信那是她的真实感受。

“调查过程中，我们发现的一些证据显示，您的母亲伊莎贝拉女士以及曾在蒙锥克监狱坐牢的戴维·马丁，曾和毛里西奥·巴利斯有过来往。各位之所以卷入这个案件，是因为我必须排除森贝雷家族涉案的嫌疑，确保各位与本案无关……”

达涅尔发出一声苦笑，极度不屑地看着阿莉西亚。“您一定以为我是个没有用的笨蛋。我确实是，因为直到现在我才认清您的真面目，阿莉西亚，或许应该叫您魔鬼。”

“达涅尔，拜托……”

“不要碰我！”

达涅尔起身离座，独自往外走。阿莉西亚哀叹一声，双手掩面，接着目光转往费尔明寻求谅解，然而，这个瘦小男子却冷眼看着她，仿佛她是个当场被逮获的现行犯。

“以初次犯案来说，您的本事不过尔尔。”他冷言批评，“我想，您依然欠我们一个解释，而且，比您当初企图打入我们的生活圈时更加迫切。此外，您还得跟我说个清楚……如果您真是阿莉西亚·格里斯的话。”

“您不记得我了吗，费尔明？”

眼前这位瘦小男子呆望着她，仿佛她只是幽灵。

“我已经不知道自己究竟记得什么了。难不成您是从孤魂野鬼堆里回来的？”

“可以这么说。”

“回来做什么呢？”

“我只是想保护各位。”

“我还真是没想到！”

阿莉西亚随即起身，她看了看巴尔加斯，警官对她点点头。

“赶快跟上去吧！”他说，“洛马纳的事情我来处理，有什么新进展会尽快告诉您。”

阿莉西亚点头回应，立刻跑出去找达涅尔。费尔明和巴尔加斯留在原处，两人默默相视。

“我觉得您刚刚对她太严厉了。”警官打破沉默。

“您多久前认识她的？”费尔明问。

“好几天前。”

“既然这样，您应该可以确认她是个活生生的人，还是幽灵？”

“我觉得她只是看起来像幽灵。”巴尔加斯如此回应。

“喝酒喝不停，像块永远吸不满的海绵，这倒是千真万确。”费尔明说。

“您别误会她了。”

“回那栋惊悚之屋前，先来点咖啡加威士忌吧？”费尔明主动邀饮。

巴尔加斯点头附和。

“需不需要人陪您去一起处理尸体？”

“谢谢好意，费尔明，但我还是自己一个人去比较好。”

“您能不能告诉我一件事，而且，拜托不要骗我，毕竟我们干杯这么多次，称兄道弟都不为过了。究竟是我想太多，还是，这案子比表面上看起来还要糟糕？”

巴尔加斯迟疑一会儿，最后还是做了答复。“非常糟糕。”

“这样，那么……巴利斯那个两条腿的牲口呢？他还活着吗，还是已经死了？”

巴尔加斯原本就被这案子折腾得心力交瘁，此时再提起这个话题，仿佛突来的一记重击，他一脸颓败的神情望着费尔明。

“关于这一点……老兄，我想，这已经无关紧要了。”

15

在街灯和拉巴尔区的巷弄灯火映照下，达涅尔的身影微微浮现在远处。阿莉西亚全力加快脚步。过了半晌，她感觉臀部开始隐隐作痛。她努力拉近与达涅尔之间的距离，却渐渐喘不过气，锥心刺痛穿透骨骼强袭而来。到了兰布拉大道，他转过身，一见到她便怒目逼视。

“达涅尔！拜托，等等我。”阿莉西亚哀求他，同时紧抓着街灯灯柱。

他完全忽视她的请求，继续疾行。阿莉西亚拖着脚步追随在后，额头满是汗水，臀部的剧痛像一团燃烧的火球。

抵达圣安娜街转角，达涅尔不经意回头一望。阿莉西亚依然在后面跟着，她跛着脚，模样令人忧心。他驻足观望她片刻，看着她举起手来，试图引他注意。达涅尔不屑地咕哝几句，正打算往家里走去，却惊见她倒地不起，仿佛身体某个部位突然碎裂了。他踌躇不定，接着走近她身旁，发现她在地上蜷缩着身子。昏暗街灯下，他瞥见她满脸汗水，伴随疼痛不堪的表情。他本想就这样随她自生自灭，但又忍不住趋前几步，蹲在她身旁。阿莉西亚泪流满面望着他。

“这是在演戏吗？”达涅尔质问她。

她朝着他伸出手，于是他握紧她的手，协助她站起来。即使由他搀扶，阿莉西亚的身体仍因剧痛而颤抖不已。达涅尔突然觉得有愧于她。

“怎么了？”

“旧伤发作。”阿莉西亚呻吟着，“拜托，我必须坐下来。”

达涅尔扶着她的腰，带她来到过了圣安娜街转角第一家咖啡馆，这里向来很晚才打烊。服务生认识他，达涅尔已有心理准备，讨厌的流言蜚语隔天一定传遍街头巷尾，说他三更半夜拥着身份不详的神秘女子出现在咖啡馆。他扶着阿莉西亚坐在入口的第一张桌子旁。

“热水。”她低声要求。

达涅尔走向吧台找服务生。“给我一瓶水，曼努埃尔。”

“水就够了吗？”服务生对他抛了个暧昧的眼神。

达涅尔无暇解释，随即拿着水和杯子往回走。阿莉西亚拿着金属药盒，极力想打开，他见状立刻接手替她打开。阿莉西亚拿出两颗药丸放进嘴里，配水吞下，热水从嘴角滑落下巴，沿着颈部流下。达涅尔忧心忡忡地看着她，不知如何是好。她睁开眼注视着他，勉强挤出一丝笑容。

“我马上就会好起来的。”她说。

“也许您先吃点东西吧，这样药效比较快产生作用……”

阿莉西亚摇摇头。“帮我点一杯酒，拜托……”

“吃药配酒？这样可以吗？”

她点头，达涅尔只好去帮她点酒。“曼努埃尔，我要白葡萄酒，另外来点小菜。”

“我有火腿可乐饼，保证好吃。”

“什么都好。”

达涅尔回到餐桌旁，坚持要阿莉西亚先吃下一个半可乐饼，帮助消化葡萄酒和药丸。她似乎渐渐恢复正常，并若无其事地微笑看着他。

“很抱歉，让您看到我这么狼狈的样子。”她说。

“好一点了吗？”

阿莉西亚点点头，只是眼神毫无生机，让人觉得她的心思已飘至远处。

“我不会因为这件事而改变想法的。”达涅尔宣称。

“我可以理解。”

达涅尔发现阿莉西亚说话速度极缓慢，仿佛每个字都是用力拖出来的。

“为什么要骗我们？”

“我没有骗你们。”

“随便怎么说。总之，您讲的话只有一部分是事实。”

“连我自己也不知道什么是事实，达涅尔。目前还不知道。虽然我很想说，可是不便透露。”

即使如此，他觉得自己很愿意相信她。或许，他比费尔明想的更愚蠢！

“我会调查真相的。”阿莉西亚说，“一定会追根究底查清楚，而且，我向您保证，绝对不会隐瞒任何事实。”

“既然这样，那就让我帮您一起调查，总有我帮得上忙的地方。”

阿莉西亚摇头拒绝。

“我知道毛里西奥·巴利斯毒杀了我母亲。”达涅尔说，“这世上没有任何人能阻止我当面质问他，为什么要杀害我母亲。就算您和巴尔加斯也不行。”

“当然。”

“那就让我帮您吧。”

阿莉西亚用温柔甜美的笑容看着他，达涅尔立刻闪避了她的目光。

“只要您把家人安顿好，让一家人安全无虞，就是帮了我大忙了。巴尔加斯和我并不是唯一在追踪这个案子的人。还有别人。而且是非常危险的人。”

“我不怕！”

“这就是我最担心的，达涅尔。您一定要有恐惧感。越怕越好。办案是我熟悉的事情，让我来就好了。”阿莉西亚紧追着他的目光，握住他的手，“我用我这条命向您发誓，我一定会找到巴利斯的下落，并确保您和家人安全。”

“我不要什么安全，我要的是真相。”

“达涅尔，您真正想要的……其实是复仇。”

“这是我的事。如果您不告诉我事实真相，那么我就自己去查。我是说真的。”

“我知道。我可以拜托您一件事吗？”

达涅尔耸耸肩。

“给我二十四小时。如果二十四小时内无法解决这案子，我就把知道的一切告诉您。”

他面露疑虑看着她。“二十四小时。”他终于同意，“作为交换条件，我对您也有个请求。”

“尽管说。”

“请告诉我，为什么费尔明说您仍然欠他一个解释？解释什么？”

阿莉西亚垂眼低眉。“多年前，我还小的时候，费尔明救过我一命。那是内战期间的事了。”

“他知道这件事吗？”

“就算不知道，大概也开始怀疑了吧。他一直以为我已经死了。”

“身上的旧伤就是当时造成的吗？”

“对。”她云淡风轻地带过，让人觉得那仿佛只是她隐藏的众多旧伤之一。

“费尔明也曾经救过我。”达涅尔说道，“而且很多次。”

她不禁莞尔一笑。“有时候，老天爷会适时送给我们守护天使。”

阿莉西亚作势要起身。达涅尔连忙绕过桌子协助，但她婉拒了。“我可以自己来，谢谢。”

“确定刚刚吃的药不会让您有点……”

“别担心，我是个大人了。走吧！我陪您走到家门口，反正顺路。”

两人驻足在老旧的书店门口。达涅尔掏出钥匙，两人相视无语。

“您的承诺，我会等着的。”

她点头默许。

“晚安，阿莉西亚。”

她伫立原地，动也不动地凝望着他，达涅尔看着她空洞的眼神，不知是药效使然，抑或那双绿眼眸本就是不可测的无底洞。他要离去时，阿莉西亚突然踮起脚尖，双唇凑近他嘴边。达涅尔转过头，她的吻落在他脸颊上。阿莉西亚不发一语转身离去，就这样在夜色中蒸发了。

贝亚临窗而立，那一幕她全看在眼里。她还看见他们一起走出咖啡馆，漫步街上，然后走近书店门口，城里的教堂正敲着午夜钟声。阿莉西亚扑向达涅尔时，他静立不动，眼神茫然，贝亚突然觉得肚子打了结。她看着她急急踮起脚尖，打算要吻他的双唇。于是，她不再看了。

她缓缓走回卧室，在胡利安房门前驻足片刻，孩子睡得又香又沉。她打开房门，回到卧室。上床后，她静静等着开门的声响。达涅尔的脚步悄悄落在走道上。贝亚不动声色，默默躺在暗夜里，目光锁定窗外无瑕的夜空。她听着达涅尔在床尾脱下衣服，换上她替他备妥在椅子上的睡衣。她感受到他的身体滑进被子。她转身过去看他，发现达涅尔背对着她躺着。

“你去哪里了？”她问。

“我跟费尔明在一起。”

16

安达亚递了一根烟给他，但费尔南迪托婉拒了。“我不抽烟，谢谢。”

“有智慧。所以我才搞不懂，你这么聪明的人，为何不打电话请父亲带着身份证来接你呢？事情马上就解决了。还是……你做了什么不可告人的事？”

小伙子猛摇头。安达亚笑容可掬，但费尔南迪托还记得清清楚楚，就在几个钟头前，他亲眼看着他一枪把司机的膝盖轰得稀烂。他衣领上还沾着血渍。

“我没做什么不可告人的事，长官。”

“既然这样……”安达亚把电话推到小伙子面前，“只要打一通电话，你就自由了。”

费尔南迪托猛吞口水。“我求您了，不要叫我打电话，我有苦衷的。”

“什么苦衷，说来听听，安伯托老弟？”

“因为我父亲，他生病了。”

“哦，是吗？”

“他几个月前突发心脏病在医院住了好几周。目前在家休养，但情况不太好。”

“我很遗憾。”

“我父亲是个好人，长官。战争英雄。”

“战争英雄？”

“他当年随国军攻进巴塞罗那，还留下了照片，就在对角线大道，在《先锋报》报社大门口。我们把照片裱框，就挂在家里的饭厅。他是右边第三位。您应该看看那张照片。他们让他站在第一排，因为他在埃布罗河之战立了大功。他是个前线战士。”

“你们全家一定非常以他为荣。”

“的确，但是，因为我母亲的事情，可怜的老爸变了样。”

“你母亲怎么了？”

“四年前过世了。”

“我真的很替你难过。”

“谢谢您，长官。您知道我母亲临死前最后的遗言是什么吗？”

“不知道。”

“好好照顾你爸爸，不要让他失望。”

“你做到了吗？”

费尔南迪托低下头，一脸愧疚地摇摇头。“其实，我没有实践母亲对我的教诲，也没达到父亲对我的期望。您看到的我，只是一个白痴而已。”

“我以为你是个好孩子。”

“根本不是这样。我就是个冒失鬼，只会给我可怜的老爸惹麻烦，好像嫌他还不够可怜一样。我今天工作不顺利，一气之下跑出来，就这样忘了带身份证。结果落得现在这样。父亲是战争英雄，儿子是个没用的白痴。”

安达亚细心打量着他。“所以，你意思是说……如果打电话给你父亲，然后告诉他，你因为忘了带身份证而被滞留在警局，他会因此而大受打击？”

“我想，最糟糕的事莫过于此了。如果某个邻居推着轮椅里的他来这里接我这样没用的儿子，他会因为羞耻和悲痛而死的。”

安达亚暗自琢磨着处理方式。

“我了解你的感受，安伯托，可是，你也要想想我的立场。你这样让我很为难。”

“长官，您说得对，我不值得您对我的耐心和宽容。如果单纯只是我个人的问题，我可以毫不犹豫地请您把我跟最坏的人渣一起关进牢里，借此学点教训。但是，我求求您顾虑一下我可怜的老爸。我可以把我的姓名、地址写下来，您明天可以到我家来调查，随便找个邻居问一下，最好是早上来，因为那时候我父亲还在睡觉，吃了药的关系。”

安达亚接过费尔南迪托递上来的纸张。“安伯托·加西亚·圣玛利亚，商业街三十七号六楼之一。”他逐字念出，“我现在派两个警察陪你回家怎么样？”

“我父亲通常整晚都守在窗边，一边听广播，一边看街上的动静，他如果看见我被两个警察送回家，大概会吓得昏倒。”

“但是我们不希望发生这样的事情。”

“是，长官。”

“我怎么知道你是不是在搞鬼？”

费尔南迪托非常严肃地转身注视墙上的佛朗哥大元帅肖像。

“我要当着您的面向上帝、向大元帅发誓，如果所言有半句假话，我马上就暴毙。”

安达亚在一旁好奇地看着他，一时对他产生了些许好感。

“我看你还好好站在这里，可见你说的大概是实话了。”

“是的，长官。”

"好。安伯托，你给我的印象还不错，而且说真的，现在也很晚了，我已经累了。再给你一次机会吧！其实我不应该这么做的，因为这样违反规定，但我毕竟也身为人子，而且也不是一直都很孝顺。你可以回去了。"

费尔南迪托望着办公室那扇门，一副难以置信的模样。

"快走吧！免得我又改变主意。"

"非常非常谢谢您，长官！"

"要谢就去谢你父亲吧，千万不要再犯了。"

费尔南迪托二话不说，立刻站了起来，抹掉额头上的汗水，冲出办公室。他从容不迫地穿过宽敞的特务情报处大厅，从那两个默默观望他的警察身边经过时，特地向他们致意。

"晚安，两位长官。"

到了走廊上，他立刻快马加鞭走向下楼的楼梯口。直到出了警局大门，脚踩在拉耶塔纳大道，总算才深深吸了一口气，并立即谢天谢地，连鬼神都一起谢了。

安达亚看着费尔南迪托穿越拉耶塔纳大道，沿街往下走。他听见身后传来两名警察的脚步声。

"我想知道他究竟是谁，住在哪里，都跟哪些人打交道。"他头也不回地下达命令。

17

夜雾笼罩瓦维德雷拉，才踏出出租车的巴尔加斯，衣服已沾了薄薄一层露水。他走向缆车车站旁还亮着灯的小餐馆。

夜深人静的此时，餐馆内不见人影，店门挂着已打烊的牌子。巴尔加斯贴近玻璃门往内仔细张望，有个服务生站在吧台后擦拭玻璃杯，当然还有广播相伴，旁边还躺着一只半瞎的老狗，那副德行，大概连跳蚤都不想去碰。巴尔加斯用指关节敲敲玻璃门。百无聊赖的服务生抬头一望，轻轻摇头。巴尔加斯掏出证件，继续用力敲门。服务生无奈地叹了气，绕过吧台后，走向店门。老狗也从瞌睡中醒来，瘸着脚步跟在一旁。

“我是警察。”巴尔加斯告知对方，“必须借用您的电话。”

服务生开门让他进去，指了指吧台边的电话。“要喝点什么吗？我手边现成的有……”

“如果可以的话，来杯浓缩咖啡吧。”

服务生忙着准备咖啡的同时，巴尔加斯拿起话筒，拨了刑事组的号码。那只老狗站在他身旁，睡眼惺忪地望着他，尾巴微微晃动。

“别去吵他！”服务生提醒它。

等待的同时，巴尔加斯和老狗暗自猜测对方的心思，默默较量着各自背负的苍老和风霜。

“这只狗几岁了？”警官问道。

服务生耸了耸肩。“我买下这个地方的时候，它就已经在这里了，当时就是这副德行，连喝得烂醉的酒鬼都嫌它。我算一算……都十年前的事情了。”

“什么品种？”

“杂种狗。”

老狗瘫坐一旁，对他露出光滑的粉红色舌尖。电话另一头传出干咳的声音。

“喂，请帮我接利纳雷斯。我是警察总署的巴尔加斯。”

过了半晌，他听见电话传出咔嗒声，接着是利纳雷斯的声音，说话速度格外缓慢。

“你已经变成马德里名人了。巴尔加斯，快回来领奖吧。”

“我再多留几天，趁这个机会去玩玩节庆游行活动。”

“你万万想不到，我们已经安排好要怎么帮你庆祝了。我说，你三更半夜打电话来做什么？该不会是有什么坏消息吧？”

“就看你怎么想了，我现在人在瓦维德雷拉，就在缆车车站旁边的小餐馆。”

“那是全巴塞罗那视野最棒的地方。”

“这个你最清楚了。不久前，我在滨海公路旁的一栋房子里发现一具尸体。”

巴尔加斯静静听着利纳雷斯的喘息声。

“我觉得很诡异。”利纳雷斯不禁哼气，“你怎么看？”

“你不问我死者身份吗？”

“反正你也不会告诉我。”

“我会的，如果我知道他是谁的话。”

“或许你可以告诉我，你在山上探访豪宅做什么？山区旅游吗?”

“只是去确认相关事证，你明白的。”

“嗯，我猜你大概是要我把某个检察官从床上挖起来，然后到现场去勘验尸体。”

“如果可以的话。”

利纳雷斯又叹了口气。巴尔加斯等着听他出声讲话。

“给我一个小时，我看还是一个半小时吧！还有，拜托你，别再发现其他尸体了。”

“遵命！”

巴尔加斯挂了电话，点了一根烟。热腾腾的浓缩咖啡已经摆在吧台上。服务生看着他，神情略显好奇。

“您刚刚什么都没听到，知道吗？”他特意提醒。

“您放心。我耳背，比老狗还要严重。”

“我可以再打一通电话吗？”警官问道。

服务生耸耸肩，算是默许。巴尔加斯拨了阿维尼奥街公寓的号码，苦等好几分钟都没人接听。后来，他总算听见有人拿起话筒，电话另一头传来微弱的喘息声。

“是我，阿莉西亚，我是巴尔加斯。”

“巴尔加斯？”

“怎么，该不会已经把我忘了吧？”

漫长的静默。阿莉西亚的声音像是从鱼缸里传出来。

“我以为是莱安德罗打来的。”她终于开口，每个字都像是用力拖出来的。

“您声音听起来怪怪的。喝酒了吗？”

“我喝了酒的时候，说话的声音一点都不怪，巴尔加斯。”

“那么，您到底吃了什么？”

“看完床边故事之后，喝了一杯热牛奶。”

“去了哪里？”他问道。

“我跟达涅尔·森贝雷一起喝了点东西。”

巴尔加斯沉默许久。

“我知道自己在做什么，巴尔加斯。”

“您说是就是吧。”

“您在哪里？”

“瓦维德雷拉，正在等警方和检察官过来处理尸体。”

“您怎么跟他们说的？”

“说我去马泰克斯故居确认相关事证，意外发现一具尸体。”

“他们相信你的说法吗？”

“不相信。但是我在总署还有些人脉。”

“尸体的事你怎么解释？”

“我会说不知道尸体的真实身份，因为从没见过这个人。基本上，我说的是事实。”

“您的朋友们知道您被调离这件案子了吗？”

“他们大概比我还要早知道吧！这种消息一向传得比病毒还快。”

“尸体身份一旦确认，消息马上就会传到马德里。当然也会传到莱安德罗那里。”

“所以，我们大概只有几个钟头的时间。”巴尔加斯臆测，“如果运气好的话……”

“费尔明跟您说了些什么？”阿莉西亚好奇地问道。

“没什么，随便闲聊而已。他说，您和他必须好好谈一谈。”

“我知道。他跟您说了要谈什么吗？”

“我们虽然很聊得来，但交情还没好到那个程度。我觉得费尔明似乎认定您是他以前认识的某个人。”

“现在呢？您接下来要做什么？”

“等检察官采取行动之后，我会陪同法医到现场勘验尸体，到时候会编个故事向他们报告我的调查过程。法医是我当年在莱加内斯工作时的旧识，是个挺好的人。我看看能不能从他那里查出一些线索。”

“所以您会在那里至少待到天亮……”

“至少。我会去太平间小睡一下。相信他们肯定会借我一张解剖台。”巴尔加斯无奈地自嘲，“法医都很喜欢开玩笑。”

“注意安全。有最新进展就打电话给我。”

“放心。您去睡一下吧！该休息了。”

巴尔加斯挂了电话，走到吧台边，拿起依然温热的浓缩咖啡，一口气喝个精光。

“要再来一杯吗？”

“我看……还是来一杯牛奶咖啡吧！”

“要不要配一份点心帮助消化？小店请客，反正明天也要扔掉。”

“好吧。”

巴尔加斯用力咬了一口硬邦邦的牛角面包，把它对着灯光仔细打量一番，暗自怀疑用这玩意儿帮助消化是不是好主意。老狗在饮食方面没有这样的疑虑，它紧盯着面包，不怀好意地舔嘴巴。巴尔加斯撕了块面包丢在地上，老狗一个箭步冲上去接住，火速吞下美味的奖品，眼巴巴地喘气望着他。

“小心啊，待会儿您怎么样都甩不掉它。”服务生提醒道。

巴尔加斯和这位新朋友互看了一眼。他把剩下的牛角面包递出去，老狗一口吞掉。他想，在这个人吃人的世界，一旦年纪大了，连常识都能伤人，一点点的善意和怜悯就是上帝了。

利纳雷斯说好的九十分钟，已经变成了漫长的两小时。巴尔加斯总算瞥见警车和另一辆厢型车车灯穿过夜雾，正从滨海公路往上行驶，他随手付了钱，大方地给了一笔小费，走到餐馆外等候，手上夹着烟。利纳雷斯没下车。他摇下车窗，示意要巴尔加斯上车，和他一起坐在后座。开车的是他的部属，副驾驶座是个矮胖男子，大衣、帽子齐备，一脸哀愁肃穆，不发一言。

“长官好。”巴尔加斯主动问候。

检察官没有回应，或许对他视而不见。利纳雷斯射来凌厉的目光，微笑着耸耸肩。

“我们要去哪里？”他问。

“就在这附近。在滨海公路上。”

车子往下驶向公路入口，巴尔加斯偷偷瞥了老同事一眼。刑事组待了二十年，利纳雷斯被迫苍老了许多。

“你看起来气色不错。”巴尔加斯扯谎虚应。

利纳雷斯低声苦笑。巴尔加斯无意间在后视镜里和检察官四目相视。

“两位是老朋友？”检察官问道。

“巴尔加斯这个人根本没有朋友。”利纳雷斯说。

“非常有智慧。”检察官如是评论。

巴尔加斯引导驾驶员从滨海公路岔入暗夜中的小径，不久后，车灯映出马泰克斯故居外的铁栏。厢型车紧跟在后。一行人下了车，检察官走在前面，一路直视着树木遮蔽下的别墅。

“尸体在地下室。”巴尔加斯说明，“游泳池里。大概已经死了两三周了。”

“你去吧！”从厢型货车下来的一个小伙子突然冒出这么一句，看来是刚入行的新人。

检察官走到巴尔加斯面前，紧盯着他的双眼。

“利纳雷斯说，您在调查案子的时候发现了这具尸体？”

“是的，长官。”

“您无法辨认尸体的身份？”

“我不知道他是谁，长官。”

检察官看了利纳雷斯一眼，这位警官正忙着搓手取暖。货车上的第二个小伙子，显然比另一个资深，神色隐晦莫测，他走近待命，并看了看巴尔加斯。

“一具还是多具？”

“什么？”

“尸体。”

“我想应该是一具吧。”

小伙子点头回应。“去拿个大袋子，还有钩子和两把铁锹。”他这样吩咐小学徒。

半小时后，两个小伙子忙着将尸体抬进货车，检察官在车顶上填写文件，利纳雷斯的部属在一旁高举手电筒，这时，巴尔加斯发现老同事悄悄来到他身旁。他们默默看着运尸车内部陈设，也看着小伙子如何将尸体抬上车，这具尸体显然比他们预估的沉重许多。抬入车内的过程中，尸体不止一次受到碰撞，遭撞击的部位似乎是头部，两人边搬边吵，偶尔还低声咒骂发牢骚。

“尘归尘，土归土，”利纳雷斯喃喃说道，“他是我们的人吗？”

巴尔加斯先确认检察官听不见他说的话。“算是吧，我还需要一点时间。”

利纳雷斯低下头。“十二小时，再长就不行了。我没办法给你更多时间。”

“安达亚？”巴尔加斯试探地问道。

利纳雷斯点头。“马内罗还在殡仪馆工作吗？”

“他正在等你。我已经跟他说你会过去。”

巴尔加斯微笑致谢。

“还有什么是我应该知道的吗？”利纳雷斯问道。

巴尔加斯摇摇头。“你女儿玛努雅兰还好吗？”

“胖得跟老树干一样，跟她妈妈一个样儿。”

“你就爱那样的。”

利纳雷斯煞有介事地点头承认。

“小丫头大概已经不记得我了吧？”巴尔加斯好奇道。

“名字不记得了，但是她会亲切地叫你‘那个婊子养的’。”

巴尔加斯递了一根烟给老友，但对方婉拒了。

“我们这个世界到底怎么了，利纳雷斯？”

老同事淡然以对，只是耸耸肩。“西班牙就是这样的吧，我想。”

“事情有可能更糟。被装进大袋子里的也可能是我们。”

“时间还没到而已！”

18

他无须回头就知道他们正在跟踪。过了转角，费尔南迪托沿着大教堂大道往前走，他回头张望了一下，一眼就瞥见他们。从他一走出警局大门，这两个身影就一路尾随。他加快脚步，尽量挨着阴暗的门廊快马加鞭，直到广场尽头。到了这里，他在一家已打烊的咖啡馆遮棚下驻足片刻，确定安达亚那两个爪牙并没有跟丢。他可不想把这两人引到家里，更不能让他们找到阿莉西亚的住处，于是，他决定带两人来一趟巴塞罗那观光区夜游，希望他们会因为疏忽或疲倦而中计，幸运的话，说不定能甩掉他们。

他朝着波达费里沙水泉前进，并刻意在马路正中央大步走，高调醒目有如靶场上的靶心。夜深时刻，路上几乎不见人影，费尔南迪托悠闲漫步，偶然和某个醉汉擦身而过，也碰见了夜间巡守员，还有常在街上闲逛的失意灵魂，这些都是在巴塞罗那街头巷尾晃荡到天明的熟面孔。他每次回头凝望，总见到安达亚那两个走狗依旧紧追在后，始终和他维持着同样距离。

抵达兰布拉大道时，他一度考虑拔腿就跑，试图在拉巴尔区的蜿蜒巷弄间藏身匿迹，但他有自知之明，凭那两个警察的矫健身手，他这小伎俩成功的概率微乎其微。他决定沿着兰布拉大道继续走，不久即来到博克利亚市场入口，一排货车已经停在那里。在四处高悬的灯泡映照下，市场内一大群工人正忙着卸货、搬货，让摊商接下来几天有足够货源。他不假思索地混进货箱堆，身影融进了在走道间奔波的工人。接着，费尔南迪托自认已脱离跟踪者视线范围，随即跑向市场后方的空地。市场雄伟的拱顶成了佳肴美馔的殿堂，世间各种香气和色泽在此汇集，把这里变成了安抚全城胃口的伟大市集。

他一路看见一箱箱新鲜蔬果、堆积如山的香料和罐头、装满冰块和鲜活鱼货的大箱子，还有铁钩上血淋淋的鲜肉。穿梭其间的是满嘴咒骂、持刀剁肉的肉品摊商，此外，处处可见穿着高筒胶鞋的小伙子和蔬果菜贩。总算到了市场后门，门外空地堆满了空木箱。他赶紧跑到木箱后面躲着，目不转睛地盯着市场后门口。约莫过了三十秒，依旧不见那两名警察出现。费尔南迪托大大松了一口气，漾起轻松的笑容。只是，焦虑即刻重返。两名警察从市场后门探头张望着空地。费尔南迪托缩进阴暗里，迅速溜到圣十字医院旧址旁的小巷，朝着卡门街前进。

他一过转角就撞上了她：满头金发，贴身短裙仿佛快要撑破，天使般的面孔上，挂着一双艳丽红唇。

“小帅哥！”她谄媚地招呼他，“你应该已经不是喝完热巧克力才去上学的年纪了吧？”

费尔南迪托仔细打量眼前这个妓女，心里暗自盘算着，进了她背后那扇门，应该是个不错的藏身处。屋内的陈设看了就让人倒尽胃口。接待员是个人高马大的家伙，大熊般的身躯塞在一个面积如告解室的小亭子里。

“多少钱？”费尔南迪托随口问道，目光紧盯着巷子口。

“看你要什么服务，对于纯洁青少年和没断奶的小鬼，我都算特价。说起吃奶……”

“可以！”小伙子急忙打断她。

妓女一听到成交了，连忙拉着他手臂，拖着他往屋内楼梯口走去。才走了三步，小伙子就停下来往后看，他紧张地左顾右盼，或许是骨子里的乡巴佬个性作祟，或许是窑子里的气味让他却步。她怕煮熟的鸭子就这样飞了，马上使出浑身解数，热情地紧抓着他，在他耳畔说些咸湿耳语。这圆滑精明的女人果然有两把刷子，不过几句甜言蜜语，小伙子的耳根就软趴趴了。

“来嘛，小心肝，我保证让你舒服得说不出话。”

两人经过小亭子时，无须驻足耽搁，接待员直接递上一袋常用物品，包括肥皂、安全套和其他所需物品。费尔南迪托跟着这位出租爱神往前走，却频频回头张望入口。两人转进楼梯口，走上二楼，眼前洞穴般的阴暗走道充斥着盐酸味，妓女看着他，面露不安的神情。

“你赶时间啊，宝贝。”她说。

费尔南迪托叹了口气，她连忙找寻他紧张的眼神。这种工作是拿心理学文凭的快捷通道，经验告诉她，如果接下来的活动和她丰韵的身材不能让客人热身，进了那个肮脏的房间很有可能会没了兴致。或者更糟的是，裤子还没脱下来就对谈好的价钱出尔反尔。

“我的小心肝，做这种事情啊，性子太急不好。尤其像你这种年纪，我见过很多比你有经验的老手，因为着急没碰到我胸前这对宝贝就缴械投降了。你要慢慢享受这个过程，像是品尝奶油蛋糕，一次吃一口。”

费尔南迪托支支吾吾，妓女因此认定，他是完全臣服于她无可挑剔的精彩解说了。房间在走道尽头。小伙子踏上走道，偶尔听见有些门内传出的喘息和冲撞声，他的脸色马上起了变化，让人一眼看穿他在翻云覆雨这方面的认知相当贫乏。

“第一次？”妓女问他，开门并示意要他进房间。

小伙子点了点头，神色焦虑。

“哎呀，别担心。引导新人可是我的专长。全巴塞罗那有一半的处男经由我的指导，总算才脱掉尿布变成大人。快进来吧！”

费尔南迪托看了一眼暂时的避难所，居然比他预期的更糟。那张旧床像是破烂堆里捡来的，房里弥漫着剧烈恶臭，斑驳的绿色墙壁潮湿发霉，但湿气来源不明。与卧室相连的洗手间有个缺了盖的马桶和赭红色洗手台，一道铅灰色天光从气窗口钻进来。水管咕噜咕噜发出喷涌的诡异声响，听起来一点都不畅通。大得出奇的洗脸盆摆在床脚，立刻让人兴起难以启齿的遐想。那张床充其量只是个铁架，上面摆着至少十五年未曾洁白过的床垫，两个枕头倒是比山还高。

“我看我还是回家比较好。”费尔南迪托反悔了。

“放心。小鬼，好戏现在才上场。你把裤子脱掉以后，就会觉得这里跟丽兹酒店的总统套房一样舒服。”

妓女拉着费尔南迪托到床边，费了点劲才让他坐下。她在他面前跪下，脸上堆着甜美温柔的笑容，满脸浓妆挤出一道道深痕，她的眼神中依稀可见一丝哀愁。但是费尔南迪托期望的底层生活的诗意都被她一脸做生意的表情给毁了。妓女眼巴巴地望着他。

“亲爱的，开启天堂大门是有代价的！”

费尔南迪托点头同意。他在口袋里掏了又掏，接着拿出皮夹。妓女双眼闪着热切的光芒。他掏出皮夹里的钞票，数都没数就递给她。

“我身上所有的钱就是这些了。可以吗？”

妓女把钱放在床头柜上，然后定定注视着他，露出熟练的温柔神色。

“我叫马蒂尔德，但是，你想怎么叫我都可以。”

“人家都怎么称呼您呢？”

“不一定。看他们高兴，婊子、娼妓、贱货、太太或妈妈的名字……有个还俗修士叫过我 *mater*。我听不懂。还以为他要去厕所，没想到那个字是拉丁文的‘妈妈’。”

“我叫费尔南多，但是大家都叫我费尔南迪托。”

“我问你啊，费尔南多，以前有没有跟女孩子做过？”

他怯生生点了个头，几无说服力。这不是什么好兆头。

“知道要怎么做吗？”

“其实，我只是想进来避一下风头。我们不需要做什么。”

马蒂尔德皱起眉头。喜欢拐弯抹角的最难应付了。她决定扭转局势，于是动手帮他解皮带、脱裤子。费尔南迪托立刻出手阻止了她。

“不要害怕，宝贝。”

“我不是怕您，马蒂尔德。”费尔南迪托解释。

她随即收手，紧盯着他看。“你是不是被人盯上了？”

费尔南迪托点头承认。

“这样啊。警察吗？”

“我想是吧。”

女子站了起来，在他身旁坐下。“确定什么都不想做吗？”

“我只想在这里待一阵子，如果您不介意的话。”

“你不喜欢我吗？”

“不……不是这样的。您是个很有魅力的人。”

马蒂尔德笑了。“你有喜欢的女孩子吗？”

费尔南迪托不答话。

“我看一定有。你说，她叫什么名字？”

马蒂尔德盯着他，一脸好奇。

“她叫阿莉西亚。”费尔南迪托终于出声。

女子把手放在他大腿上。“我确定，有些事情只有我会做，但是你的阿莉西亚一定不懂。”

费尔南迪托仔细一想，他根本不知道阿莉西亚会做些什么，又有哪些是她不会做的，连猜都无从猜起。马蒂尔德满脸狐疑地望着他。她躺在床上，牵着他的手。在微弱的昏黄灯泡映照下，他发现马蒂尔德比他猜测的要年轻许多，说不定只比他大四五岁。

“如果你愿意的话，我可以教你怎么对女孩子爱抚。”

费尔南迪托一不小心被口水呛到。“我知道怎么做。”他以少得可怜的自信为自己辩白。

“没有任何一个男人知道怎么爱抚。宝贝，听我的话吧！男人的手再怎么灵巧，那十只手指还是跟玉米秆一样。来！到我旁边坐着。”

费尔南迪托踌躇不定。

“把我的衣服脱掉。动作要慢！帮女孩子脱衣服的速度越慢，征服她的速度就越快。把我想象成阿莉西亚。我们一定多少有点像。”

你们根本就是天差地别，费尔南迪托暗想。不过，即使如此，阿莉西亚的影像还是躺在他面前的床上，双臂往上高举，霎时，他眼前一片模糊。费尔南迪托握紧拳头，按捺全身颤抖。

“阿莉西亚不需要知道，我会帮你保守秘密。来吧。”

19

医院街阴暗的转角矗立着一幢灰扑扑的建筑，仿佛从未接受过阳光的洗礼。一扇铁门挡在入口处，大门上不见任何门牌或标示，让人无从得知屋内究竟藏了什么秘密。警方的公务车停在大门口。巴尔加斯和利纳雷斯下了车。

“那个可怜虫会一直待在这里吗？”巴尔加斯问。

“我想他也没什么机会跳槽到别的地方。”利纳雷斯边说边按电铃。

等了将近一分钟，大门往内移动了。迎上前来的是个目光犀利的男子，一副倒霉样，神情极不友善，他示意要他们进门。

“我以为你死了。”他认出巴尔加斯，随即送上问候。

“我也很想念您，布劳利奥。”

警界的资深人士都认识布劳利奥这个人，身材矮小，皮肤被福尔马林泡得发皱，遇过烫伤意外，却因此成了公务员，职称法医助理，是此地的精神象征。有些人坏心眼，曾闲言碎语地说他只能栖身在太平间的地下室，屋里都是破烂，外表苍老，因为他睡的床上长满了臭虫，打从十六年前初来此单位，他天天穿的都是同一件衣服。

“法医已经在等候两位了。”

巴尔加斯和利纳雷斯跟着他穿越一条又一条潮湿昏暗的走道，通往殡仪馆内部。流传的黑色传奇叙述布劳利奥大约三十年前初到此地，在圣安东尼奥市场前遭电车碾过，据说他是急着逃跑才被撞上，或因偷了点小钱，或抢劫不成，或骚扰良家妇女，版本不一。救护车司机到现场接收伤患，眼看他肚破肠流，根本不可能活命，当场就宣告死亡，接着，司机用一个破旧大袋子装了尸体搬上车，中途在商业街的小酒馆跟几个好友喝点小酒，然后才把血肉模糊的尸体送进拉巴尔区的市立殡仪馆太平间，紧邻教学医院。当值勤法医正打算划下手术刀进行开膛解剖，尸体却睁大双眼，突然复活了。这起事件被认定是全国医疗卫生系统罕见的奇迹，地方报纸整个夏天一再大肆报道，成了茶余饭后的奇闻。“倒霉鬼起死回生，一步之遥入坟墓”，这是《世界日报》当时的头版头条。

只是，布劳利奥的名气和风光仅是昙花一现，细琐日常匆匆而过，这个丑陋邋遢的话题人物，纠结如发丝的肠胃让他饱尝胀气之苦。读者们早已等不及要忘了他，大家的心思再度转回演艺明星和足球巨星身上。可怜的布劳利奥，尝过了成名的蜜汁，一时难以适应重回默默无闻的卑微身份。他试图通过暴食过期的油炸甜甜圈结束自己的生命，但结果只是有点儿消化不良并且患了结肠炎。在蹲马桶的时候他体验了神迹，他亲眼看见灵光出现，因而顿悟上帝迂回传达的旨意：老天爷留他一条活路，就是要他为黑暗中的僵尸和亡灵服务。

这些年来，单调的工作日复一日，神秘莫测的刑警队交出一张张漂亮成绩单，靠的是布劳利奥的辛劳、奔走和巧手不断游走阴阳两界，却被心思恶毒的人解读成打死不肯下地狱，宁愿苟活在二十世纪三十年代的巴塞罗那——因为在许多人眼里，那跟地狱没两样。

“还是没交女朋友啊，布劳利奥？”利纳雷斯问他，“就凭你身上腐烂香肠的味道，女孩们肯定争着向你求爱。”

“女孩我多的是，”布劳利奥拼命眨着下垂瘀青的眼睑，看起来像眼皮上的一块补丁，“而且她们都很温顺和安静。”

“别在那儿胡说八道。快去把尸体弄过来，布劳利奥！”有人在阴暗处发号施令。

布劳利奥一听到上司出声，立刻转身出去，巴尔加斯随即瞥见安德瑞斯·马内罗医生的身影，当年曾并肩作战的法医老同事。马内罗上前握了他的手。

“有些人只在葬礼上才会见面，您跟我连这种机会都没有。我们只有在解剖尸体或其他刑案现场才会见面。”法医说。

“这就表示我们还活着。”

“你是活得不错，巴尔加斯，您现在可是壮得像头牛。上次见面是多久以前的事啦？”

“至少五六年前了。”

马内罗微笑点点头。即使在大厅微弱的灯光下，巴尔加斯还是看出老友比实际年龄苍老许多。过了半晌，他听见布劳利奥踉踉跄跄推着担架车的脚步声。死者身上盖的麻布紧贴尸体，并因为接触水汽而开始变得透明。马内罗走近担架车，随手掀开遮盖死者头部的裹尸布。他面不改色，视线却转向巴尔加斯。

“布劳利奥，您可以走了。”

解剖助理一脸不悦，眉头深锁。“医生，不需要我帮忙吗？”

“不需要。”

“可是，我以为您会要我留下来协助……”

“不必。出去散散步吧！”

布劳利奥对巴尔加斯抛出充满敌意的眼神，因为他非常清楚，一定是巴尔加斯从中作梗，才使他无法参与这场解剖盛会。巴尔加斯对他眨了眼，指着出口。

“快点，布劳利奥。”利纳雷斯在一旁催促，“您已经听见医生说的话。还有，好好洗个热水澡，想办法把您下面那个家伙搓洗干净，一定要用肥皂和浮石，一年至少要这样好好洗一次。然后去找个姑娘帮它凑个对儿吧！”

布劳利奥显然已经恼羞成怒，瘸着脚步往外走时，一路不停咒骂着。终于摆脱掉助理之后，马内罗扯下整块裹尸布，点亮天花板上的长方形日光灯。苍白的灯光像罩着一层薄雾，清冷冰凉。灯光洒在尸体周围，利纳雷斯上前匆匆看了一眼，忍不住发出哀叹。

“我的老天爷啊……”

利纳雷斯别过头，走到巴尔加斯身旁低声问道：“看起来像不像某人？”

巴尔加斯没出声，却直视着他。

“这事儿我没办法掩护。”利纳雷斯说道。

“我了解。”

利纳雷斯低下头来，不禁摇头轻喟。“我还能替你做些什么吗？”

“你随时可以替我摆脱掉一直缠着我不放的人。”

“我不懂你的意思。”

“有人死缠着我不放。是你手下的人。”

利纳雷斯紧盯着他，脸上的笑容已经消失。“我没有派人跟踪你。”

“那就是上面派来的。”

利纳雷斯摇头否认。“若有人指派这样的任务，我一定会知道，不管是不是我手下的人。”

“是个很年轻的家伙，表现很差。个头矮小的新人，叫作罗维拉。”

“我们刑事局的人事档案里，唯一的罗维拉已经六十岁，两条腿挨过的弹片多到可以开五金行了。这个可怜的家伙连生活都无法自理，哪来的本事去跟踪你。”

巴尔加斯眉头紧蹙。利纳雷斯浮现失望的神情。

“巴尔加斯，我办案可以不择手段，但是拿刀在背后捅朋友一刀，这种事我绝对不干。”

巴尔加斯有意辩驳，但利纳雷斯举起手要他别开口。两人之间嫌隙已结。

“我只能压到明天中午，接下来就得照规矩呈报案情了。这种事情很棘手，你也知道。”语毕，他朝着出口走去，“晚安，医生。”

布劳利奥杵在市立殡仪馆旁暗巷里的，眼看着利纳雷斯的身影在黑夜中逐渐远去。“我会要你好看的，混蛋。”他喃喃自语。迟早，那些看不起他的混球都会到他这里报到，变成一团肿胀的肉身瘫在大理石板上，由专人以锐利的刀刃伺候。这不是执刀者的第一次，也不会是最后一次。有人将死亡视为人生最终的耻辱，此乃大错特错。死后还有一连串的嘲弄和羞辱在灯光明亮的解剖台上等着。敬业的布劳利奥总是在一旁待命，为自己的工作成果留下些许回忆，并确认每具死尸都带着应得的报应跨入永恒。他老早以前就替利纳雷斯备妥编号了。至于他那个好朋友巴尔加斯，他也没漏掉。没有什么比怨恨更能维持鲜明的记忆。

“我会好好替你去骨的，就像割火腿肉那样，然后再用你的骨头做个钥匙圈，王八蛋！”他咕哝着，“哼，很快就轮到你了。”

布劳利奥经常这么絮絮叨叨，而且乐此不疲，他得意微笑，决定抽根烟犒赏自己的天分，再说，凌晨时分的医院街酷寒逼人，抽根烟也能暖暖身子。他伸手到大衣口袋里摸了又摸。这件衣服是他数周前从一个死者身上脱下来的，据说是个企图颠覆政权的人，说明警队里还是有能干活的专家。烟盒是空的。布劳利奥双手插在口袋，静静望着自己吐出来的气息。等他向安达亚报告刚刚看到的事情，拿了赏金就能买好几条塞尔达香烟，甚至还能去唐人街的杂货铺买一管有香味的凡士林，有些客人必须特别款待。

阴暗处传来的脚步声将他从幻想中唤醒。他仔细一看，发现迷蒙夜色中有个人影正朝他走过来。布劳利奥往后退了一步，正好撞上入口大门。访客的身型似乎没比他高多少，但浑身散发着奇异的冷静和坚决，让他剩下不多的头发立了起来。

那人在布劳利奥面前停下脚步，递给他一包已经打开的香烟。“您应该就是布劳利奥先生吧。”他说。

布劳利奥这辈子从没听过任何人好好称呼他“先生”，他发现自己并不喜欢这位陌生人嘴里说出的这两个字。

“您是哪位？安达亚派来的吗？”

访客微笑以对，并将整包香烟高举在布劳利奥面前。布劳利奥抽出一支烟，陌生人掏出打火机，替他点了烟。

“谢谢。”他低声道谢。

“别客气，布劳利奥先生，能不能告诉我，谁在里面？”

“一堆死人，还会有谁……”

“我是指活人。”

布劳利奥踌躇不定。“您是安达亚派来的，是不是？”

陌生人目不转睛地盯着他，依旧面带笑容。布劳利奥紧张得猛咽口水。

“法医和一位马德里来的警察在里面。”

“巴尔加斯吗？”

布劳利奥点头确认。

“怎么样？”

“什么？”

“香烟。怎么样？”

“非常好。进口烟吧？”

“所有好东西都是进口货。您身上有钥匙吧，布劳利奥先生？”

“钥匙？”

“太平间的钥匙。我可能需要借用一下。”

“安达亚没交代我把钥匙交给任何人。”

陌生人耸了耸肩。“计划有点变化。”他边说边细心戴上手套。

“喂！您要干什么？”

刀光一闪即逝。布劳利奥突感锋刃刺入，他悲惨一生中从未感受过的刺骨冰寒正急速窜入五脏六腑。起初他几乎感受不到疼痛，只感觉到动作利落，以及剖肚之后产生的虚弱无力。接着，陌生人的利刃再度刺入他的下腹，然后往上用力割了一刀。布劳利奥的感受顿时从冰冷转为烈焰，火热的金属魔爪在他体内开道前进，一路疾行到心脏，颈部涌出大量鲜血，他就这样在无声的呐喊中断了气。陌生人将他拖至窄巷，并随手扯下他腰间挂着的一串钥匙。

20

他在阴暗中经过一条又一条走廊，最后沿着通往解剖室的走道踱步。一道朦胧光束从门缝钻出。两名男子的谈话声在门外听得一清二楚，他们像多年老友似的闲聊，夹杂着无须解释的沉默和缓解工作气氛的玩笑。他踮起脚尖从门框上方的彩色圆窗往里看，仔细观察巴尔加斯的身影和正弯腰查看尸体的医生。法医详细地描述着他的辛苦成果。陌生人不禁面露微笑，医生以高超的技巧揭露了洛马纳死前的情况，他确实以精巧刀法割断了死者的气管和血管，因为他要看着那个大老粗跪着断气，他要目睹他眼神中的惊恐，以及从指间渗出的鲜血。作为专家，肯定他人的工作是有绅士风范的做法。

法医接着描述洛马纳抓着凶手的双腿而受的刀伤，但仍逃不过被推进泳池的命运。法医解释他的肺部并无积水，只有积血。洛马纳沉入腐臭的池底前，已先被自己的鲜血呛死了。法医经验丰富，专业素养让他佩服之至。这么优秀的法医屈指可数。就凭这一点，他决定，还是留他活口吧！

巴尔加斯这个老狐狸，不时问一些问题，思考角度相当敏锐。他的优异表现不容否定，但他显然是瞎子摸象，除了洛马纳骇人的死亡方式，他在太平间大概挖不出其他线索了。他一边听着两人交谈，一边思考该不该去找个地方睡几个钟头，或是去召妓，天亮前能帮他暖暖身体。巴尔加斯的调查显然走进了死胡同，因此他也没有介入的必要了。总之，上级是这样指示的。除非不得已，否则不出手。他打从心底觉得可惜。和资深警官对干一场一定很有意思，他倒想看看这个老警察还有多少求生的胆量。极力做无谓反抗的人，向来是他偏爱的类型。至于那个秀色可餐的阿莉西亚，他要留到最后再慢慢享用。他会耐心应付她，慢慢享受她饱受悔恨摧残的痛苦。他知道，阿莉西亚不会让他失望的。

他又等了半个钟头，直到法医结束验尸，并拿出工具橱柜里常备的烈酒和巴尔加斯共饮。两人的对话不外乎多年不见的老友常聊的话题，岁月在对方身上留下的痕迹，职场上的起伏，以及年纪渐长等老生常谈，了无新意。他觉得枯燥无趣，正打算扬长而去，干脆就让法医和巴尔加斯继续在死胡同里绕圈子，偏偏就在这时，他发现警官从口袋里掏出一张纸条，对着天花板的灯光仔细查看。谈话声减弱成窃窃私语，必须把耳朵贴在门板上才能听清楚。

马内罗医生发觉解剖室的门板微微颤动。“布劳利奥，是您在外面吗？”

久久未闻回应，法医忍不住摇头叹息。“如果我支开他，有时候他会躲在门外偷听里面有什么动静。”

“我不知道你怎么能忍受得了他？”

“我告诉自己，他在这里发脾气，总比在外面受气的好。在这里，至少我们看得见他在做些什么。那酒还不错吧，嗯？”

“这什么玩意儿？尸体防腐剂吗？”

“当我不得不参加婚礼或老婆家的聚会时，都派得上用场。怎么样，要不要跟我聊聊这件案子？可怜的洛马纳……他去瓦维德雷拉的废弃别墅游泳池做什么？”

巴尔加斯耸耸肩。“我也不知道。”

“既然这样，那我就问问活人的部分好了。您在巴塞罗那做什么？我好像记得……您当初信誓旦旦说过绝对不回来的？”

“一个不会被打破的承诺就不配称为承诺。”

“这又是什么？”马内罗指了指巴尔加斯手上的一连串号码，“我以为您通常只对文字感兴趣。”

“谁知道？我带在身上好几天了，其实，我也不知道这些数字有何意义。”

“我可以看一下吗？”

巴尔加斯把纸条递给他，法医边看边啜了一口烈酒。

“我曾经想过，这说不定是银行账户号码之类的。”警官补充说明。

法医摇摇头。“我无法告诉您右边的号码是什么，但是左边的，我几乎可以肯定那是证明。”

“证明？”

“死亡证明。”

巴尔加斯一脸茫然地看着他。马内罗指着左边那一列号码。

“看到编号没？这是按照旧系统发出的编号。几年前已经开始改成新的编号，但是从这些号码还是可以看出档案编号、册数编号和页数。最后的数字是后来加上去的，我们每天在这里就是处理这些。您的朋友洛马纳也会有个编号，直到永远。”

巴尔加斯将烈酒一饮而尽，再度细究那一连串编号，仿佛那是多年来拼凑不成的拼图，但霎时，真相的图腾开始有点眉目了。

“右边号码呢？看起来似乎有关联，但编号的顺序却不同。有没有可能也是证书编号？”

马内罗定睛细看，耸了耸肩。“看起来好像是这样，但不是我这个部门。”

巴尔加斯不由得哀叹了一声。

“我帮上忙了吗？”法医问道。

警官郑重地做出肯定的表情。“我上哪里才能根据这些证书编号找到原始档案？”

“还会有哪里？生命的起始和终点都在同一个地方：民事管理局。”

21

浴室的气窗渗入一丝天光，表示天快亮了。费尔南迪托坐在床上，瞅着马蒂尔德，她在一旁躺着，半寐似醒。他轻抚她的肌肤，眼睛直盯着那一丝不挂的胴体，脸上漾起笑容。她睁开双眼，一脸平静地望着他。

“怎么样，小情圣，心情有没有平静一点？”

“那些人应该走了吧？”小伙子问道。

马蒂尔德伸了个懒腰，探头找寻散落床脚的衣物。

“你如果要走，从通往巷子的气窗爬出去。那条巷子往前走就是市场的一个入口。”

“谢谢。”

“该说谢谢的是我，宝贝！怎么样，是不是觉得挺愉快的？”

费尔南迪托羞红了脸，但在暗处穿衣整装的他还是频频点头。马蒂尔德伸手去拿床头柜上的香烟盒，点了一根烟。她看着费尔南迪托急急忙忙穿衣服，即使才刚上了一课，依旧一副青涩的扭捏和胆怯。穿好衣服后，他看着她，然后指着气窗。

“从这里吗？”

她点头。“可是要小心，千万别摔断骨头。希望你还会回来找我。你一定会回来吧？”

“当然。”费尔南迪托随口敷衍她，“等我领薪水的时候。”

小伙子探头到窗外，仔细观察中庭，相连的窄巷就是马蒂尔德刚刚提到的巷子。

“别去踩那个阶梯，已经有点不稳了。最好就是往下跳，你反正还年轻。”

“谢谢，再见了。”

“再见，宝贝。祝你一切顺利。”

“我也祝你一切顺利。”费尔南迪托答道。

他正打算钻进气窗口，马蒂尔德却从背后叫住他。“费尔南多？”

“嗯？”

“好好待她。你那个女朋友，不管她叫什么名字……好好待她就是了。”

一踏出殡仪馆大门，巴尔加斯顿感畅然舒爽，仿佛好不容易脱离了滞留已久的炼狱。马内罗医生招待的烈酒，加上一半的编号终于有迹可循，让他兴奋不已，几乎忘了自己已许久没合过眼。他的身体频频透露疲惫的信息，倘若他能认真思考这件事，应该会注意到自己全身筋骨酸痛，连回忆都痛了，然而，想到刚刚挖掘的线索可望为案情带来一丝曙光，足以让他仍稳稳站定脚步。他一度想去阿莉西亚家和她分享这个新线索，但并不确定巴利斯从马德里带出来的这一连串死亡证明编号是否确实有助于厘清案情，因此，他决定先去查清楚再说。他朝着梅迪纳塞利公爵广场走去，那是个棕榈树林蓊郁参天的绿洲，四周尽是破落的大宅院，海雾从码头蜿绕而来，港口的巴塞罗那民事管理局很快就要开门了。

途中，巴尔加斯在皇家广场上的两个世界客栈前停下脚步，此时已开始供应早餐和咖啡，以满足夜猫子就寝前最后一顿点心需求。他在吧台前坐下，对脸颊凹陷、满脸络腮胡的服务生招手，点了一份塞拉诺火腿三明治、一杯啤酒，外加掺了白兰地的大杯黑咖啡。

“白兰地只剩下价格很贵的那种。”服务生刻意提醒。

“正好，那就加倍！”巴尔加斯没好气地回了一句。

“如果有什么事值得庆祝，您或许可以饭后来一支‘罗密欧与朱丽叶’，怎么样？我有熟人直接从古巴带回来的。很细致的肉桂香气，当地女人在大腿间揉出来的。”

“那就来一支吧。”

巴尔加斯常听人说早餐是一天最重要的一餐，至少在中午吃点心前是这样的。以一支哈瓦那雪茄收尾，简直比富翁还畅快。吐着哈瓦那烟圈，挺着饱肚，满怀希望，他继续接下来的行程。漫天琥珀晨霭，迷蒙朝阳洒在外墙上，让他不禁暗忖，这一天，大概是揭发事实真相的日子吧！至少他觉得已有足够的线索。或许就像某个徘徊街头的新进诗人，多年后回忆往事，总会这样说：那天是个伟大的日子。

巴尔加斯身后约五十米，有个幽暗人影落在一户旧宅的断垣残壁间，监视的目光紧盯着他。在他看来，嘴里叼着雪茄，肚子填满食物，沉浸在错误的希望里的巴尔加斯离死不远了。他对这名老警官仅存的一点尊重正缓缓消散，就像仍在他脚下匍匐窜游的薄雾。

他告诉自己，换作是他，绝不会做这样的事，他绝不容许酒精和纵欲破坏他的判断力，也不会让自己的身体变成松垮的臭皮囊。所有老人都让他厌恶至极。一个老人如果没有胆量跳窗户或者卧轨，其他人应该给他一枪或者致命一击。为了公共健康，像处理癞皮狗一样解决他。

观察者微笑着，绝不会放过欣赏自己机智的机会。他会永远年轻，因为他比其他人聪明。他不会变成巴尔加斯那样，悲惨地提醒自己浪费了多少潜力。就像洛马纳那个大老粗，活着的时候被使唤，死到临头还在跪地求饶，双手紧抓着脖子。当时他站在他面前，眼睁睁看着他双眼血管爆裂，瞳孔变成墨色镜片。又是一个不懂得及时收手的废物。

他对巴尔加斯毫无畏惧。他不怕这个警察查出了什么，或者相信自己查出了什么。他极力抿紧了嘴，就怕一不小心笑出来。就差那么一点儿了。当他不需要再跟踪他，当那件事情处理完毕，接下来终于可以好好享受他的奖品：阿莉西亚。就只剩他们两人，时间充裕，慢慢来，一如长官对他的承诺。他会好整以暇，使出各种招数，让那个不知羞耻的贱人好好见识一下。他已经不需要向她学习任何本事，将她推入死亡的万丈深渊之前，他一定会无所不用其极地折磨她，让她好好体会何谓真正的痛苦。

阿莉西亚睁开双眼，窗外已是一片明亮晨光。她转过头，把脸埋进沙发上的抱枕。她还穿着前一天的衣服，满嘴苦杏仁味，那是药丸泡在酒精里留下的余味。她耳朵里嗡嗡作响，双眼微睁，瞥见桌上摆着药丸，旁边的酒杯是喝剩的微温白葡萄酒，她立刻一饮而尽，想再添酒时，却发现酒瓶已空。直到她踉跄走到厨房找酒，这才明白，原来两侧太阳穴感受到的爆裂声既非脉动，也不是药物引起的偏头痛，而是敲门声。她靠在饭厅椅子上，揉揉眼睛。门外有个声音不断喊着她的名字。她拖着脚步走到门前，然后开了门。门外站着费尔南迪托，一副走过天涯海角重返故乡的沧桑，他注视着她，看不出些许宽慰神情，倒是多了几分惊慌。

“现在几点了？”阿莉西亚问道。

“还很早。您还好吧？”

阿莉西亚端着半睁半闭的双眼频频点头，转身又打算回去瘫坐在沙发上。费尔南迪托随手关上门，在她没有失足跌倒之前，赶紧扶着她好好靠坐在抱枕上。

“您吃的是什么药？”他好奇地问道，一边端详着药瓶。

“阿司匹林。”

“肯定是给马吃的。”

“你一大早在这里干什么？”

“我昨天晚上在松园。我有事情要向您报告。”

阿莉西亚在桌上摸着找香烟。费尔南迪托趁她不注意，赶紧把烟拿走。

“我洗耳恭听。”

“您根本不像能听人讲话的样子。这样好了，先去洗个澡，我来煮咖啡，怎么样？”

“我身上有臭味吗？”

“没有。但是我觉得您去洗个澡比较好。来，我来帮您。”

阿莉西亚还来不及抗拒，费尔南迪托已经把她从沙发上拉了起来，又拉着她进了浴室，先让她坐在浴缸旁，同时转开水龙头放水，一手伸进去试水温，另一只手扶着她，以防她重心不稳跌进浴缸里。

“我又不是小婴儿。”阿莉西亚抗议。

“有时候您还真像是小婴儿。来吧，洗澡了。您要自己脱衣服，还是我帮忙？”

“你想得美。”

阿莉西亚把他推出浴室，随手把门关上。她身上衣服一件件落了地，就像剥除老死的鳞片，接着，她看着镜子中的自己。

“我的老天爷。”她喃喃低叹。

数秒钟之后，冰凉的水冷不防地咬噬她的肌肤，顿时将她拉回鲜活的现实。正在厨房准备煮咖啡的费尔南迪托，听闻浴室传出的尖叫声，忍不住莞尔一笑。

十五分钟后，阿莉西亚裹着一件尺寸嫌大的浴袍，头发用浴巾包着，她静静倾听费尔南迪托叙述前一晚发生的事，偶尔啜一口双手捧着的黑咖啡。当小伙子把事件经过都报告完毕，她一口气喝完咖啡，直盯着他的双眼。

“你不需要做这么危险的事，费尔南迪托。”

“这不算什么。安达亚那家伙根本不知道我是谁，不过，我确定他一定认识您，阿莉西亚。您的处境很危险。”

“甩掉那两名警察以后，你躲到哪里去了？”

“我在他们盯梢的博克利亚市场后面找到一家类似旅馆的地方。”

“类似旅馆？”

“说来话长，我改天再解释。我们现在怎么办？”

阿莉西亚站了起来。“你什么都不用做。你已经做得够多了。”

“什么叫都不用做？发生了这样的事情还什么都不用做？”

她走近他身旁。他变得不一样了，他看她的眼神，以及他的行为举止，都跟以前不一样了。她决定暂时不提，改天再找个适当时机和他聊聊。

“你留在这里等巴尔加斯回来，然后把刚刚告诉我的内容转述给他听。任何细节都不能漏。”

“那您呢？要去哪里？”

阿莉西亚从桌上皮包里拿出左轮手枪，检查是否装了子弹。一见到她拿着手枪，费尔南迪托吓得变回原来那个小伙子。

“喂，您……”

22

从被囚禁的某个时刻开始，毛里西奥·巴利斯开始认为灯光是痛苦的征兆。身在幽暗中，他可以想象周围没有生锈的铁栅栏监禁他，地牢的墙壁并未渗出污秽液体，仿佛黑色蜂蜜凝结在石缝间，在他脚边积成凝胶状的水洼。毕竟，置身一片漆黑里，他根本看不到自己。

他几乎一直活在黑暗里，每天仅有一次例外，当一道微光出现在阶梯上方，巴利斯能瞥见一个模糊的剪影替他送来一壶污水，以及一片他在几秒钟内就吞光的面包。看守人换了，但方式未变。他的新任监视者从未驻足正眼看过他，也没对他说过只字片语。他完全忽略巴里斯的问题、哀求、羞辱和咒骂。他把食物和饮水放在铁栏边，随即转身离去。新任看守人初次下楼时，一闻到地牢和犯人发出的臭味便反胃呕吐。此后，他下楼时几乎皆以手帕掩住口鼻，而且除非必要绝不多留片刻。巴利斯早已不闻其臭，就像他对手臂的疼痛几乎无感，残肢上蔓延的紫黑色线条仿佛密布的黑色蛛网，伤口不时抽痛，但他已麻木。他们让他活生生腐烂，而他已经不在乎了。

他曾揣想，总有一天，不再有人步下阶梯，那扇门不再开启，他残存的余生就在黑暗中度过，身躯渐渐腐蚀，生命最终被自己吞噬。他担任典狱长那几年，常常目睹这样的事情。运气好的话，几天之内即可以结束了。他已经开始想象，极度饥饿引发的焦虑一旦开始延烧，他恐怕会陷入体力虚耗、神志不清之中。残酷至极的是缺水。或许，当绝望和苦闷狠狠啃咬他的心智，他会开始舔食墙上渗出的污水，他的心脏会停止跳动。二十年前在蒙锥克监狱，有个曾在他手下做事的医生常说，上帝总是优先怜悯婊子养的混账东西。连这一方面生命都是个混蛋。或许，到了最后一刻，生命对他起了恻隐之心，严重的伤口感染可以让他省略最难熬的困境。

他梦见自己已经死了，装在麻布袋里的尸体被丢在蒙锥克地牢的尸堆里……就在此时，他听见楼梯上方那扇门再度开启。他在昏寐中醒来，顿时口干舌燥，且疼痛不已。他把手指伸进嘴里，感觉牙床正在渗血，牙齿一碰即动摇，仿佛嵌在湿软的黏土上。

“我口渴！”他用尽气力大喊，“拜托！给我水……”

步下阶梯的脚步比平日更沉稳。在地下的世界，声响比光线更值得信赖。生命的日常只剩疼痛、缓缓腐败的身躯、脚步声传出的回音，以及四周墙壁里咕噜作响的管道。先是尖锐声响，随即亮起一盏灯光。巴利斯听声辨出渐近的脚步声。他瞥见有个身影伫立在地下室楼梯口。

“水！拜托，让我喝水！”他苦苦哀求。

他拖着身躯匍匐至铁栅栏边，睁大眼睛仔细看。突然迎上一束刺眼强光，眼球一阵灼痛。是手电筒。巴利斯往后退缩，举起仅剩的一只手蒙住眼睛。即使如此，他仍感受到灯光扫过他的脸庞，以及他沾满排泄物和干燥血迹，还披挂着破烂衣物的身躯。

“看着我！”有个声音这样命令他。

巴利斯放下遮住双眼的手，缓缓张开眼睛。瞳孔花了点时间才适应眼前的明亮。铁栅栏另一侧的面孔不同以往，却有一种莫名的熟悉感。

“我叫你看着我！”

巴利斯顺从照办。一个人尊严尽失时，听命行事比发号施令容易多了。访客继续走近铁栅栏边，仔细打量他，手电筒灯光扫过他的四肢，以及他残败的身躯。就在此刻，巴利斯恍然悟出为何铁栅栏另一侧盯着他看的面容会如此熟悉。

“安达亚？”他大喘了一口气，“安达亚！真的是你吗？”

安达亚点头回应。巴利斯顿时有拨云见日的宽慰，数日或数周以来，他首度有了畅快的呼吸。这大概是另一个梦吧，有时候，即使身陷阴暗困境，仍有机会和前来营救的救星对话。他揉了揉眼睛，笑颜逐开。

“感谢上帝！感谢上帝！”他喜极而泣，“是我，毛里西奥·巴利斯，巴利斯部长，是我……”

他朝着警官伸长手臂，感激涕零，毫不在乎让他见到自己这副狼狈相，衣不蔽体，残肢断臂，而且浑身屎尿。安达亚往前跨了一步。

“我在这里多久了？”巴利斯问道。

安达亚没搭腔。

“我女儿梅希迪斯还好吗？”

安达亚仍无回应。巴利斯紧抓着铁栏杆，费了好一番力气才慢慢站起来，总算能平行直视对方的眼神。警官面无表情地望着他。难不成这又是另一场梦？

“安达亚？”

对方掏出香烟，随手点燃。巴利斯闻着烟味，忆起他尝试的第一支烟，已是多年前的往事了。那股无可比拟的香气。他以为那支烟是要给他的，却眼看着安达亚双唇叼着烟，吐出一道长长的烟雾。

“安达亚，快带我离开这里！”他哀求。

警官指间的香烟升起一圈圈烟雾，他的双眼在烟幕后炯炯发亮。

“安达亚，这是命令！让我离开这里！”

对方面带微笑，又吐了几口烟。“你交友不慎。”警官终于打破沉默。

“我女儿在哪里？你们对她做了什么？”

“没做什么……暂时还没有。”

霎时，巴利斯听见一阵绝望的呐喊，却浑然不知那是他自己的凄厉嘶喊。安达亚把烟蒂往地牢内一扔，正好落在巴利斯脚边。接着，他踩着阶梯往上走，囚徒见状开始大吼大叫，以仅剩的气力拍打铁栏杆，直到精疲力竭，跪倒在地。警官自始至终无动于衷。阶梯高处的大门关上了，就像被封闭的墓穴，黑暗再度强压在他身上，而他从未感受过如此的冰冷。

23

巴塞罗那隐藏着大大小小的惊奇历险，这些是坚不可破的堡垒、深不可测的秘境。但是真正无所畏惧的人的去处，是民事管理局。巴尔加斯远远瞥见那片老旧外墙，翻新后换成一片炭黑，让他不禁摇头叹息。一扇扇铁窗，以及巨大陵墓般的外观，似乎有意提醒众人，千万别有任何兴风作浪的念头。入口大门前，只有循规蹈矩者才会止步，巴尔加斯却径自推了门走进去，迎面而来的是周围加了隔板的接待柜台，里面站了个身材矮小的男子，猫头鹰似的目光紧盯眼前的不速之客，丝毫不见欢迎来客的神情。

“早安。”巴尔加斯很客气地打了招呼。

“如果现在是我们对外开放的时间，我也很乐意道早安。但是外面的告示牌写得清清楚楚，上午十一点到下午一点，周二至周五。今天是周一，而且是早上八点十三分。您不识字吗?”

巴尔加斯本来还和颜悦色，努力想和这个只会在里面盖章按铃的小暴君搞好关系，此时脸色忽地一刷，毫不客气地把警察证件递到他鼻子前。这位柜台接待员紧张得直吞口水。

“我相信……您一定识字。”

接待员把一个月的口水和火气都吞了下去。

“您说的是，长官。刚刚都是误会，请多包涵。需要我为您服务吗？”

“我需要跟这里的主管谈一谈，不管谁都好，只要不是你这个白痴就可以。”

接待员火速拿起话筒，打电话给一位名叫露易莎的女士。

“无所谓。”他对着话筒说道，“告诉她，请她马上过来。”

他放下话筒，整理了身上的衣服，回到位子上坐定之后，看着巴尔加斯。

“局长秘书马上就过来接待您。”他说。

巴尔加斯坐在一旁的木制长椅上，视线始终不离那位接待员。两分钟后，一位身材娇小、挽着发髻的女子现身了，鼻梁上悬着一副眼镜，眼神犀利，眉头深锁，无须他人解释，她一看这场面就猜出刚刚发生了什么事。

“您别生贾蒙纳的气，他尽力了。我是露易莎·阿尔科尼，有什么需要我帮忙的吗？”

“我是巴尔加斯，马德里国家警察总署指挥小组。我需要查证几组证明书编号，事关重大。”

“您该不会也很急吧？我们这种机构，一急就会出问题。让我看看那些编号……”

警官把单子递给她。露易莎女士瞥了一眼，点点头。“您要出生的还是死亡的？”

“什么？”

“这一排是死亡证明，另外那一排是出生证明。”

“确定？”

“我一向很有把握。娇小的身材总会误导人们对我的观感。”露易莎面露猫似的狡黠笑容。

“可以的话，那就两项都查。”

“只要是西班牙政府机构的长官提出的要求，什么都可以。请您移驾跟我来，大队长先生。”露易莎为他打开柜台后方的门。

“我只是小队长。”

“真可惜！看您把贾蒙纳吓成那样，我自动就把您列在比较高的官阶了。各位尊贵的官阶不是按照身材分配啊？”

“我从好久以前就开始缩水了。岁月不饶人，老了。”

“相信我，我真的能体会您的心情。我刚到这里工作的时候，像个芭蕾舞者，现在，您看看我这样子。”

巴尔加斯跟着她沿着一条走道往前走，看似永无尽头。

“究竟是我的错觉，还是这栋建筑物内部空间真的比外面看起来大得多？”他问。

“您不是第一个注意到的人。这里的空间，每天晚上都会增加一点。谣传说它能从查资料的法务工作者身上汲取养分，您要是在资料室睡着了，养分就被建筑物偷偷吸走了。所以我奉劝您，最好保持清醒。”

到了走道尽头，露易莎驻足在一扇学院风格的雄伟大门前，有人在门楣上贴了一张纸：

凡欲进入门内探索者

务必扬弃所有耐心……

露易莎推开大门，对他眨眨眼。“欢迎光临官方表格和两块钱公章的魔法世界。”

眼前的景象令人目炫，往上延伸的一层层栏板、阶梯和档案柜，在尖顶式的拱顶下呈放射状铺陈，一排排电灯发出迷蒙灯光，仿佛大厅里悬着一块磨损的旧窗帘。

“我的天，”巴尔加斯喃喃低语，“您怎么可能在这样的地方找到东西？”

“光用想的是找不到的，靠的是机智、坚持和为民服务的专家巧手，在这里，就算是点金石也找得到，让我看看那些编号。”

巴尔加斯跟着露易莎继续走，前方出现的整面墙堆满编了号码的档案夹。这位女主管弹了两下手指，两名看上去相当勤快的部属随即出现。

“我需要两位帮我去拿一九三九年到一九四三年从 1 区到 8B 区的所有档案，还有同一时期的 6C 区到 14 区档案。”

两名部属马上分头找阶梯去了，与此同时，露易莎请巴尔加斯在大厅正中央那张查阅文件用的书桌坐下。

“一九三九年？”

“您那些证明文件都是按照旧系统编号的。一九四四年改成新制编号系统，纳入了国民身份证。您很幸运。因为很多战前的档案都遗失了，但是一九三九年到一九四四年的档案刚好另外隔成一区，花了好几年才整理好的。”

“您的意思是说，这些证明文件都是开战后不久核发的？”

露易莎点头确认。“调查以前的旧案子啊？”她好奇地问道，“我很欣赏您的勇气和坚持，虽然您的态度不怎么严谨。这年头已经很少人有兴趣或愿意到这里来了。”

等待两名部属把档案文件找齐的这段时间，露易莎好奇地打量巴尔加斯。

“您多久没休息啦？”

他看了看手表。“超过二十四小时了。”

“我让人帮您准备一杯咖啡吧？还要耽搁好一阵子。”

两个半钟头之后，露易莎和两名助理穿梭在浩瀚的文件世界，爬上又爬下，渐渐在巴尔加斯脚边堆起一座档案夹小岛。他想到接下来的艰巨任务，忍不住叹了口气。

“已经大功告成了吧，露易莎女士？”

“还差一点。”

巴尔加斯品尝第三杯咖啡时，露易莎吩咐助理们退下，接着她着手整理注册文件，分出了越来越高的两摞档案。

“您不问我为什么要查这些吗？”巴尔加斯忍不住探问。

“我可以问吗？”

他露出会心一笑。过了半晌，露易莎发出轻快的欢呼声。

“好。全部都在这里了。我们把那些编号再检查一次。”

核对号码时，她同时挑出一本又一本档案。就在她检视档案时，巴尔加斯发现这位民事管理局主管皱起了眉头。

“怎么了？”他问。

“您确定这些编号都是正确的吗？”

“到我手上就是这样了……为什么这样问呢？”

露易莎从文件堆里抬起头，一脸狐疑地望着他。“没什么。这些全部都是幼儿。”

“幼儿？”

“都是小孩。您看……”

露易莎把档案摊在巴尔加斯面前，逐一比对数字。“看到日期了吗？”

巴尔加斯试图在数字迷阵中找出目标。露易莎以铅笔笔尖引导他的视线。

“这些编号都是成双的。每份死亡证明都搭配了一份出生证明。都是同一天登记，也都由同一位公务员受理，在同一个单位、同样的时间。”

“您怎么知道？”

“从文件作业编码看出来的。您看到没？”

“这种情况……意味着什么？”

“我也不知道。”

“同一位公务员同时承办两种证明，这种情形常见吗？”

“很不寻常。更别提还是不同的部门。”

“为什么会这样？”

“不符合正常作业程序。以前，这些证明都是由各区民事管理单位受理。但是，这批文件都是由中央核发的。”

“这样很不寻常吗？”

“非常罕见。而且，这些证明……如果资料没错的话，全部都在一天内完成作业程序。”

“这确实很奇怪。”

“比太阳从西边出来还要奇怪！但是，这还只是开胃小菜而已。”

巴尔加斯一脸茫然望着她。

“这些死亡证明都是国军医院核发的。我说……有多少小孩会死在国军医院？”

“出生证明呢？”

“全部都由圣心医院核发，没有例外。”

“这会不会是巧合？”

“看不出来您信仰这么虔诚……还有，看看那些孩子的年龄，这也是成对的。”

巴尔加斯努力细看，但疲劳正慢慢吞噬他的理解能力。

“每一份死亡证明都搭配了一份出生证明。”露易莎向他解释。

“我还是不懂。”

“那些小孩。某个小孩的出生日期，一定是另一个孩子的死亡日期。”

“我可以借阅这些档案资料吗？”

“文件正本不外借。您必须申请副本，需要至少一个月，而且加上一堆相关手续。”

“有没有比较快的方式？”

“而且还要够低调？”露易莎补上一句。

“当然。”

“请在旁边等一下。”

接下来半个钟头，露易莎拿着纸笔抄写每张证明文件上的姓名、日期、编号和文件作业编码。巴尔加斯目光紧跟着她刚健工整的字迹，试图从这些信息中找到关键要素。就在这时，他的视线跟着笔尖从一片字海和数字移往刚刚下笔的姓名。

“请等一下！”他突然打断她的书写。

露易莎让出位子。巴尔加斯再度检视证明文件，找到了他搜寻的名字。

“马泰克斯……”他喃喃低语。

露易莎凑过去看了看警官正在查看的文件。

“两个小女孩。同一天过世……这让您想起什么了吗？”局长秘书在一旁问道。

巴尔加斯的视线转往证明文件下方。“这个是什么？”

“这是证明文件的承办公务员签名。”

字迹苍劲优美，这是一个注重仪态和礼仪的人写出来的字。巴尔加斯嘴里默念着这个名字，不由惊愕得背脊发冷。

24

公寓里弥漫着阿莉西亚的气味。处处都是她的香水味、她的气息，还有与他肢体接触时留下的芳香。费尔南迪托一直端坐在沙发上，脑海里盘旋的除了那股芳香，还有无情啃噬他的焦虑。阿莉西亚带着手枪出门去了，虽然不过才十五分钟，对他却已是无尽的漫长等待。他开始如坐针毡，一秒都待不住，于是站了起来，走到窗边，把紧邻阿维尼奥街的窗子都打开，呼吸点新鲜空气。或许，那股让他心慌意乱的香味会溜出去找上别的受害者。他让寒冷微风醒脑提神之后，回到屋里继续静静等待，毕竟，阿莉西亚是这么交代的。他的冷静顶多只维持了五分钟。才过一会儿，他开始在饭厅来回踱步，边走边念着书架上的藏书书名，指尖摸着经过的每一件家具，细看他过去来访从未注意的物品，想象阿莉西亚走过同样的路径，触摸着同样的东西。“够了！费尔南迪托。”他暗想，“去好好坐着吧！”

所有椅子他都坐不住。才刚转移阵地到客厅，却突然起意走进屋子尽头的走道，两旁开了两扇门，其中一间是浴室，另一间应该就是卧房了。忽地一阵羞愧感强袭，间或伴随着懊恼、不安和羞耻，因此，尚未走到浴室门前，他赶紧折返饭厅。一动不动坐了几分钟，一旁相伴的只有墙上荡来荡去的老时钟。他一时有感而发，时间前进的速度，总是违逆人们当下的需求。

他又站起来，踱到窗边，不见巴尔加斯的踪影。他的脚下还有五层楼，人们各自过着不相干的庸俗日子。他不知怎的又踱回走道上。面前已是浴室门口。他走进去，看着镜中映出的自己。一支打开的口红横放在架上，他拿起来仔细端详。血红色。他把口红放回去，羞愧地走了出来。另一边就是卧室房门。他站在门口就能看见平整的床铺。阿莉西亚昨晚没上床睡觉。他脑海里涌现千头万绪，在这些念头搅乱心思之前，全被他极力屏除了。

他往前挪了几步，盯着床铺。他想象她玉体横陈的娇态，随即别过头去。他不禁纳闷，多少男人曾经和她一起躺在那张床上，轻抚着她的胴体和双唇？他走近衣橱，接着打开门，昏暗中隐约可见阿莉西亚的衣物。他轻抚过悬挂在内的洋装，随即把门关上。床铺对面摆放着木制五斗柜。他拉开第一层抽屉，眼前出现满满的丝质和蕾丝衣物，全都整齐叠放着。黑色、红色和白色。数秒钟过后，他突然意会自己看到的是什么。那是阿莉西亚的内衣。他猛吞口水，手指悬在那儿，距离内衣仅有两厘米。他急忙把手抽回，仿佛那些丝缎突然起了火，接着，他用力关上抽屉。

“你这个大笨蛋！”他忍不住责备自己。

无论愚蠢与否，他还是开了第二层抽屉。里面放着丝袜，还有一些吊带，似乎是用来固定丝袜的，看得他脸红心跳。他缓缓摇头，并关上抽屉。恰巧就在这一刻，电话铃开始恼怒地嘶吼，吓得他心脏好似要从嘴里飞出体外。他猛地关上抽屉，一口气跑回饭厅。电话铃声刺耳喧嚣，仿佛火警铃声。

费尔南迪托走近电话旁，眼睁睁看着它不断震动，却不知所措。铃声毫无间断地响了超过一分钟。最后，小伙子颤抖的手终于移到话筒上方，他将它拿起来那一刻，铃声却戛然而止。他放回话筒，用力吸了一口气。他坐了下来，双眼紧闭。胸口有个东西频频撞击他。那是他的心脏，跳得又急又快，仿佛卡在喉咙里，他一下子笑了出来，对于自己的诡异举止，他只能自嘲。如果阿莉西亚看到他这副德行……

他根本不是这块料，他这样告诉自己。越早认清这个事实越好。那晚发生的事，以及他为阿莉西亚效命的短暂经验，说明他绝不是做侦探的料，还是做做生意或者从事服务行业适合他。偷偷看了美女上司的内衣这件事最好赶紧忘掉。他告诫自己，许多有影响力的大人物，常常就是在微不足道的小事上栽了跟斗。

他正在提醒自己务必记取教训，身边的电话再度响起，这一次，他以迅雷不及掩耳的速度拿起话筒，一出声就是高八度的嗓音。

“喂，您哪位？”电话另一端传来震耳欲聋的大嗓门。

巴尔加斯打来的。

“我是费尔南迪托。”他答道。

“请阿莉西亚来听电话。”

“阿莉西亚小姐出去了。”

“她去哪里了？”

“我不知道。”

巴尔加斯低声咒骂。“你呢？你又在那里做什么？”

“阿莉西亚小姐要我待在这里等您回来，然后向您报告昨晚发生的事。”

“发生什么事了？”

“我想还是当面向您报告比较好。您在哪里？”

“我在民事管理局。阿莉西亚有没有说她什么时候回来？”

“她什么都没说，拿了一把枪，然后就出去了。”

“一把枪？”

“呃……基本上就是一把左轮手枪，有转轮的那种……”

“我知道那是什么玩意儿。”巴尔加斯立刻打断了他。

“您会到这里来吗？”

“我晚一点再去。我得先回家洗个澡，换一身干净的衣服，因为我全身又脏又臭的，梳洗完我就过去。”

“我会在这里等您。”

“那还用说。哦，费尔南迪托……”

“什么事？”

“你最好给我安分一点，不该碰的东西就别碰，知道吗？”

蓝色电车前进的速度慢得让人浮躁。阿莉西亚抵达车站，及时跳上正要发车沿着迪比达波大道上山的缆车。车厢里挤满了一群小学生，显然是从寄宿学校出来的。两名随行的神父表情严肃，阿莉西亚暗想，一行人八成要去山顶的神殿郊游。她是全程唯一的女乘客，才刚坐定，其中一位神父大声训斥了躁动的男生，喧闹声立即消音，一群孩子安静得出奇，连肚子翻搅的咕噜声都听得见，或许只是荷尔蒙一时在血管里像脱缰野马似的奔窜吧！阿莉西亚索性低下头，维持她单独搭车的习惯。依她看来，这些寄宿生大概十三四岁，他们偷偷睨着她，仿佛从没见过这样的女子。其中一个男生满头红发、一脸雀斑，那张脸比一般孩子更傻气，他坐在她正对面，看她看得入迷。男孩呆滞的视线时而落在她的膝盖，时而移至她的脸庞。阿莉西亚抬起头，定定注视着他。过了半晌，这个可怜虫似乎一时气短噎住，甚至惊动一位神父过来赏了他后脑勺一巴掌。

“臭小子，我不是说过了吗？不准捣蛋！”神父教训他。

接下来的行程，就在沉默、怒视和偶尔传出的窃笑声中结束了。“看看发育期的少年是预防怀旧最有效的疫苗。”阿莉西亚这样暗想。

到站之后，她决定继续坐在位子上，先让两名神父疏散那群闹哄哄的住宿生。她看着凌乱的队伍在一路推挤和纵声大笑中渐渐往车站移动。有些胆大的孩子仍频频回头看她，并和同伴互通评语。阿莉西亚一直等到两名神父将所有孩子聚集在车站里，就像把一群牲畜圈围在畜栏，这才下了车。越过小广场后，她凝望雄伟的松园矗立在前方的山丘上。

离车站仅数米的圆顶餐厅大门口停着好几辆黑色轿车。阿莉西亚早已熟悉这家餐厅，因为这是莱安德罗在巴塞罗那偏爱至极的用餐地点，他常带她到这里吃饭，就为了让她见识高级餐馆的用餐礼仪。“高贵的淑女不只是拿餐具，而是轻抚它们。”阿莉西亚把手伸进皮包，摸了摸左轮手枪，打开保险开关。

占地宽广的松园有两个入口。主要入口，也就是车辆出入的通道，位于曼努亚努斯街，距离车站广场仅一百米，从广场沿着山丘旁这条街道往北方延伸就是滨海公路。第二个入口设有铁栅门，一入门就是贯穿花园的阶梯小径，离电车车站仅数步之遥。阿莉西亚走过铁门前，伸手去试了一下，一如她的推测，大门上锁。她继续沿着围墙往主要入口的方向走。院子里还有第二栋房子，可能是过去的庄园警卫住处，她猜想目前应在监视范围之内。上了山丘后，她发现高处至少出现了一个身影，正在监看庄园周围的动静。安达亚可能派了人分别驻守在庄园内外。她半途停下脚步，这是个可以看到主要入口的角度，于是她仔细观察眼前的围墙，推测这可能就是费尔南迪托前一晚潜入庄园的地方。在她看来，这个方法在大白天并不适用。从目前的局势看来，她需要帮手。她走回车站广场，缆车正要开始下山。她走进圆顶餐厅，此时不见任何食客，厨房要好几个小时后才开工。她走向咖啡吧台，挑了一张凳子坐下来。有个服务生从帘幕后探出头，面带微笑走了过来。

“请给我一杯白葡萄酒。”

“有什么偏爱的吗？”

“帮我挑支好酒吧。”

服务生点头同意，马上熟练地拎了个酒杯，视线始终未与她的目光相接。

“我可以借用一下电话吗？”

“当然可以，您请用吧，小姐。电话在后面，就在吧台最里边。”

阿莉西亚一直等到服务生再度消失在帘幕后方，她先啜了一口酒，接着走到电话旁。

费尔南迪托探头到窗外张望，试图在阿维尼奥街来来往往的行人中找寻巴尔加斯的身影，这时候，背后的电话突然响起。这一次，他毫不迟疑地拿起话筒。

“您到哪里去啦？不打算来这里了吗？”

“谁要来啊？”阿莉西亚在电话另一端问道。

“抱歉，我还以为是巴尔加斯长官打来的。”

“你跟他碰过面了吗？”

“他打过电话，说会过来一趟。”

“什么时候打的？”

“差不多十五分钟前。他说他人在民事管理局。”

阿莉西亚沉默许久，费尔南迪托暗自诠释她可能困惑不解。

“他有没有说在那里做什么？”

“没说。您还好吧？”

“我很好，费尔南迪托。巴尔加斯到了以后，你先向他报告昨晚发生的事，然后转告他，就说我在迪比达波缆车车站旁的餐厅等他。”

“就在松园旁边……”

“你告诉他，快点过来。”

“需要帮忙吗？要不要我过去支援？”

“想都别想。我要你乖乖在那里等巴尔加斯，把我交代给你的事情做好，听见没？”

“我知道了……阿莉西亚小姐？”

阿莉西亚已经挂断。费尔南迪托怅然盯着话筒，就在此时，他突然觉得眼前晃过一个影像。望向对街巴尔加斯公寓的窗户，他发觉屋里有些动静，猜想一定是警官在他和阿莉西亚通电话时上楼回家了。为了确认事实如他臆测，小伙子走到窗边张望，却看见巴尔加斯走在街上，此时正走近格兰咖啡馆大门。

“长官！巴尔加斯！”他大声叫唤。

警官却在大门内消失了。费尔南迪托再度张望对街的窗子，恰好看见有个身影正拉上窗帘。他本想立刻去拨阿莉西亚刚刚给他的电话号码，却突然感受到一股强烈的不安。他转身冲出门，下楼的脚步越来越急切。

25

巴尔加斯把钥匙插入房门锁孔，立刻发现事有蹊跷。钥匙无法顺畅插入，仿佛他的开锁动作突然变迟钝了，接着，当他转动钥匙，发现门把弹簧几乎失效。门锁已经被撬开。他掏出手枪，慢慢把门往内推到底。以帘幕隔成两间的公寓陷入阴暗。窗帘已经拉上。他记得出门前窗帘是拉开的。巴尔加斯拉紧手枪撞针。有个身影在角落静止不动。巴尔加斯把枪举起，瞄准目标。

“拜托！不要开枪，是我。”

巴尔加斯往前挪近几步，那个身影往前跨了一步，双手高举。

“罗维拉？在这里搞什么鬼？我差一点就要开枪轰烂您那颗脑袋。”

菜鸟密探依旧穿着他那件廉价大衣，一脸惊慌地望着他。

“把手放下来！”巴尔加斯说道。

罗维拉频频点头，乖乖照办。“对不起，长官，我不知道该怎么办。我本来想在楼下等您，在街上，可是有人跟踪我，我很确定，所以，我就想……”

“冷静下来慢慢讲，罗维拉。您刚刚在说什么？”

罗维拉用力吸了一口气，双手不停挥动，仿佛不知从何说起。巴尔加斯把门关上，将他推到摇椅前。

“坐下来！”

“是的，长官。”

巴尔加斯随手拉了一张椅子，就在罗维拉面前坐了下来。“从头讲起。”

菜鸟密探用力吞着口水。“我替利纳雷斯长官带口信给您。”

“利纳雷斯？”

罗维拉点头确认。“指派我跟踪您和阿莉西亚小姐的人就是他。不过我保证，我真的一直遵照您的指示，始终保持距离，不敢打扰两位。我也按照您的要求，向他提出的报告内容都是避重就轻，只提一些不重要的小事。”

“他要您带什么口信？”巴尔加斯话锋急转。

“利纳雷斯长官回到市警局总部办公室后，接到一通电话。马德里打来的。非常高层的长官。他要我告诉您，您现在的处境很危险，最好赶快离开这座城市。您和阿莉西亚小姐都一样。他派我去殡仪馆转告您这件事。到了殡仪馆，他们告诉我，您去民事管理局了。”

“然后呢？”

“您在民事管理局有什么新发现吗？”罗维拉问道。

“不关您的事。接下来呢？”

“然后我就去了民事管理局，但是他们告诉我，您已经离开了，所以我就赶快跑到这里等您。就是这时候，我发现有人在跟踪我。”

“跟踪人不就是您的工作吗？”

“除了我，还有别人。”

“谁？”

“我也不知道。”

“您怎么进来的？”

“我来的时候门已经是开着的。我想是有人把门锁撬开。我确定了里面没有人，然后把门锁上，窗帘拉上，这样人家就看不见我在这里等您了。”

巴尔加斯默不作声盯着他看了许久。

“我做错什么事了吗？”罗维拉一脸惊恐。

“利纳雷斯为什么不亲自打电话去殡仪馆给我？”

“长官说总部的电话靠不住。”

“那他为什么不亲自来跟我说？”

“他被叫去跟一个马德里来的长官开会了。一个叫什么亚的人。”

“安达亚。”

罗维拉猛点头。“对，就是他。”

这家伙依旧像受惊吓的小狗一样不停颤抖。

“拜托，可以给我一杯水吗？”他提出请求。

巴尔加斯踌躇了一会儿。接着，他走近五斗柜，拿起半满的陶罐斟了一杯水。

“阿莉西亚小姐呢？”在后面的罗维拉好奇问道，“她怎么没跟您在一起？”

巴尔加斯发觉罗维拉的声音已近在咫尺，于是拿着水杯转过身来，却几乎要撞上他。他不再发抖，惊吓的神情已经消失，换上的是神秘莫测的面容。

他甚至来不及看到刀锋。

他感觉身侧突然挨了重重一刀，仿佛被人拿着榔头用力敲打肋骨，他知道，这表示刀尖已深及肺部。他看见罗维拉似乎面带微笑，正想去拿左轮手枪时，第二刀刺进他体内。刀锋猛力插入他的脖子，直至刀柄卡住伤口，此时，巴尔加斯已踉踉跄跄。他的视线逐渐模糊，伸手去扶着五斗柜。第三刀刺中他的胃部，他终于不支倒地。一片阴影笼罩了他。他的身体不由自主地痉挛，罗维拉抢走他的手枪，一脸漠然地看了又看，接着往地上一扔。

“什么破铜烂铁！”他说。

巴尔加斯呆望着那双无底洞般的深沉眼神。罗维拉静候数秒钟，在他的腹部又补上两刀，刺入时，刀锋同时在伤口里扭转。警官吐出一摊血，接着试图反击罗维拉——也就是眼前这个正在折磨他的怪物。他的拳头已无力触及对方的脸。罗维拉掏出沾满鲜血的尖刀，得意地向他展示。

“你这婊子养的！”巴尔加斯结结巴巴咒骂着。

“好好看着我，老不死的！在你死之前，我要让你知道，我对那个女的可不会像对你这么客气。我要好好花上一段时间折磨她，用尽各种手段，绝不手软，我发誓，你一定会恨自己救不了她。”

巴尔加斯感受到体内一股强烈的冰凉感，紧接而来的是四肢麻木，心跳急速，几乎喘不上气。一摊温热浓稠的血毯在身体周围扩展，泪水盈眶的他，一股前所未有的恐惧涌上心头。凶手用他的衣领擦拭刀锋，然后把尖刀收好。接着，凶手蹲在那里，直视他的双眼，欣赏他垂死的挣扎。

“你已经感受到了吧？”凶手问，“那是什么样的滋味？”

巴尔加斯闭上双眼，脑海中浮现阿莉西亚的样子。断气时，他嘴角挂着微笑。自称罗维拉的男子看到这一幕益发恼怒，即使知道伤者已逝，仍不断挥拳捶打死者脸部，直到指关节破了皮。

费尔南迪托躲在门边聆听屋内动静。他一路跑着上楼，到了巴尔加斯公寓门口，尚未出声叫唤，先停下来等了一会儿。房门内传出使劲挥拳重击的声响，迫使他却步观望。他听见拳打脚踢的声音似乎落在血肉之躯上，伴随着沙哑的怒吼声。费尔南迪托试图推开房门，但门已上锁。过了半晌，拳击声响中断，接着他听见屋内的脚步声趋近门口。他满怀恐惧，暂时抛开贪生怕死的羞耻，火速跑到楼上躲起来。他紧贴着楼梯平台墙壁，接着听见开门声。脚步声开始下楼了。费尔南迪托探头到楼梯口，瞥见一个身穿黑色大衣、个头矮小的男子。他踌躇半晌，然后悄悄下楼到巴尔加斯公寓门口。房门半开着。他从门口探头进去，惊见警官的身躯瘫在明镜般的暗色水泊里。直到踏了上去，他才知道自己踩到的是什么。他惊吓过度，一失足跌倒在尸体旁。苍白的巴尔加斯宛若大理石雕像，已经断了气。霎时他不知如何是好。接着，他瞥见警官的手枪在地板上，马上捡起枪，然后快步下楼。

26

裹尸布一样的乌云迅速从海面延伸至巴塞罗那上空。阿莉西亚坐在餐厅吧台前，回首一望，耳边同时传来第一声雷响。她凝望着阴暗朝城市铺天盖地而来。一道闪电照亮云层外围，片刻之后，雨滴已开始敲打玻璃窗。短短数分钟后，大雨倾盆而下，整个世界罩上灰暗模糊的雨幕。

暴风雨的轰鸣声相伴着她回到松园周围的石墙。大雨宛若密实的水帘，能见范围仅及周遭几米的距离，正好可以掩护她的行踪。再次经过花园入口时，她发现房屋外墙几乎被雨幕遮蔽。接着，她二度绕过庄园，在先前选好的地点爬上围墙。她纵身跳入围墙另一侧，正好落在被雨水浸软的落叶堆上，减轻了落地的冲击。她穿过树林越过花园，来到别墅主要入口。接着，她绕着房子继续走了大半圈，终于见到费尔南迪托叙述过的那几扇厨房玻璃窗。瓢泼大雨肆意狂洒，冲刷着别墅外墙。阿莉西亚在其中一扇窗外探头往屋子里张望。她一眼便认出费尔南迪托目睹瓦伦丁·莫尔加多惨遭杀害时躺着的木桌，桌上沾满了暗沉的血迹。眼前不见任何人的踪影。隆隆雷响的回音填满了屋子。阿莉西亚以左轮手枪枪托用力敲窗，玻璃瞬间碎裂。转眼间，她已潜入屋内。

费尔南迪托继续尾随在后。陌生男子举止极其稳重，丝毫看不出刚刚冷血刺杀了一个人，仿佛他只是出门散个步。天际划过第一道闪电，街上行人急忙跑到皇家广场旁的拱廊下躲雨。杀人凶手并未加快脚步，也无意找个躲雨之处。他依旧缓步朝着兰布拉大道前进。抵达大道入口时，他突然驻足在人行道旁。费尔南迪托悄悄走近他，却发现自己全身湿透。他一度有冲动想掏出口袋里那把巴尔加斯遗留的手枪，朝着陌生男子背后发射子弹。杀人凶手在原地不动，仿佛已感受到他的存在，并静候着他。接着，凶手出其不意地再度迈开步伐，穿越了兰布拉大道，来到亚萨多伯爵街口，继续朝拉巴尔区前进。

费尔南迪托跟在后面，刻意稍微拉开距离。他看着那人在兰卡斯特街口左转，跑上前恰好又看见他隐入街道中段一扇大门内。等候数秒后，他贴着墙缓缓趋近。屋檐落下的污水洒在他脸上，顺着脖子流进大衣衣领。他驻足在方才看着杀人凶手走进去的地方。从远处望去，此地仿佛楼梯入口，走近一看才发现，原来是一处营业场所的一楼。紧闭的大门是一扇生了锈的黄铜卷门。旁边分隔了另一扇较小的边门，几近关闭。门楣上挂着模糊的告示板：

科尔特斯兄弟人体模特工厂

成衣相关产品制造开发

创立于一九〇九年

工厂显然停业多年，看似废弃已久。费尔南迪托迟疑了半晌。他有一股强烈的欲望想拔腿就跑，并寻求支援。他立刻退回街道转角，脑海却突然浮现巴尔加斯被击溃的遗体，还有那沾满鲜血的面容，这景象迫使他停下脚步。他转身走回工厂大门，将手指伸入边门门缝，然后往外拉开数厘米。

屋内一片漆黑。他把边门完全敞开，让阴雨的昏暗天光从门口渗入。他观察屋内陈设，看起来像是童年记忆中的店铺。木制柜台，玻璃橱柜，还有几张倒下的椅子。上头铺了一层东西，起初他以为是透明丝缕，困惑了半晌，走近一看才确定是蜘蛛网。墙角站着几具蜘蛛网缠绕的裸体人型模特，仿佛是巨型昆虫将它们拖到那里，并打算将其吞没。

费尔南迪托听见工厂内发出金属撞击的回音。他眯起眼睛，看见柜台后方有一片帘幕，通往内部的作业厂房。帘幕依然微微摆动着。他走了过去，近乎屏息，轻轻地掀开帘幕。映入眼帘的是一条长走道。他身后的亮光暗了下来，回头一看，恰好看着一阵风，抑或陌生人的手，推了边门一把，门渐渐关上了。

阿莉西亚走过厨房，目光紧盯后门，随时留意着被哗啦雨声淹没的异常动静。她听见另一侧传来脚步声，以及厚实的门板猛地关上的声音。于是，她驻足静观其变。等待的同时，她仔细观察了厨房陈设。炉子、烤箱和烧烤炉看来皆已多年未使用。墙上仍挂着平底锅、汤锅、菜刀和其他小件金属厨具。金属表面皆已氧化变黑。宽大的大理石水槽堆满废弃物。厨房正中央摆着一张木桌。阿莉西亚特别细看了固着在桌脚的链条和皮带。她不禁纳闷，不知他们如何处理桑奇斯司机的尸体？桑奇斯太太是否仍然活着？

她走近门边，耳朵贴在门上。声响似乎源自隔壁房间。她正打算推开门缝探个究竟，突然意识到她原本以为雨水拍窗的声响，其实是金属的撞击声，似乎从房子内部传出来。她屏息静待，片刻后又听见同样的声音。有个东西或有人猛力捶打与厨房相连的墙壁或管道。她走近升降梯出入口，此处听到的声响更清楚了。声音来自楼下。厨房下面还有秘境。

阿莉西亚摸了周围墙壁，并不时以指关节轻敲墙面。四壁看来相当坚固。墙角有一扇金属闸门。门上装置了横杆门闩，她随手拉开。门内是个大约六平方米的空间，墙面上全是尘埃满布的置物架，可能是以前的储藏室。此处的金属连续敲击声更加清楚。她往前挪了几步，突然感受到脚下的震动。此时，她赫然发现储藏室尽头的墙上出现一道类似垂直裂缝的黑色线条。她走过去，伸手摸了摸墙壁，接着双手用力推墙，墙壁竟往另一侧移动了。一股浓烈的动物腐臭味扑鼻而来，掺杂着排泄物的臭味。阿莉西亚突感一阵作呕，立刻以手掩鼻。

眼前出现一条向下倾斜四十五度、由粗石砌成的窄道。一排不规则的石阶遁入黑暗中。声响蓦然休止。阿莉西亚踏上第一级，并侧耳细听。她觉得自己听见了喃喃低语和鼻息，于是将左轮手枪瞄准前方，再往下踩了一级。

她身旁的墙上钉了个金属挂钩，上面吊着一件条状型物体。一把手电筒。阿莉西亚伸手去拿，随即转开把手开关，一道白色亮光窜入潮湿漆黑的黑洞里。

“安达亚？是您吗？不要把我留在这里……”

声响源于密道底部，撕裂的嗓音几乎已不像人声。阿莉西亚缓缓步下阶梯，直到瞥见一排铁栅栏。她高举手电筒，亮光掠过铁栅栏内部。眼前出现的景象令人触目惊心。

他像一头受伤的野兽，一身污秽的破烂衣物。卷曲打结的头发沾满秽物，浓密的胡须上方露出蜡黄的半张脸，脸上布满抓痕。他爬到铁栅栏边，伸长了手传达哀求。阿莉西亚收起高举的手枪，一脸诧异地注视着他。囚徒的手臂卡在栏杆之间，她定睛一看，这才发觉他缺了一只手。他的手被人非常粗暴地剁了下来，用干掉的柏油封住残肢伤口。手臂肤色已经发紫。阿莉西亚强忍着作呕的不适，慢慢走近。

“巴利斯？”她惊问，一副不可置信的语气，“您是毛里西奥·巴利斯？”

囚徒张开嘴，仿佛想说话，但口中发出的却是骇人的呻吟。阿莉西亚立刻检视门上的锁。一副铸铁挂锁拴住了铁栅栏。她依稀听见围墙边传来脚步声，自知时间有限。铁栅栏内的巴利斯以绝望的眼神望着她。她知道自己无法将他带离那个地方，甚至考虑过一枪打开挂锁的可能，但她猜测安达亚必定安排了两三名手下看守这栋房子。她必须把巴利斯留在地牢里，然后去找巴尔加斯来支援。囚徒似乎看出了她的心思。他试图伸手抓住她，但几乎已无气力。

“不要把我留在这里！”他的语气既似哀求，也像命令。

“我找到支援就会回来。”阿莉西亚低声答道。

“不行！”巴利斯尖声呐喊。

她紧抓着他的手，触及那被人遗弃任由腐烂的一副瘦骨，不顾油然而生的反感。

“您千万不能告诉任何人我曾经来过。”

“你如果就这样走了，我偏要大吼大叫，烂婊子，我就要让你跟我一起在这里同归于尽。”巴利斯威胁她。

阿莉西亚直视他的双眼，在那一瞬间，她觉得自己看清了巴利斯的真面目，抑或有如行尸走肉的他仅存的一点脾性。

“您如果这样做的话，恐怕就再也看不到令千金了。”

巴利斯的面容随即扭曲，所有愤怒和绝望刹那间展露无遗。

“我答应了梅希迪斯，一定会找到您。”阿莉西亚说道。

“她还活着吗？”

她点点头。巴利斯的额头贴在铁栅栏上，随即号哭了起来。

“千万别让他们找到她，别让他们伤害她！”他苦苦哀求。

“他们是谁？谁要伤害梅希迪斯？”

“拜托。”

阿莉西亚又听见地牢上方传来脚步声，于是立刻起身。巴利斯看了她最后一眼，眼神里只有顺从和希望。

“快跑！”他无力呻吟着。

27

费尔南迪托紧盯着被风慢慢关上的门。他的周遭成了一片墨黑。人型模特和玻璃橱柜全都消失在阴暗中。当门缝只剩下微微一缕光时，费尔南迪托用力深呼吸，并告诉自己，他一路跟踪那陌生人直捣虎穴，绝非随兴起意，他是为了阿莉西亚而来的。他抓紧左轮手枪，转身走向通往工厂内部的阴暗走道。

“我一点都不怕。”他喃喃自语。

耳边传来细微声响，他几乎可以断定那是小孩的笑声，就在附近，与他相隔几米的距离。他听见疾行的脚步声在黑暗中朝他逼近，顿时惊恐万分。费尔南迪托高举手枪，却不太清楚该如何扣扳机。震耳欲聋的枪声轰得他耳膜鼓噪，手臂往上弹起，仿佛手腕被人凿了孔。刹那间，一片昏黄灯光照亮走道，费尔南迪托随即看见了他。他高举着尖刀逐步逼近，目光如炬，他的脸看上去带着一个皮革面具。

费尔南迪托又开了好几枪，直到左轮手枪从手中滑落，他跌了个四脚朝天。突然间，他似乎瞥见那个恶魔般的身影在一旁踉踉跄跄，一时全身发冷，吓得喘不上气。他往后挪动身子，慢慢站稳之后，立即往边门冲，用力把门打开往外跑，却一不小心跌入街道上的水洼。他赶紧站起来，头也不回地拔腿就跑，仿佛鬼魂附身。

大家都叫他贝尔拿。那不是他的本名，但他从不花心思去纠正。他每天战战兢兢地执行安达亚指派的勤务，在这幢该死的房子里才几天，目睹的惨状已经够多了。他意识到，那个屠夫及其党羽对他知道得越少越好。还有不到两个月，他就可以从中解脱，然后过退休生活。在警界卖命一辈子，拿到的退休金却少得可怜。在这场闹剧里，他最大的梦想就是孤独地死去，被世间遗忘在华金柯斯塔街那家小旅馆的阴暗房间里。他宁可死时像个年华老去的过气娼妓，也不愿意做冒牌英雄，给政府派来的天之骄子拍马屁。这些小头目都是一个德行，全都打算将巴塞罗那街头的可怜虫和眼中钉清除得一干二净，就连蹲了大半辈子苦牢，如今流落街头的老弱残民都不放过。在这样的时代，比起在荣耀中苟活，在遗忘中死去更悲壮。

被叫错名字的贝尔拿心事重重地漫步前进，开了厨房的门。安达亚坚持要他们巡视房屋周遭，他听从命令照办，这是他最拿手的事。

他一进门只走了三步就知道有异状。一阵潮湿凉风拂过脸庞。他将视线拉长到厨房尽头的角落。闪电映出了锯齿状的破裂玻璃窗。他走向墙角，蹲下来细看地上的玻璃窗碎片。灰尘上有一排脚印。步履轻盈，小巧的鞋印和高跟鞋跟搭配成组。是个女人。化名贝尔拿的警官思索着眼前的物证。他站起来走向储藏室，用力推墙打开密道入口。他走下阶梯，直到恶臭传来，让他不由自主止步不前。他转身往回走，正打算把门关上时，刻意看了看挂钩上的手电筒。依然微微晃动着。警官把门关上，回到厨房。他环顾周遭，思索片刻，以鞋底抹去地上的脚印，并将玻璃碎片推往暗处的墙角。安达亚回来时，他不希望自己是向他报告别墅遭入侵的那个人。上次那个因为传达坏消息而惹恼安达亚的倒霉鬼被打断了下巴。那人还是他的亲信之一。他可不想蹚这浑水。还好，再过七周，警界会颁发奖章给他，就当是他多年来替精英们当牛做马的纪念，然后毫不留情地将他一脚踢开，如果可以安度这七周，他将有个凄凉晚年，让他努力忘却这几天在松园目睹的一切惨状，并说服自己，他听命执行的所有任务，全都算在那个名叫贝尔拿的警官头上，那从来就不是他，永远不会是他。

阿莉西亚藏身在花园里，就在窗户另一边，静静观看那位警官小心翼翼地巡视厨房、确认密道入口，接着，令人费解的是，他居然抹掉她留下的脚印。警官回头看了最后一眼，再度走向厨房房门。趁着雨势磅礴，即使不确定那位警官是否会向上级通报最新发现，阿莉西亚还是决定冒个险，尽可能快速越过花园，跑下斜坡，然后翻墙离开。她在六十秒内完成这一连串动作，根本无暇回头张望。回到街上，她赶紧跑回车站广场，蓝色电车正准备在风雨中驶下山。她跳上行进中的车厢，无视查票员指责的眼神，直接瘫坐在一个座位上，全身湿透，不断颤抖，却不知是因为寒冷，还是因为松了一口气。

她发现他坐在雨中，蜷缩在大门口的台阶上。阿莉西亚越过积水漫淹的阿维尼奥街，最后驻足在他面前。无须小伙子多说，她知道出了事。费尔南迪托抬起头，泪眼汪汪地看着她。

“巴尔加斯在哪里？”阿莉西亚问他。

费尔南迪托怅然垂首。“您不要上去。”他轻声说道。

阿莉西亚三步并作两步急奔上楼，早就顾不得臀部的刺痛和侧身的麻痹。到了五楼楼梯口，她站在巴尔加斯公寓半掩的房门前。空气中弥漫着一股甜腻的铁锈味。她将房门往内推，映入眼帘的是客厅里的遗体，躺在深褐色醒目的血泊里。她感到一阵寒凉窜身，霎时气短心慌，紧抓住门框。她走近尸体旁，双脚不停颤抖。巴尔加斯死不瞑目。凝蜡般的面容被揍得面目全非。她跪坐在他身旁，轻抚他的脸颊。他的身体是冰冷的。愤恨的泪水模糊了她的视线，她硬是忍住没哭出来。

尸体边有一张翻倒的椅子。阿莉西亚将它拉起来，然后坐下，就这样默默凝视着尸体。臀部的剧痛像烈火延烧入骨。她握紧拳头捶打旧伤疤，使劲用力打，转眼间，剧痛把她摧折得头晕目眩，差点从椅子上摔下来。她继续用力捶打自己，直到费尔南迪托在门口目睹这一幕，赶紧拉着她的手制止了她。他用力抱住她，让她动弹不得。他任由她怒吼发泄苦痛，直到力尽气竭。

“这不是您的错。”他一次又一次地对她说。

当阿莉西亚终于停止颤抖，费尔南迪托拿起了扶手椅上的毯子将尸体盖上。

“你看一下他的口袋。”阿莉西亚吩咐他。

小伙子检查了警官的大衣和西装外套。他找出钱包、一些零钱、一张编号清单，还有一张名片：

露易莎·阿尔科尼

局长秘书

档案文件管理处

巴塞罗那民事管理局

他把找到的东西都交给她。阿莉西亚一一检查过后，保留了清单和名片。她把其他东西交还给他，交代他放回原处。阿莉西亚的目光始终停驻在巴尔加斯的遗体上，虽然已经盖上了一条毛毯。费尔南迪托在一旁静静等候了几分钟，然后再度走近她身旁。

“我们不能留在这里。”他终于开口。

阿莉西亚望着他，仿佛对他的话茫然不解，抑或充耳不闻。

“您握着我的手吧。”

她婉拒了他的协助，作势要独立站起来。费尔南迪托看出她忍痛的表情。他双手抱住阿莉西亚，慢慢搀扶她起身。站定之后，她往前走了几步，极力掩饰跛足的窘态。

“我可以自己走。”她说。

她说话的语气急冻如冰，眼神空茫深邃，不带一丝情感，即使临走前再回头看了巴尔加斯最后一眼也无动于衷。“她的心门已经关上，而且上了最坚固的锁。”费尔南迪托暗自感慨。

“走吧。”她低声说道，随即瘸着脚往外走。

费尔南迪托抓着她的手臂，搀扶她走向楼梯口。

两人挑了格兰咖啡馆尽头角落的座位。费尔南迪托点了两杯牛奶咖啡，外加一杯白兰地，他把烈酒全部倒入其中一杯咖啡里，递给阿莉西亚。

“喝下这一杯，身体会暖和一点。”

阿莉西亚接下咖啡，缓缓啜了一口。雨水冲刷玻璃，一条条细水柱遮蔽了笼罩全城的铁灰色阴霾。阿莉西亚终于恢复些许元气，费尔南迪托开始娓娓道出事发经过。

“你不需要追他到那个地方的。”阿莉西亚说。

“我不想让他就这样跑了。”他不服气。

“你确定他已经死了吗？”

“我也不知道。我拿着巴尔加斯长官的手枪开了两三枪。当时的距离顶多两三米，可是一片漆黑……”

阿莉西亚握着费尔南迪托的手，嘴角漾起淡淡的笑容。

“我没事。”费尔南迪托心口不一。

“手枪还在吗？”

费尔南迪托摇了摇头。“我在逃出来的路上掉了。我们现在要怎么办？”

阿莉西亚沉默良久，茫然地盯着窗外。他可以感觉到她臀部的刺痛正随着心跳频率干扰着她。

“您是不是应该先吃一颗药丸？”费尔南迪托问她。

“以后再吃。”

“以后？”

阿莉西亚直视他的双眼。“我要你再帮我做一件事。”

费尔南迪托点头应允。“尽管吩咐。”

她在皮包里找东西，然后掏出来递给他。

“这是我家的钥匙，拿着。我要你上楼去。务必要确定屋子里没有人再进去。如果大门是开着的，或是门锁好像已经被人勾开，你拔腿就跑，一路跑回家去。”

“您不跟我一起来吗？”

“进了屋子，你到客厅去，在沙发下面找一下，有个装满文件和档案的盒子。盒子里有个装了一本笔记本的大信封，信封上写着‘伊莎贝拉’。你听懂了我在讲什么吗？”

他频频点头。“嗯！伊莎贝拉。”

“我要你把这盒子带走，保存好。一定要放在谁都找不到的地方。可以帮我这个忙吗？”

“当然，您不用担心，但是……”

“没有但是。万一我出事了……”

“您不要这样说。”

“如果我出了什么事……”阿莉西亚执意往下说，“绝对不能去报警。如果我一直没回来拿这盒子，你先等个几天，然后把这些资料带到圣安娜街的森贝雷父子书店。知道在哪里吗？”

“我知道……”

“进去之前，你要先确定没有人在监视书店。只要觉得有一丁点儿不对劲，你就先按兵不动，再等一阵子。进了书店以后，去找一个叫作费尔明·罗梅罗·德·托雷斯的人。你把这名字重复念一次。”

“费尔明·罗梅罗·德·托雷斯。”

“除了他以外，其他人都不行。你绝对不能相信除了他以外的任何人。”

“您这样讲话很可怕，阿莉西亚小姐。”

“如果我出了事，你就把资料交给他，告诉他是我要你转交的。把所有发生过的事情都告诉他，你跟他说这些资料里面，有一份是伊莎贝拉·吉斯伯特的手札，也就是达涅尔的母亲。”

“谁是达涅尔？”

“你告诉费尔明，他必须先把那本手札看过一遍，再决定该不该交给达涅尔。决定权在他。”

费尔南迪托点头回应。阿莉西亚的微笑掺杂着浓浓的哀愁。她拉起他的手，紧紧握住。他把她的手拉到嘴边，亲吻了一下。

“把你卷入这件事情，我觉得很抱歉，费尔南迪托。现在还要你承担这样的重任……我实在没有权利这样做。”

“我很高兴您把这个任务交给我。我不会让您失望的。”

“我知道。还有最后一件事，如果我没回来……”

“您会回来的。”

“我如果没回来，不要去医院或警察局或任何地方打听我的下落。就当作从来没见过我这个人，你要把我忘得一干二净。”

“我永远不会忘记您的，阿莉西亚小姐。我一直就是个大傻瓜……”

她站了起来，显然深受剧痛折磨，但依旧面带笑容望着费尔南迪托，仿佛这只是个很快就会消失的小毛病。

“您要去找那个人，对不对？”

阿莉西亚没搭腔。

“他是谁？”费尔南迪托继续追问。

阿莉西亚仔细思考了费尔南迪托对杀害巴尔加斯的凶手所做的描述。

“他自称罗维拉。”她说，“但我不知道他的真实身份。”

“不管他是谁，如果他还活着，那一定是非常危险的一号人物。”

费尔南迪托随即起身，打算陪她一起走。阿莉西亚制止了他，摇头拒绝。

“你该做的事情是去我家，把我交代的事情都办妥。”

“可是……”

“不要再跟我争辩了！还有，你要对我发誓，一定会确实照着我吩咐的去做。”

费尔南迪托无奈叹气。“我发誓，我一定会照做。”

阿莉西亚露出她那最迷人的微笑，让费尔南迪托失去他仅有的理智，接着，她跛足走向出口。他望着她在雨中渐行渐远，瘦小的背影比以往更脆弱。直到她的身影消失在街角，他在桌上留下一些零钱，打算接下来就到阿莉西亚在对街的公寓。他在一楼大门口碰见了公寓门房，他的姨妈赫苏莎，她用抹布包住拖把尾端，忙着清理大雨造成的积水。赫苏莎瞥见他手中的钥匙，皱起眉头，面露不悦。费尔南迪托清楚得很，他这位姨妈对各种流言蜚语异常敏锐，只要他做出任何不适当的举止，总是逃不过她那双猎鹰般的眼睛，她八成是看见他们刚才在对街的格兰咖啡馆，包括他吻手那一幕。

“你从来就不知道要记取教训啊，费尔南迪托？”

“姨妈，事情不是你想的那样。”

“我看我还是闭嘴吧。可是，我是全家唯一脑袋还算清楚的人，以前说过一千遍的话，我还是要再说一遍。”

“阿莉西亚小姐不适合我。”费尔南迪托不假思索地说出姨妈的训示。

“总有一天，她会伤透你的心，就像收音机里说的那样。”赫苏莎执意要继续训话。

那是好多年前的事了，但费尔南迪托已不想再重温往日情景。赫苏莎走到他面前，一脸慈爱的笑容，捏了捏他的脸颊，仿佛他仍是个十岁小男孩。

“我只是不希望你受苦。再说，你知道我多喜欢阿莉西亚小姐，把她当作家人，但她是个不定时炸弹。谁知道哪一天她突然爆炸，身边的人都会一起同归于尽。哦！上帝！原谅我这么说。”

“我知道。阿姨，我知道了。您不用替我担心，我知道自己在做什么。”

“你姨夫溺水那一天也是这么说的。”

费尔南迪托凑过去亲吻姨妈的额头，随即转身上楼。他开门进了阿莉西亚的公寓，房门半掩，然后照着阿莉西亚的指示行事。他在客厅的沙发下找到阿莉西亚向他形容的盒子，打开翻看了那一摞文件，其中有个大信封，上面写着：

他不敢打开。接着他把盒子盖上，并不禁纳闷，那个名叫费尔明·罗梅罗·德·托雷斯的人，究竟是何方神圣，能够获得阿莉西亚完全的信任，并将他视为最后的救赎？从这一片乱局看来，他猜想，阿莉西亚的生命里一定还有他不知道的人，扮演着比他更重要的角色。

“你还以为自己是唯一啊……”

他拿了盒子往门口走，接着，他最后一次凝视阿莉西亚公寓的陈设，深信自己恐怕再也不会踏入此地，然后他走出门外，锁上门。回到一楼玄关时，他发现姨妈仍忙着处理积水，拿着大扫帚在大门口挡雨水。他驻足半晌。

“你这个窝囊废！”他低声责备自己，“你不该就这样让她离开的。”

赫苏莎暂停手边的工作，一脸好奇地望着他。“宝贝，你刚刚说什么？”

费尔南迪托叹了一口气。“姨妈，能不能帮我一个忙？”

“当然，你那些芝麻绿豆大的小事算什么。”

“请您帮我保管这个盒子，一定要放在任何人都找不到的地方。这是非常重要的东西。绝对不能跟任何人说您手上有这样东西。即使警察上门查问也不能说。任何人都不能说。”

赫苏莎吓得瞠目结舌，看了那盒子一眼，连忙画了个十字。

“哎……你、你到底惹上什么麻烦了？”

“不是什么大不了的事。”

“你姨夫从前也老是这样说。”

“我知道。您可以帮我这个忙吗？这件事非常重要。”

赫苏莎点头应允，神色严肃。

“我过一会儿就回来。”

“你发誓？”

“当然。”

他回避了姨妈焦虑的眼神，连忙跑了出去。雨水打在身上，或许是内心的恐惧无以名状，他竟丝毫未察觉刺骨的寒冷。这条路有可能是他短暂人生的最后一程，但他告诉自己，感谢阿莉西亚，他至少学会了一生受用的两件事，倘若他能活得够久。第一件事是说谎。第二件事，让他受益不少，那就是：承诺和心一样，第一次破碎了之后，打破剩下的是小菜一碟。

28

阿莉西亚在兰卡斯特街角停步，花了好几分钟静静观望老旧的人形模特工厂。费尔南迪托出入的边门依旧半掩。黑色砖石砌成的工厂有两层楼高，屋顶突起。一楼窗户全用木板和一些肮脏的鹅卵石封住。墙上有个裂开的电缆盒，还有一团电话线从石墙上的两个钻孔冒出头来。除了这些细节以外，此地依旧充斥着荒废多年的氛围，一如拉巴尔区这一带大多数的旧工厂。

阿莉西亚沿着外墙缓缓走近，避免自己的行踪在入口处暴露无遗。大雨过后街道上没有一个人影，她毫不迟疑地掏出手枪，逐步趋近边门，手枪瞄准屋内。她推开门，检查光束扫过的大厅，然后走了进去，用双手在身前紧握枪托。一阵微风从屋内吹过来，扑鼻而来的气味，掺杂了老旧管道以及她猜想是煤油或某种燃料的味道。

过了大厅应该就是工厂营业办公原址。眼前只剩下一张柜台、一组清空的玻璃橱柜，还有几个披着泛白半透明薄毯的模特。阿莉西亚绕过柜台，缓缓走近后面的密室，门上挂着一排木珠帘。她正打算过门而入，脚下踢到一样金属物品。她仍高举手枪，同时迅速往地上一瞥，一眼就看见巴尔加斯的手枪，赶紧捡起来放进外套左侧口袋。她掀开木珠帘，眼前出现往内延伸的走道。空气仍飘浮着一股硝烟味，天花板隐约可见一排微微晃动的东西。阿莉西亚伸手在墙上摸索，碰到一个圆形开关，她转了一下，一排电力不足的灯泡悬在电线上，沿着走道往前延伸。泛红的灯光映出一条狭窄走道，消失在前方转弯处。距离入口数米的墙上溅洒着暗黑的污渍，仿佛一幅红色抽象壁画。费尔南迪托打出的子弹，至少有一颗命中了目标。或许不止一颗。血迹在地上蔓延，最后隐匿在走道上。往前再走几步，地上还留着罗维拉企图刺杀费尔南迪托的匕首。刀片沾着血迹，阿莉西亚知道，那是巴尔加斯的血。她继续往前走，直到瞥见通道尽头出现一道魅影般的微光，随即驻足原地。

“罗维拉？”她叫道。

暗影交错有如群魔乱舞，走道尽头的暗处频频传出细微声响。阿莉西亚本想咽口水，却已口干舌燥。她一踏上走道便忘了臀部剧痛，全身湿透的冰冷也浑然不觉。她感觉到的只有恐惧。

她朝着通道另一端继续走，不去管鞋子踩在潮湿黏滞的地板上发出的声响。

“罗维拉，我知道你受伤了。快出来，我们好好谈一谈。”

她的声音听起来微弱而怯懦，但回音传播的路径能帮助她找到方向。抵达通道尽头时，阿莉西亚驻足观望。眼前出现了天花板很高的大厅。她观察弃置在大厅的工作台，还有堆积如山的工具和机器。作业大厅后方的磨砂玻璃天窗发出鬼魅般的苍白亮光。

天花板吊挂着一具具模特，离地仅半米，让她忍不住联想成吊死的尸体。男人、女人和幼童皆有，模特穿的都是过时多年的服装，在昏暗中摇来晃去，仿佛禁锢在神秘墓穴里的幽魂。大小人型模特共有数十具，有些脸上有笑容，装着玻璃眼睛，还有未完成的半成品。阿莉西亚强烈感受着急促心跳，一颗心仿佛卡在喉咙里。她用力深呼吸，穿梭在人体模型之中。缓步前行的过程中，一直有不同的手臂和手掌轻抚她的发丝和脸庞。她擦身而过时，原本轻微摇摆的模特晃动得更厉害了。

木制人型接触发出的摩擦声响传遍整个工厂。她依稀听见机器运作的声音。越接近作业大厅尽头，煤油气味越强烈。越过一片如林的吊挂人型，她瞥见一部频频震动的工业用机器不断冒出烟雾。是发电机。机器旁堆放着损坏的废弃物。断裂的头部、手掌和躯体堆成小丘，让她不由得忆起内战空袭后曾目睹街道上堆积如山的尸体。

“罗维拉？”她又叫了一声，相较于期待回应，她更希望听见自己的声音。

她非常确定，他正在某个阴暗角落里观察她。她扫视大厅，试图在微弱光线下看出些微异状，但并未察觉任何动静。废弃的人形堆后方隐约可见一扇门，门下的地板横亘一条与发电机相连的电线。微弱灯光映出了门框。阿莉西亚暗想，罗维拉可能就在里面，躺在地上奄奄一息。她走近门边，踢开了门。

29

房间是长方形的，四壁漆黑，没有窗子，空气里飘着霉味，看上去像个地下圣坛。天花板挂着一排小灯泡，散放昏黄灯光，不断发出轻微的吱吱声响和火花，仿佛壁上黏了一群昆虫。走进房间之前，阿莉西亚仔细检视了周遭每一寸空间。没有罗维拉的踪影。

墙角摆着一张小铁床。床上铺了两条旧毯，床边有个旧木箱充当床头柜。木箱上摆了黑色电话、蜡烛、一个装满钱币的玻璃瓶。床垫下方放着一只老旧皮箱、一双皮鞋和一个水桶。紧邻床铺的是个精工打造的大型木制衣柜，一件古董精品，通常会出现在豪宅，而非这样的废弃工业厂房。衣柜门几乎关上，却留了几厘米空隙。阿莉西亚渐趋渐近，左轮手枪已经备妥。霎时，她想象藏身在衣柜内的罗维拉面带笑容，从容地等着她放松戒备，然后把衣柜打开。

阿莉西亚双手紧握枪托，脚尖踢了一下衣柜门，门板触底后缓缓弹开。衣柜是空的。横杆上挂着十几个空衣架。衣柜下方有个纸箱，箱子上只写了四个字：

萨尔加多

她把纸箱往外一拉，箱子里的东西散落在脚边。全是珠宝、手表和其他贵重物品。以细绳捆绑的一沓钞票，看来像一笔非法赃款。还有好几块金条，急促锻造完成，外形粗糙。阿莉西亚屈膝观察那一地赃物，猜想价值不菲。曾经蹲过蒙锥克监狱，也是第一个被怀疑和巴利斯失踪有关的嫌疑犯塞巴斯蒂安·萨尔加多，当年藏在北方车站寄存柜的战利品，大概就是眼前这些金银珠宝，也是他坐牢二十年得到部长特赦出狱后最想看见的东西。

萨尔加多至死未曾见到他杀人掠夺后应得的报酬。当他打开车站寄存柜，只找到一个空皮箱，他死的时候知道自己在偷盗上输给了别人。有人先他一步动手。有人知道抢劫和巴利斯多年来收到匿名恐吓信一事。有人早在巴利斯失踪前许多年即已开始布局。

灯光顿时忽明忽灭，阿莉西亚吓得猛一回头。就在此时，她看见了。整整一面墙，从墙脚延伸到天花板。她缓步走近，看清贴满整片墙的内容时，惊愕至极跌坐在地，双臂也无力瘫软。

满墙马赛克拼图，贴了数以百计的照片、剪报和手记。拼贴手法格外精致细心，媲美金银匠的手艺。所有影像无一例外，全是阿莉西亚的照片。她一眼辨识出自己早期的青涩模样，那组在孤儿院拍下的老照片里，她还只是个小女孩。还有一组照片是远距离偷拍，都是她行走在马德里和巴塞罗那街头的影像，或在皇宫大饭店入口，或带着一本书坐在咖啡座，或步下国家图书馆阶梯，或在首都街头购物，甚至她在丽池公园水晶宫旁散步的身影。其中一张照片还拍到了她在西班牙旅社的房门。

接着，她看到不计其数的剪报，都是她曾参与调查的案件相关报道，但内文当然只字未提阿莉西亚这个名字或特务情报单位，破案的功劳一概属于警方或国民警卫队。拼贴墙脚摆着一张桌子，有如祭坛长桌，她立刻看出桌上都是与她相关的东西：她曾造访过的所有餐厅菜单、她记录了重点的餐巾纸、她亲手写下的笔记、杯缘留着口红印的酒杯、一枚烟蒂、她从马德里到巴塞罗那的火车票根。

长桌尽头有个玻璃容器，里面装的东西以遗物方式呈现，竟是她因为服药昏睡而遭人闯入公寓那一晚遗失的内衣。她的几双丝袜平整地用大头针钉在桌上。一旁则放着在她住处失窃的维克多·马泰克斯的小说《灵魂迷宫》。她突然有一股强烈冲动，要逃离这个可怕的地方。

但她却来不及看见背后那个身影，闪过一堆堆废弃模特的残肢断臂，缓缓进逼，此时正朝着她走来。

30

当她意识到发生什么事的时候，已经太迟了。她听见背后传来断断续续的鼻息，回头一看，却已来不及瞄准枪口。利刃狠狠刺进她的腹部。这一刺夺走了她的呼吸，迫使她跪倒在地。直到此时她才看清他的身影，并了解自己为何没能察觉他进了房间。他全身赤裸，手上拿的东西看似某种工业用凿刀。

阿莉西亚意图朝他开枪，但罗维拉抢先一步用凿刀刺穿她的手掌。左轮手枪掉落在地。罗维拉抓住她的脖子把她拖到床边，接着推倒在床上，然后坐在她的双腿上，动手捆绑她。他抓住她已被刺穿的右手，倾身将她以铁丝绑缚在床架铁杆上。捆绑的同时，他的面具突然滑落，罗维拉毫无遮掩的面孔与阿莉西亚的脸仅距数厘米。眼神呆滞的他，半张脸因枪击而血肉模糊。一只耳朵仍流着血，脸上的笑容就像个以撕裂昆虫翅膀为乐的顽劣幼童。

“你到底是谁？”阿莉西亚质问他。

罗维拉打量着她，看似乐在其中。“你自以为聪明过人，到现在你还不明白吗？我就是你。你就应该变成我这样。我曾经很崇拜你。但是，后来我发现你太弱了，根本没有值得我学习之处。我比你优秀。你永远也没办法跟我比……”

罗维拉随手把凿刀放在床上。阿莉西亚暗忖，若能转移他的注意力，或许她可以趁机伸出未受束缚的左手拿到它，然后往他的脖子或眼睛戳一刀。

“不要伤害我。”她苦苦哀求，“我会乖乖照着你说的去做……”

罗维拉一脸讪笑。“亲爱的，我唯一的目的就是要伤害你，尽可能地伤害你。这是我应得的……”

他揪住她的头发，将她的头抵住铁床，接着，他舔了她的双唇以及脸庞。阿莉西亚紧闭双眼，左手在毛毯上游移，试着找寻那把凿刀。罗维拉的双手摸遍她的上身，落在她臀部的伤疤上。阿莉西亚终于摸到凿刀把手那一刻，罗维拉突然在她耳边低语："张开眼睛！你这婊子。我要好好看看你的表情。"

她睁开双眼，心里很清楚接下来会发生什么事，只求在一次痛击后即失去知觉。罗维拉直起身子，拳头高举，全力朝着她的旧伤重重捶打。阿莉西亚发出震耳欲聋的哀号。罗维拉、这个房间、昏黄灯光以及腹部的冰冷，全都抛诸脑后。此时此刻，存在的唯有疼痛，痛彻心扉，仿佛一股电流贯通全身，让她忘了自己，不知身在何处。

她僵直的身躯像是拉紧的电线，双眼翻白，罗维拉见状乐得呵呵笑。他掀起她的裙边，露出她臀上那个黑色蜘蛛网般的伤疤，指尖探索着她的肌肤。他弯腰轻吻她的伤疤，接着一次又一次用力捶打她的旧伤，直到拳头因连续撞击她的骨盆而力竭。最后，当阿莉西亚再也无力嘶喊时，他总算收手。她陷入濒死黑暗深渊，不停抽搐。罗维拉拿起凿刀，刀尖随着阿莉西亚苍白臀部上暗黑的网状伤疤描画着。

"看着我！"他命令她，"我是你的替代品。而且我会比你更优秀。从现在开始，我就是最受宠的爱将了。"

阿莉西亚怒目挑衅。

罗维拉对她眨眼。"这才是我的阿莉西亚。"他说。

他没发觉阿莉西亚已拿出藏在大衣左侧口袋里的左轮手枪。当他开始以刀尖玩弄她的伤疤时，她已趁机将枪管瞄准他的下巴。

"算你聪明。"他喃喃低语。

霎时，罗维拉那张脸粉碎四溅，鲜血骨肉织成了一片猩红薄雾。近距离射击的第二枪将他重击后推，赤裸的身躯仰卧在床脚，胸口的弹孔仍在冒烟，手上仍紧握着凿刀。阿莉西亚放下手枪，用力解开被绑缚在床杆上的右手。急升的肾上腺素遮蔽了疼痛，但她心知肚明，这只是暂时的假象，剧痛迟早会归返，到时候足以让她失去知觉。她必须尽速离开这个地方。

她费力地直起身子，在小床上坐着。她本想站起来，却被迫等了好几分钟，因为双脚无力，先前忽略的虚弱感已强袭她的身躯。她觉得全身冰冷。总算站起来之后，双脚几乎颤抖不已，接着她扶墙而立。身体和衣服沾满了罗维拉的鲜血。她一直没察觉右手正隐隐抽动。于是，她仔细查看了凿刀留下的伤口。伤势不容乐观。

就在这时候，床边的电话铃响。阿莉西亚差点惊声叫喊。

她任由电话铃响了近一分钟，目光紧盯着它，仿佛那是随时会爆裂的炸弹。最后，她还是拿起了话筒，贴在耳边。她静静聆听，屏住气息。漫长的静默绵延电话两端，一阵微弱的长途电话线路吱吱声响之后，听筒里传出断断续续的呼吸声。

“是你在那里吗？”有个声音这样问道。

阿莉西亚感受到话筒在她手里颤动着。

那是莱安德罗的声音。

话筒从手中滑落。她全身颤抖，转身往门口走。经过罗维拉布置的祭坛时，她突然驻足。怒火激发了她摧毁工厂的动力，她拿了发电机旁的一桶煤油，全部往地上倒。煤油在地上扩散，浸湿了罗维拉的尸体，满室成了一面墨色明镜，一圈圈虹彩般的氤氲冉冉升起。她经过发电机时，用力扯断一条电线往地上一丢。她一路穿梭在倒挂于天花板的模特丛林，朝着通往出口的走道前进，霎时，她听见背后传来奔窜的声响。突如其来的一阵风，吹得她周围的模特摇来晃去，火越烧越大。她沿着走道往外走，琥珀色的火焰一路相伴。她踉踉跄跄地前进，必须一直扶着墙才能走稳。她感受着前所未有的冰冷。

她暗自祈求，上苍也好，地狱也罢，不要让她死在这个通道上，她猜想尽头就是重见光明的出口了。逃亡之路仿佛遥遥无止境。她觉得自己误入恶兽的肚子，为了避免被吞噬，却还是被另一只猛兽给狼吞虎咽。高温在通道上蔓延，火舌已进逼到她背后，几乎触及她苍白的手臂。直到越过玄关，出了大门，她的脚步才停歇。她用力喘了一口气，感受到雨水拍打着她的肌肤。有个身影正从街上快步跑过来。

她瘫倒的那一刻，正好落在费尔南迪托怀里。她微笑地看着他，但小伙子却满脸惊慌望着她。她察觉腹部开始剧痛，于是伸手摸了肚子。微温的鲜血从指间溢出，然后和着雨水流走。她已经不觉得痛，只有冰冷，让她无力招架的冰冷。她只能听天由命了，只能让眼睑慢慢闭上，就这样进入永远的梦乡，一个祥和真实的梦乡。她看着费尔南迪托的双眼，对他微笑。

“不要让我死在这里。”她轻声说道。

31

大雨把街上行人赶跑了，书店也成了顾客的弃儿。费尔明一见到漫天滂沱大雨，决定这一天好好整理资料，乖乖待在店里从事脑力工作。屋外大雨淅沥沥，仿佛铁了心要击溃橱窗玻璃，费尔明听了心烦，干脆打开收音机。他耐着性子转动收音机的调谐度盘，仿佛正使尽浑身解数挑逗那个笨重的金属盒子，居然找到了大型管弦乐团演奏的古巴情歌《西波涅》。乐曲第一节过后，费尔明兴致一来，开始随着加勒比海的节奏摆动身躯，同时忙着捆装六册法国小说家欧仁·苏的《巴黎的秘密》。达涅尔在一旁当帮手。

“我年轻的时候曾在哈瓦那，跟当地美女一起听着这首歌跳过舞，那时候屁股扭起来可有劲了。多么美好的回忆啊……我要是美男子就好了，凭我的才气，一定能写出《哈瓦那迷情》之类的旷世巨作。”他大言不惭。

“情色是有了，但是没有诗意。”贝亚在一旁泼冷水。

费尔明张开双臂走向她，一路配合旋律踩着舞步。“来吧！贝亚夫人，我教您几招野性热舞的基本舞步，别像您丈夫那样，一跳起舞就像穿了千斤重的木屐，再说，您还没见识过什么叫非洲古巴风情的狂热。来吧……”

贝亚一溜烟跑到后面的工作间去了，为了好好整理账簿，她只能和手舞足蹈、不断哼歌的费尔明保持距离。

“喂！您的夫人，简直比户籍誊本还要无趣。”

“这话还轮不到您来说。”达涅尔没好气地顶了回去。

“我在这里什么都听得见！”贝亚的声音从工作间传来。

这对忘年好友开玩笑正开心，屋外传来积水中的急速刹车声响。两人不约而同抬头一看，有辆出租车停在大雨中，恰好就在森贝雷父子书店橱窗前。一道闪电从天而降，车身霎时在雨中电光齐飞，仿佛一辆灰色灵车。

“有些事还是得出租车司机来……”费尔明说道。

接下来的事发生得太快。有个淋得像落汤鸡的小伙子，顶着一张惊吓过度的苦脸下了车，接着看见书店门上挂着“今日休息”的牌子，竟握紧拳头用力敲打玻璃门。费尔明和达涅尔面面相觑。

“谁说人们都不想再买书了？”

达涅尔走近门边，马上开了店门。小伙子一副浑身无力的样子，看似踉跄站不稳，他一手捂住胸口，大口喘着气，几乎是扯着嗓子问道：“哪一位是费尔明·罗梅罗·德·托雷斯？”

费尔明立刻举手回应。“正是在下。”

费尔南迪托随即上前抓紧他的手臂，用力拉着他。

“我需要您。”他苦苦哀求。

“哎！小鬼，我这么说没什么恶意。但是，很多女人也曾经这样黏着我哀求我，还好我自制力够强。”

“阿莉西亚出事了！”费尔南迪托喘个不停，“我想……她大概快死了……”

费尔明顿时面如槁木。他随即向达涅尔抛出惊慌的眼神，不发一语，任由费尔南迪托把他拖出书店，然后上了出租车，车子立刻就开走了。

贝亚从门帘后方探出头来，正好看见这一幕，她一脸困惑地望着达涅尔。

“怎么回事？”

她丈夫神情悲伤地叹了口气，喃喃低语：“坏消息。”

费尔明一钻进出租车，便迎上司机急切的目光。

“您说吧！我们现在要去哪里？”

费尔明试着厘清状况。他先花了几秒钟确认面如死灰、眼神空茫、瘫坐在出租车后座的伤者的确是阿莉西亚。费尔南迪托双手支撑着她的头，惊恐的泪水依旧在眼眶里打转。

“我说您，开车吧！”费尔明吩咐司机。

“去哪里？”

“暂时先开车就对了。接下来就看着办吧！”

费尔明直视费尔南迪托的双眼。

“我不知道该怎么办才好……”小伙子结结巴巴，“她不让我送她去医院或诊所……”

阿莉西亚一时神志略显清醒，她睁开眼望着费尔明，脸上带着甜美的笑容。

“费尔明，总是试图救我一命。”

一听到她沙哑微弱的声音，费尔明心一紧，五脏六腑也跟着纠结，早餐吃的一整袋加泰罗尼亚杏仁饼干，此时让他加倍痛苦。阿莉西亚的神志摆荡在清醒和昏迷之间，费尔明决定转而要求小伙子解释清楚，但这年轻人似乎已吓得魂飞魄散。

“喂，你叫什么名字？”

“费尔南迪托。”

“能不能告诉我发生了什么事？”

费尔南迪托试着报告过去二十四小时发生的事情，但是半吞半吐，细节紊乱，费尔明不时要打断他追问详情。他伸手摸了摸阿莉西亚的腹部，然后看看沾血的手指。

“司机大哥！”他吩咐出租车司机，“我们去海上圣母医院。快一点！”

“您应该坐个热气球，看看路上这些车。”

“如果十分钟之内我们没有赶到医院，我就放火烧了这辆破车，我是说真的！”

司机咕哝几句，踩了油门。他猜疑的眼神正好在后视镜里瞥见费尔明的目光。

“哎，我以前是不是载过您？您是不是也曾经差一点死在出租车里？”

“我又不是脑袋长茧，怎么会死在这种烂车里？与其死在您车里，我宁愿脖子上绑着《庭长夫人》跳河自尽。”

“载到您这种人真是倒霉……”

“别吵了。”费尔南迪托大骂两人，“阿莉西亚小姐都快死了。”

“上帝啊！”司机发着牢骚，一边设法从拉耶塔纳大道的车阵中驶往小巴塞罗那。

费尔明从口袋里掏出手帕，递给费尔南迪托，吩咐道：“用手帕把车窗遮起来。”

费尔南迪托点头照做。费尔明小心翼翼地掀开阿莉西亚的衬衫，映入眼帘的是尖刀在她肚皮上留下的伤口。鲜血正汩汩流出。

“我的老天爷啊……”

他立刻用手按住伤口，并查看车外的路况。司机嘴里不时嘀咕，车子像是表演杂耍似的穿梭在汽车、公车和行人间，飞快的车速让人头晕目眩。费尔明觉得早餐吃的东西都涌上了喉咙。

“可以的话，我希望我们大家都能活着到医院。车上有一个快死的人已经够麻烦了。”

“就会说风凉话！要不您自己来开。”司机回答他，“后面情况怎么样啦？”

“不太妙。”

费尔明轻抚着阿莉西亚的脸，轻轻拍了拍她的脸颊，试图唤醒她的意识。她睁开双眼，眼角被重拳打到破裂充血。

“阿莉西亚，现在先别睡着了。努力撑着点儿，尽量维持清醒。有需要的话，我可以讲几个黄色笑话，或是高歌几首古巴歌手安东尼奥·马勤的名曲。”

阿莉西亚勉强挤出了无生机的苦笑。至少，她还听得见。

“您可以想想一身猎装的佛朗哥大元帅，头戴毛线帽，脚穿长靴，每次想到这一幕，我就头皮发麻，只会做噩梦，根本就睡不着。”

“我好冷。”阿莉西亚气若游丝。

“我们很快就到了……”

费尔南迪托哭丧着脸望着她。“都怪我不好。她一直求我，叫我别送她去医院……我真的被她吓到了。她说她很确定，那些人一定到处在找她……”

“医院其实就跟墓园没两样。”费尔明在一旁补上一句。

这句话在费尔南迪托听来格外刺耳，仿佛甩了他一巴掌。费尔明提醒自己，他不过就是个孩子，他心中的恐惧，恐怕远超过车上的其他人。

“别担心。费尔南迪托小弟。您已经做了该做的事。碰到这种情况，任何人都会不知所措。”

费尔南迪托叹着气，愧疚感依旧啃噬他的内心。

“如果阿莉西亚小姐有什么三长两短，我也死了算了……”

她执起他的手，以仅剩的些微力气握紧。

“如果那个男的……那个叫作安达亚的人……发现她的下落，怎么办？”费尔南迪托喃喃低语。

“他们是不可能找到她的，”费尔明说道，“这件事包在我身上！”

阿莉西亚的双眼半开半闭，努力听着他们的谈话。

“我们要去哪里？”她问道。

“去索雷餐厅，他们的大蒜虾多美味，连死人闻了都会复活。您到时候吃了就知道。”

“不要送我去医院，费尔明……”

“有谁说过要去医院吗？人去了医院都会死掉。根据统计，医院是全世界最危险的地方。您尽管放心，就算我身上的跳蚤生病了，我也不会送它去医院的。”

司机一心专注在拉耶塔纳大道车阵中钻来钻去，竟然闯进了逆向车道。费尔明眼看着公车几乎擦过车身，距离车窗大概只有两厘米。

“爸爸，是您在那里吗？”阿莉西亚低声说，“爸爸，不要丢下我……”

费尔南迪托望着费尔明，一脸惊慌。

“别放在心上，小鬼。这可怜的孩子已经神志不清，开始出现幻想了。对西班牙人来说这是很正常的。哎！司机老板，快到了吗？”

“我们有可能全部活着到医院，也有可能一起死在路边。”司机这样回他。

“对，这就是团队精神。”

费尔明发现他们正以稳定的高速驶近哥伦布大道。霎时，电车、汽车和行人在前方堵出一道墙。司机紧抓着方向盘，嘴里不停咒骂。费尔明默默在心中祈祷，不管什么神明，只要能保佑他们平安就好，接着，他面带微笑看着费尔南迪托。

“抓紧，小伙子。”

他从来没见过任何四轮机器像这样肆无忌惮地在哥伦布大道上横行无阻。喇叭声、咒骂声和叫嚣声此起彼落。驶过哥伦布大道这一段，出租车正开往小巴塞罗那，沿着一条窄巷前进，简直就像驶进了阴沟，还撞倒了一排停靠在路边的摩托车。

“厉害。”费尔明大声起哄。

他们终于看到海滩，眼前的地中海染成了一片紫红。出租车驶近医院入口，最后停在好几辆救护车前，引擎发出怪声之后，终于像泄了气似的熄火，车盖空隙钻出一缕白烟。

“您真是太厉害了！”费尔明边说边拍了拍司机肩膀，“费尔南迪托，快把这位大师的名字和营业执照记下来，我们圣诞节必定送上一篮火腿和杜隆杏仁糖聊表心意。”

“不必。各位不要再搭我的车，我就很高兴了。”

约莫二十秒后，一群医护人员将阿莉西亚移出出租车，把她安置在一张病床上，火速推入手术房，费尔明一路同行，一只手仍按压着伤口。

“各位大概会需要好几桶鲜血！”他提醒医护人员，“我的血尽量用，别看我这样瘦巴巴，我身上的血液比国家公园的湖水还要丰沛。”

“您是病人的家属吗？”到了手术室入口，突然冒出一个助理这样问道。

“我是候补的父亲角色，指定的后备家长。”费尔明说。

“什么意思？”

“意思就是，给我滚开，不然我马上一拳打昏您的脑袋！听见没？”

助理很识相地退到一旁，费尔明一直陪着阿莉西亚，直到被强行拉开。他看着她被挪到手术台上，手术室一片透白，仿佛幽魂。护士们拿着剪刀剪开她的衣服，惨遭凌虐的身躯布满瘀青、抓痕和刀伤，还有那不断涌出鲜血的伤口。费尔明瞥见她臀部的深色疤痕，仿佛一片蜘蛛网爬在身上，像是要把她吞了。他使尽全力握紧拳头，唯有这样才能抑制双手的颤抖。

阿莉西亚的目光在找寻他，她泪眼模糊，嘴角漾着暖心的微笑。费尔明暗自哀求恶魔，就算只有一线希望，千万不要就这样带她走。

“您的血型是哪一型？”有人在旁边问道。

费尔明紧盯着阿莉西亚，伸长了手臂。

“O型阴性，万用型，质量顶级。”

32

那个年代，科学界尚未能解释为什么医院里时间过得那么慢。据费尔明估计，他大概损失了一桶的血量。此时他和费尔南迪托一起待在海景候诊大厅，窗外可见索摩洛斯特铅灰色天空下，一片简陋屋舍嵌在海天之间。再往远处眺望，浮现一幅由十字架、天使雕像和墓碑组成的马赛克拼图，那是新村墓园，对于坐在这一排排冰冷椅子上苦等伤病亲友的访客来说，这是个不祥的预示。费尔南迪托面色凝重地望着窗外，费尔明倒是淡定多了，此时正大口咬着从咖啡馆买来的特大尺寸三明治，搭配一瓶莫里兹啤酒。

“费尔明，我实在搞不懂，这种时候，您怎么还有胃口？”

“我可是奉献了身体里百分之八十的血液。说不定连我的肝都取走了，所以有必要进行体能补充。我根本就和普罗米修斯一样，只差没有那些怪鸟而已。”

“普罗米修斯是什么？”

“多读书，费尔南迪托，年轻人不能跟猴子一样只顾着解决自己的性欲。我这种实干的人，新陈代谢特别旺盛，食量特大，每周需要的食物是体重的三倍，这样才能让体能维持最佳状态。”

“阿莉西亚小姐几乎都不吃东西。”费尔南迪托说，“喝酒倒是另外一回事……”

“每个人的胃口不一样……”费尔明抒发己见，“就拿我来说吧，经历内战之后，直到今天，我还经常处在饥饿状态。您太年轻了，不会懂这些的。”

费尔南迪托看着他一口接一口吃着手中的美食。这时，有个像是地方律师的男人从候诊大厅门口探头张望，手上拿着一沓文件表格，为了引起注意，刻意干咳了几声。

“两位是病人家属吗？”

费尔南迪托转头看着费尔明，他随即伸手按住小伙子的肩膀，借此宣示，有他在的地方，发言人的角色一定由他担任。

“家属这个词还不足以说明我们和她的关系。”费尔明说着拍掉身上的面包屑。

“那么您会以什么字眼来定义两位和她的关系？”

费尔南迪托之前幼稚地认为自己已经开始掌握胡搅蛮缠的艺术，直到此时见证了费尔明大师的表演，与此同时，阿莉西亚的手术仍情况不明。当眼前这个人介绍自己是医院管理助理，表示要调查伤情，要求他们出示文件的时候，费尔明就火力全开，开始编漂亮官话。首先，他自称是巴塞罗那省长熟识的好友，当时这位省长可是政坛宠儿。

“请阁下务必明白，介于我上司的身份，我为人是再严谨不过了。”费尔明特别强调。

“小姐伤势严重，显然受到极大的暴力攻击。根据警方规定，我必须了解一下状况……”

“我建议最好别这么做，除非您希望自己最快明天开始去富利特堡屠宰场后面路边药房当收银员。”

“我不懂您的意思。”

“事情很简单。您先坐下来，注意听我说。”

于是，费尔明开始胡诌编故事，阿莉西亚还被改名换姓，变成了薇奥莉塔·勒布朗，一个高级妓女，专为省长服务，需要处理工会事宜的时候，她就帮省长应酬劳工部那几个好朋友。

“您也知道官场应酬是怎么回事，几杯白兰地下肚，有些人就开始不安分了，最后就跟不听管教的小鬼一样难缠。伊比利亚半岛的男人，简直是大男人中的大男人，就算是地中海的海水也冲不掉那种男子气概。”

费尔明继续编造冲突情节，有个颇孚众望的名人，性爱游戏玩过头，把甜美的薇奥莉塔弄得遍体鳞伤。“现在这一行的女孩都是不堪一击的。”他总结道。

“可是……”

“偷偷告诉您，这种丑闻传出去，不用我多说，肯定闹得满城风雨。您想想，省长家里有夫人和八个小孩，挂名五个银行的副行长，还是三家建筑公司的最大股东，三家公司的高阶主管都是他家族的女婿、表兄弟、亲戚和家人，这是我们亲爱的祖国惯有的传统。”

“我了解，但是法律面前人人平等，我有义务……”

“您有义务尽忠报国，维持优良传统，就像我这样，还有我的跟班小弟米格利托，就是坐在那边被吓傻的那个。别看他那副德行，他可是绿园侯爵的第二个养子，米格利托，对不对？”

费尔南迪托连忙猛点头。

“那我呢？您要我怎么办？”医院管理助理忍不住发牢骚。

“说真的，我也碰过同样的状况，换了我是您的话，通常会在表格里填上西班牙名著人物的名字，因为事实证明警察对最好的文学没什么兴趣，所以他们也不会发现那些名字有什么不对劲。”

“可是，我怎么能做这么荒谬的事？”

“填写表格让我来就可以了。您呢，作为一个尽职的好员工，就等着领奖金。这是拯救西班牙的方式，每天做一点儿小事。我们又不是在罗马。咱们这里，叛徒是有奖励的。”

这位助理几乎恼羞成怒，理智似乎已在崩溃边缘，他频频摇头，横眉怒目瞪着费尔明。

“您呢？敢问您尊姓大名？”

“姓勒布朗，名字是吉诃德，请多指教。”费尔明这样回他。

“无耻！”

费尔明目光凌厉盯着他，并点了点头。

“正是如此。这个国家除了把耻辱藏起来变现之外，还要怎么做？”

一个钟头过去了，费尔明和费尔南迪托依旧在大厅等候手术结果。在费尔明坚持之下，小伙子总算喝了一杯热巧克力，体力渐渐恢复，情绪也平稳下来了。

“费尔明，您觉得刚刚编的故事，他们会信吗？不觉得这种情节太夸张了吗？”

“费尔南迪托，我们已经先设下了疑点，这是最重要的。说谎的时候，重点不是编一套让人可以接受的说辞，而是要注意对方的贪婪、恐惧和愚蠢。人再怎么样也骗不了别人，人只能被自己所欺骗。会说谎的人告诉那些蠢货他们想听的话，从而让对方忽略事实，至于对方自我妄想到什么地步，要取决于他的愚蠢和选择妄想的程度。秘诀在这里。”

“可是您刚刚提到的那些，实在太可怕了。”费尔南迪托无法苟同。

费尔明耸了耸肩。“那就看您怎么想了。在这个闹剧一样的世界里，豹子试图藏起身上的斑点，羔羊以为自己是狮子，欺骗是大家相安无事的黏合剂。世间人啊，不知道是因为恐惧，还是好奇或愚蠢，大家对欺骗习以为常，还不断重复别人的谎言，说谎到后来甚至以为自己说的是实话。这是时代之恶。诚恳老实的人成了濒临绝种的动物，和蛇颈龙或者读书的艳舞女郎一样罕见。”

“我没有办法接受您的说法。大部分人都是很正派的好人。可惜，一粒屎就坏了一锅粥。这是我非常确定的。”

费尔明轻拍小伙子的膝盖。“这是因为您太嫩，还有点傻气。人年轻的时候看到的世界是它应有的样子，老了以后看到的世界才是真面目。这个您慢慢就能有所体会。”

费尔南迪托不禁垂头丧气。当小伙子正忙着和宿命论奋战，费尔明瞥见前方有几个穿着合身制服、身材姣好的护士，正沿着走道慢慢过来。那令人愉悦的身段，行走时摆动的腰臀，看得费尔明内心隐隐骚动。他决定主动趋近目标，并以阅人无数的专业眼光把她们扫描一遍。其中一位看来是新手，顶多才十九岁，从他身旁经过时，这位小护士瞅了他一眼，那眼神摆明了她绝对不可能看上他这样的人。另一位护士对于在医院无所事事的人表现得更加不客气，她狠狠瞪了他一眼。

“下流猪！”护士咒骂。

“大家最后都会被蛆虫吃得精光。”

“我真搞不懂，您哪来的闲工夫去想这些有的没的？阿莉西亚小姐还在跟死神搏斗。”费尔南迪托忍不住问道。

“您平常说话就是这么陈词滥调的，还是您的表达方式是看新闻学的？”森贝雷书店图书顾问没好气地回应他的指责。

接着是一阵漫长的静默，百无聊赖的费尔明开始探究纱布下的抽血伤口，无意间发现费尔南迪托不时偷偷瞟他一眼，欲言又止，神色怯懦。

“现在又怎么了？”费尔明问他，“想尿尿啊？”

“我只是纳闷，您是多久以前认识阿莉西亚小姐的？”

“我们算是老朋友了。”

“但是她以前从来没提起过您这个人。”费尔南迪托不解。

“那是因为我们已经超过二十年没碰面了，而且，我一直以为她已经死了。”

小伙子望着他，内心的疑惑未曾消减。

“那您呢？被我们这位夜生活女王迷得团团转的傻小子，还是心甘情愿为她赴汤蹈火的伪君子？”

费尔南迪托再三思索。“我想，我算是前者吧！”

“这不是什么丢脸的事，人生就是这样。一个人为什么做了某件事，又为什么宣称要去做那件事，学习分辨两者之间的差别，就是认识自我的开始。学会这件事之后，距离完全摆脱白痴的污名，还是有一段路要走的。”

“费尔明，您像一本书一样讲话。”

“如果书会讲话，世上就不会有那么多聋子。费尔南迪托，您必须要做的是……从现在起，避免让别人替您写人生剧本。好好运用装在脖子上的那颗脑袋，认真写下自己的人生剧本，因为一辈子会碰到太多喜欢对您指手画脚又废话连篇的人，这些人都是虚张声势，无非是想让您一直当个蠢蛋，懂吗？”

“嗯……不太懂。”

“我想也是。可是没关系。趁着您现在比较平静了，请把事发经过再叙述一遍。这一次，拜托从头开始讲，按照事发先后顺序慢慢说，不要随便添油加醋。这样可行吗？”

“我试试看。”

“那就开始吧！”

这一回，费尔南迪托没有遗漏任何细节。费尔明专注聆听，一边盘整了心里的各种假设和臆测，逐渐兜拢这幅拼图的所有碎片。

“您提到的那些资料和伊莎贝拉的手札，现在放在哪里？”

“暂时先交给我阿姨赫苏莎，她是阿莉西亚小姐住的那栋公寓的门房，绝对可以信任。”

“我一点都不怀疑，但是，我们必须找个更安全的地方才行。警方和特务都清楚得很，公寓大楼的门房能提供许多便利服务，但是机密性绝对不包含在内。”

“您说的是。”

“这件事是我们两人之间的秘密，请务必保密。在达涅尔·森贝雷面前，一个字都不能提。”

“我了解。一定遵照您的指示。”

“这样很好。对了，您身上带钱了吗？”

“大概，只有一点零钱吧……”

费尔明手掌一摊，要他给钱。“我得去打一通电话。”

电话铃响起的那一刻，达涅尔立刻冲上去接听。

“谢天谢地。费尔明，您到哪里去了？”

“海上圣母医院。”

“医院？发生什么事了？”

“有人企图刺杀阿莉西亚。”

“什么？是谁？为什么？”

“拜托冷静一下，达涅尔。”

“我怎么可能冷静？”

“贝亚在吗？”

“当然，可是……”

“请她听电话。”

对话暂停，接着是争论的谈话声，最后，听筒里传来贝亚平和的声音。

“喂，费尔明……”

“我没有时间跟您说细节，但是，阿莉西亚正在经历生死关头。她现在还躺在手术室里，我们正在等候通知。”

“我们？”

“我跟一个叫作费尔南迪托的小鬼，他好像在帮阿莉西亚做事，也当她的线人。我知道整件事听起来很诡异。但是您先耐心等着，我有空再解释。”

“费尔明，您需要什么？”

“我尽量小心处理此事，但我非常确定，我们不可能留在这里太久。如果阿莉西亚有幸从手术中捡回一命，继续留在医院就不一定能活了。有人一定会试图杀她灭口。”

“您有什么建议？”

“可以的话，我们要尽快把她安置在一个任何人都找不到的地方。”

贝亚沉默良久。“我们是不是想到同一个地方了？”

“英雄所见略同。”

“您打算如何把她从医院带到那个地方去？”

“目前我还在思考对策。”

“只好求上帝保佑了。”

“您怎么这么没信心。”

“我该做什么？”

“去找苏德维拉医生帮忙。”费尔明答道。

“他已经退休，至少已经好几年不看诊了。我看是不是找别人……”

“我们需要的是值得信任的人。”费尔明说，“而且，苏德维拉医生是个名医，医术高超。您跟他说是我请他帮忙的，他一定很乐意。”

“但是我上一次见到他，他说您是个不要脸的无赖，居然还趁机偷偷捏了他诊所护士的屁股，他说再也不想看到您这个人了。”

“那是很久以前的事。他一向对我很尊重的。”

“好吧，既然您都这样说了……还缺什么？”

“至少一周所需的日常必需品和粮食，病人刚动完大手术，腹部挨了一刀，手掌也被刺了，浑身上下都是拳打脚踢的伤痕，好像刚参加过拳击赛一样。”

“天啊……”贝亚低声哀叹。

“集中精神，贝亚。记得，粮食和日用品。医生一定知道需要哪些东西。”

“这种事情，他大概不想碰吧。”

“那就运用您的魅力和能力，想办法说服他。”费尔明提出建议。

“好的。我猜她应该会需要一些干净衣服之类的。”

“对，就是这一类的东西。细节就由您去伤脑筋了。达涅尔还在吗？”

“耳朵紧紧贴着听筒。您要他过去一趟吗？”

“不用了。转告他，务必保持冷静，不要惊慌。一旦有最新进展，我会再打电话。”

“我们会在这里等着。”

“还是我那句老话，若要事情进展顺利，一定要让女人当家才行。”

“费尔明，别再灌我迷汤，你那点心思我还能不知道。还有别的事情吗？”

“注意安危！书店被人暗中监视，大概也是意料中的事。”

“我知道了。费尔明？”

“请说。”

“确定这个女人是我们可以信任的人吗？”

“您是说阿莉西亚吗？”

“如果这是她的真实姓名的话……”

“这是她的真名。”

“其他部分呢？她说的那些都是真的吗？”

费尔明叹了口气。“我们就再给她一次机会吧。就当是为了我，好吗，贝亚？”

“当然，费尔明。您说了算。”

费尔明挂了电话，走回候诊大厅。费尔南迪托神色慌张地望着他。

“您在跟谁讲电话？”

“常识。”

费尔明坐了下来，盯着小伙子看，突然想起多年前的达涅尔，当年那个他一见就投缘的少年。“您是个好孩子，费尔南迪托。阿莉西亚一定会以您为荣。”

“如果她能活下来的话……”

“她会的。我想她已经死里逃生过一回了，这种能力一旦学会就不会忘记。我是经验之谈。死里逃生就跟骑自行车一样，或是单手解开女人的内衣，完全是技巧问题。”

费尔南迪托露出腼腆的笑容。“那个……应该怎么做？”

“您该不会连自行车都不会骑吧？”

“我是说单手脱内衣。”费尔南迪托只好明说。

费尔明轻拍他的膝盖，暧昧地对他眨眼。“您跟我可有得聊了……”

但命运另有安排，就在费尔明打算给费尔南迪托恶补第一堂人生课程时，却见外科医生现身大厅门口，长叹一声，接着精疲力竭地跌坐在椅子上。

33

有人年纪轻轻即因用脑过度就开始掉发，这位外科医生就是其中一个。身材瘦高，清瘦得像支竹竿，眼神清澈敏锐，隔着眼镜观察世事，眼镜式样在当时被戏称为杜鲁门，也就是那位下令用校车大小的原子弹轰炸日本的美国总统。

“我们总算把她的伤势稳定了下来，伤口已经缝合，大出血也止住了。目前并没有感染，不过，为了让伤口顺利复原，我还是让她服用抗生素。伤口比看起来还要深。还好，她的股骨奇迹般地并未受损，但是伤口缝合非常复杂，起初并不乐观。如果可以持续避免发炎和感染，再加上一些运气，她或许撑得过去。就看老天爷怎么安排了。”

“可是，医生，她会活下来吗？”

外科医生耸了耸肩。“接下来四十八小时是关键。病人还年轻，心脏很强。换个体力虚弱的人，根本连手术都熬不过，但这并不表示她已经脱离险境。如果伤口感染的话……”

费尔明点头回应，暗自忖度事情的严重性。外科医生窥探的目光紧盯着他。

“请问病人右臀上的旧伤是怎么来的？”

“童年时期在意外中受伤留下的伤疤。内战时期。”

“这样啊……这个旧伤一定非常痛。”

“她一直受这个旧伤折腾，吃了不少苦，甚至还影响了她的性格。”

“如果她能渡过这次难关，我倒是可以帮她治疗这个旧伤。二十年前根本没有这项技术，但现在已经有了重建手术，或许伤口产生的剧痛能有所改善。人不能一直忍受这样的疼痛过日子。”

“薇奥莉塔清醒之后，我马上就跟她提这件事。”

“薇奥莉塔？”医生不解地问。

“就是病人。”费尔明解释。

这位外科医生虽然顶上没几根毛，但脑袋装的可不是糨糊。他一脸狐疑地望着费尔明。

“这其实不关我的事，我也不知道您跟可怜的老柯尔扯了什么样的故事，但事实就是，有人以非常残暴的手段攻击这名女子，几乎要了她的命。任何一个有……”

“我知道。”费尔明打断他的话，“您说的我都懂，相信我。您认为我们什么时候可以带她离开这里？”

“离开这里？最好的状况是病人留院疗养一个月。这位薇奥莉塔，或许她有其他名字，总之，她不应该去其他地方，除非您想送她坐上开往地狱的特快车。我是说真的。”

费尔明仔细端详外科医生的脸庞。“如果我们把她移到别的地方呢？”

“必须是医院才行。但我不建议这么做。”

费尔明面色凝重地点着头。“谢谢您！医生。”

“不客气。再过几个钟头，如果一切顺利，我们就把她转出加护病房，在此之前还不能去探望她。我想，如果您想透透气，可以出去走走。或许您还有些事情要处理，您知道我的意思。我可以告诉您的是……目前，病人状况稳定，之后的发展情况算是乐观。”

“算是？”

外科医生的笑容似有保留。“如果不从外科医生的立场，而是从我个人的角度来看，我会说，这女孩还不想死。仅仅是愤怒也能让某些人活下来。”

费尔明点头赞同。“女人都是这样。一旦下定决心要做的事……”

费尔明一直等到外科医生走远，才探头到走道上查探动静。费尔南迪托也跟了上来。两个穿制服但并非医护人员的身影谨慎地在走道尽头缓步前行。

“喂，那两个该不会是条子吧？”

“什么？”费尔南迪托问道。

“警察。您是连漫画都没看过吗？”

“这么一说，还真是……”

费尔明自言自语，随即将费尔南迪托推回候诊大厅。

“您觉得是不是医院报警啦？”小伙子问。

“事情比您想象的复杂多了。我们没有时间可以浪费。费尔南迪托，您得帮我一个忙。”

“要我帮几个忙都行，尽管吩咐。”

“我要您回森贝雷书店一趟，帮我传个话给贝亚。”

“贝亚？”

“达涅尔的妻子。”

“我怎么知道是哪位？”

“您一定会认出她的。她是整个书店最机灵的人，而且是个性感美女，但是气质端庄，千万别对她有非分之想。”

“我要跟她说什么？”

“就说我们要提前实施计划了。”

“什么计划？”

“您这样说她就会懂了。还有，请她派达涅尔去通知伊萨克。”

“伊萨克？哪个伊萨克？”

费尔明哼了一声，显然对费尔南迪托的迟钝甚为恼火。

“潜水艇的发明人伊萨克·贝拉尔。就是伊萨克！需要我写下来吗？”

“不用了，我已经背下来了。”

“那就赶快上路，我们已经快来不及了。”

“您呢？您要去哪里？”

费尔明对他眨眨眼。“不去搬救兵，怎么可能打胜仗？”

34

费尔明踏出医院时，暴风雨已经过去了，他走在海滩上，朝着索摩洛斯特前进。阵阵东风卷起潮浪，浪花涌进沙滩，距离陋屋聚集的贫民区仅数米，再往远处望去，便是新村墓园的围墙。就连死人都比这些在海边度日的无名贱民住得好，费尔明在心里这样嘀咕。

进了贫民区，第一条窄巷就有不少疑神疑鬼的眼神迎接他。衣衫褴褛的幼童、面容苍老黝黑的妇人、年事已高的老年人，没等他走过来，早已伸长了脖子张望。不一会儿，一群年轻人上前围住了他。

“乡巴佬，你迷路了吗？”

“我要找阿曼多。”费尔明神色自若，脸上不见一丝不安或畏惧。

其中一位年轻人，额头和脸颊各嵌了长长的刀疤。他走上前来，面带胁迫的奸笑，狠狠地盯着费尔明的双眼，摆明了要挑衅。费尔明无畏直视。

“我找阿曼多。”他重复道，“我是他的朋友。”

年轻人暗自衡量着对手的本事，一拳把他打飞根本易如反掌，最后，年轻人面露微笑。

“你不是已经死了吗？”他问道。

“到了最后关头，我又改变心意了。”费尔明这样回他。

“他在沙滩上。”年轻人用手指了一下。

费尔明点头表示感谢，这群年轻人随即退到一旁。费尔明继续沿着窄巷走了百余米，此地的人们已无视他的存在。窄巷之后，一条弯道通往海边，费尔明已听见沙滩上传来儿童的嬉戏笑闹。他走过去一看，顿时明白了原因。

暴风雨将一艘老旧货船吹刮到此地，如今搁浅在沙滩数米外。船身倾倒，桅杆在朵朵浪花间忽隐忽现。巨浪冲散了船上大部分货物，此时在海面上四散漂流。一群海鸥在搁浅船只上方盘旋，一群船工则忙着抢救残局，孩子们在一旁狂欢庆祝。远处可见一片烟囱林立，无边无际的工厂丛林，漫天乌云，偶尔传来雷响的回音与闪电余光。

“费尔明！”他身边传出低沉、平静的嗓音。

他一转身便看见阿曼多，吉卜赛王子，遗忘世界的统治者。一身无懈可击的黑色西装，手上拿着一双漆皮皮鞋。长裤裤脚卷起，以便和孩童一起在潮湿的沙滩上散步，然后看着孩子们逐浪玩耍。他指着眼前的船难景象，点了点头。

“某些人眼中的灾难，却是另一群人乐见的庆典。”他说，“什么风把您吹回老家来了？亲爱的老友，坏事还是好事？”

“绝望。”

“绝望从来就不是好参谋。”

“却非常令人信服。”

阿曼多不禁莞尔，频频点头。他点了一支香烟，然后把整包烟递给费尔明，但这位访客却婉拒了。

“有人告诉我，他们看见您从海上圣母医院走出来。”阿曼多悠悠说道。

“原来到处都有您的眼线。”

“我猜您需要的不是眼线，而是援手……需要我帮什么忙吗？”

“救人一命。”

“您的性命吗？”

“是我亏欠的一条命，阿曼多。我今天来，为的是我多年前就应该营救的一条命。命运把她交到我手里，我却搞砸了。”

“费尔明，命运对我们的认识，比我们自己更清楚。我想，您并没有做错任何事。不过，我感觉今天这件事很紧急，跟我说说细节吧。”

“这件事情很复杂，而且风险不小。”

“如果是简单又安全的小事，我想您也不会过来麻烦我了。她叫什么名字？”

“阿莉西亚。”

“一个情人？”

“一笔债务。”

安达亚蹲跪在尸体旁，伸手掀开覆盖的毯子。

“这是他吗？”他问道。

等不到答复，他猛地回头。站在身后的利纳雷斯，一脸愕然地凝视着巴尔加斯的遗体，仿佛刚刚被人甩了耳光。

“到底是不是他？”安达亚再度追问。

利纳雷斯点头回应，双眼微闭。安达亚再次将毯子盖上死者头部，站了起来。他意兴阑珊地查看客厅，漫不经心地检查散落一地的衣服和物品。除了利纳雷斯之外，另外两名手下在一旁默默等着。

“我听说巴尔加斯回到这里之前，曾经和您一起去了市立殡仪馆。”安达亚说，“可以跟我说说事情经过吗？”

“巴尔加斯小队长前一晚发现了一具尸体，打电话要我过去帮忙处理。”

“他说了是在什么样的情况下发现尸体的吗？”

“他说是在调查手上的案件时发现的。案情部分，他没跟我多说。”

“那您也没问他？”

“我猜巴尔加斯会在时机成熟时再告诉我。”

“您就这么相信他？”安达亚好奇地追问。

“就跟相信我自己一样。”利纳雷斯答道。

“同事挚友，真有意思。没想到在警察总署还能交到好朋友。那么，可不可以告诉我，两位确认了尸体身份吗？”

利纳雷斯迟疑了半晌。“巴尔加斯怀疑一个叫里卡多·洛马纳的人。他对这个人有印象。我记得是他以前的同事。”

“虽然不是我的同事，但是我也有印象。您跟相关单位报告这件事了吗？”

“没有。”

“为什么？”

“我在等法医的验尸报告。”

“但您是有打算要呈报的？”

“当然。”

“您在局里谈过巴尔加斯怀疑死者是洛马纳这件事吗？”

“没有。”

“没有？”安达亚反问，“没跟任何一个部属提过？”

“没有。”

“陪您到现场处理尸体的除了法医和他的助手、检察官和警官之外，还有别人吗？”

“没有。您是在暗示什么？”

安达亚对他眨了个眼。“没什么，我相信您说的是真的……还有，您知道巴尔加斯离开殡仪馆之后去了哪里吗？”

利纳雷斯摇头否认。

“民事管理局。”安达亚说道。

利纳雷斯皱起眉头。

“您不知道吗？”

“不知道。”利纳雷斯没好气地顶了回去，“我为什么会知道？”

“巴尔加斯没跟您说吗？”

“没有。”

“真的？那巴尔加斯就没从民事管理局打电话找您询问过什么吗?”

利纳雷斯直视他的目光。安达亚笑容满面，显然乐在其中。

“没有。”

“您听过罗维拉这个姓氏吗？”

“这姓氏很常见。”

“在市警局里呢？”

“我记得局里挂名这个姓氏的只有一个人，任职资料处，快退休了。”

“有人最近向您打听过这个人吗？”

利纳雷斯再度摇头否认。“我能不能请问……我们到底在谈什么？”

“我们在谈命案，老兄。一件冲着我们而来的命案，冲着我们的精英分子。谁会做出这样的事呢？”

“显然是职业杀手。”

“您确定？我倒觉得像是个小贼。”

“小贼？”

安达亚煞有介事地点点头。“这一区一向不太平静，而且，老天爷最清楚了，加泰罗尼亚人偷窃成性，连自己亡母留下的内裤都不放过，其他人就更不用说了。这里的人身上流着窃贼的血液。”

“再怎么厉害的小贼也不会是巴尔加斯的对手。”利纳雷斯辩称，“这一点您比我还清楚。一般人不可能有这本事。”

安达亚看着他的眼神平静而深远。“利纳雷斯，您就认了吧！世上确实有专业小贼。心狠手辣，杀人不眨眼。这些您都知道。而且，我们就实话实说，您的好朋友巴尔加斯体能已不复当年。人都会老的。”

“这些事情，等调查结果出来再说也不迟。”

“可惜的是，根本不会有调查结果。”

“因为这是您的命令吗？”利纳雷斯驳斥。

安达亚一听，更是乐不可支。“不不不，不是因为这是我说的。我什么人都不是。如果您知道怎么样才是对自己有利的，您就知道该做什么，不需要别人告诉你什么。”

利纳雷斯一时语塞。“我不能接受这样的处理方式，不管是您或任何人下的命令。”

“您的事业运一直很平顺，利纳雷斯。我们就别装傻了，您有现在的成就可不是扮英雄得来的，英雄可笑不到最后。现在别做傻事。过不了多久，美好的退休人生就等您去享受。时代已经变了。要知道，我说这些都是为了您好。”

利纳雷斯一脸不屑地睨着他。“我只知道，你是个狗娘养的，我不在乎你背后的靠山是谁。这件事情不能就这样算了。应该怎么处理，就该照规矩来。”

安达亚无所谓地耸了耸肩。利纳雷斯转过身，走向门口。安达亚看了看其中一名手下，并点头示意。这名刑警尾随警官离去。另一名手下走过来，安达亚对他抛出探询的眼神。

“有没有查到那个婊子的行踪？”

“工厂仓库里只有一具尸体。现场找不到她的踪迹。我们盘查过她在对街的公寓，一无所获。附近邻居都没看见她，门房太太非常确定上一次见到她是昨天，当时她正要出门。”

“她说的话可信吗？”

“我想她说的是实话，但是，您如果不放心的话，我们可以再对她施压。”

“不用了。地毯式搜查各家医院诊所。她如果送医治疗的话，一定会用假名挂号。她应该去不了多远。”

“马德里那边如果打电话来呢？”

“我们找到她之前，此事一个字都不准提。要尽可能不动声色。”

“是的，长官。”

35

这是她此生最美好的一场梦。阿莉西亚在四壁纯白的房间醒来，房里弥漫着樟脑味。远处传来此起彼伏的耳语声。她醒来最先发现的是疼痛已经消失。二十年来第一次，她没有痛苦。几乎与她一生为伍的剧痛居然完全消失。当下只觉通体舒畅，眼前豁然开朗，空气仿佛一粒粒飘浮粉尘堆积而成的浓稠液体，闪耀着彩虹般的荧光点点。

阿莉西亚露出欢喜的笑容。她能够呼吸，并感受到自己的躯体平和稳定。她发觉自己的骨肉已脱离濒死险境，心灵从钳制她多年的金属碎片中解脱。一张天使的容颜在她身旁侧身观望，并查看了她的双眼。天使个子很高，身穿白袍，但没有翅膀。不仅没翅膀，几乎也没头发，但手上倒是拿着针筒，当她问起自己是否已死并身在地狱，天使笑着告诉她，这种事得看你从哪个角度来看，总之，无须担心。她感受到微微的针刺，一股幸福暖流在血管内扩散，留下一片祥和静好。

继天使之后出现的是个干瘪的魔鬼，脸上嵌着不成比例的大鼻子，让人立刻联想起莫里哀的喜剧以及塞万提斯的惊世成就。

“阿莉西亚，我们要回家了。”小个儿魔鬼对她说道，他的声音有一种说不出的熟悉。

陪在一旁的那位顶着黑色大理石般的黑发，五官精致完美，让阿莉西亚不由得兴起一股强烈的欲望，她想亲吻他的双唇，拨弄那黝黑亮丽的发丝，全心全意爱恋他，即使只是片刻也好，那已足够促使她保持清醒去回忆，这天上掉下来的纯真无瑕的幸福，竟让她碰上了。

“我可以摸摸您吗？”她问。

那位黑发王子，一位绝无仅有的王子，他踌躇不决，转过头去望着魔鬼。小个儿的表情摆明了要他别理会她。

“这是因为我输血给她，所以她暂时忘了礼仪，脑袋瓜儿也不怎么管用了，您别把她的话当一回事。”

王子一个手势，一群小矮人即刻聚集，他们都穿着一身白衣。其中四人将她连床单一起从病床抬到一张担架床上。王子执起她的手紧紧握住。他过去一定是个了不起的父亲，阿莉西亚这样暗想。那紧紧一握，天鹅绒般的触感证实了她的想法。

“想不想有个孩子？”她突然询问。

“我已经有十七个小孩了，亲爱的。”王子这样回她。

“阿莉西亚，快睡觉吧！再这样下去，我的脸都要被您丢光了。”魔鬼这样要求她。

但她偏偏不睡。她让美男子握着手，躺在神奇的担架床上，继续神游美妙梦境，在雪白灯光映照下，经过一条条无止境的通道。他们一路上历经电梯、地道以及哀号连连的魔幻大厅，直到阿莉西亚感受冷风拂面，惨白的天花板转换成绯红云顶，上面挂着棉球似的太阳。魔鬼帮她盖了一张毯子，那群小矮人则听从王子的指挥，将她抬上一辆与童话故事不太搭调的四轮马车，前方没有骏马拉车，车头也没有螺旋铜饰，车身却印着神秘的文字：

庞德罗莎

冷肉

大宗批发

送货到府

王子正要关车门时，阿莉西亚听见嘈杂人声，有人呵斥他们停下来，并出言恐吓。接下来数分钟，她单独留在车上，她的保护者在外对质一群暴徒，拳打脚踢的声响此起彼落。小个儿魔鬼再度出现在她身旁时，只见他乱发直竖，嘴角破裂，挂着胜利的微笑。车子发动前进，一路摇摇晃晃，阿莉西亚有种诡异的感觉，似乎一直闻到廉价腊肠的味道。

漫长的路程仿佛永无尽头。车子驶过一条条大道窄巷，在迷宫的地图里穿梭，终于，车门打开了，那群小矮人似乎瞬间长大，此时看起来就是寻常的成年男子，他们将她从车内抬到担架床上，阿莉西亚这才发现，四轮马车神奇地变成了一辆小货车，而他们正置身一条暗巷，周遭一片昏暗。小个儿魔鬼顶着费尔明独一无二的五官，在一旁告诉她，现在几乎可说是安全无虞了。他们把她推到一扇栎木雕花大门前，门内有个头发稀疏、目光犀利的男子探出头，他查看窄巷两侧的动静，轻声说了一句："进来吧！"

"我在这里告辞了。"王子宣布。

"至少给我一个吻！"阿莉西亚咕哝着。

费尔明忍不住翻白眼，并向王子发出警示："随便吻她一下吧！否则会没完没了的。"

阿曼多王子优雅地吻了她。他的双唇散发着肉桂香味，带着技巧、稳重和悦人悦己的高超技巧吻了上去。阿莉西亚任由自己被遗忘多年的躯体打着寒颤，闭上双眼，眼角垂泪。

“谢谢。”她喃喃低语。

“真是难以置信，”费尔明在一旁说，“根本就像个不到十五岁的小姑娘！还好您的父亲没看到这一幕。”

大门关上时传来一阵教堂钟表的机械声响。他们走过一条辉煌的通廊，两侧尽是神话人物的壁画，随着管理员手上油灯的光亮忽隐忽现。空气中弥漫着书香和魔法，通廊尽头浮现一片巨大拱顶，阿莉西亚此生从未见过如此壮观的建筑，或许在梦里曾有这样的记忆。

眼前出现一座百转千回的迷宫，朝着宽阔的玻璃圆顶往上延伸。月光被解构成千百支细长刀刃，所有书籍，所有故事，以及世间所有梦想，在高处挥洒成一幅魔幻画作。阿莉西亚认出这是多次出现在她梦中的场景，伸长了手想去触摸，就怕刹那间一切又化为虚无。她身旁出现了达涅尔和贝亚的面容。

“我在哪里？这是什么地方？”

伊萨克·蒙佛特，方才为他们开门的管理员，时隔多年，阿莉西亚总算又认出他来。他蹲跪在她身旁，轻抚着她的脸庞。

“阿莉西亚，欢迎再度光临遗忘书之墓。”

36

巴利斯开始怀疑自己的想象画面恐怕要成真。他的视力正逐渐消失，而且他也不确定，那名走下阶梯到地牢门前问他是不是巴利斯部长的女人，或许只是梦境一场？他一直怀疑那是一场梦。或许是个梦。也许他是一个正在蒙锥克地牢里腐烂的亡灵，彻底失去了理智，以为他自己是狱警而不是囚犯。他记得有这样一件案子，那个人的名字叫米坦斯。曾在共和时代成为知名剧作家的米坦斯，一直是令巴利斯鄙视的人，因为他拥有巴利斯梦寐以求却得不到的人生。米坦斯的下场就和巴利斯妒忌的其他人一样，余生在监狱的19号牢房里度过，不知道自己是谁。

但巴利斯仍知道自己是谁，因为他有记忆。癫狂的戴维·马丁曾对他说过，人就是记忆。因此，他知道，不管那名女子是谁，她曾经来过，而且总有一天，她或同伙的人会回来释放他，带他离开。因为他和米坦斯以及所有由他下令处决的可怜虫不一样。他，毛里西奥·巴利斯，不会死在这样的地方。他有义务要照顾女儿梅希迪斯，因为她是他这段时间努力活下来的理由。或许正因如此，每当他听见地下室入口那扇门打开，传来有人在阴暗中走下阶梯的脚步声，他总会抬起充满期望的眼神。因为，那一天可能已经到来。

此时应该是清晨时分，他已经学会依照寒冷的程度辨别时刻。他知道，一定有什么不寻常的事情，因为他们不会一大早就下来。他听见有人开了门，然后是沉重的脚步声。有个身影在幽暗中逐渐成形。他捧着托盘，盘里飘出他此生从未嗅过的人间美味。

安达亚把托盘放在地上，点燃枝形烛台上的蜡烛。“早安，部长。”他说，“我给您送早餐来了。”

安达亚将托盘推近铁栅栏边，掀开餐盘上的盖子。丰厚多汁的牛排泡在浓稠的甜椒酱里，佐以烤马铃薯和煎蔬菜，这盘珍馐宛若幻梦。巴利斯觉得嘴里充满口水，胃部顿时打了个结。

“五分熟。”安达亚说道，“是你喜欢的。”

托盘上还有一小篮精致小面包、银制餐具以及纯麻餐巾。搭配里奥哈顶级红酒，装在意大利穆拉诺制的玻璃杯里。

“今天是个重要的日子，部长先生。这是您应得的。”

安达亚将托盘从铁栅栏下方推了进去。巴利斯无视餐具和餐巾，直接伸手去抓牛排，狼吞虎咽的模样，连他自己都觉得陌生。他大快朵颐，享用美味的牛肉、马铃薯和面包，最后把盘底舔得干干净净，美酒喝到一滴不剩。安达亚神色冷静地在一旁观望，面带和善笑容，从容地吞云吐雾。

“我必须向你道歉，因为我订了甜点，却忘了带来。”

巴利斯把吃得精光的托盘推到一边，一只手紧抓住铁栏杆，目光紧盯着安达亚。

“我看你一副很吃惊的样子，部长。不知是大餐的菜色不合口味，或是你还在等其他人？”

享受美食的喜悦霎时烟消云散。巴利斯再度瘫倒在地牢角落。安达亚在那里待了几分钟，翻阅手上的报纸，同时抽着烟。抽完烟，他把烟蒂往地上一丢，并将报纸折好。他发现巴利斯紧盯着报纸，于是问道：“是不是想看看报纸？像你这样的文化人，不看点东西就不对劲。”

“拜托。”巴利斯开口请求他。

“那有什么问题。”安达亚大方应允，随即走近铁栅栏边。

巴利斯伸出仅有的那只手，挂着哀求的神情。

“其实，我今天是带着好消息来的。老实说，我今天早上读到那段文字的时候，马上就想到一定要好好为你庆祝一下。”

安达亚把报纸往铁栅栏内一丢，转身踏上阶梯。

“报纸是你的了，蜡烛也留下。”

巴利斯朝着报纸扑过去，紧抓着它不放。报纸在被丢进来时版面错乱，他仅靠单手整理，花了好一段时间才全部依序排好。接着，他拿着整理好的报纸，挪近烛台，视线落在报纸头版。

起初，眼前只见一片模糊字海。他的双眼陷入黑暗中的时间太长了。不过，他倒是一眼就认出几乎占了整个版面的照片。那是他在帕尔多皇宫下拍的，背景是巨幅壁画，他身穿白色细条纹的深蓝色西装，三年前在伦敦定制的衣服。那是毛里西奥·巴利斯在部长任内的最新一张官方照片。照片下方的文字渐渐显影，仿佛水底的一幢海市蜃楼。

新闻头条

西班牙一代伟人陨落

教育部部长毛里西奥·巴利斯车祸去世

大元帅公告　全国哀悼三天

杰出耀眼的一代英才，毕生贡献于建设新时代的伟大西班牙，在战火灰烬中重现辉煌荣耀。高贵的革命情操无人能及，秀逸文采将西班牙文学及文化推至巅峰。

（通讯社 / 编辑部）马德里，一九六〇年元月九日

西班牙今天一早便因这个噩耗而陷入哀伤，痛失一代天之骄子教育部部长毛里西奥·巴利斯。悲剧发生在今天凌晨，当时部长乘坐其司机兼保镖驾驶的座车，在索莫萨瓜斯

公路四公里处发生车祸。部长与其他内阁成员在帕尔多皇宫开会至深夜，会议结束后搭车返回私人住所。现场传出的消息指出，意外发生时，一辆油罐车在反方向车道突然爆胎，司机惊吓失控，撞上高速行进中的部长座车。油罐车装满液态燃料，两车撞击后引发爆炸起火，甚至惊动了附近居民，有人立刻报警。巴利斯部长及其保镖当场死亡。

身受重伤的油罐车司机罗森多来自亚科彭达斯，医疗人员虽极力抢救，伤者仍在送医途中身亡。车祸现场火势惊人，部长及保镖最后成了两具焦尸。

政府今天上午召开内阁紧急会议，首相宣布中午将由帕尔多皇宫正式发布公告。

毛里西奥·巴利斯享年五十九岁，从事公职超过二十年。他的离世是西班牙文化界的重大损失，因为他不只担任部长一职，还是杰出的出版人、作家和学者。此外，他也领导众多公立机构，我国文艺界重要人士皆于今天上午亲赴教育部致哀，并对敬仰的毛里西奥先生做最后的致敬。

巴利斯身后留下遗孀和女儿。政府相关人士表示，部长的灵堂从今天下午五点起在东宫对外开放三天，以供全国民众瞻仰，并向这位西班牙伟人做最后的追念。痛失毛里西奥·巴利斯这位国民典范，本报所有同仁在此表达最深切的遗憾与哀伤。

佛朗哥万岁！西班牙万岁！毛里西奥·巴利斯先生，我们永远缅怀您！

羔羊颂
一九六〇年一月

AGNUS DEI
Enero de 1960

1

维多利亚·桑奇斯醒来时，身上裹着熨烫过的亚麻被单，散发着薰衣草芳香。她穿着完全合身的纯丝睡衣，伸手摸了摸自己的脸，嗅出皮肤有淡淡的浴盐香味，头发干净舒爽，但她并不记得自己洗过头。她什么都不记得了。

她缓缓起身，靠坐在天鹅绒床头软垫上，试着厘清自己身在何处。一张大床，舒适的床垫和枕头，让人忍不住想躺下来，宽广的卧室处处可见高雅贵气的装饰。柔和的天光透过白窗帘洒进屋内，映出五斗柜上的一瓮鲜花。柜子旁是一张梳妆台，除了有一面镜子，还可以充当书桌。墙上贴满浮水印碎花壁纸，挂了多幅镶有华丽画框的田园风光水彩画。她掀开被单，坐在床沿。脚下的地毯是契合房内装饰色调的乳白色。房间布置专业，出自行家之手。温暖但毫无人情味。维多利亚不禁纳闷，自己是否置身地狱。

她闭上双眼，试着去了解自己如何来到这里。记忆中最后的画面是松园的家里。影像缓缓回到脑海。厨房。她的双手、双脚被人以铁丝绑缚在椅子上。安达亚蹲跪在她面前，不断逼问她。她在他脸上吐了口水。狠狠一个耳光把她连人带椅子摔倒在地。安达亚一名手下过来把她的椅子扶正，另外两名手下押着莫尔加多过来，将他绑在一张桌子上。安达亚再度盘问她。她保持沉默。接着，警官掏出手枪，瞄准莫尔加多的膝盖近距离开了一枪。司机凄厉的惨叫声深切撼动了她的心灵，她从未听过任何男人发出如此痛苦的哀号。安达亚泰然自若，继续质问她。她吓坏了，害怕地摇头。安达亚耸了耸肩，绕过桌子，将左轮手枪抵住司机另一个膝盖。一名手下扶住她的头，不让她移开视线。“看到没？臭婊子，跟我作对的人就是这种下场。”安达亚扣下扳机。鲜血碎骨齐飞，溅得她满脸都是。莫尔加多的身体不断抽搐，像是高压电蹿流全身，但未再发出任何声响。维多利亚紧闭双眼。不久，耳边传来第三声枪响。

她突感一阵作呕，赶紧下床。一扇半掩的门内即是洗手间。她跪在马桶前吐出胆汁，一直干呕到什么也吐不出来为止。她靠墙瘫坐，虚弱地喘着。洗手间粉红色的大理石舒适宜人，墙上的扩音器播放轻柔音乐，弦乐团演奏着柔板的贝多芬。

维多利亚渐渐恢复稳定呼吸，站起身倚在墙上，头晕得天旋地转。她走近洗手槽，打开水龙头洗脸漱口，冲掉口中的酸臭味。她拿起掉落脚边的柔软毛巾把脸擦干，接着踉跄走回卧室，再度倒卧在床上。她极力想抹灭脑海中的影像，但安达亚沾满血迹的面容却如火焰般烧灼着她的视网膜。维多利亚凝望自己醒来的诡异所在。她不知道自己在这里待了多久，如果这里是地狱，而且应该就是，看起来倒像是一家豪华旅馆。过了半晌，她再次进入梦乡，在梦中，她祈求永远不再醒来。

2

她再次醒来时，透过窗帘的阳光十分刺眼。咖啡香扑鼻而来。维多利亚起身，在床尾发现一件与睡衣成套的睡袍和一双拖鞋。房门另一侧的套房客厅里传出声响，小汤匙碰撞瓷杯叮咚作响。维多利亚打开房门，走过一小段通道就是椭圆形客厅，中央是一张供两人使用的餐桌，桌上摆着早餐：一壶橙汁、一篮精致面包、不同口味的果酱、鲜奶油、炒蛋、香煎培根、炒蘑菇、热茶、咖啡、牛奶以及双色方糖。食物散发诱人香味，她不由自主地猛吞口水。

坐在餐桌旁的是个中年男子，中等身材，中度秃头，中规中矩。一见她出现，他连忙起身，温文有礼、笑容可掬地请她在对面坐下。他穿着三件式西装，露出足不出户的人特有的苍白肤色。倘若在大街上与他擦身而过，她或许连看都不会看他一眼，只会当他是个一般的中阶公务员，或是从小镇进城参观普拉多美术馆或看戏的公证人。

直到趋近细看，她才发现他有一双浅色眼睛，深邃而澄亮。精明算计的眼神观望着她，眼镜后的眼皮几乎没眨过，过大的贝壳形镜框让他多了一份女性的柔和。

“早安，阿里亚娜。”他说，“请坐。”

维多利亚环顾四周。她随手抓起架子上的枝形烛台，作势要攻击他。

男人面不改色，掀开餐盘上的盖子，低头嗅闻香味。

“嗯，好香。相信这一定能让你胃口大开。”

他若无其事地走近她，但维多利亚仍高举着枝形烛台。

“我想你不需要这么做，阿里亚娜。”他神色自若。

“我不叫阿里亚娜。我的名字是维多利亚，维多利亚·桑奇斯。”

“先坐下来吧，拜托。你在这里很安全，不需要害怕什么了。”

维多利亚迷失在那双催眠的眼神里。早餐的香味再度扑鼻而来。她知道，腹部扭绞的疼痛只是饥饿。她将高举的烛台放回架上，缓缓走近桌边。就座后，她的目光始终紧盯着男子。他静候她坐定，随即作势要为她准备牛奶加咖啡。

“你要加多少块糖？我喜欢加很多糖，只是医生说这样不太好。”

她看着他调咖啡。“您为什么要叫我阿里亚娜？”

“因为那是你的本名，阿里亚娜·马泰克斯。不是吗？不过，如果你坚持的话，我也可以继续叫你维多利亚。对了，我叫莱安德罗。”

莱安德罗稍微起身，并伸出手来。维多利亚并未回应。他和颜悦色地坐下。

“要吃点炒蛋吗？我已经尝过了，没有毒。希望如此。”

维多利亚暗自期望男子别再露出那和善的笑容，否则她会因为无法回应他的善意而愧疚。

“开玩笑的，这个当然没有毒。要不要来份香煎培根炒蛋？”

维多利亚居然点了头，连自己都吓了一跳。莱安德罗露出满意的笑容，随即为她端上一盘，并在冒着烟的炒蛋上轻轻洒了盐和胡椒。这位好客的主人展现了专业主厨的熟练技巧。

“如果还想吃点别的，我们可以点餐。这里有一流的餐点服务。”

“这样就可以了，谢谢。”

她几乎无法说出“谢谢”两个字。谢什么？谢的又是谁？

“这羊角面包美味极了，你一定要尝尝！整座城市找不到更好吃的了。”

“我在哪里？”

“我们在皇宫大饭店。”

维多利亚眉头深锁。“在马德里？”

莱安德罗点头确认，并将面包篮递给她。她迟疑不决。

“这都是刚出炉的面包。拿一点吧！否则全都会被我吃掉，但是我该减肥了。”

维多利亚伸手拿了一个羊角，无意间瞥见自己前臂有针孔。

“很抱歉，我们必须帮你注射镇静剂。发生了松园那些事情之后……”

维多利亚猛地抽回手臂。“我是怎么到这里来的？您到底是谁？”

“我是你的朋友，阿里亚娜。不要害怕，你在这里很安全。那个叫安达亚的人不会再伤害你了。任何人都不可能再伤害你。我向你保证。”

“我丈夫伊格纳西奥在哪里？他们对他做了什么？”

莱安德罗以温柔的眼神凝视她，脸上浮现淡淡的笑容。

“来，先吃点东西补充体力。等一下我再把事情始末告诉你，并且回答你所有问题，我保证。你要相信我，还有，冷静下来。”

莱安德罗的嗓音悦耳，说出来的话总让人感到轻松自在。

他选择词语的方式就像调香师寻找香味一样。维多利亚不自觉地平静下来，恐惧感逐渐消失。温热美味的食物，舒适的室内暖气，以及莱安德罗平和、轻松且如长辈般的细心呵护，终于让她恢复冷静顺从的状态。

“我希望这一切都是真的。”

“我说的没错吧？我是指羊角……”

维多利亚温顺地点点头。

莱安德罗拿起餐巾擦拭嘴角，慢慢地把它折好，并按了桌上的电铃。片刻之后，房门开了，门口出现一位服务生，随即着手撤收餐盘，视线始终避开维多利亚，也没出声。服务生离开后，莱安德罗面容哀戚，双手叠放在大腿上，眉眼低垂。

“阿里亚娜，我有个坏消息。你丈夫伊格纳西奥已经不幸逝世了。非常遗憾，我们没赶上。”

阿里亚娜顿时泪眼模糊。那是愤怒的泪水，因为她早就知道伊格纳西奥已不在人世，无须任何人特意告诉她。她紧抿双唇，双眼直视莱安德罗，他似乎正在揣度她的沉着反应。

“请告诉我事实真相。”她总算开了口。

莱安德罗频频点头。“这件事并非三言两语说得清楚，但我还是要求你先听我解释，然后想问我任何问题都可以。首先，我要你先看一样东西。”

莱安德罗起身到客厅角落，在小茶几上拿了份报纸，回到桌边递给维多利亚。

“打开看看。”

她一头雾水地接过报纸，打开来看了头版。

教育部部长毛里西奥·巴利斯车祸去世

维多利亚闷声尖叫。报纸从手中滑落，她开始难以自抑地啜泣呻吟。莱安德罗小心翼翼地靠近，轻柔地环抱她。维多利亚瘫在他怀里，接受陌生男子的安慰，全身颤抖着，就像个无助的小女孩。莱安德罗让她靠在他肩上，不断轻抚她的发丝，她泪如泉涌，哭出了今生累积的所有悲痛。

3

“我们从很久以前就开始调查巴利斯这个人了。收到西班牙银行董事会一份报告之后，我们着手调查此案，报告显示国家重建金融集团有不法金融交易，财团负责人是米盖尔·安赫尔·乌巴赫，你父亲……或者应该说是把自己变成你父亲的那个人。长久以来，我们一直怀疑财团利用良好政商关系当掩护，实际上从事非法掠夺，从内战期间到战后，成了少数既得利益者。内战就像其他所有战争，国家毁了，但少数开战前就开始致富的人却更加富有。为赚取更多财富，所以要发动战争。至于这个案子，财团也是被利用的一方，他们必须贿赂打通关系，用钱封住一些人的嘴。许多人就利用这个方法往上爬。巴利斯正是其中之一。阿里亚娜，巴利斯的所作所为，我们一清二楚。我们知道他对你们一家人做了什么。但是，这样还不够。我们需要你的协助，才能将这个案子彻底查清楚。”

“为什么？反正巴利斯都死了。”

“为了正义。巴利斯确实死了，但是许许多多一生被毁掉的人还活着，他们有权讨回公道。”

维多利亚半信半疑地望着他，说道：“您要找的就是这个？正义？”

“我们寻找的是真相。”

“你们究竟是什么人？”

“一群宣示为国效忠的人，我们发誓要把西班牙变成更公正、更有诚信、更开放的国家。”

维多利亚笑了。

莱安德罗紧盯着她，神情严肃。“我并不期望你会相信我。现在还不是时候。但我还是要让你知道，我们试图从体制内做改变，因为除此之外别无他法。一切都是为了革新这个国家，将它交还给国民。我们天天在玩命，只希望你们姐妹俩和你父母曾经历过的不幸，不再重复发生在其他人身上。我们要犯下罪行的人付出代价，向世人公布真相，因为没有真相就没有正义，没有正义就没有和平。我们为了变革和促进国家进步而奋斗，要终结一个只为少数人图利却牺牲劳苦大众的政局。我们并不是为了当英雄，只因为必须有人付诸行动。除了我们，没有别人会做这些事了。我们需要你的协助，因为如果你加入我们，事情就有可能成功。”

两人面面相觑，沉默许久。

“如果我不想帮忙呢？”

莱安德罗耸耸肩。“没人能强迫你这么做。如果你决定不加入我们，也不在乎那些和你有相同遭遇的人能否讨回公道，我也不逼你。决定权在你。巴利斯已经死了。以你的处境来说，最简单的做法就是将过去的一切抛诸脑后，开始崭新的人生。换作是我说不定也会这么做。但我相信你不是那样的人。我认为你内心深处在乎的不是复仇，而是正义和真相。我们也是，甚至比你更在乎。我相信你也希望犯罪者为恶行付出代价，希望受害者恢复平静的生活，并确定所有牺牲的生命不是白费。但是，这一切都由你决定。我不会拦你的。门就在那里。如果你想走，可以从那扇门走出去。我们把你带到这个地方唯一的理由是，因为你在这里是安全的。在这里，我们能够保护你，同时可以继续挖掘真相。一切取决于你了。”

维多利亚的目光移往房门。莱安德罗又倒了一杯咖啡，放了五块方糖，平静地品尝。

“如果有需要，我会派一辆车来接你，送你去任何想去的地方。从此以后，你再也不会见到我，或跟我们有任何瓜葛。你只要说一声就可以了。”

维多利亚顿时觉得胃部一阵翻搅。

“不需要现在就做决定。我知道，你这一路走来经历了很多，我可以理解，你现在一定很困惑。我知道，你无法信任我或其他任何人。这些都情有可原。换作是我置身这样的处境，我也不会相信别人的。但是，就算给我们一个机会，你也不会有任何损失。你再考虑一下，无论何时，不需要向任何人解释，你随时可以退出。但是，我希望，也请求你，不要这样做。请你给我们一个帮助别人的机会。”

维多利亚发现他的双手不断颤抖着。莱安德罗脸上的笑容，如此温柔感人。

“拜托你了……”

她眼眶含泪，终究点了点头。

4

接下来一个半钟头，莱安德罗将他们调查过的事件始末重述了一次。

“我花了很多年才将所有事件拼凑起来。我会简述一下我们知道的事，或者是认为知道的事。你听完就会知道还有些空白的部分，而且我们可能也犯了一些错误。或许是很多错误。到时候，请你指正。我告诉你我知道的事，你来纠正我，可以吗？”

莱安德罗的嗓音有种催眠的魔力，轻易就能收服人心。她想闭上双眼，沉溺在那柔和的嗓音里，任由丝绒般的话语拥抱她的情感，无所谓其内容含义。

“好吧，”她表示同意，“我试试看。”

男人露出感激的温暖笑容，让她在这个随时被窥伺的地方竟感到安心自在。渐渐地，他以舒缓的语调叙说她已熟悉到不能再熟悉的故事。事件始于她的童年，当时，她父亲维克多·马泰克斯认识了米盖尔·安赫尔·乌巴赫，富可敌国的银行家，他的妻子恰巧是马泰克斯小说的忠实读者，经她说服之下，银行家决定请马泰克斯捉刀撰写其自传，并提供丰厚的酬劳。

她父亲当时经济拮据，因此接受了这份工作。内战结束后，某天银行家夫妇意外出现在马泰克斯位于瓦维德雷拉滨海公路旁的家。乌巴赫夫人比丈夫年轻许多，倾城美貌犹如杂志上的模特。她不愿意因为生孩子而让玲珑有致的身材走了样，但她喜欢小孩，或者也可能喜欢把小孩交给仆人这个主意。乌巴赫夫妇在马泰克斯家待了一天。在此之前，她的父母刚为她添了个妹妹索妮雅，当时还是襁褓中的婴儿。夫人离去前特地和两个小女孩吻别，并盛赞她们甜美可爱。数日后，几名持枪男子现身他们家门前，逮捕了她父亲，后来将他关进蒙锥克监狱，他们还强行带走了她和妹妹，留下身受重伤、奄奄一息的母亲。

“到这个部分，我说的都没错吧？”莱安德罗问她。

维多利亚点头，一边抹去愤怒的泪水。

同一晚，那些人把她们姐妹俩拆散了，她从此再也没见过妹妹。他们告诉她，如果不希望妹妹被杀，她就必须彻底忘记自己的父母，因为他们是罪犯，还有，从那一刻起，她的名字不再是阿里亚娜·马泰克斯，而是维多利亚·乌巴赫，因为她的新父母是米盖尔·安赫尔·乌巴赫先生及其夫人菲德莉嘉，他们还说她非常幸运。她将和新父母住在全巴塞罗那最美的豪宅，一幢叫作松园的别墅。那里有仆从和所有她需要的一切。当时，阿里亚娜十岁。

“从这里开始，情节会出现一些疑点。”莱安德罗预先提醒她。

他向她解释，根据调查，维克多·马泰克斯在蒙锥克监狱被枪毙，就跟其他许多囚犯一样，由当时的典狱长毛里西奥·巴利斯下令执行，只是，官方报告上的死因却是自杀。莱安德罗认为，巴利斯把阿里亚娜卖给了乌巴赫夫妇，换取的报酬是更高的内阁官位，以及一沓新银行股票，这是他们在内战结束后借由掠夺千百名政治犯的资产而成立的新银行。

“想知道你母亲后来的情况吗？”

维多利亚紧抿双唇，点点头。

莱安德罗告诉她，她的母亲苏珊娜在丈夫和女儿被掳走后隔天，勉强打起精神，却犯了大错：去警局报案。她当场被拘捕，随后被送往奥尔达的疯人院，院方将她隔离监禁在地牢里，并对她施以电疗长达五年，最后，他们确定她已经失去记忆，也忘了自己是谁，遂将她遗弃在巴塞罗那郊外的空地。

“他们以为她什么都不记得了。”

莱安德罗解释，苏珊娜后来在巴塞罗那乞讨维生，露宿街头，三餐就靠垃圾桶找来的剩食，如此忍辱求生，就为了有朝一日能找回两个女儿。靠着这一丝希望，她努力活了下来。几年过去，有一天，苏珊娜在拉巴尔区小巷里的废物堆捡到一份报纸，报上刊登了毛里西奥·巴利斯与家人的合照。此时，他已不再是当年那个典狱长，而是高居权力中心的大人物。照片中与巴利斯合照的是个小女孩，梅希迪斯。

“梅希迪斯就是你失散多年的妹妹索妮雅。你母亲一眼就认出了她，因为索妮雅从一出生就有个让母亲永远不会忘记的胎记。”

“颈部下方的星形胎记。”维多利亚听见自己的声音。

莱安德罗微笑点头。“巴利斯的妻子患慢性病多年，一直无法生育，所以巴利斯决定亲自抚养你妹妹，并视如己出。他为她取名梅希迪斯，借以纪念自己的母亲。苏珊娜四处行窃，只要能偷的都不放过，她变卖赃物，终于存够钱买了去马德里的火车票，到了马德里，她接连好几个月偷偷查访全市所有中学校园，深信一定能找到女儿。她伪造了一个新身份，栖身于雀卡区一间小旅馆的简陋客房，晚上则在工厂当裁缝女工。白天的时间就用于探访马德里各家中学。就在几乎要放弃希望的时候，她找到了。她从远处瞥见她，马上就知道那是她的孩子。她开始每天早上都去那里报到，走近校园旁的铁栏杆，试图引起她注意，后来总算能和小女孩聊上几句。她不想惊吓她。当她确定，梅希迪斯……也就是索妮雅，已经完全不记得她，你母亲几乎痛不欲生。但她并没有被击垮，还是每天早上去那所学校，抱着一线希望能看到她，即使仅有几秒钟也好，若能在铁栅栏边和她说上几句话，更好。有一天，她决定把真相告诉小女孩。当她正隔着铁栅栏和你妹妹聊天，巴利斯的保镖突然上前袭击她。他们当着小女孩的面朝她头部开了一枪。你想先暂停一下吗？”

维多利亚摇了摇头。

莱安德罗继续讲述维多利亚在黄金牢笼松园的成长史。后来，乌巴赫被首相指派新任务，由他领导一群曾资助其军队的银行家和贵族，并委任他为新政府勾勒财经新蓝图。乌巴赫因而搬离巴塞罗那，全家移居马德里，住在一栋她永远痛恨的房子，她一心想逃离，失踪了好几个月，直到有人意外在巴塞罗那一百公里外的海边村落找到她。

“这就是我们拼凑整个事件时碰到的其中一片大空白。”莱安德罗说，“没有人知道你那几个月去了哪里，又是跟谁在一起。只知道你回到马德里不久，乌巴赫家的豪宅发生了一场可怕的火灾，一九四八年那一夜，整栋房子毁于大火，一切化为灰烬，银行家夫妇双双丧命火场。”

莱安德罗试着找寻她的目光，但维多利亚就是不开口。

“我理解，重提这件事非常困难，也很痛苦，但是，让我们知道你失踪的那几个月发生了什么事，非常重要。”

她依旧紧闭双唇，莱安德罗点了点头，展现十足的耐心。

“没有必要非得今天讲不可。”

他继续讲故事：维多利亚一夕间成了巨富的遗孤和继承人，此后由一位名叫伊格纳西奥·桑奇斯的年轻律师监护，他也是乌巴赫夫妇指定的遗嘱执行人。桑奇斯资质优异，乌巴赫当年对小小年纪的他已照顾有加。他是个孤儿，靠着乌巴赫基金会的奖学金完成学业。有人谣传他其实是银行家和当红女演员婚外情生下的孩子。

年幼的维多利亚总觉得和他有一种特殊的情感联系。两人都在乌巴赫王国过着奢华尊贵的生活，却总觉得自己孤独在世。伊格纳西奥·桑奇斯经常造访乌巴赫家，常见他和银行家在花园讨论公事。维多利亚总是从阁楼窗户偷偷看他。有一天，桑奇斯凑巧碰见她在游泳池戏水，他在闲聊中提起自己从未见过父母，从小在马德里近郊的孤儿院长大。从此以后，每当桑奇斯出现在乌巴赫豪宅，维多利亚不再闪躲，总会下楼向他打招呼。

乌巴赫夫人倒是对桑奇斯没什么好印象，不准女儿和他打交道，说他是个穷光蛋，没什么好指望的。乌巴赫家的女主人平日闲极无聊，在马德里各大豪华旅馆和二十多岁的小白脸幽会打发时间，要不就是在四楼的卧房里酒后酣睡。她始终不知道维多利亚和年轻律师已经成了要好的朋友，两人不但分享书籍，还一起谋划了世上任何人都不知道的计划，一件连乌巴赫先生都料想不到的事。

“有一天，我告诉他，我跟他一样是孤儿。”维多利亚坦承。

乌巴赫夫妇因豪宅大火意外身亡的悲剧发生之后，伊格纳西奥·桑奇斯成了她的法定代理人，直到她成年时，桑奇斯从代理人变成了她的丈夫。想当然流言满天飞，有人认为他们的结合是本世纪最受瞩目的政治婚姻。听到这样的字眼，维多利亚只能苦笑以对。

“对你来说，伊格纳西奥·桑奇斯从来就不是理想的结婚对象，至少一般人的认知是如此。”莱安德罗说，“他是个好人，并且彻底调查过事实真相，他跟你结婚，其实是为了保护你。”

“我一直爱着他。”

“他也很爱你。他甚至为了你而牺牲了自己的生命。”

维多利亚沉默许久。

“多年来，你借由桑奇斯和瓦伦丁·莫尔加多的协助，试图以自己的方式讨回公道，莫尔加多曾和你父亲一起坐牢，你丈夫特别聘他担任专属司机，一起策划了诱捕巴利斯的圈套，并成功让他中计。可惜你不知道，你们所做的一切都在别人的监视中。有人不想曝光真相。”

“因此，他们把巴利斯杀了？”

莱安德罗点头回应。

“安达亚？”维多利亚问道。

他摇头否认。“安达亚只是一个小走狗。我们要找的是在背后操纵他的人。”

“那个人是谁？”维多利亚喃喃说道。

“我以为你知道是谁。”

维多利亚缓缓摇头，一副大惑不解的样子。

“或许你只是现在还没发觉而已。”

“我如果知道的话，可能会和巴利斯死在同一个地牢里。”

“既然这样，我们可以一起把事情查清楚。你的协助，加上我们的资源。你受的苦、冒的风险都已经够多了，现在轮到我们上场。因为你和妹妹并非唯一的受害者。你也知道。还有许多人遭遇同样的悲剧，甚至不知道自己的生命只是一场谎言，他们的人生完全被剥夺……”

她点头认同。

“你们是怎么知道这件事的？如何得知你们姐妹俩不是唯一的受害者？”

“我们找到一份文件编号清单，那是巴利斯伪造的出生和死亡证明文件的编号。”她回答。

“都是什么人的证明文件？”

“战后被关在蒙锥克监狱的囚犯们的子女，巴利斯当时是典狱长。所有的人都失踪了。巴利斯的做法是先囚禁再杀害孩童的父母，然后将他们的孩子抢过来。他帮孩子伪造死亡证明的同时，也帮他们伪造一份新的出生证明，用的是新名字，接着将这些孩子卖给政府高官，作为交换的条件是给予他更多影响力、金钱和权力。那是一项完美计划，因为那些高官接受了抢来的孩子，因此成了共犯，必须永远保持沉默。”

“你知不知道这样的案例总共有多少？”

“我不晓得。桑奇斯怀疑，恐怕有好几百人。”

“我们谈论的是一个非常复杂的案件。巴利斯不可能一个人独立完成所有环节……”

“桑奇斯认为至少有一名共犯，说不定有好几个……”

“我也是同样的看法。我敢说巴利斯可能只是整个网络中的媒介，他们有渠道、有机会，也够贪婪，才能做这样的事。但我还是很难相信居然有办法打造出如此复杂的犯罪网络。”

“桑奇斯也是这么说的。”

“还有别人，一个我们还没找到的人，他是这整个计划的主脑。”

“那只黑手。”维多利亚说道。

“什么？”

她浅浅一笑。“是小时候父亲跟我说过的故事。那只黑手。邪恶总是隐身在暗处操控……”

“阿里亚娜，你一定要帮我们找到他。”

“您认为安达亚是在巴利斯的同伙手下做事吗？”

“很有可能。”

“那就表示，这个首脑人物是政府的内阁成员。一个位高权重的人。”

莱安德罗点头。“因此对他而言，事迹不能外露，行事谨慎是非常重要的。如果要逮到他，必须先厘清事实真相，所有的名字、日期和细节，要找出谁知道这些事，涉入其中的又是谁……唯有查出所有相关人物，才能顺着线索找到主谋。”

“我该做什么呢？”

“正如我所说，帮助我重建事件始末。我相信若能将所有片段拼凑完整，一定能找出主谋。除非他落网，否则你会有生命危险。因此你必须待在这里，由我们来保护你。做得到吗？”

维多利亚迟疑半晌，终究还是点头答应了。莱安德罗倾身向前，将她的双手捧在手掌上。

“希望你能了解，我很感谢你的努力和勇气。没有你，没有你的奋斗和牺牲，我们就不可能完成使命。”

“我只想讨回公道，别无所求。我这辈子从没想过要复仇。报复这件事并不存在。我唯一在乎的是真相。”

莱安德罗亲吻了她的额头。那是父辈的关爱式亲吻，传达了呵护和疼爱，让她觉得自己不再如此孤单，即使只是片刻也好。

“我想今天已经谈得够多了。你得先休息一下。艰难的任务还在等着我们。”

“您要走了吗？”维多利亚问他。

“不用怕，我就在附近。请记得，你会一直被监视和保护着。我想征求你同意，让我们把你锁在这个房间里。不是要把你关起来，而是要避免任何不该进来的人渗入。这样可以吗？”

“可以。”

“有任何需要的话，按个铃就好，马上会有人进来。想要任何东西都可以。”

“我想看书。能不能找几本我父亲的小说给我看？”

“当然，我请他们马上送过来。你现在必须好好休息，一定要睡一下。”

“我不知道睡不睡得着。”

“有需要的话，我们可以帮你……”

“又要帮我打镇静剂吗？”

“那只是帮助你入睡的方式，会让你舒服许多。但还是看你自己，除非你想要……”

“好吧。”

“我明天早上会过来。到时候我们要开始慢慢重建整个事件的经过了。”

“我要在这里待多久？”

“不会太久的，大概几天吧，顶多一个礼拜。直到我们查出谁是幕后主谋之前，你在任何地方都不安全。安达亚和他的手下在到处找你。我们虽然把你从松园救出来，但是这个人不会善罢甘休。他从不轻易放过别人。”

“那是怎么回事？我什么都不记得了。”

“你当时惊吓过度。为了把你救出来，我们两位同事因此牺牲了性命。”

“巴利斯呢？”

“我们迟了一步。现在不要再想这些了，好好休息吧，阿里亚娜。”

“阿里亚娜……”她复述了自己的名字，“谢谢。”

“应该是我们谢谢你。”莱安德罗边说边走向门口。

落了单之后，一股莫名的不安的空虚感涌上心头。整个房间里不见任何钟表，她走近窗边并掀开窗帘，发现所有拴紧的窗户都贴上半透明白纸，只能透光，完全阻挡了窗外景致。

她开始在房里随意踱步，努力压抑着一直想按下客厅桌上电铃的冲动。最后她已经疲于探索套房各个角落，于是走回卧室，坐在梳妆台前端详镜中的自己。她对镜子微微一笑。

“真相……”她喃喃自语。

5

莱安德罗在镜子另一侧仔细观察那张苍白愧疚的面容。阿里亚娜散发着破碎灵魂的气质，以为自己向前进了一步，但其实从一开始就迷路了。他觉得神奇的是，如果能读懂样貌和时间的语言，只要盯着一张脸看，就能看到那张脸小时候是什么样子，然后眼看着生活把他击垮，开始慢慢变老。人就像傀儡或发条玩具，身上都有个隐藏的弹簧能活动悬丝，借此控制他们朝着操纵者期望的方向移动。人们感到的愉悦或是支持，来源于屈从，来源于迟早臣服于主人意志的困惑的欲望，用自己的灵魂换取他认可的微笑和信任的眼神。

坐在他身旁的安达亚充满怀疑地望着她。“我觉得我们只是在浪费时间，长官。”他说，“如果您可以给我一个钟头，我一定让她把知道的事情一五一十都说出来。”

“我给你的时间已经够多了。不是所有情况都需要动刀子。你该做的都做了，我有我的处理方式。”

“是的，长官。”

过了半晌，现场出现一位医生。莱安德罗格外审慎地挑中了他。他看起来像个温文有礼的顶尖名医，那副眼镜加上颇有智者风范的小胡子，慈祥的六十多岁长者，一个爷爷或是舅舅的人物形象，连最神圣的女病人也不会介意在他面前宽衣解带，让他温热的双手检查敏感部位，然后告诉他：“您的双手好温柔，医生。”

他并不是真的医生，但见了这位身穿灰色西装，拿着手提包的跛足长者，任何人都不会质疑。他其实是个化学家，而且极为优秀。莱安德罗看着他辅助阿里亚娜躺在床上，拉起她的衣袖，找寻她的脉搏。注射针筒非常小，针头极细，甚至没动一下。莱安德罗面露笑容，看着阿里亚娜的眼神逐渐涣散，躯体渐渐瘫软。数秒钟后，化学药物让她陷入昏睡，而且至少持续十六个钟头，对于一个身形娇弱的女子，可能更久。她将漂浮在无梦的平静世界，一种完全静止和愉悦的状态，药物会慢慢将魔爪伸向五脏六腑、血液和脑部。如此日复一日。

“这玩意不会要了她的命吗？”安达亚好奇地问道。

“剂量对了就没事。”莱安德罗说，“至少目前死不了。”

医生把器具放回手提包，帮阿里亚娜盖上毯子，然后离开卧室。从镜子前经过时，他刻意点点头恭敬示意。莱安德罗听着背后传来安达亚急切的呼吸声。

“还有什么事吗？”莱安德罗问道。

“没有了，长官。”

“既然这样，很感谢你把她安全送过来，这里已经不需要你做什么了。快回巴塞罗那去，想办法找到阿莉西亚·格里斯。”

“她很有可能已经死了，长官……”

莱安德罗转身逼视他。“阿莉西亚还活着。”

“我无意冒犯，但是，您怎么知道她还活着？”

莱安德罗怒目直视他，仿佛看着无脑的野兽。

“因为我就是知道。”

6

阿莉西亚睁开双眼，首先映入眼帘的是明亮的烛光。她脑中第一个念头是：她太口渴了，她还没死。其次，她发现有个白发白胡须的男子坐在身边，透过一副迷你圆框眼镜观望她。他的五官让她隐约联想起当年在孤儿院读过的天主教教义手册中的上帝形象。

“您是从天堂来的吗？”阿莉西亚问他。

“不要胡思乱想，我家就在这附近。”

苏德维拉医生拉起她的手腕，按住脉搏，同时看着手表。

“感觉怎么样？”他询问病人。

“我很渴。”

“我知道。”苏德维拉说，却丝毫看不出要帮她倒水的样子。

“我在哪里？”

“这倒是个好问题。”

医生掀开床单，接着，阿莉西亚感受到他的双手落在她的骨盆部位。

“感觉到我压迫的力道了吗？”

她点头回应。

“痛吗？”

“我口渴。”

“我知道，但是您必须再等一等。”

帮她盖上床单前，苏德维拉医生的目光停留在攀附在臀部上的一片黑色疤痕。阿莉西亚看出了他眼中隐藏的惊恐。

“我会留一点药，多少可以帮您处理这个旧伤，但是要小心。您现在还很虚弱。”

“我已经很习惯疼痛了，医生。”

医生叹了口气，随即帮她盖好床单。

“我会死吗？”

“今天还不会。我知道这听起来像无稽之谈，但是，您尽量放轻松，好好休息一下。”

“就像在度假一样。”

“差不多就是这样。尽量吧，至少试着放松。”

苏德维拉医生站了起来，这时阿莉西亚听见有人在一旁低声交谈。他们朝她挪近几步，接着好几个身影出现在小床边。她认出了费尔明、达涅尔和贝亚。他们旁边还有个头发稀疏、目光如隼的男子，她觉得自己仿佛已经认识他一辈子，偏偏记不起是什么人。费尔明和苏德维拉医生窃窃私语，达涅尔在一旁微笑，神情顿时轻松不少。他身旁的贝亚紧盯着她，面露忧容。费尔明蹲跪在她身旁，一手轻轻放在她额头上。

“您已经两次在我面前和死神擦身而过，我都快受不了了。说真的，您那张脸跟死人差不多，但是除此之外，我看都挺好的。觉得怎么样？”

“我口渴。”

“这我就想不通了。您喝掉我身上至少百分之八十的血液。”

“麻醉药效还没退之前，她不能喝水。”医生在一旁解释。

“小事一桩。您到时候就知道了。”费尔明发表高论，“退麻药这件事，就像摆脱宗教学校的教育，解放下面，随后一切就水到渠成了。”

医生对他抛出责备的眼神。“别再胡说八道了，会加重病人的心理负担。”

“我会跟死人一样安静的。”费尔明边说边画十字。

医生没好气地咕哝着：“我明天早上再过来。这期间，各位最好轮班守在旁边。只要出现发烧、发炎或感染症状，马上来找我。无论什么时候都可以。谁先开始？您就算了，费尔明，我知道您很想……”

贝亚自告奋勇。“我留下来！”她语气坚定，一副不容置喙的态势，“费尔明，我本来请苏菲亚照顾胡利安，但又放心不下，因为她完全管不住胡利安。我给贝尔纳达打过电话了，请她有空就过去看孩子。卧房让你们睡，干净床单都在柜子里，贝尔纳达知道在哪里。达涅尔可以睡沙发。”

达涅尔看了妻子一眼，但并未出声。

“放心，我一定会把小少爷变成一只小睡鼠。牛奶掺点威士忌，再加点蜂蜜，保证好喝。”

“不准让我儿子碰酒精！还有拜托别跟孩子聊政治，否则他会不停重复你的话。”

“遵命，完全封锁咨询。”

“贝亚，记得帮她注射抗生素，每四小时一次。”医生特别交代。

费尔明对着阿莉西亚咧嘴傻笑。“别怕，贝亚小姐今天的表现非常霸气，但是她打针的技术跟天使一样好。她父亲是糖尿病患者，虽然他本人跟糖没有任何共同点。她打针的技巧可是连尼罗河的蚊子都嫉妒的。她从小就学会了这个本事，因为家里没人敢替爸爸打针，现在呢，她帮我们大家打针，包括我在内。您要知道，我是个很难应付的病人，因为我有钢铁般的屁股，只要稍微使个力，扎进来的针都会断。”

“费尔明！”贝亚高声呵斥。

费尔明恭敬地行了军礼，随即向阿莉西亚眨眨眼。

“好，我亲爱的吸血魔女，那双巧手会好好照顾您的。千万不要乱咬人，知道吗？我明天再来。乖乖照着贝亚小姐的话去做，想办法不要死掉。”

“我会努力的。谢谢您为我做的一切，费尔明。又让您担心了。”

“以前的事我都不记得了。喂！达涅尔，别老是一张惊吓的脸，这样不会让伤口快点好。”

接着，费尔明拖着达涅尔往外走。

“看来一切都交代清楚了。”医生说道，“现在，我要怎么出去？”

“我陪您到门口。”管理员热心送客。

房里就剩她们两人了。贝亚搬来一张椅子，在阿莉西亚身边坐下。两人沉默对望。阿莉西亚送上感激的笑容。贝亚只是看着她，情绪反应难以捉摸。过了半晌，管理员从房门口探望，眼看两人无言对坐，隐约感受出气氛有异。

“贝亚小姐，有任何需要的话，您知道我在哪里。我在架上放了几条毯子，还有医生交代的药物和服用说明书。”

“谢谢您，伊萨克。晚安。”

“晚安，贝亚小姐。晚安，阿莉西亚。”管理员随即告退。他的脚步声在走道上逐渐远去。

“在这个地方，好像大家都认识我。”阿莉西亚说道。

“是，大家似乎都认识您。可惜没有人清楚您真实的底细。”

阿莉西亚点头回应，面露温驯的笑容，但贝亚依旧不买账。阿莉西亚的目光在四面书墙间游走，从地上延伸到天花板，群书满布。她知道，贝亚的双眼始终紧盯着她。

“能不能请问您在笑什么？”贝亚好奇地问道。

“无聊的琐事。我之前梦见自己吻了一位非常俊帅的男子，却不知道对方是谁。”

“您是不是一直都习惯亲吻陌生人？还是只有打了麻醉药才会这样？”

话中带刺的尖锐语气，让贝亚才脱口说出就后悔了。

“抱歉。”她喃喃低语。

“不需要道歉，是我活该。”阿莉西亚说。

“还要三个多钟头才能打抗生素，听医生的话休息吧。”

“我睡不着。我觉得害怕。”

“我还以为您什么都不怕。”

“我只是隐藏得很好。”

贝亚一副欲言又止的样子。

“贝亚？”

“什么事？”

“我知道自己没有权利要求您原谅我，但是……”

“现在先别提这些了，不需要请求我原谅什么。”

“我如果提出这样的要求，您会原谅我吗？”

“您的好朋友费尔明常说，需要请求原谅的人应该去告解室，或是买只小狗。他虽然满嘴胡说八道，这件事倒是说得很有道理。”

“费尔明是个有智慧的人。”

“偶尔。他那副德行，也没几个人受得了就是了。您现在该休息了。”

“我可以牵着您的手吗？”阿莉西亚问她。

贝亚踌躇了一会儿，最后握住了阿莉西亚的手。两人就这样静默许久。贝亚凝视面前这个让她又爱又怕的奇女子。刚抵达此地时，阿莉西亚仍神志不清，医生要检查她的伤势，贝亚在一旁协助他帮病人脱衣。臀部上那刻痕般的惊人伤疤，至今仍深深烙印在她脑海中。

“达涅尔是个幸运的人。”阿莉西亚咕哝着。

“怎么？您喜欢他吗？”

“成为别人的妻子和母亲，我想都不敢想。”

“我以为您已经睡着了。”贝亚说。

“我也是。”

“会痛吗？”

“那个旧伤吗？”

贝亚没回应。阿莉西亚依然闭着眼睛。

“稍微有点痛。”她回答，“麻醉药把疼痛压下来了。”

“这个旧伤是怎么来的？”

“内战期间留下来的，空袭时受的伤。”

“您辛苦了。”

阿莉西亚耸耸肩。“这伤疤正好可以帮我吓跑那些色鬼。”

“我猜您一定有很多追求者。”

“可惜没一个值得交往。好男人都爱上像您这样的女孩了。他们只把我当成幻想对象。”

“或许您只是不想在感情上受伤罢了。”

阿莉西亚笑而不答。

“别以为男人就不会把我当成幻想对象。”贝亚大言不惭，自己也忍不住偷偷笑了。

“我对此毫不怀疑。”

“他们为什么常常这么蠢？”贝亚问道。

“男人啊？谁知道。或许是因为大地之母是女人吧……说来虽然残忍，但他们一出生就昏头昏脑的。不过，有些男人也还不错。”

“贝尔纳达也是这么说的。”贝亚附和。

“您那位达涅尔呢？”

贝亚眯着眼看她。“我的达涅尔怎么了？”

“没怎么样。他看起来是个好男孩，很纯洁的一个人。”

“他有他的阴暗面，只是您不知道罢了。”

“是因为他母亲的那些事情吗？因为伊莎贝拉的遭遇？”

“您对伊莎贝拉的事知道多少？”

“不多。”

“您没打麻药的时候，说谎的功力高明多了。”

“我能够相信您吗？”

“我看您根本就别无选择。问题在于，我能不能相信您这个人。”

“有疑虑吗？”

“当然。”

“有一些关于伊莎贝拉的资料，关于她的过去……”阿莉西亚娓娓道来，“我想，达涅尔有权知道这些事，但是，我不晓得……或许到头来，他还是不要知道的好。”

“阿莉西亚？”

她睁开双眼，赫然发现贝亚的脸庞几乎要碰到她的脸。她感受到贝亚正用力握紧她的手。

“什么事？”

“我有个请求，而且我只说这么一次。”

“请说。”

“不要做出任何伤害达涅尔或我的家人的事。”

阿莉西亚直视那目光，如此威严，让她几乎不敢呼吸。

“请向我发誓。”

阿莉西亚咽下口水。“我发誓。”

贝亚点头应允，再度靠坐在椅子上。阿莉西亚看着她闭上眼睛。

“贝亚？”

“又怎么了？”

“有一件事……有天晚上，我陪达涅尔回到您的家门口……”

“别说了，睡吧。”

7

暴风雨后，巴塞罗那的天空被洗成了冬日清晨特有的荧光蓝。朝阳一脚踢开厚重云层，水漾似的纯净阳光飘浮在空中，宛若瓶装饮料般剔透。森贝雷先生一大早心情不错，竟把医生的劝告摆一边，一口气喝了杯香醇的黑咖啡，尝尽了叛逆的美味，这个充满回忆的一天，就这样开始了。

“今天的业绩一定会超越大斋期的糕饼店！”他信心喊话，“你们看着好了。”

他拿下书店门上“休息”的告示牌，却发觉费尔明和达涅尔缩在角落窃窃私语。

“喂，你们两个……又在搞什么花样？”

两人一起转过头，一脸傻样，一看就知道在密谋着什么。两人看起来都像是一整个礼拜没闭过眼，而且，书店老板若没记错的话，这两人还穿着前一天的衣服。

“我们在聊您。您看起来真是一天比一天更年轻、更潇洒。”费尔明说，“适婚的女人恐怕会巴着您的大腿不放。”

书店老板还没来得及回话，店门上方的铃铛却响了。一位衣着讲究、目光如炬的绅士走近柜台前，笑容可掬。

“早安，先生，需要我们为您服务吗？”

访客缓缓脱下手套。

“我想各位应该不介意回答我一些问题。”安达亚说道，“我是警察。”

书店老板眉头一皱，看了达涅尔一眼，他一脸惨白，就像刚印好的大学教科书内页。

“您请说。”

安达亚和气有礼，面带笑容地掏出一张照片放在柜台上。

“麻烦各位靠近一点仔细看清楚。”

三人聚集在柜台前，开始仔细端详照片。照片里的阿莉西亚·格里斯大概比现在年轻五岁，在镜头前展露了灿烂笑颜，纯真气质只有婴儿能比。

“各位认得这位小姐吗？”

森贝雷先生拿起照片专注地检视。他耸耸肩，把照片传给达涅尔，他也跟父亲做了同样的动作。最后轮到费尔明，他高举照片，对着灯光看了又看，仿佛那是一张假钞，接着他摇摇头，把照片还给安达亚。

“很抱歉，我们都不认识这个人。”书店老板说道。

“老实说，长相有点像黑帮女子，但我从来没见过她。”费尔明帮腔。

“没有吗？确定没见过？”

三人同时摇头。

“各位是不确定，还是没见过她？”

“很确定，没见过。”达涅尔回答。

“这样啊。”

“我可以请问您这个人是谁吗？”书店老板打探道。

安达亚把照片放回口袋。“阿莉西亚·格里斯，警方通缉的逃犯，犯下好几宗谋杀案，据我们所知，都是最近几天发生的。最近一次犯案是昨天，受害者是个警察，名叫巴尔加斯。这女人非常危险，身上可能还带了枪。有人曾见过她这几天在附近走动，有几个邻居已经确认曾看见她进了书店。街角烘焙店的女店员说，她看见这名女子与书店某位职员在一起。”

“她一定是搞错了。”森贝雷先生说。

“有可能。书店除了三位之外，还有别的员工吗？”

“我妻子。”

“或许她还记得有这么一个人？”

“我会问她的。”

“如果各位想起了什么，或是您的妻子记得这个人，请打这个电话给我，任何时间都可以，就说要找安达亚。”

“一定。”

警官亲切地点头致意，走向店门。“谢谢各位的协助，祝各位度过愉快的一天。”

三人站在柜台后，默不作声地望着安达亚从容地穿越街道，并在对面的咖啡馆前停步。接着，他走近一个身穿黑色大衣的男子，两人交谈了约莫一分钟。男子点头回应之后，安达亚随即沿着街道往下走。大衣男子朝书店看了一眼，然后进了咖啡馆，挑了靠窗的位子坐下，接着一直坐在那里监视书店。

“谁能告诉我这是怎么回事？”森贝雷先生忍不住追问。

“一言难尽。”费尔明回应。

此刻，书店老板瞥见他的外甥女苏菲亚带着胡利安从公园返家，小男孩玩得乐不可支。

“刚刚从书店走出去的那个帅哥是谁？”苏菲亚才跨进书店门口就急着嚷嚷，“发生什么事，有人死掉了吗？”

秘密会议在书店后面的工作间举行。费尔明开门见山地切入主题：“苏菲亚，我知道你们年轻人的荷尔蒙常常排山倒海，平息之前，脑袋完全不管用，但是，如果刚才从书店走出去的那个衣着时髦的家伙，或是任何人利用各种借口过来问您是否见过、认识或听说过阿莉西亚·格里斯小姐，您务必展现上帝赋予那不勒斯人的说谎天分，告诉他不认识，从来没见过，表现得像您的邻居麦瑟迪塔丝那样蠢就对了，否则，虽然我不是您的父亲或法定监护人，但我一定会把您送进修道院，直到您认为丘吉尔英俊无比才能出来。您明白了吗？”

苏菲亚惭愧地猛点头。

“您现在去站柜台，假装在忙着做事。”

摆脱了苏菲亚之后，森贝雷先生当面质问儿子和费尔明。

“我还在等你们跟我解释，到底在搞什么鬼？”

“您今天吃心脏病的药了吗？”

“配着咖啡一起吃了。”

“真是异想天开的妙点子。您现在就像炸药，一个不小心，我们全都会被炸飞到街上。”

“不要转移话题，费尔明！”

费尔明指着达涅尔。“这件事我来处理就可以。您到外面去，而且要把自己当成是我。”

“什么意思？”

“别老是一副傻样。那些混账东西派了人一直监视书店，就是等着我们踏出错误的一步。”

“我想去跟贝亚换班……”

“跟贝亚换班？”森贝雷先生不解，“换什么班？”

“这事情一时也说不清。”费尔明急忙插话，“达涅尔，快出去吧！那件事情交给我就行了，我跟间谍打过交道，溜得可快了，就跟鳗鱼一样。好啦，快去，别让人家以为我们在里面搞什么花样。”

达涅尔不情不愿地穿越工作间的门帘，留下主仆两人。

“怎么样？”森贝雷先生问道，“现在可以告诉我究竟是怎么回事了吧？”

费尔明露出温驯的笑容。“您要不要先来颗瑞士糖？”

8

达涅尔觉得时间拖沓不前，一天怎么也过不完。他苦等贝亚返抵家门，大部分时间都把书店业务丢给父亲一个人应付。费尔明对他父亲天花乱坠地扯了个弥天大谎就溜走了，但总算暂时堵住书店老板的嘴巴，接下来几个钟头，至少不会再问东问西又疑神疑鬼了。

“我们一定要尽量让自己看起来比平常更正常才行，达涅尔。”这是他溜走前说的话，为了闪避安达亚派来监视书店的警察，他特意从紧邻圣安娜教堂的天窗爬了出去。

“我们什么时候正常过啊？”

“现在别跟我耍嘴皮子！只要盯梢的人走了，我马上就能去换贝亚的班。”

贝亚终于在中午时刻现身，这时候的达涅尔已经急得像热锅上的蚂蚁。

“费尔明已经把事情告诉我了。”她说。

“他一路都顺利吗？”

“中途绕去买了他难以抗拒的甜点‘修女饼’，还买了白葡萄酒。”

“白葡萄酒？”

“帮阿莉西亚买的。苏德维拉医生把她的白葡萄酒都没收了。”

“她现在怎么样？”

“状况稳定。医生说她还很虚弱，但至少没有感染，也没有发烧。”

“她还说了什么吗？”达涅尔继续追问。

“你是指什么？”

“我怎么老觉得所有人都有事瞒着我？”

贝亚轻抚丈夫的脸庞。“没有人瞒着你任何事，达涅尔。胡利安呢？”

“在幼儿园，苏菲亚送他去的。”

“我下午就去找他们。我们必须让生活维持正常作息。你父亲人呢？”

“在后面生闷气。”

贝亚随即压低音量。“你们是怎么跟他说的？”

“费尔明编了个故事。”

“这样啊。我去博克利亚市场买点东西，你需要什么吗？”

“嗯，正常的生活。”

午后，父亲留他一个人在书店。贝亚尚未返家，达涅尔放心不下，想到大家都在骗他，情绪十分恶劣，他搬出午睡的借口，理直气壮上了楼。最近几天，他一直怀疑阿莉西亚和费尔明有事瞒着他，现在贝亚似乎也加入他们的行列。此事在他脑海中盘旋了好几个钟头，牛角尖越钻越深，灵魂正被无情啃噬。经验告诉他，碰到这样的状况，最合适的应对方式就是装傻，假装什么都不知道。这方法始终奏效。这个好好先生达涅尔，一个失去母亲的可怜孤儿，始终良善而单纯的少年，谁也想不到他能发现什么事。其他人似乎总是替他把答案写好，即使问题并不存在。没有人留意到他已经多年不穿短裤了。有时候，甚至连小胡利安都斜眼看着他、笑话他，仿佛他父亲天生就是个蠢蛋，其他人揭示生活的秘密时他看上去什么也不懂。

“可以的话，我也会嘲笑自己。”达涅尔暗想。就在不久前，他还能催眠自己是一个永远天真的男孩，用自我嘲讽逗费尔明乐一乐。这一直是个让他自在的角色，他也愿意继续当那个大家眼中无忧无虑的达涅尔，而不是天亮前趁着贝亚和胡利安仍在熟睡时摸黑下楼的达涅尔。他偷偷钻进书店后面的工作间，搬开老旧故障的暖气机，然后推开机器后方那片石膏板。

墙角摆着一个箱子，上面放了两大摞积了厚尘的旧书，箱子底有一本剪贴簿，贴满了关于毛里西奥·巴利斯的剪报，都是他从报刊图书馆偷来的，部长多年的公开行程都记录在上面。每一则报道他都熟记于心。最后一则部长因车祸意外骤逝的报道，最让他痛心。

巴利斯，那个夺走他母亲生命的人，居然就这样从他手上逃脱了。

达涅尔已经学会痛恨那张镜头前狂妄自大的脸。他有了一个心得：直到学会仇恨，人才能认清真正的自己。当你真正仇恨，沉溺于这团在内心燃烧的怒火，任其渐渐烧毁仅剩的良知，你不会表现出来。达涅尔无奈苦笑。没人相信他守得住秘密。他从来都做不到，就算是小时候也做不到，因为保密是孩子的艺术，是抵抗世界的空虚的方法。就连费尔明和贝亚也没料到他会在那里藏了这么一份档案夹，自从得知那位了不起的名人毛里西奥·巴利斯，如日中天的政坛巨星，竟是毒死他母亲的凶手，无数暗夜里，他任由这份档案夹滋养着内心阴暗的仇恨。一切都是臆测，大家都这样告诉他。无人知晓究竟发生了什么事。曾经，达涅尔抛却所有猜疑，乖乖活在真实世界里。

这一切，最糟糕也最难以面对的，莫过于正义将永远无法伸张。

他梦想多年的日子，始终腐蚀着他灵魂的念头，终究不可能到来，他要找巴利斯算账，直视他的双眼，让对方看看他眼中累积多年的仇恨，但这已成了空想。他拿出那把手枪，那是他在突尼斯餐厅向一个黑市军火商买来的黑枪，用布包裹，一直存放在箱子底。那是内战时期的老旧手枪，但装了全新的子弹，黑市军火商还教了他如何杀人。

“第一枪打腿部，膝盖下面的部位。然后稍等一下，你会看到他拖着脚步移动。接着就朝肚子开第二枪。再等一下，他会抱着肚子，身体前倾，这时你就朝右胸开枪。再等一等，等到他肺部充血，然后自己呛死。到了这时候，你看他好像已经死了，就把最后三发子弹往头部射击。第一发打颈后，第二发打太阳穴，最后一发打下巴下面。结束后把手枪丢进贝索斯河，就在海滩附近，让河水把枪冲走。”

或许，河水也会涤净此时正腐蚀着他内心的仇恨和痛苦。

“达涅尔？”

他抬头一看，贝亚就在面前。他根本没听见她进来。

“达涅尔，还好吗？”

他点头回应。

“你的脸色苍白，确定真的没事吗？”

“我好得很。晚上没睡，有点累就是了。没什么。”

达涅尔面露幸福的笑容，那是他年少以来惯有的神情，也是左邻右舍熟悉的他。好孩子达涅尔·森贝雷，做母亲的都巴不得能把女儿嫁给他。思绪中不带一丝乌云的阳光男孩。

“我帮你买了橙子。千万别让费尔明看见，免得一转眼就被他全吃光。”

“谢谢。”

“达涅尔，怎么了，需要跟我聊聊吗？是因为阿莉西亚的事，还是那个警察？”

“没什么大不了的。我只是有点担心，这很正常。再困难的事我们都挺过来了，这次也一样。”

达涅尔从来就不懂得说谎。贝亚紧盯着他的双眼。这几个月来，他的眼神一直让她心生恐惧。她走近他身旁，紧紧抱住他。达涅尔双臂下垂，任由妻子紧拥着，一句话都没说，仿佛自己并不在现场。贝亚缓缓松开了他。她将购物袋放在桌上，眉眼低垂。

“我去接胡利安了。”

“嗯，我在这里等你们。”

9

过了四天，阿莉西亚总算可以不靠他人协助从床上起身。自从抵达此地，时光仿佛凝结了。她一直未离开过藏身的地方，白天大多昏昏沉沉度过。屋里有个火盆，伊萨克每隔几小时会添柴火，昏暗的空间不时被烛光和油灯照亮。苏德维拉医生开的止痛药让她几乎都处于沉睡状态，偶尔清醒时，总瞥见费尔明或达涅尔在一旁守候。金钱买不到幸福，但药物常常能让我们更靠近它。

当她隐约记起自己是谁，知道身在何处，便试图开口说话。她的问题大多尚未出口就获得答复。不会，没有人会发现这个地方。没有，令人担忧的感染并未出现，医生认为她正在稳定好转，只是仍相当虚弱。是的，费尔南迪托是安全的。森贝雷先生提供他一份兼职工作，帮忙运送书籍或到客户家领取收购的旧书。他经常问起她，但是根据费尔明的说法，自从费尔南迪托在书店碰见苏菲亚，问起阿莉西亚的次数少了。他还打破一项不可能的纪录：他终于有了新的迷恋对象。

阿莉西亚很替他高兴。如果他要为爱情受苦，至少是为了一个值得的人。

“您不知道，那可怜的家伙是个多情种。”费尔明说，“这辈子恐怕要吃不少苦头。”

“最苦莫过于无法爱人吧。”阿莉西亚这样回他。

“我觉得这个药已经把您的小脑搞坏了，阿莉西亚。如果您现在拿起吉他唱圣歌，我得拜托医生大人帮您把剂量降到婴儿阿司匹林的程度。”

“可别剥夺了我仅剩的闪光点。”

“我的天，那你还真是个恶人。”

恶习总是被低估。阿莉西亚想念她的白葡萄酒，她的进口香烟，以及她独处的空间。药物有效地让她变得迷糊，这种状态有利于她适应一群好心人天天轮班守着她。为了救她一命，他们合力谋划了救人大计，甚至比她自己更担忧她是否能活下来。偶尔她深陷药物作用时，会告诉自己干脆加重剂量，从此一直昏睡下去。然而，她迟早还是要醒来，她终究要记起自己必须清偿所有人生债务才能死去。

她不止一次在幽暗中醒来时，看到费尔明坐在面前的椅子上，一副若有所思的模样。

“费尔明，现在几点了？”

“现在是女巫时间，管它是几点。”

“您都不睡觉的吗？”

“我向来不习惯小憩。我喜欢的是将失眠上升到一种艺术形式，等到死后再补眠吧。”

费尔明望着她的眼神掺杂着温柔和疑虑，让她忍不住激动起来。

“您还是没原谅我，对不对，费尔明？”

“您得说明白，我到底要原谅您什么？我现在什么都不记得了。”

阿莉西亚哀叹了一声。“就是……我让您以为我在内战那一夜就已经死了。我让您一直怀着对我和我父母的愧疚生活。还有我回到巴塞罗那那天，当您在弗兰萨车站认出我，我却假装不认识您，或许您以为自己是疯了，或是看见了幽灵……”

“哦，是这些事。”费尔明对她露出嘲弄的笑容，泪光却在烛光下滢滢闪动。

“怎么样，可以原谅我吗？”

“我考虑一下。”

“请一定要原谅我。我不想死的时候还背负着这个心理重担。”

两人相视无言。

“您是个演技很差的女演员。”

“我演技可好了。只是医生开的药让我脑袋不清楚，一直忘了台词。”

“其实，我一点儿都没有为您感到遗憾。”

“我不希望您因为我而愧疚，费尔明。不只是您，任何人都不必这样。”

“您比较希望大家都怕您吧。”

阿莉西亚被逗得呵呵笑。

“不过，我是不怕您的。”费尔明表明意见。

“那是因为您对我认识不清。”

“我比较喜欢您扮演困境中的少女。”

“既然这样，您原谅我了吗？”

“有什么差别吗？”

“我不想觉得一切都是因我而起，总觉得您忙着扮演别人的守护天使，保护达涅尔一家人。”

“我是森贝雷父子书店的选书顾问，守护天使那一套全是您自己编出来的。”

“您真的没想过，假如解救了某个好人，就能拯救世界？

或至少可能让世界多一份美好？”

“有谁说过您是正派的好人？”

“我说的是森贝雷一家人。”

“您不也在做同样的事吗，亲爱的阿莉西亚？”

“我认为这个世界上没什么值得去拯救的，费尔明。”

“就算您不相信好了。问题是您害怕最后发现自己其实正在做这样的事。”

“您也没好到哪里去，到头来您可能根本没做什么好事。”

费尔明没好气地咕哝几句，伸手到风衣口袋里找糖果。

“我们还是别耍嘴皮子。”他下了结论，“您继续跟虚无主义打交道，我吃我的瑞士糖。”

“各取所需。”

“自得其乐。”

“好啦，费尔明，给我一个睡前香吻。”

“您那种吻我可不敢。”

“吻脸颊！”

费尔明迟疑一会儿，最后还是弯下腰，在她额头上贴了一个吻。

“乖乖睡觉，小魔女。”

阿莉西亚闭上双眼，嘴角上扬。“我非常爱您，费尔明。”

接着，她在寂静中听见饮泣声，于是伸出手去找到他的手，两人就这样握着手，伴着烛光散发的温暖，一起进入了梦乡。

10

伊萨克·蒙佛特，此地的管理员，每天固定两到三回端着托盘替她送来牛奶、奶油果酱吐司、水果，或者一份每周日艾斯科利巴糕饼店供应的甜点。除了文学和隐居之外，他还有这个弱点，尤其偏爱带有松子仁和卡士达酱的甜点。禁不起她再三央求，伊萨克开始帮她送来过期报纸，虽然苏德维拉医生并不是很认同。她阅读了报上所有关于毛里西奥·巴利斯死亡的消息，一时又觉得热血沸腾。

“这件事让你逃过一劫，阿莉西亚。”她这样告诉自己。

大好人伊萨克身材矮小，看似凶恶，对阿莉西亚却总是温柔得难以自抑。他说她让他想起了死去的女儿。女儿名叫努丽亚。他身上总是带着两张女儿的照片：其中一张是眼神哀伤的谜样女子，另一张是一脸欢笑的小女孩，紧拥着一名男子，阿莉西亚一眼便认出那是比现在年轻了数十岁的伊萨克。

“我还来不及让她知道我有多爱她，她就离我而去了。”他说。

有时候，当他端着托盘送食物过来，阿莉西亚必须强迫自己吃上两三口，一旁的伊萨克迷失在回忆的深井里，开始细诉努丽亚的种种，以及他多年来的悔恨。阿莉西亚静静倾听。她怀疑老人从未和任何人聊过自己的悲伤，而老天爷竟送来一个陌生人，如此神似他深爱至今的女儿，他的爱苦无出口，只能试图救活这个女人，送上不属于她的关爱，让他能获得些许慰藉。偶尔，老人聊起女儿，困在回忆的泥淖里，竟忍不住老泪纵横，便会赶紧离开，过了好几个钟头才回来。最深切的痛苦只能独自经历。当伊萨克带着无限哀伤躲进他自己的角落，阿莉西亚却暗自松了一口气，因为，看着老人家流泪，是她唯一承受不了的痛苦。

大家都轮班看护她、陪伴她。达涅尔喜欢为她朗读从迷宫般的遗忘书之墓借来的书，尤其偏爱胡利安·卡拉斯的作品。卡拉斯的文笔让阿莉西亚联想起音乐和巧克力糕点。每天与达涅尔共度的时光，聆听他朗读卡拉斯的一页页篇章，让她沉浸在文字与意象之林，一个被她遗弃的梦想，让她始终后悔不已。她最钟爱的是一本轻薄的小说，书名《无名之辈》，最后一段她甚至已能背诵，无法入睡时，她总会轻声念着这段文字帮助入眠：

> 战争让人大发横财，爱情让人失去一切。天意早已明示，他注定不幸，无法品尝迟来的春天为心灵带来的甜美果实。他知道，余生将是无尽的孤独之秋，无人相伴，亦无可供追忆的渴望和悔恨，而每当有人问起，是谁建造了那栋房子？在房屋化为废墟之前，究竟是谁住在那里？所有知情人，所有熟知他悲惨过往的人，无一不低头垂眼，并可能轻声哀求，祈求风带走他们的声音：无名之辈。

不久后，她发现自己几乎不能和任何人聊起胡利安·卡拉斯，尤其不能在伊萨克面前提起。森贝雷家族和卡拉斯有相当程度的牵连，阿莉西亚认为最恰当的做法，还是尽量回避他们家族阴暗的过往。伊萨克反应尤其激烈，只要听见这名字就会暴跳如雷，因为，根据达涅尔的叙述，他女儿努丽亚曾与卡拉斯相恋。老人家深信，他可怜的女儿遭遇的所有不幸，甚至葬送了生命，一切悲剧皆因卡拉斯而起，此人性格怪异，曾经企图烧光自己的所有作品。所幸此地管理员以自己的职位做担保，否则伊萨克绝对会是卡拉斯的好帮手。

“在伊萨克面前最好别提起卡拉斯。”达涅尔说，“仔细想想，最好别对任何人提起这名字。”

所有人当中，只有一个人对阿莉西亚保持理性，绝无不着边际的幻想，那就是达涅尔的妻子。贝亚帮她沐浴、更衣、梳头，为她打点药物，眼神中传达着拘谨，主导两人默默建立起来的关系。贝亚悉心照顾，协助她恢复健康，只希望她尽快痊愈，这么一来，阿莉西亚就能退出他们的生活，在她对这家人造成伤害之前，永远在他们的生命中消失。

阿莉西亚一直希望自己能变成贝亚那样的女子，但天天与她相处之后，她自知不可能做到。贝亚话少，问题更少，却是最了解她的人。阿莉西亚从来就不是喜欢搂搂抱抱或大惊小怪的人，却不止一次有冲动想去抱住她，还好总在最后一刻忍住了。两人只需交换一个眼神就能明白，她们不是在演《小妇人》，她们各自都有任务要完成。

“我想您很快就能摆脱我了。”阿莉西亚说。

贝亚从未中计上钩。她未曾有过半句怨言，也从未责备过她。她总是格外谨慎地替她换绷带，在她的旧伤疤抹上苏德维拉医生特别请相熟的药剂师调配的药膏，可以舒缓疼痛，却不影响血液循环。她涂抹药膏时，脸上不见一丝遗憾或同情。

除了莱安德罗，贝亚是唯一看到她的裸体却不露任何惊愕神情的人，始终面不改色地检视内战在她身上留下的伤痕。

唯一能让两人平静畅谈的话题是小胡利安。两人之间持续最久也最平和的闲聊通常是贝亚用肥皂帮她洗澡的时候，用的是伊萨克在他兼作办公室、厨房和卧室的房里用小炉子烧好的一壶壶热水。贝亚对那个小家伙有无尽的疼爱，那是阿莉西亚压根儿无法理解的母爱。

“有一天，他大声宣布说长大要跟您结婚。”

“我想您一定跟所有的好妈妈一样告诫他，世上有很多坏女孩不适合他。”

“您无疑是坏女孩们的王后。”

“所有能当我婆婆的女人都这样说，而且，她们说的确实没错。”

“像这一类的事，说得再有道理也没用。我在男人堆里过日子，打从好久以前就知道，大部分男人都对逻辑免疫。他们唯一学会的事情，只有地心引力法则，而且还不是所有男人都学会了。除非他们摔个大马趴，否则不会清醒过来。”

“这像是费尔明的名言。”

“他说的道理特别朗朗上口，我这么多年来可没少听他的金句。”

“胡利安还说了什么？”

“他最新的想法是当个小说家。”

“早熟。”

“你是不知道他有多像个小大人。”

“您还会想要吗？”

“孩子吗？不知道。我也希望胡利安有个伴一起长大，最好有个妹妹……”

“家族里也可以多个女孩。”

“费尔明说，这样有助于稀释家族里过剩的睾酮素。唉，算了，这种事也不是随便说说就能解决的。”

“达涅尔呢，他怎么说？”

贝亚沉默许久，最后耸了耸肩。“达涅尔说的话，一天比一天少了。”

几周后，阿莉西亚感觉体力恢复。苏德维拉医生每天帮她检查伤口两次，他话不多，而且总是在回答别人的疑问。偶尔，阿莉西亚发现他斜着眼看她，仿佛在纳闷这个女人是谁，却又不确定自己是否想知道答案。

“您身上有很多旧伤。有些很严重。应该开始考虑改变习惯。”

“不需要替我担心，医生。我的命比猫还要多。”

“我虽然不是兽医，但是理论上，猫只有九条命，您显然已经超支了。”

“剩一条就够了。”

“我想，剩下的一条命您大概不会投身慈善工作。”

“那就看您从哪个角度去想了。”

“我不知道自己应该比较担心哪一件事，您的健康，还是您的灵魂？”

“没想到您不但是医生，还能当神父。这种组合肯定很抢手。”

“到了我这个年纪，药物和告解室之间的差异已经很模糊了。不过，我想我对您来说还太年轻。疼痛的情况怎么样？我是指臀部的旧伤。”

“药膏挺管用的。”

“但是跟您以前使用的药物不一样吧？”

“不一样。”她坦承。

“以前服用多少剂量？”

“四百毫克。有时候还会多一点。”

“我的天。不能继续服用那种药了，这个您知道吧？”

“请给我一个充分的理由。”

“问问您的肝脏吧，如果它还没罢工的话……”

“要不是您没收了我的白葡萄酒，现在就可以邀它喝一杯，好好讨论一下这件事。”

“您真是无药可救了。”

“关于这一点，我们三个倒是意见一致。”

虽然大部分人开始筹备她的葬礼，但阿莉西亚知道，她已经逃出地狱，即使外出许可只有周末也罢。她知道自己恢复得差不多了，因为她像往常一样开始觉得世界灰暗，对过去几日感受到的温暖失去了感激。阴森气息再次浸染周遭事物，臀部的锥心之痛则提醒了她，如娇嫩鲜花一样的角色该落幕了。

生活恢复寻常节奏，她知道，静养的时光已经告终。对此最感沮丧的莫过于费尔明，他不是一早就唉声叹气，就是偶尔扮演心灵导师。

“我得提醒……诗人已经说过了，复仇这道菜，冷了再尝更美味。”费尔明看出她的不良意图，刻意发表高论。

“那诗人尝到的可能是大蒜杏仁冷汤。写诗的人通常有一顿没一顿，哪里会懂美食？”

“告诉我，您没打算去做任何蠢事。”

“我并不打算做任何蠢事。”

“我要您向我保证。”

“去找个公证人，我们正式点。”

“光是达涅尔和他新产生的犯罪倾向，我就够烦了。您信不信，我居然找到一把他偷藏的手枪？我的圣母玛利亚，这家伙明明两天前还是个挂着鼻涕的小鬼，现在居然背着我私藏手枪，简直就跟无政府联盟的走狗一样。”

“您怎么处理那把手枪？”阿莉西亚追问时，脸上的笑容让费尔明寒毛直竖。

“还能怎么处理？当然是再把它藏好，藏在任何人都找不到的地方。”

“拿来给我。”阿莉西亚低声说道，一脸魅惑。

“门儿都没有。我知道您是什么样的人，连水枪都不会帮您带来，因为您一定会想办法在水枪里装满硫酸。”

“您根本不知道我能干出什么事。”阿莉西亚驳斥他。

费尔明忧心忡忡地看着她。“我已经开始想象了，蛇蝎女人！”

阿莉西亚再次展现纯真无邪的笑容。

“您和达涅尔都不懂得使用手枪，不如在造成遗憾之前，把枪带来给我。”

“好让您对别人造成遗憾吗？”

“我保证，绝对不会伤及无辜。”

“那好，我给您送一把冲锋枪过来，外加几颗手榴弹。有没有偏爱哪一种口径的枪管？”

“我是说真的，费尔明。”

“我也是。您必须要做的一件事，就是恢复健康。”

“唯一能让我恢复健康的方法，就是让我去做该做的事。这也是唯一能保证各位都安全无虞的方法，这一点，您应该清楚得很。”

“阿莉西亚，很遗憾的是，我必须告诉您，您说得越多，我就越不喜欢您讲话的语气。”

“把手枪带来给我，否则我就自己去弄一支。”

“然后又在出租车里奄奄一息，不过这次真会没命的。是被人弃尸在巷子里？或关在地牢，任由那些刽子手凌迟为乐？”

“您担心的就是这些？怕我被囚禁或杀害？”

“对，我脑子里想的就是这些。听着，坦白说，不是我针对您，但是我实在受够了您总是在我的照看之下到处寻死。我如果连第一个需要我照顾的孩子都救不活，有什么资格生儿育女，做个好爸爸？”

“我已经不是孩子了，您也没有责任照顾我，费尔明。再说，您是救人高手，我的命已经被您救回来两次了。”

“第三次就没辙了。”

“不会有第三次了。”

“也不会有手枪。我今天就会想办法摧毁这玩意儿。我会把它碾碎，洒在码头边喂鱼，喂给那些肚子鼓鼓吃垃圾的鱼。”

“无法避免的事，就算是您也阻止不了，费尔明。”

“偏偏这是我的专长之一，我的另一项专长是贴面舞。这话题到此为止，不必再争论了。对，您可以用母老虎似的眼睛瞪我，我不会被吓倒。我可不是费尔南迪托或那些乡下人，您随便露出黑色丝袜，就能把我兜得团团转……”

“您是唯一能帮我的人了，费尔明。特别是现在。我们的身体里流着同样的血液。”

“以您现在这种不要命的程度，您是活不过圣诞节的一只火鸡的。”

“别这样。帮助我离开巴塞罗那，给我手枪。剩下的事我自己打点。您知道，您其实也同意我这样做的。贝亚一定会站在我这边。”

“那您去找她要手枪，看她怎么说……”

“贝亚不相信我。”

“很难想象为什么呢？”

“我们是在浪费宝贵的时间。费尔明，您说呢？”

“别来这一套，我不想跟您一起头朝地下地狱。”

“您怎么能这样跟一位小姐说话。”

“您如果是小姐，那我就是相扑选手。我看您与其满脑子想着干坏事，不如去喝几杯，然后乖乖上床睡觉。”

费尔明懒得跟她争辩，因此抛下她离开了。阿莉西亚和伊萨克一起吃了点晚餐，听他叙述努丽亚的往事。老管理员离开后，她独饮了一杯白葡萄酒（她发现伊萨克把医生没收的好几瓶酒藏在角落），然后离开房间。她沿着走道来到巨大的拱顶下，夜色从圆顶流泻而下，微光中，她凝望着这座雄伟的书籍迷宫，仿若奇景幻象。

她手提油灯，继续穿梭在不同的走廊和密道。她跛着脚在殿堂般的建筑里往上探索，经过阅览室、交叉口和天桥，最后来到上方的几个隐秘房间，螺旋梯或高悬的天桥纵贯其中，恰好形成拱门和护墙。她抚摸了等待读者探索的千百册书籍，偶尔在半途的阅览室里，坐在椅子上睡着了。每一夜的探索路线都异于以往。

遗忘书之墓格局独特，同一条路几乎不可能走两次。她不止一次在其中迷了路，总要花上好一段时间才摸索出下楼的路径。那一夜，曙光开始在拱顶外显影，她发现，一九三八年那场夜晚空袭中，受了伤的她正是掉落此地。她探头在腾空处往下一看，瞥见伊萨克·蒙佛特渺小的身影出现在迷宫底层。她回到楼下时，老管理员仍在原处。

“我以为自己是唯一失眠的人。”他说。

“睡觉这件事就留给有梦的人吧。”

“我泡了洋甘菊茶，可以帮助睡眠，要不要喝一点？”

“如果可以加点别的东西更好。”

“我手边只有一瓶陈年白兰地，平常没什么机会喝，也不能用来通水管。”

“我并不反对。”

“但是，苏德维拉医生会怎么说呢？”

“所有医生说的话都一样，入口的东西，要不让人早死，要不让人发胖。”

“我倒觉得您可以再胖一点儿。”

“我是有这个打算。”

她跟着管理员来到他的房间，在桌边坐下。伊萨克则忙着准备两杯特调热茶，他闻了闻白兰地酒瓶口，然后分别在两杯热茶里洒了几滴酒。

“不错。”阿莉西亚喝着她的调酒热茶。

两人清闲安静地品尝洋甘菊茶，就像一对相交多年的老友，彼此作伴，无须言语。

“您看起来气色不错。”伊萨克打破沉默，“我想，这表示您很快就要离开我们了。”

“伊萨克，我一直留在这里对谁都不好。”

“这个地方其实还不错。”

“如果不是因为还有事情要解决，世上没有任何地方比这里更好了。”

“这里永远欢迎您回来，只是，我总觉得您这一去大概就不会再来了。”

阿莉西亚笑而不答。

“您需要一些换洗的衣服。费尔明已经确认过，您家被人监视，所以，回那里应该不是什么好主意。我还有一些努丽亚留下来的衣服，说不定您可以穿。”老人说。

“我不想麻烦……”

“如果您愿意接受我女儿的物品，那是我的荣幸。而且，我相信努丽亚也会希望您接收她的东西。我觉得你们应该是穿同样的尺寸。”

伊萨克走近衣橱，拉出一只皮箱到桌边。他打开之后，阿莉西亚瞥了一眼。皮箱里有衣服、鞋子、书籍和其他旧物，一时勾起她无限哀愁。她虽然从未见过努丽亚，却已习惯了她的存在，仿佛她的生命在此地施了魔法，当她父亲聊起女儿的过往旧事，仿佛故人仍陪伴在侧。老人在一只旧皮箱里装着充满愁绪的爱女遗物，细心保留了他对早逝女儿的回忆，眼前此景，让阿莉西亚一时不知道该说什么好，只能点头接受。

“这些衣服用料都很好。”对于服装品牌和用料，阿莉西亚向来眼光精准。

“努丽亚把钱都花在书和衣服上。唉！这可怜的孩子……她妈妈常说，她看起来就像个电影明星。您如果见过她的话，一定会喜欢她。”

阿莉西亚从皮箱里挑出几件洋装，发现衣物之间有件东西。看起来像个约十厘米高的白色人形塑像。她拿起来靠近灯光下细看。是一具石膏塑像，呈现的是天使形貌，双翼却已折断。

“我好多年没看到过这东西了，没想到努丽亚还留着。这是她从小最喜欢的玩具。”伊萨克解释，“还记得那一天，我们在大教堂旁边的圣露西亚市集买的。”

天使塑像似乎是中空的，顶端还有个洞。阿莉西亚伸进手指一摸，不经意推开了一个细小的隔板，她发现里面藏了东西。

“努丽亚一向喜欢把秘密信息藏在天使里面，再把天使藏在家里的某个角落，我必须把它找出来。这是我们以前经常玩的游戏。”

“好漂亮。”阿莉西亚赞叹。

“您留着吧。”

“不不不，那怎么可以……”

“拜托，请拿去吧。这天使从好久以前就不再传递秘密信息了。您留着一定会派上用场。”

于是，此生头一遭，阿莉西亚开始拥着一个小小的守护天使入睡，她祈求天使，让她尽快离开那些纯净的灵魂，让她重回通往黑暗之心的道路。

“你不能陪我去那里。”她轻声告诉天使。

11

莱安德罗每天早上八点半准时现身。他在备有新鲜早餐和鲜花的客厅里等她。在此之前，阿里亚娜·马泰克斯已经醒来一个钟头了。负责叫醒她的是医生，他已经放下了所有礼节，不敲门直接进屋。随行的还有一个护士，但是她不怎么说话。

第一件事是清晨的注射，打了这一针就能让她睁开眼，并记得自己是谁。接着，护士会协助她起床、脱衣，带她去浴室淋浴十分钟。然后，护士帮她穿上她依稀记得在某个地方买的衣服。她从未重复穿过同样的衣服。医生帮她测量脉搏和血压的同时，护士在一旁替她梳头化妆，因为莱安德罗喜欢看她打扮得漂亮体面。当她和他一起坐在桌边，世界又恢复成原来的样子。

“昨晚睡得好吗？”

“他们到底帮我打了什么针？”

“我说过了，药性温和的镇静剂。你如果觉得不好，我让医生别再帮你注射这种药了。”

“不，不，谢谢您。”

“那就照你说的。要不要吃点东西？”

“我不饿。”

“至少喝点橙汁。”

有时候，阿里亚娜把入口的食物全吐了出来，甚至严重眩晕后失去知觉，就这样从椅子上跌下。发生这种情况时，莱安德罗会立刻按下桌上的电铃，不消数秒钟，有人会过来将她扶起，再次帮她梳洗干净。这时候，医生通常会帮她补上一针，顿时让她冷静下来。为了能够打这一针，她甚至兴起了佯装晕倒的念头。她已经不知道自己在那里待了几天。她借由每次注射之间的空当来估计时间，而打针让她完全沉睡，一觉不醒。她的身形日渐消瘦，衣服过于松垮。当她在浴室镜子里看见裸身的自己，总忍不住自问镜中女子是谁。她时时巴望着莱安德罗把一整天的流程早早完结，然后医生会拎着他那只神奇的手提袋回到房间，带来让人遗忘一切的药物。药物进入体内的时刻，全身血脉偾张，终致意识尽失，这是她此生经历过最贴近幸福的记忆。

“今天早上觉得怎么样，阿里亚娜？”

“还好。”

“我想，可以的话，今天就聊聊你当年失踪的那几个月。”

“这个我们前几天已经聊过。更早之前也谈过了。”

“没错，但我想慢慢总会有新的信息出现。人的记忆就是这样，常会跟我们要点小花样。”

“您想知道什么？”

“我想重回你离家出走那一天。还记得当时的情况吗？”

“我累了。”

“再忍耐一下。医生马上就来，等他帮你打一针，就会舒服多了。”

“可以现在就打吗？”

“我们先聊一聊，然后你再服药。”

阿里亚娜点了点头。同样的戏码每天都要上演，她已经不记得自己是否叙述过那些事。反正也无所谓了。已经不需要隐藏任何秘密。所有人都死了。而她永远也踏不出这个地方了。

“那天是我生日。”她开始叙述，“乌巴赫夫妇为我办了一场庆生会，我在学校的所有同班同学都受邀到家里。”

“都是你的朋友吗？”

“不是我的朋友，只是买来的庆生会同伴，像那个家里所有的东西一样，都是用钱买来的。”

“你是那天晚上决定要离家出走的吗？”

“嗯。”

“但有人帮你，是吗？”

“对。”

“跟我聊聊那个帮你的人。戴维·马丁，对不对？”

“嗯，戴维。”

“你是怎么认识他的？”

“戴维是我父亲的老朋友。他们以前是同事。”

“他们一起写过书吧？”

“广播剧本，叫《冰兰花》。一个以十九世纪巴塞罗那为背景的悬疑故事。我父亲不让我听，他说那不是给小孩听的故事，但我还是溜到瓦维德雷拉家里去听，音量调到最小……”

“根据我手边的资料，戴维·马丁一九三九年入狱，当时内战已经结束，他企图闯越边界返回巴塞罗那，因此被捕。

他被关进蒙锥克监狱，在那里和你父亲重逢，后来，狱方一九四一年宣称他已经死亡。你现在跟我谈的是一九四八年的事，距离他的死讯已是好几年以后。确定帮助你逃亡的人真是马丁？”

“就是他。”

“会不会是另外有人冒充他的身份？何况，你当时已经很多年没见过他了。”

“就是他。”

“好吧，你怎么又遇见他了呢？”

“家教老师马诺丽小姐每周六会带我到丽池公园。我们去水晶宫，那是我最喜欢的地方。”

“那也是我最喜欢的地方。你就是在那里碰见马丁的吗？”

“对。我之前已经见过他好几次，他都在远处。”

“你觉得是巧合吗？”

“不是。”

“你第一次跟他交谈是什么时候？”

“马诺丽小姐总会在皮包里随身带着一瓶茴香甜酒，她常常喝了酒就睡着了。”

“这时候马丁就走过来了？”

“嗯。”

“他跟你说了什么？”

“我不记得了。”

“我知道这是一件很困难的事，阿里亚娜，你再想想看。”

“我要打针。”

“你要先告诉我马丁跟你说了什么。”

“他跟我聊起我父亲的事，他们一起坐牢的岁月。我父亲跟他谈起我们，还有发生在我们家的事。我想，他们似乎达成某种协议。谁先出狱，就去帮忙照顾另一个人的家人。”

“但是，戴维·马丁并没有家人。”

“他有深爱的人。”

“他有没有告诉你，他是怎么逃出监狱的？”

“巴利斯命令两名手下把他带到奎尔公园旁的一栋大房子，打算在那里把他杀掉。他们经常在那里杀人，尸体就埋在花园里。”

“后来怎么了？”

“戴维说，那里还有别人，在那栋房子里。那人还帮他逃过一劫。”

“是他的同伙吗？”

“他叫他老板。”

“老板？”

“那人有个外国名字。意大利名字。我记得这个，因为那人跟我父母很喜欢的一位意大利作曲家同名同姓。”

“你还记得那个名字吗？”

“科莱利。他叫作安德烈亚斯·科莱利。”

“我手边的资料没出现过这个名字。”

“因为这个人根本就不存在。”

“我不懂你的意思。”

“戴维不太正常。他会妄想很多事情，还有人。”

“你的意思是说，安德烈亚斯·科莱利这个人是戴维·马丁想象出来的人物？”

“对。”

“你怎么知道？”

“我就是知道。戴维已经失去了理智，他仅剩的一点理性，全都留在牢里了。他的病情已经非常严重，只是他自己不知道罢了。”

“你一直都直呼他的名字戴维……”

“因为我们是朋友。”

“还是情人？”

“朋友。”

“他那天跟你说了些什么？”

“他说，他已经花了三年时间想办法接近毛里西奥·巴利斯。”

“为了报仇吗？”

“巴利斯杀害了他深爱的人。”

“伊莎贝拉。”

“对，伊莎贝拉。”

“他有没有告诉你，巴利斯以什么方式杀了她？”

“她是被毒死的。”

“那他为什么找上你？”

“为了实践他对我父亲许下的承诺。”

“就这样？”

“还有，他认为我可以帮他潜入我养父母的家，巴利斯迟早会在那里出现，到时候就能找机会把他杀了。巴利斯经常在乌巴赫家走动。他们有业务往来，银行股票。除此之外没有别的方式能接近巴利斯，因为他身边一定有保镖或随从保护。”

“但是这个计划并没有实现。”

“没有。”

“为什么？”

“因为我告诉他，他如果这样做的话，一定会被杀的。”

“这一点他自己就想得到。一定还有别的原因。”

“别的原因？”

“你跟他说了别的原因，他因此而改变心意。”

“我要打针，拜托。”

“告诉我，你跟马丁说了什么？居然能让他放弃千里迢迢到马德里找巴利斯报仇的计划，相反地，他甚至决定帮你离家出走……”

“拜托……”

“再一会儿就好，阿里亚娜。等一下我们就帮你打针，然后你就可以好好休息了。”

“我跟您说的都是真的。我当时怀孕了……”

“我被你弄糊涂了！你怀孕？怀了谁的孩子？”

“乌巴赫。”

“你父亲？”

“他不是我父亲！”

“银行家米盖尔·安赫尔·乌巴赫？那个领养你的男人？”

“他是把我买下来的人。”

“怎么回事？”

“他经常晚上偷偷到我房间，都是醉醺醺的。他跟我说，他太太不爱他，而且在外面有很多情夫，两人之间已经没有感情。然后他就开始大哭，接着强迫我跟他亲热。之后又说一切都是我的错，是我引诱他，还说我和我母亲一样，都是婊子。他对我拳打脚踢，还恐吓我说，要是敢把这件事告诉别人，他就会杀了我妹妹，因为他知道我妹妹在哪里，只要打一通电话，她很快就进棺材了。”

“戴维·马丁听到这件事有什么反应？”

“他去偷了一部车，然后带我逃离那个地方。我需要打针，拜托……”

“好的，马上打针。谢谢你，阿里亚娜，谢谢你坦白说出一切。”

12

“今天星期几？”

“星期二。”

“昨天也是星期二。”

“那是上个礼拜的星期二。跟我聊聊你和马丁一起逃亡的过程。”

“马丁弄来一辆车。是他偷来的，一直藏在卡拉班切区的停车场。那天他告诉我，下周六中午十二点，他会把车开到公园其中一个入口。一等到马诺丽小姐睡着，我必须立刻到阿尔卡拉门对面的出口与他会合。”

“你照着他的指示去会合了？”

“嗯，我们上车之后，开进停车场躲到半夜。”

“警方将你的家教列为绑架案共犯，连续四十八小时对她进行审讯，后来，她的尸体在通往北部古城布尔戈斯的公路排水沟里被人发现。他们打断了她的胳膊和腿，朝她的脖子后面开了一枪。”

“我一点都不替她难过。”

“她知道乌巴赫强暴你的事吗？”

“这件事，我只跟她一个人说过。”

“她跟你说了什么？”

“她要我保持沉默。她说有头有脸的男人都会有这方面的需求，她还说，日子久了，我就会知道乌巴赫有多爱我。”

“那天晚上发生了什么事？”

“戴维和我开车离开了停车场，整夜都在公路上赶路。”

“你们去了哪里？”

“我们的路程持续了好几天。每日只能等天黑才能开车上路，有时走省公路，有时选择乡村小路。需要停下来加油时，戴维就让我在后座躺平，用毛毯盖住身体。有时我累到睡着，醒来时却听见他自言自语，仿佛有人坐在副驾驶座和他交谈。”

“是那个叫科莱利的人吗？”

“对。”

“你不怕吗？”

“我觉得他很可怜。”

“他带你去了哪里？”

“我们去了比利牛斯山，他战后返回西班牙前在那里藏身。那地方叫作博尔维尔镇。就在另一个小镇普奇塞达附近，几乎就在法国边界上。那里有栋占地宽广的大别墅，弃置多年，内战期间曾充当医院，我记得叫莱梅塔庄园。我们在那儿待了好几周。”

“他有没有说为什么带你去那里？”

“他说那地方很安全。戴维在那里有个老友，当年他偷渡入境时认识的，是个住在当地的作家，阿尔方斯·布洛森，我们的三餐和衣物都是他帮忙打点。没有他，我们饥寒交迫肯定活不了。”

“马丁挑选这个地方，一定有别的原因。”

“那个小镇带给他许多回忆。戴维始终没告诉我当年在小镇发生了什么事，但我知道，这地方对他具有特别的意义。戴维一直活在过去。深冬，阿尔方斯建议我们离开那里，他给了一笔钱，让我们可以继续接下来的行程。小镇居民已经开始闲言闲语了。戴维知道海岸地区有一处飞地，他的另一个老友，名叫贝德罗·维达尔的富豪在那里有栋房子，应该是藏身的好地方，至少可以躲到夏天。戴维对那栋房子很熟悉。我想，他以前在那里住过。”

“那就是几个月之后警方找到你的小镇吗？圣费利乌-德吉绍尔斯？”

“那栋房子的地点离小镇大约两公里，一个叫作萨加罗的地方，紧邻圣波尔湾。”

“我知道那里。”

“房子建在巨石之间，人们称此地为隆达之路。那房子冬天没人住，是一栋漂亮的夏日别墅，许多巴塞罗那和赫罗纳的富豪都有这样的房子。”

“你们就在那里度过了冬天？”

“嗯，到春天来临。”

“你被人发现的时候是一个人，马丁没跟你在一起。他去哪里了？”

“我不想谈这个。”

“你如果累了，我们就先暂停吧。我可以请医生过来帮你打针。”

“我要离开这里。”

“这件事，我们已经谈过很多遍了，阿里亚娜。你在这里最安全，还有完整的保护。”

“您到底是谁？”

“我是莱安德罗，你知道的。我是你的朋友。”

“我没有朋友。”

“你太激动了。我想今天就到此为止吧。休息一下，我会请医生赶快过来。”

皇宫大饭店的顶级套房似乎总是星期二。

“你今天早上气色不错，阿里亚娜。”

“我头好痛。”

“天气的关系，你血压太低了，我也有这样的问题。你吃这个，很快就好了。”

“这是什么？”

“只是阿司匹林，真的。对了，我们查证过你提到的那栋在萨加罗的房子，屋主确实是贝德罗·维达尔，出身巴塞罗那极有声望的豪门家族。根据调查，维达尔曾是戴维·马丁的老师。警方的调查报告特别提到，维达尔一九三〇年在佩德拉比山的家里惨遭戴维·马丁杀害，因为维达尔娶了马丁最爱的女子，一个叫作克丽丝汀娜的女人。”

“胡说八道，维达尔是自杀身亡的。”

“戴维·马丁是这样跟你说的？看来，他骨子里是个复仇心切的人，巴利斯、维达尔……妒忌能让人做出各种疯狂行径。”

“戴维深爱的人是伊莎贝拉。”

“你跟我说过了。但是，这跟我手边的资料不相符。他跟伊莎贝拉有什么关系？”

“伊莎贝拉曾经是他的学徒。”

“我不知道小说家也有学徒这一套。”

“伊莎贝拉非常坚持要跟他。”

“这是马丁告诉你的？”

“戴维经常聊起她。这是他活着的动力。”

“但是伊莎贝拉已经去世将近十年了。”

“有时候，他会忘了这件事。也正因为如此，他才会回到那里。”

“萨加罗的那栋房子？”

“戴维曾经在那里待过，跟她在一起。”

“你知道那是什么时候的事吗？”

“就在内战爆发前夕。也就是他流亡法国之前……”

“他即使知道自己被通缉也不惜冒险回到西班牙，就是为了伊莎贝拉？”

“我觉得是。”

“跟我聊聊你们在那里的生活吧。都做些什么事？”

“戴维当时已经病得很重。我们还没住进那栋房子之前，他几乎已无法分辨现实和幻听、幻影。那栋房子勾起他许多回忆。我总觉得，他回去是打算死在那里。”

“所以……戴维·马丁已经死了吗？”

“不然呢？”

“老实告诉我……你在那几个月做了什么事？”

“照顾他。”

“我一直以为他是要照顾你的。”

“戴维已经无法照顾任何人，他连自己都顾不了。”

“阿里亚娜，戴维·马丁是被你杀死的吗？”

13

“我们住进那栋别墅不到一个月，马丁的病情就恶化了。我就负责出门买食物。在海岸尽头的海鲜餐厅前面，有些农民每天早上会开着小货车贩卖自家农产食品。起初都是戴维去那里或到镇上，但是，后来他再也无法踏出家门。他有严重的头痛，而且发烧、眩晕、神志不清，几乎每晚像幽魂似的在家里晃荡。他相信科莱利会来找他算账。”

“你看到过科莱利这个人吗？”

“根本就没有这个人。那是他幻想世界里的一个角色。”

“你怎么能这么确定？”

“维达尔家族建了一座木造小码头，从别墅前的私人小海湾延伸到海水中。戴维常去那里，就坐在码头边看海。他会不断和想象中的科莱利对话。偶尔我也会到码头走走，在他身旁坐下来。戴维甚至没发觉我就在身边。我听着他滔滔不绝地跟科莱利说话，就像我们逃离马德里途中的状况一样。然后他会突然从妄想思绪中惊醒过来，对着我微笑。有一天突然飘起雨，我牵着他的手，打算带他回屋里，他却抱住我伤心痛哭，一直叫我伊莎贝拉。从那时候起，他完全不认得我是谁了，在他生命的最后两个月，他一直认为自己是和伊莎贝拉一起生活。”

“对你来说，那段日子一定很难熬。”

“不是的，照顾他生活起居的那段日子，是我这一生最幸福的时光，但也很伤感。”

“阿里亚娜，戴维·马丁是怎么死的？”

“有一晚，我问他科莱利是谁，为什么这么怕他。他告诉我，科莱利是黑暗灵魂，他说的都是科莱利要说的话。戴维说他和科莱利签了约，答应为他写一本书，但后来却反悔，所以在书稿落入科莱利手中之前，全部被他销毁了。”

“那是什么样的书？”

“我不太清楚。好像是宗教文章之类的。戴维总是以《永恒之光》称呼那本书。”

“所以，戴维认为科莱利是来找他复仇的？”

“没错。”

“怎么复仇，阿里亚娜？”

“这个重要吗？这和巴利斯那些事情根本无关。”

“所有事情都是环环相扣的，阿里亚娜。拜托，你一定要帮我。”

“戴维深信，我肚里的孩子是个他曾经认识又失去的人。”

“他说过是谁吗？”

“他说她叫作克丽丝汀娜。他几乎不提这个人，但是只要一说起她，他的语气总是充满悔恨和愧疚。”

“克丽丝汀娜是贝德罗·维达尔的妻子。警方认定她也是被马丁杀害的。调查证实，她淹死在普奇塞达镇的湖里，地点非常接近他带你去过的那栋比利牛斯山别墅。”

“一派胡言。”

“或许吧！但是，你刚刚也说了，他提起她的时候，显露了很深的愧疚感……”

“戴维是个心地非常善良的人。”

“但你自己不也说了，他已完全失去理智，满脑子妄想不存在的人和事情，还把你当成他以前的学徒伊莎贝拉，一个死了十年的人……你难道不害怕？不会替肚子里的孩子担心吗？”

“不会。”

“你该不会告诉我，你从来没想过要把他留在那栋别墅，自己单独逃离那个地方……”

“从来没有。”

“好吧，后来发生了什么事？”

14

“我记得那时快要三月底了。过去几天戴维的病情有所好转。他在悬崖下找到一艘木造小船，几乎每天一大早就急着划船出海。我当时已经怀孕七个月，白天大多以阅读打发时间。那栋别墅有大量藏书，几乎完整收藏了戴维·马丁最爱的作家的所有作品，我从没听说过那个作家——胡利安·卡拉斯。傍晚，我们就在客厅的壁炉取暖，我为他朗读卡拉斯的小说，就这样读完他全部的作品。最后两个礼拜，我们读卡拉斯的最后一部小说《风之影》。”

“没听说过。”

“几乎没有人看过。很多人以为自己读过，其实根本没有。有天晚上，我们一起读书到半夜，接着我上床睡觉，凌晨两点就感受到第一次子宫收缩。”

“你当时离预产期还有两个月。”

“我感受到一股剧痛，就像有人出拳用力打我的肚子。我吓得惊慌失措，大声喊着戴维的名字。他打算抱我去找医生，掀开被子时，却发现床上染了一摊血……”

“我很遗憾。”

“所有人都觉得遗憾。”

“你们去看医生了吗？”

“没有。”

“孩子呢？”

“是个女孩。生出来的时候已经是死胎。”

“我由衷替你感到难过。阿里亚娜。我想，还是先暂停吧。”

“不用了。我现在不想停下来。”

“好吧，接下来发生了什么事？”

“戴维……”

“慢慢说，按照你的节奏。”

“戴维抱着婴儿的尸体，像受了伤的野兽哀痛呻吟。小女婴全身发紫，像个坏掉的洋娃娃。我很想起床去拥抱他们，可惜身体实在太虚弱。到了黎明，天色渐亮，戴维抱着女婴，看了我最后一眼，并请求我原谅。接着，他离开了别墅。我勉强拖着脚步到窗边，看着他走下岩石边的阶梯，然后走上码头。木造小船就拴在码头尽头。他把女婴用布巾绑在身上，上了船，划船出海，一路朝着我这边看。我举起手，希望他会看见我，并转向回头。但他继续前进，然后在距离海岸一百米处的海面停下来。朝阳遍洒海洋，汪洋看起来就像一片火海。我看着戴维的身影慢慢站起来，并在船板上拿了一样东西。接着，他一次又一次地敲击船只的龙骨。不过几分钟，船只开始下沉了。戴维坐在船上静静不动，怀里抱着女婴，就这样一直凝望着我，直到被大海吞没。”

“你后来怎么办？”

“我因为失血过多，身体非常虚弱，发烧了好几天，一直认为那只是场噩梦，马丁总有一天会再次出现在门前。后来总算可以起床走动，于是我天天去海滩，去那里等待。”

“等什么？”

“等他们回来。您一定会想，我跟戴维一样发疯了。”

“没有，我不会这么想。”

“每天开着货车贩卖农产品的农民看见我在那里，过来问我好不好，还送了食物给我。他们说我脸色看起来不太好，要送我去圣费利乌的医院。肯定是他们去通知国民警卫队的。有个巡逻队员发现我在海滩上睡着了，把我送进医院。我被诊断出体温过低，并且有支气管炎初期症状，还有内出血，如果没有及时送医，恐怕在十二小时内就没命了。我没跟他们提起自己的身份，但是可想而知，他们一定会去查。所有警局和国民警卫队都收到了印着我的照片的寻人启事。我在医院住了两个礼拜。”

“你的父母没去看你吗？”

“他们不是我的父母。”

“我是指乌巴赫夫妇。”

“没有。最后出院时，两名警察和一辆救护车来接我，送我回马德里的乌巴赫豪宅。”

“乌巴赫夫妇看到你的时候，对你说了什么？”

“夫人呢……她一直都要我这样称呼她，夫人往我脸上吐口水，还骂我是个不要脸的贱人。乌巴赫把我叫进办公室。他从头到尾没从书桌前抬起头看我一眼。他告诉我，已经帮我注册了埃斯科里亚尔修道院旁的寄宿学校，全年只有圣诞节可以回家几天，而且还得表现够好才行。隔天，他们就把我送进去了。”

“你在那所寄宿学校待了多久？”

“三个礼拜。”

“为什么只待了这么短的时间？”

“寄宿学校的校长发现，我把发生过的事情都跟寝室室友安娜玛利亚说了。”

“你跟她说了什么？”

“全部。”

“包括偷窃小孩这部分？”

“全部。”

“她相信你吗？”

“相信，因为她的遭遇也很类似。这所寄宿学校的女孩几乎都有类似的背景。”

“后来发生了什么事？”

“几天后，她在学校顶楼上吊身亡。她才十六岁。”

“自杀？”

“您觉得呢？”

“你呢？他们如何处置你？”

“他们把我送回乌巴赫家。”

“然后……”

“乌巴赫痛打我一顿，把我锁在房间。他告诉我，假如胆敢再跟别人提起这些谣言，他会把我送进疯人院，下半辈子都别想出来。”

“你怎么回他？”

“我什么都没说。那晚，趁着他们熟睡，我爬窗溜出房间，拿了钥匙，把乌巴赫夫妇在四楼的卧室房门锁上，接着下楼到厨房打开瓦斯开关。地下室囤放了一些汽油桶，是发电机用的。我把二楼整层都洒了汽油，地上和墙上都是。然后，我在窗帘上点了火，立刻跑到花园。”

“你没逃走吗？”

“没有。”

“为什么？”

“因为我想亲眼看着他们身上着火的样子。”

“我了解。”

“我认为您根本就不了解。我已经把知道的事实都说完了。现在，请告诉我一件事……”

“当然。”

“我妹妹在哪里？”

15

“你妹妹现在的名字叫梅希迪斯，她此刻在一个很安全的地方。”

“像这里一样的地方？”

“不是的。”

“我想见她。”

“快了。先跟我聊聊你丈夫伊格纳西奥·桑奇斯。我不明白的是，像乌巴赫这样一个有钱有势的人，大可聘请全国最优秀的名律师，却偏偏找了一个没什么经验的新手律师作为遗嘱执行人。你觉得这是为什么？”

“这还不够明显吗？”

“我看不出来。”

“桑奇斯是乌巴赫的儿子。他年轻的时候经常光顾巴拉列罗剧院，在那里认识了一个叫朵萝莉丝·丽芭思的歌女，后来就有了孩子。因为夫人很在意身材变形，始终不肯怀孕生子，乌巴赫就在外面偷偷养了私生子。他花钱培养儿子完成大学学业，还向他保证，只要进了律师事务所工作，就会正式聘请他为家族企业效力。”

“桑奇斯知道这件事吗？知道乌巴赫是他的亲生父亲？”

“当然。”

“所以他才跟你结婚？”

“他跟我结婚是为了保护我。他是我唯一的朋友，诚恳正派，是我认识的唯一一个好人。”

“你们当时是假结婚吗？”

“我们的婚姻是我这一生见过最真实的婚姻，不过，如果您是指有名无实这件事，那的确是，他从来没碰过我。”

“你什么时候开始策划复仇大计的？”

“桑奇斯能够接触到乌巴赫家族的所有文件，他弄清楚了巴利斯做的事。计划是他想出来的。他调查了我的生父维克多·马泰克斯过去的经历，因此得知他在狱中的牢友，包括戴维·马丁、萨尔加多和莫尔加多，后来他把莫尔加多聘为司机兼保镖。但这些事情我们已经谈过了，不是吗？”

“没关系。利用戴维·马丁当幌子去加深巴利斯的恐惧感，也是他的点子吗？”

“那是我出的主意。”

“寄给巴利斯的那些信件是谁写的？”

“我。”

“一九五六年在马德里文艺协会的事件是怎么一回事？”

“恐吓信件并未达到预期的效果。我们当初的想法是让巴利斯害怕，让他相信这是戴维·马丁的计谋，并逼他老实说出过去发生的一切。”

“你们目的何在？”

“诱导他中计，逼他回到巴塞罗那来面对马丁。”

“这个目的，你们已经达成了。”

“对，但是当时必须多施加一点压力才总算成功。”

"就是一九五六年那次企图暗杀的事件?"

"那是其中一件。"

"执行暗杀的是谁?"

"莫尔加多。他没有打算杀他,只是想吓唬他,使他确信在自己的堡垒也不安全,除非他亲自去巴塞罗那和马丁见面说清楚,否则永无宁日。"

"但是他根本见不到马丁,因为马丁已经死了。"

"没错。"

"你刚刚说这只是其中一件,你们另外还做了什么事对他施压?"

"桑奇斯买通巴利斯家的一个仆人,让他在巴利斯的办公室放了一本我父亲的小说《阿里亚娜与红衣王子》,就在梅希迪斯别墅举办化装舞会那一晚。书里夹着一张清单,上面是我们截至当时为止发现的所有伪造出生证明文件的编号。那就是他收到的最后一封恐吓信。当时,他再也受不了了。"

"你为什么从未想过去报警,或诉诸媒体?"

"您这是在跟我开玩笑吧。"

"我想再聊聊那张清单。"

"我已经把知道的部分都说完了。您为什么如此在意那张清单?"

"因为我们必须抽丝剥茧,才能彻底清查案情。为了彰显正义,揪出那个让你和许多人终生痛苦的幕后主谋。"

"揪出巴利斯的共犯?"

"是的。所以我才会这么坚持。"

"您想知道什么?"

“请再努力想一想……那份清单。你说，上面只写了编号，都没写小孩的姓名吗？”

“没有，只有编号。”

“还记得有几个吗？说个大约的数字就可以。”

“大概有四十个。”

“你们怎么拿到那份清单的？为什么你们认为巴利斯还下令谋杀过其他父母，然后偷走他们的小孩？”

“莫尔加多提醒了我们。他刚开始在乌巴赫家工作的时候，听说过全家人都失踪的事。他有许多牢友都死在监狱里，后来妻儿也莫名失踪。桑奇斯要他提供名单，接着，他委托布里安律师到民事管理局秘密调查，名单中的那些人究竟发生了什么事。最难找的部分是死亡证明。当他发现大部分证明都是同一天开出的时候，立刻起了疑心，并查看了相同日期的出生证明书。”

“这位布里安律师真是聪明绝顶。不是每个人都想得到这一点……”

“有了这个重大发现，我们开始思考，巴利斯是否涉及更多类似案件，而且数目恐怕还不少。还有其他监狱，以及全国许许多多我们不认识的家庭。数以百计，或许数以千计。”

“你们曾经跟别人提起过这些疑点吗？”

“没有。”

“你们没想过要深入调查那些案子？”

“桑奇斯确实有此打算，但是他被逮捕了。”

“那份清单原稿呢？”

“被那个叫作安达亚的男人拿走了。”

“还有影印本吗？”

维多利亚摇头否认。

“保险起见，你和你丈夫都没有至少影印一份留底吗？”

“我们有的就是家里那一份。安达亚找到之后，当场就把它销毁了。他非常清楚，那是最好的处理方式。他唯一想知道的是，我们到底把巴利斯藏到哪里去了。”

“你确定？”

“是的，我已经说过很多遍了。”

“我知道，我知道。即使如此，我还是没办法完全相信你说的。你是不是在骗我？阿里亚娜，跟我老实说吧。”

“我说的都是实话，不过，您说的是不是实话，我就不知道了。”

莱安德罗面无表情，目光紧盯着她，仿佛现在才发觉她的存在。他露出浅笑，身体微微前倾。“我不懂你在说什么，阿里亚娜。”

她顿时热泪盈眶。还没来得及回神，话已脱口而出：“我想您知道我在说什么。您当年就在车上，对不对？他们来家里逮捕我父亲，绑架了我们姐妹那一天。您就是巴利斯的共犯……那只幕后的黑手。”

莱安德罗以哀伤的眼神看着她。“我想，你错把我当成另一个人了。”

“为什么？”她质问的声音几乎微弱如丝。

莱安德罗站了起来，走近她身旁。“你胆识过人，阿里亚娜。谢谢你的协助。我希望你别为任何事情烦心。很荣幸能够认识你。”

阿里亚娜抬起头，迎面而来的是莱安德罗的笑容，充满平和怜悯的慰藉。她何尝不愿就这样沉溺其中，永远不再醒来。莱安德罗倾身向前，亲吻了她的额头。

他的双唇，冷如冰霜。

那一晚，医生的神奇药物最后一次在她的血管里恣意奔驰，阿里亚娜梦见了父亲为她写的小说里那个红衣王子，随即忆起家人。

多年来，她几乎已记不得双亲或妹妹的面容，只能在梦中想起他们。好几次在梦里，记忆将她拉回那一天，父亲被逮捕，她们姐妹被掳走，瓦维德雷拉的家里只剩下奄奄一息的母亲。

那一晚，在梦中，她又听见汽车从林木夹道的小径逐渐驶近的引擎声。她忆起父亲的嘶吼在花园里回荡。她从卧室窗户探出头，看见红衣王子的黑色大轿车就停在喷泉前。轿车车门敞开，车灯渐渐熄了。

阿里亚娜感受到冰凉的双唇触及她的肌肤，无声话语穿透墙壁，仿佛剧毒渗出。她和妹妹一起跑进衣橱里躲藏，但红衣王子看穿了一切，且无所不知。她们蜷缩在黑暗中，聆听着阴谋主使者的脚步声慢慢逼近。

16

古龙水和烟草味先于探访者传到了监牢里，巴利斯听见下楼的脚步声，但不想做出任何反应满足探视者。当败仗已成定局，最佳的防御就是无动于衷。

“我知道你没睡。”安达亚终于开口，“别逼我在你身上泼一桶冰水。”

巴利斯在阴暗中睁开双眼。香烟的缕缕白烟在昏暗中升起，悬空凝成了明胶似的各种图腾。闪着红光的烟头映在安达亚眼里。

“有什么事吗？”

“我想跟你聊一聊。”

“我已经没什么好说的了。”

“要不要来根烟？听说抽烟能让人短命。”

巴利斯耸了耸肩。安达亚面带微笑，点了一根烟，从铁栅栏空隙递给他。巴利斯伸出颤抖的手接下，用力吸了一口。

“您想聊什么？”

“那份清单。”安达亚说道。

“我不知道您指的是哪份清单。”

“在你家书房那本书里发现的清单。你逃亡的时候带在身上，上面列了大约四十组出生和死亡证明书的编号。你知道那是什么清单。”

“不在我手上。莱安德罗要找的就是这个吗？你在为他做事，不是吗？”

安达亚在阶梯上坐了下来，不动声色地望着他。“你有影印本吗？”

巴利斯摇了摇头。

“你确定？再好好想一想！”

“可能印了一份。”

“那份影印本在哪里？”

“一直都由我的保镖比森特保管。抵达巴塞罗那前，我们在一座加油站休息，我要比森特去买一本笔记本，然后我抄写了那份清单，交给他保管。万一出了事，我们必须分道扬镳，到时候他会在巴塞罗那找个值得信任的人，把那些证明文件都找出来，并全部销毁，然后我们就能跟马丁摊牌，接着再查清还有谁知道这件事……我们当时是这样计划的。”

“那份手抄的清单在哪里？”

“我不知道。比森特带在身上，他的尸体后来是怎么处理的？我不知道。”

“除了比森特这一份，还有别的副本吗？”

“没有了。”

“你确定？”

“是的。”

“你要知道，如果敢骗我，或对我隐瞒什么，我就让你无限期一直关在这里。”

“我没有撒谎。”

安达亚点了点头，接着沉默许久。巴利斯怕他就这样走了，留下他在地牢里至少得单独苦熬十二个钟头。如今，安达亚在这里短暂露面已成了他每天唯一期待的事。

“为什么还不杀了我？”

安达亚露出得意的笑容，仿佛一直在等待这个问题，好让他有机会说出完美的答案。

“因为你没资格死。”

“莱安德罗恨我到这个地步？”

“莱安德罗先生不恨任何人。”

“我要怎么做才有资格死？”

安达亚一脸好奇地望着他。“根据我的经验，越是大声嚷着想死的人，看见大野狼的牙的最后一刻，反而吓得像小孩一样求饶。”

“是耳朵。”

“什么？”

“那句俗语，其实是看见大灰狼的耳朵，不是牙。”

“哎呀，我怎么老是忘了，我们这位客人可是文学界最杰出的精英。”

“是吗？原来我是莱安德罗的一位客人？”

“你已经不是了。大野狼来找你的时候，我保证你第一个看见的是它的牙。”

“我已经准备好了。”

“我不会怪你的。别以为我没设想过你的处境，我也考虑过你可能会有今天这种下场。”

“一个富有同情心的刽子手。”

“别以小人之心度君子之腹。你看，我也会说谚语。我给你一个机会，这是你和我之间的协定。你如果表现良好，帮我这个忙，我就亲手杀了你。我下手很干脆，脖子后面一枪就搞定，你甚至没什么感觉就断气了。怎么样？”

“要我做什么？”

“过来一点，我给你看一样东西。”

巴利斯走近铁栅栏边。安达亚在外套里找东西，巴利斯巴不得那是手枪，可以当场就把他毙了。但安达亚却拿出了一张照片。

“我知道曾有人来过这里。你不要说没有……我要你好好看着这张照片，然后告诉我，你当时看到的是不是这个人。”

安达亚将照片展示给他看。巴利斯点头回应。

“这个人是谁？”

“她以前叫阿莉西亚·格里斯。”

“以前？她怎么了，死了吗？”

“是的，她死定了，只是她自己还不知道。”安达亚说着把照片收好。

“那张照片可以给我吗？”

安达亚吊起眉梢，一脸惊讶。“没想到你是个多情种。”

“拜托。”

“在这里缺个女人陪你，对不对？”

安达亚乐不可支地大笑，随手把照片往地牢内一扔。

“送给你吧。其实她也是个美女，很有自己的特色。你可以天天晚上看个够，两只手一起把她剥光，哦，不，是一只手。”

巴利斯面无表情地瞪着他。

“你要表现好，我会替你留一颗子弹，就当是告别礼物，感谢你这些年来为祖国的贡献。”

巴利斯一直等到安达亚消失在上楼的阶梯口，这才跪下来捡起那张照片。

17

阿里亚娜心知肚明，那天将是她的死期。她在皇宫大饭店顶级套房一醒来就知道了，一睁眼便看见莱安德罗的手下趁她熟睡时放在桌子上的盒子，印着烫金字体的精美包装上绑了蝴蝶结。她掀开被单，颤抖着身子走近书桌。蝴蝶结下面塞着一只信封，上面是手写的名字。打开信封，里面放了一张卡片：

亲爱的阿里亚娜：

今天你终于可以和妹妹重逢。我想，你应该以最美的样子庆祝正义终于得以伸张。你再也不需要害怕任何事或任何人了。我希望你会喜欢，这都是我亲自为你挑选的。

送上最诚挚的祝福

莱安德罗

阿里亚娜首先轻抚纸盒，然后才慢慢打开。她突然想象有一条毒蛇在盒内蠕动，等她一掀开盖子，便跃上来缠住她的脖子。盒里铺着一层轻柔细致的包装纸，掀开来是一套纯白丝质内衣，包括一双丝袜。内衣下面放着一件象牙白纯羊毛洋装，以及搭配成套的鞋子和皮包。还有一条丝巾。莱安德罗让她打扮得像处女一般去死。

她自己梳洗，没有护士协助。接着，她从容穿上莱安德罗为她的生命末日精心挑选的衣服，凝视镜中的自己。只差一具白色棺材和死者手握的十字架。她坐下来等待，心中纳闷，在她之前，还有多少洁白无瑕的处女在这奢华的监狱里洗涤了罪孽？莱安德罗打点了多少顶级名牌衣物，并附送一个印在前额的冰冷亲吻，为他的青春童女们送终？

她没等太久。不到半个钟头，她听见钥匙插入门锁的声响。开锁很顺畅，接着，那位大好人医生探头进来，依旧一脸慈眉善目的家庭医生形象，脸上堆满温柔怜悯的笑容，就像每次见她时那样，手上还是那个神奇的手提包。

“早安。阿里亚娜，今天早上好吗？”

“我很好，谢谢您，医生。”

他慢慢走过来，将手提包放在桌上。

“您今天非常漂亮。据我所知，今天是个重要的日子。”

“嗯，我今天就要和家人团聚了。”

“真好。人生最重要的就是家人。莱安德罗先生要我代为致歉，他今天临时有急事，没办法亲自来为您送行。我会告诉他，您今天美极了。”

“谢谢。”

“那么……先打一针帮您提神吧？”

阿里亚娜顺从地伸出光溜溜的手臂。医生微笑着打开黑色手提包，拿出一副皮套，摊开后放在桌上。阿里亚娜认得那十几个以橡皮筋绑着编号的小药瓶，以及装有注射针筒的金属盒子。医生倾身向前，轻柔地扶着她的手臂。“请多包涵了。”

他开始在皮肤上游移找寻，但手臂上早已布满针孔和瘀青。他又看了看上臂正面、手腕以及腕关节附近，轻轻以指关节敲了敲皮肤，然后对她微笑。阿里亚娜直视他的双眼，并拉起裙边，露出了大腿。这个部位也有许多针孔，但还能扎针的地方比较多。

“您可以在这里打针。”

医生谦逊地点头，审慎回应她，“谢谢，我想打这里会比较好。”

她看着他准备注射物品。他挑了九号小药瓶。她从未看他拿过这个编号的药瓶。针筒备妥后，医生在她的左大腿内侧找寻注射点，恰好挑中她刚穿上的丝袜袜头旁边的位置。

“刚开始可能会有点痛，而且会觉得冷，但是过几秒钟就好了。”

阿里亚娜看着医生专注直视，注射器越来越接近她的皮肤。就在细针几乎触及肌肤时，她开了口：“医生，今天没用酒精棉球帮我消毒？”

他一脸诧异，视线稍微上扬，脸上挂着迟疑的笑容。

“医生，您有女儿吗？”

“嗯，两个，我的心肝宝贝。莱安德罗先生是她们的教父。”

事发就在须臾之间。医生才刚说完，正打算继续他的任务，这时阿里亚娜突然用力抓住他的手，将针头转而刺入他的脖子。大好人医生的眼神渐渐变得混沌。他的双臂无力下垂，插着注射器的颈部开始颤抖。他的鲜血染红了针筒里未注射完的药剂。阿里亚娜紧盯他的双眼，握住针筒，把剩余的药剂全部注入他的喉咙。医生张大嘴巴却无法出声，随即跪倒在地。她坐回椅子上，静静看着他死去。过程持续了两三分钟。

接着，她俯身抽出注射器，在他衣领上擦拭沾血的针头。

她把注射器放回金属盒，将九号药瓶放回原位，然后收好皮套。她蹲跪在尸体旁，摸了摸他的口袋，找出皮夹，抽出十几张百元钞票。她穿上精致的外套，戴上搭配成套的帽子。最后，她收拾桌上的钥匙、装了药瓶的皮套和注射器，全部放进白色皮包里。她围上丝巾，打了个结，挽着皮包，开门走出卧室。

套房的客厅里不见人影。她天天和莱安德罗共进早餐的桌上摆着花瓶，瓶里插了一束白玫瑰。她走近门边。房门上了锁，于是她拿起医生的那串钥匙，一把试过再换另一把，直到打开为止。宽敞的走道铺了地毯，两旁墙上装饰了画作和雕像，让人想起豪华邮轮。走道上也没有人。尽头传来音乐声，还有某间套房内传出的吸尘器噪声。阿里亚娜缓步前行，经过一扇半掩的房门，门口摆着清洁推车，有个女清洁工正在房内收拾浴巾。到了电梯间，她碰见一对衣着讲究的老夫妇，一见到她便中断谈话。

“早安。”阿里亚娜主动寒暄。

老夫妇仅微微点头回应，始终低头看着地上。三人就这样沉默地等着。电梯门终于开了，老先生礼让她先进去，却换来女伴凌厉的目光。电梯开始下楼。那位女士斜眼睨着她偷偷打量，并快速检视了她的行头。阿里亚娜恭敬有礼地对她微笑，女士仅回以一闪即逝的冷笑。

“您看起来很像贝隆夫人。”她说。

那尖酸刻薄的语气显然不是褒扬。阿里亚娜只能谦卑地低下头。电梯抵达一楼后开了门，老夫妇纹丝不动，一直等着她先踏出电梯。

“大概是高级妓女。”她听见老先生窃窃私语。

饭店玄关挤满了人。阿里亚娜瞥见前面有家精品店，随即进了店内。一见她进门，殷勤的女店员把她从头到脚打量了一番，估计完她身上的行头价值，脸上立刻堆满笑意，热情得像个老朋友。五分钟后，阿里亚娜走出店门，脸上多了一副引人注目的太阳眼镜，几乎遮住半张脸，一双红唇艳丽如烈火。从纯洁处女变成高级娼妓，只需几个配件就成了。

她以这副张扬的姿态步下通往出口的楼梯，一边戴上手套，同时感受在场的饭店顾客、行李员和工作人员正扫描着她的每一寸肢体。“慢慢走！”她这样告诉自己。接近出口时，她停下脚步，门房替她开了门，暧昧的眼神似乎不太安分。

“美女，要搭出租车吗？”

18

一生行医的经验教会苏德维拉医生一件事：习惯，才是最难医治的病症。自从他决定关掉诊所，便败给了对人类来说第二致命的瘟疫——退休。这天下午，这位良医照旧从布塔费利沙街家里的阳台探头往外望，心想，天气和整个世界一样灰暗。

街灯已亮起，漫天染成了相同的玫瑰色调，色泽就像医生偶尔会光顾的波亚达斯酒馆的鸡尾酒，一生以身作则劝诫病人的良医，有时也会用酒精慰藉一下自己的肝脏。天色是个预兆。苏德维拉穿上大衣，还加了围巾，拿起手提包，戴上巴塞罗那绅士帽出了门，踏上每天固定的路径，去探视那个名叫阿莉西亚·格里斯的怪人，为了她，费尔明和森贝雷一家居然偷偷摸摸搞起了阴谋诡计。她不但激起他无限的好奇心，也让他暂时忘记，在过去三十多年无眠的夜里，他未曾触碰过身体健康的女性。

他沿着兰布拉大道往下走，置身凌乱的人潮中，左思右想之后，不知是可喜或可悲，格里斯小姐的伤势竟迅速康复，非因药效神奇，而是那性格阴沉的女孩骨子里的邪恶使然。简而言之，很遗憾的是，他必须让她离开了。

他当然可以设法说服她偶尔到他诊所来“复诊”，但他清楚得很，这样的坚持毫无意义，就像要求一只刚放出来的孟加拉虎每周日早上回来参加望弥撒前喝牛奶一样。或许，对大家来说，她越快离开越好，虽然对她自己来说这不是正确的选择。替她诊断伤势时，光是看着她那双眼睛就够了，在他漫长的行医生涯里，没有比这次的判断更确切的了。

或许安全考量还在其次，老医生最感惆怅的恐怕是即将告别此生最后一位病患吧。正因这些思绪一直在他脑海打转，因此，当他进入幽暗的彩虹剧院街，并未注意有个身影一路相随，身上散发着刺鼻的古龙水和高级进口烟味。

最后这个礼拜，他总算学会认路并找到这扇大门，并且发誓绝口不对人提起此地，否则费尔明大概会天天来找他喝下午茶，讲下流的笑话。“医生，您还是一个人去比较好。”他们这样告诉他。森贝雷夫妇称这是基于安全考量。他从没想过，这两个单纯的年轻人，居然会卷入这么诡异的麻烦事。活了大半辈子，惊觉自以为熟识的人竟是如此陌生，难免会觉得错愕。人生就像阑尾炎，简直就是个难解的谜团。

就这样，沉溺在思绪里的苏德维拉医生，已经来到大家称之为“遗忘书之墓”的神秘建筑前，他踏上古老宅院前的石阶，抓住那个魔鬼造型的大门环，正打算叩门。还没来得及往下敲，那个一路尾随的黑影已经冲上大门前，用枪管抵住他的太阳穴。

“您好，医生。”安达亚说。

伊萨克盯着阿莉西亚，眼神带着些许疑虑。他对日常琐事早已疏于关注，这几天来，他发现自己过去几周已难以自制地对这位年轻女孩产生了太多移情作用。他只能归咎于年纪，人老了，对什么都心软。几周以来，阿莉西亚留在这里，他被迫重新检视自己仅有书籍相伴的孤独。看着她逐渐康复，生活回复正常，伊萨克觉得又重温了爱女努丽亚的美好回忆，阿莉西亚来此之前，这些回忆早已随着时间消逝无踪，如今，那些隐藏多时但未被察觉的创伤一一浮现。

“伊萨克，为什么这样看我？”

“因为我是个老傻瓜。”

阿莉西亚扑哧一笑。伊萨克发现，小姑娘对他露齿笑了，还做出一副恶作剧的模样。

“您是个变老的傻瓜，还是因为老了才变傻？”

“别这样取笑我，阿莉西亚，虽然我是活该。”

她一脸温柔地望着他，老管理员不得不别过头去。当阿莉西亚剥除了阴暗面纱，即使只是片刻，总会让他想起努丽亚，一时悲从中来，不禁哽咽得喘不上气。

“打开看看。”伊萨克指着一个木盒给她看。

“是要给我的吗？”

“我给您的送别礼物。”

“已经想摆脱我啦？”

“我不想。”

“那为什么会觉得我快离开了呢？”

“难道不是吗？”

阿莉西亚没搭腔，但收下了木盒。

“打开看看吧！”

盒子里装着一支蘸水笔，金色笔尖，桃花心木笔身，配上一瓶色彩鲜丽的蓝色墨水。

“这是努丽亚的东西吗？”

伊萨克点头。“这是她当年过十八岁生日的时候，我送她的礼物。”

阿莉西亚仔细检视了蘸水笔，一件不折不扣的艺术品。

“已经很多年没有人拿它来写作了。”老管理员说道。

“您为什么不写呢？”

“我没什么好写的。”

阿莉西亚正打算辩驳，屋内传出两声叩门的回音。停顿了大约五秒，再传来两次叩门声。

“医生来了。”阿莉西亚说道，“他已经学会暗号了。”

伊萨克点了点头，随即起身。“是谁说老狗就玩不出新花样了？”

老管理员提起一盏油灯，踏上通往大门口的走道。

“您去试试那支笔吧！”他说，“那边有白纸。”

伊萨克手持油灯，沿着曲折漫长的走道朝大门口走去。

只有客人来访，他才会提油灯，一个人的时候根本不需要。他对此处已了如指掌，宁可在黑暗里行走其中。他驻足在大门前，将油灯放在地上，双手抓住大锁上的把手。他发现平日常做的事情已经开始让他吃力，抓取把手时，忽觉胸口一阵未曾有过的紧绷感。他当管理员的日子大概也不多了。

这把大锁就跟这地方一样古老，却是以发条、杠杆、滑轮和齿轮组合而成的精密构造，整个开锁过程需要十秒到十五秒之久。开了锁之后，伊萨克抽出门板上的平衡杆，只需轻轻一推，厚重的雕花橡木大门就开了。他高举着油灯迎接医生，并稍微退到一旁让路给客人进屋。门口出现了苏德维拉医生的身影。

“您跟平常一样准时，医生。”伊萨克先开了口。

刹那间，医生的身体跌进屋内，另一个高大健壮的身躯挡在入口处。

“您是？”

安达亚的左轮手枪对准他的眉心，并一脚踢开了医生的身体。

“把门关起来！”

阿莉西亚蘸了墨水，在白纸上写下亮丽的蓝色线条。她写了自己的名字，凝视着字迹上的墨水渐渐干燥。白纸令人雀跃，虽然一开始散发的是诡异的怪味，却慢慢都化成了慰藉。就像人生一样，下笔写了最初几个字，随即顿悟，期望和结果之间的落差，源于自认是纯洁而他人却视为无知的意图。她正打算写下从钟爱的书中熟背的佳句，却突然停笔，朝门口看了一眼。她把笔放在白纸上，细究周遭的静寂。

她立刻察觉到事情不对劲。没有了伊萨克和苏德维拉医生熟悉的闲聊声，此时却传来不规律的急躁脚步声，这反常的静寂仿佛剧毒弥漫，让她寒毛直竖。她环顾周遭，内心愤恨不平。她一直以为，自己会有不一样的死法。

19

换了其他状况，安达亚大概会干脆地一枪毙了两个老人，直接闯进屋里，但他此时不想惊扰阿莉西亚。苏德维拉医生后颈挨了一记就倒地，基本上已经失去知觉。经验丰富的安达亚知道，接下来至少半个钟头不需要担心他了。

“在哪里？”他质问管理员，音量放到最低。

“什么在哪里？”

他随即以左轮手枪重击老人脸部，立刻传出骨骼碎裂声。伊萨克跪下来侧倒在地。安达亚弯下腰，一把揪住他的脖子，然后往上一提。

“到底在哪里？”他再次逼问。

老人的鼻子血流如注。安达亚将枪管抵住老人的下巴，盯着他的双眼不放。伊萨克朝他脸上吐口水。“算你有种！”安达亚暗想。

“别这样，老家伙，别再白费工夫了，你已经过了逞英雄的年纪。阿莉西亚·格里斯在哪？”

“我听不懂您在说什么。”

安达亚面露微笑。“要我打断你的腿吗？你这个年纪，骨头断了可就愈合不了了。”

伊萨克坚持不开口。安达亚抓住他的后颈，拖着他往里面走。走在左弯右拐的宽敞走道上，安达亚直觉眼前似乎闪过一道光芒。墙上尽是以神话故事为背景的壁画。他不禁纳闷，这究竟是什么样的地方？到了走道尽头，眼前出现一片壮观的圆顶，升至无尽的天际。这景象让他不自觉放下高举的手枪，把老人当死尸似的随手往地上一扔。

他突然觉得眼前犹如幻影，鬼魅般的微光下，如梦的影像悬浮在云端。这是一座层层往上堆叠的迷宫，由数不清的暗道、平台、拱门和天桥建构而成。整个建筑结构仿佛从地面窜出，往上延展出难以言喻的几何构造，直到圆顶顶端的雾面玻璃拱顶。安达亚不禁面露微笑。在这座幽暗的巴塞罗那古宅里，居然藏了一座书籍文字的皇宫，等他先收拾了阿莉西亚·格里斯，再放把火将这里烧了。他今天要走运了。

伊萨克勉力在地板上爬着，留下拖曳的血迹。他想大声叫喊，但顶多只能发出呻吟，并勉强保持清醒。他听见安达亚的脚步声再度逼近，接着，一只脚踩在他背上，用力将他压倒在地。

“安静点，哪儿都别想去！”

安达亚抓起他的手腕，拖着他来到支撑拱顶的一根圆柱旁。三条细管以铁钩钉在石柱上，安达亚掏出一副手铐，其中一个铐环套在一条管子上，另一个铐环则圈住伊萨克的手腕，调紧到几乎嵌进皮肉。老管理员痛得失声叫喊。

“阿莉西亚已经不在这里了。”他吃力地喘着气，“您只是在浪费时间……”

安达亚对老人的话充耳不闻，径自观察阴暗处的动静。一扇门框内闪动烛光，蜡烛可能就在房内的角落。安达亚双手高举手枪，悄悄挪步到门前，靠在墙边。老人焦虑的眼神证实了他的方向是对的。

他举着枪跨入门槛。房里正中央摆着一张单人床，掀开的床单堆在床沿，墙边有个五斗柜，上头摆满药品和医疗器具。安达亚先仔细检视阴暗的角落，才继续往房内走。房里充斥着酒精和蜡烛味，还有一种让人忍不住口内生津的甜腻味。他走近床边放着蜡烛的小桌子。桌上放着打开的墨水瓶和一沓白纸。第一张纸上留下轻盈流畅的字迹：

阿莉西亚

安达亚面露得意的笑容，随即折返房门口，朝着被他以手铐圈住而进退不得的老管理员看了一眼。远处的迷宫入口处似乎有阴影波动，仿佛一滴雨水落在池里，水面上泛起波纹涟漪。经过伊萨克面前，他随手提起地上的油灯，对管理员视而不见。他迟早会跟他算账。

到了雄伟建筑底层，安达亚驻足凝望眼前这座书籍殿堂，然后扭头吐了口口水。接着他确定弹夹已装满，一颗子弹也已上了膛，于是他踏入迷宫，依随阿莉西亚的气味和脚步继续前进。

20

通往殿堂正中央的漆黑走道在前方略微侧弯，安达亚从门口一路走来，走道逐渐变窄。书墙从地面延伸到屋顶。天花板以老旧的真皮书封拼接而成，细看仍能看出十几种语言的书名。过了半晌，他来到一个八角形平台，正中央摆着一张桌子，桌上放满摊开的书籍、读书架和一盏明亮柔和的台灯。数条走道呈放射状分布，有些往下延伸，有些则顺着格局继续攀升。安达亚停下脚步，仔细聆听迷宫传出的声响，恰好听见古老木板和纸张厮磨的声音，仿佛永不止息，几乎难以察觉。他决定挑选一条往下的走道，并想象阿莉西亚大概正满怀希望地找寻另一个出口，算准了他一定会在里面胡乱兜转一阵子，正好让她有时间逃跑。换了他也会这么做。然而，踏上走道前一刻，他却发现了它。一本书悬在书架边缘，仿佛有人刚把它抽出来，正好就在即将落地的关键时刻。安达亚上前看了封面的书名：

爱丽丝镜中奇遇

刘易斯·卡罗尔

“想跟我玩游戏吗？”他大声问道。他的声音消失在错综复杂的暗道和居室间，终究未获回应。安达亚把书本推回墙角，继续往前走，走道坡度明显上升，每走四到五步即升高一级。深入迷宫，像走进传奇怪物的腹内，这个文字巨怪似乎能够感知安达亚的存在和他前进的每一步。他高高举起油灯，映出了拱顶的样貌，然后继续前进。才走了大约十米，他突然停步，因为不小心撞上一座雕像，一个眼神轻蔑的天使。他正打算一枪把它击碎，却瞥见雕像的双手捧着一样东西，大小如铁钳，是一本他从未听过的书：

失乐园

约翰·弥尔顿

天使像后方是个椭圆形大厅，空间是前一个房间的两倍。大厅摆满了玻璃橱柜、变形的书架，以及看似埋葬图书的壁龛。

安达亚叹了口气。“阿莉西亚？别再玩这种幼稚的游戏了。快出来！我只想跟您面对面谈一谈而已。专业人士间的交谈。”

安达亚越过大厅，在相连的走道口侧耳细听。又是同样的把戏，一样是进入转弯处，阴暗转为明亮，走道上又出现了从书架拉出的另一本书。安达亚咬牙切齿。莱安德罗的婊子想玩猫捉老鼠的游戏？她是拿自己的性命开玩笑。

他不再去管阿莉西亚从书架上抽出的书，“这是你自找的。”他选择了通往迷宫中心的过道，十分陡峭。

安达亚在一个类似巨型舞台布景装置的地方爬了二十分钟。他穿过多个大厅，经过拱门和平台间的大厅和栏杆，站在平台上俯瞰，发现自己所在的高度远超出想象。被他用手铐监禁在楼下的伊萨克，此时看起来仅剩一个小圆点。他抬头仰望圆顶，突觉建筑物仍继续往外扩展，并逐渐凝集成线条简洁的格局。每次总在觉得迷了路的时候，却瞥见又一本从书架抽出的书，指引他进入另一条暗道，通往另一间大厅，然后又引出更错综分歧的路径。

迷宫在一路攀升的过程中不断变化，拱门和天窗的复杂结构起到通风的作用，此刻有朦胧的天光。巧妙安置的镜子反射、发散着诡异的亮光。他每发现一个新的房间，里面都堆着塑像、画作和其他难以辨识的物品。有些塑像看起来就像未完成的机器人，另有用纸张或石膏制作的雕塑品，或悬在屋顶，或嵌入墙壁，仿佛有人藏身书墓里。安达亚忽觉一阵眩晕不安，霎时，手枪从沾满汗水的手中滑落在地。

“阿莉西亚，再不出来，我就放火烧了这些垃圾，然后看着您被活活烧成焦尸。希望事情变成这样吗？”

这时候，他听见背后传来声响，立刻回过头。有个东西从一条暗道的阶梯滚下，起初他以为是颗球或拳头大小的球状物。他屈膝捡起那东西。是个洋娃娃的头，笑容僵硬，镶着玻璃眼珠。过了半晌，周遭响起金属敲出的叮当音乐，让人联想起摇篮曲。

“这个婊子！”他不禁怒骂。

他气急败坏地爬上阶梯。音乐将他引到一间圆形大厅，开放式边墙装设了栏杆，大量光线由此渗入。圆顶上的玻璃隐约可透视屋外，安达亚这才发现，自己已经到了顶端。音乐源于大厅尽头。房门两侧各有一座泛白的塑像，分别嵌在书海里，宛如两具木乃伊。地板上遍布摊开的书籍，他一路踩着书越过大厅到另一侧。这里有个嵌入墙壁的小橱柜，看来像个圣物箱。音乐即从箱子内传出。安达亚缓缓打开橱柜小门。

一个镜面音乐盒在橱柜角落叮当作响。盒内有个折翼天使塑像缓慢而规律地旋转。发条渐渐松了，音乐也逐渐消失。天使不再飞翔。就在此时，他从音乐盒的镜面上瞥见一道闪光。

方才进门时被他视为木乃伊的一座石膏塑像竟然移动了。安达亚吓得寒毛直竖。他迅速转身，朝着光影交错下的塑像连开三枪。制作塑像的纸张和石膏顿时碎裂，眼前升起一片云雾般的粉尘。警官将高举的手枪降低几厘米，定睛细看。就在此时，他感觉身边稍有动静。他转过身再次将子弹上膛，却惊见暗处那双阴沉的眼睛发出凌厉逼人的目光。

蘸水笔笔尖刺入他的眼球，穿越头颅，直到触及颅骨。安达亚立刻倒地，仿佛断了线的木偶，身体瘫在书堆里不停颤抖。阿莉西亚蹲在他身旁，抽出他仍握在手上的枪，然后用脚将他推到栏杆前。接着她用力一踹，把他踢到栏杆边缘，看着他坠入深渊，在石板地上摔得粉身碎骨。震耳巨响回荡在空中。

21

伊萨克看着她走出迷宫。她略微跛足，拿着枪的手势老练自然，让他惊心动魄。他静静观望她走近安达亚摔落大理石地板的陈尸处。她赤足走着，却毫不迟疑地踩过尸体流出的一大摊鲜血。她弯下腰查看尸体，翻找死者的口袋，掏出一个皮夹打开来，抽出一沓钞票，然后把剩下的东西丢回地上。她再摸了摸死者外套口袋，掏出一串钥匙，并将它收好。阿莉西亚冷漠地注视着尸体，过了半晌，她抓住安达亚脸上突出的东西，用力拔了出来。伊萨克随即认出，那是他不到一个钟头前送给她的蘸水笔。

阿莉西亚缓缓走到他身旁跪下，帮他解开手铐。伊萨克已在不知不觉中泪水盈眶，此时仍难以自抑地颤抖，并急寻她的目光。阿莉西亚一脸木然地望着他，仿佛刻意要让心存幻想的老人认清事实，这就是在她身上重塑已逝爱女的后果。阿莉西亚抓起睡衣裙边擦拭蘸水笔，递给他。

“我不可能像她一样，伊萨克。”

老管理员不发一语，抹去泪水。阿莉西亚朝他伸出手，协助他站起来。接着，她走进管理员卧室旁的小浴室。伊萨克听见流水声。

片刻之后，全身颤抖的苏德维拉医生出现了。伊萨克对他招了手，医生慢慢走过来。

“这是怎么回事，那个男人是谁？”

伊萨克侧着头，指引他去看大约二十米外的那一摊血肉。

“我的老天爷……”医生喃喃悲叹，“那位小姐呢？”

阿莉西亚裹着浴巾走出浴室。两个老人看着她进了伊萨克的卧室。老医生朝着老管理员抛出疑问的眼神。老管理员只是耸了耸肩。苏德维拉医生走近房门口，探头张望。阿莉西亚正穿上努丽亚·蒙佛特留下的旧衣。

“还好吗？”医生问她。

“很好。”阿莉西亚答道，眼睛始终盯着面前的镜子。

苏德维拉医生按捺着惊愕，找了张椅子坐下，静静看着她在伊萨克女儿的化妆盒里翻找，最后挑了几样化妆品。她熟练地上了妆，精细描画唇线和眼线，一副舞台演员的风采，全然不似他过去数周细心诊疗的虚弱病体。迎上老医生的目光时，阿莉西亚对他眨眨眼。

“我离开后，请您去通知费尔明，告诉他务必将尸体完全灭迹。请他以我的名义去皇家广场找标本师帮忙。所有需要用的化学药品，他那里都有。”

阿莉西亚站了起来，在镜子前扭腰转身检视自己，接着，她把在安达亚身上搜刮来的手枪和钞票放进一个黑色皮包，转身往门口走去。

“您究竟是谁？”看着她从身旁经过时，苏德维拉医生好奇地问道。

“魔鬼。”阿莉西亚这样回他。

22

费尔明一见到善心的老医生走进书店大门，心里立刻有数，惊人的大事发生了。苏德维拉那副模样，显然是脸上挨了好几记重拳，而且出手相当利索。正在柜台后面整理当月账册的贝亚和达涅尔，顿时瞠目结舌，赶紧跑过来扶他。

“发生什么事啦，医生？”

苏德维拉医生长叹一声，仿佛被机关枪扫射过的泄气皮球，一副垂头丧气的模样。

“达涅尔，去把您家老爷藏在《公民与道德》课本后面的那瓶白兰地拿出来！”费尔明吩咐。

贝亚陪着老医生到椅子旁，扶他坐下。“还好吗？是谁把您打成这样？”

“我还好。”他答道，“我也不清楚打我的是谁。”

“阿莉西亚呢？”贝亚随即追问。

“其实，我倒是不怎么担心她……”

费尔明叹了口气，问：“她走了吗？”

“在地狱之火的硝烟中离开了。”

达涅尔递上一杯白兰地，老医生顺手接下，一口气喝到见底，希望酒精尽快产生化学作用。

“拜托，再来一杯！”

“伊萨克呢？”费尔明问他。

“一直闷着头不说话。”

费尔明低头盯着老医生。“医生大人，发生了什么事，快点告诉我们吧，尽量别加油添醋。”

叙述终了，老医生又要了一杯白兰地犒赏自己。神情肃穆的贝亚、达涅尔和费尔明也跟着共饮。现场一片沉重的静寂，达涅尔只好硬着头皮打破沉默。

“她会去哪里呢？”

“我想，还不就是去寻仇报复。”费尔明在一旁搭腔。

“说明白点，我学医的时候可没学森贝雷家族秘密。”老医生在一旁纠正他。

“请您相信我，现在回家好好吃顿大餐，这是为您好。这个烫手山芋就由我们接手处理。”费尔明提议。

老医生点头同意。“我不会再碰到什么杀手吧？先问一下，可以早做打算。”

“目前应该不会了。”费尔明告诉他，“不过出个远门应该也不坏，去海岛待上几个礼拜，找个快乐的寡妇同行，排解一下肾结石或者任何需要排解的东西。”

“这一次，您的建议倒是很有参考价值。”老医生附和。

“达涅尔，可否帮个忙？拜托护送苏德维拉医生回家，一定要确定他安全到家。”费尔明说。

“为什么是我？”达涅尔抗议，“又要背着我偷偷计划什么事吗？”

“不然我派您家胡利安小少爷去吧？他执行任务的能力或许更胜已经成年的那位……”

达涅尔勉强点了头，虽然心不甘情不愿。费尔明发觉贝亚在背后盯着他，但他此时宁可忽略她的目光。他给医生倒了最后一杯白兰地然后告别，眼看瓶里的酒只剩下一丁点儿，他干脆一口气把剩下的喝光。

医生和达涅尔离开之后，费尔明瘫坐椅子上，双手掩面。

“医生说的标本师和处理尸体，到底是怎么回事？”贝亚在一旁追问。

“非常棘手的难题，很不幸，必须想办法解决才行。”费尔明说，“阿莉西亚有两个非常糟糕的特质，其中一个就是，她通常都是对的。”

“另外一个是什么？”

“有仇必报。她这几天有没有跟您说了什么奇怪的话？仔细想一想。”

贝亚迟疑了一下，最后还是摇头。费尔明缓缓点头，站了起来。他拿起那件垫了厚报纸的大衣，准备走入阴沉的冬日午后街头。

“我先去找那个标本师吧，看看他能提供什么线索……”

“费尔明？”贝亚赶在他踏出店门前叫住他。

他停下脚步，却没回头。

“阿莉西亚有什么事情瞒着我们，是吗？”

“我怀疑她隐瞒了很多事，贝亚小姐。但我相信，她这样做是为了我们好。”

“可是，一定有什么事情跟达涅尔有关。一件可能会伤他很深的事……”

费尔明转过身，挂着一抹淡淡的苦笑。

“所以才需要您和我一起努力。不是吗？我们必须避免这种事情发生。”

贝亚定定望着他。“一路小心，费尔明。”

这位年轻女子目送他走进雪雨将至的蓝灰暮光里。她凝望行走在圣安娜街的路人，全都裹着厚重围巾和冬衣。她有种感觉，生命中真正的严冬，就在刚才意外降临了。而且这一次，恐怕会留下深刻的痕迹。

23

费尔南迪托瘫在卧室的单人床上，两眼直望着天窗发呆。这间卧房，说穿了只是一间橱柜，隔墙就是洗衣间，总让他想起在戏院看过的海战电影潜水艇场景，只是这房间更阴暗，也没那么舒适。即便如此，这天下午，因为体力劳动，加上荷尔蒙的神秘运作，费尔南迪托倒是心花怒放。爱情，那甜蜜的爱情，已经来敲他的门。实际上，爱情并未叩门，甚至已从他门前扬长而去，但他深信，命运就跟牙痛一样，直到他再度鼓起勇气面对之前，绝对不会轻易放过他。尤其恋爱这种事，更是如此。

这一次，他总算驱除一直苦恋阿莉西亚不成而萦绕不去的幻想和折磨。一段爱恋，即使失败了，还是会引来另一段新恋情。流行歌曲都是这样唱的，那些歌词未必只是让人听了甜蜜蜜，常常也确切点明了爱情的道理。他对阿莉西亚小姐那份愚痴、幻想的爱恋，在他历经各种震撼与险境之后，牵引他认识了森贝雷家族，还获得好心的书店老板赏他一份差事。而因为这份契机，从此开启了通往天堂之路。

那天早上，他现身书店，正打算展开送货员生涯。有个令人怦然心动的可爱女孩，听口音是外国人，正在书店里闲荡。根据森贝雷家人的交谈内容，女孩叫苏菲亚，费尔南迪托私下打听，得知她是森贝雷爷爷的外甥女，达涅尔的表妹。达涅尔的母亲伊莎贝拉祖籍意大利，来自那不勒斯的苏菲亚正在巴塞罗那大学研习西班牙文，暂居在森贝雷家。当然，打听这些，靠的是技术。

此后，费尔南迪托将百分之八十五的脑容量，全用来凝望和仰慕苏菲亚，这还不包括身体其他器官的运作。她芳龄约莫十九岁，独特个性和那取之不竭的慧黠，总让羞怯的同龄男孩招架不住，她耍花招逗得他们晕头转向，再大摇大摆地扬长而去，费尔南迪托呆望她快步离去的姿态，痴迷得近乎窒息。她的双眸，那迷人的双唇和雪白贝齿，微笑时隐约可见的粉嫩舌头，完全魅惑了那可怜的男孩，他大半天都在编织春梦，想象指尖轻抚那古典优雅的双唇，慢慢滑下白皙的颈部，通向天堂的谷底，那件合身羊毛衫突显了女孩玲珑有致的身段，也显示了意大利人在人体建筑方面大师级的造诣。

费尔南迪托眯眼自得其乐，全然忘却饭厅传来的广播和左邻右舍的嘈杂，他幻想着苏菲亚躺在铺满玫瑰或任何鲜花花瓣的床上，将最温柔的春天呈现在他眼前，他坚定娴熟地解开所有封锁了女性胴体的纽扣、拉链和障碍，以近乎啃咬的热吻唤醒她的激情，埋首在她介于肚脐和神秘三角洲之间的天堂。费尔南迪托就这样沉溺在春梦里，深信就算此刻天打雷劈，他死得也值得。

只是，雷没有劈来，电话倒是响了。挖土机似的沉重步伐沿着走道慢慢接近，他的房门突然大开，门口出现了父亲的身影，身穿汗衫、内裤，手上拿着腊肠三明治，大声说道："快起来。臭小子，你的电话。"

费尔南迪托钻出天堂温柔乡，拖着脚步来到走道尽头。位于角落的电话就躺在母亲朝圣买回的塑料耶稣像下方，每次他拿起话筒，耶稣炯炯有神的目光总是盯着他，那灵异的眼神是他多年摆脱不掉的噩梦。才拿起话筒，弟弟就探头探脑开始偷听，做出各种鬼脸。

"费尔南迪托吗？"电话里的声音这样问道。

"我就是。"

"我是阿莉西亚。"

他大吃一惊。

"你方便讲话吗？"她问。

费尔南迪托拿起布鞋朝弟弟脸上丢，吓得他立刻逃回房里。

“方便。您还好吗？现在人在哪里？”

“你听我说，费尔南迪托……我必须离开一阵子。”

“这话听起来不太妙。”

“我需要你帮我一个忙，非常重要的一件事。”

“尽管吩咐。”

“之前请你去我家拿走的那箱文件还在吗？”

“还在，现在放在一个很安全的地方。”

“我要你去找出一本笔记本，封面上有手写的‘伊莎贝拉’四个字。”

“我知道是哪一本。我没有翻开来看哦，真的，千万别以为我偷看了。”

“我知道你不会这样做。我要你帮忙的是……把那本笔记本交给达涅尔·森贝雷。只能交给他本人，听见了吗？”

“听见了。”

“告诉他，是我要你交给他的。那本笔记本只属于他，其他人都不能碰。”

“好，阿莉西亚小姐。您在哪里？”

“这个不重要。”

“您的处境很危险吗？”

“不用替我担心，费尔南迪托。”

“我当然会担心……”

“谢谢你为我做的一切。”

“这样说，听起来好像在辞行。”

“你我都知道，只有俗气的人才会搞辞行那一套。”

“而您从来就不是俗气的人。虽然，您也曾经想试着俗气一点。”

“你是个好朋友，费尔南迪托，也是个好男人。苏菲亚是个幸运的女孩。”

费尔南迪托羞得满脸通红。“您怎么会知道？”

“我很高兴，你终于遇见一个值得爱的女孩了。”

“没有人比得上您，阿莉西亚小姐。”

“我拜托你的事情，可以做到吧？”

“您放心，包在我身上。”

“我爱你，费尔南迪托。我的公寓钥匙你就留着吧，以后就是你的家了。一定要幸福。还有，把我忘了吧。”

费尔南迪托没来得及回话，阿莉西亚已经挂断了。他咽下口水，抹去泪水，放下了话筒。

24

阿莉西亚走出电话亭。出租车停在几米之外。司机已经摇下车窗，此时正抽着烟，一副若有所思的模样。一见她走过来，作势要把烟蒂丢了。

“要走了吗？”

“再等一下。您把烟抽完吧。”

“十分钟内就要关门了……”司机提醒她。

“十分钟后我们已经在外面了。”阿莉西亚回应。

她走上小山丘，满山墓碑如林，还有数不清的十字架、天使雕像和滴水瓦。暮色染红了蒙锥克墓园上空的云霭。微风夹带着漫天雨雪，沿路撒下水晶颗粒织成的帘幕。阿莉西亚沿着小径往里面走，步上石阶，走向墓碑和雕像集聚的围栏边。地中海的夕霭暮岚下，一块微倾的墓碑上写着：

伊莎贝拉·森贝雷

一九一七—一九三九

阿莉西亚跪下来，双手抚着墓碑。她忆起曾在森贝雷先生家看过的照片，还有布里安律师，他竭尽所能保存了老客户的相片，始终呵护着那段无法告白的爱恋。她想起手札里的字句，总算明白，就算未曾谋面，但尸骨埋在她脚下的这名女子，却让她感到如此亲近。

“或许，永远别让达涅尔知道真相比较好，永远别让他找到巴利斯本人，更别提他一心想实践的复仇计划。但是，我不能替他做决定。”她说，“对不起。”

阿莉西亚解开老管理员借给她的大衣，从暗袋掏出他送她的天使塑像。她仔细端详伊萨克多年前在圣诞市集为女儿买的礼物，小女孩总是把希望传达给父亲的秘密信息藏在塑像里。她拉开小孔上的盖子，看着她搭车前来墓园途中写下的小字条。

毛里西奥·巴利斯

松园

曼努亚努斯街

巴塞罗那

她卷起纸条，将它塞入孔内，并压紧盖子，把天使塑像放在墓碑底座，正好塞在两个插着干燥花束的花瓶间。

“就让命运做决定吧！”她喃喃自语。

她走回出租车时，司机倚着车身等她。他替她开了车门，随即回到驾驶座。他在后视镜里观察她。阿莉西亚似乎沉浸在思绪中。他看着她打开皮包，拿出一个白色小药瓶，把药丸全部往嘴里倒，并用力咀嚼。司机把放在副驾驶座的水壶递给她。阿莉西亚喝了水，总算抬起头。

“去哪。”出租车司机说道。

她在他面前展示一沓钞票。

“那至少也有四百元吧。”他这样臆测。

“六百。”阿莉西亚更正，“如果我们天亮之前抵达马德里，这笔钱就是您的。”

25

费尔南迪托驻足对街，定定望着书店橱窗内的达涅尔。他走出家门时已经开始飘雪，街上几乎不见人影。他观望了达涅尔好几分钟，想确认他是单独在书店里。等到达涅尔走到店门口挂上“关门”的牌子，费尔南迪托忽地从暗处窜出来，面带僵硬的笑容站在他面前。达涅尔一脸诧异地看着他，同时替他打开店门。

“费尔南迪托，要找苏菲亚吗？她今晚到朋友家过夜了，说是要一起写报告……”

“不，我找您。”

“找我？”

男孩点点头。

“请进。”

“您一个人在店里吗？”

达涅尔疑惑地望着他。费尔南迪托走进书店，静候森贝雷家少爷锁上店门。

“有事请说。”

“阿莉西亚小姐要我转交一样东西给您。”

“你知道她在哪里吗？”

“不知道。”

“是什么东西？”

费尔南迪托迟疑半晌，从外套里掏出像是小学生笔记本的东西。他把本子递给达涅尔。仍不知情的达涅尔面带微笑收下神秘的小本子。一见到笔记本封面上的字迹，他倏忽收起笑容。

“这个……”费尔南迪托支支吾吾，“我不吵您了。晚安，达涅尔先生。”

达涅尔点了点头，依旧低头盯着笔记本。费尔南迪托离开书店后，他关了灯，躲进后面的工作间。他坐在原属于祖父的老旧书桌前，打开台灯，闭目静候了数秒钟。他感受到脉搏加速，双手不停颤抖。

当他翻开笔记本开始阅读，远处响起大教堂的钟声。

伊莎贝拉手札

EL CUADERNO DE ISABELLA

1939

我是伊莎贝拉·吉斯伯特，一九一七年出生于巴塞罗那，今年二十二岁，但我知道自己永远不会过二十三岁生日了。写下这些文字的同时，我很清楚自己仅剩几天的生命，很快地，我将告别此生最亏欠的两个人：我儿子达涅尔，还有丈夫胡安·森贝雷，他是我这辈子见过最善良的人，对我完全信赖、关爱和奉献，而我至死都不配拥有这些。我为自己而写，我要写下那些不属于我的秘密，即使自知永远不会有人阅读。我为回忆而写，我要紧紧抓住生命，唯一的奢望是能够记得并了解自己是个什么样的人，为何做了曾经做过的那些事，趁着我还能写，在我尚未被意识抛弃之前。我要写下来，即使心痛，但只有已逝的往事和痛苦能让我维持清醒，我很害怕就这样死去。我写下这些文字，因为我只能向纸张倾吐不能对任何人诉说的一切，我怕有人因此置身险境，甚至可能送命。我写下这些文字，因为……当我还有能力回忆的时候，我将与我深爱的人同在，即使只多了一分钟……

1

卧室镜子里出现我衰败的躯体，很难想象我曾经也是个小女孩。我们家在海上圣母大教堂旁边开了间食品商行，一家人就住在商店后面的公寓。家门前有个中庭，从那里看得到教堂尖塔。我从小就喜欢把那里想象成奇幻城堡，每到夜晚就会在巴塞罗那城里四处游荡，天亮前回到原地，然后在艳阳下入睡。我父亲的家族吉斯伯特在巴塞罗那时代是商人，经商历史悠久，母亲费拉提尼家族则是那不勒斯的船员和渔民。我继承了外祖母的个性，她脾气暴躁，外号“维苏威火山”。我们家有三姐妹，只是父亲常说他养了两个女儿和一头母骡子。我深爱父亲，但是经常惹他生气。他是心地善良的好人，比起和女儿相处，经营商行的本事高明多了。与我们家族相熟的神父常说，每个人都带着任务来到世上，而我的任务就是唱反调。我的两位姐姐个性温顺许多，她们的人生目标很清楚：嫁个好丈夫，过上普世追求的舒适生活。我却让父母大失所望，才八岁就展现叛逆性格，并大声宣布自己终身不婚，这辈子绝对不会穿上围裙，就算拿枪逼我也没用，我要成为作家或潜水员（这是我有一阵子受凡尔纳的科幻小说启发而立下的志向）。我父亲把这件事情归咎于勃朗特姐妹，我对她们有近乎崇拜的热爱。父亲认为她们是自由派的修女，一九〇九年暴乱的时候因为城市沦陷而发疯，现在她们抽着鸦片，午夜聚在一起跳贴面舞。“当初把她送进修女学校就不会发生这种事了。”父亲常这样感叹。我承认，我从来不知道该如何成为父母期望的好女儿，也不是出生时大家期待的好女孩。或许，我就是不想。我天生反骨，跟父母作对，跟老师作对，当大家都懒得跟我对立，我就跟自己作对。

我始终不喜欢跟女孩们一起玩，我的专长是用弹弓打断洋娃娃的头。我宁可跟男孩子玩，他们比较容易指使，虽然他们迟早会发现我总是赢，到时候我就得开始想办法自得其乐了。我想，我从小就习惯独来独往，远离群众。这方面我和母亲很像，她常说，人到头来都是孤独一人，尤其女人。母亲一向多愁善感，我和她一直处得不好，或许正因为她是全家唯一比较了解我的人。母亲在我小时候就过世了。父亲后来再婚，娶了个中部城市来的寡妇，继母始终看我不顺眼，我们独处的时候，她总是叫我小妖精。

母亲去世后，我才知道自己是多么思念她。或许正因为如此，我开始造访大学图书馆，母亲生前背着父亲替我办了图书证，父亲一直以为我都是去读宗教书籍或圣人传记之类的。继母厌恶书，她只要一看到书就火冒三丈，我只好把书都藏在衣橱最底层角落，免得她发起脾气把家里搅得一团乱。

图书馆改变了我的生命。我碰都没碰过宗教教义书籍，唯一读得尽兴的圣人传记是圣女德兰自传，所有神迹显灵皆如此神秘离奇，我曾追随其教导，做了一些我不敢也无法在此陈述的修炼。我把图书馆里能读的书都读过了，尤其是那些其他人告诉我不应该读的书。睿智的罗芮娜女士是下午时段的馆员，她总会帮我准备好一大摞书，戏称那些是“女性应该阅读但禁止读的书”。罗芮娜说过，一个社会野蛮的程度，可从阻挡在女性和书籍之间的距离测量出来。“对野蛮人来说，没有什么比一个懂得读书、写字和思考的女人更可怕了，更别提她的裙长还在膝盖以上。”内战期间，她被关进女监，听说后来在狱中上吊自杀。

我很早就下定决心，希望这辈子都能与书为伍，开始梦想有朝一日，我写的故事也能像那些让我读得入迷的作品一样出版。书本教会我如何思考，如何感受，如何过丰富充实的人生。但我并不讳言，正如罗芮娜女士的预言，总有一天，我也开始喜欢男孩子，甚至喜欢过头了。我在此可以大方坦承，当年紧张得双腿颤抖的自己确实可笑，当时一群在波恩大道卸货的年轻小伙子经过身旁，朝我抛出暧昧的微笑，打赤膊的胸膛挂着汗水，那一身古铜色肌肤让我不禁遐想，尝起来一定是咸味。“我的心都给你，美女……”有个小伙子这样对我说，父亲听到之后，把我关在家中一个礼拜，我整个礼拜都在幻想如何回报那个小伙子，并觉得自己有点像圣女德兰。

老实说，我对同年的男孩不是很感兴趣，而他们对我也有些微恐惧，因为除了无法较量谁的小便喷得比较远，其他方面我都胜过他们。几乎所有同龄的女孩都和我一样，无论她们承认与否，都觉得年纪稍长的男生更讨人喜欢，尤其是被全世界的母亲定义为“不适合你”的那种男生。我不懂得装模作样，也不会耍花招，至少刚开始还不会，但我很快也学会了拿捏戏弄异性的时机。大部分男孩跟书上描述的完全相反：他们很单纯，心思一眼就能看穿。我从来不是人们口中的那种好女孩，我不想自欺欺人。谁想自愿当个好女孩？我可不想。我总是把喜欢的男孩逼到大门边的角落，胁迫他们亲吻我。许多男孩吓得不知所措，或根本不知道如何下手，我干脆主动吻他们。我的行为引来议论，传到教区神父耳里，他认为我有必要立刻驱除心魔。继母觉得丢脸至极，在家大发雷霆，整整闹了一个月。她断定我将来一定会变成夜总会舞女，又或者直接沦落到“贫民窟”，这是她最喜欢用来骂我的话。“以后还有谁会喜欢你？小贱货！”父亲拿我没办法，想把我送进最严格的教会寄宿学校，只是我早已声名狼藉，校方一发现申请入学的是我，马上拒绝，就怕我会影响其他女孩。我毫无羞愧地写下这些陈年旧事，因为我总觉得，若说我在青春期犯了什么错，那就是过于天真。我让某些男孩伤心了，但从无恶意，直到当时，我还一直认为世上没有任何人能让我心碎。

我的继母自称笃信露德圣母，她日日祈祷，满心期盼我总能有个着落，或在街上被电车碾过，永远从她眼前消失。教区神父建议，以天主教神圣教义疏导我迷乱的心性才是我的救赎。情急之下，他们决定无论如何都要把我和弗拉萨德斯街糕饼店老板的儿子凑成对，而在我父母眼中，文森德当然是个理想对象。他温柔如糖霜，性格软弱，就像他母亲烤出来的松糕。我只花半天就把他兜得团团转，这个可怜家伙也知道我尽是欺负他，但是双方父母都觉得我俩门当户对又匹配，还能把行为放荡的伊莎贝拉导回正轨。

无论从哪一方面看来，文森德的条件好得没话说，而且对我一往情深。他认为我是世上最美丽纯洁的女孩，这个可怜少年，总像待宰羔羊似的眼巴巴望着我，还梦想在七扇门餐厅举办婚宴，蜜月旅行则是搭汽船游港口。是他想当然了，我肯定使尽招数刁难他。很不幸的是，对世上所有像文森德这样的男孩来说，女人心就像盛夏艳阳下的爆竹。可怜的他因为我吃尽了苦头。听说他后来娶了里波尔镇的远房表妹，一个原本打算当修女的女孩，若不是结了婚，恐怕就得一辈子隐居修道院。两人婚后一起生养孩子、烤松糕。皆大欢喜，大家都松了一口气。

我一如往常，还是不安分，又做了让父亲伤透脑筋的事，甚至比绰号“维苏威火山”的外祖母搬来同住更让他烦躁。他最害怕的梦魇是，我这脑袋已被书籍荼毒的女儿，恐怕会爱上宇宙间最糟糕的人类——作家，背信忘义，残酷不仁，邪恶自私，活着的唯一目标就是满足自己无止境的虚荣，并让所有爱他的傻瓜铸下大错。而且，这个作家还不是诗人，在父亲眼中，写诗的人或多或少都是无害的梦想者，至少也想过好好找个正经差事养家糊口，周日望过弥撒后写几个句子过过瘾就罢了。但偏偏不是这个。还有一种作家更糟糕——小说家，这种人已无药可救，连地狱都不想收留。

我在现实生活中认识的唯一真正的作家，是个街坊邻居口中的怪物，这样说算是客气了。我探听后得知，他住在弗拉萨德斯街的一幢大宅院，和文森德家的糕饼店仅隔数米，那栋房子早已恶名远播，根据邻居和民事管理局公务员的传言，再加上最喜欢传播小道消息的巡夜人的说法，那房子闹鬼，住在里面的人也疯疯癫癫的。此人叫作戴维·马丁。

我从来没见过这个人，我猜是因为他昼伏夜出，出入场所大概也不是女孩子和正派之人会去的地方。我自认不是女孩也不正派，于是想了个对策要让我和他的命运有所交集，最好就像两列失控对撞的火车。戴维·马丁，我家附近唯一在世的小说家，他并不知道自己的生命很快就会有所改变。变得更好。不管命运要他上天堂或下地狱，他就是需要有人帮他修正堕落的生活：收个学徒，就是我，了不起的伊莎贝拉。

2

我正式成为戴维·马丁的学徒的故事漫长且有很多细节。我深知他是怎样的人，如果他私下也记录了这段往事，而我不是故事的女主角，我也不会感到惊讶。虽然他一再推托拒绝，我还是进了他家，走入他诡异的人生和思绪，进入那栋迷魅诡谲的房子。或许是命运使然，或许是真正的现实就是这样：戴维·马丁是个心灵饱受折磨的人，在不自知的情况下，他需要我的程度远胜于我需要他。“迷失的灵魂在午夜时分相遇了。”当时，我装模作样写下伤感的诗句习作，我的写作老师给的评语是：过于甜腻，罹患糖尿病风险极高。他就是这副德行。

我常想，继罗芮娜女士之后，戴维·马丁算是我此生第一个真正的朋友了。他年纪几乎比我大上一倍，并且常让我觉得，在我们相识之前，他早已历经几世的沧桑，不过，就算他偶尔会逃避我，或两人常为了小事拌嘴，我对他的感情依旧如此亲近，因为我明白，正如他曾说过的玩笑话："我们是一路人。"戴维本性善良，但总是披着愤世嫉俗、桀骜不驯的外壳，不过，他虽然对我极尽挖苦之能事（说句公道话，我对他也没有多客气），就算他试图掩饰也不容否认，对我，他总是充满耐心、慷慨大方。

戴维·马丁教导我许多事：如何创作句子、遣词用字，还有面对一张白纸时，落笔成文的各种技巧，就像指挥管弦乐团一样，我还学会了分析文章，解析文章架构，理解其中的意义……他重新教导我如何阅读和写作，这一次，我很清楚自己在学些什么，又是为何而学。最重要的是，如何正确地读写。他苦口婆心地一再提醒我，文学真义无他，唯有一点：非关叙述的内容，而是叙述的方式。至于其他部分，他说，只是锦上添花的缀饰。他也向我解释，作家这个职业，必须不断学习，但别人又教不了。"无法理解这个原则的人，最好趁早改行，这个世界上能做的事很多。"在他看来，我以作家为业的希望，就像要西班牙成为一个理性国家一样渺茫，但是，他这人天生就是这么悲观，或是如他自己所言，是个"认清事实的现实主义者"，因此，我还是忠于自己的意志，坚持和他唱反调。

他让我学会接受真实的自己，学会独立思考，甚至也学着多爱自己一些。我和他同住在那幢诡异的大宅，建立友谊，也逐渐成了知心好友。戴维·马丁性格孤僻，在不自觉之下切断了联系外界的桥梁，或许他是刻意为之，因为他总认为外面的世界几乎一无是处。他的世界就是个破碎的灵魂，从童年起，他的人生已裂成碎片，从此无法再重组。我一开始假装讨厌他，接着掩饰了对他的爱慕，最后强迫自己别去可怜他，因为那会激怒他。戴维始终想尽办法疏远我，但他越是如此，我对他的感受就越亲近。于是，我不再与他作对，只想好好保护他。我们的友谊最大的讽刺是，我以学徒身份和麻烦的角色进入他的生命，到头来却仿佛他这一生都在等待我的出现。为了拯救他吧！或许，把他从自我和吞噬了内心与生命的心魔中解救出来。

真正爱上一个人时，通常并不自知早已坠入情网。早在我开始怀疑自己是否对他萌生爱意之前，我已爱上那个生活堕落、悲苦至极的男人。早把我看穿的他，就怕我越陷越深，于是想办法让我去森贝雷父子书店工作，那是他光顾了大半辈子的书店。他设法说服了胡安追求我，胡安后来成了我丈夫，当时，他还是森贝雷书店的小老板。那时的胡安极其害羞内向，对照恬不知耻的戴维，简直如白昼黑夜之别，因为戴维的心灵是永远的暗夜。

在此之前，我已经有所觉悟，自己是永远当不成作家了，更别提潜水员，勃朗特姐妹必须耐心等待其他更合适的接班人。同时，我也开始认清事实，戴维·马丁是个病人。一道鸿沟切割了他的内心，从此以后，他的存在就是一场保持清醒的奋战，我刚进入戴维的生命时，他早已输了与自我交战的那场战役，并渐渐失去理智，仿佛双手捧着的流沙。倘若倾听内心的理智之声，我恐怕早就跑掉了，但当时的我偏偏就喜欢和自己作对。

那阵子传出许多关于戴维·马丁的流言，说他犯下可怕的罪行。我自认对他的认识比任何人都更深入，我坚信，他唯一犯罪的对象就是自己。因此，在他被控杀害恩师贝德罗·维达尔和其妻克丽丝汀娜之后，我自愿协助他逃离巴塞罗那。他自称疯狂痴恋恩师的妻子，有些男人就是会一厢情愿恋上海市蜃楼般的女人。因此，我衷心祈祷他永远不再重返这座城市，希望他能在遥远的他方找到平静，而我也可以忘了他，或说服自己时间久了便会淡忘一切。可惜上帝只听得进人们不需要的祈愿。

接下来四年，我一直试图遗忘戴维·马丁，自认几乎做到了。我放弃作家梦，并实现了与书为伍的梦想。我在森贝雷父子书店工作，胡安的父亲过世后，他升格为人们口中的“森贝雷先生”。我们的恋爱过程属于战前的老派作风，含蓄保守，顶多就是轻抚脸颊，周日下午一起散步，或在节庆时趁着家人没看见赶紧偷偷亲吻。没有烈火般的激情，其实也不需要。人总不能一辈子都活得像十四岁。

胡安不久就向我求婚了。我父亲在三分钟之内火速答应了这门亲事，真心感激圣妇丽达，不可能任务的守护神，眼看这不可教化的女儿，居然要穿着白纱在神父面前接受婚姻承诺。巴塞罗那果真是奇迹之城。我想告诉他，是的，我是真心认定自己挑了个万中选一的好男人，我配不上他，但我学会用心灵也用脑袋去爱他。我不是小妇人那一类乖巧女孩。我觉得自己很有智慧。母亲一定会以我为傲。这些年来看过那么多书，多少还是起了作用。我接受了他可靠的肩膀，此生最大的愿望就是让他幸福，与他共组家庭。有一阵子，我真的以为将来就是如此。我一直还是那个天真的傻瓜。

3

人们满怀希望，但命运分配给他们的却是邪魔。婚礼预定在圣安娜教堂举行，接着大伙儿会在教堂前的小广场庆祝，恰巧就在书店后面。宾客邀请卡已发出，喜宴地点已定，婚礼鲜花都买了，接送新娘到教堂前的礼车也安排妥当。我每天告诉自己，这是值得期待的日子，我终于获得幸福的眷顾。还记得那是个三月的星期五，距离婚礼恰好还有一个月，那天我一个人在书店，胡安出门去了，忙着运送一位重要客户订购的书。书店门上的铃铛响起，我一抬头便看见了他。他几乎没变。

戴维·马丁是不会变老的那种人，或许，衰老的只有他的内心吧！任何人见了他都会感叹他一定和岁月的恶魔达成协议。只有我除外，因为我知道，幻觉让他深信自己仍旧年轻，虽然他有个想象出来的专属恶魔，那个一直躲在他脑袋里的安德烈亚斯·科莱利，来自巴黎的出版人，邪恶凶狠，一如他笔下的人物。戴维深信科莱利和他签了合约，要他写一本邪恶之书，内容是狂热邪教的基本教义，充满愤恨和破坏，终极目标是火烧这个世界，使之永远毁灭。戴维的妄想不止这个，他深信这个文学魔鬼正在猎捕他，因为他在行动和心灵上都背叛了这个邪魔，他毁了约，在最后关头毁灭了手稿，或许是因为他那讨厌的女学徒善心感人，终于让他改邪归正。这就是我存在的意义，了不起的伊莎贝拉，连彩票都不相信，却始终认为，凭着自己的青春魅力，加上让他远离巴塞罗那的堕落氛围一阵子（而警方到处搜查他的下落），足以治愈他迷乱的疯狂行径。但我一看到那双眼睛便明白了，四年时光匆匆流过，天知道他究竟去了哪里，病情未见一丁点儿好转。他面带微笑看着我，说他很想念我，我听了心都碎了，泪水再也止不住，只怨恨命运捉弄人。当他轻抚我的脸颊，我知道自己依旧深爱着我专属的魔鬼，我最爱的疯子，我发自真心永远深爱的唯一男子。

我已经不记得我们当时交谈的内容。在我的记忆中，那一刻依旧模糊。我想，我在他消失的四年间构筑的所有想象，全在顷刻间崩塌倾圮，我发现自己受困在那堆瓦砾中，于是在收银机旁草草写了一张纸条给胡安。

我必须离开。请原谅我，我的爱人。

伊莎贝拉

我知道警方一直在搜捕他，因为警察每月到书店来盘问我们，是否知道有关逃犯的任何信息。我拉着戴维走出书店，直接带他去北方车站。重返巴塞罗那似乎让他相当喜悦，他看着周遭景物，怀旧的眼神就像个不久于世的人，却也天真无邪得像个孩子。我已经吓得半死，满脑子只想着该把他藏在哪里。我问他，有没有一个无人能找到他的地方？

“市政府。”他这样回答我。

“我是说真的，戴维。”

我向来是个急中生智的女孩，那天甚至想出了特别好的妙计。戴维曾跟我提过，以前和他亦师亦友的贝德罗·维达尔在海边有一栋别墅，地点是布拉瓦海岸的荒僻小镇萨加罗。当年的巴塞罗那资产阶级流行拥有这样一栋房子，为了发泄过剩的男子气概，却又不想玷污神圣的婚姻，有钱公子哥儿多半有个能带女人、娼妓或情妇共度良宵之处。

维达尔在巴塞罗那拥有几处金屋藏娇的住所，他经常告诉戴维，只要有需要，尽管去住海边那栋别墅，因为他和家族的表兄弟只有夏天才会入住，而且只待几周。大门钥匙通常就藏在入口的大石块旁。我带着临时从书店收银机里拿走的钱，买了两张到赫罗纳的火车票，从那里再转到圣菲琉德吉索斯，这个小镇距离圣波尔湾仅两公里，萨加罗飞地就在海湾附近。戴维没反对这项提议。在火车上，他一路靠在我肩上睡着了。

“我已经好几年没睡觉了。”他曾经这样说。

我们傍晚抵达，两手空空。到了之后，以夜色作掩护，并舍弃在车站前搭车，宁可步行前往别墅。钥匙还在。别墅已经好几年没人住过。我把每一扇窗户打开，从悬崖下吹来的海风整夜在屋里流通，直到天明。戴维整夜像个幼儿似的安稳熟睡，当朝阳抚过他的脸庞，他睁开双眼，起身走到我身旁。他紧紧抱住我，这时候，我问他为什么回国，他告诉我，他总算明白自己是多么爱我。

“你没有资格爱我。”我对他说。

两人断了音讯好几年，我那“维苏威火山”似的脾气一股脑儿全爆发了，我开始对他大吼，所有的愤怒和悲伤，所有离我远去的渴望，一口气全发泄出来。我郑重告诉他，认识他是我此生经历过的最糟糕的事，我告诉他我恨他，根本不想再见到他，我希望他一直留在那栋别墅，就在那里化为一团腐肉，直到永远。戴维频频点头，然后低头不语。我猜自己就在当时吻了他，因为我一向是必须主动亲吻的那个人，接下来的瞬间，我摧毁了自己的后半生。童年的那位神父还是错了。我来到世间并非为了与人作对，而是犯错。那天早上，在他怀里，我犯下最不该犯的天大错误。

4

一个人直到真正活过，才能明白自己虚度了多少光阴。有时候人的一生——不是那些虚度的时光——只是一瞬间、一天、一周或一个月。人知道自己还活着，因为觉得痛，因为突然在乎一切，也因为这短暂时光稍纵即逝，此后的余生变成试图回到那短暂时刻的徒劳记忆。对我而言，这段短暂时光是我和戴维在海滨别墅共度的那几周。应该说，与我相伴的不只是戴维，还有他内心挥之不去的阴影，但我当时根本不在乎。倘若他提出要求，我愿意陪他一起下地狱。我想，依照我的作风，我终究也会这么做的。

断崖下的小棚屋有几艘划艇，还有一座木桩码头。几乎每天清晨，戴维都坐在码头边等日出。有时我也加入他的行列，两人一起游泳到断崖下的小海湾。三月份，海水依旧冰凉，但我们可以赶紧跑回家，坐在壁炉前取暖。接着，我们开始一段漫长的散步，沿着断崖边的小路，一直走到当地人称作萨宫佳的偏僻海岸。海岸边的树林后住着一群吉卜赛人，戴维向他们买食材，回家后由他掌厨，我们在黄昏暮色下共进晚餐，一边听着维达尔留下的老唱片。许多个夜晚，日落之后，刮起了特拉蒙塔纳山脉吹来的强风，穿过树丛，拍打着木板窗。这时候，我们必须关紧窗户，在屋里点上一根根蜡烛。接着，我在壁炉前铺几条毯子，并牵着戴维的手，他的年纪虽然是我的两倍，人生经历也绝非我能想象，但跟我在一起时，他总是如此害羞，我必须主动引导他的手渐渐褪去我身上的衣服，那是我喜欢的方式。我想，写下这些字句，回顾这些记忆，照理说，我应该觉得羞耻，但我没有任何顾忌，毫不扭捏地让他进入了我的世界。我忆起那几个夜晚，他的双手和双唇在我肌肤上好奇地探索，还有两人与世隔绝，在那栋房子里厮守的幸福和愉悦，加上达涅尔的出生，以及养育他、看着他成长的那几年，这就是我一生最美好的回忆了。

如今我总算明白我生命的意义，那是没有人能够预测的，就连我自己也预料不到。我知道，我活着是为了与戴维共度那几周，然后怀上儿子达涅尔。我知道，世人因为我爱上这个男人而指责我，因为我带着罪恶偷偷怀了孩子，因为我说谎。惩罚，无论公正与否，无须多等。人的一生并没有凭空得来的幸福，即使只是一瞬间。

一天早上，戴维去了码头，我梳洗更衣后，径自前往圣波尔湾入口的海味餐厅。我在那里打了一通电话给胡安。自从我不告而别，已经过了两周半。

“你在哪里？还好吗？安不安全？”他急切地问道。

“我没事。”

“你要回来吗？”

“我不知道。胡安，我真的不知道。”

“我爱你，伊莎贝拉，非常爱你。我会永远爱你，不管你回不回来……”

“你难道不问我爱不爱你？”

“你不需要多作解释，不想说的话，什么都别说。我会等你的，永远等着你。”

那一字一句就像匕首狠狠刺痛了我的心。回去后，我的泪水依旧止不住。一直在别墅门口等我的戴维，上前紧紧拥抱住我。

“戴维，我不能继续跟你待在这里。”

“我知道。”

两天后，常在海滩走动的其中一个吉卜赛人特地过来知会我们说，国民警卫队到处找人查问，是否在附近见过一男一女。他们展示的是戴维的照片，并宣称他是杀人犯。那晚是我们共度的最后一夜。隔天，当我在柴火畅旺的壁炉前醒来时，戴维已经离去。他留下一张纸条，要我返回巴塞罗那，嫁给胡安·森贝雷，一起过幸福的日子。前一晚，我曾向他坦承，胡安已经向我求过婚，而我也答应了。直至今日，我依然不明白自己为何跟他说那些话。我究竟是想离开他，还是期望他要我和他一起亡命天涯？他替我做了决定。我对他说过，他没有资格爱我，而他竟信以为真。

我知道，待在那里等他毫无意义。他不会回来了，那天下午不会，隔天也不会。我把房子打扫干净，家具重新盖上防尘床单，并将所有窗户关上。我把钥匙放在围墙边的石块后面，步行到火车站。

我在圣菲琉德吉索斯一上火车就知道自己怀孕了。上车前，我从火车站打了电话给胡安。他来接我时，把我紧紧拥在怀里，却不问我去了哪里。我没有勇气正眼看他。

“我不是值得你爱的人。”我对他说。

“不要说这种傻话。”

我太懦弱，也太恐惧。我为自己着想，也为了肚子里那个孩子。一个礼拜之后，我在圣安娜教堂和胡安·森贝雷举行了婚礼，比预定的婚期还要早。我们在西班牙客栈度过新婚之夜。隔天早上醒来时，我听见浴室传来胡安的啜泣声。倘若我们都能爱上值得我们去爱的人，人生该会多么美好。

达涅尔·森贝雷·吉斯伯特，我的儿子，九个月后出生了。

5

我始终不明白，戴维为何决定在内战结束前几天返回巴塞罗那。他在萨加罗的别墅不告而别那天早上，我以为从此不会再见到他。达涅尔出生后，我已经不再是过去那个少女，两人共度的美好时光都成了尘封的记忆。我这些年来唯一的生活重心是养育达涅尔，做个称职的母亲，保护孩子免于世间的伤害，因为我学会以戴维的眼光去看待这个世界。一个充满阴暗、怨恨和妒忌、吝啬与仇恨的世界。一个事事皆虚伪、人人皆诓骗的世界。这是个不值得生存的世界，但是儿子达涅尔出生了，我应该保护他。我从未想过要让戴维知道达涅尔的存在。孩子出生那天，我发誓绝对不让他知道生父是谁，因为他真正的父亲，那个为他奉献一生，伴着我一起抚养他的人，胡安·森贝雷，才是他绝无仅有的好父亲。我坚持要这么做，因为达涅尔总有一天会起疑心，甚至去调查真相，这是我绝不容许的事。戴维·马丁根本不该返回巴塞罗那。我真心以为，他之所以回来，就某种程度而言，是因为他对此事已有所察觉。或许，始终钳制他的心灵邪魔，就是真正的惩罚。当他跨进国界那一刻，我俩就已被生命判了刑。

他穿越比利牛斯山几个月后就被逮捕，随即移送巴塞罗那，接着便以一连串的罪名被起诉。他被加诸的罪名包括颠覆、叛乱以及多项莫名的控诉，还与其他数千名囚犯一起关在示范监狱。那个时期，很多人在西班牙大城市被谋杀、被囚禁，其中又以巴塞罗那的数量最可观。那是一个复仇行凶、消灭对手的时期。一如预期，新政权的崛起势必掀起权力更迭，多少人汲汲营营抢着在新政府立足。其中许多人为了官位和利益越界，不止一次地选边站。只要睁大眼睛见识过战争的种种丑态，再也无法相信人类比其他动物高等。

大家都说事情不可能更糟了，但人只要一抓住机会，卑鄙是没有底线的。很快就会有个人冒出台面，看起来就是最能符合这个时代背景的代表人物。不难想象，像他这样的败类，当众人都被时代巨流淹没，偏偏他就能全身而退。此人名叫毛里西奥·巴利斯，一如所有小时代里的大人物，他是个无名之辈。

6

我想，总有一天，这个国家的所有报章媒体将对毛里西奥·巴利斯极尽褒扬，并极力吹捧他一帆风顺的光荣仕途。这个国家充斥着像他这种层次的人物，一旦飞黄腾达，后面永远不缺阿谀奉承的马屁精。此刻，发达之日尚未到来，但终究会有成真的一天，巴利斯仍和许多人一样，只是个非常出众的政坛新秀。最近这几个月，我听说了许多关于他的事。据我所知，他起初是个经常出入文学咖啡馆聚会的文艺青年。一个资质中庸的人，没有才华也没有专长，一如经常发生的情况，他无止境的贪婪和寻求认同的渴望弥补了自身的失败。他自知永远不会获得肯定，也得不到他向往的高位和赞扬，于是以结党营私的方式追求功名，党羽互通肥缺，一起对付他们忌妒的眼中钉。

是的，我笔下充满了愤怒和怨怼，我自惭形秽，因为我不知道也不在乎这些文字是否公正，我不知道自己是无知地批判，还是因愤怒和痛苦在内心积累而盲目。这几个月来，我学会了仇恨，一想到自己将带着如此悲痛的心情死去，我不禁满怀恐惧。

我初次听闻他的名字，是在听说戴维被捕坐牢后不久。巴利斯当时是新政权的小走狗，一个忠心耿耿的追随者，因为娶了法西斯拥趸、商业界巨头的掌上明珠而声名大作。巴利斯最初从文学界出道，但他最出色的专长却是调情，那个一出生就因病而骨骼变形并在轮椅上度过青春岁月的可怜富家女，终于和他一起步入礼堂。一个嫁不出去的豪门继承者，攀附权贵的金钥匙。

巴利斯肯定想象着通过自己的行动攀上政治高峰，从而在学术界或是在西班牙文学艺术界取得德高望重的位置。他没有预料到的是，当战争输赢已见分晓，像他这样“大器晚成”的投机分子雨后春笋一般都冒了出来。

到了分享战利品的时刻，巴利斯分到了一份，也领教了权力分赃的游戏规则。政府需要的不是诗人，而是狱警和执法者。于是，在毫无预期之下，他被任命了一个看似风光的职务，却远低于他的知识水平：蒙锥克监狱的典狱长。当然了，巴利斯这样的人绝不会白白错过任何机会。他知道，一旦表现获得上级赞扬，他就有机会扭转局势，步步高升，为了达到目的，他必须消灭对手，不论是真正的敌人或假想敌，他暗自拟定了一长串名单。我始终不明白的是，戴维·马丁的名字为什么会出现在他的报复名单里。虽然他不是唯一的，但出于某种因素，巴利斯对马丁的敌意有种病态的执着。

当他知道马丁被关在示范监狱，立刻发公文要求将他移监到蒙锥克堡，并且一提再提，直到亲眼看着马丁关进他领导的监狱牢房。我丈夫胡安认识一位年轻律师，是书店的老主顾，名叫费尔南多·布里安。我特地去拜访他，请教他任何可能营救戴维的办法。基本上，我们并没有什么积蓄，布里安是个善良的好人，尤其在最艰难的几个月，他成了全力支持我们的好朋友，并同意免费协助。布里安在蒙锥克监狱有熟人，其中一位是名叫贝伯的狱警，经他探查发现，巴利斯似乎在打戴维的主意。他对戴维的作品相当熟悉，虽然口口声声批评他是“全世界文笔最差的作家”，却意图说服他以巴利斯的名义代笔写作或重写过去的作品，借此为这位典狱长赢得文坛美名，助他打通在内阁的升官之路。我可以想象戴维是怎么回应他的。

布里安竭尽所能，但戴维被指控的罪名都是重大罪行，唯一的办法是向巴利斯求饶，拜托他手下留情，别让戴维在监狱受到我们想象的那些酷刑虐待。我没听进布里安的劝告，自作主张去找了巴利斯。我现在明白自己犯了错，而且是非常严重的错误。我去找巴利斯求情时，他见识到我对他仇恨的对象戴维·马丁的那份深切执着，我因此成了他锁定的目标。

巴利斯向来城府极深，很快就发现他能利用囚犯家人的渴望壮大自己的权力。布里安早已告诫过我。胡安察觉我和戴维的关系以及对他的付出，远超过所谓的至交好友，对于我多次前往蒙锥克堡拜访巴利斯，他已经起了疑心。“你要为儿子着想。”他这样告诉我。他说的一点都没错，只是我太自私。我不能袖手旁观，放任戴维在那个地方自生自灭。此事非关尊严，没有任何人能带着一丁点尊严在内战中幸存。我犯的错误是，我并未理解巴利斯真正的目的，他既不想拥有我，也无意羞辱我。他要摧毁我，因为他知道，到头来，这是唯一能够让戴维屈服、伤害他的方式。

我所有的决心和试图说服巴利斯的天真，到头来都起到了相反的作用。无论我如何讨好他，佯装尊敬他、畏惧他，低声下气恳求他哀怜牢里的囚犯……我所做的一切反而让巴利斯内心的怒火越烧越炽烈。我现在知道，我想帮助戴维的意图，反而害他背负更沉重的罪名。

我领悟真相时，一切为时已晚。对于这个职位、对自己、对于飞黄腾达之日迟迟不见进展，巴利斯早已感到厌烦，因此，他脑子里总有各种胡思乱想。其中之一是他已经爱上了我。我当时以为，只要让巴利斯觉得这个遐想有发展的空间，他或许就会宽容许多。但是，他终究厌倦了我这个人。我绝望至极，威胁要揭发他的言行，让众人见识他有多么残酷。巴利斯觉得我天真得可笑，但还是决心惩罚我。目的是为了伤害戴维，将他完全击垮。

不到一周半前，巴利斯约我到兰布拉大道的歌剧院咖啡馆见面。我依约前往，但并未向任何人透露此事，甚至连我丈夫都不知道。我深信那是最后一搏的机会，但是我错了。就在当天晚上，我知道事情出了差错。凌晨，我在严重的眩晕中醒来，在镜中看见自己眼球泛黄，颈部和胸部的皮肤已出现斑点。天亮时，我开始吐血，感觉到阵阵剧痛，冰冷的疼痛仿佛利刃划过五脏六腑。我高烧不退，身体严重脱水，头发大量脱落，全身肌肉如电缆强烈紧绷，痛不欲生。我的皮肤、双眼和嘴巴都开始流血。

医生和医院都无能为力。胡安认为我得了传染病，一定有医治的办法。他无法想象失去我的生活，我也无法想象就这样丢下他和儿子达涅尔，作为一个母亲，我多么希望能守候孩子长大，并让他知道，他是我生命中的挚爱，我这一生最重要的责任。

我知道，毛里西奥·巴利斯那晚在歌剧院咖啡馆对我下了毒。我知道，他这么做是为了伤害戴维。我知道自己仅剩数日可活。一切都来得太急太快了。我唯一的慰藉是鸦片酊，可以缓和体内的疼痛，还有这本笔记，让我告解自己的罪过和错误。布里安每天来探望我，他知道我为了继续活着而书写，也为了止息我心中的怒火。我已经要求他，请他在我死后销毁这些文字，千万不要阅读笔记本的内容。任何人都不该阅读我写下的文字。任何人都不该得知事情的真相，因为我早有领悟，在这世上，真相只会伤人，而上帝只会宠爱并协助满口谎言的人。

我已经没有对象能祈祷了。所有信仰都背离了我。我常常记不得自己是谁，唯有重读这些文字，才能让我了解曾经发生过的一切。我会一直写，直到生命的终点。为了回忆。为了求生的意志。我多么希望能将儿子达涅尔紧紧拥在怀里，我想让他知道，无论发生什么事，我绝不会离他而去。我将与他同在，我会永远爱他。上帝，请宽恕我。我不知道自己做了什么。我不想死。亲爱的上帝，请让我再多活一天，让我能够再抱抱达涅尔，我要告诉他，我是多么爱他……

那天凌晨，费尔明一如既往走出家门，独自行走在巴塞罗那空荡的街道，遍地都是霜。熟识的社区巡夜人雷米希奥每次见他经过，总要问候他的失眠情况。他从专为中年妇女解决情绪问题的广播节目偷偷学会了“失眠”这名词，他觉得很多问题他都感同身受，包括停经期，他认为这是用浮石使劲刮私处就能解决的问题。

“我只是保持清醒，为什么要说我失眠呢？”

“费尔明，您真让人猜不透。我要是像您一样有一个女人在家里等着我，才不会这种时候不睡觉，还在外面晃荡……您要穿暖和一点，今年冬天冷得晚，但是冷起来真要命。”

在街上跟夹带雨雪的冷风搏斗了一个钟头，他觉得还是去书店的好。他还有未完成的工作，也学会趁天亮前达涅尔还没下楼开店营业，好好享受独自在书店里的清寂。他沿着灰蓝夜色下的圣安娜街往前走，远远就瞥见书店橱窗玻璃透出亮光。他缓步趋近，一路听着自己的脚步声，最后驻足在书店数米外，并找了一扇大门栖身挡风。他暗想，这时间对达涅尔来说太早了。难不成清晨保持清醒也会传染？

他犹豫不决，究竟该回家叫醒贝尔纳达、向她展现自己的伊比利亚雄风，还是走进书店打断达涅尔正在做的任何事情（最重要的是确定他没在玩枪弄刀之类的）。这时，他看见好友走出店门，似乎打算上街。他蜷缩着身子紧贴大门，肚子卡在大门环上，一直等到达涅尔锁上店门，朝着天使门走去。达涅尔只穿着轻薄衬衫，腋下夹着一本书或笔记本。费尔明叹了口气，看来不是什么好事。贝尔纳达要见识他的威武雄风，恐怕是要等等了。

他跟着达涅尔走了大约半个钟头，穿梭在通往港口的巷弄间。他不需要花心思闪躲，因为达涅尔完全沉溺在自己的思绪里，即使一队跳着踢踏舞的人跟踪他，他也不会察觉。费尔明冻得直打哆嗦，后悔今天在大衣里垫的报纸是体育版，缝隙多，不够扎实，远不及《先锋报》周日特刊来得保暖。他冷得难受，几乎想叫住好友，但想了想还是忍住。达涅尔像个游魂似的前行，丝毫不觉满身尽是雨雪。

最后来到哥伦布大道，再往前走一段就是港口码头，遮阳棚、桅杆和夜雾交织出一片幻影。达涅尔穿越大道，经过好几辆停在路边等待天亮的电车，接着钻入窄巷，穿梭在遮阳棚和停靠码头的货轮间，到了码头船坞，几个渔民正在打点出海捕鱼用的渔网和船具，用空汽油桶生了一盆火取暖。达涅尔走近那群渔民，一见他靠近，大家连忙闪到一边。渔民看他脸色不悦，宁可不去招惹。费尔明加快脚步赶上，走近便看见达涅尔已把夹在腋下的笔记本丢进火炉。费尔明走过来与好友会合，隔着炉火，对他浅浅一笑。达涅尔眼中的怒火一如炽热的炉火。

“如果想得肺炎的话，我得提醒您，北极要往相反方向走。”费尔明故意抬杠。

但达涅尔充耳不闻，目光紧盯着那盆火吞噬了所有纸张，最后在火焰中化为焦黑皱褶，仿佛有只隐形的手搓揉着一张又一张纸。

“贝亚一定会担心的，达涅尔。我们回家吧？”

达涅尔抬起头，面无表情地望着费尔明，仿佛从来没见过眼前这个人。

“达涅尔？”

“在哪里？”他问道，语气冷漠，听不出任何情绪。

“什么在哪里？”

“手枪。费尔明，您把手枪拿到哪里去了？”

“捐给仁爱之家修女会了。”

达涅尔浮起一抹僵硬的笑容。费尔明第一次觉得自己会永远失去他，于是赶紧走近他身旁，紧紧搂住他。

“我们回家吧。达涅尔，乖乖听话。”

他总算点头应允，接着，两个人缓缓踏上回家的路，一路无语。

贝亚听见公寓大门打开了，接着传来达涅尔的脚步声，此时已近拂晓。她披着毯子，坐在饭厅椅子上等了好几个钟头。达涅尔的身影出现在走道上，接着从她面前经过，不知是否看见了她。他就这样自顾自地走，一直来到走廊尽头的胡利安卧房，窗外就是圣安娜教堂前的小广场。贝亚起身跟在他后面。她看见达涅尔伫立在房门口，静静凝望着熟睡中的孩子。贝亚轻轻把手放在他背上。

“你去哪里了？”她轻声问道。

达涅尔转过头来，定定注视着她。

“达涅尔，这些事情究竟什么时候才会结束？”贝亚问他。

“快了。”他说，“很快就会结束了。”

安魂曲
马德里
一九六〇年元月

——

LIBERA ME

Madrid Enero de 1960

1

拂晓时刻，铁灰色的世界，阿里亚娜行走在柏树林周围的漫长小路，手握一束红玫瑰，那是她来时途中在一处墓园门口买的。周遭一片死寂，甚至未闻一声鸟鸣，也不见一缕清风拂过石板路上的落叶，相伴同行的只有她自己的脚步声。阿里亚娜一直走到庄园入口的巨大栅栏门前，门上挂着硕大的门牌：

梅希迪斯别墅

毛里西奥·巴利斯的城堡矗立在花园和林木交织的桃花源后方。一座座尖塔和复折屋顶嵌入烟灰色天空。阿里亚娜，阴暗中的一个白点，终于在雕像、树篱和喷泉之间瞥见了房子的形影。这幢别墅看似一头怪兽，拖着脚步到树林角落，伤重濒死。栅栏门半开着。阿里亚娜径自入内。

进去之后，她在花园里看见铁轨，轨道沿着庄园而建。还有一列迷你火车，蒸汽火车头外加两节车厢，正停在灌木间。她沿着铺石小径继续走向主屋。喷泉早已干涸，上方的天使石雕像和大理石圣母像也已变黑。树干上满是白色空蚕茧，仿佛一座座洒了糖霜的小型坟场。蜘蛛在半空织出一张张细网。阿里亚娜走上椭圆形泳池上的拱桥，青绿色池水浮着薄薄一层鲜嫩水藻，池底沉着小型禽鸟的死尸，就像受到诅咒从天空中坠落。远处是空旷的车库和员工楼，隐藏在阴影之中。

阿里亚娜拾级而上，驻足大门前。她叩门三次才发现，大门也开着。她回首凝望，品味着周遭的静谧和庄园的破落氛围。国王和他的特权没落，仆人逃离了他的王宫。阿里亚娜推开大门，仿佛进了废弃墓园，幽暗中隐约可见错综的走道和阶梯在眼前展开。她伫立原地，有如地狱门口的一个小白点，看着死气沉沉的景象，在这里，毛里西奥·巴利斯享受过人生的巅峰。

这时候，阵阵微弱幽渺的呻吟从二楼传来，像极了垂死动物断气前的哀号。她缓缓步上阶梯。墙面上清晰可见已被抢走的画作留下的框痕，楼梯两旁尽是空置的基座，上面依然可见雕像被掠夺后的凿痕。上了二楼，她驻足片刻，又听见了呻吟，确定声音源自走道尽头。她踩着缓慢的步伐走过去。房门半掩，房内弥漫的浓烈气味扑鼻而来。

阿里亚娜走过阴暗的房间，来到一张华盖床前，在幽暗里看起来像一辆灵车。床边摆放着各种医疗机器，已无运转，全靠置在墙边。地毯上堆满垃圾和废弃针头。阿里亚娜小心避开废弃物，掀开床边的帘幕。床上有个扭曲的身躯，全身骨骼仿佛都融为凝胶，紧绷的皮肤和疼痛重塑了她的身形。那双大得出奇的眼睛嵌在瘦削的脸庞上，眼球布满血丝，充满疑惧地望着她。那类似喉音的呻吟，介于窒息和嘶吼之间，再度从她的喉咙发出来。巴利斯夫人的头发、指甲和牙齿几乎已经掉光了。

阿里亚娜冷酷无情地看着她。接着，她在床沿坐了下来，并倾身向前。

“我妹妹在哪里？”她问道。

巴利斯的妻子努力想说话。阿里亚娜顾不得她身上发出的恶臭，依旧把脸凑近她嘴边。

“杀了我！”她听见这样的哀求。

2

藏匿在娃娃屋里的梅希迪斯，亲眼看着她进了别墅的栅栏门。她一身幽灵似的白衣，缓慢往前直行，手上拿着一束玫瑰。梅希迪斯面露微笑。她已经等她好几天了。她已多次在梦里见过她。赶在她被地狱吞噬，留下这片清风不吹、草木不长的荒地之前，身穿华服的死神终于造访了梅希迪斯别墅。

她隐身在娃娃屋的一扇大窗旁。父亲的死讯传来后不久，家中仆佣都走光了，她索性搬进这里。起初，父亲的秘书玛丽亚娜女士还试图阻挡他们离去，但是那天傍晚来了几个黑衣男子把她强行带走了。她听见车库后面传来枪声，不敢去看。接下来好几晚，陆续有人来搬走家中的画作、雕像、家具、衣服、餐具刀叉，所有他们想要的都拿走了。那群人在黄昏抵达，宛如蝗虫过境。他们也把车子都开走了，破坏了家中的许多墙壁，就怕还藏着没找到的宝物。搬光所有东西之后，一行人又扬长而去。

有一天，她看见两辆警车驶进庄园。随行人员中，她记得有几个是父亲以前的随从。她一度迟疑是否该出去向他们打招呼，但她发现一行人上了父亲在塔顶的书房，拿走了所有宝贵的物品，于是，她只好继续藏身娃娃屋。隐身在数以百计玻璃眼神空茫的娃娃之中，谁都找不到她。夫人的维生机器被拔掉了，就这样被丢在那里自生自灭。她已经呻吟了好几天，但还没断气。直到这一天……死期终至。

这一天，死神造访梅希迪斯别墅，不久后，女孩将独自拥有这座形同废墟的大宅院。她知道，所有的人都在骗她。她深信父亲仍在人世，他在某个地方活得好好的，而且会尽快回到她身边。她知道事情就是如此，因为阿莉西亚曾对她承诺。她答应过她，一定会找到父亲。

一见到死神走上阶梯到大门口，而且还进了屋子，她不禁满腹狐疑。或许是她看错了。或许那个被她当作死神的白色身影是阿莉西亚，她回来找她，然后会带她去见父亲。这是唯一的合理推测。她知道阿莉西亚绝不会弃她于不顾。

她踏出娃娃屋，走向主屋。进了屋子，她听见二楼传来脚步声，随即跑着上楼，恰好瞥见那身影走进夫人房间。走道上漫溢着令人作呕的恶臭。她掩住口鼻，慢慢走近夫人房门口。白衣身影俯身到夫人病榻前，就像个天使。梅希迪斯屏息以待。这时候，白衣身影拿起一个枕头，压在夫人脸上，她使尽全力强压，夫人的身体不断扭动，终至毫无反应。

那身影缓缓转身，梅希迪斯突然打了个寒颤，一种前所未有的震慑。她错了。根本就不是阿莉西亚。一身白衣的死神缓缓趋近，一脸笑意。她递出一朵红玫瑰，梅希迪斯以颤抖的双手接下，接着，她问道：“你知道我是谁吗？”

梅希迪斯点点头。死神紧拥着她，极尽温柔怜爱。梅希迪斯忍住泪水，让死神呵护着她。

“嘘……”死神悄声说，“再也没有人会伤害我们了。我们从此永不分离，和爸爸妈妈一起。永远在一起，你和我……”

3

阿莉西亚在出租车后座醒来，坐直身子，发现自己单独在车内。车窗沾了满满的雾气，她拉起袖子擦拭玻璃，看出车子停在加油站内。每当大卡车在公路上飙速驶过，街灯昏黄的灯光就会颤抖。漫天铁灰色乌云，不见一丝晴天缝隙。她揉揉双眼，摇下车窗。一阵逼人的寒气迎面袭来，立刻赶走残余的睡意。臀部突然一股剧痛。低微的呻吟脱口而出，接着，她用力紧抓着自己的身侧。很快疼痛变为隐隐的抽搐，这是疼痛的预警。最好的做法是在疼痛发生前先服用一两颗止痛药，但是她宁可让神经保持警觉。她别无选择。几分钟过后，出租车司机的身影出现在加油站饮食部门口，手上端着两个纸杯，外加一个沾了油渍的纸袋。他向她招招手，踩着轻盈的脚步绕过车子。

“早安。”他坐回驾驶座，“这天气冷得吓人。我帮您买了早餐。不是丰盛的欧陆风格，比较像是小吃，但至少是热的。牛奶咖啡，还有炸油条，看起来挺好吃的。为了提振士气，我特地请店家在您的咖啡里加了点白兰地。”

“谢谢，请一定要把这些费用加上去。”

“车资都算进去了，这辆出租车就像包吃包住的行动旅馆，快吃些东西，身体会暖一点。”

两人在车内静静吃着早餐。阿莉西亚根本不觉得饿，但她知道自己必须吃点东西。每当大吨位卡车驶过，后视镜总会颤动，而且整辆车都摇摇晃晃。

“这是哪里？”

“我们现在离马德里还有十公里。刚刚有好几个卡车司机告诉我，几乎所有从东部各省通往马德里的公路路口都有国民警卫队进行路检，所以，我想或许可以绕一点路，从城西的田园之家公路或蒙克洛亚宫进入市区。”司机建议。

“为什么要绕路？”

“我也说不上来。我总觉得，一辆从巴塞罗那来的出租车清晨七点进入马德里市区，多少会引人侧目。这是一种警觉，没别的意思。再说，您跟我是个有点奇怪的组合，我这么说可没恶意。不过，还是由您决定吧。”

阿莉西亚一口气喝光咖啡。白兰地跟石油一样烫喉，但至少让她立刻暖和起来。司机偷偷观察着她。阿莉西亚一直没多注意他，直到此时才仔细打量这个人。这男人实际年龄比外表年轻，一头红发，脸色苍白，戴眼镜，却只有单侧镜脚挂着眼镜绳，整个人保有浓厚的学生气息。

“怎么称呼？”

“我吗？”

“不是，这辆出租车。”

“恩尼斯托。我叫恩尼斯托。”

“您相信我这个人吗，恩尼斯托？”

“您可靠吗？”

“基本上还算可靠。”

“嗯，介意我问一个比较私人的问题吗？”司机试探性地问，“不方便回答就算了。”

“问吧。”

“是这样的，之前，我们刚离开瓜达拉哈拉的时候，正好碰到一个回转路段，结果您皮包里有些东西散落在座位上。看您已经睡着，我不想打扰，就擅自帮忙把东西放回去……”

阿莉西亚叹了口气，点点头。“于是您看见我皮包里有枪。”

“是。看起来不像水枪，虽然我也不懂这种东西。”

“您如果觉得心里不安，可以让我在这里下车，之前讲好的车资我照付，然后我去拜托您那些卡车司机朋友载我去马德里。一定有人会乐意载我一程。”

“这我倒是一点都不怀疑，不过，我没觉得不安。”

“不需要替我担心，我自己会想办法的。”

“我并不是担心您，那些卡车司机甚至比您更让人担心。我会按照原定计划把您送到目的地，就这样，不要再多说了。”

恩尼斯托发动引擎，双手握着方向盘。“我们去哪里？”

眼前出现的是一座被晨雾淹没的城市。雾霭笼罩了格兰大道的尖塔和圆顶。浅灰色浓雾掠过路面，包覆着一辆辆汽车和公车，即使开了车灯也难以逼退眼前的昏暗。车流移动得相当缓慢，一路摸索着方向，行人的身影仿佛是卡在人行道上的一具具冰封游魂。

车子经过她过去几年的长期居所西班牙旅社，阿莉西亚抬头注视那扇曾是她住家的窗子。他们顶着阴暗天光继续往市中心前进，直到海王星喷泉在前方出现。

“请问……接下来怎么走？”恩尼斯托问她。

“继续往前开，到了洛佩·德·维加街口右转，再沿着梅迪纳塞利公爵街往前走，第一栋就是了。”阿莉西亚指示路线。

“您不去皇宫大饭店吗？”

“去。但是我们去饭店后面，那是厨房的入口。”

司机点点头，遵照她的指示继续开。这一带的街道几乎不见人影。皇宫大饭店占地辽阔，形成一个不规则四边形街区，自成一座小城。车子沿着饭店周边行驶到阿莉西亚指定下车的街角，正好停在一辆正在卸货的货车后面，几个工人忙着搬下一箱箱面包、水果和其他食品。

恩尼斯托微微侧头瞥了一眼庄严气派的建筑。

“这是给您的，我们说好了。”她说。

司机转过头，迎面而来的是阿莉西亚手上的一大把钞票。

“真的不要我在这里等您吗？”

阿莉西亚没搭话。

“因为您不会回来了，是不是？”

“收下这笔钱吧。”

出租车司机犹豫不决。

“您这样是在浪费我的时间。快把钱收下。”

恩尼斯托顺从地收了钱。

“算一下吧。”

“我相信您。”

“那就自己看着办了。”

恩尼斯托看着她从皮包里掏出一样东西，塞进洋装式大衣口袋里。他敢打包票，那一定不是口红。“这个……我感觉不太好，我们还是离开这里吧？”

“该离开的是您，恩尼斯托。我下车后，请立刻开车回巴塞罗那，永远忘了曾经见过我。”

司机突然觉得胃部抽痛了一下。阿莉西亚把手放在他肩上，亲切地捏了捏他的肩膀，随即下车。才几秒钟光景，恩尼斯托看着她的身影消失在饭店内。

4

大饭店内部正在为第一轮早餐菜色而忙碌。厨师、帮厨、助手和服务生推着餐车、端着盘子在厨房和走道进进出出。阿莉西亚置身喧哗中，扑鼻而来的是阵阵咖啡香和各种佳肴的香气，偶尔有人惊讶地瞅她一眼，但大家都忙得没有余暇挡下她，只当她是个一大早就迷路的房客，或是高级应召女郎，工作结束后悄悄从后门离开。这种高级大饭店的必备礼仪，视而不见的技巧是其中之一，阿莉西亚看准这点，明目张胆地走到员工专用电梯前。她搭了第一部电梯，共乘的是个拿着一摞毛巾和肥皂的清洁女工，把她从上到下打量一番，眼神流露着好奇和妒忌。阿莉西亚很客气地对她笑了笑，特意要让她明白，两人都是辛苦讨生活的同路人。

“这么早？”清洁女工问她。

“早起的鸟儿有虫吃。”

女工点头回应，神情腼腆。她在五楼出了电梯。接着电梯门关上，继续直上顶楼。阿莉西亚从口袋掏出一串钥匙，挑出莱安德罗两年前交给她的那把金色钥匙。“这是一把万能钥匙。所有饭店房门都能打开，包括我的房间。好好利用，如果你不知道门后面等着你的是什么，就不要进去。”

员工专用电梯门开了，门外是一条狭窄走道，隐藏在一排清洁工具用品橱柜后面。阿莉西亚放轻脚步沿着走道前行，到了通往楼层客房主要通廊的那扇门前，她缓缓将门板推开数厘米。莱安德罗的专属套房就是俯瞰海王星广场的角落客房之一。她沿着通廊走向套房，途中与一名可能刚吃过早餐回房的房客擦身而过，此人亲切地对她微笑寒暄，阿莉西亚礼貌回应。过了通廊转角，莱安德罗的豪华套房就在眼前。门口不见任何保镖站岗。莱安德罗向来讨厌这种张扬的排场，他偏爱低调的谨慎。不过，阿莉西亚清楚得很，他至少会派两名手下在附近盯场，多半是在隔壁客房，或许此时正在饭店里四处巡查。她暗自评估，在最佳情况下，她大概有五到十分钟的时间。

她伫立套房门前，左右观望，接着悄悄插入钥匙，轻轻扭转。房门一开，阿莉西亚立刻钻入房内。随手关上房门后，她背靠着门板静候数秒。小小的玄关之后是一条走道，通往椭圆形客厅，正好在饭店一座塔楼的圆顶下方。自她有记忆以来，莱安德罗一直住在这间套房。她轻轻挪步到客厅，一手摸着腰间佩戴的手枪。客厅陷入一片阴暗。套房卧室房门半开，流出一丝灯光。阿莉西亚听见水流声，以及她再熟悉不过的沙沙声。她穿越客厅，将卧室房门完全推开。卧房尽头的床上没人，床单凌乱，左侧的浴室房门敞开，散发肥皂香气的蒸汽弥漫室内。阿莉西亚驻足浴室门口。

背对着她的莱安德罗，正一丝不苟地对着镜子刮胡须。他穿着红色浴袍，脚上是成套的拖鞋。浴缸放满了热水，水汽朦胧。莱安德罗跟着收音机里的旋律吹口哨。阿莉西亚的目光与他的视线在镜中相遇，他随即露出热切的笑容，丝毫不见惊讶。

“我等你好几天了。你刚才也看见了，我事先交代过那些年轻人，不准挡了你的路。”

“谢谢。”

莱安德罗转过头，用毛巾把脸上的泡沫擦干净。“我是为了他们好。我知道你向来很讨厌跟一群人共事。吃过早餐了吗？要不要我帮你点些什么？”

阿莉西亚摇头拒绝。她掏出手枪，枪口对准他的腹部。莱安德罗倒了几滴须后水在手上，轻拍脸部。

“我猜你这把枪应该是安达亚那个可怜虫的东西，想也知道。我如果问你那家伙的尸体在哪里，大概也是白问吧。我想问是因为他还有老婆孩子。”

“让他们在宠物罐头里找找吧。”

“这就对了。阿莉西亚，我们坐下来谈谈吧？”

“这样就好。”

莱安德罗倚着梳妆台的托架。“你爱怎么样就怎么样吧。”

阿莉西亚踌躇了几秒钟。最简单的做法就是马上开枪。把弹匣里的子弹清空，然后活着出去。运气好的话，有机会能搭上员工专用电梯。谁知道，或许在被乱枪射死之前，她还能看到华丽的饭店大厅。莱安德罗一如既往，一眼就看穿她的心思，他对她抛出父执辈的怜悯关爱的眼神，同时摇头叹息。

“你不应该离开我的。”他说，“你不知道，这样背叛我，让我多伤心。”

“我从来没有背叛过您。”

“拜托，阿莉西亚，你自己清楚得很，你永远都是我的爱将。你是我的杰作！你和我天生就是完美组合。我们是完美的团队。”

“所以就派那个坏蛋来杀我？”

“罗维拉吗？”

“那是他的真名？”

“有时候是。他原本是要替代你的。我派他跟着你，只是想让他跟你多学点儿，还有就是监视你。他一直非常崇拜你。他花了整整两年在研究你这个人。每一份档案，每一件案子。他说你是最优秀的。我的确有错，不该以为他或许可以取代你。现在我已经明白了，没有人可以取代你。”

“洛马纳也不行吗？”

“洛马纳这个人从来就没搞清楚自己的任务。他在工作里掺加了自己的价值判断，而且打探他不该去碰的部分，因为我们需要的只是他的蛮力。他还混淆了自己的忠诚。做这一行的人，如果搞不清楚效忠对象，肯定无法存活。”

“您效忠的对象又是谁？”

莱安德罗频频摇头。“阿莉西亚，你为何不回来跟着我一起做事？还有谁会像我这样照顾你？我了解你，我把你当作是我自己的孩子。我只要看你一眼就知道，你的旧伤又开始刺痛了，可是却不愿意吃药，因为你想保持警觉。我现在看着你的双眼，看到的是你的恐惧。你畏惧我。而这一点却让我痛心，非常痛心……”

“如果需要止痛药，我可以给您，要整瓶也可以。”

莱安德罗面露苦笑，摇头叹息。“我承认我错了，在此向你道歉。你要的就是这个吗？必要的话，我也可以下跪。我无所谓的。你的背叛对我造成了很大的伤害，也让我盲目。我过去一直对你耳提面命，做抉择的时候，绝对不能掺杂怨恨、痛苦或恐惧。但是，你看，我也不过是个凡人而已，阿莉西亚。”

“我感动得都快哭了。”

莱安德罗微笑以对，一脸狡诈。“看到没？我们俩的本性根本一模一样。还有什么比待在我身边更好的选择？我已经想过了，我们可以携手进行一些远大的计划。最近这几周，我想了很多，也终于明白你为何要放下这一切。而且，我发现自己也想抛下这些。处理这些愚蠢无知的问题早就让我非常厌烦，你我应该去做点别的事。”

“是吗？”

“当然。难道你以为我们一辈子都要这样替别人的龌龊勾当拼死卖命吗？够了。我现在瞄准的是其他更重要的事。我也会辞掉现在的职务。我要你待在我身边，陪着我。没有你，我什么事都做不成。你知道我在说什么吧？”

“毫无头绪。”

“我讲的是政治。这个国家即将脱胎换骨，只是迟早的事。大元帅不会迟疑太久了。国家必须注入新血。我们需要的是有想法的人，知道如何掌握现实的人。”

“就像您这样的人。”

“就像你和我这样的人。你和我，两人合体，我们可以为国家做出重大贡献。”

“比如杀害无辜，然后抢夺他们的孩子，转卖给他人？”

莱安德罗一脸不悦地叹气。“不要说这么天真的傻话，阿莉西亚。当年是不一样的时代。”

“那是您的点子，还是巴利斯的？”

“这很重要吗？”

“对我来说很重要。”

“那不是特定由谁想出来的点子，事情就这样顺理成章地发生了。乌巴赫夫妇特别喜欢马泰克斯的两个女儿，巴利斯看在眼里，心想这是个好机会。后来又有一些类似的例子。那是个必须抓紧机会的年代。当然，要是没这个需求，根本也没戏唱。我就是做好分内该做的事，确定巴利斯不会玩过头就好。”

“看来您没把他好好看住……”

“巴利斯这个人生性贪婪。不幸的是，贪婪的人从来不知道何时该停止滥用职权、停止施压，免得最终让整件事爆发。因此，这种人迟早会落难。”

“那么，他还活着？”

"阿莉西亚……你来找我到底想要什么？"

"我要的是真相。"

莱安德罗漾起一抹浅笑。"真相？你我都清楚得很，世上根本不存在这样东西。所谓的真相只是一种协议，借此让天真单纯的人不必和现实打交道。"

"我不是来这里听你的名言警句。"

莱安德罗的目光顿时变得凌厉。"当然不是。你是来打探你不该知道的事。你向来如此，老是把整件事弄得很复杂。你过去处理事情的方式一直就是这样。所以你才会离开我、背叛我。因为你就是想让我说，没错，你是青出于蓝，你比所有人都优秀。"

"我不比任何人优秀。"

"你当然是最优秀的。所以，你一直是我最钟爱的徒弟。所以我希望你回到我身边。因为这国家需要像你和我这样的人。国家需要的是懂得掌控它的人，并且要懂得维持社会秩序与和平，免得又养出一群只会互斗的鼠辈，满脑子仇恨、忌妒和怨憎，成天就是自相残杀。你清楚得很，我说的话都很有道理。还有，虽然大家总是喜欢以各种名目指责我们，但是，这国家如果少了我们，早就成了炼狱。你不觉得吗？"

莱安德罗盯着她的双眼看了许久，始终得不到回应，于是转身走向浴缸。他背对着她，脱下浴袍。阿莉西亚看着他一丝不挂，肤色苍白如鱼肚。他紧抓着大理石墙上的金色杆子，慢慢踏入浴缸。泡在水里之后，满脸沾着雾气的他，缓缓睁开双眼，满面愁容望着她。

"事情原本不该如此，阿莉西亚，但偏偏我们生在这个时代。到头来，这样反而也好。我一直都知道，你就是这样的个性。”

阿莉西亚高举的手枪缓缓垂下。

“你还在等什么？”

“我不想杀您。”

“那你来做什么？”

“我也不知道。”

“你当然知道。”

莱安德罗伸长手臂去拿浴缸旁墙上挂着的电话。阿莉西亚再度把枪口瞄准他。

“您要做什么？”

“你知道我要做什么，阿莉西亚……总机吗？是的。请帮我接内政部，席尔·巴德拉。是的。我是莱安德罗·蒙塔尔沃。我可以等，谢谢。”

“马上挂电话。”

“我不能这么做。我们的任务本来就不是去救巴利斯。我们的任务是找到他，然后要他闭嘴，免得这件不堪的事被抖出来。他已经被找到了，我们再一次成功达成任务。可是，你偏偏不听我的话。所以很遗憾，我现在不得不下令，所有在事发过程中和你有关联的人，统统不留活口。达涅尔·森贝雷、他的妻子，还有他全家人，包括那个在书店工作的笨蛋，以及所有帮忙救你一命的人。你不该把他们不能知道的事情告诉他们，但是你执意这么做。还好，你引导我们找到了这些人。一如往常，就算你不承认，你就是最顶尖的。总机吗？是的……部长，您好。的确，我有最新消息……”

一枪即已足够。话筒从他手中滑落，随即掉在浴缸旁的地板上。莱安德罗侧头看着她，眼神充满爱意和渴望。水面下漫出一片绯红，缓缓漫淹他的躯体。阿莉西亚伫立原地，眼看着他快速大量失血，直到瞳孔放大，僵硬的微笑挂在嘲弄的面容上。

“我会等你的。”莱安德罗轻声说道，“别让我等太久。”

片刻之后，他的身体逐渐松弛，莱安德罗·蒙塔尔沃的脸埋进染血的水中，双眼圆瞋。

5

阿莉西亚捡起地上的话筒，贴近耳边。电话并未接通。莱安德罗压根没拨号给任何人。她掏出药罐，连吞好几颗药丸，先把药丸咬碎，随后喝了莱安德罗存放在客厅小橱柜里的昂贵白兰地。离开这个豪华套房前，她仔细清理了安达亚的手枪，然后把枪丢在地毯上。

通往员工专用电梯的路程仿佛千里迢迢。两座电梯都在上楼中，她选择走楼梯，并以最快速度下楼。她走过厨房周边的曲折走道，踏上通往出口的最后一小段，一路忐忑，总觉得随时会有子弹穿背，一头栽倒在地上，在红衣王子的皇城里，像老鼠一样死在皇宫大饭店地下室里。

走到大街上，雨雪拂过她的脸庞。她驻足片刻，先喘口气，随即瞥见出租车司机焦急地在车边苦等，车子仍停在她刚才下车的地方。恩尼斯托一看到她出现，立刻跑上前，不发一语地拉着她到车边，把她安顿在副驾驶座，然后火速在方向盘前坐定。

引擎才发动，远方就传来警笛声，出租车随即朝着圣赫罗尼莫修道院方向行驶。行经饭店大门口时，恩尼斯托看见至少三辆黑头车停在饭店各出入口，几名男子快速跑进饭店内，沿路不断推开挡住去路的人。司机极力保持镇定，随即打了方向灯，缓缓驶入往雷科莱托斯大道移动的车潮。混进车阵之后，有陷入浓雾里的众多汽车、公车和电车随行掩护，恩尼斯托总算才松了口气，并第一次鼓起勇气直视阿莉西亚。她的脸上满是泪痕，双唇隐隐颤动着。

“谢谢您留下来等我。”她说。

“还好吗？”

阿莉西亚并未回应。

“我们回家吧？”恩尼斯托问她。

她摇头。

“暂时还不行。我还有最后一站……”

6

车子停在栅栏门前。恩尼斯托熄了火，远望着隐匿在树林后方的梅希迪斯别墅。阿莉西亚也不发一语地盯着房子。两人默默观望了约莫一分钟，周遭一片寂静。

“这里看起来根本没有人。”出租车司机打破沉默。

阿莉西亚打开车门。

“要我陪您一起去吗？”恩尼斯托问她。

“在这里等我就可以了。”

“我哪里都不会去的。”

阿莉西亚下了车，缓缓走近栅栏。进去之前，她回头看了恩尼斯托一眼，司机面带微笑看着她，朝她挥了挥手，但其实心里怕得要死。她从栅栏门缝钻进去，到了大花园，朝着别墅走去。途中，她瞥见停放在树林里的蒸汽小火车，接着穿越雕像花园。唯一的声响是她踩着落叶的脚步声。接下来几分钟，她走过这座大庄园，除了一群黑蜘蛛在枝干间结网蹭步之外，并未察觉其他生命迹象。

到了主屋前，她发现大门敞开，便停下脚步。她查看周遭动静，确定车库已经清空。梅希迪斯别墅在苍凉和衰败中蔓延出一丝不安的氛围，仿佛所有曾在此地生活工作的人都在一夜之间惊惶逃难去了。她缓缓步上阶梯到大门口，踏入玄关。

“梅希迪斯？”她高声呼唤。

回音消失在不见人影的厅堂和走道间。进屋后，一边是呈放射状分布的一条条昏暗走道。阿莉西亚走到交谊厅门廊前，厅内地板上遍布被强风扫进来的落叶。窗帘随风波动，从花园大举入侵的昆虫，占据了一大片白色大理石地板。

“梅希迪斯？”她再次呼唤。

她的声音又一次在偌大的屋内回荡。这时候，她闻到一股甜腻的异味，那是从楼梯高处飘下来的。她循味找寻源头，来到楼上走廊的尽头。踏入房间后，她忽地停下脚步。一群黑蜘蛛爬满巴利斯夫人的尸体。蜘蛛群已开始啃食她的腐肉。

阿莉西亚急速跑回走道，随手打开面向中庭的一扇窗，好让自己透透气。她探头到中庭张望时，发现楼上所有面向中庭的窗户皆已紧闭，唯有四楼角落那扇窗例外。她继续踩着阶梯爬上四楼，漫长的走道陷入阴暗，尽头依稀可见白色双扇门板半掩着。

“梅希迪斯！我是阿莉西亚，你在里面吗？”

她慢慢往前走，沿着走道从每一扇半掩的门缝查探暗室里的动静。到了走道尽头，她伸出双手去摸门板，并驻足门前。

“梅希迪斯？”她将门板往内推。

墙壁全漆成了天蓝色，上面画着童话故事和神话。一座城堡，一辆马车，一个公主以及所有童话里的人物，全部嵌在银灰色拱顶的星空里。阿莉西亚顿时明白，这是个游戏间，千金小姐的童年天堂，所有孩子梦寐以求的玩具，这里都找得到。姐妹俩正在房间角落等着。

雪白的床铺，床头板是振翅的天使木雕，始终以关爱的眼神凝视这片小天地。阿里亚娜和梅希迪斯双双穿上白色衣裙，两人牵着手，另一只手各自拿了一朵红玫瑰放在胸前。阿里亚娜身旁的床头柜上摆着一个铁盒，盒子里装着注射器和几个玻璃药瓶。

阿莉西亚双腿不听使唤地颤抖，及时伸手去抓住椅子。她不知道自己在那里待了多久，一分钟或一小时？她只记得，当她下楼时，脚步不自觉地走进了交谊厅。接着，她来到壁炉前，在置物架上找到一盒长火柴。点燃一根火柴后，屋内的窗帘和布幔开始燃起熊熊烈火。当她感受到火舌在背后咆哮后，便离开了那幢死亡之屋。她快步穿越花园，这次不再回头望。梅希迪斯别墅遭火焰肆虐，一团漆黑浓烟窜入天际。

在天堂
巴塞罗那
一九六〇年二月

IN PARADISUM

Barcelona Febrero de 1960

1

鳏居二十年来，每周日都过着同样的日子。胡安·森贝雷起个大早，给自己煮了浓咖啡，穿上西装，戴上巴塞罗那绅士帽，下楼到圣安娜教堂。这位书店老板从不觉得自己是个信仰虔诚的人，更不是大仲马笔下那种在教会很有地位的人。他喜欢坐在最后一排，静静看着弥撒进行。典礼中，他会按照神父的指示起身和坐下，但从不跟着唱诗歌、念祷词或领圣体。天堂和他的关系本来就疏远，伊莎贝拉离世之后，他们之间就更没得聊了。

不管他虔诚与否，教区神父总是欢迎他来，并一再提醒，无论他信不信教，那里都是他的家。“人各有不同的方式去体验信仰。”神父对他说，“但是您别说这是我说的，否则我会被派去传教，期待我被蟒蛇吃了。”书店老板总会告诉神父，他并无信仰，但是在这个地方，他觉得自己最接近伊莎贝拉，或许是因为他在这座教堂和她结婚，接着，他度过了人生最美好的五年，又在这里为她办了葬礼弥撒。

那个周日清晨，胡安·森贝雷照样坐在最后一排望弥撒，看着教堂里坐的都是附近早起的居民，在这个大杂烩里，有虔诚教友，也有罪人，有人孤独，有人失眠，乐天派和悲观者齐聚一堂，大家都在祈求永远沉默的上帝，求他眷顾他们，以及他们短暂的生命。他看着神父的鼻息在空中凝成雾气写成的祝祷词。教友一窝蜂全涌到教堂里唯一的暖气附近，就算壁龛里的圣母、圣徒终日努力行使圣职，终究无法显灵。

神父正打算进行献祭仪式，并喝下祭坛上那杯红酒，在这酷寒严冬，他肯定很乐意一饮而尽。这时，森贝雷的眼角余光瞥见有个身影滑入长凳，在他身边坐了下来。他转头一看，竟是儿子达涅尔，这孩子从婚礼之后就没在教堂出现过。紧接着进来的是费尔明，一手拿着弥撒书，似乎认定自己的叛逆灵魂是清醒的，而眼前的一切不过是寒冬周日一场平静的梦。

“你还好吧？”胡安问儿子。

达涅尔面带温柔的笑容点头回应，目光则紧盯正要开始分发圣体的神父，与此同时，负责弹奏管风琴的音乐老师（他自告奋勇在附近好几座教堂弹琴，也是书店的老主顾），显然已经尽力拿出最好的表现。

“真是罪过。这琴艺简直就是跟巴赫过不去，柯雷蒙德老师的手指今早大概是冻僵了。”书店老板说。

达涅尔依旧只是点头。森贝雷在一旁看着儿子，这几天来，这孩子一直心事重重。达涅尔的内心自成一个深沉静默的世界，他这个做父亲的始终进不去。他经常忆起十五年前那个清晨，尖叫声吵醒了他，因为儿子哭喊自己记不得母亲的面容了。那天早上，书店老板第一次带着达涅尔去遗忘书之墓，或许是抱着一线希望，说不定那个地方能填补孩子人生中的失落和空白。他一路看着儿子成长，看着他成人、成家，生下一个孩子，即便如此，他每天早上醒来时依旧为儿子担惊受怕，多么希望伊莎贝拉仍在孩子身边，替他把说不出口的话都告诉儿子。做父亲的从来不觉得自己的孩子会老，在他眼里，孩子永远都是当年那带着崇敬眼神望着父亲的幼儿，深信父亲一定有办法解开所有宇宙之谜。

然而，那天早上，在那座远离上帝和尘嚣的阴暗小教堂里，书店老板凝视儿子，竟首度发现岁月已开始在儿子身上留痕。他再也不是那个努力回忆亡母面容的小男孩。森贝雷试图找出适当的话语告诉儿子，他了解他的心情，他并不孤单，可是，盘旋在儿子脑海的愁云惨雾，一如荼毒人心的阴影，让他又怕又慌。达涅尔转头看着父亲，森贝雷在儿子眼中看出了愤怒和仇恨，即使是一个日暮途穷的沧桑老人也没有如此愤世的眼神。

"达涅尔……"他轻声唤他。

这时候，儿子突然紧紧抱住他，不发一语，只是紧抱着父亲，仿佛就怕他被人无情地掠夺了。书店老板看不到儿子的脸，但他知道，儿子正默默流着泪。自从伊莎贝拉离他们而去，这是他第一次为孩子祈祷。

2

近中午时刻，他们搭乘的公车来到蒙锥克墓园门口。达涅尔抱着胡利安，在一旁等着，先让贝亚下车。在此之前，他们从未带孩子来过这里。清冷的烈日灼烧着漫天浮云，冰蓝晴空与此地的景象格格不入。他们越过亡者之城的入口，慢慢往上坡走。这段山坡路两旁是旧墓园，建于十九世纪末，充斥着浮夸的陵墓，大量天使和魔鬼凌乱错置，竭尽所能展现本地豪门世家的气派。

贝亚一向对墓园很反感。她厌恶造访这片死气沉沉的地方。这地方意图说服来访者，被埋在土里的名门，即使离开人间依旧能维持相当的排场。她最感惋惜的是，一群建筑师、雕刻家和工匠，竟为了建造豪华墓园而出卖才华。举目所及尽是象征亡灵的雕像倾身亲吻尚未受到病魔摧残的王子额头，女人雕像则多半神情伤感，哀戚的天使趴在大理石墓碑上哭泣，为了某个远渡美洲、靠着血腥压榨奴隶和蔗糖而在加勒比海群岛发了横财的刽子手。在巴塞罗那，连死神都要盛装出席。贝亚痛恨那个地方，但她始终未对达涅尔透露想法。

小胡利安的眼睛睁得像个大圆盘，直盯着这场神鬼嘉年华。他指着雕像和迷宫般的陵墓神殿建筑，一脸畏惧和惊讶。

“胡利安，那些只是雕像。”妈妈在一旁安抚他，“他们不会对你怎么样的，因为这里什么都没有。”

此话一出口，她就后悔了。看来，达涅尔根本没听见她说了什么。自从凌晨返家后，他几乎没开过口，也没提他去了哪里，只是沉默地在她身边躺下，但根本没合过眼。

黎明时分，贝亚探问发生了什么事，达涅尔却不发一语望着她。接着，他粗暴地剥光了她的衣服，强压在她身上，视线刻意避开她的脸庞。他一只手在她头顶上方压制住她的双臂，另一只手恣意撑开了她的双腿。

“达涅尔，你弄得我好痛。快住手，拜托你，住手！”

他对她的抗议充耳不闻，气急败坏地强行进入她的身体，她脑中突然一片空白，直到双手被松开，接着，她的指甲用力掐着他的背部。达涅尔痛得叫出声来，她趁机将他推到一边。贝亚脱离钳制后，立刻跳下床铺，穿上睡袍。她本想对他怒吼，但只能忍着泪。达涅尔在床上蜷缩成一团，蓄意避开她的目光。贝亚用力吸了一口气。

“你不可以再做这样的事情！达涅尔，绝对不可以。听到没？你看着我，回答我！”

他露了脸，并点头回应。贝亚把自己锁在浴室，直到公寓大门关上的声音传到她耳里。达涅尔一个钟头后回来了。他去买了花。

“我不要花。”

“我想去母亲墓上看一看。”达涅尔这样说道。

胡利安坐在餐桌旁，捧着一杯牛奶，他观察父母的神态，已经察觉事情不太对劲。全世界的人都骗得过，但绝对骗不过胡利安，贝亚这样暗想。

“既然这样，我们跟你一起去吧。”她说。

“不需要。”

“我是说‘我们’跟你一起去。”

到了面海的那座山脚下，贝亚停下脚步。她知道，达涅尔其实想单独去给母亲扫墓。他作势要将胡利安交给她，只是，孩子却紧抓着父亲的手臂不放。

“你带他一起去吧，我在这里等你们。”

3

达涅尔蹲跪在墓碑前，将花束放在墓上。他轻抚着石碑上的刻字：

伊莎贝拉·森贝雷

一九一七—一九三九

他闭目沉静地跪在墓前，直到胡利安开始断断续续发出难以理解的话语，通常是因为那个小脑袋里浮现了不太寻常的念头。

“怎么了，胡利安？”

孩子指着墓碑底座上的某个东西。达涅尔发现，插着干枯花束的玻璃瓶映下的暗影里，有个小小人形从散落的干燥花瓣间冒了出来。看来像是石膏像。达涅尔非常确定的是，前次到母亲坟上，根本没有这样东西。他拿起小雕像细看。是个天使。

胡利安兴致勃勃地望着小天使，他凑过来想从爸爸手中抢走。就在争抢的那一瞬间，天使从他手中滑落，在大理石地板上碎裂。这时候，达涅尔发现其中一半藏了东西。是一张折成圆柱状的纸条。他让胡利安站在地上，拿起破裂的半边雕像，摊开纸条，一眼就认出是阿莉西亚·格里斯的字迹。

毛里西奥·巴利斯
松园
曼努亚努斯街
巴塞罗那

胡利安神情专注地看着他。达涅尔把纸条放进口袋，对儿子勉强挤了个微笑，但对孩子来说似乎并无说服力，根据他对父亲的观察，爸爸只有发烧躺在沙发时才会露出这样的微笑。达涅尔放了一朵白玫瑰在墓碑上，然后抱起孩子。

贝亚在山脚下等他们。回到妻子身边时，达涅尔默默拥她入怀。他想请求她原谅，原谅他这天早上以及过去做过的所有蠢事，然而他就是说不出口。贝亚紧盯着他的双眼。

“达涅尔，还好吧？”

他的脸上又见那勉强挤出的笑容，连胡利安都说服不了，对贝亚就更别提了。

“我爱你。”他说。

那晚，把胡利安哄睡之后，他们在微光中享受了缓慢的鱼水之欢。达涅尔吻遍了她的胴体，仿佛生怕再也没有机会做同样的事。接着，两人盖着毛毯紧紧相拥，贝亚在他耳畔低语：“我想再生个孩子。再生个女儿吧，你觉得怎么样？”

达涅尔点头附议，亲吻了她的额头。他温柔地轻抚贝亚，直到她进入梦乡。接着，他静静等到她的气息变得缓慢而深沉。他悄悄起床，一把抓了自己的衣物，然后在饭厅穿上衣服。离家之前，他驻足胡利安的卧房外，房门半掩，孩子正安稳地熟睡，抱着费尔明送他的玩具鳄鱼，体积比他还要大一倍。胡利安为它取名“卡利多”，睡觉时非要抱着不可，虽然贝亚一直想帮他换个体积稍小的绒毛玩具。他忍着没进房去亲吻儿子。胡利安一向浅眠，而且脑袋里有个特殊雷达，对父母在家的行动格外敏感。关上家门时，他不禁揣想自己还能不能再见到孩子。

4

他在加泰罗尼亚广场及时赶上刚发车的夜间电车。车上乘客仅有五六人，全都缩着身子跟着晃动的电车摇来晃去，双眼微张，沉溺在自己的世界里。没有人会记得曾经在车上见过他的。

半个钟头后，电车越过了大半个几乎不见车辆的市区，驶经一个个无人等候的车站，电缆上拉曳着蓝色火花，一路飘散铁锈味和木柴焦味。偶尔，车上某个乘客回过神来，起身后摇摇晃晃走到后方的下车车门，等不及电车停稳就冲了出去。最后的上坡路段，从奥古斯塔大道和巴尔梅斯街交会口到迪比达波大道这段路，车上乘客仅剩他一人，同车的只有在车厢后倚着凳子打瞌睡的查票员，以及五短身材的电车司机，嘴上无时无刻不叼着雪茄，泛黄烟雾闻起来有浓浓的汽油味。

抵达终点站时，司机大大松了一口气，电车发出响亮的铃声。达涅尔下了车，渐渐远离裹着琥珀色朦胧车灯的电车。眼前是杳无人迹的迪比达波大道，两旁山腰上皆是豪宅庄园，山顶矗立着沉默的哨兵，俯瞰全城，他猜想那应该就是松园。达涅尔觉得心跳好像随时会停止。他拉紧大衣，迈步往前走。

他经过大道三十二号的庄园前，特地在铁栅栏外抬头望着阿尔达亚家族旧宅，多少旧日回忆顿时浮现脑海。不久以前，其实也不过是几年前的事，在那幢老旧的大宅院里，他找到了新生，也差点丢了性命。此刻费尔明如果在他身边，肯定会想尽办法揶揄他，当年他是如何在这条大道上遭遇自己的命运，而此时的他又是何等愚蠢，居然为了心中执念而抛下熟睡的妻儿。或许，他应该找费尔明一起来的。费尔明一定会想尽办法制止他，绝对不会允许他做傻事。费尔明势必会阻挠他密谋的任务，或者说是他复仇的欲望。因此，他心知肚明，这一晚，他必须单独面对自己的命运。

到了大道尽头的小广场，达涅尔隐身暗处，沿着山丘旁的街道继续前进，目标是山顶那座棱角分明的孤寂豪宅“松园”。远处的大宅仿佛悬挂在天边，但渐行渐近到庄园眼前时，他才感觉占地有多宽广，建筑结构堪称雄伟。这片庄园就像山丘上的大花园，以围墙与街道相隔，主要入口旁还有一座与大门相连的岗楼。入口大门是网状铁门，显然是冶金铸铁术仍盛行的年代留下的。再往前走一小段路还有第二个入口，石砌门廊，墙上横楣写着庄园名称，门廊后方是一条长道，与迷宫般的阶梯相连，贯穿整座花园。这里的铁栅栏看起来跟主要入口的铁门一样牢固。达涅尔得出结论：潜入庄园的唯一方式就是翻墙入内，然后在确定无人监视的情况下穿过树林，并找到房子的入口。他不确定暗处是否藏着恶犬或警卫。从外面再三观望，始终未见任何灯光。松园散发着一种孤寂和破败的垂死氛围。

经过数分钟的观望，他决定从一处林木护荫的围墙开始行动。石墙又湿又滑，屡试屡败才总算爬上去，然后跃下围墙另一侧。落入地上的松叶残枝堆时，他立刻感受到周遭气温急降，仿佛突然进了地底下。接着，他悄悄往上坡走，每走几米就停步倾听动静。只有微风吹拂落叶的沙沙声。不久后，他踏上通往别墅入口前那片空地的铺石小径，一直走到大门前。周遭一片寂静漆黑，如果这里还有人，显然无意显露自身行踪。

整幢建筑沉陷在黑暗中，嵌着一扇扇阴暗大窗，唯一可察觉的声响是他自己的脚步声，以及穿梭树林间的风声。即使在幽微月光下，依旧可见松园已弃置多年的残败形貌。达涅尔凝视眼前的大宅院，内心惶惑不解。照理说，这里应该有狗，或是荷枪实弹的警卫守着。或许他们宁可暗中监视。照理说，应该有人可以逮住他。但这里什么人都没有。

他走近其中一扇大窗，把脸贴在破裂的玻璃窗上。阴暗的屋内隐约可见室内陈设。他沿着屋子绕了一圈，碰巧来到落地窗长廊旁的中庭。他随手抓起一块石头，用力敲破玻璃门，手从破洞伸进去，扭开里面的门把开了门。屋内一股陈腐恶臭立刻扑鼻而来，仿佛已经焦急等候多时。他再往里面走了几步，此时却发现自己正在发抖，而且手上仍拿着石头。他居然忘了把石头丢掉。

长廊通往一个长方形大厅，应该是当年的宴会厅。穿过大厅后，他来到一间客厅，透过一排阿拉伯风格的落地大窗，可以鸟瞰整座巴塞罗那城，再远的地方都看得到。他勘查这偌大的房子，仿佛置身沉入海底的大船。阴暗中的家具全都铺了浅白的灰尘，四壁漆黑，窗帘又破又旧，有些甚至已经掉落。这地方的正中央是一座室内中庭，往上延伸至屋顶，上方洒入朦胧光束，仿佛插入的一把军刀。他听见高处传来拍翅的嘈杂声。一旁是豪华的大理石阶梯，建在歌剧院会比私人住宅更适合。阶梯旁是一座古老的小神殿，隐约可见钉在十字架上的耶稣基督面容，脸上挂着掺血的泪痕，并露出指控的眼神。再往远处望去，一排紧闭的房门之中，有扇门是开着的，门后似乎还有往内延伸的空间。达涅尔缓缓走过去，然后驻足观望。一阵微风迎面而来，带来一股气味。蜡烛味。

他继续往前走了几步，穿过走道后，有一排比较平实的阶梯，看来似乎是仆人专用的通道。数米外是个宽敞的大厅，正中央摆着大木桌，旁边有几张倒下的椅子。达涅尔心想这应该是以前的厨房。蜡烛味就是从里面传出来的，一道闪动的柔光映出四壁周遭的景象。达涅尔发现木桌上有一大片发黑的污渍，还滴落在地板上，形成色泽暗沉的水洼。那是一摊血。

“谁在那里？”有人出声了，听起来跟达涅尔一样惊恐。

他停下脚步，赶紧躲在暗处。接着，他听见非常缓慢的脚步声渐渐挪近。

“是谁？”

达涅尔用力抓紧石块，屏息以待。有个身影渐渐移近，一手拿着蜡烛，另一只手上是个闪闪发光的东西。霎时，那个身影止步不前，仿佛已感受到他的存在。达涅尔观察着地上的影子。那个身影颤抖的手握着手枪。那人往前挪了几步，达涅尔很快就瞥见举着手枪的那只手从他藏身的门前掠过。

他的恐惧转为愤怒，在他意识到自己的行为之前，已经冲向那个身影，并使尽全力用石块砸他。他听见骨骼碎裂的声音，接着是一阵惨叫。手枪掉落地上。达涅尔扑向持枪者，将内心所有的怨怒一股脑儿发泄在他身上。他握紧拳头朝着对方脸部和身体用力打个不停。那人试图以手臂遮脸，像被拘禁的猛兽一样惊叫狂吼。落地的蜡烛早已融成一摊燃烧中的热蜡。琥珀色烛光映出一张惊恐的面容，一个看来相当瘦弱的男人。达涅尔立刻停手，一脸愕然。那个上气不接下气、满脸鲜血的男子，神情疑惑地望着他。达涅尔拿起手枪，枪口对准男子的眼睛。那人发出一阵痛苦的呻吟。

"不要杀我，拜托……"他苦苦哀求。

"巴利斯在哪里？"

男子依旧一脸困惑。

"巴利斯在哪里？"达涅尔又问了一次，语气转为凌厉，充满了连他自己都感到陌生的仇恨。

"谁……谁是巴利斯？"男子结结巴巴地问道。

达涅尔作势要用枪托打他的脸，对方吓得紧闭双眼，全身不停颤抖。达涅尔这才发现，被他痛打一顿的竟是个老人。他猛地往后退，背部贴墙坐在地上，用力深呼吸，试着让自己冷静下来。老人蜷缩成一团，不断啜泣。

"您到底是谁？"达涅尔先叹了口气，口吻总算恢复平和，"我不会杀人的，我只想知道您是谁？还有，巴利斯在哪里？"

"守卫。"他依然呜咽，"我是守卫。"

"在这里做什么？"

“他们告诉我，说他们还会回来。他们要我给他送吃的，要我在这里等他们。”

“他们要您给谁送吃的？”

老人耸耸肩。

“巴利斯吗？”

“我不知道那人叫什么名字。他留了这把手枪给我，并且吩咐我，如果他三天内没回来的话，要我把那人杀了，然后丢到井里。可是，我不想当杀人犯……”

“这是多久前的事情？”

“我也不知道。已经过了好多天了。”

“跟您说他会回来的是谁？”

“一个警官。他没告诉我名字，只给了我一笔钱，您要的话都给您。”

达涅尔摇头拒绝。“那个人在哪里？我指的是巴利斯……”

“楼下……”他指着厨房角落那扇金属闸门。

“钥匙给我。”

“所以您是来杀他的？”

“钥匙！”

老人伸手到口袋里掏了又掏，接着递给他一串钥匙。“您是跟他们同一伙的吗？警方派来的？他们要我做的事情我都照办了，但是杀人，我实在办不到……”

“您叫什么名字？”

“曼努·莱格赫。”

“回家去吧，曼努。”

“我没有家……我住在一个小棚屋，就在后面的树林里。”

“赶快离开这里。”

老人点了点头。他吃力地站了起来，必须抓紧桌沿才能站稳脚步。

“我不是故意要伤害您。”达涅尔安抚他，“我把您当成另外一个人了……”

老人刻意回避他的目光，随即拖着脚步往门口走。

“您来真是帮了他大忙。”他说。

5

铁门后方有个小房间，里面摆了几个放满罐头的置物架。角落的墙壁开了个口，内部依稀可见凿开石壁往下延伸的地道，空间异常狭窄。达涅尔走近地道口探头张望，一股浓烈恶臭从地下室飘上来。动物腐败的臭味，掺杂了屎尿、血腥和恐惧。他立刻掩住口鼻，仔细倾听黑暗中的动静。接着，他发现墙上挂着一支手电筒。他打开手电筒，光束直指地道深处。一排石阶隐遁在阴暗的黑洞里。

他缓缓步下阶梯。两侧的石墙渗出水汽，路面湿滑。他估计自己大约往地下前进了十多米后，终于来到石阶底。一条地道由此延伸，与其相连的是个空间如卧房般的穴室。恶臭如此浓烈，搅得他心神不宁。手电筒灯光掠过阴暗处，眼前出现一排铁栅栏横亘其中，两端嵌入石壁，把穴室隔成两半。他借着灯光环顾整个地下室，却一头雾水。这里什么都没有。直到他听见吃力的呼吸声，这才发觉角落里有个黑影，一个瘦骨嶙峋的身影正朝着光线爬过来。他顿时推翻了自己前一刻的结论。有个东西被关在里面，他几乎认不出那是个人。

那双眼睛已在黑暗中干枯，似乎已看不见，眼球略见灰白。那双眼眸正在找寻他。那个身影，破烂衣物覆盖着皮包骨的身躯，周遭尽是干燥的血迹，还有粪便与尿液。他抓着一条铁栅栏杆，试图站起来。他仅剩一只手。原本应有另一只手的手臂，如今成了化脓的残肢。那人紧贴着铁栏，仿佛想扑上来嗅闻。霎时，他面露微笑，达涅尔很快便发现，原因是他看见了自己手上的枪。

达涅尔拿出那串钥匙，一试再试，终于找到铁栅栏挂锁的钥匙。他打开地牢铁门。那人在里面望着他，一脸期待的神情。达涅尔认出眼前这苍白的男子，那个让他学会去仇恨的人。曾经不可一世的意气风发，曾经高傲不可攀的气势，在那张脸上已不留一丝痕迹。或许有某人或某事将他完全掏空了，留下的只是一个渴望黑暗和遗忘的空壳。达涅尔举起手枪，枪口瞄准他的脸。巴利斯开心地笑着。

“你杀了我母亲。”

巴利斯频频点头，接着抱住了他的膝盖。他伸出仅剩的一只手寻找枪，然后把枪口对准自己的额头。

“拜托，拜托。”他苦苦哀求。

达涅尔的手枪一触即发。巴利斯闭上双眼，脸部用力抵住枪管。

“看着我！你这婊子养的混账东西。”

巴利斯睁开眼睛。

“告诉我，为什么？”

巴利斯迷惑不解地傻笑着。他掉了好几颗牙，牙龈还在流血。达涅尔推开他的脸，喉咙涌上一股恶心。他紧闭双眼，脑海中浮现胡利安在房里熟睡的小脸。他随即收了手，并打开手枪弹匣。子弹掉落地上，接着，他用力推开巴利斯。

巴利斯紧盯着他，先是惊慌失措，接着神色恐慌，连忙捡起一颗颗子弹，颤抖着把子弹递给他。达涅尔把手枪往地牢角落一丢，接着抓住巴利斯的脖子。巴利斯的眼神立刻显露一线希望。达涅尔用力抓紧他的脖子，把他拖出地牢，紧接着上了石阶。到了厨房之后，他一脚踢开门，继续拖着全身发抖的巴利斯往外走。达涅尔没看他一眼，一路不吭声，默默拖着他走过花园铺石小径，一直来到门前，掏出守卫给的那串钥匙，打开铁门。

巴利斯开始哀号，一脸惊惧。达涅尔用力把他推往街道上。他跌倒在地，达涅尔又抓紧他的手臂，强迫他站起来。巴利斯只往前走了几步便停下。达涅尔踹了他一脚，迫使他继续往前。他被推着走到那个小广场，一旁的首班蓝色电车正等着发车。天色渐亮，巴塞罗那上空挂着蛛网般的红霞，远方的海洋也染红了。巴利斯跪在达涅尔面前，不断哀求。

“你已经自由了。”达涅尔说道，“滚出去吧。”

毛里西奥·巴利斯先生，当年最耀眼的政坛巨星，只好瘸脚沿着大道往下走。

达涅尔驻足原地，一直看着他的身影消失在灰暗的破晓晨光中。空荡的电车在一边等着，他决定到车上歇息。他在车厢里找了个位子坐下，把脸靠在车窗上，然后闭上双眼。过了半晌，他进入梦乡，当查票员唤醒他时，朝阳已钻出云层，巴塞罗那遍地清新。

“去哪里啊？”查票员问他。

“回家。”达涅尔应道，“我正要回家。”

片刻之后，电车开始下山，达涅尔的视线落在大道底的海平面上，内心已无怨恨。这么多年来，他第一次带着从此将伴他度过余生的回忆从睡梦中醒来：母亲的面容，一个比他现在还要年轻的女人的样子。

“伊莎贝拉……”他喃喃低语，“我多么希望能够好好认识您。”

6

据说，人们看着他进了地铁入口，然后走下阶梯，急着找寻暗黑地道，仿佛一心想返回地狱。据说，人们一见到他身上破烂的衣物，闻到他身上发出的恶臭，纷纷退避三舍，视而不见。据说，他上了一列火车，缩在车厢角落。没有人走近他，没有人看他一眼，没有人愿意承认曾经看到过这个人。

据说，这个遭人忽视的男人在车厢里痛哭流涕，大声叫喊，哀求人们可怜他并杀了他，但大家相应不理，对这个废物不屑一顾。据说，他一整天在地铁站内游荡，不停换搭不同班车，总是在月台等候下一班车载他穿越巴塞罗那地下迷宫般的地铁网络，从这一班车换到另一班，接着再换到下一班，就这样绕着没有出路的死胡同。

据说，终于在那天下午，那班倒霉的列车停靠在地铁终点站，但这个游民拒绝下车，对查票员和车站站长提出的要求充耳不闻，于是这两人只好报警处理。警察到达现场后，进入地铁车厢，并走向那位游民，但他依旧不理会警察的命令。其中一位警察掩住口鼻走近他身旁，以手枪枪管轻轻推了他一下。据说，就在这时候，游民瘫倒在地，身上的破烂衣物凌乱敞开，仿佛一具正要开始腐烂解体的死尸。

他全身上下唯一能辨识出来的东西是手上那张照片，照片里是个年轻女孩，身份不明。其中一位警官仍保存着阿莉西亚·格里斯的相片，多年来一直放在办公室的文件柜，他一向当她是死神，在这个可怜虫被打入万劫不复的地狱前，她把自己的名片留在他手里了。

丧葬业者来收了尸，遗体被移送到一处太平间，这里每晚接收城里所有的孤魂和无名尸。拂晓时刻，两个小伙子把他的尸体塞进一个已装过无数死尸的帆布袋，丢进卡车车厢角落。车子沿着旧公路驶上蒙锥克堡，前方是火焰般的海面，数以千计的天使和幽灵齐聚这座亡者之城，仿佛正等着要趁游民遗体丢进墓穴前最后一次羞辱他，这个人们视而不见的男人，在遥远的当年，也曾下令运送了众多尸体到此地，他甚至连他们的名字都不记得。

到了墓穴旁，一口深不见底的地洞堆满尸体，上面覆盖了石灰，他们将毛里西奥·巴利斯的遗体从尸体堆旁往下滑，直到墓穴底部。据说，他最后仰卧在那里，双眼瞪得像铜铃，两个小伙子离开之前，最后目睹的景象是一只黑色大鸟停驻在他的遗体上，用力啄着他的双眼，远方传来的钟声，响彻巴塞罗那全城。

巴塞罗那
一九六〇年四月二十三日

BARCELONA
23 de abril de 1960

1

这一天终于来临。

黎明将至，费尔明被烈火般的热情唤醒。他一身旺盛精力，在清晨的翻云覆雨激战中，不仅让贝尔纳达全身酸痛了整整一周，还因为撞倒家具而引起隔墙邻居的强烈抗议。

“这都是满月的祸。”费尔明后来隔着紧邻洗衣房的天窗向邻居太太赔不是，“我也不知道是怎么回事，反正我莫名其妙就变了。”

“是。不过，您没有变成狼，倒是变成了一头猪。最好克制一下，咱们这一带有很多小孩。”

一如往常，在床上展现雄风之后的费尔明，饥饿如虎豹。他拿了四个鸡蛋拌入火腿片和乳酪块，随手给自己煎了烘蛋，同时啃掉一条长棍面包，还喝了香槟。酒足饭饱之后，以一杯廉价红酒收尾，然后穿上既定的行头，准备开始这个忙碌奔波的日子。

“我能不能请问一下，你为什么要穿得像潜水员？”站在厨房门口的贝尔纳达问他。

“以防万一。其实这是一件旧风衣，里面垫了厚厚一层报纸，连圣水都进不来！油墨比较特别。据说今天有大暴风雨。”

“今天？圣乔治节？”

“天意难测，但通常都是让人头疼。”

“费尔明，我们家不准亵渎上帝！”

“对不起，亲爱的，我马上去吃药治治我的不可知论，这个阶段会过去的。”

费尔明并没有胡诌。几天前的天气预测已经预告所有出版业者，在这个最美好的节庆日，书籍与玫瑰之城巴塞罗那恐怕会下起倾盆大雨。国家气象局、巴塞罗那电台、《先锋报》以及国民警卫队，所有专业人士全员会集待命。大雨将至，最后一个对天气预测锦上添花的是知名预言家佳曼幽兰夫人。这位预言家以两件事闻名：第一，身材高大、娇媚如青春少女的她，其实是如假包换的男人，本名库库法特·布罗托利，担任公证人多年后，发现身体里住着女性的阴柔灵魂，从此追求新生，她真正想做的是穿着艳丽的衣服，随着性感的弗拉门戈舞曲大扭臀部；另一件事则是，他的天气预测向来准确。科学上的可信度是另一回事，但是大家都信他说的那一套：这一年的圣乔治节将是大雨滂沱的日子。

“既然这样，那就别出门了。”贝尔纳达提议。

“免谈！塞万提斯先生和那位同在四月二十三日去世的同行莎士比亚岂不白死了？如果两人必须在同一天辞世，我们这些从事图书相关工作的人哪有理由胆怯？今天，我们要出去和书籍与读者会合，就算埃斯帕特罗将军从蒙锥克堡发射炮弹，我还是义无反顾。”

“至少带一朵玫瑰花回来给我吧？”

“我会给你带满满一卡车最肥硕、最清香的玫瑰回来，小心肝。”

“记得给贝亚夫人也送上一朵。达涅尔少爷非常粗心，我相信他到最后还是会忘记。”

“这么多年来，我始终要跟在后头替他擦屁股，这些小细节我还真是想忘也忘不了。”

“你千万不要淋湿了。”

“我要是淋湿，回来会变得更勇猛，让你生更多孩子。”

“哎哟！老天爷，你这样胡说八道，我们会下地狱的。”

“这样到了地狱才能受到更好的待遇。”

接着，他抱着心爱的贝尔纳达亲了又亲，在她臀部捏了好几下，两人卿卿我我了好一会儿。费尔明走出家门，他始终深信，最后一刻一定会有奇迹出现，索罗拉画中的灿烂阳光一定会遍洒大地。

出门途中，他顺手拿走了管理员太太的报纸，因为她喜欢搬弄是非，还支持法西斯。接着，他确认了最新的天气预测。这一天迎接他们的将是闪电、打雷、暴风雨，核桃大的冰雹铺天盖地，加上强烈暴风席卷全城，数以百万的书籍和玫瑰恐怕会被吹落到海里，组成一个一望无际的美丽岛屿。

“我们看着办吧。”费尔明喃喃自语，把报纸扔给醉卧在卡纳雷塔斯街角椅子上的可怜游民。

仍抱着一线希望的人不只他一个。巴塞罗那人向来绝不错过任何挑战卫星云图或亚里士多德逻辑的机会，他们会反其道而行。那天早上，漫天死气沉沉的铅灰色阴霾，特地起了大早的所有图书业者，竟已在街上摆好摊位，备妥遮蔽狂风暴雨的装备。眼看着团队精神逐渐在兰布拉大道蔓延，费尔明坚信，这一天，乐观终将战胜一切。

“我就喜欢这样！这是一件非常重要的事情。不管下多大的雨，我们绝对不会退缩。”

所有花店都是一片红玫瑰花海，参与的热情也不遑多让。早上九点整，巴塞罗那市中心街道充满书香和花香，大家衷心期盼风雨不会吓走恋人、读者和所有迷途众生，自一九三〇年以来，每年四月二十三日这一天，大家准时在此齐聚，一起庆祝这个费尔明心目中世间最美好的节庆。九点二十四分，奇迹出乎意料地出现了。

2

沙漠烈日般的艳阳穿透卧室的窗帘和百叶窗，铺满达涅尔的脸。他睁开双眼，看着眼前的奇迹，简直难以置信。在他身旁，贝亚一丝不挂地背对他躺着，他开始亲吻她全身上下，唤醒了她，也逗得她乐不可支，并立刻转过身来。达涅尔紧拥着她，缓缓热吻她的双唇，仿佛要把她给吞了。他掀开她身上的床单，喜滋滋地凝视美丽的胴体，以指腹轻抚她的腹部，直到她紧抓住他的手，凑到嘴边亲了又亲。

“今天是圣乔治节，我们会迟到的。”

“费尔明一定先开了店门。”

“那就再等十五分钟吧。”贝亚附议。

“不，三十分钟。”达涅尔回应她。

经过不断讨价还价，最后两人又缠绵了四十五分钟。

不到中午，大街上已经人声鼎沸。天鹅绒般的柔美天地，冰蓝晴空覆盖着整座城市，数以千计的巴塞罗那市民行走在阳光下，穿梭在数百个占据人行道和大道的书商摊位间。

森贝雷爷爷决定就近在圣安娜街的书店前摆设摊位。数张堆满书的长桌在艳阳下耀眼夺目。站在桌子后方的森贝雷团队全员到齐，负责为读者服务、包装书或纯粹看着街上人潮。头号团员是费尔明，这会儿已经脱掉风衣，一件轻薄衬衫已足够。他身旁的达涅尔和贝亚负责收钱、记账。

“不是说会下雨吗？”达涅尔边问边搬上来一摞书籍。

“雨水都到北非突尼斯去了，那里比较缺水。哎，达涅尔，您今天早上这张脸，我怎么看都觉得不正经。果然是春天来了，春心荡漾啊……”

陪在森贝雷爷爷旁边的安纳克莱托先生，每年总是自告奋勇来帮忙，手拙的他无法包装书籍，只能坐在椅子上给拿不定主意的顾客推荐书单。苏菲亚把一群好奇走近摊位一探究竟的年轻人迷得团团转，最后或多或少都买了书。在她身边的费尔南迪托醋劲大发，却又难掩得意。就连社区的钟表匠费德里科以及他那分分合合的情妇麦瑟迪塔丝，也一起来当帮手。

玩得最尽兴的莫过于小胡利安了，他直盯着眼前的热闹人潮，个个一脸愉悦，手拿着书和玫瑰。他站上妈妈身旁的大箱子，名义上是帮她清点零钱硬币，小手则不停伸进费尔明的风衣口袋偷拿瑞士糖。正午时刻，达涅尔凝望眼前的景象，面露微笑。胡利安已经好久没见到父亲有这样的好心情了。或许，那个积累多年的悲伤阴影已经远离，就像人人口中谈论的那场暴风雨，到头来无风也无雨。有时候，诸神移开视线，命运也迷途了，就连好人也得偶尔碰碰运气。

3

她从头到脚一身黑，一双眼睛躲在太阳眼镜后，镜片里映出圣安娜街熙来攘往的人群。阿莉西亚往前走了几步，隐身在一处拱门下。她在那里偷偷观望森贝雷一家忙着整理书籍，与过往人群闲聊，享受这美好的一天，而她有自知之明，自己永远无法拥有这样的日子。

她笑盈盈看着费尔明没好气地从冒失鲁莽的读者手中抢下书，然后递上别的书给他们。达涅尔和贝亚偶尔偷偷交换深情的眼神，让她又妒又羡，但她自知不该如此。费尔南迪托心醉神迷地绕着他的苏菲亚团团转，森贝雷爷爷则心满意足地望着家人和好友们。她多么希望能走过去和大家打个招呼。她想告诉他们，此后无须恐惧，她也想感谢大家，让她有机会在人生旅途中和他们相遇，纵使时间很短暂。她今生今世最渴望的，无非是成为他们之中的一员，然而，把这个愿望存在回忆里即已足够，足以提醒自己何其幸运。就在她打算离去时，她发现那个眼神，时光顿时停格。

小胡利安定定观望她，那张小脸挂着哀愁的笑容，仿佛看透了她的心思。孩子举起手朝她挥舞，同时频频说再见。阿莉西亚挥手回应他。转眼间，她已不见踪影。

“你在跟谁挥手呀，小宝贝……”贝亚发现儿子盯着人群看得入迷。

胡利安转过身看着母亲，拉了拉她的手。费尔明正好走过来，天真地以为风衣口袋里还有瑞士糖，没想到竟然空空如也。他转身看着胡利安，正打算训斥他一顿，恰巧就在这时发觉孩子神情有异，随即顺着他的视线一探究竟。

阿莉西亚。

他知道是她，无须亲眼见到本人，他就知道是她。接着他祈求上天，或任何藏在远方云层里的诸神，恳求再让他见她一面。或许贝尔纳达说得没错，在这艰困尘世，有时候，有些事就是非要做个了断不可。

他随手抓起风衣，挨近贝亚，一位戴厚片眼镜的男孩正拿着《柯南·道尔小说集》找她结账。

“喂！老板娘，这小鬼真不像话，把我的存粮都吃光了，我突然觉得血糖急降，您也知道，咱们这里除了麦瑟迪塔丝那个笨丫头，其他人都能轻易胜任这份工作，我要出去找个上等点心铺买点吃的，顺路再给贝尔纳达买束玫瑰花。”

“我已经在教堂前的花店预订了玫瑰。”贝亚这样回他。

“我有别的用处……”

贝亚看着他急急忙忙出门去了，困惑不解地蹙着眉头。

“费尔明要去哪里？”达涅尔问她。

“天知道……”

4

他在码头尽头找到她时，她正端坐在一只大皮箱上，在阳光下吞云吐雾，目光凝望浮在滚滚白浪上的邮轮船员搬运大箱子上船的情形。费尔明在她身旁坐下。两人默默并肩坐了好一会儿，享受这份无须言语的相伴。

“好大的皮箱。”他终于开了口，“我一直以为，全世界的女人当中，您应该是唯一懂得轻装旅行的女人了。”

“丢下不愉快的回忆比舍弃好鞋子容易多了。”

“好说，我反正只有一双鞋……”

“真是个苦行僧。”

“是谁帮您收拾行李的，费尔南迪托吗？这小无赖，现在学得可精了，口风居然这么紧。”

“我让他发过誓的，半个字都不能透露。”

“怎么收买他？热情的香吻吗？”

“费尔南迪托的吻只能留给苏菲亚。我已经把公寓钥匙留给他了，他以后可以住在那里。”

“这件事情千万不能让森贝雷先生知道，他是那个丫头的法定监护人。”

“您说的没错。”

阿莉西亚定定看着他。费尔明迷失在那双深沉而不可测的媚眼当中，仿佛两口阴暗的深井。她拉起他的手，轻轻地吻了一下。

“您这阵子去了哪里？”

“到处走走，我需要搜集情报。”

“还掐了谁的脖子吗？”

阿莉西亚回以冷笑。“有些事必须处理一下。不同的细节还得拼凑起来才行。这是我工作分内该做的事。”

“我还以为您早就退出这一行了。”

“只是想把未完的任务处理完毕。我不喜欢事情只做一半就丢在那里不管。”

“没打算来好好辞行一下吗？”

“您知道我不来这一套，费尔明。”

“但是大伙儿总会想知道您是不是还活着，而且没断手断脚什么的。”

“难不成您怀疑我已经死了？”

“我也有软弱的时候。年纪到了，遇上岌岌可危的状况，人在惊吓之余会学到一点教训。这就是所谓的适可而止。”

“我想过要给您寄张明信片。”

“从哪里呢？”

“还没决定。”

“我猜这艘邮轮应该不是要去太阳海岸吧？”

阿莉西亚摇了摇头。“不是，还要再远一点。”

“我想也是，我看这一去应该是很远的地方。可以问您一个问题吗？”

“别问我要去哪里就好。”

“关于森贝雷家族的安危，达涅尔、贝亚、爷爷、胡利安……他们都安全吗？”

“现在都没事了。”

“为了确保这些无辜的人能无忧无虑过日子，或至少能平静度日，您是不是去可怕的地狱走了一遭？”

“没什么，费尔明，我只是顺路去了一些地方。”

“这香烟闻起来味道很好，看起来很贵，成分天然。您一向喜欢用漂亮精致的高档货。我抽一般的就行，我比较喜欢看着钱在我兜里的样子。”

“要不要来一支？”

“好。没有瑞士糖的时候，至少要来点邪恶的东西。说真的，我从内战以来就没再抽过烟，当年的香烟都是回收烟屁股加上有尿骚味的杂草做成的。过了这么多年，品质应该好多了。”

阿莉西亚点了一支烟递给他。费尔明瞪大眼睛看着烟嘴上的口红印，然后才吸入第一口。

“不打算告诉我这究竟是怎么一回事吗？”

“您真的想知道吗，费尔明？”

“我这人有个怪癖，就是想知道事实真相。这种病带来的痛苦您是无法想象的，毕竟什么都不知道地满意活着，那得有多惬意啊。”

“事情说来话长，而且我差不多也该上船了。”

“在您航向自由的新旅程之前，应该会有点时间开导一下我这个天真无知的可怜老傻瓜。”

“确定真的要我告诉您真相？”

“我这人就是这么固执。”

接下来将近一个钟头，阿莉西亚娓娓叙述她记得的所有过往，从她在孤儿院度过的时光，在街头鬼混的日子，一直到她如何开始为莱安德罗·蒙塔尔沃效力。她聊起这些年来的特务生涯，最后以为自己早已丢弃了灵魂，殊不知心里的角落仍保有那份灵性，她也提及了和莱安德罗分道扬镳、不再共事的过程。

“当初说好了，巴利斯这案子是我重获自由的护照，我的最后一个任务。”

“但根本不是这么一回事，对不对？”

“不是，当然不是。一个人唯有在不知道事实的情况下才能获得自由。”

阿莉西亚向他叙述了她在皇宫大饭店与席尔·巴德拉会面的过程，她和强悍的伙伴巴尔加斯小队长接下任务，两人受命全力协助调查一件永远不会有进展的案子。

“我犯下的错误是，当时没认清这项任务根本就是个骗局。从一开始就是。事实上，根本没有人真的想营救巴利斯。他树敌太多，做了太多坏事，利用特权破坏了游戏规则，还让跟着他的狐群狗党一起吃香喝辣。当他过去犯下的罪行回头找他算账，那群党羽立刻跟他划清界限。巴利斯一直以为有人要对他执行暗杀计划，于是走上岔路。只是，他过去残杀无辜，一路留下血迹，根本找不到出路。多年来，他一直认为过往的亡魂一定会回来找他复仇，可能是萨尔加多，或是‘天堂囚徒’戴维·马丁，多不胜数。但他怎么也没料到，真正想置他于死地的人，其实是多年来的好友和庇护者。权力争斗之中，凶狠的拳头从来不是由正面挥过来，永远都是从背后，而且还会先把人抱住再出手。根本没有任何高层有心要救他或找出他的下落。他们只想让他保持失踪状态，并将他过去做过的坏事永远磨灭。牵涉其中的人太多了。我和巴尔加斯纯粹只是被操弄的工具。因此，到了事件末了，我们也必须消失才行。”

“但我们家阿莉西亚是九命怪猫，她就是有办法一次又一次把死神耍得团团转……”

“都是在千钧一发的时刻死里逃生。我想，我那九条命的额度都用光了，费尔明。现在该是我退场的时候了。”

“可以偷偷告诉您，我会很想念您吗？”

“您要是这么多愁善感的话，我就把您扔进海里去。”

邮轮汽笛响起，回音充斥整个港口区。阿莉西亚站起身。

“可以帮您拿行李过去吗？我保证一定会乖乖留在陆地上。搭船会勾起我不愉快的回忆。”

他一直陪她走到登船平台上，最后一批旅客还聚集在那里。阿莉西亚向水手长展示船票时，顺便也灌了他一点迷汤，于是水手长立刻差遣一个小伙子来为女士把行李拿进客舱。

“您将来有一天会回巴塞罗那吗？这座城市像巫婆一样，知道吗，它会渗入人的皮肉里，逼得人永远放不下它……”

“那就请您替我好好照顾它了，费尔明。还有贝亚、达涅尔、森贝雷先生、贝尔纳达、费尔南迪托和苏菲亚，他们都拜托您了，最重要的是，好好照顾自己，还有小胡利安，这孩子总有一天会让我们大家都永垂不朽。”

“这个说法我喜欢，永垂不朽呐！特别是到了老骨头开始咔啦响的年纪。”

阿莉西亚紧紧拥抱着他，在他脸颊吻了一下。费尔明知道她泪流满面，因此刻意不去看她的脸。直到最后一刻，两人都不愿放下尊严。

“您千万别一直留在码头替我送行。”阿莉西亚提醒他。

“放心。”

费尔明低下头，听着阿莉西亚的脚步声消失在登船口上方。他低头看着地板，然后转过身，两手插在口袋里迈步离去。

他在码头边碰见他。达涅尔坐在长堤边，双腿悬空晃荡着。两人互看一眼，费尔明长叹一声，在他身旁坐了下来。

“我以为您不会来的。”费尔明说道。

“您的新古龙水味道太浓，跟着味道就找来了，就连鱼腥味都挡不住。她跟您说了什么？”

“阿莉西亚？都是一些听了让人睡不着的事情。”

“说来听听怎么样？”

“改天吧，失眠的滋味我已经尝过，不推荐给您。”

达涅尔耸了耸肩。“我想您的警告似乎太晚了。”

汽笛声响彻港口。达涅尔甩头朝向正在解缆离港的邮轮。

“那是美洲航线的邮轮。”

费尔明点头。

“费尔明，还记得吗，多年前，我们曾经到这里来，两人坐在一起想办法拯救世界……”

“那是我们还相信世界有救的年代。”

“我一直还是这样想的。”

“因为您其实还乳臭未干。虽然每天早上都需要刮胡子……”

两人就这样并肩而坐，注视着邮轮穿越港口海面上倒映的巴塞罗那全景，白日下的海市蜃楼，船一驶过都成了抽象涂鸦。费尔明直盯着邮轮船尾消失在从河口扩散的氤氲中，两侧有成群海鸥沿途护送。达涅尔看着一旁若有所思的费尔明。

“还好吧，费尔明？”

“跟斗牛一样好。”

“可是我怎么觉得您看起来很悲伤？”

“那是因为您该去做视力检查了。”

达涅尔没有坚持问到底。“我们去逛逛吧，请您去桑巴涅特酒馆喝杯生啤怎么样？”

“谢谢，达涅尔。不过，您的好意，我今天就心领了。”

“您怎么忘了啊，美好人生在等着我们。”

费尔明面带微笑看着他，达涅尔第一次发觉眼前的老友已经满头白发。

“那个任务就交给您了，达涅尔。我的人生只剩下回忆在等候了。”

达涅尔亲昵地捏了捏他的手臂，留下他和回忆及领悟独处一阵子。

“您别耽搁太久。”他这样告诉老友。

一九六四年

1964

成为一个优秀的新闻记者，塞尔希奥·比拉华纳的答复总是千篇一律。

“优秀的记者就像一头大象：鼻子要灵，耳朵敏锐，最重要的是，绝对不能忘事。”

“象牙呢？”

“那得好好看着才行，因为总有坏人想拔掉它们。”

那天早上，一如往常，比拉华纳先送小儿子上学，接着步行到《先锋报》编辑部上班。走路上班正好让他可以好好思考，在进入编辑部处理当日新闻素材之前，先整理一下思绪。到了佩拉约街的报社门口，亨纳罗赶紧出来迎接他，这个向来别有用心的警卫，十五年来一再试图说服总编辑让他到体育组当试用记者，目的就是想去巴塞罗那足球俱乐部贵宾包厢见识一下，那可是他此生最大的心愿。

“学会读书写字再说吧，亨纳罗。真有这种奇迹出现的话，太阳都打西边出来了，您这个样子，何止进不了俱乐部包厢，就连儿童组的淘汰赛都进不去。”总编辑马里亚诺·贾洛罗总是这样泼他冷水。

亨纳罗一见他走进报社大门，便神色严肃地走到他身旁。

“比拉华纳先生，政府的审查官已经在里面等您了……”他轻声报告。

“又来了？这些人难道没别的事可做？”

比拉华纳驻足编辑部门口张望了一下，一眼就认出他再熟悉不过的那个审查官，油腻的头发，圆梨般的身形，此时正杵在他办公桌旁等着。

“对了，您有一件包裹。”亨纳罗说，“我想应该不是炸弹，因为包裹不小心掉到地上，但还是完好无缺。”

比拉华纳接过包裹，决定绕路折返，免得被那位审查官看见。这个扫把星几周以来一直穷追不舍，想尽办法要逮住他臭骂一顿，就因为他写了一篇关于马克思兄弟的文章，因此认定他有颂扬国际共产主义的嫌疑。

他走进阴暗的工厂街底那家咖啡馆，这条街一直被记者、夜总会小姐以及经常在此流连的拉巴尔区北部居民戏称为“臭街”。他点了一杯咖啡，缩在从未被太阳晒过的角落那张桌子旁。坐定后，他总算能好好检视那件包裹。厚重的包裹用绳子绑着，上面写着他的名字和《先锋报》地址。历经长途转运，邮戳已糊掉一半，但仍看得出寄件地点是美国。寄件人姓名只写着：

A. G.

名字旁边的螺旋梯图案，就跟出现在维克多·马泰克斯所有《灵魂迷宫》系列小说封面上的图案一模一样。他拆开信封，抽出一沓用绳子捆绑的资料文件。绳结下方夹着一张卡片，上端印着“纽约阿尔冈金酒店”，接着是这行字：

优秀的新闻记者总是能找到值得报道的题材……

比拉华纳紧蹙眉头，随手解开绳结。他把信封里的文件抽出来摆在桌上，试图厘清这些由清单、剪报、照片和手稿组成的莫名其妙的组合。探究了好几分钟，他总算恍然大悟。

“我的天。”他自顾自惊叹道。

当天下午，比拉华纳通知报社，自称染上了传染性极强的病毒，突然上吐下泻，接下来整整一周无法到报社上班，免得害所有同事都得整天与马桶为伍。到了礼拜四，总编辑贾洛罗听说他请了病假，立刻抱着一卷卫生纸登门探视。

“有备无患，请笑纳。”总编辑说道。

比拉华纳叹了口气，只好让他进门。总编辑径自走进公寓客厅。一看见墙上贴满各式文件，立刻走近细看，然后轻轻点点头。

“这就是你正在调查的资料吗？”

“我想，这只是开始的一小部分而已。”

“你的新闻来源是谁？”

“我也不知道该从哪里说起。”

“嗯，但至少还算可靠吧？”

“我想应该是的。”

“我猜你大概不会不知道，如果我们登了这样的报道，报社将被迫关门，你跟我就只能去安达鲁西亚教西班牙文发音了，我们亲爱的报社老板恐怕得流亡到某个高山小国。”

“这我知道。”

贾洛罗以痛苦的眼神看了他一眼，同时揉着自己的腹部。自从他当上总编辑，连做梦都少不了胃溃疡。

“我还梦想着能成为著名剧作家或者演员。”他咕哝着。

“老实说，我也不知道该怎么办。”比拉华纳坦承。

“找到方向了吗？”

“嗯，我已经有点概念了。”

“我说，你就好好准备写一个专题报道，挖掘大元帅不为人知的生活：他秘密但卓越的剧作家生涯。”

“这下连好莱坞都被比下去了。”

“多棒的标题！务必跟我保持联系，我给你两个礼拜。”

那一周接下来的时间，比拉华纳全用来分析资料，制作成系统的树状图。接着，他专注地盯着树状图，仿佛那树枝状的图表之间仍有繁枝，而客厅四壁都贴满了这样的分析图。好不容易把资料都整理完毕，也厘清了其中的关联，接下来的问题是：要不要朝着这个路线继续发展？

阿莉西亚提供给他的资料，几乎是环环相扣如拼图。接下来的走向完全取决于他。数晚彻夜未眠之后，他终于拿定主意。他的第一站是民事管理局，一幢洞穴般的建筑紧邻港口矗立，里面有数不清的档案和繁杂的官僚手续，形成相互纠葛且密不可分的完美共生结构。他在那里消磨了好几天，整日埋首堆积如山的文件堆，却毫无斩获。他开始怀疑，阿莉西亚提供的线索恐怕是假的，然而，就在第五天，他在那里碰见了一个即将退休的警卫，成天找空当守着收音机听足球赛和两性关系咨询节目，一旁有个小得像弹药筒的洗手间，外加一个装了食粮的小橱柜。新一批的公务员称他为“长寿的玛土撒拉”，因为他是公务机关大改造中唯一幸存的人。新来的长官比前任同事更讲究门面和秩序，也加倍严厉，无论比拉华纳怎么拜托，就是没有人愿意告诉他，为什么这里找不到一九四四年以前巴塞罗那市的出生和死亡证明文件。

“那是系统更改之前的资料。”这是他们给的唯一答复。

每当他在一堆文件夹和资料箱里努力翻找，“玛土撒拉”总会拿出大扫帚在他脚边打扫纸屑，后来，老先生终于对他起了怜悯之心。

“上帝派来的先生，您在找什么呀？”

“我开始觉得自己找的是都灵裹尸布。”

两人互表善意，并因为都遭受冷落而同病相怜，接着，“玛土撒拉”向他透露，他应该找的不是文件，而是一个人。

“露易莎女士。以前，局里的文件资料都是她整理的。您应该明白我的意思。”

然而，求见这位露易莎女士的意愿马上受阻。

“她退休了。”新任局长冷言回应，摆明了要他知难而退，不如去逛逛巴塞罗那大街。

他花了好几周才找到她。露易莎·阿尔科尼住在皇家广场附近一间狭小的顶楼公寓，没有电梯，也没有希望，窗外只有鸽群、未完工的屋顶，以及堆放在屋顶阳台的纸箱。她退休后的日子并不好过。当她打开家门时，他竟以为她是个年迈老妪。

“露易莎·阿尔科尼女士？”

“您是哪位？”

这个问题早在比拉华纳预料之中，他已经拟好答复，并有自信能让那扇门为他敞开，即使只有几秒钟也好。

“塞尔希奥·比拉华纳，《先锋报》记者。您的一位老朋友的友人请我来拜访您。那位巴尔加斯小队长，您还记得吗？”

露易莎女士长叹一声，随即转过身去，背后的大门敞开着。她独居幽暗陋室，任由癌症或遗忘啃食她的余生。她烟瘾极大，一根接着一根，仿佛盛夏节庆的烟火，偶尔咳嗽时，好像五脏六腑都会咳出来。

“现在都无所谓了。”她淡然回应，“您请坐吧！如果找得到位子坐的话……”

那天下午，露易莎细诉多年前的往事，当时的她仍担任局长秘书，那天，有个名叫巴尔加斯的警官突然造访民事管理局。

“他是个非常英俊帅气的男人，这年头已经找不到这样的人了。”

巴尔加斯向她展示一份清单，上面分列两排相对应的死亡和出生证明文件编号。比拉华纳手边那份是多年后精心用打字机记录的版本。

“所以您还记得那件事？”

“我当然记得。”

“您知道在哪里可以找到一九四四年以前的证明文件档案资料？”

露易莎又点了一支烟，她用力吸了一口，比拉华纳本以为她会就此打住，但当那一团烟圈形成时，他却看出她难掩内心的激动，接着，她请他在后面跟着。

“您得帮帮我才行。”她指着厨房壁橱里堆叠如山的纸箱，“最底下那两箱就是。我把这些东西搬回来是为了避免它们被摧毁。我也想过，巴尔加斯可能会回来查这些文件，说不定也会来找我。四年过去了，我猜那个正直的警官大概已经比我先上了天堂。”

露易莎告诉他，当年巴尔加斯一离开民事管理局，她就开始着手调查，结果查出更多相互对应的证明文件，而这些案例的申请流程显然不符规定。

“数以百计的孩子，被人从父母身边抢走，而那些可怜的父母不是被杀，就是在牢里含冤而死。这些就是我在几天内尽可能偷出来的资料了。我把能拿的都拿回家，因为只要有人开始问起那位警官来访的事，一定也会找上我。这些就是我当时抢救回来的资料。巴尔加斯到民事管理局查证那份清单的一周后，局里对外宣布档案室发生火灾，一九四四年以前的资料全数烧毁。两天后，我被辞退，他们要我为这起意外负责。他们要是知道我私下做了什么事，可想而知我会有什么下场。不过，他们倒是一直以为所有档案都在那场火灾中烧光了。但是，无论那些笨蛋再怎么努力想忘记过去种种，不管那些骗子有多大能耐包装过去，再拿出来当新品贩售……过往永远不会消失。”

“您这些年来都在做什么？”

“等死。在这个国家，正派的人都只能等死。那些不要脸的人倒是都死得干脆。像我这样的人，他们用漠视置我们于死地，对我们关闭了每一扇门，看着我们失去存在的空间。几年来，我偷偷在地铁月台兜售乐透彩券，后来被发现，这条生路马上被切断了。后来我再也找不到其他谋生之道，都是靠左邻右舍接济。”

“没有家人吗？”

“我有个儿子，但是人家告诉他，说他母亲是个不要脸的大左派，所以我已经好几年没见过他了。”

露易莎凝视着他，脸上挂着让人捉摸不透的笑容。

“我能为您做些什么吗，露易莎女士？”

“可以的，请您叙述事实。”

比拉华纳唉声叹气。“老实说，我自己也不知道能不能这么做。”

“您有孩子吗？”

“有四个。”

比拉华纳呆望着她那了无生气的眼神。他的目光无处可逃。

“为了孩子们，您一定要这么做！为了他们，一定要将事实告知天下，不管用什么样的方式。请别让我们就这样沉默地死去。我们这样的人为数众多，总要有人替我们发声才行。”

比拉华纳点头应允。露易莎伸出手来，他立刻紧紧握住。

“我会尽力而为的。”他说。

那一晚，他正哄着尼可拉斯入睡，儿子却盯着他，似乎察觉父亲的思绪已飘到天外。

“爸爸？”

“嗯……什么事？”

“关于大象的问题。”

“你说吧。”

“你为什么要当记者？妈妈说，爷爷本来希望你去做别的事情。”

“你爷爷希望我去当律师。”

“你不听他的话？”

“有时候，不能让别人的期望影响你，现在不行，未来也不行，必要时，我们必须违背父母的心愿。”

“为什么呢？”

“因为有些父母，当然不是指你的爸妈……他们为孩子设想更好的前景时，却做了错误的判断。”

“那你为什么要当记者……”

比拉华纳耸了耸肩。“因为可以赚大钱，工作又稳定。”

尼可拉斯扑哧一笑。“我是说真的，为什么？”

“我也不知道，尼可。这已经是很多年前的事了。有时候，人年纪越来越大，当初很清楚的志向却变得没那么确定。”

“但是大象什么都不会忘记，就算象牙被锯掉了也一样。”

“我想它不会忘的。”

“所以？”

比拉华纳频频点头，俯首认输。“为了叙述事实。因此，我成了新闻记者。”

尼可拉斯思忖这个严肃的答复，一副若有所思的模样。

“什么是事实？”

比拉华纳关了灯，亲吻儿子的额头。

“这个你得去问妈妈了。”

故事没有开头或结尾，仅有几扇入口大门。

故事是一座由无数文字、影像和灵魂构筑的迷宫，向我们诉说着关于自己的无形事实。一段故事，正是叙述者和倾听者之间的对话，一个叙述者只能在能力所及的范围内讲述，一个读者也只能够读懂他灵魂中已有的东西。

这就是支撑创作最重要的准则，因为一旦灯光熄了，音乐停了，台下观众散去，唯一值得在乎的是读者心中的想象力剧场构筑的海市蜃楼。除此之外，所有故事制造者心中还有个希望：期待读者能对作品中的某个角色敞开心灵，与之交心，使其不朽，纵使只有数分钟而已。

此时此刻或许正好适合慎重呼吁：最好的支持莫过于阅读作品，邀请爱书同好陪着我们直到故事结尾，并协助我们替那个被困在自己迷宫里的可怜叙述者完成艰难任务：找到出口。

《灵魂迷宫》序言，“遗忘书之墓”第四部

胡利安·卡拉斯 著

卢米埃尔出版社，巴黎，一九九二年

艾弥儿·德·罗西尔·卡斯特兰 主编

胡利安之书

EL LIBRO DE JULIÁN

1

我始终知道，总有一天，我一定会写下这个故事。书写我的家族，以及我成长过程中充满书籍、回忆和秘密的巴塞罗那，一座依随我一生的城市，虽然我也自知，那很有可能只是一场纸上梦境。

我父亲达涅尔·森贝雷在我之前已先尝试过写作，为此几乎奉献了所有青春。多年来，每日拂晓之前，这个殷实的书店老板总是踮着脚尖溜出家门，深信我母亲仍深陷梦乡。接着，他会下楼到书店，把自己锁在只有一盏油灯的工作间。在那里，他握着从跳蚤市场买来的钢笔、厚厚的一沓白纸，开始了永恒的奋战，直到天明。

我母亲从未因此责备他，并一直佯装不知情，就像她为了维持和谐婚姻而刻意对生活上许多事睁一只眼闭一只眼。我父亲坚持写作的执着，让她担忧的程度不下于我，她甚至开始害怕父亲大概像堂吉诃德一样发疯了，但不是疯狂阅读，而是执迷于写作。不过她也知道，我父亲必须单独经历这个过程，此事非关文学野心，而是为了亲自面对那些文字，借此认清真正的自己，并试着还原记忆，重塑他五岁就失去的母亲。

我还记得那天，黎明将至，我突然惊醒。当时心跳又急又猛，觉得自己快透不过气。我梦见父亲消失在云端，就这样永远在我生命中消失。那不是我第一次做这样的梦。我跳下床，立刻跑下楼去书店。我在后面的工作间找到他，他仍在孤军奋战中，脚边是散落一地的皱纸团。他手指沾染了墨水，双眼红肿。案前摆着一张伊莎贝拉十九岁拍下的老照片，我们都知道，他总是随身携带这张照片，因为他害怕忘了母亲的容颜。

“我不能……”他喃喃低语，“我没有办法把生命还给她。”

他噙着泪，紧盯着我的双眼。

“我会替你完成这件事的。”我告诉他，“我保证。”

偶尔在我捉弄下才会暂时收起严肃并面露笑容的父亲，此时竟抱住了我。接着他松开手，我依然站在原地，并宣称刚才说的并非玩笑话，于是，他把钢笔递给我。

“你会需要这个的。我呢，已经不知道为何而写了。”

我看了看那支简陋的钢笔，不禁摇头叹息。

“我以后会用打字机写作。”我告诉他，“一部安德伍德打字机，专业作家的最佳选择。”

“专业作家的最佳选择”是我在报纸广告上看过的句子，从此深植脑海。但谁也不会说拥有那么一台吨位直逼蒸汽火车头的粗笨机器，在周末写上几行字，这样就能当专业作家了。我突如其来的宣示，显然把父亲吓了一大跳。

“你现在就想当专业作家？而且还要用安德伍德打字机写作？”

“还不只是这样。哥特式建筑塔顶的书房，进口香烟，一杯浓烈的马丁尼在手，还有个嘟着艳红双唇、穿蕾丝内衣的性感女神坐在大腿上……”我的左脑浮现这段话。至少我当时对于专业作家的想象是这样的，尤其是写出让我废寝忘食的侦探小说的那些作家们。不过，远大的期许暂且不提，我嗅出了父亲温和的语气中潜藏的一丝嘲讽。他若要质疑我选择的职业，那么我们以后恐怕永无宁日。

“是的。”我慎重宣布，“就像胡利安·卡拉斯一样。”

“这下你可知道我的厉害了吧！”我这样暗想。

父亲眉头深锁。这个意外冲击，让他一时困惑不已。

“你……你是怎么知道卡拉斯写了什么样的作品？你怎么知道这个人的？”

我抛出自认神秘不可测的眼神，刻意要让他明白：我知道的事情比大家预期的还要多。

“我自有办法。”我语带玄机。

在我们家，胡利安·卡拉斯是个只能闭门密谈的敏感话题，目光回避，儿童不宜，仿佛是贴着骷髅头和两根交叉骨标签的毒药。我的父母却万万没想到，靠着一张椅子和一个木箱，才八岁的我已经发现饭厅橱柜最上层放了两盒坎普罗东饼干（被我偷吃了几块），还有一大瓶已有九年历史的麝香葡萄酒，我光是闻那酒味就吃不消，但这两样东西后面却藏了一套胡利安·卡拉斯小说全集，当年由我们家族的老友古斯塔沃·巴塞罗修订后重新出版。

九岁前，我已经把那套全集读过两遍，虽然自知肯定无法全盘了解小说内容，但我确实深陷于书中光灿耀目的字句，那光芒，点亮了一个个影像串连的幻想空间，那是我终生难忘的世界和人物。后来甚至演变成思想中毒的程度，我非常清楚自己的志向就是学习去做卡拉斯做过的事，让自己成为他最出色的文学接班人。不过直觉告诉我，若要达成目标，我得先去调查他是何方神圣，以及为什么父母不希望我知道他这个人。

还好，有如亲伯父的长辈费尔明和我父母不同。当时，费尔明已经不在书店上班了。他经常来家里看我们，但对于他那份神秘的新差事，无论是费尔明本人或是我的家人，大家绝口不提。毋庸置疑的是，不论他的新差事是什么，他有充裕的时间大量阅读。他最近读了许多考古学手稿，因此得出一些可信的推论，根据他的说法，这份工作不但有助于避免肾绞痛，还让他轻轻松松经由尿道排出大如枇杷果核的结石。

那些数百年未经证实的众多推论之中，有一项指出，即使历经数千年演化，人类的进步顶多就是毛发褪除，懂得遮羞避体，以及生火技术变得熟练。基于这个理论，他莫名其妙延伸了歪理的第二部分：因为人类的进化成效不彰，行为驽钝如初，因此，他们越是想对孩子隐藏事物，越能激发孩子找出东西的能力，无论是糖果或衣着清凉的性感女郎海报。

“还好是这样。因为我们失去求知欲望的那一天，如果年轻人满意包装得好看的生活——不管是小电器还是带电池的夜壶——而无法理解背后真正的意义，我们人类恐怕会回到昆虫时代。”

“那简直是‘世界末日’。”我不禁莞尔，并趁机卖弄了从费尔明那儿学来的名词，我每次用这个词，总会获赏一颗瑞士糖。

“我很高兴听到你这样说，”费尔明一脸得意，“只要我们的孩子还知道如何使用五个音节以上的单词，就还有希望。”

或许是受了费尔明的不良影响，又或许我从狼吞虎咽的大批侦探小说中学到了歪理，关于胡利安·卡拉斯的身份之谜，以及父母又为何决定以他的名字为我命名，这些疑虑很快就消失无踪，取而代之的是积极搜集情报，偷听秘密谈话，探索我不该碰触的抽屉，尤其是阅读我父亲丢进纸屑篓的所有纸张和字条。然而，我的办案天分和观察力在这方面完全不管用，于是，费尔明偶尔大言不惭编出的那些谬论，就成了我解开谜题和串联不同线索的秘密武器。

那天早上，已经够伤神的父亲被迫接受双重打击，他才十岁的儿子不但决定将来要当“职业作家”，而且正极力挖掘他试图掩饰了大半辈子的秘密，他刻意隐藏那些往事，或许是自觉羞愧吧。我必须说句公道话，他当时的反应颇有风度，既没有失控怒吼，也没有赌气威胁要把我送进寄宿学校或去工厂当童工，那个可怜的家伙只是愣愣地看着我，久久无言以对。

“我……我还以为你想当书店老板，就像我一样，还有你爷爷，以及在他之前的我爷爷，几乎整个森贝雷家族从以前到现在都做这一行……”

事情出乎意料曝了光，我决定极力捍卫自己的立场。

“我以后要当作家，小说家！要当王冠上的明珠，我记得有这个说法。”

我自以为幽默的结尾，在父亲看来一点儿也不好玩。他双手抱胸，靠向椅背，目光仔细地打量着我。小狗崽子开始反抗，他心里可不高兴了。“这就是为人父母，”我暗想，“这就是生小孩的后果。”

“你妈妈也说了同样的话，不过，我总觉得她是为了激怒我才这样说的。”

看来是我占上风。如果哪天妈妈犯错，那审判日就是愚人节。生性温顺的父亲仍一副打算好好劝诫的态势，就怕他接下来会发表一段远古时代的劝导文。

“我在你这个年纪也觉得自己是块当作家的料。”他这样起了头。

他先来个下马威，仿佛火焰张扬的流星划过眼前。我若不立刻见招拆招，接下来的说教恐怕会变成布道大会，细数投身文学创作的危险，就像经常光顾书店的那些三餐不济的穷作家，千万不能请他们吃饭，这些作家对书迷的热切，简直媲美螳螂对配偶的热情。趁着父亲慷慨陈词之前，我刻意用夸张的眼神望着满地纸团，接着，我盯着父亲大人，什么话都没说。

“费尔明常说，聪明人也犯错。”他说。

这时候，我意识到自己的反论证恐怕会让他借题发挥，强调我们森贝雷家族没有任何人流着作家的血液，何况经营书店也是为文学奉献的方式，而且没有穷困潦倒之虞，也无须忍受精神陷入黑暗深渊之苦。我惊觉这个大好人比圣人更理性，必须立即摆出反击姿态才行。唇枪舌剑一旦点燃战火，必须从头开始唱反调，尤其是对手赢的概率较大时，一定要反对到底。

“费尔明的意思是……有智慧的人承认自己偶尔会犯错，笨蛋则是一直犯错却死不承认，而且始终坚持自己是对的。他说，这叫作愚蠢交流术之阿基米德定律。”

“哦，是吗？”

“对。根据他的说法，笨蛋是没有想法或无法改变观念的动物。”我仍然不放过他。

“你倒是很熟悉费尔明的生活哲学。”

“难道他说的没有道理吗？”

“他这个人题外话太多，就喜欢耍嘴皮子。”

“什么意思？”

“这个就像……撒尿不规矩，到处乱喷。”

“嗯……他有一次撒尿乱喷的时候跟我说，有个东西，你很久以前就应该让我看看了。”

父亲一时摸不着头脑。他已经不想再端着架子说教，只想搞清楚这没头没脑的提议是哪里迸出来的。

“他说了是什么吗？”

“跟书有关系。还有死人。”

“死人？”

“我不知道是哪个坟墓之类的。我想应该跟死人有关系吧。”

其实，我苦心辩护的议题原是卡拉斯，岂知枪口竟转向书和死人。父亲仍在思忖这个问题，突然眼神一亮。每次他灵光乍现，就是这个表情。

“我想，这一次，他说的或许真有点道理。”他坦承。

我隐约嗅出了胜利的芳香。

“好啦，你上楼去换衣服吧。”父亲说道，“但是千万别把妈妈吵醒了。”

“我们要去哪里吗？”

“秘密。我要让你看看曾经改变我一生的东西，或许，你的人生也会因此改变。”

我发现自己丧失了主导优势，胜负已经扭转。

“现在这个时候？”

父亲再度面露微笑，对我眨眨眼。“有些东西只有在阴暗中才看得见。”

2

那天凌晨，父亲首度带我造访遗忘书之墓。时值一九六六年深秋，细雨蒙蒙，兰布拉大道偶有积水，在脚步下溅起水花，仿佛铅灰色的泪水。我梦想着一路有薄雾相伴的浪漫情境，到了彩虹剧院街却已散去。迎面而来的是幽暗窄巷，走入巷内不久，前方出现一幢外墙砌石已变黑的雄伟大宅。父亲抓着魔鬼造型门环叩门。让我大吃一惊的是，来开门的居然是我们那位费尔明·罗梅罗·德·托雷斯，一见到我们，他立刻浮现出狡黠的笑容。

“也是时候了。长久以来，我被迫保持神秘，还要掩饰行踪，简直快憋出胃溃疡了。”他说。

“费尔明，这里就是您工作的地方？”我好奇地问道，“是一家书店吗？”

“算是。只是漫画类的书籍少了一点……来，快进来吧。”

费尔明陪着我们走过一条曲折长廊，两侧墙上尽是天使和神话人物壁画。不消说，这条长廊已经让我目瞪口呆。岂知真正精彩的还没开始。

长廊将我们引至拱顶入口，圆顶直入天际，朦胧天光如瀑布倾泻而下。我抬头张望，仿佛海市蜃楼浮现，渐渐在眼前形成迷宫般的建筑。一座无尽的螺旋梯如尖塔矗立其中，像极了迂回穿梭在各国图书馆间的一条铺石路。我瞠目结舌，踩着缓慢的脚步前进那座城堡，里面收纳了所有未能面世的书籍。我觉得自己好像走入了胡利安·卡拉斯的小说世界，同时心存恐惧，就怕往前再踏一步，这奇妙的瞬间化为烟灰，而我将在自己的房里惊醒。父亲在我身旁出现了。我望着他，牵着他的手，即使只是为了说服自己，我很清醒，这个地方是真实世界。父亲面露微笑。

“胡利安，欢迎光临遗忘书之墓！”

我花了好一会儿才喘过气来，重新站稳脚步。等我平静下来，父亲在幽暗中轻声对我说：“这是个神秘之地，胡利安，就像一座神殿。你看到的每一本书，都是有灵魂的。不但是作者的灵魂，也是曾经读过这本书，与它一起生活、一起梦想的人留下来的灵魂。每一本书，每一次换手接受新的目光凝视，书中的每一页，它的灵魂就成长一次，也茁壮一次。许多年前，你的爷爷第一次带我来到这里。这是个历史悠久的地方，说不定和这座城市一样古老。没有人知道它确切的存在时间，也不晓得创立者是谁。我只能把你爷爷告诉我的话转述给你听。当一座图书馆消失的时候，当一家书店结束营业，当一本书迷失在遗忘的长河里，像我们这样知道这个地方的人，以及所有的管理员们，大家都确信，那些书一定会在这里找到安身之处。那些没有人记得的书、迷航在时间之河的书，永远都在此等待新的读者，赋予它新的灵魂。我们在书店买书、卖书，但事实上，书并没有主人。你在这里看到的每一本书，都曾经是某个人最要好的朋友。现在，它们拥有的就只有我们了，胡利安。你觉得自己有办法保守这个秘密吗？” 我的视线飘移在这浩瀚空间，深深陶醉在迷人的天光里。我点头回应，父亲露出满意的微笑。费尔明给了我一杯白开水，然后盯着我看。

“这个小鬼知道规矩吗？”他在一旁问道。

“我正打算跟他说这个。”

父亲详细叙述了所有相关规定，以及所有刚加入遗忘书之墓秘密俱乐部的人应负的责任，其中之一是获得一本永远属于他的书，成为那本书终生的庇护者。

我一边听他细说，同时也开始怀疑，选择那一天带我去那里大开眼界长智慧，是否别有意图？或许，以终极手段而言，这个执着、热情的书店老板仍旧深信，因为这里保存了数以万计被遗弃的书籍，聚集了众多被遗忘的生命、思想和智慧，凝视这座书城，足以建立一个有效的暗喻，倘若我执意将来非要以写作维生，此地可警告我可能遭遇的未来。假如那是他的意图，那么在我身上恰恰起了反效果。我的志向，直到那天之前仅是童年的梦想，却在当日深刻地烙印在心中。无论父亲怎么说，任何人都不可能改变我的心意。

我想，命运为我选择了这条路。

我兴冲冲地在迷宫走道间探索，漫长的周游过程中，我挑了一本名为《红色长衫》的小说，属于《诅咒之城》系列，作者名叫戴维·马丁，在此之前，我从未听说过这个名字。或许应该说是这本书选上了我，因为当我的视线终于停驻在这本书的封面上时，心中突然涌上一股奇妙的感觉，总觉得它已经在那里等候我多时，仿佛预知了那天凌晨终将与我相遇。

我走出那座殿堂时，父亲一见到我手上的书，顿时脸色惨白，似乎就要昏倒在地。

“你在哪里找到这本书的？”他结结巴巴问道。

“就在一间阅览室的桌上……书本是竖起来的，好像有人刻意要让我注意到它。”

费尔明和他四目相视，神情令人费解。

“发生什么事了吗？”我不禁问道，“我是不是该去挑别的书？”

父亲摇头。

“这是命运的安排。”费尔明喃喃低语。

我微笑以对，难掩兴奋之情。这一切完全符合我的预期，虽然我也说不上来为什么。

那个礼拜接下来的时间，我全都用来探索戴维·马丁笔下的历险故事，享受书中描述的每一个情境，仿佛凝视着巨幅油画，尽情探索更多细节与情节起伏。父亲则沉迷在他自己的幻想里，只是，他内心的不安似乎与文学无关。

就跟大多数男人一样，我父亲当时开始怀疑自己不再年轻，因而经常重访年少时期常去的地方，借此替尚未完全拟定的问题寻找解答。

“爸爸怎么了？”我问母亲。

“没事，他只是正在成长。”

“他早就过了成长的年龄吧？”

母亲叹了口气，耐着性子。“你们男人都是这副德行。”

“我会赶快长大的，这样你就不必替我担心了。”

母亲莞尔一笑。“这件事不急，胡利安，生命自有主张。”

其中的一趟神秘寻根之旅，父亲从邮局领回一件巴黎寄来的包裹，里面装了一本名为《雾中天使》的书。任何东西，只要跟天使和雾扯上关系的，都能吸引我的注意力，于是我决定暗中调查，就算只是观察父亲拆开包裹、注视书本封面的神情也好。根据我的调查结果，这本小说的作者名叫波利斯·劳伦，我后来才知道其实是胡利安·卡拉斯的笔名。小说里那段献词让母亲感动得直掉泪，但绝非痛哭流涕，这本小说也让父亲深信，我们大家一定会在某个地方被命运攫住，具体详情他不愿明说，但我总觉得事有蹊跷。

我必须承认，尽管如此，最吃惊的人就是我了。不知怎么，我总以为卡拉斯早在多年前就已辞世（所谓多年前，对我来说就是我出生以前）。我一直认定，在我们家族记忆传承的那座书籍殿堂里，卡拉斯是隐身其中的众多往日幽魂之一。直到此时，我才恍然惊觉原来自己弄错了，卡拉斯活得好好的，这些年来都在巴黎生活写作。

拜读《雾中天使》之际，我顿悟了自己的要务何在。命运首度做出了决定，让我得以登门拜访，并在多年后促使本书发光发亮。

3

浮世匆匆，日子一如惯常以巡洋舰的速度穿梭在各种启发和幻想之间，却鲜少留意我们这些挤在甲板上的旅客。我转换在两种童年之间自得其乐：一个是相当寻常的童年，谁知道这种东西是否存在，总之是他人看着我度过的童年。另一个是想象中的童年，我亲身体验的那个。在校求学的生活无聊至极，于是，我在耶稣会神父的课堂上养成了以幻想打发时间的习惯，至今依然如此。幸运的是，我碰到几位好老师，他们对我谆谆教诲，并允许我与众不同的行径，让我无须卷入不必要的冲突。否则，我的世界必定截然不同，甚至可能变成另一个胡利安·森贝雷。

我经常窝在书店看书，有空就往图书馆跑，或是听费尔明发表高论、提供建议和告诫……通过这些，我学习认识这个世界，收获远超过学校课程。

“在学校里，大家都说我有点怪。”有一天，我向费尔明坦承了这件事。

“这是好事。哪天人家如果说您这个人极为正常，那就要开始担心了。”

无论是好是坏，从来没有人那样形容过我。

我想，我在青少年时期的兴趣不只是寻根而已，毕竟，我大部分时间思考的并不是那件事。我坚守作家梦以及成为文学战士的野心和决心日益壮大。当然，在这段时间，我也适度接受了现实，渐渐认清世界是如何运作的。我开始觉悟了，自己的梦想其实是空想，只是，我若在放手一搏之前就先放弃，那就永远不可能赢得战役。

我依然深信，文学之神总有一天会眷顾我，让我学会如何说故事。与此同时，我用心储备战力，等待有朝一日大展身手，将我的梦想和梦魇展现在众人面前。我开始试着写点东西，都是和家族相关的故事，许多往日的秘密，以及森贝雷家族小小世界里的纠葛情节，一个想象中的世界，我将它命名为《遗忘书之墓的传说》。

除了竭尽所能查探所有家族往事，我当时怀抱的两大热情，一是神奇的文学世界，另一个领域可想而知，当然是青春期的恋爱梦。

至于我的文学野心，非但一无所成，甚至已不复存在。那几年，我开始写起一篇又一篇惨不忍睹的小说，全都中途夭折，还有上百部短篇小说、剧本、广播剧本，甚至还有我从未让任何人读过的诗作，我这么做其实是为了别人好。读了自己的作品之后，我有自知之明，纵有满腔热情和强烈意图，我需要学习之处仍多不胜数，进步则微乎其微。我不断地一遍遍重读卡拉斯的作品，并从父母的书店借阅了许多其他作者的书。我试着把这些书当成收音机或劳斯莱斯引擎，一一拆解分析，盼着能从中查出作品的结构，以及如何运作等等。

我曾在报上读过一篇关于工程师在日本参与“逆向工程”的报道。文中提到，精于机械操作的大和民族把一部机器完全拆解，连一个小零件都不放过，然后分析每项零件的功能、组合之后产生的动力，以及其内部的精巧设计，这一切，都是为了推算支撑机器运作的数学公式。母亲有个弟弟在德国当工程师，于是我告诉自己，在我身上应该也有这样的基因能解析一本书或一部小说。

我日益坚信，一些无谓的幻想，诸如“灵感”或“有些非说不可的事情”，几乎和优异的文学创作扯不上关系，重要的是语言结构、叙述的铺陈方式，以及整部作品的结构、风格走向与呈现出的意象，加上以声韵合奏的一场文字交响乐。

让我劳心劳力的第二件事，或许说它是首要任务更贴切，就是一出出恋爱独角戏。我自己总希望以喜剧收场，但到头来都成了独幕闹剧。有一阵子，我几乎每个礼拜都会坠入情网，这种做法以当时的年纪来说，并不值得推荐。我的恋爱来得容易，只消一个眼神、一个声音，特别是当时少女们时兴的紧身羊毛针织洋装。

“这不叫爱情，是发情。”费尔明为我指点迷津，“像您这样的年纪，各种不切实际的胡思乱想因人而异。大自然必须以这样的旁门左道增加地球人口，所以在青少年体内加码注入大量荷尔蒙和愚蠢的念头，这么一来，那支人肉炮管随时可以像兔子一样制造一窝后代，为此还牺牲了将来成为银行家、神父以及其他可能改变人类的出色表现和思想，世界的发展因而受阻，停滞不前。”

“可是，费尔明，这跟我的心神不宁有什么关系？”

“说正经的，毕竟我们都这么熟了。心脏是运送血液的器官，不是用来播放情歌的。还好有些血液流进脑袋，不过大部分还是流到腹部，以您的情况，讲得露骨一点，都挤在那话儿了，我看您愣头愣脑的样子，小脑大概要过了吹二十五支蜡烛的年纪才会发育完成。想办法控制那个小头的方向，找个港口靠岸吧。随随便便做了傻事的话，您就准备失志落魄过一生！”

“阿门！”

我的闲暇大多消磨在偷偷摸摸约会上，要不就是和女生去附近电影院坐在最后一排，偷黑探索衬衫和裙子下的神秘世界，有时也去白鸽舞厅参加舞会，或在周末牵着情人的小手在防波堤散步。细节我就不多说了，反正也没什么值得报告的，直到满十七岁那年，我遇见了叫瓦伦蒂娜的女孩。所有航海员都会自吹自擂在目的地碰到一座冰山；我的冰山就是瓦伦蒂娜。她比我年长三岁（以生活能力而言，她起码大了我十岁），整整好几个月，我所有心思全放在她身上。

那个秋日午后，为了躲雨，我走进恩宠大道的法国书店，就在那里认识了她。我先看见她的背影，接着不自觉地走近她身旁，偷偷瞥了她一眼。她正在翻阅一本胡利安·卡拉斯的小说《风之影》，我之所以能鼓起勇气找她说话，是因为当时的我自以为万夫莫敌。

“我也看过这本小说。”我开口搭讪，睿智全写在脸上，根本不是费尔明口中那个血液流不进脑袋的傻小子。

她那双翠玉般的绿色眼眸瞪着我，锐利直逼尖刀，接着以极缓慢的速度眨了眼，让我一度以为时间已经停止。

“你真幸运。”她冷言回答。

她把书放回架上，转身就往店门走。我杵在原地愣了数秒钟，惊得脸色发青。等我终于回过神，赶紧从书架上拿起那本书，冲到收银台付了钱，立刻跑出书店，希望那座冰山不会就这样永远沉入海底。

银白的天空仿佛一大片钢板，雨水像一粒粒珍珠从天而降。我终于在罗塞利翁街口追上了在雨中等红灯的她，丝毫不把大雨当一回事。

“我是不是应该打电话报警？”她说话时，目光依旧直视前方。

“希望没这个必要。我是胡利安。”

瓦伦蒂娜没好气地哼了一声。她转过头来，那双锐利的绿眸再度紧盯着我。我像个笨蛋似的傻笑，并把书递给她。只见她单侧眉梢上扬，迟疑了半晌之后，接下那本书。

“又是一个胡利安？你们是同名兄弟会吗？”

“父母帮我取这个名字，就是为了向这本书的作者致敬，何况他还是我爸妈的朋友。这是我读过最棒的一本小说。”

接下来的场景取决于我的运气，就像过去所有类似的状况。闪电在恩宠大道的建筑外墙划下一笔银光，让人难以产生好感的隆隆雷声朝着整座城市嘶吼。红灯转为绿灯，我抢在瓦伦蒂娜把我打发走之前，赶紧使出终极招数。

“十分钟就好，就喝一杯咖啡。如果十分钟后我还是交不了你这个朋友，我会很识相地闪人，你从此不会再见到我。我保证。”

瓦伦蒂娜注视着我，拿不定主意，同时强忍笑意。要怪就怪这场大雨。

“好吧。”她终于答应了。

而我始终深信，决定成为小说家那天开始，我的人生即已完全改变。

瓦伦蒂娜独居在普罗文沙街一间顶楼加盖的小套房。凭窗远眺，整座巴塞罗那城尽收眼底，但我在那里很少看风景，宁可把时间用来欣赏她迷人的裸体，虽然她总是想办法遮掩。她母亲是荷兰人，父亲是巴塞罗那极具声望的律师，名门世家，连我都听过她家的姓氏。她父亲过世后，母亲决定返回祖国定居，已经成年的瓦伦蒂娜却宁可留在巴塞罗那。她精通五种语言，目前在父亲创立的律师事务所工作，负责翻译起诉书和高达数百万元的大案子，客户包括大型企业和世世代代都在歌剧院拥有私人包厢的豪门。我问她将来有何打算，她抛出那个总是让我俯首称臣的眼神，悠悠说道："旅行。"

瓦伦蒂娜是获准阅读我初试啼声之作的第一人。在我们的交往过程中，她向来吝于展现温柔娇嗔的一面，态度多半冷静淡然。每当我问及对于我的文学表现有何感想，她总是回我一句：你跟胡利安就只是同名而已。基本上我也同意她的看法，因此并未感到不悦。或许正因为如此，我认为世上没有人比她更能了解我心中酝酿多年的计划。那天，我自认为已完全准备好接受她的指正批评，于是将藏在心里那个计划满十八岁后要做的事情告诉她。

"希望你不是要跟我求婚。"瓦伦蒂娜先来了个下马威。

我想，我早该学会诠释命运对我做出的暗示，因为我和瓦伦蒂娜共度的所有重要时刻，总是一开始便是山雨欲来之势，甚或刮起一阵狂风暴雨。这次亦无例外。

"你有什么计划？"她终于提问。

"写下我的家族故事。"

我们已经交往近一年，假如每天下午在她的顶楼小套房盖着床单耳鬓厮磨就算是交往的话。即使我对她的每一寸肉体已再熟悉不过，但依旧参不透她的沉默。

“然后呢？”她问。

“你觉得这样还不够？”

“每个人都有家族，每个家族背后都有一段历史。”

瓦伦蒂娜就是这样，若要让她服气，必须铆足全力才行，尤其是非让她心服口服不可的事情。她转过身，背面全裸的绝美画面映入眼帘，就这样，我第一次大声说出在脑中兜转多年的想法。虽然不是精彩绝伦的呈现，但我必须听着自己的嘴巴陈述这些想法，由此赋予真实的可信度。

我已经知道该如何起头：书名——《遗忘书之墓》。这些年来，我一直随身带着一个白色笔记本，封面以夸张的书写体写着：

胡利安·森贝雷

有一天，费尔明撞见我手拿钢笔，却盯着笔记本空白的第一页发呆。他看了看封面，发出咕噜噜的怪声，像是动物吠叫，又像肠胃胀气。接着，他发表高论：

“世间最可悲的莫过于用纸张和笔墨构筑梦想的人，因为那是虚荣和失望的坟场。”

“容我提出一个请求：您能不能以基督徒的慈悲胸怀为我诠释一下这句严谨的格言？”我问他。

“把我跟《圣经》扯在一起，您这是无理取闹。”费尔明没好气地驳斥，“您将来八成会写诗，这么喜欢咬文嚼字！”

我预计这个年少轻狂的青春期想象出来的“巨作”，篇幅大概会很吓人，形诸文字后，一大摞稿子恐怕重达十几公斤。于是，按照我的构想，整个系列作品将分成前后相互关联的四大册，每一部作品都是进入故事迷宫的入口。读者在阅读过程中会感受到情节慢慢有了联结，就像俄罗斯套娃一样，针对每个情节和人物抽丝剥茧，剥开一层，还有一层，再剥开这一层，又有一层，以此类推。

“这听起来像是组合玩具或电动小火车的说明书。”

我那可爱的瓦伦蒂娜，总是如此一针见血。

“嗯……是有点像组装玩具。”我同意她的见解。

我刻意高调地慷慨陈词，完全抛开了羞耻心，正因为十六岁的我坚信，从我口中说出的每一个字，意味着作品已经完成了一半。我与瓦伦蒂娜相遇那天，厚着脸皮硬要送她《风之影》的行径，相较之下，只算是小巫见大巫。

“这样的小说架构，卡拉斯已经运用过了，不是吗？”瓦伦蒂娜质问我。

“人的一生所做的事，若是前人已经做过的，至少是值得去做的事情。”我说，“诀窍在于……执行的方式要比前人更好。”

“你小小年纪就有这个本事？”

我反正早已习惯被心爱的冰山泼冷水，因此仍坚守着铁血战士的姿态，就算当炮灰，依旧勇往直前。

根据我那份周详的写作计划，系列小说第一部将叙述一位读者的故事，这个人就是我父亲，内容将诉说他如何度过青少年时期，通过籍籍无名的作者写的一本推理小说，从隐藏书中扣人心弦的层层谜团，引出主人公的成长和历练。建立好这个架构，一部结合了各种小说类型的作品就水到渠成了。

“读过以后，甚至连伤风感冒都能治好。”瓦伦蒂娜补上一句。

第二部充满了哀愁却又险恶的氛围，可望挑起传统小说读者的兴趣，令人毛骨悚然的故事叙述的是个厄运缠身的小说家，现成的主角是戴维·马丁，他以第一人称自述如何发了疯，并带着读者坠入他以自身的癫狂构筑的地狱深渊，最终成了比地狱撒旦更偏执的作者，其作品也因此而变得奇诡。抑或并非如此，因为这就像拼图，端赖读者如何拼凑完成，并自行决定他阅读的是哪一类的书。

“如果你兴冲冲地设了这样一个局，结果没有人想下来玩，怎么办？”

“还是值得一试。”我说，“总会有人想参与的。”

“嗯，写作的人都是乐观主义者。”

至于第三部，假设读者们都读过前两部小说，而且并未选择快乐大结局的其他作品，这本小说呈现的惊险万状直逼幽冥地狱，主人公极具特色，亦是贯穿全书的灵魂人物，换言之，就是我亲如伯父的长辈费尔明·罗梅罗·德·托雷斯。他的经历向我们展现了经典的流浪汉精神，一路艰辛，历经战乱，造就今日的他。他在那个堪称本世纪最苦难的年代，透露了迷宫所有部分相互关联的种种线索。

“起码这一点应该能让我们展现欣慰的笑容。”

“而且费尔明还得救了。”我在一旁附议。

“然后呢？这个残酷悲惨的故事如何了结？”

“放一把火，配上鼓乐喧天，加各式各样的阴谋诡计。”

第四部的内容格外血腥残暴，融合了前三部的特色，引领我们切入谜团中心，借由我钟爱的黑暗天使阿莉西亚·格里斯之手，慢慢抽丝剥茧，所有难解之谜终将真相大白。这套系列小说里可见卑鄙小人，也有英雄人物，错综复杂的情节宛如万花筒，像极了父亲带我造访遗忘书之墓的场景，一座虚实交错的海市蜃楼。

"你自己都不上场吗？"瓦伦蒂娜问道。

"只有到结尾才出现，而且只是个小角色。"

"这么谦虚。"

从她说话的语气，我已经察觉到山雨欲来的诡谲氛围。

"我不能理解的是，你一直讲了这么多，为什么不把故事写下来？"

这个问题，过去几年我已经问了自己不下三千回。

"因为口头描述这个故事，能够帮助我把情节想象得更好更完备。最重要的是，其实是因为我不知道如何下笔。我的计划就是这样来的。"

瓦伦蒂娜回过头，困惑不解地望着我。"我一直以为写下这个故事就是你的计划。"

"那是我的野心。计划是另外一回事。"

"什么计划？"

"请胡利安·卡拉斯代替我写下这个故事。"我告诉她。

瓦伦蒂娜定定注视着我，那眼神足以让人魂飞魄散。

"你为什么要这样做？"

"因为……基本上这也是他自己和他家族的故事。"

"我记得卡拉斯住在巴黎吧？"

我点头回应。瓦伦蒂娜眯着双眼。冷静自若且慧黠过人，这就是我迷人的女神。

"换句话说，你的计划是去巴黎，找到胡利安·卡拉斯这个人，如果他还活着的话……然后，说服他替你写下三千页对你来说非常重要的家族故事。"

"嗯，差不多就是这样。"我坦承。

我端出一张笑脸看着她，等着接下来的迎头痛击。如今想来，我只能说自己若不是鬼迷心窍，就是糊涂轻率，要不就是个无知的笨蛋。我已经做好心理准备接受所有严厉的责备，当然，我也是活该。

"你是个窝囊废！"

她随即起身抓起衣物，站在窗前穿衣整装。接着，她看都不看我一眼，径自点了一支烟，空茫的目光远眺着雨中绵延不尽的屋宇。

"我想一个人静一静。"她说。

五天后，我再度爬着楼梯来到瓦伦蒂娜的顶楼小窝，却发现房门开着，屋内已经清空，窗前一张椅子上放着写了我名字的信封。我拆开来，发现里面装着两万法郎，还有一张纸条：

Bon Voyage et bonne chance.[1]

V.

我走出楼下大门，外面下起了雨。

---

1. 法语：一路顺风，祝你好运。

三周后的一天下午，书店聚集了一群读者和老主顾，大伙儿一起庆祝森贝雷家族的老朋友安柏格尔克教授的第一本小说出版，接下来发生的事情，许多人已经苦等多年，而且国家历史将因此有重大转折，或者至少能把历史归还当代。

当时几乎已是打烊时刻，钟表匠费德里科惊慌地跑进书店，手上捧着一台机器，原来那玩意儿是他从安道尔买回来的手提电视机。他把东西往柜台一放，神情肃穆地看着大家。

“快！”他说，“我需要一个插座。”

“不只您需要，这国家的每个人都需要，否则什么事都办不成。”费尔明开他玩笑。

只是，从费德里科的脸色看来，他并不是闹着玩的。安柏格尔克教授大概已经知道是怎么一回事，赶紧帮他把电视机插了电，钟表匠随即打开电视开关。发出噪声的灰色屏幕出现了，书店里顿时充斥着闪烁跳动的亮光。

这一阵骚动惊扰了我爷爷，迫使他从后面的工作间探出头，以探询的眼神张望在场众人。费尔明对他耸了耸肩。

“快去通知大家过来！”费德里科焦急地吩咐。

钟表匠忙着调整天线并试着找出稳定视频，我们大伙儿则开始聚集在电视机前，仿佛正参加一场集会。费尔明和教授忙着摆放椅子。接着，我的父母、爷爷、费尔明、安纳克莱托先生（他刚结束傍晚的散步，见到书店里一片亮光，以为我们赶时髦开舞会，便进来探个究竟），还有费尔南迪托和苏菲亚、麦瑟迪塔丝以及所有来参加教授新书发表会的人，大家全挤在书店里这个临时放映厅，满心期待接下来的进展。

“我还有时间去尿尿，顺便买个爆米花吗？”费尔明问。

“要是我就会先忍着。”教授告诉他，“我看，接下来恐怕要发生惊天动地的大事。”

费德里科终于把毫无头绪的天线搞定了，那个静止的方格窗里，出现的是当时西班牙国家电视台天鹅绒般的黑白画面，气氛备极哀荣。电视上有个男人，长相是乡下议员和太空飞鼠的综合体，只见他哭哭啼啼，一副如丧考妣的可怜模样。费德里科将音量调高。

“佛朗哥去世了。”在电视上抽抽噎噎宣布噩耗的是当时的首相纳瓦罗。

顿时，天塌了，深沉诡谲的静默不知从何处悄然窜起。倘若墙上的时钟是靠钟摆运作的话，恐怕也会完全停摆。这一切，来得迅雷不及掩耳。

麦瑟迪塔丝突然哭了起来。我爷爷的脸色比牛奶还要苍白，我猜他大概害怕随时又会听见隆隆作响的坦克驶上大街，宣布另一场战争开打。安纳克莱托先生一向能言善道，此时却噤声不语，并开始回想焚烧修道院事件以及其他节日活动。我的父母面面相觑，脸上尽是茫然困惑。原本不抽烟的教授，此时却向钟表匠要了一支烟，马上吞云吐雾起来。费尔南迪托和苏菲亚丝毫不受哀伤氛围影响，依旧牵着小手嘻嘻哈哈地活在童话世界。有些读者举手画了十字，惊恐万分地急忙离去。

我的目光搜寻着依旧冷静如常的成年人，马上就找到了费尔明，他继续看着电视演说，似乎意兴阑珊，但非常冷静。我在他身边坐了下来。

“看看他那副德行。小鬼，看他哭得像泪人儿，好像这辈子过得有多可怜，天知道，被他赐死的冤魂恐怕比阿提拉杀掉的人还多。”他冷冷地说。

“现在呢？会不会有事啊？”我忧心忡忡地问他。

费尔明心平气和，微笑着轻拍我的背，递给我一颗瑞士糖，然后随手剥开一颗柠檬口味的糖果塞进嘴里，吃得有滋有味。

“放心，这里不会有事的。没错，权力斗争，伪善矫情……这些戏码会频繁上演一段时间，但都不严重。有些行事不体面的妖魔运气不好恐怕会失势，但真正发号施令的人不会轻易放下权力。因为不值得。到头来就是雷声大，雨点小，腐败依旧。官员更换的人数恐怕会打破世界纪录，到时我们可能会看到某个了不起的英雄从沙发下面冒出来。政权交替时，形势一向严峻，就像便秘宿疾，蹲着茅坑大半天，就是拉不出屎。辛苦归辛苦，但终究会把硬如石块的大便拉出来，至少能排出还没变成宿便的部分。还有，最后不会有什么血流成河的场面，看着好了。原因很简单，这样做对谁都没好处。总之，这是个借由消耗民众愚知来抢食利益的小市集。抛开闹剧，唯一重要的事是当权者是谁，谁握有聚宝盒的钥匙，如何分配别人的财产。分赃的过程，不用说，大家都会铆足全力蛮干一场。然后会出现新一批势利小人，新一批掌权者，还有一群新的无知大众，准备好相信他们想要相信或者是他们需要相信的人。他们会追随最会恭维、最能吹牛的人。这就是事实，胡利安小朋友，或荣景或悲凉，不管是哪一个，接下来都有得瞧了。有人已经预期到这样的场面，早就跑得远远的了，就像我们的阿莉西亚，也有像我们这样的人，只能留下来踩进淤泥里，因为根本无处可去。但这就是马戏团，没什么好怕的，接下来会有很多小丑和特技演员轮番登场。说不定，我们的日子反而更快活。我呢，决定好好庆祝一下。”

“您怎么知道阿莉西亚去了很远的地方？”

费尔明一脸狡黠的笑容。“问得好。”

“那你倒是说个明白呀？”

费尔明挽着我的手臂，把我拉到角落。“改天吧，今天可是国殇日。”

“但是……”

没等我把话说完，他已急着转身去跟大家会合，大伙儿的情绪仍显激动，毕竟这是统治我国四十年的元首的死讯。

“您要不要举杯庆祝一下？”安纳克莱托问道。

费尔明摇头拒绝。“我这个人是不拿死人来干杯庆祝的。我不知道各位是什么想法，但我打算回家去找贝尔纳达，然后，在上帝见证之下，想办法让她再怀上一个孩子。我建议大家，保持逻辑思考的能力，好好过自己的日子。要不就读本好书吧！我们的好朋友安柏格尔克教授的新书就是现成的好选择。明天，又是崭新的一天。”

于是，崭新的一天来了，然后一天接着一天，好几个月就这样过了，费尔明完全销声匿迹，留下我独自猜想阿莉西亚·格里斯的事，就这样一直苦无下文。直觉告诉我，时候到了，或等他想说的时候，他自然会告诉我。于是我拿着瓦伦蒂娜留下的那笔钱，买了一张前往巴黎的火车票。当时是一九七六年，我已经满十九岁了。

父母并不知道我远行的真正目的，因为我提出的理由是想出去见识这个世界，不过，母亲总是有办法察觉我真正的意图。我的事情从来逃不过她的耳目，正如我曾和父亲提过，我和她之间根本不存在任何秘密。母亲也知道我和瓦伦蒂娜的恋情，以及我的文学野心。她始终在一旁支持我，包括我自认没有才华而灰心丧志的时刻。

“没有人从未尝过失败的滋味就能一举成功。”她这样激励我。

我已经感受到父亲的不悦，虽然他什么话也没说。他并不认同我的巴黎行，我应该认清目标，对自己该做的事全力以赴。假如我想投入写作，那就开始认真去写。倘若我将来想投身书店经营，或其他任何行业都一样，必须严肃以对。

我告诉他，我必须去一趟巴黎，找到卡拉斯，因为我知道这是一件有意义的事，但他完全听不进我的解释。我并非为了捍卫自己的主张而强词夺理，纯粹只是把感受说出来罢了。他不愿意陪我到车站，于是借口必须去维克镇找一位优秀的同行好友，柯斯塔先生，此人出身世家，堪称古书界最睿智的专家。到了弗兰萨车站，我发现母亲坐在月台长椅上。

“我买了一双手套给你。”她说，“听说巴黎冷起来会让人受不了。”

我紧紧抱住她。“你也觉得我做错了吗？”

母亲摇摇头。“每个人都必须犯下属于自己的错误，那跟别人无关。去做你该做的事情。可以的话，早点回来。”

我在巴黎找到了自己的世界。我以少得可怜的预算，租了索弗洛街角一个烟灰缸大的顶楼小套房，房子的建筑风格就跟帕格尼尼的乐章一样浪漫。我那居高临下的住所就悬在万神殿广场上方。往外一看，拉丁区一览无遗，还有索邦大学的屋宇，以及塞纳河对岸。

我想，我是因为怀念瓦伦蒂娜而租下这个地方的。初次见到阁楼周遭的复折屋顶和烟囱时，我真心觉得自己是世上最幸运的人。初到巴黎的前几天，我忙着见识这个处处可见咖啡馆和书店的奇妙世界，街道上皇宫和博物馆林立，行人散发着自由气息，像我这样一个出身石器时代、满脑袋幻想的穷小子，立刻被迷得晕头转向。

花都巴黎给了我一个甜蜜的邂逅。我每天在外面走动，用一口混着拉丁文的法语加手势和人交谈，就这样认识了另一个世界的老老少少。其中当然不乏身穿迷你裙的美女，她们用温柔的笑容取笑我，还说我虽然青嫩如蔬果，但是“非常可爱”。我很快就发现，宇宙不过是巴黎的一小部分，而且处处皆有瓦伦蒂娜。抵达巴黎第二周，我几乎不费吹灰之力就说服了一位美女造访我那波希米亚风的小阁楼。没过多久，我便领悟到一件事：巴黎不是巴塞罗那，在这里，游戏规则完全不同。

“费尔明，您不会说法文真是亏大了……”

“费尔明是谁？”

我花了好长一段时间才从巴黎如梦似幻的魅惑中醒悟。我的众多瓦伦蒂娜中有一位叫芭思卡，顶着一头短短的红发，颇有美国女演员珍·茜宝的味道，在她的引介下，我找到一份半天的服务生差事。工作时间是早上和中午，就在大学对面那家万神殿餐厅，收工后有餐厅供应的免费午餐。老板为人随和，但他一直无法理解，身为西班牙人的我，为何不是投身斗牛或弗拉门戈舞蹈？他问我远赴巴黎是否为了求学，或是为了追求财富、想要出人头地，难道是纯粹想精进法语？只不过，他说若要把法语学得精通，我需要先做开心手术，然后移植另一颗脑袋。

“我来巴黎找一个男人。”我向他坦承原因。

“我还以为您只跟姑娘们厮混。嗯……佛朗哥去世以后差好多。独裁者才死了没几天，你们西班牙人都变成双性恋了。这样很好。人生苦短，一定要尽情尽兴。*Vive la différence*（多元文化万岁）！”

这件事提醒了我，来巴黎是有目的的，并非自我逃避。于是，我隔天就展开了寻找胡利安·卡拉斯行动。我从造访圣日耳曼大道旁的书店开始，一家接着一家，逢人便打听他的消息。我和芭思卡虽做不成恋人，倒是成了好友（对她来说，我似乎“太可爱了”），她在一家出版社当校对，认识不少巴黎文坛人士。她固定每周五去一家文学咖啡馆参加聚会，经常出席者包括作家、译者、出版社主编、书店业者，以及和图书相关的各界人士。每周的聚会各有不同安排，不变的是抽烟、喝酒，还有针对书籍和观念的热烈讨论，说到激动处，有人甚至紧掐住对方脖子，仿佛已将生死置之度外。我呢，大多数时间就是静静听人激辩，沉浸在迷幻药似的虚幻中，偶尔试图把手伸进芭思卡的裙底，她在聚会中总是装作一副左派加上资产阶级的模样，其实本性粗俗豪迈。

我有幸在那个聚会认识了几位卡拉斯作品的译者，他们特地到巴黎参加索邦大学的翻译座谈。其中有位名叫露西亚·哈格蕾芙的英国小说家，她在马约卡岛长大，后来坠入爱河而返回伦敦，据她所说，文坛已经很久没有卡拉斯的消息。他的德文版译者是位来自苏黎世的绅士，因为偏好温暖气候而移居巴黎，平日总以折叠式自行车代步，这位彼得·史瓦哲贝德先生告诉我，他怀疑卡拉斯目前可能专事创作钢琴协奏曲，用的是另一个名字。意大利文译者布鲁诺·阿尔拜雅诺则向我透露，他多年前就听说卡拉斯的新作不久将面世，但是他一直不相信这个传言。总之，没有任何人知道胡利安·卡拉斯的下落或是他的现况。

我在一次文人聚会上认识了一位优雅睿智的先生，弗朗索瓦·马思佩罗，他曾是书店业者兼出版人，后来专职翻译小说。马思佩罗是芭思卡刚到巴黎时的人生导师，他同意在双叟咖啡馆见我一面，我在那里一股脑儿把酝酿多年的想法都告诉他。

“这是个非常有野心的大计划。年轻人，而且非常复杂，不过……”

几天后，我在住家附近巧遇马思佩罗先生。他说想介绍一位德国女士让我认识，她性格犀利，思绪敏捷，定居巴黎和柏林，精通的语言比我说得出来的还要多，她致力于发掘文学天才和秘密新人，然后引介给欧洲各大出版社。她的芳名是米琪·史特劳斯曼。

“说不定她会有卡拉斯的相关信息……”

芭思卡向我坦承自己将来希望像她那样精明能干，不过她也提醒我，史特劳斯曼小姐可不是什么温柔可爱的小花，千万别在她面前乱来。马思佩罗先生好心替我安排会面，我们约好下午四点在玛黑区一家咖啡馆见面，就在距离雨果故居不远的地方。

“史特劳斯曼小姐是钻研卡拉斯作品的专家。”他先替我介绍了对方，“您就把跟我说过的那些都讲给她听吧！”

我顺着他的意思照做了。语毕得到的唯一回应，是个能让蓬松曼妙的舒芙蕾蛋糕立刻塌陷的锐利眼神。

“您是个无知的大笨蛋吗？”史特劳斯曼小姐以精准完美的西班牙语质问我。

“基本上算是吧。”我乖乖承认。

过了半晌，这位日耳曼铁娘子心软了，并承认自己刚刚把话说得太重。接着，她也证实，可惜的是，她和所有人一样，已经许久没有卡拉斯的消息。

“胡利安已停笔多年，他连信都不回了。我希望您的计划顺利进行，但……”她告诉我。

“您是不是有个地址能让我寄信给他？”

史特劳斯曼小姐摇了摇头。“可以试试找库里根和科里基奥。我以前给他写信都是寄到那里，但我已经好多年没跟他们联络了。”

芭思卡接着向我解释，库里根夫人和托马索·科里基奥曾经担任胡利安·卡拉斯的版权经纪人超过二十五年，她保证一定想办法让他们接见我。

库里根夫人的事务所在雷恩街。版权业界盛传，这位传奇人物多年来把自己的办公室变成独一无二的兰花园，因此，芭思卡提议我带一盆兰花盆栽去进贡。芭思卡和所谓的“库里根社团”是好朋友，这个文学界的女子四人帮来自四个不同国度，聚在一起为夫人效命，借由她们的协助，我总算见到卡拉斯的经纪人。

我拿着兰花驻足在她的事务所前，“库里根社团”的四位成员（希黛、克劳蒂亚、诺玛和东妮雅）却把我当作街角花店的送货小弟，直到我一开口说话才显示了真实身份。误会澄清后，她们立刻带我去见库里根夫人，她已经在办公室等着了。我一进门即瞥见书柜里的卡拉斯作品全集，还有一座堪称专业级别的植物园。夫人耐心听我叙述事情始末，香烟一根接着一根，整个办公室悬浮着蛛网似的烟雾。

“我确实曾经听胡利安提起过达涅尔和贝亚。”她说，“不过，这是很久以前的事了。我已经好多年没有胡利安的消息。以前他经常来找我，可是……”

“他生病了吗？”

“我想可以这么说。”

“他是什么病？”

“心病，抑郁低沉。”

“说不定托马索·科里基奥先生会有他的消息？”

“我看是不太可能。我每周会跟托马索通电话谈公事，据我所知，他已经至少三年没有胡利安的消息了。但您还是可以去打听一下。有什么新消息就来通知我一声。”

她的同事托马索住在塞纳河畔一艘装满书籍的船屋，停靠地点距离西堤岛东岸仅半公里，他的编辑妻子伊莲娜面带亲切笑容站在码头底迎接我。

“您一定是那位巴塞罗那来的年轻人吧。”她说。

“就是我本人。”

“请上船吧。托马索读了一份内容极差的稿子，正好需要喘口气。”

科里基奥先生看起来就像一头海狮，头戴船长帽，虽然顶着一头银发，却有双淘气童真的眼神。听了我的故事，他沉思半晌才开口。

“年轻人，有些东西是不可能在巴黎找到的。其中一样是地道的披萨，另外一样就是胡利安·卡拉斯。”

“这样说吧，我愿意放弃披萨，只要有卡拉斯就可以了。”我大胆抒发己见。

“千万别放弃美味的披萨。”他提出建议，“假设胡利安还活着，您怎么知道他愿意见您？”

“胡利安为什么不是活着的呢？”

托马索先生看着我的眼神满溢哀愁。“人终有一死，尤其是那些特别值得活下来的人。或许，上帝有意把位子挪给混账坏蛋，世界越乱，他越有好戏可看……”

“我必须坚持信念，卡拉斯一定还活着。”我提出反驳。

托马索·科里基奥面露微笑。“去找罗西尔谈谈吧。”

艾弥儿·德·罗西尔曾担任卡拉斯的主编多年，编务之余勤于写诗。罗西尔是资深主编，许久以来在巴黎数家出版社留下了许多傲人的专业成就，也出版过西班牙文作品，并以法文译介了遭独裁政府打压或被迫流亡的西班牙作家，当然也包括拉丁美洲作者。托马索先生告诉我，罗西尔不久前刚转任一家出版社总编辑，是规模虽小但极具特色的卢米埃尔出版社。他的办公室就在附近，我随即步行前往拜访。

罗西尔时间有限，但仍好意邀我去一家小餐馆共进午餐，餐厅就在出版社所在的飞龙街角，趁着用餐期间，他耐心倾听我的想法。

“我喜欢您那本书的构想。”他说，或许是客套，或许是真有兴趣，“《遗忘书之墓》是个非常好的书名。”

“但是，我能做的也只有起个书名罢了。”我坦承，“剩下的都得靠卡拉斯先生帮忙。”

“据我所知，胡利安已经封笔了。多年前，他以笔名出版最后一本小说，但不是我负责编辑，后来就没有其他作品了。从此完全销声匿迹。”

“您认为他还在巴黎吗？”

“我也很想知道。如果他还在这里，我应该会听到一些消息才对。上个月，我跟他以前的荷兰主编碰面，我的老朋友聂莉琪，她告诉我，有人在阿姆斯特丹跟她说，胡利安已在两年前搭船远赴美洲，并在航行途中骤逝。过了几天，又有另一个人告诉她，胡利安已安然抵达美洲，目前以笔名编写连续剧剧本维生。所以，您可以自己挑一个喜欢的版本。”

日复一日的期盼却最终走过了死胡同，罗西尔这时候大概在我脸上看出了绝望的神情。

“我可以给您一条建议吗？’

“请说。”

“这是条很实用的建议，所有初出茅庐的作者来问我该怎么办的时候，我的建议千篇一律：如果想成为作家，那就动笔写吧。如果心中有个值得叙述的故事，就把它写出来，至少要试着去写写看。”

“假如想当作家的人只要写出自己想说的故事就行，那么，人人都是小说家了。”

“可想而知那有多么可怕。一个充斥着小说家的世界……简直是世界末日。”罗西尔打趣道。

“或许，世界到头来还是需要多一个小说家。”

“就让这个世界自己做决定吧。”罗西尔再度提出忠告，“如果失败了，您也不必担心。根据所有统计资料，这样对您来说反而比较好。但是，假如有一天您把刚刚告诉我的构想认真诉诸文字，请再来找我。我倒是很想一读。”

“到时候再见了。”

“是啊，到时再相约，在此期间，您就把卡拉斯忘了吧。”

“我们森贝雷家的人从来不会忘记任何人。这是家族遗传疾病。”

“既然如此，我只能表达同情。”

“那就请您展现一点怜悯吧。”

罗西尔踌躇了一会儿。“胡利安有个至交好友。我想，算得上是他一生最重要的挚友。他叫作尚-雷蒙·普拉诺，和我们这个荒诞的文学世界毫不相干，是个聪明、健壮的家伙，从不胡说八道。唯一可能会有胡利安消息的人，大概就只有他了。”

“我在哪里可以找到他？”

“墓地。”

非得从这里着手不可了。看来，只要是跟卡拉斯有关的事，存在的一线希望免不了要和土地扯上关系，这次的场景活脱就是他一本小说的翻版：《巴黎坟场》。

尚-雷蒙·普拉诺是个魁梧的男子，初见面时显得生疏淡漠，但稍微熟识后，立刻展现亲切随和的本性，动不动就喜欢开小玩笑。他在一家管理巴黎墓园的公司上班，负责维持墓园景观，以及开发其观光价值和所有墓地相关事宜。

“欢迎来到死人的世界，小鬼……”他用力握了我的手，我的指骨顿时咔啦咔啦响，“有什么我能为您效劳的吗？”

“我想请问，能不能帮我找到您的一位好友？”

“是活人吗？”他径自呵呵笑，“活着的人大多被我忘光了。”

“胡利安·卡拉斯。”

我一说出这个名字，普拉诺先生随即皱起眉头，并立刻收起了亲切和蔼的面容，甚至一副威胁的态势倾身向前，把我逼到墙边。

“您究竟是何方神圣？”

“在下胡利安·森贝雷，我的父母因为尊崇卡拉斯先生，所以给我取了这个名字。”

“我父母给我取这个名字还是为了纪念公厕发明人。”

我生怕自己被揍成残废，只好再往后退一步，却被一堵可能与陵墓相连的墙给阻挡了。我瞥见墙上牢牢嵌着成千上万个头盖骨。

“我的父母，达涅尔和贝亚，他们认识卡拉斯先生。”我极力缓和气氛。

普拉诺先生盯着我看了数秒钟。我估计自己大约有五成概率被揍得头破血流。另外的五成概率状况不明。

“您是达涅尔和贝亚特丽丝的儿子？”

我点点头。

“森贝雷书店那个？”

我再次点头。

“证明给我看。”

接下来大约一个钟头，我把自己跟卡拉斯过去的经纪人和主编讲述的内容重述了一遍。普拉诺神情专注地听我细诉，但我隐约发现他的脸色染上一丝哀愁，并随着我的叙述益发明显。结束之后，普拉诺从外套口袋里掏出一支雪茄点燃，面前升起一团烟雾，足以淹没整个巴黎。

“知道胡利安和我是怎么认识的吗？”

我频频摇头。

“年轻的时候，我们一起在一家小出版社工作。那时我当然还不知道做这份死人的差事比搞文学有前途多了。我是出版社的销售员，每天都要出去推销公司发行的那些垃圾书籍。卡拉斯是出版社特约作家，按稿计酬，替我们写一些恐怖小说。我们经常一起在出版社楼下的咖啡馆抽雪茄，就这样整晚看着经过店门口的年轻女孩。青春岁月啊。人不犯傻就不会成熟，也不添气度、不长智慧，甚至连狗屎都不如。我想这是你们西班牙人常用的说法吧，我曾听胡利安说过，讲得真是对极了。”

“您知道在哪里可能找到他？”

普拉诺耸了耸肩。“胡利安很久以前就离开巴黎了。”

“知道他去了哪里吗？”

“他没说。”

“但是您应该可以想象得出来。”

“这小子挺机灵的。”

“他去哪里了？”我继续追问。

“人变老的时候会躲在哪里？”

“我不晓得。”

“那您永远找不到胡利安了。”

“躲在回忆里吗？”我大胆臆测。

普拉诺看着我，脸上挂着充满愁绪的苦笑。

“您的意思是说，他已经回巴塞罗那了？”我问他。

“不是巴塞罗那，而是他想回去的地方。”

“什么意思？我不明白。”

“他自己也不明白。至少这些年来都是如此。他这辈子一直努力想了解自己最珍爱的是什么。”

虽然多年来听了关于卡拉斯的种种传说，但此时的我依旧像初来巴黎第一天一样迷惘。

“您如果没有捏造自己的身份，那么，您应该会知道他在哪里。”普拉诺语气坚定。“用‘文学’一点的话来说，我已经给您当头棒喝了，我想您应该没那么笨，不至于一点觉悟都没有。”

我猛吞口水。“我想，我已经知道您指的是什么了。或者应该说您指的是谁。”

“既然这样，您应该知道接下来该怎么办了。”

当天傍晚，我告别巴黎，辞别了芭思卡，结束我在餐饮界短暂的就业生涯，离开了那个有浮云相伴的小窝，接着步行到奥斯特里兹车站。我拿身上仅剩的钱买了一张三等车票，搭上返回巴塞罗那的夜车。火车在清晨抵达目的地，我得以安度旅途，多亏一对来自里昂的老夫妇好心施舍了他们下午在穆浮塔街市集购买的美食。他们到巴黎探望女儿后正要返乡，我们共享美食之际，我也娓娓叙述了自己的经历。

“祝您幸运！”临下车前，他们对我说，“*Cherchez la femme*（找到那名女子）……”

返乡后的前几天，我觉得眼前一切显得如此渺小、封闭与灰暗。巴黎的灿烂已经烙印在我的记忆中，世界顿时变得宽广遥远。

“怎么样，去看经典情色片《艾曼纽》了吗？”费尔明好奇探问。

“嗯，剧本无懈可击。”我这样回他。

“那还用说！就连比利·怀尔德那批人都想翻拍。找到《歌剧魅影》里那个怪物了吗？”

费尔明一脸恶魔般的奸笑。我早该预料到了，他一定非常清楚我远赴巴黎的目的。

“没有。”我只好乖乖承认。

“换言之，没什么精彩内容可以告诉我啰？”

“该跟我报告精彩内容的人是您吧，还记得吗？”

“您先把谜团解开，到时候再看看。”

“这样太不公平了。”

“哈，欢迎光临地球！”费尔明应道，“好啦，瞧瞧您法语进步了多少……说几句来听听。*Bonjour*跟*oh la là*这种不算。”

“*Cherchez la femme.*”我随口说了这一句。

费尔明皱起眉头。“哇，这是高调爱现的极致表现……”

“*Voilà*（看吧）……”

努丽亚·蒙佛特之墓位于林木蓊郁的蒙锥克旧墓园一处小

山丘上，从墓地可以俯瞰海景，就在伊莎贝拉坟墓的不远处。一九七七年盛夏，我在巴塞罗那四处寻寻觅觅，日日无功而返。那天黄昏，城市正随着时光消逝逐渐模糊之际，我总算在那处墓地找到了胡利安·卡拉斯。他在墓碑上摆了几朵鲜花，然后端坐在坟墓对面的石椅上。他就这样坐了约莫一个钟头，偶尔喃喃自语。我不敢上前惊扰他。

隔天，我在同样的地方又看见他，以及接下来的每一天。胡利安·卡拉斯迟至暮年才领悟，此生挚爱是那个曾为他牺牲宝贵性命的女子，却再也听不到她的话语。他每天造访墓园，终日坐在墓前与她交谈，把自己的余生全用来陪伴她。

那天，他先发现了我，然后走近我身旁，默默盯着我看。多年前那场大火吞噬的皮肤已经重生，给了他一张看不出年纪和表情的僵硬脸庞，悄然隐蔽在浓密的络腮胡子和宽帽檐下。

“您是谁？”他开口问道，语气中毫无敌意。

“我叫胡利安·森贝雷。我是达涅尔和贝亚的儿子。”

他缓缓点头。“他们都好吗？”

“他们很好。”

“他们知道您在这里吗？”

“没有人知道我在这里。”

“恕我冒昧一问……您在这里做什么？”

我一时不知道该从何说起。“我可以请您喝杯咖啡吗？”

“我不喝咖啡。”他说，“但是，您可以请我吃冰淇淋。”

我的脸色实在藏不住讶异。

“我年轻的时候根本没有冰淇淋这种东西。我实在太晚才发现这样食物了，很多其他东西也是……”

就这样，在那个悠缓的盛夏傍晚，从巴黎到巴塞罗那，众里寻他多时，如今，我儿时向往的场景终于成真，我和胡利安·卡拉斯在皇家广场的冰饮店同桌并坐，还请他吃了顶着两颗草莓冰淇淋球的甜筒。我点了柠檬冰沙，盛夏已至，巴塞罗那闷热至极，仿佛大难临头。

“森贝雷先生，我能帮您什么忙吗？”

“我如果说了，您大概会当我是个大笨蛋。”

“我总觉得您花了很长的时间才找到我，现在总算找到了，您如果不告诉我的话，那确实是太傻了。”

我一口气喝掉半杯冰沙，补足了气力，然后把我的想法都告诉他。他专注地听着，丝毫不见任何责备或虚矫的神情。

“非常精彩。”听我说完之后，他下了这样的结论。

“别取笑我了。”

“绝对没有。我只是把心中的想法说出来而已。”

“还有什么其他想法吗？”

“这个故事应该由您来执笔，那是属于您的故事。”

我缓缓摇头。“我不知道怎么写，因为我不是作家。”

“那就去买一部安德伍德打字机。”

“没想到法国也有这个广告。”

“到处都看得到。千万别相信广告上说的那一套，另一个牌子‘奥利维蒂’的打字机也很好用。”

我不禁莞尔。至少我和卡拉斯的幽默感是有默契的。

“我给您看一样东西。”卡拉斯突然这样说道。

“写作秘籍吗？”

“这件事必须靠您自己去学习。”他答道，“写作技巧可以学习，但没有人能教您。将来有一天，当您了解这句话的含义，那就是开始学习成为一个作家的时候了。”

他从纯麻西装外套里掏出一件晶亮的东西。接着，他把它放在桌上，推到我面前。

“您拿着吧。”他说。

我从未见过如此精美的钢笔，万宝龙钢笔中的极品。这支钢笔有个金银双色的笔尖，若是年幼的我看见这样的精品，大概会认定这支笔写出来的都是旷世杰作。

“听说，这支钢笔原本是雨果的，不过关于这个说法，我觉得是牵强附会。”

“雨果那个年代就已经有钢笔了吗？”我问他。

“世上第一支活塞钢笔于一八二七年由一位名叫彼得拉克·波耶纳鲁的罗马尼亚人登记获得专利，但直到十九世纪八十年代才称得上技术成熟，并开始大规模商品化。”

“也就是说，这支笔确实有可能是雨果的……”

“如果您愿意相信的话……这么说吧，这支笔经由雨果之手流传下来，终究会传给一个出色的人，很有可能是个名叫达涅尔·森贝雷的年轻人，也是我的一位好朋友。多年前，我与这支笔相遇，并随身携带，日日殷切期盼着，总有一天，有个像您这样的人能够收下它。现在正是时候。”

我猛摇头，将钢笔交还他手中。

“绝对不行！我不能收下，这是属于您的东西。”

“一支钢笔并不属于任何人。它是自由的灵魂，谁需要它，它就留在那个人身边。”

“您有一本小说里的人物就是这么说的。”

“人们总会指责这是自我重复。这是所有小说家的宿命。”

“我就没有这种问题，因为我不是小说家。”

“慢慢来。您就拿着吧。”

“不行。”

卡拉斯无奈地耸耸肩，只好把钢笔收起来。

“这就表示您还没准备好。钢笔就像一只猫，只跟随有能力喂养它们的人。而且来得容易，去得也快。”

“您觉得我的提议怎么样？”

他将最后一匙冰淇淋送入口中。

“这样吧，我们俩分工合作一起写好了。您是年轻人，有力出力，我老人家可以出点子。”

我一时愣住了。“您是说真的吗？”

他站了起来，拍拍我的肩膀。

“谢谢您的冰淇淋，下次换我请客。”

后来不但有下次，而且是许多次。无论夏冬，卡拉斯总是点两颗草莓冰淇淋球，但饼干甜筒却老是一口都不吃。我把自己写好的稿子给他看，然后他看稿、标记、修改、重组格局。

“我不确定这样的开头是不是正确。”我告诉他。

“故事从来就没有开头，也没有结束，只有进入其中的入口。”

每次相约碰面，卡拉斯总是专注地阅读我交给他的新稿子。他拔开钢笔盖，边看边批注，接着耐心地对我循循善诱，逐一解释错误，事实上，几乎通篇都有问题。他指出每一个需要改进的细节，阐明原因，并提点修改方式。他的分析透彻细微，当我自以为只犯了一个错误，他却可以举出另外十五个远超出我意料之外的谬误。他拆解每一个字、每个句子、每个段落，就像戴着放大眼镜的金银匠重建字句和文章。他修改稿子绝不马虎，像是正在训练学徒的工程师，总是事无巨细地解释内燃机或蒸汽机如何运作。有时，他会和我讨论文中的一些转折和想法，我认为那些已是其中最可取之处，因为文章绝大部分都复制了他的风格。

“不要一直想着模仿我。模仿另一个作者就跟跛子没两样。作为学习的途径并借此找到自己的风格，倒也无妨，但是只适用于初学者。”

“我呢？我是哪一种？”

除了与我相约碰面的时间之外，他在哪里过夜，在何处消磨光阴，我始终无法得知。他从未跟我提起，我也不敢问。我们总是约在旧城区的咖啡馆和小酒馆。唯一的条件是必须提供草莓冰淇淋。我知道他每天下午必定到努丽亚·蒙佛特墓前报到。当他阅读我的第一份手稿，发现小说里那个与她类似的角色，脸上立刻浮现哀伤的笑容，至今仍让我心疼。多年前的那场大火把胡利安·卡拉斯烧得面目全非，也毁了他的泪腺，他从此不再流泪，但我此生从未见过如此悲伤失落的人。

我想，我们已经成了莫逆之交。至少在我的认知上是这样，我从未有过比他更深交的好友，我想以后也不会再有了。或许是因为我父母的关系而产生的移情作用，或许是那个重建过往的诡异仪式帮助他与生命中的悲痛和解，抑或纯粹是在我身上看到了他自己的影子，就这样，他持续多年在我身边指引我的脚步和笔法，在我完成四部小说期间，不断地给予指正、修改、重写，直到最后。

“写作就是不断重写。”他总是这样提醒我，“写下来是为了自己，重写是为了别人。”

当然，除了小说之外，生活还有其他。在我一遍又一遍努力重写每一页小说的那些年，着实发生了不少事情。我坚守自己发出的豪语，绝不继承父业留在书店工作（反正他和我母亲两人已经绰绰有余）。我在广告公司找到一份差事，这又是另一个命中注定的安排，公司地址就在迪比达波大道三十二号，恰好是阿尔达亚家族故居，遥远的一九五五年那个狂风暴雨的夜晚，父母就是在这栋房子里怀上我的。

我认为自己的广告文案称不上特别醒目，但出乎意料的是，我的薪水倒是逐月增加，并成了前景看好的文字和影像佣兵。那几年景气好，电视、广播和报纸广告数量惊人，价格高昂的汽车称霸市场，惹得前途似锦的主管们垂涎三尺，还有让小额存款户梦想成真的银行、预言家庭幸福和乐的家电制品、在生活中注入放荡肉欲的香水，以及数不尽的各式赠品。那时候，西班牙旧政权倒塌，或者说是旧政权管制松弛，现代化社会加速了财富的形成，金钱数目在股票市场不断成长，股票指数高攀令阿尔卑斯山都蒙上阴影。父亲知道我的薪水数字之后，特别过来关切我的工作是否合法。

“当然合法，至于道德不道德，那又是另外一回事了。”

关于我的高薪，费尔明的反应不但不别扭，反而很高兴。

“说了您大概不会相信，总之千万别放掉这大好机会，趁着年轻多赚点钱，总会有用处的。尤其像您这样的黄金单身汉，花钱的机会可多了。美丽迷人的女孩碰到做您这一行的，个个都期待生活就像广告中那样精致美好。您就依自己的方式去做，好好享受当下，放手去冒险吧！您知道我的意思，努力让自己发光发热，但记得见好就收，有些行业就只能趁着年轻好好发挥，除非您改行去做大宗期货买卖，但我看您不是这块料，咱们俩都清楚得很，您的心思还是在不赚钱的文学上，如果年过三十还有这样的心理挣扎，不发疯才怪。”

我私底下深以自己的工作为耻，公司付的高薪在我看来都是肮脏钱。或许我只是自命清高罢了。其实我也乐于见到月薪进账，薪水才刚汇入账户，我已经等不及开始挥霍。

“不需要为自己的工作感到羞耻。”卡拉斯开导我，“恰恰相反，这份工作需要才华和机遇，而且，如果您懂得运用这项优势，这份工作能赚来自由和一点闲暇，只要愿意的话，您可以成为真正的自己。”

“真正的我究竟是谁？一个撰写清凉饮料、信用卡和豪华汽车广告文案的写手？”

“您总有一天会成为心目中的那个自己。”

事实上，相较于探索自己究竟是谁，我更在乎卡拉斯眼中的我，或是我能有什么造化。我继续为我们的书而努力，是的，我喜欢这样称呼它。那个写作计划已经变成了我的第二生命，一个处处皆有入口的世界，让我随时可以握紧钢笔，或敲打着安德伍德打字机的键盘，或以任何其他方式，一头栽进那个比我的优渥现实生活更真实的故事情节里。

那些年，我们大家的生活或多或少都有了改变。短暂收留过阿莉西亚·格里斯之后，伊萨克·蒙佛特宣布退休时刻已至，并推荐当了父亲的费尔明接任遗忘书之墓管理员一职。

“是该找个无赖来管理这个地方了。”他如是说。

费尔明征得贝尔纳达同意，并在娇妻首肯之下，一家人移居遗忘书之墓隔邻公寓一楼。费尔明在公寓内打造了一扇秘密边门，与他工作的遗忘书之墓密道相通，此外，他把伊萨克过去的卧房整修成新的办公室。

我趁着替日本家电品牌写广告文案的机会，买了一部体积庞大的彩色电视机送给他，当时，众人已开始将这样的东西称为“高档货”。费尔明过去一向是电视的反对派，但发现电视会播放奥逊·威尔斯的电影之后，他对此完全改观。“这家伙了得。演坏蛋多传神。”他说。最重要的是，电视还播了金·诺瓦克的电影，她那角椎状的胸罩，依旧滋养着他对人类未来的期望。

我父母经历了一些感情上的起起伏伏，我一度以为婚姻恐怕不保，但他们克服了两人都闭口不谈的难关，并且跌破众人眼镜，居然为我添了个小妹妹，并为她取名伊莎贝拉。森贝雷爷爷欢喜地抱了小孙女后没几天，在抬起一箱大仲马全集时，突然心脏病发，就这样走了。我们将他和伊莎贝拉葬在一起，伴他入土的是一本《基督山伯爵》。父亲骤然丧父，一时苍老许多，从此不再是原来的他了。“我一直以为你爷爷会长生不老的。”当时，我撞见他躲在书店后面的工作间偷偷流泪。

费尔南迪托和苏菲亚在众人的预期中结了婚，婚后搬进阿莉西亚位于阿维尼奥街的旧公寓。在那张床上，费尔南迪托早已和苏菲亚从性爱课程中毕业，并将马蒂尔德当年教他的招数全用上了。后来，苏菲亚决定自己开一家小书店，专卖童书，店名就叫“小小森贝雷”。费尔南迪托进了一家大型百货公司，工作多年后，已经晋升为图书部经理。

一九八一年，差点让西班牙回到石器时代的军事政变失败后，塞尔希奥·比拉华纳在《先锋报》发表了一系列专题报道，内容聚焦数百名被偷走的孩子，他们的父母大多是内战结束后几年在巴塞罗那各监狱无故消失的政治犯，主谋者为了抹灭犯罪证据，秘密谋杀了这些人。这件丑闻掀起轩然大波，重新将许多人不知道以及更多人想掩饰的旧伤痕摊在阳光下。那一系列报道促成了司法重启调查，至今仍持续进行，调查人员查阅无数文件资料、申诉以及民事和刑事案件，鼓舞了许多人勇敢踏出第一步，开始重新认识埋藏多年的史上最黑暗时期发生的秘闻和事件。

读者朋友或许会问，这些年发生了这么多事，那个庸庸碌碌的胡利安·森贝雷就只是日日重复着白天在广告圈打滚、晚上拥抱文学梦的日子吗？其实不然。我与卡拉斯一起完成四部小说的过程，已从避世的天堂变成了开始想吞噬我的恶魔。我引魔入室，却再也赶不走它，它也必须学会和我生活中的其他幽灵共处。为了向我另一位祖父戴维·马丁致敬，我也开始经历作家惯有的内心挣扎，还好在崩溃边缘及时悬崖勒马。

一九八一年，云游四方多年的瓦伦蒂娜回来了，她再度出现在我面前的场景，大概连卡拉斯都想写进小说里。事情发生在某日午后，我被雨淋得一头湿，雨水甚至顺着耳后往下流。

我赶紧跑到法国书店躲雨，也就是我们当年初次相遇的地点，我在书店里那几张摆放新书的大桌子之间闲逛，就在那时，我再次见到她。我惊愕地伫立原地，立刻变成一尊活雕像，直到她转移视线，并且看见了我。她灿笑如花，但我拔腿就跑。

她在罗塞利翁街口的红绿灯前追上我。她买了一本书送我，当我低着头把书收下，她立刻伸手挽着我的手臂。

“就十分钟而已，可以吗？”她问道。

嗯，是的，接着就开始下起大雨。虽然那次雨势小多了。短短三个月内，在她另一个居高临下的阁楼小公寓幽会多次之后，我们开始同居生活，或者应该说是瓦伦蒂娜搬来跟我一起住，因为我当时住在萨里亚区的高楼公寓，空间绰绰有余，甚至可说是过于空荡。这一次，瓦伦蒂娜在我身边待了两年三个月又一天。不过，她这次不但让我心碎，还留给我一份此生最珍贵的礼物：一个女儿。

我们的女儿阿莉西亚·森贝雷在一九八二年八月受洗。隔年，瓦伦蒂娜脑子里又兴起了我始终无法理解的胡思乱想，决意再度远走他乡，而且这次永无归期。阿莉西亚和我相依为命，但我们从不觉得孤单，因为这孩子拯救了我的生命，并教会我一件事：若不是因为有她，我再多的努力也毫无意义。在我勤奋写书的那几年，阿莉西亚总是守在我身边，还把我学会不去相信的一样东西还给我：灵感。

我偶有短暂的伴侣，亦曾认真思考过给阿莉西亚找个母亲，并且也遇到了一些善良体贴的女性，但终究都无疾而终。女儿告诉我，她不想看到我总是一个人，但我告诉她自己并不孤单。

“我有你。”我慎重告诉她。

我不但有她，还有一排横亘在现实和小说间的幽暗通道。时值一九九一年，我心想，若再不付诸行动，若不能及时跳下这列失控列车，我恐怕会真的耗尽我仅有的一点灵魂，于是，我放弃了收入丰厚的广告文案工作，那年接下来的几个月就专心把小说写完。

在此之前，我开始无法漠视卡拉斯身体每况愈下的事实。我已经习惯把他当成一个没有年龄的人，总以为他会一直平安无事。我开始把他当成一个父亲，一个永远不会离我而去的人。我以为他会长生不老。

我们碰面时，胡利安·卡拉斯已经不点草莓冰淇淋了。当我向他寻求意见时，他几乎不再做任何修改。他告诉我，我已经学会了单飞，够资格买一部安德伍德打字机，并且不需要他了。我花了很长时间才愿意面对事实，但终究无法继续欺骗自己，我知道，深藏在他内心的悲切凄怆，又回来缠上他了。

有一晚，我梦见他迷失在雾中。我一大早便出门去找他，马不停蹄地找遍了我们那些年一起走过的每一寸土地。一九九一年九月二十五日拂晓时分，我在努丽亚·蒙佛特坟墓上找到他，他已倒地不起，手上握着一个笔盒，里面装着原属于我父亲的那支钢笔，还有一张字条：

胡利安：

能够成为你的朋友，并从你身上学习了这一切，我深感荣幸。

很遗憾，我无法亲眼看着你欢庆胜利的那一刻，亲眼看着你达成我永远无法达到的目标，但我觉得安心了，因为我非常确定，你已经不需要我了，虽然你一开始无法置信，其实你始终都不需要我的协助。我要去见那个我当初不该抛弃的女子了。好好照顾父母，以及我们的故事里的所有人物。把我们的故事告诉全世界，并且永远不要忘了，我们存在的同时，有人也在怀念着我们。

你的好友　胡利安·卡拉斯

那天下午，我凑巧得知努丽亚·蒙佛特坟墓旁仍然空了一块墓地，有人告诉我，那块地属于巴塞罗那市政府所有。鉴于西班牙政府机构对受贿的贪婪执念从未消减，我主动交涉，最后以天价达成协议，而且必须付现。我靠着高级跑车文案和媲美歌舞片场景的圣诞节广告企划赚进的大把钞票，第一次用于有意义的事务。

九月下旬的那个周六，我们安葬了我的恩师卡拉斯。女儿阿莉西亚陪在我身边，看着两座坟墓比邻而建，她紧握着我的手，要我不要担心，因为我的好友从此不再孤独了。

要我谈卡拉斯这个人并非易事。我偶尔扪心自问，自己是否也像另一位祖父，那个命运多舛的戴维·马丁，为了叙述从未发生过的事而捏造了卡拉斯这号人物，就像他捏造了科莱利？葬礼结束数周后，为了告知他的死讯，我分别写信给巴黎的库里根夫人和科里基奥先生，并请求他们将讯息转告给卡拉斯的挚友尚-雷蒙，以及他们认为需要通知的人。夫人回信感谢我去信通知，并提及卡拉斯去世前不久已先写了一封信给她，他在信中提到我们那些年来合力创作的书稿。她要我完成后尽快将书稿寄给她。卡拉斯让我认清一件事：书稿永远没有结束的一天，还好，它自己会离我们而去，免得我们后半辈子必须一次又一次重写。

一九九一年底，我准备了一分书稿影印本，将近两千页的打字稿件，这次真的是用安德伍德打字机完成的，我把稿子寄给了卡拉斯的经纪人。事实上，我不期望收到回音。当时我已经着手创作下一本小说，这又是我的良师给的忠告："有时候，让脑子保持忙碌，并使之枯竭，总比闲置不用更好，当脑子无聊的时候，它会把一个人活活吞噬。"

几个月来，我忙着创作这本书名未定的小说，同时也抽空和阿莉西亚漫游巴塞罗那，她已经开始了凡事都要追问的阶段。

"你的新书写的是瓦伦蒂娜吗？"

阿莉西亚从来不叫她妈妈，而是直呼名字。

"不是。我写的是你。"

"你骗人！"

在一次又一次的闲逛中，我学会透过女儿的眼睛重新发掘这座城市，因而有了深刻的体会，我父母生活了大半辈子的那个阴影笼罩的巴塞罗那，在不知不觉中，早已天清雾散。我记忆中那个沉睡的世界，如今游客如织，缤纷灿烂，处处是追逐阳光和海滩的人潮，他们探索张望，就是看不见一个时代的没落，那个旧时代不止已经倒塌，甚至化作了空气中的烟尘。

卡拉斯的影子仍旧时时依随着我。母亲偶尔会到家里来，她带我的小妹妹一同前来，好让我女儿有机会展示数量繁多的玩具和童书。不过阿莉西亚却连个洋娃娃都没有，那是因为她讨厌洋娃娃，并常在学校中庭用弹弓打掉娃娃的头。她明知道这样不对，却经常问我这样做好吗。她也爱问我是否有瓦伦蒂娜的消息，其实她也知道答案一直是否定的。

我始终不愿在母亲面前谈起卡拉斯的事，还有当年那些谜团和沉默。但我总觉得她都知道，因为我和母亲之间不曾有过秘密，虽然她总是佯装不知情。

“你爸爸很想念你。”她这样告诉我，“你应该多抽空回书店去看看。前几天，就连费尔明都跟我说，你根本就和隐居遁世的修士没两样了。”

“我一直在忙着写书。”

“写了整整十五年？”

“没想到比我预期中困难多了。”

“可以让我看看吗？”

“我不确定你会不会喜欢我写的小说。所以，我还在犹豫到底该不该出版。”

“我能不能请问是关于哪一方面的内容？”

“关于我们。我写的是我们的家族故事。”

母亲不发一语地盯着我。

“或许，我还是应该把它毁了。”我自愿放弃。

“作品是你的，只要你觉得合适，想怎么写都可以。再说，你爷爷已经不在了，很多往事早已时过境迁，我想，根本没有人会在乎我们的那些秘密了。”

“爸爸呢？”

“说不定最适合读这部小说的人就是他。你可别以为我们都不知道你在做什么。我们才没有那么笨。”

“所以，你这样算是答应了？”

“不需要征求我同意。至于你父亲，你如果想得到他首肯，那就亲自去问他吧。”

我特意一大早去拜访父亲，因为我知道这时候他多半单独在书店里。他看到我的那一刻，极力掩饰惊讶的神情，当我问及书店营运状况，他还是不愿大方坦承森贝雷父子书店的业务走下坡，甚至已经两度有人来出价购买店面，打算改装为贩售圣家堂小型雕像和巴塞罗那足球俱乐部球衫的纪念品商店。

“费尔明已经警告过，我如果接受这笔交易的话，他就在店门口泼汽油自焚。”

“真是进退两难。”我告诉他。

“他一直在念着你。”父亲说这句话的语气，像是刻意要让我愧疚，却无法承认他自己其实也盼着我来。

“你呢，那些事情进展得如何？你母亲告诉我，你已经辞掉广告公司的工作，现在专职写作。我什么时候可以在这里卖你的书呢？”

“她有没有告诉你小说的内容是什么？”

“我想你一定会更改小说里的人物姓名吧。有些不堪的细节，你应该也知道要回避的，千万别冒犯了左邻右舍。”

“当然，尽管放心。小说里唯一会丢人现眼的是费尔明，他反正无所谓。您看着吧，他的粉丝会比足球巨星还要多。”

“既然这样，我可以在橱窗留个位置啰？”

我耸耸肩，不置可否。“今天早上，我收到两个文学经纪人的来信，之前我已经把书稿寄给他们了。这一系列小说共有四部。有个巴黎的出版社总编辑艾弥儿·德·罗西尔有意帮我出书，另一位德国主编史特劳斯曼也想洽谈版权。两位经纪人告诉我，他们相信还会有更多人来接洽，不过，目前最迫切的是完成繁杂的稿件润色。我提出两个条件：第一，务必要取得我的父母和家人同意才能公开这些往事；第二，小说必须以胡利安·卡拉斯的名义出版。”

父亲神色落寞。

“卡拉斯怎么样了？”他问。

“过世了。”

他频频点头。

“你同意我出书吗？”

“记得吗？你还小的时候，有一天曾对我承诺，将来一定会替我叙述这段往事？”

“嗯，我记得。”

“这些年来，我始终不曾怀疑过你的决心。儿子，我以你为荣。”

父亲将我紧紧拥入怀里，就像我童年时期那样。

一九九二年七月，我拜访了在遗忘书之墓办公室里的费尔明，那天正好是奥运开幕日。巴塞罗那披上一身耀眼光芒，空气中弥漫乐观氛围，以及我从未感受过的希望气息，或许，我的城市里的大街小巷，未来恐怕不会再有这般荣景。我一到那里，费尔明立刻笑容满面，举手对我行了个军礼。眼前的他苍老许多，只是我不想直言告诉他。

“您看起来好像快没命啦！”他煞有其事地说。

“我会想办法熬过去的。您倒是好像一条活龙。”

“都是瑞士糖的功劳，我整个人都是焦糖了。”

“原来如此。”

“我听到一个小道消息，说是您要把我们大家都变成名人。”费尔明主动挑起话题。

“尤其是您，一定会红透半边天。到时候如果有人请您拍广告，别忘了来找我出主意，那一行我好歹也懂一点。”

“我只接男性内衣广告。”费尔明答道。

“这样说来，您是同意我出书啰？”

“何止同意，我还要送上整个宇宙的祝福。不过，您今天来的目的应该不只是这件事吧？”

“费尔明，为什么老是觉得我别有用意呢？”

“因为您这个人的心思扭曲得跟弹簧没两样。而且，我这样说算是很客气了。”

“那您认为我是为何而来？”

“大概是为了欣赏我的妙语如珠吧，或许……也为了我们还没解决的一件事。”

“什么事？”

费尔明把我带到另一个房间，平日为了避免他那几个孩子进出翻弄，房门都上了锁。他请我坐那张跳蚤市场买来的扶手沙发椅，自己则在一旁的椅子上坐下。接着他拿起一个硬纸盒，放在膝盖上。

“还记得阿莉西亚吗？”他问，“这是个简单的问题，没有言外之意。”

“她还活着吗？您有她的消息吗？”

费尔明打开盒子，拿出一沓信件。“我一直没提起这件事，因为我觉得这样对大家都好。其实，阿莉西亚在一九六〇年远走他乡，在此之前，她曾经回到巴塞罗那。那天刚好是四月二十三日圣乔治节。她是回来辞行的，当然，是以她自己的方式完成。”

“我记得非常清楚。我当时年纪还很小。”

“一直到现在也没长大。”

我们相视无言。

“她去哪里了？”

“当年，我在码头和她道别之后，看着她登上前往美洲的邮轮。从此以后，每年到了圣诞节，我总会收到一封没有寄件人的信。”

费尔明递给我那一大摞信件，一年一封，总共超过三十封信。

“可以打开来看看。”

每个信封里都装着一张照片。从邮戳看来，皆从不同地点寄出：纽约、波士顿、华盛顿、西雅图、丹佛、圣菲、波特兰、费城、基韦斯特、新奥尔良、圣莫尼卡、芝加哥、旧金山……

我望着费尔明，惊愕不已。他倒是开始哼唱起美国国歌，从他嘴里发出来的旋律，听起来反而像本地传统的萨达纳舞配乐。每一张照片皆是背对艳阳逆光拍摄，照片里呈现的阴影，是个女子的剪影，背景则是公园、摩天大楼、海滩、沙漠或森林。

“没有其他内容了吗？”我问他，“一段简短文字之类的？”

费尔明摇头否认。“只有最后一封信除外。去年圣诞节寄来的。”

“您怎么知道是最后一封？”我不由得皱起了眉头。

他把那封信递给我。圆形邮戳上印着寄件地点是加州的蒙特雷。我抽出信封内的照片，看得出了神。这次的影中人不再只是阴影了。照片里是三十年后的阿莉西亚·格里斯，双眼直视镜头，面带愉悦笑容，拍摄地点在我看来可谓世间绝美之境，悬崖峭壁形成的半岛，魔幻阴森的树林穿过太平洋迷雾直入海中。她身旁立着一个告示牌，上面写着：洛博斯角。

我翻到照片背面，发现阿莉西亚亲笔写下的一小段文字。

旅途到了终点。终究值得一游。再次感谢您救了我，费尔明，谢谢您一次又一次拯救了我的生命。您自己也要好好保重，并请代我转告胡利安，请他一定要让我们大家永垂不朽，因为我们一直相信他办得到。

永远爱您的 阿莉西亚

此时，我已热泪盈眶。我相信，在那个距离巴塞罗那如此遥远的天堂般的梦境里，阿莉西亚已经找到她的平静和归属。

“这张照片可以给我吗？”我以沙哑的嗓子问他。

“您留着吧。”

这时候，我总算明白，我的故事最后一块缺角已经找到了，从那一刻开始，人生已在前方等着我，幸运的话，还有小说。

结语

巴塞罗那
一九九二年八月九日

EPÍLOGO

Barcelona

9 de agosto de 1992

有个年轻男子，发上已见些许飞霜，他行走在暗夜的巴塞罗那街道，明月如镜，兰布拉大道圣莫尼卡街宛如一条银色缎带，正引导着他的脚步缓缓前进。他牵着年约十岁的小女孩，眼神深邃神秘，因为她父亲傍晚做了允诺，答应要带她拜访遗忘书之墓。

“阿莉西亚，你今天晚上看到的一切，绝对不能告诉任何人。什么人都不能说哦！”

“所以，这是我们之间的秘密。”她刻意压低了声音说道。

她父亲悠悠一叹，脸上随即浮现那个紧跟着他一生的感伤浅笑。

“当然，这是我们之间永远的秘密。”

就在此时，天际亮起垂柳般的火树，霎时，奥运闭幕典礼的烟火凝结在空中，妆点出巴塞罗那绝无仅有的灿烂夜空。

过了半晌，父女俩加入兰布拉大道的拥挤人群，两个朦胧身影，脚步从此迷失在灵魂迷宫里。

El Fin

灵魂迷宫

产品经理｜吴　涛　　书籍设计｜星　野
技术编辑｜白咏明　　媒介推广｜王维思
执行印制｜路军飞　　出 品 人｜吴　畏

图书在版编目(CIP)数据

灵魂迷宫 / (西) 卡洛斯·鲁依兹·萨丰著 ; 范湲译. -- 上海 : 上海文艺出版社, 2019.9
ISBN 978-7-5321-7122-4

Ⅰ. ①灵… Ⅱ. ①卡… ②范… Ⅲ. ①长篇小说—西班牙—现代 Ⅳ. ①I551.45

中国版本图书馆CIP数据核字(2019)第061667号

图字 09-2019-177

出版人: 陈 徵
责任编辑: 陈 蔡
特约编辑: 吴 涛
书籍设计: 星 野

书 名: 灵魂迷宫
作 者: [西] 卡洛斯·鲁依兹·萨丰
出 版: 上海世纪出版集团 上海文艺出版社
地 址: 上海绍兴路 7 号 200020
发 行: 果麦文化传媒股份有限公司
印 刷: 天津丰富彩艺印刷有限公司
开 本: 880mm×1230mm 1/32
印 张: 28.5
字 数: 592 千字
印 次: 2019 年 9 月第 1 版 2019 年 9 月第 1 次印刷
印 数: 1-15,000
I S B N: 978-7-5321-7122-4 / I . 5693
定 价: 88.00 元

如发现印装质量问题，影响阅读，请联系021—64386496调换。